ZWISCHEN
NACHT UND
DUNKEL

STEPHEN KING

ZWISCHEN NACHT UND DUNKEL

Aus dem Amerikanischen von
Wulf Bergner

Weltbild

Die amerikanische Originalausgabe erschien 2010 unter dem Titel
Full Dark, No Stars bei Scribner, New York.

Besuchen Sie uns im Internet:
www.weltbild.de

Genehmigte Lizenzausgabe für Verlagsgruppe Weltbild GmbH,
Steinerne Furt, 86167 Augsburg
Copyright der Originalausgabe © 2010 by Stephen King
Copyright der deutschsprachigen Ausgabe
© 2010 by Wilhelm Heyne Verlag, München
in der Verlagsgruppe Random House GmbH
Übersetzung: Wulf Bergner
Umschlaggestaltung: Johannes Frick, Neusäß/ Augsburg
Umschlagmotiv: Trevillion Images, Brighton (© Roy Bishop)
Gesamtherstellung: CPI – Clausen & Bosse, Leck
Printed in the EU
ISBN 978-3-86365-043-8

2014 2013 2012 2011
Die letzte Jahreszahl gibt die aktuelle Lizenzausgabe an.

Für Tabby
Immer noch.

That's why I say hey man nice shot
what a good shot, man.

Filter

INHALT

1922

Hotel Magnolia
Omaha, Nebraska

AN ALLE, DIE ES ANGEHT!

Mein Name ist Wilfred Leland James, und dies ist mein Geständnis. Im Juni 1922 habe ich meine Frau Arlette Christina Winters James ermordet und ihre Leiche versteckt, indem ich sie in einen alten Brunnen gekippt habe. Mein Sohn Henry Freeman James hat mir bei diesem Verbrechen geholfen, war aber mit 14 noch nicht strafmündig; ich habe ihn dazu verleitet, indem ich seine Ängste geschürt und seine verständlichen Einwände über einen Zeitraum von 2 Monaten hinweg niedergemacht habe. Das ist etwas, was ich aus Gründen, die dieses Schriftstück aufzeigen wird, sogar noch mehr bereue als mein Verbrechen.

Der Grund für mein Verbrechen und meine Verdammnis waren 40 Hektar gutes Land in Hemingford Home, Nebraska. Es wurde meiner Frau von ihrem Vater John Henry Winters vermacht. Ich wollte dieses Land unserer Farm zuschlagen, die im Jahr 1922 insgesamt 30 Hektar groß war. Meine Frau, die sich nie recht an das Leben auf einer Farm (oder als Farmersfrau) gewöhnen konnte, wollte es gegen bar an die Farrington Company verkaufen. Als ich sie fragte, ob sie wirklich im Windschatten eines Schweineschlachthauses von Farrington leben wolle, erklärte sie mir, wir könnten nicht nur das Land ihres Vaters, sondern gleich auch unsere Farm verkaufen – die Farm meines Vaters und seines Vaters vor ihm! Als ich sie fragte, was wir mit Geld, aber ohne Land anfangen sollten, sagte sie, wir könnten nach Omaha oder vielleicht sogar nach St. Louis ziehen und einen Laden aufmachen.

»Ich werde niemals in Omaha leben«, sagte ich. »Städte sind was für Dummköpfe.«

Eine Ironie des Schicksals, wenn man bedenkt, wo ich jetzt lebe, aber ich werde nicht mehr lange hier leben; das weiß ich so gut, wie ich weiß, was die Geräusche macht, die ich in den Wänden höre. Und ich weiß, wo ich mich wiederfinden werde, wenn dieses irdische Leben abgeschlossen ist. Ich frage mich nur, ob die Hölle schlimmer sein kann als die Stadt Omaha. Vielleicht *ist* sie die Stadt Omaha, nur nicht von gutem Land umgeben, sondern von einer rauchenden, nach Schwefel stinkenden Leere voller verlorener Seelen wie meiner.

Im Winter und im Frühjahr 1922 stritten wir uns erbittert wegen dieser 40 Hektar. Henry geriet ins Kreuzfeuer, neigte jedoch mehr zu meiner Auffassung; er ähnelte seiner Mutter, was ihr Aussehen betraf, aber mir in seiner Liebe zum Land. Er war ein fügsamer Junge, der nichts von der Überheblichkeit seiner Mutter an sich hatte. Immer wieder erklärte er ihr, er wolle weder in Omaha noch in irgendeiner anderen Stadt leben und werde nur mitgehen, wenn sie und ich uns einigten, was aber nie der Fall war.

Ich überlegte, ob ich mich an die Justiz wenden sollte, weil ich davon überzeugt war, jedes Gericht des Landes werde mein Recht bestätigen, als Ehemann über die zweckmäßige Verwendung dieses Stück Landes zu entscheiden. Etwas hielt mich jedoch zurück. Es war nicht die Angst, die Nachbarn könnten tratschen, den ländlichen Klatsch fürchtete ich überhaupt nicht; es war etwas anderes. Ich hatte sie nämlich hassen gelernt. Ich wünschte mir, sie wäre tot, und das hielt mich zurück.

Ich glaube, dass in jedem Mann ein weiterer Mann steckt: ein Fremder, ein hinterhältiger Kerl. Und ich glaube, dass der Hinterhältige in Farmer Wilfred James im März 1922, als der Himmel über der Hemingford County weiß und alle Felder mit Schnee gesprenkelte Schlammflächen waren, bereits sein Urteil über meine Frau gefällt und über ihr Schicksal entschieden hatte. Und es war ein Urteil von der Art, die unter schwarzen Baretten gesprochen wird. Bei Shakespeare heißt es, ein undankbares Kind nage schärfer als ein Schlangenzahn, aber eine nörgelnde und undankbare Ehefrau nagt noch viel schärfer.

Ich bin kein Ungeheuer; ich habe versucht, sie vor dem Hinterhältigen zu retten. Ich erklärte ihr, wenn wir uns nicht einigen könnten, solle sie zu ihrer Mutter nach Lincoln ziehen, das sechzig Meilen weiter westlich liegt – eine gute Entfernung für eine Trennung, die nicht ganz eine Scheidung ist, aber doch eine Auflösung der ehelichen Gemeinschaft signalisiert.

»Und dir das Land meines Vaters überlassen, meinst du?«, sagte sie und warf den Kopf zurück. Wie ich dieses kecke Kopfhochwerfen, das an ein schlecht dressiertes Pony erinnerte, und das Schnauben, von dem es stets begleitet wurde, hassen gelernt hatte! »Dazu kommt es nie, Wilf.«

Ich bot ihr an, ihr das Land abzukaufen, wenn sie darauf bestehe. Das würde einige Zeit dauern – acht Jahre, vielleicht zehn –, aber ich würde ihr jeden Cent zahlen.

»Kleine Einnahmen sind schlechter als gar keine«, antwortete sie (mit einem weiteren Schnauben und Kopfhochwerfen). »Das weiß jede Frau. Die Farrington Company zahlt alles auf einmal, und denen ihre Vorstellung von einem guten Preis ist bestimmt großzügiger als deine. Und in Lincoln will ich auf gar keinen Fall leben. Das ist keine

Stadt, sondern bloß ein Kuhdorf mit mehr Kirchen als Häusern.«

Begreifen Sie meine Situation? Verstehen Sie nicht, in welche »Klemme« sie mich gebracht hat? Darf ich nicht wenigstens auf etwas Sympathie von Ihrer Seite hoffen? Nein? Dann hören Sie sich Folgendes an.

Anfang April jenes Jahres – meines Wissens auf den Tag genau vor acht Jahren – kam sie ganz fröhlich und heiter zu mir. Sie hatte den größten Teil des Tages im »Schönheitssalon« in McCook verbracht, und ihr Haar hing auf beiden Seiten ihres Gesichts in dicken Locken herab, die mich an die Klopapierrollen erinnerten, die man in Hotels und Gaststätten findet. Sie sagte, sie habe eine Idee. Wir sollten nicht nur die 40 Hektar, sondern tatsächlich *auch* die Farm an die Farrington Company verkaufen. Ihrer Überzeugung nach würde die beides kaufen, nur um das Stück Land ihres Vaters zu bekommen, das in der Nähe der Bahnlinie lag (und damit hatte sie wahrscheinlich recht).

»Dann«, sagte dieses freche Weibsbild, »können wir uns das Geld teilen, uns scheiden lassen und jeder für sich ein neues Leben beginnen. Dass du das willst, wissen wir beide.« Als ob das nicht auch ihr Wunsch gewesen wäre.

»Mhm«, sagte ich (als dächte ich ernsthaft über diese Idee nach). »Und bei wem von uns bleibt der Junge?«

»Natürlich bei mir«, sagte sie mit großen Augen. »Ein vierzehnjähriger Junge gehört zu seiner Mutter.«

Gleich am selben Tag fing ich an, Henry zu »bearbeiten«, indem ich ihm den neuesten Plan seiner Mutter schilderte. Wir waren gerade im Heuschober. Ich setzte mein traurigstes Gesicht auf, sprach mit meiner traurigsten Stimme und malte ihm aus, wie sein Leben aussehen würde, wenn seine Mutter diesen Plan verwirklichen dürfte: wie er weder Farm noch Vater haben würde, wie er sich ohne seine Freunde (die meisten aus früher Kindheit) in einer viel größeren Schule wiederfinden würde, wie er in dieser neuen Schule unter Fremden, die ihn auslachen und einen Bauernlümmel nennen würden, um seinen Platz würde kämpfen müssen. Andererseits, sagte ich, wenn wir das Anwesen nicht nur behalten, sondern vergrößern könnten, sei es meiner Überzeugung nach möglich, unsere Hypothek bei der Bank bis 1925 zu tilgen und glücklich und schuldenfrei zu leben und frische Luft zu atmen, statt von Sonnenaufgang bis Sonnenuntergang zu sehen, wie Schweinedärme unseren zuvor sauberen Bach hinuntertrieben. »Was willst du also?«, fragte ich, nachdem ich dieses Bild so detailreich ausgemalt hatte, wie ich nur konnte.

»Hier bei dir bleiben, Papa«, sagte er. Die Tränen liefen ihm nur so übers Gesicht. »Warum muss sie so ein ... so ein ...«

»Nur weiter«, sagte ich. »Wer die Wahrheit sagt, flucht nicht, mein Sohn.«

»So ein *Miststück* sein?«

»Weil die meisten Frauen so sind«, sagte ich. »Das ist ein tief sitzender Wesenszug von denen. Fragt sich nur, was wir dagegen tun wollen.«

Aber der Hinterhältige in mir hatte bereits an den alten Brunnen hinter dem Kuhstall gedacht, aus dem wir nur das Wasser fürs Vieh holten, weil er so seicht und schlammig war – bloß 7 Meter tief und kaum mehr als ein Siel. Es ging nur darum, Henry so weit zu bringen. Und ich *musste* es tun, das sehen Sie bestimmt ein; ich durfte zwar meine Frau umbringen, aber ich musste meinen wundervollen Sohn retten. Wozu nach 70 Hektar Land – oder tausend – streben, wenn man niemanden hat, mit dem man sie teilen, dem man sie vererben kann?

Ich gab vor, über Arlettes verrückten Plan nachzudenken, auf gutem Maisland ein Riesenschlachthaus für Schweine bauen zu lassen. Ich bat sie, mir Zeit zu geben, mich an diese Vorstellung zu gewöhnen. Sie war einverstanden. Und in den folgenden 2 Monaten bearbeitete ich Henry, gewöhnte *ihn* an eine ganz andere Vorstellung. Das war sogar leichter als gedacht; er hatte zwar das gute Aussehen seiner Mutter (das Aussehen einer Frau ist sozusagen der Honig, der Männer zum Bienenstock lockt, wo's dann Stiche setzt), aber nicht ihre gottserbärmliche Sturheit geerbt. Es war lediglich nötig, ihm auszumalen, wie sein Leben in Omaha oder St. Louis aussehen würde. Ich sprach die Möglichkeit an, dass selbst diese beiden übervölkerten Ameisenhaufen sie vielleicht nicht befriedigen würden; sie könnte beschließen, nur Chicago sei gut genug. »Dann«, sagte ich, »könntest du erleben, dass du mit schwarzen Niggern auf die Highschool gehen musst.«

Das Verhältnis zu seiner Mutter kühlte zusehends ab; nach einigen Bemühungen, seine Zuneigung wiederzugewinnen – alle unbeholfen, alle zurückgewiesen –, reagierte sie ebenso kalt. Ich (oder vielmehr der Hinterhältige) frohlockte darüber. Anfang Juni teilte ich ihr mit, nach reiflicher Überlegung sei ich entschlossen, sie diese 40 Hektar nie kampflos verkaufen zu lassen; wenn es nicht anders gehe, würde ich uns eben alle in Armut und Ruin stürzen.

Sie blieb ruhig. Sie beschloss, selbst juristischen Rat einzuholen (denn wie wir wissen, ist die Justiz jedermanns Freund, der sie bezahlt). Das hatte ich vorausgesehen. Und lächelte darüber! Sie konnte solchen Rat nämlich nicht bezahlen. Unterdessen hatte ich die Hand auf dem wenigen Bargeld, das wir besaßen. Henry übergab mir sogar sein Sparschwein, als ich es verlangte, damit sie nichts daraus stehlen konnte, so kümmerlich diese Quelle auch sein mochte. Sie suchte natürlich die Farrington Company in Deland auf, weil sie sich (wie ich selbst) sicher war, dass diese Leute, die so viel zu gewinnen hatten, ihr die Anwaltskosten vorstrecken würden.

»Sie werden's tun, und sie wird gewinnen«, erklärte ich Henry im Heuschober, in dem jetzt alle unsere Gespräche stattfanden. Ich war nicht völlig davon überzeugt, aber mein Entschluss, den ich noch nicht »einen Plan« nennen will, stand bereits fest.

»Aber das ist nicht fair, Papa!«, rief er aus. Wie er so im Heu saß, sah er sehr jung aus, eher wie 10 als 14.

»Das ist das Leben nie«, sagte ich. »Manchmal muss man sich einfach nehmen, was man haben muss. Auch wenn dabei jemand verletzt wird.« Ich machte eine Pause und musterte seinen Gesichtsausdruck. »Auch wenn dabei jemand stirbt.«

Er wurde leichenblass. »Papa!«

»Wäre sie weg«, sagte ich, »wäre wieder alles wie früher. Aller Streit würde aufhören. Wir könnten hier friedlich leben. Ich habe ihr alles Menschenmögliche geboten, damit sie geht, aber sie tut's nicht. Es gibt nur noch eine Sache, die ich tun kann. Die *wir* tun können.«

»Aber ich liebe sie!«

»Ich liebe sie auch«, sagte ich. Was sogar stimmte, auch wenn Sie's vielleicht nicht glauben werden. Der Hass, den ich im Jahr 1922 für sie empfand, war größer als der, den ein Mann für irgendeine Frau empfinden kann, wenn nicht Liebe im Spiel ist. Und obwohl Arlette verbittert und eigensinnig war, war sie von Natur aus warmherzig. Unsere »ehelichen Beziehungen« hatten nie aufgehört, obwohl unsere Handgemenge im Dunkeln seit dem Streit wegen der 40 Hektar immer mehr der Paarung brünstiger Tiere glichen.

»Es muss nicht wehtun«, sagte ich. »Und wenn's vorbei ist ... nun ...«

Ich ging mit ihm hinter die Scheune und zeigte ihm den Brunnen, wo er in bittere Tränen ausbrach. »Nein, Papa. Das nicht. Auf keinen Fall.«

Als sie dann aus Deland zurückkam (Harlan Cotterie, unser nächster Nachbar, hatte sie das größte Stück hingefahren, so dass sie nur noch zwei Meilen hatte gehen müssen) und Henry sie anflehte, »aufzuhören, damit wir einfach wieder eine Familie sein können«, geriet sie in Wut, schlug ihm ins Gesicht und forderte ihn auf, nicht wie ein Hund zu winseln.

»Dein Vater hat dich mit seinem Kleinmut angesteckt. Noch schlimmer, er hat dich mit seiner Geldgier angesteckt.«

Als ob sie von *dieser* Sünde frei gewesen wäre!

»Der Anwalt versichert mir, dass ich mit meinem Land tun kann, was mir gefällt, und ich werde es verkaufen. Was euch zwei betrifft, könnt ihr hier hocken und abgesengte Schweineborsten riechen und euer Essen selbst kochen und eure Betten selbst machen. Du, mein Sohn, kannst den ganzen Tag pflügen und die ganze Nacht *seine* ewigen Bücher lesen. Ihm haben sie wenig genützt, aber vielleicht kommst du ja besser damit klar. Wer weiß?«

»Mama, das ist nicht fair!«

Sie sah ihren Sohn an, wie eine Frau einen Fremden ansehen würde, der sich herausgenommen hatte, sie am Arm zu berühren. Und wie mein Herz jubelte, als ich ihn ihren Blick ebenso kalt erwidern sah! »Ihr könnt zum Teufel gehen, alle beide. Was mich betrifft, ich gehe nach Omaha und mache da ein Modegeschäft auf. Das ist *meine* Vorstellung von fair.«

Dieses Gespräch fand in dem staubigen Hof zwischen Haus und Scheune statt, und ihre Idee von fair war das letzte Wort. Sie marschierte über den Hof, wobei sie mit ihren zierlichen Stadtschuhen kleine Staubwolken aufwirbelte, verschwand im Haus und knallte die Tür zu. Henry wandte sich mir zu. Er hatte Blut im Mundwinkel, und seine Unterlippe schwoll an. In seinem Blick lag die rohe, unverfälschte Wut, die nur Jugendliche empfinden können. Eine Wut ohne Rücksicht auf Verluste. Er nickte mir zu. Ich erwiderte sein Nicken ebenso ernst, aber in meinem Inneren grinste der Hinterhältige.

Jener Schlag ins Gesicht war ihr Todesurteil.

Als Henry zwei Tage später im neuen Mais zu mir kam, sah ich, dass er wieder wankend geworden war. Ich war weder bestürzt noch überrascht; die Jahre zwischen Kindheit und Erwachsensein sind stürmische Jahre, und wer sie durchlebt, kreiselt wie die Wetterhähne, die manche Farmer im Mittleren Westen damals auf ihren Getreidesilos anbrachten.

»Wir dürfen nicht«, sagte er. »Papa, sie befindet sich im Irrtum. Und wer im Irrtum stirbt, kommt in die Hölle.«

Zum Teufel mit der Methodistenkirche und ihrem Jugendbund, dachte ich ... aber der Hinterhältige lächelte nur. In den folgenden zehn Minuten theologisierten wir im grünen Mais, während die Frühsommerwolken – jene willkommenen Wolken, die wie Schoner schwimmen – langsam über uns hinwegsegelten und ihre Schatten wie Kielwasser hinter sich herzogen. Ich setzte ihm auseinander, dass wir Arlette keineswegs in die Hölle, sondern in den Himmel schicken würden. »Denn«, sagte ich, »ein Ermordeter oder eine Ermordete stirbt nicht auf Geheiß Gottes, sondern durch Menschenhand. Er ... oder sie ... wird aus dem Leben gerissen, bevor er ... oder sie ... alle Sünden wiedergutmachen kann. Also müssen alle Irrtümer vergeben werden. Wenn man die Sache so betrachtet, ist jeder Mörder eine Himmelspforte.«

»Aber was ist mit uns, Papa? Würden wir nicht in die Hölle kommen?«

Ich deutete auf die Felder, auf das schöne neue Wachstum. »Wie kannst du das sagen, wo du um uns herum nichts als das Paradies siehst? Trotzdem will sie uns so gewiss daraus vertreiben, wie der Engel mit dem Flammenschwert Adam und Eva aus dem Garten Eden vertrieben hat.«

Er starrte mich beunruhigt an. Finster. Ich bedauerte es, das Wesen meines Sohns solcherart zu verfinstern, aber irgendwie glaubte ich damals – und tue es noch heute –, dass nicht ich ihm das antat, sondern sie.

»Und denk daran«, sagte ich. »Wenn sie nach Omaha geht, dann gräbt sie sich selbst einen noch tieferen Höllenpfuhl. Wenn sie dich mitnimmt, wirst du ein Stadtjunge ...«

»Niemals!« Er rief das so laut, dass die Krähen vom Weidezaun aufflogen, um wie verkohltes Papier durch den blauen Himmel davonzuwirbeln.

»Du bist jung, und du wirst einer werden«, sagte ich. »Du wirst all das hier vergessen ... du wirst das Stadtleben annehmen ... und anfangen, deinen eigenen Höllenpfuhl zu graben.«

Hätte er erwidert, Mörder dürften nicht darauf hoffen, wie ihre Opfer in den Himmel zu kommen, wäre ich vermutlich um eine Antwort verlegen gewesen. Aber entweder reichte sein theologisches Verständnis nicht so weit oder er wollte nicht über solche Dinge nachdenken. Gibt es die Hölle überhaupt, oder erschaffen wir sie uns auf Erden selbst? Wenn ich an die letzten acht Jahre meines Lebens zurückdenke, plädiere ich für Letzteres.

»Wie?«, fragte er. »Wann?«

Ich sagte es ihm.

»Und wir können danach hier weiterleben?«

Ich bejahte es.

»Und es tut ihr nicht weh?«

»Nein«, sagte ich. »Es geht ganz schnell.«

Er wirkte zufrieden. Es hätte allerdings noch immer nicht passieren müssen, hätte Arlette sich anders verhalten.

Wir entschieden uns für einen Donnerstagabend ungefähr in der Mitte eines Junis, der zu den schönsten gehörte, an die ich mich erinnern kann. An Sommerabenden trank Arlette gern einmal ein Glas Wein, jedoch selten mehr. Aus gutem Grund. Sie gehörte zu den Menschen, die nie zwei Gläser trinken können, ohne vier, dann sechs, dann die ganze Flasche zu leeren. Und eine zweite Flasche, wenn eine da ist. »Ich muss sehr vorsichtig sein, Wilf. Der schmeckt mir zu gut. Zum Glück habe ich einen starken Willen.«

An jenem Abend saßen wir auf der Veranda, beobachteten den letzten Lichtschimmer über den Feldern und horchten auf das einschläfernde Zirpen der Grillen. Henry war in seinem Zimmer. Er hatte sein Abendessen kaum angerührt, und während Arlette und ich in unseren Schaukelstühlen saßen, deren Kissen passenderweise mit MA und PA bestickt waren, glaubte ich, ein leises Geräusch zu hören, so als müsste er sich übergeben. Ich weiß noch, wie ich dachte, dass er im entscheidenden Moment wohl schlappmachen würde. Seine Mutter würde morgen früh verkatert aufwachen, ohne zu ahnen, wie nahe sie daran gewesen war, nie wieder einen Sonnenaufgang in Nebraska zu erleben. Trotzdem machte ich wie geplant weiter. Weil ich einer dieser russischen Matroschka-Puppen glich? Vielleicht. Vielleicht ist jeder Mann so. In mir steckte der Hinterhältige, aber in dem Hinterhältigen steckte wiederum der Hoffnungsvolle. Dieser Bursche starb irgendwann zwischen 1922 und 1930. Der Hinterhältige verschwand einfach, nachdem sein schändliches Werk getan war. Ohne seine ehrgeizigen, wiewohl unredlichen Pläne kam mir das Leben nur noch hohl vor.

Ich hatte die Flasche auf die Veranda mitgenommen, aber als ich Arlette nachschenken wollte, bedeckte sie ihr Glas mit der Hand. »Du brauchst mich nicht betrunken zu machen, um zu kriegen, was du willst. Ich will es ja auch.

Mich juckt es hier unten.« Sie machte die Beine breit und legte eine Hand in den Schritt, um mir zu zeigen, wo es sie juckte. In ihr steckte eine ordinäre Person – vielleicht sogar eine Hure –, die der Wein immer zum Vorschein brachte.

»Trink trotzdem noch ein Glas«, sagte ich. »Wir haben etwas zu feiern.«

Sie betrachtete mich misstrauisch. Schon von einem Glas Wein wurden ihre Augen feucht (als würde sie irgendwie um all den Wein, den sie wollte, aber nicht kriegte, Tränen vergießen), und im Widerschein des Sonnenuntergangs sahen sie so orangerot aus wie die Augen einer Kürbislaterne, in der eine brennende Kerze steht.

»Es wird keinen Prozess geben«, erklärte ich ihr, »und keine Scheidung. Wenn die Farrington Company es sich leisten kann, uns außer den 40 Hektar deines Vaters meine 30 abzukaufen, ist unser Streit beendet.«

Zum ersten und einzigen Mal in unserer unruhigen Ehe stand ihr buchstäblich der Mund offen. »Was sagst du da? Hab ich das richtig gehört? Versuch bloß nicht, mich zum Narren zu halten, Wilf!«

»Das tue ich nicht«, sagte der Hinterhältige. Er sprach mit aufrichtigem Ernst. »Henry und ich haben lange darüber gesprochen ...«

»Ihr habt wie Pech und Schwefel zusammengehalten, das ist wahr«, sagte sie. Sie hatte die Hand von ihrem Glas genommen, und ich nutzte die Gelegenheit, um ihr nachzuschenken. »Habt ständig im Heuschober oder auf dem Holzstoß gehockt oder auf dem Feld die Köpfe zusammengesteckt. Ich dachte immer, es geht um die kleine Cotterie.«

Ein Schnauben und ein Kopfhochwerfen. Aber ich glaubte, auch etwas Wehmut zu erkennen. Sie nahm einen kleinen Schluck von ihrem zweiten Glas Wein. Zwei weitere kleine Schlucke, dann würde sie das Glas noch abstellen und ins Bett gehen können. Vier weitere, dann konnte ich ihr genauso gut die ganze Flasche geben. Von den beiden anderen, die ich in Reserve hatte, ganz zu schweigen.

»Nein«, sagte ich. »Wir haben nicht über Shannon geredet.« Allerdings hatte auch ich gesehen, wie Henry manchmal mit der kleinen Cotterie Händchen hielt, wenn sie die zwei Meilen zur Schule in Hemingford Home gingen. »Wir haben über Omaha gesprochen. Er will dorthin, schätze ich.« Ich durfte nicht zu dick auftragen, nicht nach einem einzigen Glas Wein und zwei kleinen Schlucken aus einem weiteren. Sie war von Natur aus misstrauisch, meine gute Arlette, stets auf der Suche nach einem verborgenen Motiv. Und in diesem Fall hatte ich natürlich eines. »Wenigstens mal einen Versuch damit machen. Und Omaha ist nicht allzu weit von Hemingford entfernt …«

»Nein, das ist es nicht. Wie ich euch beiden schon tausendmal gesagt habe.« Sie trank noch einen kleinen Schluck, aber statt das Glas wie zuvor abzustellen, behielt sie es nun in der Hand. Der orangerote Lichtschein am Horizont wurde zu einem unwirklichen dunklen Purpurgrün, das in dem Weinglas zu brennen schien.

»Wäre es St. Louis, wäre die Sache anders.«

»Den Gedanken habe ich aufgegeben«, sagte sie. Was natürlich bedeutete, dass sie diese Möglichkeit erkundet, aber problematisch gefunden hatte. Natürlich hinter meinem Rücken. Alles hinter meinem Rücken bis auf die Sache mit dem Firmenanwalt. Aber auch zu dem wäre sie heimlich gegangen, wenn sie ihn nicht als Druckmittel gegen mich hätte einsetzen wollen.

»Glaubst du, dass sie das ganze Stück kaufen werden?«, fragte ich. »Alle 70 Hektar?«

»Woher soll ich das wissen?« Wieder ein kleiner Schluck. Das zweite Glas war halb leer. Hätte ich jetzt gesagt, sie habe genug, und versucht, ihr das Glas wegzunehmen, hätte sie es nicht mehr hergegeben.

»Du weißt es bestimmt«, sagte ich. »Diese 70 Hektar sind wie St. Louis. Du hast dich *sachkundig* gemacht.«

Sie sah mich mit schlauem Blick von der Seite an … dann brach sie in raues Gelächter aus. »Vielleicht hab ich's getan.«

»Ich finde, wir könnten uns ein Haus am Stadtrand suchen«, sagte ich. »Damit wir wenigstens Ausblick auf ein paar Felder haben.«

»Wo du den ganzen Tag im Schaukelstuhl auf der Veranda sitzen und zur Abwechslung deine Frau die ganze Arbeit machen lassen kannst? Hier, schenk noch mal nach. Wenn wir feiern, dann richtig.«

Ich füllte beide Gläser. In meines kam nur ein Spritzer, weil ich bislang nur einen einzigen Schluck getrunken hatte.

»Ich könnte mir vielleicht Arbeit als Mechaniker suchen. Autos und Lastwagen und natürlich Landmaschinen. Wenn ich den alten Farmall-Traktor da in Schuss halten kann …« Ich deutete mit meinem Glas auf den dunklen Koloss neben der Scheune. »… kann ich vermutlich auch alles andere am Laufen halten.«

»Und Henry hat dich dazu überredet.«

»Er hat mich davon überzeugt, dass es besser ist, die Chance zu ergreifen, in der Stadt glücklich zu werden, als hier in sicherem Elend allein zu bleiben.«

»Der Junge beweist Vernunft, und der Mann hört auf ihn! Endlich! Halleluja!« Sie leerte ihr Glas und hielt es mir hin, um sich nachschenken zu lassen. Dabei umklammerte sie meinen Arm und lehnte sich so weit herüber, dass ich in ihrem Atem vergorene Trauben riechen konnte. »Vielleicht bekommst du heute Nacht diese Sache, die du so magst, Wilf.« Sie berührte die Mitte ihrer Oberlippe mit der purpurrot gefärbten Zungenspitze. »Diese *garstige* Sache.«

»Darauf freue ich mich schon«, sagte ich. Wenn es nach mir ginge, würde in dieser Nacht in dem Bett, das wir uns seit 15 Jahren teilten, etwas noch Garstigeres passieren.

»Henry soll herkommen«, sagte sie. Inzwischen sprach sie mit schwerer Zunge. »Ich will ihm dazu gratulieren, dass ihm endlich ein Licht aufgegangen ist.« (Habe ich erwähnt, dass das Verb *danken* nicht zum Wortschatz meiner Frau gehörte? Möglicherweise nicht. Vielleicht ist das inzwischen auch nicht mehr nötig.) Ihre Augen glänzten, weil ihr offenbar etwas einfiel. »Wir geben ihm ein Glas Wein! Er ist alt genug!« Sie stieß mich mit dem Ellbogen an wie einer der alten Männer, die man auf den Bänken vor dem Gerichtsgebäude sitzen sieht, wo sie sich schmutzige Witze erzählen. »Wenn wir seine Zunge ein bisschen lockern, erfahren wir vielleicht sogar, was er mit Shannon Cotterie treibt ... ein kleines Flittchen, aber sie hat schönes Haar, das muss man ihr lassen.«

»Trink erst noch ein Glas Wein«, sagte der Hinterhältige.

Sie trank sogar zwei weitere, dann war die Flasche leer. (Die erste Flasche.) Inzwischen sang sie mit ihrer besten Minstrel-Stimme »Avalon« und gab ihr bestes Minstrel-Augenrollen. Es war schmerzlich anzusehen und noch schmerzlicher anzuhören.

Ich ging in die Küche, um eine weitere Flasche Wein zu holen, und hielt den Zeitpunkt für gekommen, Henry zu rufen. Obwohl ich mir, wie schon gesagt, keine großen Hoffnungen machte. Ich konnte es nur tun, wenn er mein williger Komplize war, und war im Grunde meines Herzens davon überzeugt, dass er vor der Tat zurückschrecken würde, wenn nicht mehr geredet, sondern gehandelt werden musste. In diesem Fall würden wir sie einfach zu Bett bringen. Am Morgen würde ich ihr sagen, dass ich das Land meines Vaters nun doch nicht verkaufen wolle.

Henry kam herbei, und nichts auf seinem blassen, kummervollen Gesicht machte mir Hoffnung auf Erfolg. »Papa, ich glaub nicht, dass ich das kann«, flüsterte er. »Es geht um *Mama*.«

»Wenn du nicht kannst, dann eben nicht«, sagte ich, und damit hatte der Hinterhältige nichts zu schaffen. Ich musste mich damit abfinden; es kommt eben, wie's kommt. »Jedenfalls ist sie das erste Mal seit Monaten glücklich. Betrunken, aber glücklich.«

»Nicht nur beschwipst? Sie ist *betrunken?*«

»Sei nicht überrascht; ihren Willen zu bekommen ist das Einzige, was sie jemals glücklich macht. Das hätten deine 14 Jahre mit ihr dir längst zeigen müssen.«

Er horchte stirnrunzelnd auf die Veranda hinaus, weil die Frau, die ihn geboren hatte, gerade zu einer dissonanten, aber wortgetreuen Wiedergabe von »Dirty McGee« ansetzte. Henry runzelte über diese Barrelhouse-Ballade vielleicht wegen des Refrains *(»She was willin' to help him stick it in/For it was Dirty McGee again«)* die Stirn, eher jedoch darüber, wie undeutlich sie die Wörter aussprach. Letztes Jahr am ersten Wochenende im September hatte Henry in einem Jugendlager der Methodisten das Gelöbnis abgelegt. Ich genoss seinen Schock weidlich. Drehen Jugendliche sich nicht wie Wetterfahnen in böigem Wind, sind sie steif wie Puritaner.

»Sie will, dass du uns Gesellschaft leistest und ein Glas Wein trinkst.«

»Papa, du weißt, dass ich dem Herrn versprochen habe, nie zu trinken.«

»Das musst du mit ihr ausmachen. Sie will heute feiern. Wir verkaufen und ziehen nach Omaha.«

»*Nein!*«

»Na ... wir werden sehen. Eigentlich hängt das von dir ab, mein Sohn. Komm mit auf die Veranda.«

Seine Mutter stand schwankend auf, als sie ihn sah, umschlang ihn an den Hüften, drückte sich viel zu fest an ihn und bedeckte sein Gesicht übertrieben mit Küssen. Mit unangenehm riechenden, wie seine Grimasse zeigte. Der

Hinterhältige füllte inzwischen ihr mittlerweile leeres Weinglas.

»Endlich sind wir alle zusammen! Meine Männer haben Vernunft angenommen!« Sie hob ihr Glas zu einem Trinkspruch, kippte sich dabei aber einen guten Schuss Wein über den Busen. Sie blinzelte mir zu und lachte. »Wenn du brav bist, Wilf, darfst du ihn später aus dem Stoff saugen.«

Henry beobachtete sie mit verwirrtem Abscheu, als sie sich wieder in den Schaukelstuhl fallen ließ, den Rock etwas hochzog und ihn sich zwischen die Beine steckte. Sie sah seinen Blick und lachte.

»Sei bloß nicht so zimperlich. Ich hab dich mit Shannon Cotterie gesehen. Ein kleines Flittchen, aber sie hat schönes Haar und eine nette kleine Figur.« Sie kippte den Rest ihres Weins und rülpste. »Wenn du nichts davon abkriegst, bist du ein Dummkopf. Aber sei bloß vorsichtig! Mit vierzehn ist man nicht zu jung zum Heiraten. Hier draußen in der Mitte ist man mit vierzehn noch nicht mal zu jung, um die eigene *Cousine* zu heiraten.« Sie lachte nochmals und hielt mir ihr Glas hin. Ich schenkte aus der zweiten Flasche nach.

»Papa, sie hat genug«, sagte Henry so missbilligend wie ein Pastor. Über uns erschienen die ersten flimmernden Sterne über der ebenen weiten Leere, die ich mein Leben lang geliebt habe.

»Ach, ich weiß nicht«, sagte ich. »*In vino veritas*, das sagt Plinius der Ältere … in einem dieser *Bücher*, über die deine Mutter immer spottet.«

»Hand den ganzen Tag am Pflug, Nase die ganze Nacht in einem Buch«, sagte Arlette. »Außer wenn er was anderes in *mir* hat.«

»*Mama!*«

»*Mama!*«, äffte sie ihn nach, dann hob sie ihr Glas in Richtung Harlan Cotteries Farm, die jedoch zu weit entfernt war, als dass wir ihre Lichter hätten sehen können.

Weil der Mais jetzt hoch war, hätten wir sie nicht einmal sehen können, wenn sie eine Meile näher gewesen wäre. Wenn der Sommer in Nebraska Einzug hält, ist jedes Farmhaus ein Schiff auf einem weiten grünen Meer. »Ich trinke auf Shannon Cotterie und ihre unberührten Tittchen, und wenn mein Sohn nicht schon die Farbe ihrer Brustwarzen kennt, ist er ein Spätzünder.«

Mein Sohn gab keine Antwort, aber was ich im Halbdunkel von seinem Gesicht ablesen konnte, ließ den Hinterhältigen frohlocken.

Sie wandte sich Henry zu, packte ihn am Arm und verschüttete dabei etwas Wein auf sein Handgelenk. Ohne auf sein angewidertes Maunzen zu achten, starrte sie ihn mit plötzlich grimmiger Miene an und sagte: »Aber wenn du mit ihr im Mais oder hinter der Scheune liegst, pass bloß auf, dass du kein *Frühzünder* bist.« Sie ballte die freie Hand zur Faust, reckte den Mittelfinger vor und benutzte ihn dazu, rasch einen Kreis um ihren Schritt zu steppen: linker Oberschenkel, rechter Oberschenkel, Bauch rechts, Nabel, Bauch links, dann zum linken Oberschenkel zurück. »Du darfst alles erforschen und mit deinem Johnny Mac daran herumreiben, bis er sich gut fühlt und spuckt, aber bleib vom Mittelpunkt weg, sonst findest du dich eines Tages lebenslänglich gefangen – genau wie deine Mama und dein Daddy.«

Er stand auf und ging, weiterhin wortlos, was ich ihm nicht verübeln konnte. Selbst für Arlette war das eine höchst ordinäre Vorstellung gewesen. Er musste gesehen haben, wie sie sich vor seinen Augen von seiner Mutter – eine schwierige, aber manchmal liebevolle Frau – in eine nach Fusel riechende Puffmutter verwandelte, die einem Freier, der noch grün hinter den Ohren war, Anweisungen gab. Alles schlimm genug, aber er liebte die kleine Cotterie, und das machte die Sache noch schlimmer. Sehr junge Männer *müssen* ihre erste Liebe einfach auf einen Sockel stellen, und sollte jemand vorbeikommen und auf diesen Ausbund von Tugend spucken ... selbst wenn's die eigene Mutter ist ...

Ich hörte, wie er seine Tür zuknallte. Und leises, aber unverkennbares Schluchzen.

»Du hast seine Gefühle verletzt«, sagte ich.

Sie äußerte die Ansicht, *Gefühle* seien wie *Gefälligkeit* ein letzter Ausweg von Feiglingen. Dann streckte sie mir ihr Glas hin. Ich schenkte ihr nach und wusste dabei, dass sie am Morgen (immer vorausgesetzt, dass sie noch da war, um den Morgen zu begrüßen) nicht mehr wissen würde, was sie gesagt hatte, und es vehement leugnen würde, wenn ich es ihr erzählte. Ich hatte sie schon früher betrunken erlebt, wenn auch seit Jahren nicht mehr so sehr.

Wir leerten die zweite Flasche *(sie allein)* und die Hälfte der dritten, bevor ihr das Kinn auf den weinfleckigen Busen sank und sie zu schnarchen begann. Die aus ihrer eingeengten Kehle kommenden Schnarchlaute klangen wie das Knurren eines gereizten Hundes.

Ich legte ihr einen Arm um die Schultern, hakte eine Hand unter ihre Achsel und zog sie hoch. Sie murmelte protestierend und schlug mit einer stinkenden Hand schwach nach mir. »La' mich 'n Ruh. Will jetz' schlaf'm.«

»Das sollst du auch«, sagte ich. »Aber in deinem Bett, nicht auf der Veranda.«

Ich führte sie – wobei sie torkelte und schnaufte, ein Auge geschlossen, das andere trüb starrend aufgerissen – durchs Wohnzimmer. Henrys Tür öffnete sich. Er stand auf der Schwelle, sein Gesicht ausdruckslos und viel älter, als er in Wirklichkeit war. Er nickte mir zu. Nur ein einziges kurzes Senken des Kopfs, aber es sagte mir alles, was ich wissen musste.

Ich legte sie aufs Bett, zog ihr die Schuhe aus und ließ sie mit gespreizten Beinen und einer über den Matratzenrand baumelnden Hand weiterschnarchen. Dann ging ich ins Wohnzimmer zurück, wo ich Henry neben dem Radio stehend vorfand, zu dessen Anschaffung Arlette mich im Vorjahr gedrängt hatte.

»Sie darf nicht solche Sachen über Shannon sagen«, flüsterte er.

»Aber sie wird's tun«, sagte ich. »So ist sie eben, so hat der Herr sie geschaffen.«

»Und sie kann Shannon und mich schon gar nicht *auseinanderbringen*.«

»Doch, auch das wird sie tun«, sagte ich. »Wenn wir sie lassen.«

»Könntest du ... Papa, könntest du dir nicht selbst einen Anwalt nehmen?«

»Glaubst du, dass irgendein Anwalt, den ich mir mit meinem bisschen Geld auf der Bank leisten könnte, den Anwälten gewachsen ist, die Farrington gegen uns aufbieten wird? Die schwingen hier in der Hemington County den Hammer; ich schwinge nur eine kleine Sichel, um Heu zu mähen. Die wollen diese 70 Hektar, und sie will sie denen verschaffen. Es gibt keinen anderen Ausweg, aber du musst mir helfen. Tust du's?«

Er sagte lange nichts. Er senkte den Kopf, und ich sah Tränen aus seinen geschlossenen Augen auf den Häkelteppich tropfen. Dann flüsterte er: »Ja. Aber wenn ich zusehen muss ... Ich weiß nicht, ob ich das kann ...«

»Du kannst helfen, ohne zusehen zu müssen. Geh in den Schuppen und bring mir einen Rupfensack.«

Er tat, was ich verlangte. Ich ging in die Küche und holte ihr schärfstes Fleischermesser. Als er mit dem Sack zurückkam und das Messer sah, wurde er blass. »Muss es *damit* sein? Kannst du sie nicht ... mit einem Kissen ...«

»Das wäre zu langsam und zu qualvoll«, sagte ich. »Sie würde sich wehren.« Er akzeptierte das, als hätte ich vor meiner Ehefrau bereits ein Dutzend anderer Frauen umgebracht und wüsste deshalb Bescheid. Aber dem war nicht so. Ich wusste nur, dass ich in all meinen unausgegorenen Plänen für diesen Augenblick – sozusagen in meinen Tagträumen davon, sie loszuwerden – immer das Messer gesehen hatte, das ich jetzt in der Hand hielt. Also musste es das Messer sein. Das Messer oder nichts.

Wir standen im Licht der Petroleumlampen da – in Hemingford Home würde es außer durch Stromaggregate erzeugte Elektrizität erst 1928 geben – und starrten uns an, während die große Nachtstille, die dort draußen am Ende der Welt existiert, nur von ihrem hässlichen Schnarchlauten gestört wurde. Trotzdem war etwas Drittes im Raum anwesend: ihr unbarmherziger Wille, der unabhängig von der Frau selbst existierte (ich glaubte ihn damals zu spüren; heute, 8 Jahre später, bin ich mir dessen sicher). Dies ist eine Gespenstergeschichte, nur war der Geist schon da, bevor seine Besitzerin gestorben war.

»Also gut, Papa. Wir wollen … wir wollen sie in den Himmel schicken.« Henrys Miene hellte sich bei diesem Gedanken auf. Wie grässlich mir das jetzt erscheint, vor allem wenn ich bedenke, wie er später endete.

»Es geht schnell«, sagte ich. Als Junge und Mann hatte ich fünfzehn Dutzend Schweinen die Kehle durchgeschnitten und dachte deshalb, es würde schnell gehen. Aber ich irrte mich.

Ich will es kurz machen. In meinen schlaflosen Nächten – und davon gibt es viele – läuft alles immer wieder in quälender Langsamkeit vor mir ab, jedes Umsichschlagen und jedes Röcheln und jeder Tropfen Blut, deshalb will ich's kurz machen.

Wir gingen ins Schlafzimmer, ich mit dem Fleischermesser in der Hand voraus, dann mein Sohn mit dem Rupfensack. Wir schlichen auf Zehenspitzen, aber wir hätten auch mit Pauken und Trompeten hineinmarschieren können, ohne sie zu wecken. Ich machte Henry ein Zeichen, sich rechts von mir an ihren Kopf zu stellen. Nun konnten wir außer ihrem Schnarchen auch das Ticken des Big-Ben-Weckers auf ihrem Nachttisch hören, und mir kam ein seltsamer Gedanke: Wir glichen Ärzten, die am Totenbett eines wichtigen Patienten standen. Allerdings glaube ich, dass Ärzte an Totenbetten im Allgemeinen nicht vor Angst und Schuldbewusstsein zittern.

Bitte lass sie nicht stark bluten, dachte ich. *Lass den Sack das Blut aufsaugen. Noch besser: Lass Henry jetzt, in letzter Minute, einen Rückzieher machen.*

Aber das tat er nicht. Vielleicht dachte er, ich würde ihn dafür hassen; vielleicht hatte er sich damit abgefunden, sie in den Himmel befördern zu müssen; vielleicht dachte er an diesen obszönen Mittelfinger, der einen Kreis um ihren Schritt steppte. Ich weiß es nicht. Ich weiß nur, dass er »Leb wohl, Mama« flüsterte und ihr den Rupfensack über den Kopf warf.

Sie schnaubte und versuchte sich wegzudrehen. Ich hatte vorgehabt, unter den Sack zu greifen, um meine Arbeit zu tun, aber Henry musste sich darüberbeugen, um sie festzuhalten, so dass ich das nicht konnte. Ich sah, wie ihre Nase sich unter dem Rupfen wie die Rückenflosse eines Hais abzeichnete. Ich sah auch die beginnende Panik auf seinem Gesicht und wusste, dass er nicht lange durchhalten würde.

Ich stemmte ein Knie aufs Bett und legte eine Hand auf ihre Schulter. Dann zerschnitt ich den Sack und die Kehle darunter. Blut quoll durch den Schlitz in dem groben Rupfen. Ihre Hände kamen hoch und fuchtelten ins Leere. Henry torkelte mit einem hohen, dünnen Aufschrei vom Bett weg. Ich bemühte mich, sie festzuhalten. Sie zerrte mit den Händen an dem Sack, aus dem weiter das Blut strömte, und ich zerschnitt ihr drei Finger bis auf den Knochen. Sie kreischte wieder – ein Laut, so dünn und scharf wie ein Eissplitter –, und die Hand fiel zur Seite, um auf der Tagesdecke weiterzuzucken. Ich schnitt einen weiteren blutenden Schlitz in den Rupfen und noch einen und noch einen. Insgesamt fünf Schnitte, bevor sie mich mit der unverletzten Hand wegschob und sich den Sack vom Gesicht riss. Sie konnte sich nicht ganz davon befreien – er verfing sich in ihrem Haar –, so dass sie ihn wie ein Haarnetz trug.

Mit den ersten beiden Schnitten hatte ich ihr die Kehle aufgeschlitzt, beim ersten Mal tief genug, um den Knorpel der Luftröhre sichtbar werden zu lassen. Mit den letzten beiden hatte ich ihr Wange und Mund aufgeschnitten, Letzteren so tief, dass sie nun ein Clownsgrinsen trug. Es reichte von einem Ohr zum anderen und ließ die Zähne sehen. Sie stieß ein gutturales, gedämpftes Brüllen aus, wie es ein Löwe zur Fütterungszeit hören lassen könnte. Das Blut spritzte aus ihrer Kehle bis zum Fußende der Tagesdecke. Ich weiß noch, wie ich dachte, dass es wie der Wein in dem Glas aussieht, das sie im letzten Tageslicht hochgehalten hatte.

Sie wollte vom Bett aufstehen. Ich war erst überrascht, dann aufgebracht. Sie hatte mir während unserer Ehe immer nur Ärger gemacht und machte auch jetzt, bei unserer blutigen Scheidung, nichts als Ärger. Aber was hatte ich anderes erwartet?

»O Papa, *mach, dass sie aufhört!*«, kreischte Henry. »*Mach, dass sie aufhört, o Papa, mach um Himmels willen, dass sie aufhört!*«

Ich stürzte mich wie ein feuriger Liebhaber auf sie und drückte sie in ihr blutgetränktes Kopfkissen zurück. Tief aus ihrer zerfleischten Kehle kamen weitere dumpfe Knurrlaute. Ihre in den Höhlen rollenden Augen vergossen Ströme von Tränen. Ich schlang ihr Haar um meine Hand, riss ihr den Kopf zurück und durchschnitt ihr nochmals die Kehle.

Dann machte ich die Tagesdecke auf meiner Seite des Betts frei und wickelte sie ihr um den Kopf – jedoch zu spät, um den ersten aus ihrer Halsschlagader spritzenden Blutstrahl auffangen zu können. Dieser Strahl war mir ins Gesicht gegangen, so dass mir jetzt heißes Blut von Kinn, Nase und Augenbrauen tropfte.

Hinter mir verstummten Henrys Schreie. Ich drehte mich um und sah, dass Gott Erbarmen mit ihm gehabt hatte (vorausgesetzt, dass Er sich nicht von uns abgewandt hatte, als Er sah, was wir vorhatten): Er war ohnmächtig geworden. Ihr Umsichschlagen wurde schwächer. Schließlich lag sie still da … aber ich blieb ausgestreckt auf ihr und drückte sie auf die Tagesdecke, die nun mit ihrem Blut getränkt war. Ich erinnerte mich daran, dass sie nie etwas bereitwillig getan hatte. Und ich behielt recht. Nach dreißig Sekunden (die blecherne Uhr aus dem Versandhandel zählte sie ab) bäumte sie sich noch einmal auf und wölbte das Rückgrat diesmal so kräftig, dass sie mich fast abwarf. *Ride 'em, Cowboy,* dachte ich. Vielleicht sagte ich es auch laut. Daran kann ich mich nicht mehr erinnern, so wahr mir Gott helfe. An alles andere, aber nicht daran.

Sie sank erschöpft zusammen. Ich zählte weitere dreißig blecherne Ticklaute, dann noch einmal dreißig, um ganz sicherzugehen. Auf dem Fußboden bewegte Henry sich und stöhnte. Erst schien er sich aufsetzen zu wollen, überlegte sich die Sache dann aber wohl anders. Er kroch in die entfernteste Ecke des Zimmers und rollte sich dort zu einer Kugel zusammen.

»Henry?«, sagte ich.

Nichts von der zusammengerollten Gestalt in der Ecke.

»Henry, sie ist tot. Sie ist tot, und ich brauche Hilfe.«

Wieder nichts.

»Henry, für eine Umkehr ist es jetzt zu spät. Die Tat ist geschehen. Wenn du nicht ins Gefängnis willst – und dein

Vater nicht auf den elektrischen Stuhl soll –, musst du aufstehen und mir helfen.«

Er kam auf die Beine und torkelte in Richtung Bett. Die Haare waren ihm über die Brauen in die Augen gefallen; hinter den von Schweiß verklebten Locken glitzerten seine Augen wie die eines im Gebüsch lauernden Tieres. Er leckte sich immer wieder die Lippen.

»Tritt nicht in das Blut. Hier drinnen gibt's viel mehr sauberzumachen, als ich wollte, aber das schaffen wir. Das heißt, wenn wir's nicht im ganzen Haus verteilen.«

»Muss ich sie mir ansehen? Papa, muss ich sie mir *ansehen*?«

»Nein. Das muss keiner von uns.«

Wir wickelten sie ein und machten dadurch die Tagesdecke zu ihrem Leichentuch. Als wir damit fertig waren, wurde mir klar, dass wir sie so nicht aus dem Haus tragen konnten: In meinen unausgegorenen Plänen und Tagträumen hatte ich nicht mehr als einen dezenten Blutfaden an der Stelle der Tagesdecke gesehen, unter der ihre durchtrennte Kehle (ihre *glatt* durchtrennte Kehle) war. Die Wirklichkeit hatte ich nicht vorausgesehen, nicht einmal in Erwägung gezogen: In dem düsteren Raum war die weiße Tagesdecke schwärzlich purpurrot und leckte Blut, wie ein tropfnasser Schwamm Wasser abgibt.

Im Kleiderschrank lag ein Quilt. Ich musste unwillkürlich daran denken, was meine Mutter sagen würde, wenn sie sähe, wofür ihr liebevoll besticktes Hochzeitsgeschenk zweckentfremdet wurde. Ich breitete ihn auf dem Boden aus. Wir legten Arlette darauf. Dann wickelten wir sie ein.

»Schnell«, sagte ich. »Bevor auch der zu tropfen anfängt. Nein ... warte ... hol eine Lampe.«

Er blieb so lange fort, dass ich schon befürchtete, er wäre weggelaufen. Dann sah ich einen Lichtschein den kurzen Flur entlanghuschen, der an Henrys Zimmer vorbei in das

Schlafzimmer führte, das Arlette und ich uns teilten. Uns geteilt *hatten*. Ich konnte die Tränen sehen, die ihm über das wachsbleiche Gesicht liefen.

»Stell sie auf die Kommode.«

Er stellte die Lampe neben das Buch, das ich gerade las: *Hauptstraße* von Sinclair Lewis. Ich habe es nie zu Ende gelesen; ich konnte es nicht ertragen, das zu tun. Im Lampenlicht zeigte ich ihm die Blutflecken auf dem Boden und die große Lache unmittelbar neben dem Bett.

»Aus dem Quilt tropft auch welches«, sagte er. »Hätte ich gewusst, wie viel Blut sie in sich hat ...«

Ich zog meinen Kopfkissenbezug ab und streifte ihn über das untere Ende des Quilts wie einen Strumpf über ein blutendes Schienbein. »Nimm ihre Füße«, sagte ich. »Was jetzt kommt, müssen wir gleich erledigen. Und werd nicht wieder ohnmächtig, Henry, allein schaff ich's nämlich nicht.«

»Ich wollte, das alles wäre nur ein Traum«, sagte er, aber er bückte sich und umschlang das Ende des Quilts mit den Armen. »Glaubst du, es könnte ein Traum sein, Papa?«

»Heute in einem Jahr, wenn alles hinter uns liegt, werden wir's für einen halten.« Irgendwie glaubte ich das sogar. »Schnell jetzt. Bevor der Kissenbezug zu tropfen anfängt. Oder der restliche Quilt.«

Wie Möbelpacker, die ein in einen Teppich gewickeltes Möbelstück schleppten, trugen wir sie den Flur entlang, durchs Wohnzimmer und dann zur Haustür hinaus. Ich atmete auf, sobald wir die Verandatreppe hinunter waren; Blutspuren auf dem Hof ließen sich leichter beseitigen.

Henry hielt sich gut, bis wir um die Ecke des Kuhstalls bogen und der alte Brunnen in Sicht kam. Er war von eingerammten Zaunlatten umgeben, damit niemand versehentlich auf den Holzdeckel trat, mit dem er verschlossen war. Im Sternenschein wirkten diese Stecken trostlos grausig, und Henry ließ bei ihrem Anblick einen erstickten kleinen Schrei hören.

»Das ist kein Grab für eine Mam… ma…« Mehr brachte er nicht heraus, bevor er ohnmächtig in das hinter dem Stall wuchernde Gestrüpp sank. Plötzlich musste ich das ganze Gewicht meiner ermordeten Frau allein tragen. Ich überlegte kurz, ob ich das groteske Bündel so lange ablegen sollte – die Stofflagen waren verrutscht, und die zerschnittene Hand schaute heraus –, bis ich Henry wiederbelebt hatte. Wahrscheinlich war es barmherziger, ihn liegen zu lassen. Also schleifte ich sie allein an den Brunnenrand, legte sie ab und stemmte den Holzdeckel hoch. Als ich ihn an zwei Zaunlatten lehnte, atmete der Brunnen mir ins Gesicht: ein Pesthauch aus stehendem Wasser und verfaulendem Unkraut. Ich kämpfte gegen einen Brechreiz an und verlor. An zwei weitere Latten geklammert, um das Gleichgewicht zu halten, knickte ich den Oberkörper ab und gab mein Abendessen von mir und den wenigen Wein, den ich getrunken hatte. Vom schlammigen Wasser der Brunnensohle echote ein Platschen herauf. Wie der Gedanke *Ride 'em, Cowboy* ist dieses Platschen in den vergangenen acht Jahren stets in Reichweite meiner Erinnerung geblieben. Ich wache mitten in der Nacht mit dem Echo im Kopf auf und spüre, wie sich mir die Splitter der Holzlatten in die Handflächen bohren, während ich sie umklammere, als ginge es um mein Leben.

Ich wich vom Brunnenrand zurück, fiel über das Bündel, das Arlette enthielt, und landete neben ihr. Die zerschnittene Hand hatte ich dicht vor Augen. Ich schob sie in den Quilt zurück und tätschelte sie dann, als wollte ich Arlette trösten. Henry lag weiterhin mit dem Kopf auf einem Arm gebettet im Gestrüpp. Er sah wie ein Kind aus, das nach einem anstrengenden Erntetag schläft. Über uns glitzerten die Sterne zu Tausenden und Abertausenden. Ich konnte die Sternbilder sehen – Orion, Kassiopeia, Großer und Kleiner Wagen –, die mein Vater mir erklärt hatte. In der Ferne ließ Rex, der Hund der Cotteries, ein kurzes Bellen hören, verstummte dann aber wieder. Ich weiß noch, wie ich dachte: *Diese Nacht wird niemals enden.* Und das stimmte. In gewisser Hinsicht hat sie das niemals getan.

Als ich das Bündel mit den Armen hochhob, zuckte es. Ich erstarrte und hielt trotz meines hämmernden Herzens den Atem an. *Das hast du gar nicht gespürt,* dachte ich. Ich wartete, ob es sich wiederholte. Oder ob ihre Hand sich vielleicht aus dem Quilt stahl, um mit den zerschnittenen Fingern mein Handgelenk zu umklammern.

Es passierte jedoch nichts mehr. Ich hatte mir alles nur eingebildet. Bestimmt hatte ich das. Also kippte ich sie in den Brunnen. Ich sah, wie der Quilt an dem nicht vom Kissenbezug zusammengehaltenen Ende aufging, und dann kam das Platschen. Ein viel lauteres Platschen, als es mein Erbrochenes gemacht hatte, aber zugleich auch ein quatschender Aufprall. Ich hatte gewusst, dass das Wasser dort unten nicht tief war, aber gehofft, es würde tief genug sein, um sie zu bedecken. Dieser Aufprall sagte mir, dass das nicht der Fall war.

Hinter mir setzte ein hohes, sirenenartig schrilles Lachen ein: dem Wahnsinn so nahe, dass mir ein eisiger Schauder eine Gänsehaut über den Rücken laufen ließ. Henry war zu sich gekommen und hatte sich aufgerappelt. Nein, viel mehr als nur das. Er hüpfte hinter dem Kuhstall umher, schwenkte die Arme unter dem Sternenhimmel und lachte dabei.

»Mama drunten im Brunnen, und mir ist's egal!«, lautete sein Singsang. »Mama drunten im Brunnen, und mir ist's egal, denn mein Meister ist *fo-ort*!«

Ich war mit drei Schritten bei ihm, schlug ihm mit voller Wucht ins Gesicht und hinterließ blutige Fingerabdrücke auf einer glatten Wange, die noch kein Rasiermesser kannte. »Halt den Mund! Deine Stimme trägt weit! Unsere … Hörst du, Dummkopf? Jetzt kläfft der verdammte Köter wieder.«

Rex bellte einmal, zweimal, dreimal. Danach Stille. Wir standen da, wobei ich Henrys Schultern umklammerte und den Kopf leicht geneigt hielt. Der Schweiß lief mir ins Genick. Rex blaffte noch einmal, dann ließ er es bleiben. Falls einer der Cotteries davon aufgeschreckt worden war, würde er glauben, dass es einem Waschbären gegolten hatte. Das hoffte ich zumindest.

»Geh ins Haus«, sagte ich. »Das Schlimmste ist überstanden.«

»Wirklich, Papa?« Er sah mich ernst an. »Ist es das?«

»Ja. Alles in Ordnung mit dir? Wirst du noch mal ohnmächtig?«

»War ich das?«

»Ja.«

»Mir fehlt nichts. Ich bin nur … Ich weiß nicht, warum ich so gelacht habe. Ich war durcheinander. Wahrscheinlich aus Erleichterung. Es ist vorbei!« Ein Kichern entkam ihm, und er schlug sich wie ein kleiner Junge, der vor seiner Großmutter versehentlich ein schlimmes Wort gebraucht hat, beide Hände vor den Mund.

»Ja«, sagte ich. »Es ist vorbei. Wir bleiben hier. Deine Mutter ist nach St. Louis weggelaufen … vielleicht war es auch Chicago … aber wir bleiben hier.«

»Sie …?« Sein Blick irrlichterte zum Brunnen mit dem Holzdeckel hinüber, der von zwei Latten gestützt wurde, die im Sternenschein irgendwie trostlos grausig wirkten.

»Ja, Hank, das ist sie.« Seine Mutter hasste es, wenn ich ihn Hank nannte, weil es ihrer Meinung nach ordinär war, aber jetzt konnte sie nichts mehr dagegen machen. »Hat uns einfach sitzenlassen. Das tut uns natürlich leid, aber inzwischen kann die Arbeit nicht warten. Auch die Schule nicht.«

»Und ich kann weiter … mit Shannon befreundet bleiben?«

»Natürlich«, sagte ich. Vor meinem inneren Auge sah ich wieder, wie Arlettes Mittelfinger seinen lüsternen Kreis um ihren Schritt steppte. »Natürlich kannst du das. Aber solltest du jemals den Drang verspüren, Shannon alles zu *gestehen* …«

Auf seinem Gesicht erschien ein entsetzter Ausdruck. »Niemals!«

»Das glaubst du jetzt, und ich bin froh darüber. Aber solltest du ihn eines Tages doch verspüren, musst du eines wissen: Sie würde davonlaufen.«

»Klar würde sie das«, murmelte er.

»Geh jetzt ins Haus, und hol die beiden Wascheimer aus der Speisekammer. Am besten auch ein paar Milcheimer aus dem Stall. Füll sie an der Küchenpumpe, und schäum das Wasser mit dem Zeug auf, das sie in der Küche unter dem Ausguss hat.«

»Soll ich das Wasser heiß machen?«

Ich hörte meine Mutter sagen: *Für Blut immer kaltes Wasser, Wilf. Denk daran.*

»Nicht nötig«, sagte ich. »Ich komme nach, sobald ich den Deckel wieder geschlossen habe.«

Er wollte sich schon abwenden, packte mich aber stattdessen am Arm. Seine Hände waren erschreckend kalt. »Das darf nie jemand erfahren!«, flüsterte er mir heiser ins Gesicht. »Was wir getan haben, darf nie jemand erfahren!«

»Das erfährt auch niemand«, sagte ich, was weit kühner klang, als mir zumute war. Einiges war schon fehlgeschlagen, und ich erkannte allmählich, dass eine Tat etwas ganz anderes war, als sie nur zu erträumen.

»Sie kommt nicht zurück, stimmt's?«

» Was?«

»Sie wird uns doch in Ruhe lassen, oder?« Nur sprach er *lassen* auf jene ländliche Weise aus, bei der Arlette den Kopf geschüttelt und die Augen verdreht hätte. Erst jetzt, acht Jahre später, fällt mir auf, wie sehr *lassen* wie *hassen* klingt.

»Ja«, sagte ich.

Aber ich irrte mich.

Ich sah in den Brunnen, und obwohl er nur 7 Meter tief war, konnte ich in jener Neumondnacht nur den blassen Fleck des Quilts ausmachen. Vielleicht war es auch der Kissenbezug. Ich schloss den Deckel wieder, rückte ihn etwas zurecht und ging dann ins Haus zurück. Ich versuchte, den gleichen Weg zu gehen, den wir mit unserem schrecklichen Bündel zurückgelegt hatten, und schlurfte absichtlich, um etwaige Blutspuren zu verwischen. Morgen früh würde ich bessere Arbeit leisten.

In jener Nacht fand ich etwas heraus, was die meisten Leute nie erfahren werden: Mord ist Sünde, Mord ist Verdammnis (ganz bestimmt für Geist und Verstand des Täters, selbst wenn die Atheisten recht haben und es kein Leben nach dem Tod gibt), aber Mord ist auch Arbeit. Wir schrubbten das Schlafzimmer, bis uns der Rücken wehtat, dann machten wir mit dem Flur, dem Wohnzimmer und zuletzt der Veranda weiter. Immer wenn wir glaubten, fertig zu sein, fand einer von uns einen weiteren Blutfleck. Als im Osten der Tag heraufdämmerte, war Henry im Schlafzimmer auf allen vieren, um die Ritzen zwischen den Fußbodenbrettern zu säubern, und ich war im Wohnzimmer auf den Knien dabei, Arlettes Häkelteppich Quadrat für Quadrat nach dem einen Tropfen Blut abzusuchen, der uns verraten konnte. Der Teppich war sauber – in diesem Punkt hatten wir Glück gehabt –, aber neben ihm entdeckte ich einen fingernagelgroßen Blutfleck. Ich wischte ihn weg und ging dann ins Schlafzimmer zurück, um zu sehen, wie Henry zurechtkam. Er fühlte sich inzwischen offenbar besser, und auch ich fühlte mich besser. Das mochte an dem einsetzenden Tageslicht liegen, das unsere schlimmsten Ängste stets zu zerstreuen scheint. Als unser Hahn George erstmals an diesem Tag herzhaft krähte, fuhr Henry jedoch zusammen. Dann lachte er. Es war ein kurzes Lachen, mit dem noch immer etwas nicht in Ordnung war, aber es jagte mir nicht solche Angst ein wie sein Lachen, als er draußen zwischen Stall und Brunnenrand wieder zu Bewusstsein gekommen war.

»Ich kann heute nicht in die Schule gehen, Papa. Ich bin zu müde. Und … ich glaube, dass die Leute es auf meinem Gesicht sehen würden. Vor allem Shannon.«

Die Schule hatte ich völlig vergessen, was ein weiterer Beweis für halbgare Planung war. Für *bescheuerte* Planung. Ich hätte die Tat bis zu den Sommerferien der County School verschieben sollen. Das hätte lediglich bedeutet, eine Woche länger zu warten. »Du kannst bis Montag zu Hause bleiben; dann erzählst du der Lehrerin, dass du die Grippe hattest und nicht die ganze Klasse anstecken wolltest.«

»Ich hab zwar keine Grippe, aber ich bin wirklich krank.«

Das war ich auch.

Wir hatten ein sauberes Laken aus ihrem Wäscheschrank (so viele Dinge in diesem Haus gehörten *ihr* … aber das war einmal) ausgebreitet und das blutige Bettzeug darauf gestapelt. Auch die Matratze war natürlich blutig und musste weg. Im Schuppen gab es noch eine andere, nicht so gute. Ich machte ein Bündel aus der Bettwäsche, und Henry trug die Matratze. Wir gingen wieder zum Brunnen hinaus, kurz bevor die Sonne über dem Horizont erschien. Der Himmel über uns war wolkenlos. Für den Mais würde es ein guter Tag werden.

»Ich kann da nicht reinsehen, Papa.«

»Das brauchst du auch nicht«, sagte ich und stemmte den Holzdeckel wieder hoch. Ich überlegte mir, dass ich ihn gleich hätte offen lassen sollen – *Vorausdenken spart Arbeit*, hatte mein Papa immer gesagt –, und wusste gleichzeitig, dass ich das nie gekonnt hätte. Nicht nach dem letzten schwachen Zucken, das ich gespürt (oder mir eingebildet) hatte.

Jetzt konnte ich den Boden sehen, und was ich sah, war furchtbar. Sie war mit zerschmetterten Beinen unten auf-gekommen und saß aufrecht kauernd da. Der Kissenbezug war aufgeplatzt und lag auf ihrem Schoß. Der Quilt und die Tagesdecke waren aufgegangen und nun wie ein raffi-nierter Überwurf um ihre Schultern drapiert. Der weiterhin an ihrem Kopf hängende Rupfensack, der ihr Haar wie ein Netz zusammenhielt, vervollständigte das Bild: Sie sah bei-nahe so aus, als hätte sie sich zum abendlichen Ausgehen in die Stadt feingemacht.

Ja! Ein Abend in der Stadt! Deshalb bin ich so glücklich! Deshalb grinse ich von einem Ohr zum anderen! Und fällt dir auf, wie rot mein Lippenstift ist, Wilf? Dieses Rot würde ich niemals in der Kirche tragen, nicht wahr? Nein, das ist die Art Lippenstift, die eine Frau trägt, die mit ihrem Mann diese garstige Sache machen will. Komm runter, Wilf, lass dich nicht lange bitten. Halt dich nicht mit der Leiter auf, spring einfach! Zeig mir, wie scharf du auf mich bist! Du hast mir eine garstige Sache angetan, jetzt lass mich dir eine antun!

»Papa?« Henry stand mit dem Gesicht zum Stall und hochgezogenen Schultern wie ein Junge da, der Prügel er-wartete. »Ist alles in Ordnung?«

»Ja.« Ich warf das Bündel Bettzeug hinunter und hoffte, dass es auf sie fallen und dieses schreckliche nach oben ge-richtete Grinsen verdecken würde, aber ein zufälliger Luft-zug ließ es stattdessen auf ihrem Schoß landen. Jetzt schien es, als säße sie in einer seltsamen blutgetränkten Wolke.

»Ist sie zugedeckt? Ist sie zugedeckt, Papa?«

Ich packte die Matratze und kippte sie hinein. Sie landete stehend in dem schlammigen Wasser, fiel dann gegen die rund gemauerte Brunnenwand und bildete ein kleines schräges Schutzdach über ihr, das wenigstens den zurückgeworfenen Kopf und das blutige Grinsen verbarg.

»Jetzt ist sie's.« Ich legte den alten Holzdeckel an seinen Platz zurück und wusste, dass hier weitere Arbeit wartete: Der Brunnen musste aufgefüllt werden. Ach, aber das war ohnehin längst überfällig. Der baufällige alte Brunnen stellte eine Gefahr dar, weshalb ich ja auch ringsum die Holzlatten eingerammt hatte. »Komm, wir gehen ins Haus und frühstücken.«

»Ich kann keinen einzigen Bissen runterkriegen!«

Aber er konnte. Wir konnten es beide. Ich briet Eier, Speck und Kartoffeln, und wir aßen alles auf. Schwere Arbeit macht hungrig, wie jedermann weiß.

Henry schlief bis spätnachmittags. Ich blieb wach. Einige dieser Stunden verbrachte ich am Küchentisch, wo ich eine Tasse schwarzen Kaffee nach der anderen trank. Ein paar Stunden verbrachte ich auch damit, durch den Mais zu gehen, eine Reihe hinauf, die nächste hinunter, und den schwertförmigen Blätter zu lauschen, wie sie in der leichten Brise raschelten. Wenn es Juni ist und der Mais herauskommt, scheint er fast zu reden. Das beunruhigt manche Leute (und es gibt Dummköpfe, die behaupten, es sei das Geräusch, mit dem der Mais wachse), aber ich habe dieses sanfte Rascheln immer als tröstlich empfunden. Es half mir, klar zu denken. Jetzt, wo ich in diesem Hotelzimmer in der Stadt sitze, fehlt es mir. Das Stadtleben ist kein Leben für einen Farmer; für solch einen Mann ist dieses Leben eine Art Verdammnis an sich.

Beichten, finde ich, ist auch harte Arbeit.

Ich schritt die Reihen ab, ich lauschte dem Mais, ich versuchte, einen Plan auszuhecken, und schließlich hatte ich einen. Das war auch nötig, nicht nur für mich selbst.

Es hatte eine Zeit gegeben, die noch keine 20 Jahre zurücklag, in der ein Mann in meiner Position sich keine Sorgen hätte zu machen brauchen; in jenen Tagen gingen die Angelegenheiten eines Mannes nur ihn selbst etwas an, vor allem wenn er ein geachteter Farmer war: ein Mann, der seine Steuern zahlte, sonntags in die Kirche ging, das Baseballteam Hemingford Stars unterstützte und zuverlässig die Republikaner wählte. Ich glaube, dass in jenen Tagen auf Farmen in unserem Gebiet, das wir »die Mitte« nannten, alle möglichen Dinge passierten. Dinge, die unkommentiert blieben und erst recht nicht angezeigt wurden. Damals galt die Ehefrau eines Mannes als dessen Angelegenheit, und wenn sie verschwand, war der Fall damit erledigt.

Aber diese Zeiten waren vorbei, und auch wenn sie es nicht gewesen wären, blieb die Sache mit dem Land. Mit den 70 Hektar. Die Farrington Company wollte das Land für ihren gottverdammten Schweineschlachthof. Arlette hatte sie in diesem Vorhaben bestärkt. Das bedeutete Gefahr, und Gefahr bedeutete, dass Tagträume und unausgegorene Pläne nicht länger genügen würden.

Als ich am frühen Nachmittag ins Haus zurückkehrte, war ich müde, aber endlich wieder ruhig und besonnen. Unsere wenigen Kühe muhten laut, weil ihre morgendliche Melkzeit weit überschritten war. Ich erledigte diese Arbeit und trieb sie dann auf ihre Weide hinaus, auf der ich sie bis Sonnenuntergang lassen würde, statt sie gleich nach dem Abendessen zum zweiten Melken wieder in den Stall zu holen. Ihnen war das egal; Kühe akzeptieren das, was *ist*. Wäre Arlette mehr wie unsere Kühe gewesen, überlegte ich mir, würde sie noch leben und mir zusetzen, ihr eine neue Waschmaschine aus dem Katalog von Monkey Ward zu kaufen. Und ich hätte sie ihr wahrscheinlich gekauft. Sie konnte mich immer zu allem überreden. Nur nicht, wenn es um unser Land ging. In diesem Punkt hätte sie klüger sein sollen. Land ist Männersache.

Henry schlief noch. In den folgenden Wochen schlief er viel, und ich ließ ihn, obwohl ich in einem normalen Sommer jeden Tag genug Arbeit für ihn gehabt hätte, sobald die Ferien begannen. Und er hätte seine Abende damit verbracht, den Cotteries drüben einen Besuch abzustatten oder mit Shannon auf unserer unbefestigten Straße auf und ab zu spazieren: Hand in Hand, während sie den aufgehenden Mond beobachteten. Das heißt, wenn sie sich nicht küssten. Ich hoffte zwar, dass unsere Tat ihm einen solch angenehmen Zeitvertreib nicht verdorben hatte, befürchtete aber, dass dem so war. Dass *ich* ihn ihm verdorben hatte. Und ich hatte natürlich recht.

Ich verscheuchte solche Gedanken, indem ich mir sagte, vorerst genüge es, wenn er schlafen konnte. Ich musste noch einmal zum Brunnen hinaus, und das tat ich am besten allein. Unser abgezogenes Bett schien Mord zu schreien. Ich trat an den Kleiderschrank und begutachtete ihre Sachen. Und Frauen besitzen davon üblicherweise nicht wenig. Röcke und Kleider und Blusen und Pullover und Unterwäsche – Letztere zum Teil so kompliziert und seltsam, dass man als Mann nicht einmal weiß, wo hinten und vorn ist. Alles einzupacken wäre ein Fehler gewesen, weil unser Lastwagen noch in der Scheune und der Model T unter der Ulme stand. Sie war zu Fuß weggegangen und hatte nur mitgenommen, was sie tragen konnte. Warum hatte sie nicht den T genommen? Weil ich ihn anspringen gehört und sie am Wegfahren gehindert hätte. Das klang durchaus glaubwürdig. Also ... ein einzelner Handkoffer.

Ich packte hinein, was eine Frau meiner Meinung nach brauchen und was sie nicht zurücklassen wollen würde. Ich legte ihren wenigen guten Schmuck und das goldgerahmte Bild ihrer Eltern hinein. Ich war im Zweifel wegen der Toilettenartikel im Bad und beschloss, alles bis auf ihren Parfümzerstäuber von Florient und ihre Haarbürste mit dem Hornrücken dazulassen. In ihrem Nachttisch lag ein Neues Testament, das Pastor Hawkins ihr geschenkt hatte, aber ich hatte sie nie darin lesen sehen, weshalb ich es liegen ließ. Aber ich griff nach dem Fläschchen mit den Eisentabletten, die sie bei Regelblutungen genommen hatte.

Henry schlief noch immer, aber jetzt warf er sich von einer Seite zur anderen, als setzten ihm schlechte Träume zu. Ich beeilte mich, so gut ich konnte, weil ich im Haus sein wollte, wenn er aufwachte. Ich ging um den Stall herum zum Brunnen, stellte den Koffer ab und hob den splittrigen Deckel zum dritten Mal hoch. Gott sei Dank, dass Henry nicht neben mir stand. Gott sei Dank, dass er nicht sehen musste, was ich sah. Ich glaube, es hätte ihn in den Wahnsinn getrieben. Es trieb mich fast in den Wahnsinn.

Die Matratze war zur Seite geschoben worden. Mein erster Gedanke war, *sie* hätte sie fortgeschoben, um dann herauszuklettern. Weil sie noch lebte. Noch atmete. Jedenfalls erschien es mir zunächst so. Als mein logisches Denkvermögen eben meinen anfänglichen Schock überwand – als ich anfing, mich zu fragen, welche Art Atmung bewirken konnte, dass das Kleid einer Frau sich nicht nur am Busen, sondern vom Ausschnitt bis zum Saum hob und senkte –, begann ihr Unterkiefer sich zu bewegen, als mühte sie sich verzweifelt ab, etwas zu sagen. Es waren jedoch keine Wörter, die aus ihrem grausig vergrößerten Mund kamen, vielmehr war es eine Ratte, die sich an ihrer Zunge gütlich getan hatte. Zuerst erschien ihr Schwanz. Dann klappte der Unterkiefer weiter auf, und das Tier schob sich rückwärts heraus, wobei es die Krallen der Hinterfüße in Arlettes Kinn grub, um mehr Halt zu haben.

Die Ratte plumpste in ihren Schoß, worauf eine große Flut ihrer Brüder und Schwestern unter dem Kleid hervorströmte. Eines der Tiere hatte etwas Weißes in den Schnurrbarthaaren – einen kleinen Fetzen von ihrem Schlüpfer, vielleicht auch ihrem Büstenhalter. Ich warf den Koffer nach ihnen. Ich dachte nicht lange darüber nach – mein Verstand toste vor Abscheu und Entsetzen –, sondern tat es einfach. Er landete auf ihren Beinen. Die meisten Nager – möglicherweise alle – wichen ihm mühelos aus. Dann strömten sie in ein rundes schwarzes Loch zurück, das die Matratze (die sie allein durch ihr Gewicht zur Seite geschoben haben mussten) verdeckt hatte, und waren im Nu verschwunden. Ich wusste recht gut, was dieses Loch war: die Öffnung der Rohrleitung, die unsere Viehtränken im Stall mit Wasser versorgt hatte, bis das Sinken des Wasserspiegels sie nutzlos gemacht hatte.

Ihr Kleid fiel um sie herum zusammen. Die vermeintliche Atmung hörte auf. Aber sie *starrte* mich an, und was mir anfangs wie ein Clownsgrinsen vorgekommen war, erschien mir jetzt wie ein finsterer Medusenblick. Ich konnte Rattenbisse an den Wangen sehen, und es fehlte eines der Ohrläppchen.

»Du lieber Gott«, flüsterte ich. »Arlette, es tut mir so leid.«

Deine Entschuldigung wird nicht angenommen, schien ihr Starren zu sagen. *Und wenn ich so aufgefunden werde, mit Rattenbissen im toten Gesicht und der unter dem Kleid weggefressenen Unterwäsche, kommst du garantiert drüben in Lincoln auf den Stuhl. Und als Letztes wirst du mein Gesicht sehen. Du wirst mich sehen, wenn dir der Starkstrom die Leber brät und das Herz in Brand setzt, und ich werde grinsen.*

Ich ließ den Deckel herunter und stolperte bis zur Stallwand, wo meine Knie nachgaben. Wäre ich in der Sonne gewesen, wäre ich bestimmt wie Henry in der Nacht zuvor ohnmächtig geworden. Aber ich war im Schatten, und nachdem ich fünf Minuten lang mit fast auf die Knie herabhängendem Kopf dagehockt hatte, fühlte ich mich allmählich wieder wie ich selbst. Die Ratten hatten sich an sie herangemacht – na und? Erwischten sie uns nicht irgendwann alle? Ratten und Würmer und Käfer? Irgendwann musste auch der massivste Sarg nachgeben und das Leben einlassen, damit es sich vom Tod nährte. Das ist der Lauf der Welt, und was macht das schon? Wenn das Herz zu schlagen aufhört und das Gehirn an Sauerstoffmangel zugrunde geht, entschwebt unsere Seele an einen anderen Ort oder erlischt einfach. So oder so sind wir nicht mehr da, um das Nagen zu spüren, mit dem uns das Fleisch von den Knochen gefressen wird.

Ich ging zum Haus zurück und hatte die Verandatreppe erreicht, bevor ein Gedanke mich ruckartig stehen bleiben ließ: Was war mit dem Zucken? Was war, wenn sie noch gelebt hatte, als ich sie in den Brunnen geworfen hatte? Was war, wenn sie *noch immer* gelebt hatte, gelähmt und außerstande, auch nur einen ihrer zerschnittenen Finger zu bewegen, als die Ratten aus dem Rohr kamen und mit ihren Verwüstungen begannen? Was war, wenn sie die eine gespürt hatte, die in ihren praktischerweise vergrößerten Mund gekrochen war und angefangen hatte, ihre …?

»Nein«, flüsterte ich. »Sie hat nichts gespürt, weil sie nicht gezuckt hat. Bestimmt nicht. Sie war tot, als ich sie reingeworfen habe.«

»Papa?«, rief Henry mit schlaftrunkener Stimme. »Bist du das, Paps?«

»Ja.«

»Mit wem redest du?«

»Niemand. Mit mir selbst.«

Ich ging hinein. Er saß in Unterwäsche am Küchentisch, sah benommen und unglücklich aus. Sein Haar, das in widerspenstigen Büscheln vom Kopf abstand, erinnerte mich an den kleinen Frechdachs, der er einst gewesen war – der mit seinem Hund Boo (in jenem Sommer längst tot) auf den Fersen lachend über den Hof getollt war und die Hühner gejagt hatte.

»Ich wollte, wir hätten es nicht getan«, sagte er, als ich mich ihm gegenübersetzte.

»Was geschehen ist, lässt sich nicht rückgängig machen«, sagte ich. »Wie oft habe ich dir das schon erklärt, Junge?«

»Ungefähr eine Million Mal.« Er ließ einige Sekunden lang den Kopf hängen, dann sah er zu mir auf. Seine rot geränderten Augen waren blutunterlaufen. »Werden wir geschnappt? Müssen wir ins Gefängnis? Oder …«

»Nein. Ich habe einen Plan.«

»Du hattest einen Plan, dass sie keine Schmerzen haben sollte! Du siehst ja, wie *der* ausgegangen ist!«

Mich juckte es in der Hand, ihn dafür zu ohrfeigen, deshalb hielt ich sie mit der anderen fest. Jetzt war nicht der richtige Augenblick für gegenseitige Vorwürfe. Außerdem hatte er recht. Was schiefgegangen war, war alles meine Schuld. *Bis auf die Ratten,* dachte ich. *Für die kann ich nichts.* Konnte ich doch. Natürlich konnte ich was dafür. Wäre ich nicht gewesen, hätte Arlette jetzt am Herd gestanden, um das Abendessen zu kochen. Vermutlich hätte sie mir dauernd wegen der 70 Hektar zugesetzt, wäre aber gesund und munter gewesen, statt im Brunnen zu liegen.

Die Ratten sind bestimmt schon wieder da, flüsterte eine Stimme tief in meinem Kopf. *Um weiter an ihr zu fressen. Erst verzehren sie die besten Stücke, die leckeren Stücke, die Delikatessen, und dann …*

Henry griff über den Tisch und berührte meine verkrampften Hände. Ich fuhr zusammen.

»Tut mir leid«, sagte er. »Wir sitzen im selben Boot.«

Ich liebte ihn dafür.

»Wir kommen zurecht, Hank; wenn wir einen kühlen Kopf bewahren, kann uns nichts passieren. Hör mir jetzt zu.«

Er hörte zu. Irgendwann begann er zu nicken. Als ich fertig war, stellte er eine Frage: Wann würden wir den Brunnen zuschütten?

»Noch nicht«, sagte ich.

»Ist das nicht riskant?«

»Ja«, sagte ich.

Zwei Tage später, als ich ungefähr eine Viertelmeile von der Farm entfernt ein Stück Zaun ausbesserte, sah ich eine große Staubwolke, die sich vom Highway Omaha–Lincoln her auf unserer Straße näherte. Wir würden Besuch aus der Welt bekommen, der Arlette so unbedingt hatte angehören wollen. Ich stapfte zum Haus zurück, meinen Hammer durch eine Gürtelschlaufe gesteckt und mit umgebundener Zimmererschürze, in deren langer Tasche bei jedem Schritt die Nägel klirrten. Henry war nirgends zu sehen. Vielleicht war er zum Baden zur Quelle runtergegangen; vielleicht schlief er auch in seinem Zimmer.

Bis ich den Hof erreicht hatte und auf dem Hackklotz saß, hatte ich das Fahrzeug erkannt, das die lange Staubfahne hinter sich herzog: Lars Olsens Red Baby, sein Lieferwagen. Lars war der Schmied von Hemingford Home und zugleich der Milchmann des Dorfs. Gegen Bezahlung fungierte er auch als eine Art Chauffeur, und in dieser Eigenschaft war er an diesem Juninachmittag unterwegs. Der Lieferwagen kam auf den Hof gerattert und trieb George und seinen kleinen Hühnerharem in die Flucht. Noch bevor der Motor sich ganz totgekeucht hatte, stieg auf der Beifahrerseite ein dicklicher Mann in einem wallenden grauen Staubmantel aus. Als er seine Schutzbrille abnahm, waren um die Augen große (und komische) weiße Kreise zu sehen.

»Wilfred James?«

»Zu Diensten«, sagte ich und stand auf. Ich fühlte mich ganz ruhig. Weniger ruhig wäre ich vermutlich gewesen, wenn er in dem County-Ford mit dem Stern auf der Seite herausgekommen wäre. »Sie sind?«

»Andrew Lester«, sagte er. »Rechtsanwalt.«

Er streckte die Hand aus. Ich betrachtete sie.

»Bevor ich die schüttele, sollten Sie mir lieber sagen, wessen Anwalt Sie sind, Mr. Lester.«

»Gegenwärtig bin ich als Anwalt für die Farrington Livestock Company in Chicago, Omaha und Des Moines tätig.«

Ja, dachte ich, das bezweifle ich nicht. Aber ich möchte wetten, dass dein Name nicht einmal an der Tür steht. Die Bonzen in Omaha brauchen keine staubige Autofahrt auf sich zu nehmen, um sich ihr täglich Brot zu verdienen, nicht wahr? Die Bonzen legen die Füße auf den Schreibtisch, trinken Kaffee und bewundern die hübschen Fesseln ihrer Sekretärinnen.

»In diesem Fall, Sir«, sagte ich, »schlage ich vor, dass Sie die Hand einfach wegtun. Nichts für ungut.«

Genau das tat er mit einem Anwaltslächeln. Schweißbäche zogen helle Linien über seine Pausbacken, und sein Haar war von der Fahrt ganz zerzaust und verfilzt. Ich ging an ihm vorbei zu Lars hinüber, der eine Seite der Motorhaube hochgeklappt hatte und darunter an etwas herumfummelte. Er pfiff vor sich hin und schien fröhlich wie ein Vogel auf einer Telegrafenleitung zu sein. Darum beneidete ich ihn. Ich hoffte, dass Henry und ich wieder fröhliche Tage erleben würden – auf einer so vielfältigen Welt wie der unseren ist alles möglich –, aber das würde nicht im Sommer 1922 sein. Oder im Herbst.

Ich schüttelte Lars die Hand und erkundigte mich, wie es ihm gehe.

»Leidlich gut«, sagte er, »aber ausgetrocknet. Ich könnte einen Schluck vertragen.«

Ich nickte zur Ostseite des Hauses hinüber. »Du weißt, wo die Pumpe ist.«

»Klar doch«, sagte er und knallte die Motorhaube mit einem metallischen Scheppern zu, das die Hühner, die langsam zurückgekommen waren, erneut flüchten ließ. »Süß und kalt wie immer, was?«

»Das würde ich sagen«, stimmte ich zu, während ich dachte: *Aber könntest du noch aus dem anderen Brunnen pumpen, Lars, würde dir der Geschmack kaum zusagen, glaub ich.* »Überzeug dich selbst davon.«

Er machte sich auf den Weg zur schattigen Seite des Hauses, wo die Wasserpumpe unter dem kleinen Schutzdach stand. Mr. Lester sah ihm nach, dann wandte er sich wieder mir zu. Er hatte seinen Staubmantel aufgeknöpft. Der Anzug darunter würde in die Reinigung müssen, wenn er nach Lincoln, Omaha, Deland oder sonst wohin zurückkam, wo er wohnte, wenn er nicht in Cole Farringtons Geschäften unterwegs war.

»Ich könnte selbst einen Schluck brauchen, Mr. James.«

»Ich auch. Zäune reparieren ist heiße Arbeit.« Ich betrachtete ihn von oben bis unten. »Aber nicht so heiß, wie zwanzig Meilen in Lars' Wagen zu fahren, möchte ich wetten.«

Er rieb sich den Hintern und lächelte sein Anwaltslächeln. Diesmal wirkte es eher so, als würde er den Tag verwünschen. Ich konnte allerdings sehen, wie sein Blick gehetzt in alle Richtungen flitzte. Man durfte diesen Mann nicht unterschätzen, nur weil er angewiesen worden war, an einem heißen Sommertag zwanzig Meilen weit aufs Land hinauszurattern. »Davon erholt meine Sitzfläche sich vielleicht nie wieder.«

An einer Stütze des Schutzdachs hing an einer Kette eine Schöpfkelle. Lars pumpte sie voll, trank sie aus, wobei sein Adamsapfel in seinem dürren, von der Sonne verbrannten

Hals auf und ab hüpfte, füllte sie erneut und bot sie Lester an, der sie so zweifelnd betrachtete, wie ich seine mir hingestreckte Hand gemustert hatte. Dann sah er wieder zu mir herüber. »Vielleicht könnten wir das Wasser drinnen trinken, Mr. James. Dort dürfte es etwas kühler sein.«

»Klar«, stimmte ich zu, »aber ich würde Sie so wenig ins Haus einladen, wie ich Ihnen die Hand schüttele.«

Lars Olsen merkte, woher der Wind blies, und sah zu, dass er zu seinem Lieferwagen zurückkam. Aber zuvor gab er Lester die Schöpfkelle. Mein Besucher trank nicht mit gierigen Zügen wie Lars, sondern mit affektierten kleinen Schlucken. Mit anderen Worten wie ein Anwalt – aber er hörte nicht auf, bevor die Schöpfkelle leer war, und auch das sah einem Anwalt ähnlich. Dann knallte die Fliegengittertür, und Henry, der seine Latzhose trug, kam barfuß aus dem Haus. Sein Blick streifte uns scheinbar völlig desinteressiert – guter Junge! –, dann tat er, was jeder aufgeweckte Farmerjunge gemacht hätte: Er sah zu, wie Lars an seinem Lieferwagen arbeitete, um mit etwas Glück in die Mysterien des Motors eingeweiht zu werden.

Ich setzte mich auf den Holzstoß, den wir vor dem Haus aufgestapelt hatten. »Ich nehme an, dass Sie geschäftlich hier sind. In Sachen meiner Frau.«

»Ganz recht.«

»Na ja, Sie haben eine Erfrischung bekommen, also sollten wir uns jetzt dranmachen. Ich habe noch viel Arbeit vor mir, und es ist schon drei Uhr nachmittags.«

»Von Sonnenaufgang bis Sonnenuntergang. Das Farmerleben ist schwer.« Er seufzte, als würde er sich da auskennen.

»Stimmt, und eine schwierige Frau kann es noch schwerer machen. Sie kommen vermutlich von ihr, aber ich weiß nicht, warum – wenn es nur um irgendwelchen juristischen Papierkram geht, wäre wohl ein Deputy Sheriff rausgekommen und hätte ihn mir zugestellt.«

Er sah mich überrascht an. »Ihre Frau hat mich nicht hergeschickt, Mr. James. Eigentlich bin ich rausgekommen, um sie hier *anzutreffen*.«

Das Ganze glich einem Bühnenstück, und das war mein Stichwort, den Überraschten zu spielen. Und dann glucksend zu lachen, weil in der Regieanweisung als Nächstes glucksendes Lachen stand. »Das ist der beste Beweis.«

»Wofür?«

»In meiner Kindheit hatten wir einen Nachbarn, einen widerlichen alten Kerl namens Bradlee. Alle Leute haben ihn Paps Bradlee genannt.«

»Mr. James …«

»Mein Vater, der manchmal geschäftlich mit ihm zu tun hatte, hat mich ein paarmal mitgenommen. Mit Pferd und Wagen, wie's noch üblich war. Bei ihren Geschäften ist es um Saatmais gegangen, zumindest im Frühjahr, aber manchmal haben sie auch Werkzeug getauscht. Damals hat es noch keinen Versandhandel gegeben, und ein gutes Werkzeug konnte die Runde durch die ganze County machen, bevor es wieder heimfand.«

»Mr. James, ich sehe nicht ganz …«

»Und immer wenn wir zu dem alten Kerl gefahren sind, hat meine Mama mich aufgefordert, wegzuhören, weil jedes zweite Wort aus Paps Bradlees Mund ein Fluch oder eine Zote war.« Diese Sache fing an, mir auf säuerliche Weise Spaß zu machen. »Also habe ich natürlich umso aufmerksamer zugehört. Einen von Paps Bradlees Lieblingssprüchen weiß ich noch gut: ›Besteig keine Stute ohne Zügel, denn man weiß nie, wohin das Miststück rennt.‹«

»Erwarten Sie von mir, dass ich das verstehe?«

»Wohin, glauben Sie denn, ist *mein* Miststück gerannt, Mr. Lester?«

»Soll das heißen, dass Ihre Frau …?«

»Sie ist abgehauen, Mr. Lester. Hat sich aus dem Staub gemacht. Sich französisch empfohlen. Die Fliege gemacht. Als eifriger Leser, der sich für amerikanische Umgangssprache interessiert, fallen mir jede Menge solcher Ausdrücke ein. Lars jedoch – wie die meisten anderen Hemingforder – würde nur sagen: ›Sie ist weggelaufen und hat ihn sitzenlassen‹, wenn die Nachricht die Runde macht. Oder ihn und den Jungen, um genau zu sein. Ich dachte natürlich, sie würde zu ihren tierlieben Freunden bei der Farrington Company gehen, und ich würde als Nächstes die Mitteilung erhalten, dass sie das Land ihres Vaters verkaufen will.«

»Das will sie allerdings.«

»Hat sie den Vertrag schon unterschrieben? Dann müsste ich wohl vor Gericht gehen.«

»Das hat sie noch nicht getan. Sollte sie das jedoch, möchte ich Ihnen schon jetzt davon abraten, einen teuren Prozess anzustrengen, den Sie bestimmt verlieren würden.«

Ich stand auf. Ein Träger meiner Latzhose war mir von der Schulter gerutscht, und ich hakte ihn mit einem Daumen wieder hoch. »Tja, da sie nicht hier ist, ist das eine ›hypothetische Frage‹, wie die Juristen sagen, finden Sie nicht auch? An Ihrer Stelle würde ich sie in Omaha suchen.« Ich lächelte. »Oder in Saint Louis. Sie hat *immer* von Sain'-Loo geredet. Mir kommt's vor, als hätte sie Farrington ebenso satt wie mich und den Sohn, den sie geboren hat. Jetzt ist sie uns Gott sei Dank los. ›Zum Teufel eure Häuser!‹ Das ist übrigens von Shakespeare. *Romeo und Julia.* Ein Liebesdrama.«

»Sie werden entschuldigen, wenn ich das sage, aber das alles erscheint mir höchst befremdlich, Mr. James.« Aus einer inneren Anzugtasche – reisende Anwälte wie er hatten bestimmt jede Menge Taschen – hatte er ein Seidentaschentuch gezogen, mit dem er sich nun das Gesicht abtupfte. Seine Wangen waren jetzt nicht nur gerötet, sondern feuerrot. Aber es war nicht die Tageshitze, die seinem Gesicht diese Farbe verlieh. »In der Tat höchst seltsam, wenn man bedenkt, welchen Preis mein Mandant für dieses Stück Land, das unweit der Great-Western-Bahnlinie am Hemingford Stream liegt, zu zahlen bereit ist.«

»Auch ich werde mich erst daran gewöhnen müssen, aber ich bin Ihnen gegenüber im Vorteil.«

»Ja?«

»Ich kenne sie. Ich bin mir sicher, dass Sie und Ihre *Mandanten* geglaubt haben, das Geschäft sei perfekt, aber Arlette James ... Na ja, sie auf etwas festnageln zu wollen ist nicht anders, als wollte man einen Wackelpudding an die Wand nageln. Wir sollten nicht vergessen, was Paps Bradlee gesagt hat, Mr. Lester. Jaja, der Mann war ein echtes ländliches Genie!«

»Dürfte ich im Haus nachsehen?«

Ich lachte nochmals, und diesmal brauchte ich mich nicht dazu zu zwingen. Der Mann hatte Nerven, das musste man ihm lassen, und dass er nicht mit leeren Händen abziehen wollte, war verständlich. Er war zwanzig Meilen weit in einem staubigen Lieferwagen ohne Türen gefahren, er musste sich weitere zwanzig Meilen durchrütteln lassen, bevor er nach Hemingford City zurückkam (von wo aus er bestimmt mit dem Zug weiterfahren musste), er hatte einen wunden Hintern, und die Leute, die ihn losgeschickt hatten, würden über seinen Bericht, den er nach all diesen Strapazen erstatten konnte, nicht erfreut sein. Armer Kerl!

»Ich will meinerseits etwas fragen: Würden Sie die Hose runterlassen, damit ich mir Ihre Kronjuwelen ansehen kann?«

»Das finde ich ungehörig.«

»Kann ich Ihnen nicht verübeln. Sie müssen es als einen ... nein, nicht als einen Vergleich, das ist nicht richtig, sondern als eine Art *Parabel* sehen.«

»Ich verstehe Sie nicht.«

»Na ja, Sie haben auf der Rückfahrt in die Stadt eine Stunde Zeit, um darüber nachzudenken ... zwei, wenn Lars' Red Baby eine Reifenpanne hat. Und ich kann Ihnen versichern, Mr. Lester, wenn ich Sie in meinem Haus – in meinem Privatbesitz, meiner Burg, meinen Kronjuwelen – herumschnüffeln ließe, würden Sie meine Frau nicht tot im Kleiderschrank oder ...« Dann kam ein schrecklicher Augenblick, in dem ich beinahe *oder im Brunnen liegend* sagte. Ich spürte, dass ich plötzlich Schweißperlen auf der Stirn hatte. »Oder unter dem Bett auffinden.«

»Ich habe nie behauptet ...«

»Henry!«, rief ich. »Komm einen Augenblick her!«

Henry kam mit gesenktem Kopf durch den Staub geschlurft. Er wirkte besorgt, vielleicht sogar schuldbewusst, aber das war in Ordnung. »Ja, Sir?«

»Erzähl diesem Mann, wo deine Mama ist.«

»Das weiß ich nicht. Als du mich am Freitagmorgen zum Frühstück gerufen hast, war sie fort. Zusammengepackt und fort.«

Lester starrte ihn durchdringend an. »Sohn, ist das die Wahrheit?«

»Ja, Sir.«

»Die ganze Wahrheit und *nichts* als die Wahrheit, so wahr dir Gott helfe?«

»Papa, kann ich wieder ins Haus? Ich muss doch Hausaufgaben nachmachen, weil ich krank war.«

»Gut, dann geh«, sagte ich, »aber trödele nicht. Denk daran, dass du heute mit dem Melken dran bist.«

»Ja, Sir.«

Er stapfte die Stufen der Veranda hinauf und verschwand im Haus. Lester sah ihm nach, dann wandte er sich wieder an mich. »Da steckt mehr dahinter.«

»Ich sehe, dass Sie keinen Ehering tragen, Mr. Lester. Wenn Sie erst mal einen so lange getragen haben wie ich, werden Sie wissen, dass das in Familien immer zutrifft. Und Sie werden noch etwas anderes wissen: Man weiß nie, wohin das Miststück rennt.«

Er stand auf. »Diese Sache ist noch nicht erledigt.«

»Doch, das ist sie«, sagte ich. Obwohl ich wusste, dass sie es nicht war. Aber wenn alles klappte, waren wir dem Ende ein Stück näher als zuvor. *Wenn.*

Er ging über den Hof davon, dann drehte er sich noch mal um. Er benutzte sein Seidentaschentuch, um sich abermals das Gesicht abzuwischen, dann sagte er: »Wenn Sie glauben, dass die 70 Hektar Ihnen gehören, nur weil Sie Ihre Frau vertrieben haben ... sie zu ihrer Tante in Des Moines oder einer Schwester in Minnesota fortgejagt haben ...«

»Suchen Sie sie in Omaha«, sagte ich lächelnd. »Oder in Sain'-Loo. Mit ihrer Verwandtschaft konnte sie nie viel anfangen, aber sie war verrückt danach, in Sain'-Loo zu leben. Gott weiß, warum.«

»Wenn Sie glauben, dort draußen säen und ernten zu können, irren Sie sich gewaltig. Wenn Sie auch nur ein einziges Saatkorn ausbringen, sehen wir uns vor Gericht wieder.«

»Ich bin mir sicher, dass Sie von ihr hören werden, sobald sie abgebrannt ist«, sagte ich.

In Wirklichkeit wollte ich sagen: *Nein, das Land gehört nicht mir ... aber auch nicht Ihnen. Es wird einfach dort draußen liegen. Und das ist in Ordnung, denn in sieben Jahren wird es mir gehören, wenn ich zum Gericht gehe, um sie amtlich für tot erklären zu lassen. Ich kann warten. Sieben Jahre, ohne Schweinemist zu riechen, wenn der Wind aus Westen kommt? Sieben Jahre, ohne die Schreie verendender Schweine (die den Schreien einer Sterbenden so ähnlich sind) zu hören oder ihre Eingeweide einen von ihrem Blut roten Bach hinabtreiben zu sehen? Das kommt mir wie sieben wundervolle Jahre vor.*

»Noch einen schönen Tag, Mr. Lester, und nehmen Sie sich auf der Rückfahrt vor der Sonne in Acht. Sie brennt am Spätnachmittag ziemlich herunter, und Sie haben sie genau im Gesicht.«

Er stieg wortlos in den Lieferwagen. Lars winkte mir zu, und Lester blaffte ihn an. Lars bedachte ihn mit einem Blick, der zu sagen schien: *Du kannst knurren und fauchen, so viel du willst, nach Hemingford City zurück sind's trotzdem zwanzig Meilen.*

Als von ihnen nur noch eine Staubfahne zu sehen war, kam Henry wieder auf die Veranda heraus. Er sah älter aus, wie ein junger Mann statt eines Jungen. »Hab ich es richtig gemacht, Papa?«

Ich ergriff sein Handgelenk, drückte es und tat so, als merkte ich nicht, wie das Fleisch unter meiner Hand sich vorübergehend versteifte, als müsste er den Impuls unterdrücken, es mir zu entziehen. »Genau richtig. Perfekt.«

»Füllen wir den Brunnen morgen auf?«

Ich dachte sorgfältig darüber nach, weil unser Leben davon abhängen konnte, wie ich mich entschied. Sheriff Jones wurde allmählich älter und schwergewichtiger. Er war nicht faul, aber es war schwierig, ihn ohne guten Grund dazu zu bringen, sich in Bewegung zu setzen. Lester würde Jones irgendwann davon überzeugen, dass er zu uns hinausfahren müsse, aber vermutlich nicht, bevor Lester dafür sorgte, dass einer der beiden quirligen Söhne Cole Farringtons den Sheriff anrief und ihn daran erinnerte, welche Firma der größte Steuerzahler in der Hemingford County war (von den benachbarten Countys Clay, Fillmore, York und Seward ganz zu schweigen). Trotzdem glaubte ich, dass uns noch mindestens zwei Tage blieben.

»Nicht morgen«, sagte ich. »Übermorgen.«

»Warum erst dann, Papa?«

»Weil der Sheriff rauskommen wird. Sheriff Jones ist zwar alt, aber nicht dumm. Ein bereits aufgefüllter Brunnen könnte ihn neugierig machen, *warum* er erst kürzlich aufgefüllt wurde und so. Aber einer, der gerade erst aufgefüllt wird ... und das noch aus gutem Grund ...«

»Welcher Grund? Sag schon!«

»Bald«, sagte ich. »Bald.«

Den ganzen nächsten Tag warteten wir auf eine auf unserer Straße heranbrodelnde Staubwolke, die nicht von Lars Olsens Lieferwagen, sondern vom Dienstwagen des County Sheriffs stammte. Aber sie kam nicht. Stattdessen kam Shannon Cotterie vorbei – die in ihrer Baumwollbluse und dem karierten Rock recht hübsch aussah –, um zu fragen, ob Henry wieder gesund sei und ob er mit ihr und ihrer Mama und ihrem Papa zu Abend essen könne, wenn er's sei.

Henry sagte, er fühle sich wohl, und ich beobachtete mit großer Sorge, wie sie Hand in Hand die Straße entlang davongingen. Er hütete ein schreckliches Geheimnis, und schreckliche Geheimnisse wiegen schwer. Sie mit anderen teilen zu wollen ist die natürlichste Sache der Welt. Und er liebte das Mädchen (oder glaubte sie zu lieben, was aufs Gleiche herauskommt, wenn man noch keine 15 ist). Zu allem Übel musste er eine Lüge erzählen, und sie würde vielleicht erkennen, dass es eine Lüge war. Liebende Augen sind angeblich blind, aber das ist eine törichte Annahme. Manchmal sehen sie viel zu viel.

Ich jätete im Garten (und zog mehr Erbsen heraus als Unkraut), dann setzte ich mich auf die Veranda, rauchte eine Pfeife und wartete darauf, dass er zurückkam. Was kurz vor Mondaufgang der Fall war. Sein Kopf war gesenkt, seine Schultern hingen herab, und er schlurfte mehr, als er ging. Es tat mir weh, ihn so zu sehen, aber ich war trotzdem erleichtert. Hätte er sein Geheimnis – oder auch nur einen Teil davon – jemandem anvertraut, wäre er nicht so dahergeschlichen. Hätte er sich offenbart, wäre er vielleicht überhaupt nicht mehr zurückgekommen.

»Du hast es so erzählt, wie wir es beschlossen haben?«, fragte ich ihn, als er sich setzte.

»Wie *du* es beschlossen hast. Ja.«

»Und sie hat versprochen, ihren Eltern nichts zu sagen?«

»Ja.«

»Aber wird sie's tun?«

Er seufzte. »Wahrscheinlich, ja. Sie liebt ihre Eltern, und die lieben sie. Sie werden etwas auf ihrem Gesicht sehen, schätze ich, und es aus ihr rauskriegen. Und selbst wenn sie's nicht tun, wird sie's vermutlich dem Sheriff erzählen. Das heißt, wenn er sich überhaupt die Mühe macht, mit den Cotteries zu reden.«

»Lester wird dafür sorgen, dass er das tut. Er wird Sheriff Jones ankläffen, weil seine Bosse in Omaha ihn ankläffen. So geht's rundum im Kreis weiter, und wo alles endet, weiß niemand.«

»Wir hätten es nie tun sollen.« Er überlegte, dann wiederholte er den Satz, wobei er grimmig flüsterte.

Ich sagte nichts. Eine Zeit lang schwieg auch er. Wir beobachteten, wie der Mond rot und schwanger aus dem Mais aufstieg.

»Papa? Kann ich ein Glas Bier haben?«

Ich sah ihn an – überrascht und doch nicht überrascht. Dann stand ich auf, ging hinein und schenkte uns beiden ein Glas Bier ein. Ich gab ihm eines davon und sagte dabei: »Morgen oder übermorgen gibt's keins, merk dir das.«

»Ist gut.« Er nippte, verzog das Gesicht und nahm dann einen kleinen Schluck. »Ich hab's gehasst, Shan anzulügen, Papa. An der Sache ist alles schmutzig.«

»Schmutz lässt sich abwaschen.«

»Der nicht«, sagte er und nahm noch einen Schluck. Diesmal verzog er das Gesicht nicht mehr.

Kurze Zeit später, nachdem der Mond silbern geworden war, ging ich ums Haus, um den Abort zu benutzen und darauf zu horchen, wie der Mais und die Nachtbrise einander die alten Geheimnisse der Erde erzählten. Als ich auf die Veranda zurückkam, war Henry verschwunden. Sein Bierglas stand halb leer auf dem Geländer an der Treppe. Dann hörte ich ihn im Stall sagen: »Braves Mädchen. Brav.«

Ich ging hinüber, um nach ihm zu sehen. Er hatte die Arme um Elpis' Hals geschlungen und streichelte sie. Ich glaubte zu sehen, dass er weinte. Ich beobachtete ihn eine Weile, sagte dann aber doch nichts. Ich ging ins Haus zurück, zog mich aus und legte mich in das Bett, in dem ich meiner Frau die Kehle durchgeschnitten hatte. Es dauerte lange, bis ich Schlaf fand. Und wenn Sie nicht den Grund verstehen, weshalb – *alle* Gründe, weshalb –, hat es keinen Zweck, dass Sie weiterlesen.

Ich hatte allen unseren Kühen die Namen griechischer Nebengöttinnen gegeben, aber Elpis erwies sich als schlechte Wahl – beziehungsweise eine Ironie des Schicksals. Sollte Ihnen entfallen sein, wie das Böse auf unsere traurige alte Welt gekommen ist, will ich es Ihnen ins Gedächtnis zurückrufen: Alles Böse entwich, als Pandora ihrer Neugier nachgab und die ihr zur Aufbewahrung anvertraute Büchse öffnete. Als sie so weit zu sich kam, dass sie den Deckel wieder schloss, befand sich nur noch Elpis, die Göttin der Hoffnung, in der Büchse. Aber in jenem Sommer 1922 gab es für unsere Elpis keine Hoffnung mehr. Sie war alt und griesgrämig, sie gab nicht mehr viel Milch, und wir hatten es fast aufgegeben, dieses bisschen zu melken, denn sobald man sich auf den Melkschemel setzte, trat sie nach einem. Wir hätten sie schon im Vorjahr verwerten sollen, aber ich scheute die Kosten, sie von Harlan Cotterie schlachten zu lassen, selbst war ich nämlich zu ungeschickt für diese Arbeit ... eine Einschätzung, die Sie, lieber Leser, inzwischen vermutlich teilen.

»Und sie wäre zäh«, hatte Arlette gesagt (die eine heimliche Zuneigung für Elpis empfunden hatte, vielleicht weil sie sie nie hatte melken müssen). »Lassen wir sie einfach friedlich weiterleben.« Aber nun hatten wir eine Verwendung für Elpis, und ihr Tod konnte einen weit nützlicheren Zweck erfüllen, als ein paar zähe Steaks zu liefern.

Zwei Tage nach Lesters Besuch legten mein Sohn und ich ihr ein Halfter an und führten sie um den Stall herum. Auf halbem Weg zum Brunnen blieb Henry stehen. Seine Augen glitzerten vor Verzweiflung. »Papa! Ich *rieche* sie!«

»Lauf ins Haus, und hol dir ein paar Wattebäusche für die Nase. Sie sind auf ihrer Kommode.«

Obwohl er den Kopf gesenkt hielt, sah ich seinen raschen Blick aus den Augenwinkeln heraus, bevor er wegtrabte. *Das ist alles deine Schuld*, besagte dieser Blick. *Alles deine Schuld, weil du nicht loslassen konntest.*

Trotzdem bezweifelte ich nicht, dass er mir bei der vor uns liegenden Arbeit helfen würde. Unabhängig davon, was er von mir dachte, war jetzt auch sein Mädchen involviert, und er wollte nicht, dass Shan erfuhr, was er gemacht hatte. Zwar war ich es, der ihn dazu gezwungen hatte, aber das würde sie niemals verstehen.

Wir führten Elpis zu dem Holzdeckel, vor dem sie begreiflicherweise zurückscheute. Also gingen wir auf die andere Seite hinüber, spannten die Zaumriemen wie Bänder beim Maibaumtanz und zerrten sie mit Gewalt auf das morsche Holz. Der Deckel knackte unter ihrem Gewicht ... bog sich durch ... hielt aber. Die alte Kuh stand mit hängendem Kopf da, sah so stur und dumm wie immer aus und ließ ihre gelbgrünen Zahnstummel sehen.

»Was jetzt?«, fragte Henry.

Just als ich sagen wollte, das wisse ich auch nicht, zerbrach der Holzdeckel mit einem lauten, spröden Knall in zwei Teile. Wir ließen die Halfterriemen nicht los, obwohl ich einen Augenblick lang glaubte, wir würden mit ausgerenkten Armen in diesen verdammten Brunnen gezogen werden. Dann löste der Zaum sich und kam nach oben geschnellt. Er war auf beiden Seiten gerissen. Unten begann Elpis vor Schmerzen zu muhen und mit den Hufen an die gemauerte Brunnenwand zu trommeln.

»*Papa!*«, kreischte Henry. Er hatte die Fäuste so fest gegen den Mund gepresst, dass sich die Fingerknöchel in die Oberlippe gruben. »*Mach, dass sie aufhört!*«

Elpis stieß ein lange nachhallendes Stöhnen aus und trommelte weiter mit den Hufen gegen den Stein.

Ich packte Henry am Arm und zerrte den Stolpernden ins Haus zurück. Dort stieß ich ihn auf Arlettes Versandhaussofa und wies ihn an, sich nicht von der Stelle zu rühren, bis ich ihn holen käme. »Und denk daran, dass die ganze Sache fast vorbei ist.«

»Die ist nie vorbei«, sagte er und wälzte sich auf dem Sofa auf den Bauch. Er hielt sich mit beiden Händen die Ohren zu, obwohl Elpis hier drinnen nicht zu hören war. Sicherlich hörte Henry sie dennoch weiter, ich tat das nämlich immer noch.

Ich holte mein Gewehr zur Schädlingsbekämpfung von der Anrichte. Es war nur ein Kaliber .22, aber es würde genügen. Und wenn Harlan Schüsse hörte, die über die Felder zwischen seiner Farm und meiner hallten? Auch die würden zu unserer Geschichte passen. Das heißt, wenn Henry sich lange genug zusammenreißen konnte, um sie zu erzählen.

Nun etwas, was ich aus dem Jahr 1922 gelernt habe: Es erwarten uns stets schlimmere Dinge. Man glaubt, das Allerschlimmste gesehen zu haben: diese eine Sache, die alle Albträume, die man je gehabt hat, zu einem grotesken Horror vereinigt, der tatsächlich existiert, und der einzige Trost ist, dass es nichts Schlimmeres geben kann. Auch wenn es etwas gäbe, würde man bei seinem Anblick überschnappen und nichts mehr davon wahrnehmen. Aber es *gibt* Schlimmeres, und trotzdem schnappt man nicht über und macht irgendwie weiter. Man begreift vielleicht, dass es für einen auf dieser Welt nie wieder Freude geben wird, dass durch die eigene Tat alles, was man zu gewinnen hoffte, unerreichbar geworden ist, und wünscht sich vielleicht, man wäre selbst tot – aber man macht weiter. Man erkennt, dass man in einer selbst geschaffenen Hölle ist, aber man macht trotzdem weiter. Weil einem nichts anderes übrigbleibt.

Elpis war auf die Leiche meiner Frau gestürzt, aber Arlettes grinsendes Gesicht war weiter ganz deutlich zu sehen, war weiter der sonnenhellen Welt zugekehrt, schien mich weiter anzusehen. Und die Ratten waren zurückgekommen. Die in ihre Welt stürzende Kuh hatte sie zweifellos in das Rohr zurückgetrieben, das ich später für mich Rattenboulevard nennen würde, aber dann hatten sie frisches Fleisch gewittert und waren eilig zur Erkundung herausgekommen. Sie nagten bereits an der armen alten Elpis, während sie noch muhte und ausschlug (nun schon schwächer), und eine saß auf dem Kopf meiner toten Frau wie eine schaurige Krone. Mit ihren geschickten Pfoten hatte sie ein Loch in den Rupfensack gerissen und ein Haarbüschel herausgezupft. Arlettes Wangen, einst so voll und hübsch, hingen in Fetzen herab.

Nichts kann schlimmer sein als das hier, dachte ich. *Damit muss ich am Ende aller Schrecken angelangt sein.*

Aber uns erwarten eben stets noch schlimmere Dinge. Während ich von Entsetzen und Abscheu gelähmt in den Brunnen starrte, schlug Elpis wieder aus und traf mit einem ihrer Hufe die Überreste von Arlettes Gesicht. Der Unterkiefer meiner Frau brach mit einem lauten Knacken, und alles unterhalb der Nase wurde wie an einem Scharnier hängend nach links verschoben. Trotzdem blieb ihr Grinsen von einem Ohr zum anderen erhalten. Die Tatsache, dass es nicht mehr zur Augenpartie passte, machte alles noch schlimmer. Statt nur einem Gesicht, das mich verfolgen konnte, schien sie jetzt zwei zu haben. Ihr Körper sank gegen die Matratze, die dadurch seitlich wegrutschte. Die Ratte auf ihrem Kopf flitzte dahinter. Elpis muhte nochmals. Wenn Henry jetzt zurückkäme und in den Brunnen sähe, stellte ich mir vor, würde er mich umbringen, weil ich ihn in diese Sache hineingezogen hatte. Ich hatte vermutlich den Tod verdient. Aber dann wäre er allein zurückgeblieben, und allein wäre er wehrlos gewesen.

Ein Teil des Holzdeckels war in den Brunnen gefallen; der Rest hing noch herab. Ich lud das Gewehr, legte es auf diese Schräge und zielte auf Elpis, die mit gebrochenen Halswirbeln und an die Brunnenwand gedrücktem Schädel dalag. Ich wartete, bis meine Hände nicht mehr zitterten, dann drückte ich ab.

Ein Schuss genügte.

Als ich ins Haus zurückkam, fand ich Henry auf dem Sofa eingeschlafen vor. Ich stand selbst zu sehr unter Schock, um das eigenartig zu finden. In diesem Augenblick erschien er mir als der einzige wahre Lichtblick auf dieser Welt: beschmutzt, aber nicht so schmutzig, dass er nie wieder sauber werden konnte. Ich beugte mich über ihn und küsste ihn auf die Wange. Er stöhnte auf und drehte den Kopf weg. Ich ließ ihn dort liegen und ging in die Scheune hinaus, um mein Werkzeug zu holen. Als er drei Stunden später zu mir kam, hatte ich den herabhängenden Teil des Holzdeckels aus dem Loch gezogen und angefangen, den Brunnen aufzufüllen.

»Ich helfe dir«, sagte er ausdruckslos.

»Gut. Nimm den Lastwagen und fahr damit zu dem Erdhaufen am Westzaun ...«

»Allein?« Er klang nur andeutungsweise ungläubig, aber es war ermutigend, überhaupt irgendeine Gefühlsregung zu hören.

»Du kennst alle Vorwärtsgänge und kannst den Rückwärtsgang finden, stimmt's?«

»Ja ...«

»Dann kommst du zurecht. Ich habe bis dahin genug zu tun, und wenn du zurückkommst, ist das Schlimmste vorbei.«

Ich wartete darauf, dass er mir nochmals erklären würde, das Schlimmste werde nie vorbei sein, aber das tat er nicht. Ich schaufelte weiter. Ich konnte noch immer Arlettes Kopf und den Rupfensack mit dem grässlichen herausgezogenen Haarbüschel darüber sehen. Irgendwo dort unten gab es vielleicht schon einen Wurf neugeborener Ratten in ihrer Wiege zwischen den Schenkeln meiner toten Frau.

Ich hörte den Motor des Lastwagens kurz stottern, dann noch einmal. Ich hoffte, dass die Kurbel nicht zurückschlagen und Henry den Arm brechen würde.

Beim dritten Versuch sprang unser alter Lastwagen schließlich röhrend an. Henry stellte die Zündung zurück, gab ein paarmal Gas und fuhr davon. Er blieb fast eine Stunde weg, aber als er zurückkam, war die Ladefläche voller Erde und Steine. Er stieß rückwärts an den Brunnenrand heran, stellte den Motor ab und stieg aus. Er hatte das Hemd ausgezogen, und sein schweißnasser Oberkörper war viel zu mager; ich konnte seine Rippen zählen. Ich überlegte, wann ich ihn zum letzten Mal hatte tüchtig essen sehen, kam aber zunächst nicht darauf. Dann fiel mir ein, dass seine letzte große Mahlzeit das Frühstück gewesen sein musste, nachdem wir sie beseitigt hatten.

Ich werde dafür sorgen, dass er heute ein gutes Abendessen bekommt, dachte ich. *Ich werde dafür sorgen, dass wir beide eines bekommen. Zwar kein Rindfleisch, aber im Eisschrank liegt etwas Schweinefleisch …*

Auf einmal sah ich eine lange Staubfahne näher kommen. Ich warf einen Blick in den Brunnen. Unsere bisherige Arbeit reichte nicht aus. Elpis war erst zur Hälfte mit Erde bedeckt. Das war natürlich in Ordnung, aber auch eine Ecke der blutigen Matratze ragte noch aus dem Erdreich.

»Hilf mir«, sagte ich.

»Reicht uns die Zeit, Papa?« Das klang nur mäßig interessiert.

»Das weiß ich nicht. Vielleicht. Steh nicht herum, hilf mir!«

Die zweite Schaufel lehnte neben den zersplitterten Resten der alten Brunnenabdeckung an der Stallwand. Henry ergriff sie, und wir machten uns daran, Erde und Steine von der Ladefläche des Lastwagens zu schaufeln, so schnell wir nur konnten.

Als der Wagen des County Sheriffs mit dem goldenen Stern auf der Tür und dem Suchscheinwerfer auf dem Dach vor dem Hackklotz hielt (und George und die Hühner wieder einmal in die Flucht trieb), saßen Henry und ich ohne Hemd auf den Verandastufen und teilten uns das Letzte, was Arlette James in ihrem Leben zubereitet hatte: einen Krug Limonade. Sheriff Jones stieg aus, ruckte seinen Gürtel hoch, nahm den Stetson ab, fuhr sich über sein ergrauendes Haar und setzte den Hut wieder entlang der Linie auf, an der die weiße Haut seiner Stirn in kupferrote Gesichtshaut überging.

»Guten Tag, Gents.« Er musterte unsere nackten Oberköper, schmutzigen Hände und schweißnassen Gesichter. »Heute Nachmittag wird schwer gearbeitet, was?«

Ich spuckte aus. »Meine eigene verdammte Schuld.«

»Ach, tatsächlich?«

»Eine von unseren Kühe ist in den alten Tränkbrunnen gefallen«, sagte Henry.

»Ach, tatsächlich?«, sagte Jones

»Genau«, sagte ich. »Wollen Sie ein Glas Limonade, Sheriff? Die ist von Arlette.«

»Von Arlette, was? Sie hat beschlossen, zurückzukommen, wie?«

»Nein«, sagte ich. »Sie hat ihre liebsten Klamotten mitgenommen, aber die Limonade dagelassen. Trinken Sie ein Glas mit.«

»Das tue ich. Aber erst muss ich den Abort benutzen. Seit ich Mitte fünfzig bin, kommt's mir vor, als müsste ich an jeden Busch pinkeln. Das ist gottverdammt lästig.«

»Der Abort ist hinter dem Haus. Sie müssen nur dem Trampelpfad folgen und Ausschau nach dem Halbmond in der Tür halten.«

Er lachte, als wäre dies der beste Witz, den er letztens gehört hatte, und ging nach hinten. Würde er unterwegs stehen bleiben, um durch die Fenster ins Haus zu spähen? Das würde er tun, wenn er seinen Job verstand, und soviel ich gehört hatte, tat er das. Zumindest hatte er sich in jüngeren Jahren darauf verstanden.

»Papa«, sagte Henry. Er sprach mit leiser Stimme.

Ich sah ihn an.

»Wenn er's rauskriegt, will ich es nicht noch schlimmer machen. Ich kann lügen, aber es darf keinen weiteren Mord geben.«

»Ist recht«, sagte ich. Es war ein kurzes Gespräch, aber eines, über das ich in den vergangenen acht Jahren oft nachgedacht habe.

Sheriff Jones kam zurück und knöpfte dabei den Hosenschlitz zu.

»Geh rein und hol dem Sheriff ein Glas«, wies ich Henry an.

Henry ging hinein. Jones war mit den Knöpfen fertig, nahm seinen Hut ab, fuhr sich abermals übers Haar und setzte den Stetson wieder auf. Der Stern an seiner Brusttasche glänzte in der Nachmittagssonne. Der Revolver an seiner Hüfte war großkalibrig, und obwohl Jones zu alt war, um im Großen Krieg gekämpft zu haben, schien das Holster aus Beständen des Amerikanischen Expeditionskorps zu stammen. Vielleicht hatte es seinem Sohn gehört. Sein Sohn war drüben gefallen.

»Gut riechender Abort«, sagte er. »An heißen Tagen immer schön.«

»Arlette hat ziemlich regelmäßig ungelöschten Kalk reingestreut«, sagte ich. »Wenn sie nicht wiederkommt, will ich versuchen, das selbst zu tun. Kommen Sie auf die Veranda, dann können wir im Schatten sitzen.«

»Schatten klingt gut, aber ich glaube, ich stehe lieber. Muss mein Rückgrat strecken.«

Wir gingen nach oben auf die Veranda. Ich setzte mich, und er stand neben mir und sah auf mich herab. Mir gefiel es nicht, in dieser Position zu sein, aber ich bemühte mich, das Ganze geduldig zu ertragen. Henry kam mit einem Glas zurück. Sheriff Jones schenkte sich selbst ein, kostete die Limonade, stürzte sie dann größtenteils in einem Zug hinunter und schmatzte anerkennend mit den Lippen.

»Ah, ist das gut, nicht wahr? Nicht zu sauer, nicht zu süß, gerade richtig.« Er lachte. »Ich rede wie Goldlöckchen, was?« Er trank auch den Rest, schüttelte aber den Kopf, als Henry ihm gleich wieder nachschenken wollte. »Soll ich auf der Rückfahrt nach Hemingford Home etwa an jeden Zaunpfosten pissen? Und danach an jeden auf der Fahrt nach Hemingford City?«

»Haben Sie Ihre Dienststelle verlegt?«, fragte ich. »Ich dachte, Sie sind gleich drüben in Home.«

»Das bin ich auch! Der Tag, an dem sie mich dazu zwingen, das Sheriff's Office in die Kreisstadt zu verlegen, ist der Tag, an dem ich kündige und meinen Job Hap Birdwell überlasse, der schon scharf darauf ist. Nein, nein, ich muss nur zu einer gerichtlichen Anhörung in die City. Eigentlich bloß Papierkram, aber was will man machen? Und Sie wissen ja, wie Richter Cripps ist … oder nein, vermutlich nicht, weil Sie ein gesetzestreuer Bürger sind. Er ist ein übellauniger Zeitgenosse, und seine Laune wird noch schlechter, wenn man sich mal verspätet. Jedenfalls muss ich mich hier draußen ein bisschen beeilen, obwohl es in der City bloß darum geht, ›so wahr mir Gott helfe‹ zu sagen und dann einen Stapel Schriftstücke zu unterschreiben, nicht wahr? Hoffentlich hält mein gottverdammter Maxie auf der Rückfahrt durch.«

Ich äußerte mich nicht dazu. Er redete irgendwie nicht wie jemand, der es eilig hat, aber vielleicht war das nur seine Art.

Er nahm den Hut ab und fuhr sich erneut übers Haar, aber diesmal setzte er den Hut nicht wieder auf. Er betrachtete mich ernst, dann Henry, dann wieder mich. »Sie wissen wahrscheinlich, dass ich nicht aus eigenem Antrieb hergekommen bin. Was sich zwischen einem Mann und einer Frau abspielt, ist denen ihre Angelegenheit, finde ich. So muss es sein, nicht wahr? Das Weib sei dem Manne untertan, steht in der Bibel, und wenn sie etwas lernen soll, dann soll der Mann zu Hause ihr Lehrer sein. Korintherbrief. Wäre die Bibel mein einziger Boss, würde ich mich an ihre Gebote halten, und das Leben wäre weit einfacher.«

»Mich überrascht, dass Mr. Lester nicht mitgekommen ist«, sagte ich.

»Oh, er wollte mitkommen, aber das habe ich gleich unterbunden. Er wollte auch, dass ich einen Durchsuchungsbefehl beantrage, aber ich habe ihm gesagt, dass ich keinen brauche. Ich habe gesagt, Sie würden zulassen, dass ich mich hier umsehe, oder eben nicht.« Er zuckte mit den Achseln. Zwar hatte er einen gelassenen Gesichtsausdruck aufgesetzt, aber die Augen in diesem freundlichen Gesicht waren scharf und unablässig in Bewegung: spähen und wittern, wittern und spähen.

Auf Henrys Frage nach dem Brunnen hatte ich gesagt: *Wir beobachten ihn und stellen fest, wie clever er ist. Wenn er clever ist, zeigen wir ihm alles von uns aus. Wir dürfen nicht den Eindruck erwecken, als hätten wir etwas zu verbergen. Wenn ich den Daumen kurz hochschnellen lasse, heißt das, dass wir es riskieren sollten. Aber wir sollten uns einig sein, Hank. Wenn du mit keinem ähnlichen Zeichen antwortest, halte ich den Mund.*

Ich hob mein Limonadenglas und trank es aus. Als ich sah, dass Henry mich beobachtete, ließ ich kurz den Daumen hochschnellen. Nur ganz wenig. Es hätte auch ein Muskelzucken sein können.

»Was glaubt dieser Lester eigentlich?«, sagte Henry empört. »Dass wir sie gefesselt im Keller gefangen halten?« Er ließ die Hände dabei reglos an den Seiten hängen.

Sheriff Jones lachte so herzhaft, dass der Wanst hinter seinem Gürtel schwabbelte. »Woher soll ich wissen, was er denkt? Das ist mir auch ziemlich egal. Anwälte sind Flöhe im Fell der menschlichen Natur. Das kann ich behaupten, weil ich schon mein ganzes Erwachsenenleben für die gearbeitet habe – und gegen sie, auch das. Aber …« Sein scharfer Blick fixierte mich. »Ich würde mich gern ein bisschen umsehen, weil Sie *ihn* nicht ins Haus gelassen haben. Er ist ziemlich aufgebracht deswegen.«

Henry kratzte sich am Arm. Dabei ließ er den Daumen zweimal kurz hochschnellen.

»Ich habe ihn nicht reingelassen, weil er mir nicht sympathisch war«, sagte ich. »Allerdings muss ich ehrlicherweise sagen, dass ich vermutlich auch gegen den Apostel Johannes voreingenommen gewesen wäre, wenn er hier für Cole Farrington angetreten wäre.«

Darüber musste Sheriff Jones schallend laut lachen: *Ha, ha, ha!* Nur dass seine Augen nicht lachten.

Ich stand auf. Es war eine Erleichterung, auf den Beinen zu sein. Stehend war ich eine Handbreit größer als Jones. »Sie können sich umsehen, so viel Sie wollen.«

»Das weiß ich zu schätzen. Es erleichtert mir das Leben nämlich ungemein, nicht wahr? Wenn ich zurückkehre, muss ich Richter Cripps aushalten, und das ist schon schwierig genug. Keiner von Farringtons Anwälten soll mich ankläffen, nicht wenn ich's vermeiden kann.«

Wir gingen ins Haus, ich voraus, Henry als Nachhut. Nach einigen anerkennenden Bemerkungen darüber, wie aufgeräumt das Wohnzimmer und wie blitzsauber die Küche sei, gingen wir durch den Flur. Sheriff Jones warf einen flüchtigen Blick in Henrys Zimmer, dann kam die Hauptattraktion. Ich stieß unsere Schlafzimmertür mit der verrückten Gewissheit auf, dass das Blut wieder da sein würde. Es würde in Lachen auf dem Boden stehen, an die Wände gespritzt sein, die Matratze getränkt haben. Sheriff Jones wurde sich das alles ansehen. Dann würde er sich mir zuwenden, die Handschellen von der fleischigen Hüfte gegenüber dem Revolver loshaken und sagen: *Ich verhafte Sie wegen Mordes an Arlette James, nicht wahr?*

Es gab kein Blut, auch keinen Blutgeruch, weil das Zimmer tagelang gelüftet worden war. Das Bett war gemacht, jedoch nicht so, wie Arlette es gemacht hätte; meine Art war eher der Militärstil, obwohl meine Füße mich vor dem Krieg bewahrt hatten, in dem der Sohn des Sheriffs gefallen war. Mit Plattfüßen kann man nicht losziehen und Krauts umlegen. Männer mit Plattfüßen können nur ihre Frauen umbringen.

»Hübsches Zimmer«, bemerkte Sheriff Jones. »Bekommt Morgensonne, nicht wahr?«

»Ja«, sagte ich. »Und bleibt auch im Sommer nachmittags kühl, weil die Sonne drüben auf der anderen Seite steht.« Ich trat an den Kleiderschrank und öffnete ihn. Die vorige Gewissheit kehrte noch stärker zurück. *Wo ist der Quilt?*, würde er fragen. *Der eine, der hier in die Mitte des obersten Fachs gehört.*

Das tat er natürlich nicht, aber er trat gleich vor, als ich ihn dazu aufforderte. Seine scharfen Augen – leuchtend grün, fast katzenartig – sahen hierhin, dorthin, überallhin. »Reichlich viele Klamotten«, sagte er.

»Ja«, gab ich zu. »Arlette mag Kleider gern, und sie mag Versandhauskataloge. Aber weil sie nur einen Koffer mitgenommen hat – wir haben zwei, und der andere ist noch hier, sehen Sie ihn dort hinten in der Ecke? –, würde ich sagen, dass sie nur ihre liebsten Sachen mitgenommen hat. Und solche, die praktisch waren, denke ich. Sie hat zwei Gabardinehosen und eine Jeans, und die sind alle drei weg, obwohl sie sich nichts aus Hosen gemacht hat.«

»Hosen taugen fürs Reisen, nicht wahr? Ob Mann oder Frau, Hosen sind praktische Reisekleidung.«

»Das stimmt wohl.«

»Sie hat auch ihren guten Schmuck und ihr Photo von Oma und Opa mitgenommen«, sagte Henry hinter uns. Ich fuhr leicht zusammen; fast hätte ich vergessen, dass er dabei war.

»Hat sie das? Na, das war wohl zu erwarten.«

Er schob ein paar Kleiderbügel hin und her, dann schloss er die Schranktür. »Hübsches Zimmer«, sagte er, als er sich mit dem Stetson in der Hand abwandte. »Hübsches *Haus*. Eine Frau, die ein hübsches Zimmer und so ein hübsches Haus wie das hier verlässt, muss verrückt sein.«

»Mama hat viel von der Stadt geredet«, sagte Henry und seufzte. »Sie wollte da irgendein Geschäft aufmachen.«

»Wollte sie das?« Sheriff Jones betrachtete ihn mit grün funkelnden Katzenaugen. »Aha! Aber dafür braucht man etwas Geld, nicht wahr?«

»Sie hat doch Land von ihrem Vater geerbt.«

»Ja, ja.« Er sagte das mit einem verlegenen Lächeln, als hätte er das Land kurzfristig vergessen. »Und vielleicht ist es auch besser so. ›Es ist besser, wohnen in wüstem Lande denn bei einem zänkischen und zornigen Weibe.‹ Sprüche Salomos. Bist du froh, dass sie fort ist, Sohn?«

»Nein«, sagte Henry und konnte die Tränen nicht länger zurückhalten. Ich segnete jede einzelne davon.

»Na, komm!«, sagte Sheriff Jones. Nach diesem oberflächlichen Trost bückte er sich, indem er sich mit beiden Händen auf den pummeligen Knien abstützte, und sah unters Bett. »Dort scheint ein Paar Damenschuhe zu stehen. Gut eingelaufen. Genau richtig, wenn man weit zu gehen hat. Sie glauben wohl nicht, dass sie barfuß weggelaufen ist, stimmt's?«

»Sie hat ihre Leinenschuhe getragen«, sagte ich. »Die sind jedenfalls nicht mehr da.«

»Aha!«, sagte er. »Ein weiteres Rätsel gelöst.« Er zog eine versilberte Uhr aus der Westentasche und warf einen Blick darauf. »Tja, ich muss leider weiter. Tempus fugitiert wieder mal.«

Wir gingen durchs Haus zurück. Henry bildete wieder die Nachhut, vielleicht damit er sich unbeobachtet die Tränen aus den Augen wischen konnte. Wir begleiteten den Sheriff zu seinem viertürigen Maxwell mit dem Stern auf der Tür. Ich wollte ihn gerade fragen, ob er auch den Brunnen sehen wolle – ich wusste sogar, wie ich ihn bezeichnen würde –, da machte er halt und bedachte meinen Sohn mit einem erschreckend freundlichen Blick.

»Ich bin bei den Cotteries vorbeigefahren«, sagte er.

»Oh?«, sagte Henry. »Wirklich?«

»Hab euch ja erzählt, dass ich ungefähr jeden Busch bewässern muss, aber ich benutze lieber einen Abort, wenn gerade einer in der Nähe ist und die Leute ihn sauber halten. Da brauche ich mir keine Sorgen wegen Wespen zu machen, während ich darauf warte, dass aus meinem Dings ein bisschen Wasser tröpfelt. Und die Cotteries sind saubere Leute. Mit 'ner hübschen Tochter. Ziemlich genau in deinem Alter, nicht wahr?«

»Ja, Sir«, sagte Henry und hob die Stimme bei dem *Sir* ganz leicht zu einer angedeuteten Frage.

»Du hast sie gern, nicht wahr? Und sie dich auch, wie ihre Mama sagt.«

»Hat sie das gesagt?«, fragte Henry überrascht, aber auch erfreut.

»Ja. Mrs. Cotterie hat gesagt, dass du dir Sorgen wegen deiner Mama machst und Shannon ihr etwas erzählt hat, was du zu diesem Thema gesagt hast. Als ich wissen wollte, was das war, hat sie gesagt, darüber darf sie nicht sprechen, aber ich könnte Shannon selbst fragen. Also hab ich's getan.«

Henry starrte seine Stiefel an. »Ich hab sie gebeten, das für sich zu behalten.«

»Du wirst ihr's doch nicht verübeln, oder?«, sagte Sheriff Jones. »Ich meine, wenn ein großer Kerl wie ich mit einem Stern auf der Brust ein kleines Ding wie sie fragt, was sie weiß, ist es für das kleine Ding irgendwie schwierig dichtzuhalten, nicht wahr? Es *muss* praktisch auspacken, hab ich recht?«

»Weiß ich nicht«, sagte Henry, der noch immer den Kopf gesenkt hielt. »Wahrscheinlich.« Er *spielte* den Unglücklichen nicht nur; er *war* unglücklich. Obwohl alles so lief, wie wir gehofft hatten.

»Shannon sagt, dass deine Ma und dein Paps einen Riesenkrach wegen dem Verkauf von diesen 70 Hektar hatten, und als du dich auf die Seite deines Papas geschlagen hast, hat Missus James dir ordentlich eine geknallt.«

»Stimmt«, sagte Henry ausdruckslos. »Sie hatte zu viel getrunken.«

Sheriff Jones wandte sich an mich. »War sie betrunken oder nur beschwipst?«

»Irgendwo zwischendrin«, sagte ich. »Wenn sie richtig betrunken gewesen wäre, hätte sie die ganze Nacht geschlafen, statt aufzustehen, den Koffer zu packen und sich wie ein Dieb aus dem Haus zu schleichen.«

»Sie dachten, sie würde zurückkommen, sobald sie wieder nüchtern war, nicht wahr?«

»Genau. Bis zur Asphaltstraße sind es vier Meilen. Ich hab damit gerechnet, dass sie zurückkommt. Aber jemand muss angehalten und sie mitgenommen haben, bevor sie wieder bei klarem Verstand war. Ich tippe auf einen Fernfahrer auf der Fahrt von Lincoln nach Omaha.«

»Ja, ja, das denke ich auch. Sie hören bestimmt von ihr, wenn sie sich bei Mr. Lester meldet. Wenn sie sich in den Kopf gesetzt hat, weiter allein zu bleiben, wird sie Geld brauchen.«

Auf den Trichter war er also auch schon gekommen.

Sein Blick wurde schärfer. »Hatte sie überhaupt irgendwelches Geld in der Tasche, Mr. James?«

»Na ja …«

»Nicht schüchtern sein. Beichten tut der Seele gut. Damit haben die Katholiken mal recht, nicht wahr?«

»In meiner Kommode steht eine Blechdose. In der waren 200 Dollar – für die Wanderarbeiter, wenn sie nächsten Monat anfangen.«

»Und für Mr. Cotterie«, erinnerte Henry mich. Und zu Sheriff Jones sagte er: »Mr. Cotterie hat einen Mähdrescher für den Mais. Einen Harris Giant. Fast neu. Der ist eine Wucht.«

»Ja, ja, ich hab ihn auf seinem Hof stehen sehen. Ein Riesenbastard, was? ’tschuldigung. Das ganze Geld aus der Dose war verschwunden, nehme ich mal an.«

Ich lächelte säuerlich – nur war es eigentlich nicht ich, der hier lächelte; der Hinterhältige hatte die Leitung übernommen, seit Sheriff Jones am Hackklotz gehalten hatte. »Sie hat zwanzig dagelassen. Sehr großzügig von ihr. Aber mehr als zwanzig nimmt Harlan Cotterie nie als Miete für seinen Mähdrescher, also ist *das* in Ordnung. Und was die Landarbeiter betrifft, gewährt mir Stoppenhauser von der Bank hoffentlich einen Kurzkredit. Das heißt, wenn er nicht der Farrington Company verpflichtet ist. Jedenfalls habe ich meinen besten Landarbeiter gleich hier bei mir.«

Ich wollte Henry freundlich das Haar zerzausen. Er duckte sich verlegen weg.

»So, nun habe ich reichlich Nachrichten für Mr. Lester, nicht wahr? Gefallen wird ihm keine davon, aber wenn er so clever ist, wie ich denke, wird er wissen, dass er Ihre Frau in seinem Büro erwarten kann – und das eher früher als später. Leute tauchen meist ziemlich schnell wieder auf, wenn ihnen das Kleingeld ausgeht, nicht wahr?«

»Das ist auch meine Erfahrung«, sagte ich. »Wenn wir hier fertig sind, Sheriff, sollten mein Junge und ich uns wieder an die Arbeit machen. Wir haben da so einen nutzlosen

Brunnen, der schon vor drei Jahren hätte aufgefüllt werden sollen. Eine alte Kuh von mir …«

»Elpis.« Henry sprach wie im Traum. »Sie hat Elpis geheißen.«

»Elpis«, bestätigte ich. »Sie hat sich im Stall losgerissen, um einen Hofspaziergang zu machen, und ist auf die Abdeckung geraten, die prompt unter ihr nachgegeben hat. Hatte nicht mal so viel Anstand, von selbst zu verenden. Ich hab sie erschießen müssen. Wenn Sie mit mir hinter den Stall kommen, zeige ich Ihnen den Lohn der Faulheit, wie er seine verdammten Beine in die Luft streckt. Wir werden sie begraben, wo sie liegt, und zukünftig heißt dieser alte Brunnen bei mir Wilfreds Narretei.«

»Na, das täte ich gern, nicht wahr? Weil das bestimmt sehenswert ist. Aber ich muss diesen übellaunigen alten Richter ruhigstellen. Also ein andermal.« Er wuchtete sich ächzend in den Wagen. »Danke für die Limonade und dass Sie so umgänglich waren. Wenn man bedenkt, wer mich hergeschickt hat, hätten Sie viel unfreundlicher sein können.«

»Schon in Ordnung«, sagte ich. »Wir haben alle unsere Arbeit zu tun.«

»Und unser Kreuz zu tragen.« Sein scharfer Blick war wieder auf Henry gerichtet. »Sohn, Mr. Lester hat mir erzählt, dass du etwas verheimlichst. Er war sich seiner Sache ziemlich sicher. Und das hast du auch getan, nicht wahr?«

»Ja, Sir«, sagte Henry mit seiner tonlosen und irgendwie schrecklichen Stimme. Als ob alle seine Gefühlsregungen weggeflogen wären – wie die Dinge aus der geöffneten Büchse der Pandora. Für Henry und mich gab es jedoch keine Elpis; unsere Elpis lag tot im Brunnen.

»Wenn er mich darauf anspricht, sage ich ihm, dass er sich da getäuscht hat«, sagte Sheriff Jones. »Ein Firmenanwalt braucht nicht zu wissen, dass die Mutter eines Jungen ihn, als sie betrunken war, geschlagen hat.« Er griff unter seinen Sitz, brachte eine lange S-förmige Eisenstange zum Vorschein, die ich gut kannte, und hielt sie Henry hin. »Würdest du einem alten Mann helfen, Schulter und Rücken zu schonen, Sohn?«

»Ja, Sir, sehr gern.« Henry nahm die Kurbel und ging damit zum Kühler des Maxwells.

»Pass auf dein Handgelenk auf!«, rief Jones nach vorn. »Die Kurbel schlägt aus wie ein Pferd.« Dann wandte er sich mir zu. Das forschende Glitzern war aus seinen Augen verschwunden. Auch das Grün. Sie waren glanzlos und grau und hart und erinnerten an das Wasser eines Sees unter bewölktem Himmel. Es war das Gesicht eines Mannes, der einen Landstreicher, der mit Güterzügen unterwegs war, halb totschlagen konnte, ohne deshalb auch nur eine Minute schlecht zu schlafen. »Mr. James«, sagte er. »Ich muss Sie etwas fragen. Unter uns Männern.«

»Nur zu«, sagte ich und bereitete mich auf die Frage vor, die bestimmt kommen würde: *Liegt in Ihrem Brunnen eine weitere Kuh? Eine namens Arlette?* Aber ich hatte mich getäuscht.

»Ich kann ihren Namen und ihre Personenbeschreibung telegrafisch verbreiten, wenn Sie wollen. Sie ist bestimmt nicht weiter als bis nach Omaha gekommen, nicht wahr? Nicht mit nur hundertachtzig Scheinchen. Und eine Frau, die zeitlebens nur Hausfrau war, hat keine Ahnung, wie man sich versteckt. Sie ist wahrscheinlich in einer Pension im Osten der Stadt, wo sie billig sind. Ich könnte sie zurückholen lassen. An den Haaren *zurückzerren* lassen, wenn Sie wollen.«

»Das ist ein großzügiges Angebot, aber …«

Die glanzlosen Augen musterten mich. »Denken Sie darüber nach, bevor Sie Ja oder Nein sagen. Manchmal braucht ein Mädel handfesten Zuspruch, wenn Sie wissen, was ich meine, und danach ist wieder alles in Ordnung. Eine tüchtige Abreibung hat schon manches Mädel zur Vernunft gebracht. Denken Sie darüber nach.«

»Das tue ich.«

Der Motor des Maxwells sprang knatternd an. Ich streckte die Hand aus – die rechte, mit der ich ihr die Kehle durchgeschnitten hatte –, aber Sheriff Jones sah sie nicht. Er war damit beschäftigt, die Zündung zurückzustellen und das Handgas zu regulieren.

Zwei Minuten später war er nur noch eine Staubwolke auf der Landstraße.

»Er hat nicht mal reinschauen wollen«, stellte Henry verwundert fest.

»Nein.«

Und das sollte sich als sehr gute Sache erweisen.

Wir hatten so eifrig und schnell geschaufelt, als die Staubfahne näher gekommen war, dass von Elpis nur noch ein halbes Bein aus der Erde ragte. Der Huf befand sich ungefähr anderthalb Meter unter dem Brunnenrand. Eine ganze Fliegenwolke umkreiste ihn. Darüber hätte der Sheriff sich bestimmt gewundert, und er hätte sich noch mehr gewundert, dass das Erdreich vor dem herausragenden Huf auf und ab pulsierte.

Henry ließ seine Schaufel fallen und packte mich am Arm. Es war ein heißer Nachmittag, aber er hatte eine eiskalte Hand. »Das ist sie!«, hauchte er. Sein Gesicht schien nur noch aus Augen zu bestehen. »*Sie versucht rauszukommen!*«

»Sei kein so gottverdammter Dämlack«, sagte ich, aber auch ich konnte den Blick nicht von diesem Kreis aus pulsierender Erde wenden. Als ob der Brunnen lebendig wäre und wir das Schlagen seines verborgenen Herzens sähen.

Dann flogen Erdbrocken und Kieselsteine nach allen Seiten, und eine Ratte tauchte auf. Glänzend jettschwarze Augen blinzelten im Sonnenschein. Sie war fast so groß wie eine ausgewachsene Katze. In ihren Schnurrbarthaaren hatte sich ein blutbefleckter Fetzen Sackrupfen verfangen.

»O *du Wichser!*«, brüllte Henry.

Etwas zischte haarscharf an meinem Ohr vorbei, dann spaltete die Kante von Henrys Schaufel der Ratte den Schädel, während sie noch ins Helle blinzelte.

»*Sie* hat sie geschickt«, sagte Henry. Er grinste. »Die Ratten gehorchen jetzt ihr.«

»Ausgeschlossen. Du bist nur durcheinander.«

Er ließ die Schaufel fallen und ging zu dem Haufen mit großen Steinen, die wir aussortiert hatten, um sie als letzte Füllschicht zu verwenden. Er setzte sich und starrte mich gespannt an. »Weißt du das bestimmt? Weißt du bestimmt, dass sie uns nicht heimsucht? Die Leute sagen, dass Ermordete zurückkommen, um die zu verfolgen, die …«

»Die Leute sagen alles Mögliche. Dass der Blitz nie zweimal an derselben Stelle einschlägt, dass ein zerbrochener Spiegel sieben Jahre Unglück bringt, dass ein Ziegenmelkerschrei um Mitternacht einen Todesfall in der Familie ankündigt.« Ich bemühte mich, vernünftig zu sprechen, aber ich musste weiter die Ratte anstarren, die Henry mit seiner Schaufel halbiert hatte. Und den blutbefleckten Fetzen Sackrupfen. Von ihrem *Haarnetz.* Sie trug es dort unten im Dunkel weiter, nur hatte es jetzt ein Loch, aus dem ein Haarbüschel ragte. *Das ist in diesem Sommer bei toten Frauen der letzte Schrei,* dachte ich.

»Als kleiner Junge hab ich echt geglaubt, dass man, wenn die Uhr schlägt, keine Grimasse schneiden darf, weil man sie sonst nicht mehr wegkriegt«, sagte Henry nachdenklich.

»Da – siehst du?«

Er stand auf, klopfte sich den Steinstaub vom Hosenboden und stellte sich neben mich. »Aber ich hab ihn erwischt – ich hab den Wichser erwischt, oder?«

»Und ob!« Und weil mir nicht gefiel, wie er sprach – wirklich nicht –, gab ich ihm einen Klaps auf die Schulter.

Henry grinste noch immer. »Wenn der Sheriff sich den Brunnen angeguckt hätte, wie du's ihm angeboten hast, und er hätte dann die Ratte aus der Erde kommen sehen, wären ihm bestimmt noch ein paar Fragen eingefallen, glaubst du nicht auch?«

Irgendetwas an dieser Vorstellung ließ Henry in ein hysterisches Lachen ausbrechen. Er brauchte mindestens fünf Minuten, um sich auszulachen, und scheuchte damit einen Schwarm Krähen von dem Zaun auf, der die Kühe vom Mais fernhielt, aber dann beruhigte er sich wieder. Als wir mit der Arbeit fertig waren, war die Sonne bereits untergegangen, und wir konnten die leisen Schreie hören, mit denen die Eulen vom Heuboden aus zur Jagd vor Mondaufgang losflogen. Die oberste Steinschicht in dem aufgefüllten Brunnen war gut verdichtet, und ich bezweifelte, dass es weiteren Ratten gelingen würde, sich hindurchzuwühlen. Wir machten uns nicht die Mühe, den zersplitterten Holzdeckel zu ersetzen; eine Abdeckung war nicht mehr nötig. Henry benahm sich fast wieder normal, und ich hoffte, wir würden beide gut schlafen.

»Was sagst du zu Wurst, Bohnen und Maisbrot?«, fragte ich ihn.

»Darf ich den Generator anschmeißen und mir im Radio die *Hayride Party* anhören?«

»Jawohl, das darfst du.«

Daraufhin lächelte er sein gutes altes Lächeln. »Danke, Papa.«

Ich kochte genug für vier Landarbeiter, und wir aßen alles auf.

Zwei Stunden später, als ich im Wohnzimmer in meinem Sessel vergraben *Silas Marner* las und dabei mehrmals wegdöste, kam Henry nur mit einer Sommerunterhose bekleidet aus seinem Zimmer. Er sah mich mit festem Blick an. »Mama hat immer darauf bestanden, dass ich mein Nachtgebet spreche, weißt du das?«

Ich blinzelte ihn überrascht an. »Immer noch? Nein, das wusste ich nicht.«

»Doch. Auch als sie mich nur noch ansehen wollte, wenn ich eine Hose anhatte, weil sie fand, ich wär zu alt und das wär nicht recht. Aber ich kann nicht mehr beten – weder jetzt noch jemals wieder. Ich glaube, Gott würde mich erschlagen, wenn ich mich jetzt hinknien würde.«

»Falls es überhaupt einen Gott gibt«, sagte ich.

»Ich hoffe, dass es keinen gibt. Dann wären wir einsam, aber ich hoffe, dass es keinen gibt. Ich glaube, dass alle Mörder das hoffen. Wenn es nämlich keinen Himmel gibt, dann gibt es auch keine Hölle.«

»Mein Sohn … *ich* bin derjenige, der sie umgebracht hat.«

»Nein«, sagte er. »Das haben wir zusammen gemacht.«

Das stimmte ganz und gar nicht – er war noch ein Kind, und ich hatte ihn dazu verleitet –, aber er hielt es für wahr, und ich ahnte, dass er das für immer glauben würde.

»Aber wegen mir brauchst du dir keine Sorgen zu machen, Papa. Wahrscheinlich denkst du, dass ich es jemand anvertraue – zum Beispiel Shannon. Oder dass ich vor lauter Schuldgefühlen nach Hemingford gehe und dem Sheriff alles gestehe.«

Diese Gedanken waren mir natürlich durch den Kopf gegangen.

Henry schüttelte langsam und nachdrücklich den Kopf. »Dieser Sheriff … hast du gesehen, wie er sich alles angesehen hat? Hast du seine *Augen* gesehen?«

»Ja.«

»Ich bin überzeugt, dass der uns beide auf den elektrischen Stuhl bringen würde, obwohl ich erst im Oktober fünfzehn werde. Und er würde dabeistehen, uns mit dem harten Blick beobachten, wenn sie uns festschnallen und ...«

»Schluss jetzt, Hank. Das reicht.«

Aber es reichte nicht, nicht für ihn. »... und den Hebel runterziehen. Das soll nie passieren, wenn ich's verhindern kann. Diese Augen sollen nicht das Letzte sein, wo ich sehe.« Er dachte darüber nach, was er eben gesagt hatte. »*Was*, meine ich. *Was ich sehe.*«

»Geh ins Bett, Henry.«

»Hank.«

»Hank. Geh ins Bett. Ich hab dich lieb.«

Er lächelte. »Ich weiß, aber ich hab's nicht verdient.« Er schlurfte hinaus, bevor ich antworten konnte.

Und so zu Bett, wie Mr. Pepys sagt. Wir schliefen, während die Eulen jagten und Arlette mit durch einen Huftritt verschobener unterer Gesichtshälfte in ihrem tieferen Dunkel saß. Am nächsten Morgen ging die Sonne auf, es war ein guter Tag für den Mais, und wir taten unsere Arbeit.

Als ich erhitzt und müde ins Haus zurückging, um uns ein Mittagessen zu kochen, stand auf der Veranda ein Schmortopf mit Deckel. Unter dem Topf klemmte ein Zettel: *Wilf, wir bedauern Ihre Schwierigkeiten und möchten Ihnen helfen, wo wir nur können. Harlan lässt Ihnen ausrichten, Sie sollen sich diesen Sommer keine Sorgen wegen der Miete für den Mädrescher machen. Bitte lasen Sie's uns wissen, wenn Sie was von Ihrer Frau hören. Herzlich, Sallie Cotterie. PS: Wenn Henry Shan besucht, gebe ich ihm einen Blaubeerkuchen mit.*

Ich steckte den Zettel mit einem Lächeln in die Brusttasche meiner Latzhose. Unser Leben nach Arlette hatte begonnen.

Belohnt Gott uns auf Erden für gute Taten – das Alte Testament enthält Hinweise darauf, und die Puritaner glaubten fest daran –, belohnt Satan uns vielleicht für böse. Das kann ich nicht sicher sagen, aber ich kann sagen, dass es ein guter Sommer war – mit reichlich Sonne und Wärme für den Mais und eben genug Regen, um das Gemüse in unserem Garten gedeihen zu lassen. An einigen Nachmittagen gab es Blitz und Donner, aber keinen dieser die Maisstängel knickenden Stürme, die Farmer im Mittleren Westen so fürchten. Harlan Cotterie kam mit seinem Harris Giant herüber, der keine einzige Panne hatte. Ich hatte befürchtet, die Farrington Company könnte sich in meine Angelegenheiten einmischen, aber das tat sie nicht. Ich bekam meinen Bankkredit ohne Schwierigkeiten und zahlte ihn bis Oktober vollständig zurück, weil in jenem Jahr die Notierungen für Mais himmelhoch und die Frachtraten der Great Western im Keller waren. Wenn Sie die Landesgeschichte kennen, wissen Sie, dass diese beiden Dinge – die Preise landwirtschaftlicher Erzeugnisse und die Frachtpreise – schon 1923 die Plätze getauscht hatten, woran sich seither nichts geändert hat. Für uns Farmer draußen in der Mitte begann die Weltwirtschaftskrise, als im folgenden Jahr die Produktenbörse in Chicago zusammenbrach. Aber der Sommer 1922 war so perfekt, wie man ihn sich als Farmer nur wünschen konnte. Beeinträchtigt wurde er nur durch einen Vorfall, der wieder eine unserer Kuh-Gottheiten betraf und von dem ich bald erzählen werde.

Mr. Lester kam noch zweimal heraus. Er wollte uns triezen, hatte aber nichts, mit dem er uns hätte triezen können, und war sich dessen offenbar bewusst, jedenfalls wirkte er damals im Juli ziemlich frustriert. Ich konnte mir gut vorstellen, dass seine Bosse *ihn* triezten und er den Druck nur weitergab. Oder eben weiterzugeben versuchte. Beim ersten Mal stellte er zahlreiche Fragen, die in Wirklichkeit gar keine Fragen, sondern Unterstellungen waren. Ob ich glaubte, meine Frau habe einen Unfall gehabt? Sie müsse doch einen gehabt haben, sonst hätte sie sich wegen eines Barverkaufs ihrer 40 Hektar an ihn wenden oder mit (metaphorisch) eingezogenem Schwanz kleinlaut auf die Farm zurückkehren müssen, oder nicht? Solche Dinge passierten gelegentlich, oder nicht? Und für mich wäre das doch recht praktisch gewesen, oder nicht?

Als er zum zweiten Mal aufkreuzte, wirkte er nicht nur frustriert, sondern regelrecht verzweifelt und rückte sofort mit der Sprache heraus: Hatte meine Frau hier auf der Farm einen Unfall gehabt? War es so gewesen? War sie deshalb nirgends tot oder lebendig aufgetaucht?

»Mr. Lester«, sagte ich, »wenn Sie mich fragen, ob ich meine Frau ermordet habe, lautet die Antwort nein.«

»Tja, was sollten Sie schon groß anderes sagen.«

»Das war Ihre letzte Frage an mich, Sir. Steigen Sie in Ihren Wagen dort drüben, fahren Sie weg und kommen Sie nie wieder. Andernfalls jage ich Sie mit einem Axtstiel vom Hof.«

»Dann kämen Sie wegen tätlichen Angriffs hinter Gitter!« Er trug an diesem Tag einen Zelluloidkragen, der ganz verrutscht war. Man konnte fast Mitleid mit ihm haben, wie er so dastand, während eine Kragenecke sich von unten in sein Kinn bohrte, Schweißbäche weiße Linien durch den Staub auf seinem pausbäckigen Gesicht zogen, seine Lippen zuckten und seine Augen aus den Höhlen zu quellen drohten.

»Keineswegs«, sagte ich. »Ich habe Sie meiner Farm verwiesen, was mein gutes Recht ist, und werde Ihrer Firma das auch schriftlich mitteilen. Sollten Sie zurückkommen, ist das Hausfriedensbruch, und ich *werde* Gewalt anwenden. Seien Sie gewarnt, Sir!« Lars Olsen, der Lester wieder mit seinem Red Baby hergefahren hatte, war kurz davor, die Hände hinter die Ohren zu legen, um besser hören zu können.

Als Lester die türlose rechte Seite des Lieferwagens erreichte, warf er sich mit ausgestrecktem Arm und anklagend erhobenem Zeigefinger herum wie ein vor Gericht plädierender Anwalt mit einer Ader fürs Theatralische. »Ich glaube, dass Sie sie ermordet haben! Und Mord kommt früher oder später ans Licht der Sonne!«

Henry – oder Hank, wie er jetzt genannt werden wollte –, kam aus der Scheune. Er hatte auf dem Heuboden gearbeitet und hielt die Heugabel jetzt schräg vor der Brust wie ein Wachposten sein Gewehr. »Und *ich* glaube, Sie sollten von hier verschwinden, bevor Sie zu bluten anfangen«, sagte er. Der freundliche und ziemlich schüchterne Junge, den ich bis zum Sommer 1922 gekannt hatte, hätte so was nie gesagt, aber der hier tat es, und Lester merkte, dass das sein Ernst war. Er stieg ein. Weil er keine Tür zuknallen konnte, musste er sich damit begnügen, die Arme zu verschränken.

»Du bist immer willkommen, Lars«, sagte ich freundlich, »aber bring ihn nicht mit, so viel er dir auch dafür bietet, dass du seinen wertlosen Arsch herkarrst.«

»Nein, Sir, Mr. James«, sagte Lars und fuhr mit ihm davon.

Ich wandte mich Henry zu. »Hättest du ihn wirklich mit der Heugabel aufgespießt?«

»Jawohl. Dass er gequietscht hätte.« Dann ging er ohne ein Lächeln in die Scheune zurück.

Aber er war in diesem Sommer nicht *immer* ernst, und Shannon Cotterie war der Grund dafür. Er war oft mit ihr zusammen (mehr als beiden guttat, wie sich im Herbst herausstellen sollte). Sie kam regelmäßig an Dienstag- und Donnerstagnachmittagen zu uns: in einem langen Rock und mit einer adretten Haube und einer Umhängetasche, die alle möglichen guten Sachen enthielt. Sie wisse, »was sich Männer kochen«, sagte sie – als wäre sie 30 statt eben erst 15 –, und werde dafür sorgen, dass wir mindestens zweimal die Woche ein anständiges Abendessen bekämen. Und obwohl ich nur einen Schmortopf ihrer Mutter als Vergleich heranziehen konnte, musste ich zugeben, dass sie schon mit 15 die bessere Köchin war. Henry und ich warfen lediglich Steaks in eine Pfanne auf dem Herd; sie dagegen verstand es, gewöhnliches, ein bisschen zähes Fleisch so zu würzen, dass es köstlich schmeckte. In ihrer Umhängetasche brachte sie auch frisches Gemüse mit – nicht nur Erbsen und Karotten, sondern (für uns) exotische Sorten wie Spargel und dicke grüne Bohnen, die sie mit Schinken und Perlzwiebeln kochte. Es gab sogar Nachspeisen. Noch heute kann ich in diesem schäbigen Hotelzimmer die Augen schließen und die Backdüfte riechen. Ich kann sie am Küchentisch stehen sehen, wie ihr Hintern wippt, während sie Eier oder Schlagsahne schlägt.

Üppig war das Wort für Shannon: Hüften, Busen, Herz, alles üppig. Zu Harry war sie überaus sanft, und sie hatte ihn gern. Deshalb hatte auch ich sie gern … aber das ist zu schwach ausgedrückt, lieber Leser. Ich liebte sie, und wir beide liebten Henry. Nach jenen Abendessen am Dienstag und am Donnerstag bestand ich jeweils darauf, das Geschirr zu spülen, und schickte die beiden auf die Veranda hinaus. Manchmal hörte ich sie miteinander tuscheln; wenn ich dann kurz hinausspähte, sah ich sie nebeneinander in den Schaukelstühlen sitzen, übers Westfeld hinausblicken und wie ein altes Ehepaar Händchen halten. Bei anderen Gelegenheiten beobachtete ich heimlich, wie sie sich küssten, und das hatte ganz und gar nichts von einem alten Ehepaar an sich. In diesen Küssen lag ein liebenswürdiges Drängen, das nur den sehr Jungen gehört, und ich stahl mich mit wundem Herzen von ihnen fort.

An einem heißen Donnerstagnachmittag kam sie früher als sonst. Ihr Vater war mit seinem Mähdrescher auf unserem Nordfeld, Henry fuhr bei ihm mit, eine kleine Kolonne Indianer aus der Schoschonen-Reservation in Lyme Biska klaubte hinter ihnen auf … und hinter allen anderen fuhr Old Pie den Sammelwagen. Shannon bat um einen Schöpflöffel kaltes Wasser, den ich ihr gern gab. Auf der schattigen Seite des Hauses wirkte sie in ihrem weiten Kleid, das sie fast wie ein Quäkergewand von der Kehle bis zu den Schienbeinen, von den Schultern bis zu den Handgelenken bedeckte, unglaublich kühl. Ihr Benehmen war ernst, vielleicht sogar ängstlich, und ich war einen Augenblick lang selbst ängstlich. *Er hat's ihr gesagt,* dachte ich. Was sich als Irrtum erweisen sollte. Nur dass es eigentlich doch keiner war.

»Mr. James, ist Henry krank?«

»Krank? Nein, nein. Kerngesund, würde ich sagen. Und er isst wie ein Scheunendrescher, wie du ja selbst weißt. Obwohl ich glaube, dass selbst ein Kranker Mühe hätte, sich deinen Kochkünsten zu verweigern, Shannon.«

Das brachte mir ein Lächeln ein, aber eines von der geistesabwesenden Art. »In diesem Sommer ist er anders. Ich hab immer gewusst, was er denkt, aber jetzt nicht mehr. Er *brütet.*«

»Tut er das?«, fragte ich (zu herzlich).

»Sie haben nichts gemerkt?«

»Nein, Ma'am.« (Ich *hatte* es gemerkt.) »Er kommt mir vor wie immer. Aber er hat dich schrecklich gern, Shan. Was dir als Brüten erscheint, kommt ihm vielleicht wie liebeskrank vor.«

Ich dachte, das würde mir ein richtiges Lächeln einbringen, aber nein. Sogar das kleine, das sie sich zuvor abgerungen hatte, verschwand. Sie berührte mich am Handgelenk. Vom Schöpferstiel war die Hand noch ganz kühl. »Das hab ich mir auch schon überlegt, aber …« Der Rest brach aus ihr heraus. »Mr. James, wenn er in eine andere verschossen wäre – in eines der Mädchen aus der Schule –, würden Sie's mir doch sagen, oder? Sie würden nicht versuchen, meine … meine Gefühle zu schonen …?«

Als ich darüber lachen musste, konnte ich sehen, wie ihr unscheinbares, aber freundliches Gesicht sich erleichtert aufhellte. »Shan, hör mir zu. Weil ich *wirklich* dein Freund bin. Im Sommer gibt es immer viel Arbeit, und seit Arlette fort ist, haben Hank und ich mehr geschuftet als einarmige Tapezierer. Wenn wir abends reinkommen, essen wir – sehr gut sogar, wenn du gerade da bist – und lesen danach noch eine Stunde. Das heißt, wenn wir die Augen offen halten können. Dann gehen wir zu Bett, und am nächsten Tag stehen wir auf, und alles geht von vorn los. Er hat also kaum Zeit, *dir* den Hof zu machen – von anderen Mädchen ganz zu schweigen.«

»Mir hat er den Hof gemacht, das stimmt«, sagte Shannon und sah zum Mähdrescher hinüber, mit dem ihr Vater und Henry am Horizont entlangtuckerten.

»Na … das hört sich doch prima an.«

»Ich dachte nur … er ist jetzt so still … so trübsinnig … manchmal starrt er in die Ferne, und ich muss seinen Namen zwei- oder dreimal sagen, bevor er mich hört und mir antwortet.« Sie errötete heftig. »Sogar seine Küsse sind irgendwie anders. Ich weiß nicht, wie ich das erklären soll, aber sie sind anders. Aber wenn Sie ihm jemals sagen, dass ich das gesagt habe, sterbe ich. Ich *sterbe* einfach.«

»Das täte ich nie«, sagte ich. »Freunde verpetzen einander nicht.«

»Wahrscheinlich bin ich ein Dummerchen. Aber viele von den Mädchen in der Schule sind hübscher als ich … eigentlich sogar *alle* …«

Ich hob ihr Kinn mit zwei Fingern hoch, so dass sie mir in die Augen schauen musste. »Shannon Cotterie, wenn mein Junge dich ansieht, sieht er das schönste Mädchen der Welt. Und er hat recht damit. Also, wenn ich in seinem Alter wär, würde ich dir auch den Hof machen.«

»Danke«, sagte sie. In ihren Augenwinkeln standen wie winzige Diamanten ein paar Tränen.

»Deine einzige Sorge muss ein, ihn auf seinen Platz zu verweisen, falls er ihn mal verlässt. Burschen können nämlich mächtig in Fahrt kommen. Und wenn ich mal aus der Reihe tanze, musst du's einfach sagen. Auch das ist in Ordnung, wenn's unter Freunden passiert.«

Daraufhin umarmte sie mich, und auch ich drückte sie an mich. Eine gute, kräftige Umarmung, aber für Shannon vermutlich angenehmer als für mich. Weil Arlette zwischen uns stand. In jenem Sommer des Jahres 1922 stand sie zwischen mir und jedermann sonst, und Henry erging es nicht anders. Nichts anderes hatte Shannon mir gerade mitgeteilt.

In einer Augustnacht, als die Ernte größtenteils eingebracht war und Old Pies Leute entlohnt und wieder in der Reservation waren, wachte ich von leisen Muhlauten auf. *Ich habe das Melken verschlafen,* dachte ich, aber als ich nach der Taschenuhr meines Vaters auf dem Nachttisch griff und einen Blick darauf warf, sah ich, dass es erst Viertel nach drei Uhr morgens war. Ich hielt sie an mein Ohr, um festzustellen, ob sie noch tickte, aber ein Blick aus dem Fenster ins mondlose Dunkel hätte denselben Zweck erfüllt. Und es war auch nicht das leicht unbehagliche Muhen einer Kuh, die gemolken werden wollte. Es waren die Laute eines Tieres, das Schmerzen litt. Manchmal sind sie von kalbenden Kühen zu hören, aber über dieses Stadium waren unsere Göttinnen längst hinaus.

Ich stand auf, wollte zur Tür gehen und trat dann an den Kleiderschrank, um mein Kaliber .22 mitzunehmen. Hinter der geschlossenen Tür seines Zimmers sägte Henry Holz, als ich mit der Waffe in der einen und meinen Stiefeln in der anderen Hand vorbeihastete. Hoffentlich würde er nicht aufwachen und mich bei etwas begleiten wollen, das ein gefährliches Unternehmen sein konnte. In der Prärie gab es damals nur noch wenige Wölfe, aber Old Pie hatte mir erzählt, dass zwischen Platte River und Medicine Creek viele Füchse am Sommerfieber litten, wie die Schoschonen die Tollwut bezeichneten. Irgendein tollwütiges Raubwild im Stall war also vermutlich die Ursache dieser Laute.

Sobald ich aus dem Haus war, klang das schmerzliche Muhen überaus laut und irgendwie hohl. Hallend. *Wie von einer Kuh in einem Brunnen,* dachte ich. Bei diesem Gedanken bekam ich eine Gänsehaut auf den Armen und umklammerte mein Gewehr fester.

Als ich das zweiflüglige Stalltor erreichte und die rechte Hälfte mit der Schulter aufdrückte, konnte ich hören, wie die anderen Kühe mitfühlend zu muhen begannen, aber diese Laute waren ruhige Erkundigungen im Vergleich zu den schrillen Schmerzenslauten, die mich geweckt hatten … und auch Henry wecken würden, wenn ich nicht bald beendete, was sie verursachte. An einem Haken rechts neben dem Tor hing eine Kohlebogenlampe – wir benutzten hier möglichst keine Laterne mit offenem Feuer, vor allem nicht im Sommer, wenn der Heuboden vollgepackt und alle Maisspeicher bis obenhin gefüllt waren.

Ich tastete nach dem Zündknopf und drückte ihn. Grelles blauweißes Licht breitete sich ringförmig aus. Anfangs war ich zu geblendet, um irgendetwas zu erkennen; ich konnte nur die Schmerzenslaute und die Hufschläge hören, mit denen eine unserer Göttinnen dem zu entkommen versuchte, was ihr so zusetzte. Es war Achelois. Als meine Augen sich etwas an die Helligkeit gewöhnt hatten, sah ich, dass sie den Kopf von einer Seite zur anderen warf, zurückwich, bis ihr Hinterteil an die Tür ihrer Box stieß – der dritten rechts, wenn man den Mittelgang hinaufging –, und dann wieder nach vorn schlingerte. Unterdessen waren die anderen Kühe dabei, ebenfalls in volle Panik zu geraten.

Ich schlüpfte in meine Gummistiefel und trabte dann mit dem Gewehr unter dem Arm den Mittelgang entlang. Ich riss die Tür der Box auf und trat einen Schritt zur Seite. Achelois heißt »die den Schmerz vertreibt«, aber nun hatte Achelois selbst Schmerzen. Als sie auf den Gang hinauspolterte, sah ich, dass ihre Hinterbeine blutverschmiert waren. Sie bäumte sich auf wie ein Pferd (was mir bei einer Kuh noch nie untergekommen war), und als sie das tat, sah ich an einer ihrer Zitzen eine riesige Wanderratte hängen. Ihr Gewicht hatte den rosa Stummel zu einem straffen Knorpelschlauch gedehnt. Vor Überraschung (und Entsetzen) gelähmt, musste ich daran denken, wie Henry als kleiner Junge manchmal Kaugummi wie ein Band aus dem Mund gezogen hatte. *Lass das!*, hatte Arlette ihn dann angefahren. *Kein Mensch will sehen, worauf du rumgekaut hast.*

Ich hob das Gewehr, ließ es aber gleich wieder sinken. Wie hätte ich schießen können, wo die Ratte doch wie ein lebendes Pendel hin- und herschwang?

Draußen auf dem Gang senkte Achelois den Kopf und wiegte ihn von einer Seite zur anderen, als brächte das irgendwas. Sobald sie wieder auf vier Beinen stand, konnte die Ratte unter ihr aufgerichtet auf dem mit einer dünnen Heuschicht bedeckten Stallboden stehen. Sie glich einem seltsam missgebildeten Welpen mit von Blut gefärbten Milchtropfen in den Schnurrbarthaaren. Ich sah mich nach etwas um, mit dem ich auf sie einschlagen konnte, aber bevor ich nach dem Besen greifen konnte, den Henry an Phemonoes Box gelehnt hatte, bäumte Achelois sich abermals auf, und die Ratte plumpste zu Boden. Anfangs glaubte ich, sie wäre nur abgeschüttelt worden, aber dann sah ich den runzligen rosa Stummel, der wie eine Zigarre aus Fleisch aus der Rattenschnauze ragte. Die verdammte Bestie hatte der armen Achelois eine ihrer Zitzen glatt abgebissen. Achelois legte den Kopf auf den Querbalken der nächsten Boxentür und mühte mich kläglich an, als wollte sie damit sagen: *Ich habe in all den Jahren immer fleißig Milch gegeben und dir nie Schwierigkeiten bereitet – im Gegensatz zu anderen, die ich benennen könnte –, wieso hast du also zugelassen, dass mir das passiert?* Unter ihrem Euter sammelte sich Blut an und bildete eine kleine Lache. Sogar in meinem von Schock und Abscheu geprägten Zustand erkannte ich, dass diese Verletzung nicht tödlich war, aber ihr Anblick – und der der Ratte mit der schuldlosen Zitze in der Schnauze – erfüllte mich mit Zorn.

Trotzdem schoss ich nicht auf sie, teils weil ich Angst vor Feuer hatte, aber vor allem nicht, weil ich fürchtete, ich könnte sie mit der Kohlebogenlampe in einer Hand verfehlen. Stattdessen schlug ich mit dem Gewehrkolben zu, um diesen Eindringling so zu erledigen, wie Henry den Überlebenden aus dem Brunnen mit der Schaufel erschlagen hatte. Aber Henry war ein Junge mit guten Reflexen, und ich war ein Mann in mittleren Jahren, der aus tiefem Schlaf geweckt worden war. Die Ratte wich meinem Schlag mühelos aus und trippelte den Mittelgang hinunter. Die abgebissene Zitze wippte in ihrer Schnauze auf und ab, und ich erkannte, dass die Ratte sie auffraß – warm und bestimmt voller Milch –, während sie weglief. Ich jagte hinter ihr her und schlug noch zweimal nach ihr, verfehlte aber beide Male. Dann sah ich, wohin sie lief: zu dem Leitungsrohr, das in den ehemaligen Tränkbrunnen hinunterführte. Natürlich! Zum Rattenboulevard! Seit der Brunnen zugeschüttet war, war der ihr einziger Ausgang. Ohne ihn wären sie lebendig begraben gewesen. Mit *ihr* begraben.

Aber diese Bestie ist bestimmt zu groß für das Rohr, dachte ich. *Sie muss von außerhalb kommen – vielleicht aus einem Nest im Misthaufen.*

Sie sprang zur Öffnung hinauf, wobei ihr Körper sich auf höchst erstaunliche Weise verlängerte. Ich schwang das Gewehr ein letztes Mal und zerschmetterte den Kolben am Rand des Eisenrohrs. Die Ratte verfehlte ich ganz. Als ich mit der Kohlebogenlampe ins Rohr hineinleuchtete, sah ich gerade noch undeutlich ihren haarlosen Schwanz im Dunkel verschwinden und hörte ihre kleinen Krallen auf dem verzinkten Metall kratzen. Dann war sie weg. Mein Herz hämmerte so stark, dass mir weiße Punkte vor den Augen tanzten. Ich holte tief Luft, aber sie war so mit dem Gestank von Zersetzung und Verwesung geschwängert, dass ich mit zugehaltener Nase zurücksank. Das Bedürfnis, zu schreien, wurde durch das Bedürfnis erstickt, mich zu übergeben. Am anderen Ende des Rohrs konnte ich nämlich deutlich Arlette sehen, deren sich verflüssigendes Fleisch jetzt von Käfern und Maden wimmelte; ich konnte sehen, wie ihr Gesicht vom Schädel zu tropfen begann, wie das Grinsen ihrer Lippen dem länger andauernden Knochengrinsen darunter wich.

Ich kroch auf allen vieren rückwärts von diesem schrecklichen Rohr fort, versprühte Erbrochenes erst nach links, dann nach rechts, und nachdem ich mein ganzes Abendessen von mir gegeben hatte, würgte ich noch lange Stränge Gallenflüssigkeit hoch. Mit wässrigen Augen sah ich, dass Achelois in ihre Box zurückgegangen war. Das war gut. Wenigstens würde ich sie nicht durch den Mais verfolgen, ihr ein Halfter anlegen und sie in den Stall zurückführen müssen.

Als Erstes wollte ich das Rohr verstopfen – das wollte ich als Allererstes tun –, aber als mein Magen sich beruhigt hatte, konnte ich wieder klarer denken. Achelois hatte Vorrang. Sie war eine gute Milchkuh. Und vor allem war ich für sie verantwortlich. In dem kleinen Nebenraum, wo ich die Bücher führte, hing ein Medizinschränkchen, in dem ich eine große Büchse *Rawleigh Antiseptic Salve* fand. In einer Ecke lag ein kleiner Stapel Putztücher. Mit der Salbe und den meisten Putzlappen ging ich zu Achelois' Box zurück, wo ich sofort die Tür schloss, um die Gefahr zu verringern, getreten zu werden (ohne sie natürlich ganz ausschalten zu können). Dann erst setzte ich mich auf den Melkschemel. Ich glaube, dass ich damals irgendwie fand, ich hätte es *verdient*, getreten zu werden. Aber die gute alte Achelois beruhigte sich, als ich ihr die Flanke tätschelte und »braves Mädchen, brav, so ist's brav« flüsterte. Obwohl sie zitterte, als ich ihr verletztes Euter mit der Salbe bestrich, hielt sie still.

Nachdem ich alles mir Mögliche getan hatte, um eine Infektion zu verhindern, machte ich mich mit den Putzlumpen daran, das Erbrochene aufzuwischen. Gute Arbeit zu leisten war wichtig, denn wie jeder Farmer bestätigen kann, wird Raubwild von Erbrochenem ebenso stark angezogen wie von einer unsorgfältig abgedeckten Müllgrube. Waschbären und Waldmurmeltiere, versteht sich, aber vor allem Ratten. Ratten haben eine Vorliebe für das, was Menschen von sich geben.

Ich hatte ein paar Putzlappen übrig, aber diese ehemaligen Geschirrtücher aus Arlettes Küche waren für mein nächstes Vorhaben zu klein. Ich nahm die Sichel von ihrem Haken, ging mit der Lampe zum Holzstapel hinaus und hackte ein ausgefranstes Quadrat aus dem schweren Segeltuch, mit dem er abgedeckt war. Im Stall bückte ich mich und hielt die Lampe dicht an die Rohröffnung, weil ich sichergehen wollte, dass die Ratte (oder eine andere, denn wo es eine gab, gab es bestimmt mehrere) nicht dort lauerte, um notfalls ihr Revier zu verteidigen. Aber das Rohr war leer, so weit ich sehen konnte, was ungefähr anderthalb Meter war. Rattenkot war keiner zu sehen, was mich aber nicht überraschte. Dieser Durchgang war in Betrieb – inzwischen ihr *einziger* Durchgang –, und sie würden ihn so lange sauber halten, wie sie ihr Geschäft noch draußen erledigen konnten.

Ich stopfte das Segeltuch ins Rohr. Es war so steif und sperrig, dass ich zuletzt den Besenstiel benutzen musste, um es ganz hineinzustopfen, aber ich schaffte es. »Da!«, sagte ich. »Mal sehen, wie euch das gefällt. Erstickt daran!«

Ich ging zurück, um noch einmal nach Achelois zu sehen. Sie stand still da, und als ich ihre Flanke tätschelte, bedachte sie mich mit einem milden Blick über die Schulter. Ich wusste damals wie heute, dass sie bloß eine Kuh war – Farmer hegen nur wenige romantische Vorstellungen von der Natur, werden Sie feststellen –, aber trotzdem ließ dieser Blick mir die Tränen in die Augen steigen, und ich musste ein Schluchzen unterdrücken. *Ich weiß, dass du dein Bestes getan hast,* besagte der Blick. *Ich weiß, dass das alles nicht deine Schuld ist.*

Aber es war meine.

Ich ging ins Haus zurück und schlich auf Zehenspitzen den Flur entlang. Hinter seiner geschlossenen Tür konnte ich Henry schnarchen hören. Ich rechnete damit, lange nicht einschlafen zu können, und wenn ich endlich schlief, würde ich von der Ratte träumen, die mit der rosigen Zitze in der Schnauze durchs Heu auf dem Stallboden zu ihrem Notausgang flitzte, aber ich schlief fast augenblicklich ein, und mein Schlaf war traumlos und erholsam zugleich. Als ich aufwachte, überflutete das Morgenlicht den Raum, und ich hatte den Verwesungsgeruch der Leiche meiner Frau dick an Händen, Bettdecke und Kissenbezug. Ich schrak nach Luft schnappend hoch, obwohl mir augenblicklich bewusst war, dass der Gestank nur eine Illusion sein konnte. Dieser Geruch war mein Albtraum. Ich hatte ihn nicht nachts, sondern beim ersten, klarsten Tageslicht und mit weit offenen Augen gehabt.

Ich erwartete, dass der Rattenbiss sich trotz der Salbe entzünden würde, was aber nicht der Fall war. Achelois sollte später in jenem Jahr verenden, aber nicht deshalb. Sie gab jedoch nie mehr Milch; keinen einzigen Tropfen. Ich hätte sie schlachten lassen sollen, aber das brachte ich nicht übers Herz. Sie hatte durch meine Schuld zu viel durchleiden müssen.

Am nächsten Tag gab ich Henry eine Einkaufsliste und wies ihn an, mit dem Lastwagen nach Hemingford Home zu fahren und die aufgeschriebenen Sachen zu holen. Auf seinem Gesicht erschien ein verblüfftes breites Grinsen.

»Mit dem Lastwagen? *Ich?* Ganz allein?«

»Du kennst immer noch alle Vorwärtsgänge? Und kannst immer noch den Rückwärtsgang finden?«

»Klar doch, Mann!«

»Dann bist du schon so weit, finde ich. Vielleicht noch nicht für Omaha – oder auch nur Lincoln –, aber wenn du langsam fährst, müsstest du in Hemingford Home gut zurechtkommen.«

»Danke!« Er umarmte mich überschwänglich und küsste mich auf die Wange. Einen Augenblick lang schienen wir wieder Freunde zu sein. Ich ließ mich das sogar ein wenig glauben, obwohl ich es im Innersten besser wusste. Wir hatten jetzt etwas zwischen uns. Der Beweis mochte unter der Erde liegen, aber zwischen uns stand die Wahrheit – jetzt und für alle Zeiten.

Ich gab ihm eine lederne Geldbörse. »Die hat deinem Großvater gehört. Am besten behältst du sie gleich ganz; ich wollte sie dir ohnehin im Herbst zum Geburtstag schenken. Sollte etwas von dem Geld darin übrig bleiben, kannst du's behalten.« Beinahe hätte ich hinzugefügt: *und bring keine streunenden Hunde mit nach Hause,* konnte es mir aber gerade noch verkneifen. Das war immer die witzig gemeinte Standardermahnung seiner Mutter gewesen.

Er setzte dazu an, mir nochmals zu danken, schaffte es aber nicht. Es war wohl alles einfach zu viel.

»Auf der Rückfahrt machst du bei Lars Olsens Schmiede halt, um zu tanken. Vergiss das nicht, sonst bist du zu Fuß statt hinter dem Lenkrad, wenn du heimkommst.«

»Ich denke daran. Und, Papa?«

»Ja.«

Er trat von einem Fuß auf den anderen und sah mich dann schüchtern an. »Kann ich bei den Cotteries vorbeifahren und Shan fragen, ob sie mitkommen mag?«

»Nein«, sagte ich, und er machte schon ein langes Gesicht, bevor ich hinzufügte: »Du fragst Sallie oder Harlan, ob Shan mitkommen darf. Und erzähl ihnen unbedingt, dass du zum ersten Mal allein in die Stadt fährst. Ich verlasse mich auf dein Ehrenwort, Sohn.«

Als ob wir beide noch eine Ehre gehabt hätten.

Ich stand am Tor und beobachtete, wie unser alter Lastwagen in einer Staubwolke verschwand. Mir steckte ein Kloß in der Kehle, den ich nicht hinunterschlucken konnte. Ich hatte die überaus starke, wenngleich törichte Vorahnung, dass ich ihn nie wiedersehen würde. So empfinden vermutlich die meisten Eltern, wenn sie ein Kind allein fortgehen oder wegfahren sehen und dabei erkennen, dass ein Kind, das alt genug ist, um Aufträge selbstständig auszuführen, eigentlich kein Kind mehr ist. Aber ich durfte mich nicht zu lange in Gefühlen suhlen. Ich hatte eine wichtige Arbeit zu tun und Henry nur fortgeschickt, um sie allein erledigen zu können. Er würde natürlich sehen, was der Kuh zugestoßen war, und wahrscheinlich erraten, wer sie verletzt hatte, aber ich hoffte trotzdem, den Schock für ihn etwas abmildern zu können.

Als Erstes sah ich nach Achelois, die zwar matt, aber nicht ernstlich krank wirkte. Dann kontrollierte ich das Eisenrohr. Es war weiter blockiert, aber ich machte mir keine Illusionen; es würde einige Zeit dauern, aber letztlich würden die Ratten sich durch das Segeltuch nagen. Ich musste bessere Arbeit leisten. Ich schleppte einen Sack Portlandzement zum Brunnen hinter dem Haus und rührte ihn in einem alten Eimer an. Während ich im Stall darauf wartete, dass der Mörtel dicker wurde, stopfte ich das Segeltuch tiefer ins Rohr hinein. Auf diese Weise machte ich gut einen halben Meter frei, den ich anschließend mit dem Mörtel verschloss. Bis Henry zurückkam (und das in bester Laune; er hatte Shannon tatsächlich mitgenommen, und das Wechselgeld hatte für das Eiscremesoda gereicht, das sie sich geteilt hatten), hatte er abgebunden. Vermutlich waren einige wenige Ratten auf Nahrungssuche außerhalb unterwegs gewesen, aber ich bezweifelte nicht, dass ich die meisten – auch die eine, die die arme Achelois verstümmelt hatte – dort unten im Dunkel eingemauert hatte. Und dort unten im Dunkel würden sie verenden. Wenn sie nicht erstickten, dann würden sie verhungern, sobald ihr entsetzlicher Nahrungsvorrat erschöpft war.

Das glaubte ich zumindest.

In den Jahren zwischen 1916 und 1922 ging es in Nebraska selbst dummen Farmern gut. Harlan Cotterie, der keineswegs dumm war (und nur drei Mäuler zu stopfen hatte), war erfolgreicher als die meisten, wie seine Farm eindrucksvoll bewies. Im Jahr 1919 erweiterte er sie um eine Scheune und einen Silo, und 1920 ließ er einen Tiefbrunnen graben, der unglaubliche 20 Liter in der Minute lieferte. Ein Jahr später installierte er im ganzen Haus fließendes Wasser (behielt aber vernünftigerweise den Außenabort bei). So konnten seine Frauen und er wöchentlich dreimal etwas genießen, was so tief in der Provinz ein unglaublicher Luxus war: heiße Bäder und Duschbäder, für die das Wasser nicht in Töpfen auf dem Küchenherd erhitzt werden musste, sondern aus Leitungen kam, die es erst aus dem Brunnen heranführten und dann in die Versitzgrube wegleiteten. Es war die Dusche, die das Geheimnis enthüllte, das Shannon Cotterie bisher verborgen hatte, obwohl ich es eigentlich schon seit jenem Tag geahnt hatte, an dem sie gesagt hatte: *Mir hat er den Hof gemacht, das stimmt* – mit matter, ausdrucksloser Stimme, die so gar nicht zu ihr passte, ohne mich weiter zu beachten, während sie die Silhouette des Mähdreschers und die hinter ihm herstapfenden Aufklauber betrachtete.

Es war gegen Ende September, als die Maisernte nach einem harten Jahr Arbeit bereits eingebracht war, während es im Garten noch viel zu ernten gab. Als Shannon an einem Samstagnachmittag unter der Dusche stand, kam ihre Mutter mit einem Armvoll Wäsche, die sie vorzeitig von der Leine genommen hatte, weil es nach Regen aussah, den rückwärtigen Flur entlang. Shannon glaubte vermutlich, sie hätte die Badezimmertür ganz zugemacht – die meisten Frauen wollen bei der Körperpflege im Bad allein sein, und als der Sommer 1922 in den Herbst überging, hatte Shannon Cotterie dazu noch einen speziellen Grund –, aber vielleicht war sie aufgesprungen und stand halb offen. Ihre Mutter sah zufällig hinein, und obwohl das alte Laken, das jetzt als Duschvorhang diente, ganz um die U-förmige Schiene herumgezogen war, hatte der Wasserstaub es durchscheinend gemacht. Sallie brauchte das Mädchen nicht selbst zu sehen; sie sah die *Gestalt* des Mädchens, diesmal ohne eines der weiten Quäkerkleider, das ihre Umrisse verbarg. Ein einziger Blick genügte. Shannon war im fünften Monat oder kurz davor; sie hätte ihr süßes Geheimnis vermutlich ohnehin nicht mehr lange verbergen können.

Zwei Tage später kam Henry aus der Schule nach Hause (er fuhr jetzt mit dem Lastwagen dorthin) und wirkte ängstlich und schuldbewusst. »Shan fehlt seit zwei Tagen«, sagte er, »also bin ich bei den Cotteries vorbeigefahren, um mich nach ihr zu erkundigen. Ich dachte, sie hätte vielleicht die Spanische Grippe. Sie haben mich nicht mal reingelassen. Mrs. Cotterie hat mich nur aufgefordert, weiterzufahren, und gesagt, dass ihr Mann heute Abend nach der Arbeit vorbeikommen will, um mit dir zu reden. Ich hab gefragt, ob ich etwas ausrichten kann, und sie hat gesagt: ›Du hast schon genug ausgerichtet, Henry.‹«

Jetzt fiel mir auch ein, was Shan bei der Maisernte zu mir gesagt hatte. Henry verbarg sein Gesicht in den Händen und sagte: »Sie ist schwanger, Papa, und sie haben es rausgekriegt. Ich weiß, dass es darum geht. Wir wollen heiraten, aber ich fürchte, dass sie uns nicht lassen.«

»Vergiss ihre Eltern«, sagte ich. »*Ich* lasse euch nicht.«

Er sah mit verwundetem Blick aus tränennassen Augen zu mir auf. »Warum nicht?«

Du hast gesehen, wozu es zwischen deiner Mutter und mir gekommen ist, und musst noch fragen?, dachte ich nur, sagte stattdessen aber: »Sie ist 15 Jahre alt, und du wirst es sogar erst in zwei Wochen.«

»Aber wir lieben uns!«

O dieser idiotische Ausruf! Diese jammernde Klage eines Schwächlings. Ich hatte die Hände an den Seitennähten meiner Latzhose zu Fäusten geballt und musste mich dazu zwingen, sie zu öffnen. Zornig zu werden wäre zwecklos gewesen. Um etwas wie diese Sache besprechen zu können, brauchte ein Junge eine Mutter, aber seine saß auf der Sohle eines zugeschütteten Brunnens, zweifellos von einem Hofstaat toter Ratten umgeben.

»Das weiß ich, Henry …«

»*Hank!* Und andere heiraten auch so jung!«

Früher hatten sie das getan; seit das neue Jahrhundert begonnen und die Pionierzeit sich dem Ende zugeneigt hatte, allerdings nicht mehr so oft. Aber das sagte ich ihm nicht. Stattdessen erklärte ich ihm, dass ich kein Geld für eine Starthilfe für sie hätte. Vielleicht 1925, wenn die Ernten und Preise gut blieben, aber vorläufig könne ich nichts für sie tun. Und weil nun ein Baby unterwegs sei …

»An sich *wäre* genug da!«, sagte er. »Wärst du wegen der 40 Hektar kein solches Arschloch gewesen, wäre *reichlich* da! *Sie* hätte mir etwas davon abgegeben! Und *sie* hätte nicht so mit mir geredet!«

Anfangs war ich zu betroffen, um darauf zu antworten. Seit wir Arlette namentlich – oder auch nur angedeutet mit dem Fürwort *sie* – erwähnt hatten, waren zwischen uns sechs oder sogar noch mehr Wochen vergangen.

Er starrte mich trotzig an. Und dann sah ich in weiter Ferne auf unserer Stichstraße eine wogende Staubwolke näher kommen. Harlan Cotterie war unterwegs. Ich hatte ihn immer für meinen Freund gehalten, aber eine Tochter, die sich als schwanger erweist, kann solche Dinge ändern.

»Nein, sie hätte nicht so mit dir geredet«, stimmte ich Henry zu und zwang mich dazu, ihm offen ins Gesicht zu sehen. »Sie hätte noch schlimmer mit dir geredet. Und dich wahrscheinlich ausgelacht. Wenn du richtig in dich hineinhorchst, Sohn, wirst du mir recht geben.«

»Nein!«

»Deine Mutter hat Shannon ein kleines Flittchen genannt und dich dann aufgefordert, deinen Willy in der Hose zu behalten. Das war ihr letzter Ratschlag, und obwohl er so derb und verletzend war wie die meisten ihrer Äußerungen, hättest du ihn befolgen sollen.«

Henrys Zorn schwand schlagartig. »Es war erst nach … nach dieser Nacht … dass wir … Shan wollte nicht, aber ich hab sie dazu überredet. Und als wir erst mal angefangen hatten, hat's ihr so gut gefallen wie mir. Nachdem wir anfangen hatten, hat sie darum gebettelt.« Er sagte das mit einem eigenartigen, leicht perversen Stolz und schüttelte dann müde den Kopf. »Jetzt liegen diese 40 Hektar voller Unkraut brach, und ich sitze in der Scheiße. Wäre Mama noch hier, würde sie mir helfen, da rauszukommen. Mit Geld lässt sich alles richten, das sagt *er* immer.« Henry nickte zu der näher kommenden Staubwolke hinüber.

»Wenn du nicht mehr weißt, wie sparsam deine Mama mit jedem Dollar war, bist du vergesslicher, als dir guttut«, sagte ich. »Und wenn du vergessen hast, wie sie dich am letzten Abend ins Gesicht geschlagen hat …«

»Hab ich nicht«, sagte er mürrisch. Dann noch mürrischer: »Ich dachte nur, du würdest mir helfen.«

»Das habe ich auch vor. Aber vorerst möchte ich, dass du dich verdrückst. Auf Shannons Vater würdest du jetzt wie ein rotes Tuch wirken, wenn er hier aufkreuzt. Lass mich erst mal sehen, wo wir stehen – und in welcher Stimmung er ist –, dann rufe ich dich vielleicht auf die Veranda heraus.« Ich ergriff sein Handgelenk. »Ich werde mein Bestes für dich tun, Sohn.«

Er entzog mir seine Hand. »Das will ich hoffen.«

Henry verschwand im Haus, und kurz bevor Harlan mit seinem neuen Wagen vorfuhr (einem neuen Nash, dessen Lack unter der Staubschicht so grün wie eine Schmeißfliege schillerte), hörte ich die Fliegengittertür nach hinten hinaus zufallen.

Der Motor des Nash tuckerte, hatte eine Fehlzündung und starb dann ab. Harlan stieg aus, zog seinen Staubmantel aus, faltete ihn zusammen und legte ihn auf den Fahrersitz. Den Mantel hatte er getragen, weil er dem Anlass entsprechend gekleidet war: weißes Hemd, schmaler Selbstbinder und gute Sonntagshosen, die von einem Gürtel mit Silberschließe gehalten wurden. Jetzt ruckte er daran, damit die Hosen genau richtig unter seinem straffen kleinen Schmerbauch saßen. Er hatte mich immer gut behandelt, und ich hatte uns stets nicht nur für Freunde, sondern für gute Freunde gehalten, aber in diesem Augenblick hasste ich ihn geradezu. Nicht etwa weil er gekommen war, um mir wegen meines Sohns Vorwürfe zu machen; ich an seiner Stelle hätte weiß Gott das Gleiche getan. Nein, es lag an dem nagelneuen leuchtend grünen Nash. Es lag an der silbernen Gürtelschließe in Form eines Delfins. Es lag an dem leuchtend rot gestrichenen neuen Silo und den Wasserleitungen im ganzen Haus. Und vor allem lag es an der fügsamen, wenngleich reizlosen Ehefrau, die er auf seiner Farm zurückgelassen hatte, wo sie trotz ihres Kummers zweifellos das Abendessen zubereitete. An der Frau, deren freundliche Antwort angesichts aller auftauchenden Misslichkeiten lauten würde: *Wie du's für richtig hältst, Harlan.* Frauen, aufgepasst! Eine Ehefrau dieser Art braucht nie zu befürchten, ihr Leben mit durchschnittener Kehle verröcheln zu müssen.

Er kam mit großen Schritten die Verandatreppe herauf. Ich stand auf, streckte die Hand aus und wartete, ob er sie ergreifen oder ignorieren würde. Er zögerte, während er das Für und Wider erwog, aber zuletzt drückte er sie kurz, bevor er sie wieder losließ. »Wir haben hier ein beträchtliches Problem, Wilf«, sagte er.

»Ja, ich weiß. Henry hat's mir eben erzählt. Lieber spät als nie.«

»Am liebsten gar nicht«, sagte er grimmig.

»Willst du dich nicht setzen?«

Auch darüber dachte er nach, bevor er den Schaukelstuhl nahm, der immer Arlette gehört hatte. Ich wusste, dass er sich nicht hinsetzen wollte – ein Mann, der zornig und durcheinander ist, sitzt nicht gern still –, aber er nahm trotzdem Platz.

»Möchtest du etwas Eistee? Limonade gibt's keine, die war Arlettes Spezialität, aber ...«

Er winkte mit einer dicklichen Hand ab. Dicklich, aber hart. Obwohl Harlan zu den reichsten Farmern in der Hemingford County gehörte, packte er überall selbst mit an; bei der Heu- oder Maisernte war er stets mit den Wanderarbeitern auf dem Feld. »Ich will vor Sonnenuntergang wieder zu Hause sein. Diese Scheinwerfer geben ein beschissenes Licht. Meine Kleine hat ein Brötchen im Ofen, und du weißt wohl, wer der verdammte Bäcker war.«

»Würde es helfen, wenn ich sage, dass mir das leidtut?«

»Nein.« Er hatte die Lippen schmal zusammengepresst, und ich sah das Blut auf beiden Halsseiten heiß pochen. »Ich bin fuchsteufelswild, und was alles noch schlimmer macht, ist die Tatsache, dass ich niemand habe, auf *den* ich wütend sein kann. Auf die Kinder kann ich nicht zornig sein, weil sie eben nur Kinder sind, aber wenn Shannon nicht schwanger wäre, würde ich sie übers Knie legen und versohlen, weil sie sich nicht besser betragen hat, obwohl sie's besser *gewusst* hat. Sie ist in Elternhaus und Sonntagsschule besser erzogen worden.«

Ich wollte ihn fragen, ob er glaube, Henry sei falsch erzogen worden. Stattdessen hielt ich den Mund und ließ ihn alles sagen, worüber er auf der Fahrt hierher vor Wut geschäumt hatte. Er hatte sich eine kleine Rede zurechtgelegt, und wenn er sie gehalten hatte, würde er vielleicht umgänglicher sein.

»Ich würde Sallie gern vorwerfen, den Zustand des Mädchens nicht früher erkannt zu haben, aber Erstgebärende tragen ihr Kind gewöhnlich hoch, das weiß jeder, und ... Gott, du kennst ja die Kleider, die Shan trägt. Die sind auch nichts Neues. Diese Altweiberkleider trägt sie, seit sie mit zwölf zum ersten Mal ihre ...«

Harlan hielt seine dicklichen Hände vor die Brust. Ich nickte.

»Und ich möchte auf *dich* zornig sein, weil du dich anscheinend vor diesem Gespräch, das Vater und Sohn führen sollten, gedrückt hast.« *Als hättest du eine Ahnung davon, wie man einen Sohn erzieht,* dachte ich. »In dem man ihm erklärt, dass er eine Pistole in der Hose hat, die er gesichert lassen soll.« Ihm blieb ein Schluchzen in der Kehle stecken, und dann brach es aus ihm heraus: »Mein ... kleines ... *Mädchen* ist zu jung, um Mutter zu werden!«

Ich hätte auch fragen können, ob er vielleicht ein wenig Schuld für sich reserviert habe, wenn er sie so großzügig verteile, aber ich hielt den Mund. Schweigsamkeit war eigentlich nicht meine Art, aber durch das Zusammenleben mit Arlette hatte ich reichlich Übung darin.

»Nur kann ich auch nicht auf dich zornig sein, weil deine Frau dich im Frühjahr sitzen lassen hat, wodurch du natürlich abgelenkt warst. Also bin ich hinters Haus gegangen und hab fast ein verdammtes halbes Klafter Holz gehackt, bevor ich hergekommen bin, um etwas von meinem Zorn abzuarbeiten, und das hat anscheinend geholfen. Ich hab dir die Hand geschüttelt, nicht wahr?«

Das Eigenlob in seiner Stimme reizte mich dazu, zu sagen: *Wenn's keine Vergewaltigung war, braucht's zum Tangotanzen wohl immer zwei.* Aber ich sagte nur: »Ja, das hast du«, und ließ es dabei bewenden.

»Nun, das bringt uns dazu, was ihr in dieser Sache unternehmen wollt. Du und dieser Junge, der die Beine unter meinem Tisch ausgestreckt hat und von meiner Frau bekocht wurde.«

Irgendein Teufel – vermutlich das Wesen, das von einem Besitz ergreift, wenn der Hinterhältige sich verabschiedet – ließ mich sagen: »Henry will sie heiraten und dem Baby seinen Namen geben.«

»Das ist so gottverdammt lächerlich, dass ich's gar nicht hören will. Ich werde nicht sagen, dass Henry weder einen Pott hat, in den er pissen kann, noch ein Fenster, aus dem er ihn kippen könnte – ich weiß, dass du's gut gemacht hast, Wilf, oder so gut, wie du kannst, aber das ist das Beste, was ich sagen kann. Wir hatten fette Jahre, aber du bist der Bank nur einen kleinen Schritt voraus. Wo wirst du stehen, wenn die Jahre wieder mager werden? Und das werden sie immer. Hättest du bares Geld von diesen 40 Hektar, sähe die Sache vielleicht anders aus – Geld federt harte Zeiten ab, das weiß jeder –, aber seit Arlette fort ist, hocken die dort draußen wie eine alte Jungfer mit Verstopfung auf ihrem Nachttopf.«

Nur einen Augenblick lang versuchte ich mir irgendwie vorzustellen, wie alles gekommen wäre, wenn ich Arlette in Bezug auf dieses scheiß Land nachgegeben hätte, wie ich es in so vielen anderen Dingen getan habe. *Ich würde in Gestank leben, so wär's gekommen. Ich hätte den alten Brunnen für die Kühe tiefer graben müssen, weil Kühe nicht aus einem Bach trinken, in dem Blut und Schweinegedärme schwimmen.*

Wie wahr. Aber ich würde leben, statt nur zu existieren, Arlette würde mit mir leben, und Henry wäre nicht der mürrische, schwierige Junge, zu dem ich ihn gemacht habe. Der Junge, durch den seine Freundin aus Kindertagen eine Menge Ärger bekommen hat.

»Und? Was hast du also vor?«, fragte ich. »Ich bezweifle, dass du die Fahrt hierher nur unternommen hast, um mir zu erzählen, was für Unannehmlichkeiten wir dir verursacht haben.«

Er schien mir nicht zugehört zu haben. Er blickte über die Felder zu der Stelle hinaus, wo sein neuer Silo am Horizont aufragte. Etwas Schwermütiges und Trauriges lag in seiner Miene, aber ich habe zu viel durchgemacht und zu viel geschrieben, um zu lügen: Dieser Ausdruck bewegte mich nicht sonderlich. 1922 war das schlimmste Jahr meines Lebens gewesen, eines, das mich in einen Menschen verwandelt hatte, den ich nicht mehr kannte, und Harlan Cotterie war nur ein weiteres Schlagloch auf einem steinigen, erbärmlichen Straßenstück.

»Sie hat Köpfchen«, sagte Harlan. »Mrs. McReady in der Schule sagt, dass Shan die intelligenteste Schülerin ist, die sie in ihrer ganzen Laufbahn unterrichtet hat – und die reicht fast vierzig Jahre zurück. Sie ist in Englisch gut und in Mathe sogar noch besser – was bei Mädchen selten vorkommt, sagt Mrs. McReady. Sie kann Triggerometrie, Wilf. Hast du das gewusst? Selbst Mrs. McReady kann keine Triggerometrie.«

Nein, das hatte ich nicht gewusst, aber ich wusste, wie man Trigonometrie aussprach. Ich spürte jedoch, dass dies vielleicht nicht der richtige Augenblick war, die Aussprache meines Nachbarn zu korrigieren.

»Sallie wollte sie aufs normale College in Omaha schicken. Dort nehmen sie seit 1918 außer Jungen auch Mädchen auf, obwohl bisher noch kein Mädchen den Abschluss geschafft hat.« Er bedachte mich mit einem Blick, der schwer zu ertragen war: eine Mischung aus Abscheu und Feindseligkeit. »Die Mädchen wollen nämlich immer bloß *heiraten*. Und *Kinder* kriegen, dem Freimaurerorden ›Eastern Star‹ beitreten und den gottverdammten *Fußboden* aufwischen.«

Er seufzte.

»Shan könnte die Erste sein. Sie hat die Begabung und das Köpfchen dafür. Das hast du nicht gewusst, stimmt's?«

Nein, tatsächlich nicht. Ich hatte einfach angenommen – eine meiner vielen Annahmen, die sich als falsch erwiesen haben –, sie eigne sich zur Farmersfrau, aber nicht zu mehr.

»Sie könnte sogar später am College unterrichten. Wir hatten vor, sie dorthin zu schicken, sobald sie siebzehn ist.«

Sallie hatte das vor, meinst du, dachte ich. *Aus eigenem Antrieb wäre dein Farmerverstand nie auf eine derart verrückte Idee gekommen.*

»Shan war einverstanden, und das Geld habe ich auf die Seite gelegt. Alles war arrangiert.« Als er sich mir zuwandte, hörte ich seine Halswirbel knarren. »Es ist *immer noch* alles arrangiert. Aber vorher – praktisch sofort – kommt sie ins katholische Mädchenheim St. Eusebia in Omaha. Sie weiß das noch nicht, aber dorthin kommt sie. Sallie hat davon gesprochen, sie nach Deland zu schicken – Sals Schwester lebt dort – oder zu meiner Tante und meinem Onkel in Lyme Biska. Aber weder traue ich einem von denen zu, das zu Ende zu führen, was wir beschlossen haben, noch hat ein Mädchen, das solche Probleme verursacht, es verdient, zu Leuten zu kommen, die es kennt und liebt.«

»Was habt ihr also beschlossen, Harl? Außer dass ihr eure Tochter in eine Art ... ich weiß nicht ... Waisenhaus schicken wollt?«

Er reagierte ungehalten. »Das ist kein Waisenhaus, sondern eine saubere, erbauliche, tüchtige Einrichtung. Das habe ich mir erzählen lassen. Ich habe mit dem Fernsprecher herumgefragt und überall nur Gutes gehört. Sie bekommt dort Aufgaben, sie bekommt ihren Unterricht, und in weiteren vier Monaten bekommt sie ihr Baby. Gleich danach wird das Kleine zur Adoption freigegeben. Dafür sorgen die Schwestern in St. Eusebia. Dann kann sie heimkommen, und in weiteren eineinhalb Jahren kann sie aufs College gehen, um Lehrerin zu werden, genau wie Sallie es will. Und ich, versteht sich. Sallie und ich.«

»Und welche Rolle spiele ich dabei? Ich habe eine, sonst wärst du wohl nicht hier.«

»Verscheißerst du mich, Wilf? Ich weiß, dass du ein schwieriges Jahr hinter dir hast, aber ich lasse mich trotzdem nicht von dir verscheißern.«

»Ich verscheißere dich nicht, aber du musst erkennen, dass du nicht als Einziger aufgebracht und beschämt bist. Sag mir einfach, was du willst, dann können wir vielleicht Freunde bleiben.«

Das einzigartig kalte Lächeln, mit dem er darauf reagierte – nur ein Zucken der Lippen und flüchtig auftauchende Grübchen in den Mundwinkeln –, sagte sehr viel darüber aus, wie wenig Hoffnung er *darauf* hatte.

»Ich weiß, dass du nicht reich bist, aber du musst trotzdem vortreten und deinen Teil der Verantwortung übernehmen. Ihre Zeit im Heim – die Schwestern nennen sie Geburtsvorbereitung – wird mich 300 Dollar kosten. Schwester Camilla hat am Telephon von einer Spende gesprochen, aber ich erkenne eine Gebühr, wenn ich von einer höre.«

»Wenn du vorschlagen willst, halbe-halbe zu machen ...«

»Ich weiß, dass du keine 150 Dollar aufbringen kannst, aber du wirst hoffentlich die 75 aufbringen können, die eine Privatlehrerin kostet. So eine soll Shan helfen, schulisch auf dem Laufenden zu bleiben.«

»Das kann ich nicht. Arlette hat jeden Cent mitgenommen, als sie abgehauen ist.« Aber ich fragte mich erstmals, ob sie nicht vielleicht irgendwo ein paar Scheine versteckt hatte. Diese Sache mit den 200 Dollar, mit denen sie durchgebrannt sein sollte, war eine reine Lüge gewesen, aber sogar etwas Nadelgeld wäre in dieser Situation hilfreich gewesen. Ich nahm mir vor, in allen Schränken und Behältern in der Küche nachzusehen.

»Nimm wieder einen Kurzkredit bei der Bank auf«, sagte er. »Wie ich höre, hast du den letzten bereits ganz zurückgezahlt.«

Natürlich hatte er das gehört. An sich fallen solche Dinge zwar unters Bankgeheimnis, aber Männer wie Harlan Cotterie haben lange Ohren. Ich fühlte eine Woge des Widerwillens gegen ihn. Er hatte mir für die Maisernte seinen Mähdrescher geliehen und nur 20 Dollar dafür genommen? Na und? Er verlangte diesen Betrag und noch mehr, als hätte seine kostbare Tochter nie die Beine breit gemacht und gesagt: *Komm rein und streich die Wände an.*

»Ich hatte Erntegeld, um ihn zurückzuzahlen«, sagte ich. »Das habe ich jetzt nicht mehr. Ich habe mein Land und mein Haus, aber das ist so ziemlich alles.«

»Lass dir was einfallen«, sagte er. »Nimm eine Hypothek auf das Haus auf, wenn's sein muss. 75 Dollar sind dein Anteil, und wenn dein Junge dafür nicht mit fünfzehn Windeln wechseln muss, kommst du billig davon, finde ich.«

Er stand auf. Ich ebenfalls. »Und wenn mir nichts einfällt? Was dann, Harl? Schickst du dann den Sheriff her?«

Er verzog die Lippen zu einem verächtlichen Ausdruck, der meinen Widerwillen gegen ihn in Hass verwandelte. Das Ganze geschah sekundenschnell, und ich spüre diesen Hass noch heute, wo so viele andere Gefühle aus meinem Herzen ausgebrannt worden sind. »Wegen einer Sache wie dieser würde ich nie zur Justiz gehen. Aber wenn du dich davor drückst, deinen Teil der Verantwortung zu übernehmen, sind wir geschiedene Leute.« Er blinzelte ins abnehmende Tageslicht. »Ich fahre jetzt. Das sollte ich auch, wenn ich noch vor Einbruch der Dunkelheit zu Hause sein will. Ich brauche die 75 erst in ein paar Wochen, also hast du bis dahin Zeit. Und ich komme nicht noch mal her, um dich zu mahnen. Wenn du's nicht tust, dann eben nicht. Aber sag bloß nicht, dass du's nicht kannst, ich weiß es nämlich besser. Du hättest Arlette ihr Land an Farrington verkaufen lassen sollen, Wilf. Dann wäre sie noch hier, und du hättest etwas Geld auf der Bank. Und meine Tochter wäre vielleicht nicht in anderen Umständen.«

In Gedanken stieß ich ihn von der Veranda und sprang mit beiden Beinen auf seinen harten gewölbten Bauch, während er sich aufzurappeln versuchte. Dann holte ich meine Sichel aus der Scheune und stach ihm damit ein Auge aus. In Wirklichkeit blieb ich mit einer Hand auf dem Geländer stehen und sah zu, wie er die Stufen hinunterstapfte.

»Willst du nicht mit Henry reden?«, fragte ich. »Ich kann ihn rufen. Ihm tut das Ganze so leid wie mir.«

Harlan kam nicht aus dem Tritt. »Sie war rein, und dein Junge hat sie beschmutzt. Würdest du ihn herholen, würde ich ihn vielleicht niederschlagen. Ich könnte mich vielleicht nicht beherrschen.«

Da hatte ich so meine Zweifel. Henry war fast ausgewachsen, er war stark, und vor allem wusste er, wie man mordet. Und davon hatte Harl Cotterie nicht die geringste Ahnung.

Er brauchte den Nash nicht anzukurbeln, sondern musste nur auf einen Knopf drücken. Wohlhabend zu sein war auf alle mögliche Arten angenehm. »75 brauche ich, um diese Sache zum Abschluss zu bringen!«, rief er laut, um das Hämmern und Knattern des Motors zu übertönen. Dann beschrieb er einen engen Kreis um den Hackklotz, trieb George und seinen Harem in die Flucht und fuhr auf seine Farm mit dem großen Stromgenerator und dem fließenden Wasser zurück.

Als ich mich umdrehte, stand Henry blass und zornig neben mir. »Sie dürfen sie nicht einfach so wegschicken!«

Er hatte also gelauscht. Ich kann nicht behaupten, dass mich das überraschte.

»Sie können und werden es tun«, sagte ich. »Und wenn du jetzt unbesonnen etwas Dummes tust, machst du eine schlimme Situation nur noch schlimmer.«

»Wir könnten durchbrennen. Uns würde niemand erwischen. Wenn wir mit … mit dem davongekommen sind, was wir getan haben … dann traue ich mir auch zu, mit meinem Mädchen nach Colorado durchzubrennen, ohne geschnappt zu werden.«

»Das würdest du nicht schaffen«, sagte ich, »so ganz ohne Geld. Mit Geld lässt sich alles richten, sagt er. Und ich sage dir: *Kein* Geld *verdirbt* alles. Das weiß ich genau, und Shannon wüsste es auch. Sie muss jetzt auf ihr Baby aufpassen …«

»Nicht wenn sie gezwungen wird, es herzugeben!«

»Das ändert nichts daran, was eine Frau empfindet, wenn sie einen kleinen Kerl im Bauch hat. Das macht sie auf eine Weise lebensklug, die Männer nicht verstehen. Weder bist du noch ist sie in meiner Achtung gesunken, nur weil sie ein Kind bekommt – ihr seid nicht die Ersten, und ihr werdet nicht die Letzten sein, auch wenn Mr. Großmächtig glaubt, sie würde das, was sie zwischen den Beinen hat, nur auf dem Wasserklosett benutzen. Aber wenn du ein im fünften Monat schwangeres Mädchen bedrängen würdest, mit dir durchzubrennen … und wenn sie dazu bereit wäre … würde ich die Achtung vor euch beiden verlieren.«

»Was weißt du denn schon?«, sagte er mit unendlicher Verachtung. »Du konntest nicht mal eine Kehle durchschneiden, ohne Pfusch zu machen.«

Ich war sprachlos. Er sah meine Verwirrung und ließ mich so stehen.

Am nächsten Tag fuhr er zwar in die Schule, aber ich ahnte, dass er nicht mehr lange hingehen würde, seit sein Schatz nicht mehr dort war. Vermutlich lag das an dem Lastwagen. Einem Jungen ist jede Ausrede recht, wenn er einen Wagen fahren darf.

Sobald er fort war, ging ich in die Küche. Ich kippte Zucker, Mehl und Salz aus ihren Blechdosen und rührte darin herum. In den Häufchen war nichts zu finden. Ich ging ins Schlafzimmer und durchsuchte ihre Kleidung. Wieder nichts. Ich sah in ihren Schuhen nach, ohne fündig zu werden. Aber jeder Misserfolg verstärkte meine Gewissheit, irgendwo gebe es *etwas*.

Ich hatte Arbeit im Garten, aber statt sie zu tun, ging ich nach draußen hinter den Stall, wo der alte Brunnen gewesen war. Auf ihm wuchs jetzt Unkraut: Quecken, dazwischen vereinzelt Goldruten. Elpis war dort unten, Arlette auch. Arlette mit ihrem verschobenen Unterkiefer. Arlette mit ihrem Clownsgrinsen. Arlette mit ihrem *Haarnetz*.

»Wo ist es, du widerborstige Schlampe?«, fragte ich sie. »Wo hast du es versteckt?«

Ich bemühte mich, möglichst an gar nichts zu denken, so wie es mir mein Vater immer geraten hatte, wenn ich ein Werkzeug oder eines meiner wenigen kostbaren Bücher verlegt hatte. Kurze Zeit später ging ich zurück ins Haus, zurück ins Schlafzimmer, zurück an den Kleiderschrank. Im oberen Fach standen zwei Hutschachteln. In der ersten fand ich nur einen Hut – den weißen, den sie in der Kirche getragen hatte (wenn sie sich die Mühe machte, zum Gottesdienst zu gehen, was ungefähr einmal im Monat vorkam). Der Hut in der zweiten Schachtel war rot, und ich hatte sie nie damit gesehen. Mir kam er wie ein Nuttenhut vor. Unter dem Innenband aus Satin steckten zwei zu winzigen Quadraten in Pillengröße zusammengefaltete 20-Dollar-Scheine. Während ich hier in diesem schäbigen Hotelzimmer sitze und auf die Ratten horche, die scharrend und kratzend in den Wänden hin und her huschen (ja, meine alten Freunde sind hier), versichere ich Ihnen, dass diese beiden 20-Dollar-Scheine mein Verderben waren.

Weil sie nicht reichten. Das begreifen Sie doch wohl. Natürlich tun Sie das. Man braucht nichts von *Triggerometrie* zu verstehen, um zu wissen, dass man auf 40 noch 35 drauflegen muss, um 75 zu haben. Das klingt nicht nach viel, stimmt's? Aber damals bekam man für 35 Dollar Lebensmittel für 2 Monate oder in Lars Olsens Schmiede ein gutes gebrauchtes Halfter. Oder man konnte eine Fahrkarte bis nach Sacramento hinaus lösen ... was ich mir oft wünsche, dass ich es getan hätte.

35.

Und wenn ich nachts im Bett liege, kann ich diese Zahl manchmal wirklich *sehen*. Sie blinkt so rot wie eine Warnleuchte, die einen Bahnübergang sperrt, weil ein Zug kommt. Ich wollte die Gleise trotzdem überqueren und bin vom Zug überfahren worden. Wenn jeder von uns einen Hinterhältigen in sich hat, steckt in jedem von uns auch ein Verrückter. Und in diesen Nächten, in denen ich nicht schlafen kann, weil die blinkende Zahl mich nicht schlafen *lässt*, behauptet mein Verrückter, alles sei eine Verschwörung gewesen: Cotterie, Stoppenhauser und der Rechtsverdreher von Farrington hätten sich gegen mich zusammengetan. Ich weiß es natürlich besser (wenigstens bei Tageslicht). Cotterie und Mr. Anwalt Lester können später mit Stoppenhauser gesprochen haben – nachdem ich getan hatte, was ich getan habe –, aber anfangs war die Sache bestimmt harmlos; Stoppenhauser wollte mir wohl wirklich helfen ... und für die Home Bank & Trust einen kleinen Gewinn herausschlagen, versteht sich. Aber als Harlan oder Lester – oder beide zusammen – eine Möglichkeit sahen, ergriffen sie sie.

Der Hinterhältige ausgetrickst … wie gefällt Ihnen das? Inzwischen war mir das fast egal, weil ich damals schon meinen Sohn verloren hatte, aber wissen Sie, wem ich wirklich die Schuld gebe?

Arlette.

Ja.

Weil sie es war, die diese beiden Scheine in ihrem roten Nuttenhut versteckt hatte, wo ich sie finden musste. Und begreifen Sie auch, wie diabolisch clever sie war? Es waren nämlich nicht die 40, die mein Verderben waren; es war der Betrag, der noch zu der Summe fehlte, die Cotterie für die Privatlehrerin seiner schwangeren Tochter verlangte; das Geld, das er wollte, damit sie Latein lernen und weiter *Triggerometrie* üben konnte.

35, 35, 35.

Über das Geld, das er für die Privatlehrerin haben wollte, dachte ich die ganze restliche Woche und auch übers Wochenende nach. Manchmal holte ich die beiden Scheine hervor – ich hatte sie glattgestrichen, aber die Kniffe blieben – und studierte sie. Am Sonntagabend stand mein Entschluss fest. Ich sagte Henry, er müsse am Montag mit dem Model T in die Schule fahren; ich müsse nach Hemingford Home fahren und mit Mr. Stoppenhauser in der Bank über einen Kurzkredit reden. Über einen Kleinkredit. Nur 35 Dollar.

»Wofür?« Henry saß am Fenster und starrte missmutig aufs Westfeld hinaus.

Ich sagte es ihm. Ich dachte, das würde zu einem weiteren Streit wegen Shannon führen, den ich mir in gewisser Weise sogar wünschte. Er hatte die ganze Woche nicht von ihr gesprochen, obwohl ich wusste, dass Shan fort war. Mert Donovan hatte es mir erzählt, als er vorbeikam, um eine Ladung Saatmais abzuholen. »Ist jetzt in irgendeinem teuren Internat drüben in Omaha«, sagte er. »Na ja, ich wünsche ihr viel Erfolg. Wenn sie wählen wollen, sollen sie lieber was lernen. Allerdings«, fügte er nach kurzem Nachdenken hinzu, »tut meine, was ich ihr sage. Will ich ihr auch geraten haben, dass sie weiß, was gut für sie ist.«

Wenn ich wusste, dass sie fort war, wusste Henry es auch – vermutlich schon vor mir, Schulkinder tratschen nun einmal hemmungslos. Aber er hatte nichts gesagt. Ich versuchte wohl, ihm einen Grund dafür zu liefern, allen Schmerz und alle Vorwürfe herauszulassen. Das würde nicht angenehm sein, aber auf Dauer konnte es sich als Wohltat erweisen. Man sollte kein Geschwür auf der Stirn oder im Gehirn dahinter schwären lassen. Wenn man das einmal zulässt, kann die Infektion sich gefährlich ausbreiten.

Als er meine Mitteilung nur mit einem Grunzen quittierte, beschloss ich, etwas energischer nachzufassen.

»Wir beide werden uns die Rückzahlung teilen«, sagte ich. »Sollten wir den Kredit bis Weihnachten tilgen, kommt er auf nicht mehr als 38 Dollar. Das sind 19 für jeden. Deinen Anteil ziehe ich dir von deinem Arbeitslohn ab.«

Das würde bestimmt einen Wutanfall provozieren, dachte ich ... aber es bewirkte nur ein weiteres mürrisches Grunzen. Er diskutierte nicht einmal darüber, dass er mit dem T in die Schule fahren sollte, obwohl das Ding kaum 25 Meilen die Stunde schaffte und seine Mitschüler darüber spotteten, wie er sagte, und es »Hanks Arschbrecher« nannten.

»Sohn?«

»Was?«

»Alles in Ordnung mit dir?«

Er wandte sich mir zu und lächelte – zumindest verzog er die Lippen. »Mir geht's gut. Viel Glück morgen auf der Bank, Papa. Ich geh jetzt ins Bett.«

Als er aufstand, fragte ich ihn: »Gibst du mir einen Gutenachtkuss?«

Er küsste mich auf die Wange. Es war das letzte Mal.

Er ratterte mit dem Arschbrecher in die Schule, und ich fuhr mit dem Lastwagen nach Hemingford Home, wo Mr. Stoppenhauser mich nach nur fünf Minuten Wartezeit in sein Büro holte. Ich erklärte ihm, was ich brauchte, sagte aber nicht, wofür, und gab nur persönliche Gründe an. Ich glaubte, bei einem so lächerlichen Betrag nicht ins Detail gehen zu müssen, und behielt recht. Als ich jedoch fertig war, faltete er die Hände auf seiner Schreibunterlage und musterte mich fast väterlich streng. In der Ecke zählte eine Standuhr leise tickend Zeitsegmente ab. Von der Straße drang – erheblich lauter – das Knattern eines Motors herein. Es verstummte, danach folgte eine Pause, bevor ein weiterer Motor ansprang. War das mein Sohn, der erst mit dem Model T ankam und dann meinen Lastwagen klaute? Das lässt sich im Nachhinein nicht mit Bestimmtheit sagen, aber ich glaube, dass es so war.

»Wilf«, sagte Mr. Stoppenhauser, »Sie haben etwas Zeit gehabt, darüber hinwegzukommen, dass Ihre Frau sich heimlich davongemacht hat – entschuldigen Sie, dass ich ein schmerzhaftes Thema anspreche, aber es scheint relevant zu sein, und außerdem ist das Büro eines Bankiers ein bisschen wie ein Beichtstuhl –, deshalb will ich Ihnen wie ein guter Onkel ernsthaft ins Gewissen reden.«

Diese Redewendung kannte ich – wie wohl die meisten seiner Kunden –, und ich reagierte mit dem pflichtbewussten Lächeln, das sie hervorrufen sollte.

»Leiht die Home Bank & Trust Ihnen 35 Dollar? Aber sicher! Ich wäre versucht, die Sache unter uns zu regeln und Ihnen den Betrag persönlich zu leihen, aber ich habe nie mehr Bargeld in der Tasche, als ich fürs Mittagessen im

Splendid Diner und einmal Schuheputzen beim Friseur brauche. Zu viel Geld ist eine ständige Versuchung, selbst für einen listigen alten Kauz wie mich, und außerdem muss Geschäft Geschäft bleiben. *Aber!*« Er hob den Zeigefinger.

»Sie brauchen keine 35 Dollar.«

»Leider doch.« Ich fragte mich, ob er wusste, wofür. Das war immerhin denkbar; er war wirklich ein listiger alter Kauz. Aber das war Harl Cotterie auch, und Harl war in diesem Herbst zudem ein beschämter alter Kauz.

»Nein, die brauchen Sie nicht. Sie brauchen 750, so viel brauchen Sie, und die könnten Sie auf der Stelle haben. Als Kontogutschrift oder in der Tasche, wenn Sie hinausgehen, mir ist eines so recht wie das andere. Die Hypothek auf Ihre Farm haben Sie vor 3 Jahren getilgt. Sie sind schuldenfrei. Also gibt's absolut keinen Grund, weshalb Sie nicht zu uns kommen und eine neue Hypothek aufnehmen sollten. Es gibt keinen Grund, eine zweite aufzunehmen, wenn die erste restlos getilgt ist, sagen Sie? Das wird dauernd gemacht, mein Junge, und von den besten Leuten. Sie würden staunen, wer alles in unseren Büchern steht. Wirklich die besten Leute. Jawohl.«

»Ich danke Ihnen sehr, Mr. Stoppenhauser, aber das möchte ich lieber nicht. Diese Hypothek hat die ganze Zeit wie eine graue Wolke über mir gehangen, und …«

»Wilf, das ist der springende *Punkt*!« Der Zeigefinger kam wieder hoch. Diesmal bewegte er sich hin und her wie das Pendel der Standuhr. »Genau das ist der entscheidende *Punkt*! Es sind die Leute, die eine Hypothek aufnehmen und dann das Gefühl haben, ständig im Sonnenschein zu spazieren, die zuletzt in Verzug geraten und ihren wertvollen Besitz verlieren! Leute wie Sie, die solche Bankschulden wie eine Ladung Steine an einem trüben Tag herumschleppen, das sind die Leute, die immer pünktlich tilgen. Und wollen Sie mir etwa erzählen, auf der Farm gäbe es nichts zu verbessern? Ein Dach, das repariert werden müsste? Ein paar Stück Vieh mehr?« Er bedachte mich mit einem spitzbübisch schlauen Blick. »Vielleicht sogar fließendes Wasser wie Ihr nächster Nachbar? Solche Dinge machen sich letztlich von selbst bezahlt. Der Wert solcher Verbesserungen könnte die Hypothekenkosten weit übersteigen. Mehrwert für Geld, Wilf! Mehrwert für Geld.«

Ich dachte darüber nach. Schließlich sagte ich: »Die Versuchung ist sehr groß, Sir. Das will ich nicht leugnen ...«

»Ist auch nicht nötig. Ein Bankiersbüro, der Beichtstuhl eines Geistlichen – sehr wenig Unterschied. Die besten Männer dieser County haben auf diesem Stuhl gesessen, Wilf. Die allerbesten.«

»Aber ich bin nur wegen eines Kurzkredits hier – den Sie mir freundlicherweise gewährt haben –, und über diesen neuen Vorschlag muss ich erst ein bisschen nachdenken.« Dann kam mir eine neue Idee, die überraschend erfreulich war. »Und ich sollte ihn mit meinem Jungen besprechen, mit Henry ... oder Hank, wie er jetzt genannt werden will. Er kommt in das Alter, in dem er einbezogen werden muss, weil er eines Tages erben wird, was jetzt mir gehört.«

»Verstanden, völlig verstanden. Aber Sie können nichts Besseres tun, glauben Sie mir.« Er stand auf und streckte mir die Hand hin. Ich stand ebenfalls auf und schüttelte sie. »Sie sind hergekommen, um einen Fisch zu kaufen, Wilf. Ich bin bereit, Ihnen eine Angelrute zu verkaufen. Ein weit besserer Deal.«

»Danke.« Und als ich die Bank verließ, dachte ich. *Ich werde es mit meinem Sohn besprechen.* Das war ein guter Gedanke. Ein warmer Gedanke für ein Herz, dem seit Monaten fröstelte.

Der Verstand ist ein komisches Ding, nicht wahr? Ich war in Gedanken so mit der Hypothek beschäftigt, die Mr. Stoppenhauser mir unverlangt angeboten hatte, dass mir gar nicht auffiel, dass der Wagen, mit dem ich hergekommen war, durch den ersetzt worden war, den Henry für die Fahrt zur Schule benutzt hatte. Ich weiß nicht einmal, ob ich das gleich gemerkt hätte, selbst wenn mir weniger bedeutsame Dinge im Kopf herumgegangen wären. Schließlich waren mir beide Wagen vertraut; beide gehörten mir. Wach wurde ich erst, als ich mich hineinlehnte, um die Kurbel herauszuholen, und auf dem Fahrersitz einen mit einem Stein beschwerten zusammengefalteten Zettel sah.

Ich blieb einen Augenblick so stehen: halb in dem T, halb draußen, eine Hand am Rahmen der Windschutzscheibe, die andere unter dem Sitz, unter dem ich die Kurbel aufbewahrte. Ich wusste vermutlich, warum Henry die Schule geschwänzt und diesen Tausch vorgenommen hatte, noch bevor ich seine Mitteilung unter dem improvisierten Briefbeschwerer herauszog und den Zettel auseinanderfaltete. Auf längeren Strecken war der Lastwagen zuverlässiger. Zum Beispiel auf einer Fahrt nach Omaha.

Papa,
ich habe den Lastwagen genommen. Du weißt
wahrscheinlich, wohin ich will. Lass mich in Ruhe.
Ich weiß, dass du mich von Sheriff Jones zurückholen
lassen kannst, aber wenn du das tust, erzähle ich alles.
Du denkst vielleicht, dass ich mir die Sache anders
überlegen werde, weil ich »nur ein Kind« bin, ABER
DAS TU ICH NICHT. Ohne Shan ist mir alles egal.
Ich hab dich lieb, Papa, auch wenn ich nicht weiß,
wieso, nachdem alles, was wir getan haben, mir nur
Ehlend gebracht hat.
Dein dich liebender Sohn
Henry »Hank« James

Ich fuhr wie benommen zur Farm zurück. Ich glaube, einige Leute winkten mir unterwegs zu – sogar Sallie Cotterie, die an ihrem Straßenstrand Gemüse verkaufte, winkte mir zu, glaube ich –, und ich erwiderte ihr Winken vermutlich, aber ich habe keine Erinnerung daran. Zum ersten Mal, seit Sheriff Jones auf die Farm gekommen war und seine freundlichen, keine Antworten erfordernden Fragen gestellt und alles mit seinen kalt forschenden Augen betrachtet hatte, erschien mir der elektrische Stuhl als reale Möglichkeit – so real, dass ich beinahe die Schnallen auf der Haut spüren konnte, während die Lederriemen um meine Handgelenke und Oberarme angezogen wurden.

Ich würde geschnappt werden, ob ich nun den Mund hielt oder nicht. Das erschien mir unvermeidlich. Er hatte kein Geld, nicht mal sechs Dollar, um den Lastwagen vollzutanken, also würde er marschieren müssen, lange bevor er auch nur Elkhorn erreichte. Wenn es ihm glückte, irgendwo Benzin zu stehlen, würde er gefasst werden, sobald er sich dem Heim näherte, in dem sie jetzt lebte (als Gefangene, wie Henry vermutete; sein unreifer Verstand war nie auf den Gedanken gekommen, sie könnte dort freiwillig zu Gast sein). Bestimmt hatte Harlan der Leiterin – Schwester Camilla – Henrys Personenbeschreibung gegeben. Selbst wenn er die Möglichkeit, der empörte Liebhaber könnte aufkreuzen, wo seine Geliebte hinter Schloss und Riegel saß, nie in Betracht gezogen hatte, würde Schwester Camilla daran gedacht haben. In ihrer Tätigkeit hatte sie bestimmt schon so einige Erfahrungen mit empörten Liebhabern gesammelt.

Meine einzige Hoffnung war, dass Henry, wenn er in die Fänge der Justiz geriet, so lange schweigen würde, bis er erkannte, dass er nicht auf meine Veranlassung hin, sondern wegen seiner töricht romantischen Vorstellungen geschnappt worden war. Darauf zu hoffen, dass ein Heranwachsender zur Vernunft kam, glich einer höchst riskanten Pferdewette, aber was blieb mir anderes übrig?

Als ich auf den Hof fuhr, schoss mir ein verrückter Gedanke durch den Kopf: den Motor laufen lassen, eine Reisetasche packen und nach Colorado weiterfahren. Diese Idee hielt nur zwei Sekunden lang vor. Ich hatte zwar Geld – nämlich 75 Dollar –, aber der T würde liegenbleiben, lange bevor ich bei Julesburg die Staatsgrenze erreichte. Aber das war nicht das Entscheidende; wäre es das gewesen, hätte ich nach Lincoln fahren und dort den T und 60 meiner Dollar gegen einen zuverlässigeren Wagen eintauschen können. Nein, entscheidend war die Farm. Die Heimstätte. *Meine* Heimstätte. Ich hatte meine Frau ermordet, um sie zu behalten, und würde sie jetzt nicht verlassen, nur weil mein törichter, unreifer Komplize es sich in den Kopf gesetzt hatte, zu einem romantischen Ritterzug aufzubrechen. Wenn ich die Farm verließ, würde es nicht in Richtung Colorado, sondern ins Staatsgefängnis gehen. Wo man mich in Ketten halten würde.

Das Ganze war am Montag vorgefallen. Weder am Dienstag noch am Mittwoch gab es Neuigkeiten. Sheriff Jones kam nicht, um mir mitzuteilen, Henry sei auf dem Highway von Lincoln nach Omaha als Anhalter aufgegriffen worden, und Harl Cotterie kam nicht, um mir (zweifellos mit puritanischer Befriedigung) zu erzählen, die Polizei in Omaha habe Henry auf Schwester Camillas Ersuchen verhaftet und er sitze jetzt im Knast und erzähle wilde Geschichten von Messern und Brunnen und Rupfensäcken. Auf der Farm blieb alles ruhig. Ich arbeitete im Garten, ich reparierte einen Zaun, ich lud Scheffelkörbe mit Gemüse auf einen Hänger, den der T ziehen konnte, ich molk die Kühe, ich fütterte die Hühner – und tat alles wie benommen. Irgendwie glaubte ich, ziemlich fest sogar, dass alles nur ein langer, schrecklich verworrener Traum war, aus dem ich aufwachen würde, während Arlette neben mir schnarchte und von draußen zu hören war, wie Henry das Holz fürs Morgenfeuer hackte.

Am Donnerstag kam dann Mrs. McReady – die liebenswerte, füllige Witwe, die an der Hemingford School allgemeinbildende Fächer unterrichtete – mit ihrem eigenen Model T vorbei, um zu fragen, ob mit Henry alles in Ordnung sei. »In der Schule macht eine … eine Magenverstimmung die Runde«, sagte sie. »Ich frage mich, ob er sich wohl vielleicht angesteckt hat. Er ist ganz plötzlich hinausgestürmt.«

»Er leidet tatsächlich«, sagte ich, »aber er ist liebeskrank statt magenkrank. Er ist weggelaufen, Mrs. McReady.«

Unerwartete Tränen, brennend und heiß, stiegen mir in die Augen. Ich zog mein Taschentuch aus der Brusttasche meiner Latzhose, aber ein paar liefen mir übers Gesicht, bevor ich sie wegwischen konnte.

Als ich wieder klar sehen konnte, erkannte ich, dass Mrs. McReady, die es mit allen Kindern – auch den schwierigen – gut meinte, selbst den Tränen nahe war. Sie musste geahnt haben, worunter Henry wirklich litt.

»Keine Angst, er kommt wieder, Mr. James. Ich habe so was schon mehrfach erlebt und rechne damit, es noch ein-, zweimal zu erleben, bevor ich pensioniert werde, obwohl dieser Zeitpunkt nicht mehr so fern ist, wie er früher war.« Sie senkte die Stimme, als befürchtete sie, George der Gockel oder jemand in seinem gefiederten Harem könnte ein Spion sein. »In Acht nehmen sollten Sie sich vor ihrem Vater. Er ist ein harter, unbeugsamer Mensch. Kein schlechter Mensch, aber hart.«

»Ich weiß«, sagte ich. »Und ich vermute mal, dass Sie wissen, wo seine Tochter jetzt ist.«

Sie senkte den Blick. Das war Antwort genug.

»Danke, dass Sie herausgekommen sind, Mrs. McReady. Darf ich Sie bitten, das alles für sich zu behalten?«

»Ja, natürlich … aber die Kinder tuscheln schon. Seien Sie also gewarnt.«

Ja. Natürlich taten sie das.

»Haben Sie einen Telephonapparat, Mr. James?« Sie sah sich nach einer Leitung um. »Wie ich sehe, haben Sie keinen. Macht nichts. Wenn ich etwas höre, komme ich vorbei und sage es Ihnen.«

»Wenn Sie irgendwas früher als Harlan Cotterie oder Sheriff Jones hören, meinen Sie.«

»Gott wird für Ihren Sohn sorgen. Auch für Shannon. Was waren die beiden doch für ein reizendes Paar; das haben alle gesagt. Manchmal reift die Frucht zu früh, und ein Frost lässt sie welken. Wirklich ein Jammer. Traurig und jammerschade.«

Sie schüttelte mir die Hand – mit einem kräftigen Druck wie dem eines Mannes –, und fuhr dann mit ihrem billigen kleinen Auto davon. Ich glaube nicht, dass ihr bewusst gewesen war, dass sie von Shannon und meinem Sohn zuletzt in der Vergangenheitsform gesprochen hatte.

Am Freitag kam Sheriff Jones in seinem Maxwell mit dem goldenen Stern auf der Tür heraus. Und er war nicht allein. Hinter ihm fuhr mein Lastwagen her. Bei diesem Anblick schlug mein Herz höher, sank aber sofort wieder, als ich sah, wer am Steuer saß: Lars Olsen.

Ich bemühte mich, ruhig zu warten, während Jones sein Ankunftsritual zelebrierte: Gürtel ruckartig hochziehen, Stirn abwischen (obwohl der Tag kühl und bewölkt war), sich übers Haar fahren. Aber ich schaffte es nicht. »Alles in Ordnung mit ihm? Haben Sie ihn gefunden?«

»Nein, können wir leider nicht behaupten.« Er kam die Verandatreppe herauf. »Ein Störungssucher für die Überlandleitungen hat östlich von Lyme Biska den Lastwagen aufgefunden, aber keine Spur von Ihrem Jungen. Über seinen Gesundheitszustand wüssten wir vielleicht besser Bescheid, wenn Sie sein Verschwinden gleich gemeldet hätten. Nicht wahr?«

»Ich habe gehofft, er würde von selbst zurückkommen«, sagte ich bedrückt. »Er ist nach Omaha unterwegs. Ich weiß nicht, wie viel ich Ihnen erzählen muss, Sheriff ...«

Lars Olsen, der interessiert die Ohren spitzte, war unauffällig auf Hörweite herangeschlendert. »Gehen Sie schon mal zu meinem Wagen, Olsen«, sagte Jones. »Das hier ist ein Privatgespräch.«

Lars, eine sanftmütige Seele, huschte davon, ohne Einwände zu erheben. Jones wandte sich wieder an mich. Er war weit weniger freundlich als beim ersten Besuch und hatte auch alle scheinbare Unbeholfenheit abgelegt.

»Ich weiß längst genug, nicht wahr? Dass Ihr Junge dafür gesorgt hat, dass Harl Cotteries Tochter in anderen Umständen ist, und vermutlich nach Omaha abgehauen ist. Als er gemerkt hat, dass der Tank bald leer sein würde, hat er den Wagen in ein Feld mit hohem Gras gefahren. Das war clever. Hat er diese Cleverness von Ihnen? Oder von Arlette?«

Ich sagte nichts, aber er hatte mich auf eine Idee gebracht. Nur eine kleine, die sich aber als nützlich erweisen konnte.

»Ich will Ihnen das Einzige erzählen, wofür wir ihm dankbar sind«, sagte Jones. »Was sogar dazu führen kann, dass er nicht hinter Gitter kommt. Bevor er weitergezogen ist, hat er alles Gras unter dem Truck ausgerissen. Damit der Auspuff es nicht in Brand setzt, nicht wahr? Ein großer Präriebrand, der ein paar Tausend Hektar erfasst, könnte ein Gericht ziemlich aufbringen, nicht wahr? Selbst wenn der Verursacher erst fünfzehn oder so wäre.«

»Das ist ja nun nicht passiert, Sheriff – er hat das Richtige getan –, was führt Sie also zu mir?« Die Antwort darauf wusste ich natürlich. Sheriff Jones waren Leute wie Andrew Lester, Rechtsanwalt, vermutlich scheißegal, aber er war gut mit Harl Cotterie befreundet. Beide gehörten der neu gegründeten »Elks Lodge« an, und Harl hatte es auf meinen Sohn abgesehen.

»Bisschen empfindlich, nicht wahr?« Er fuhr sich nochmals über die Stirn und setzte dann den Stetson wieder auf. »Tja, ich wäre vielleicht auch empfindlich, wenn er mein Sohn wäre. Und wissen Sie was? Wäre er mein Sohn und Harl Cotterie mein Nachbar – mein *guter* Nachbar –, wäre ich vielleicht zu ihm rübergefahren und hätte gesagt: ›Harl? Weißt du was? Ich glaube, mein Sohn könnte versuchen, an deine Tochter ranzukommen. Willst du nicht jemand auffordern, auf ihn zu achten?‹ Aber auch das haben Sie nicht getan, nicht wahr?«

Die Idee, auf die er mich gebracht hatte, sah immer besser aus, und es wurde allmählich Zeit, ihn damit zu überraschen.

»Er ist nicht aufgetaucht, wo immer sie ist, oder?«

»Noch nicht, nein, vielleicht sucht er noch.«

»Ich glaube nicht, dass er weggelaufen ist, um Shannon zu besuchen«, sagte ich.

»Wozu sonst? Gibt's drüben in Omaha etwa bessere Eiscreme? Dorthin war er nämlich unterwegs, jede Wette.«

»Ich vermute, dass er auf der Suche nach seiner Mutter ist. Ich glaube, dass sie sich mit ihm in Verbindung gesetzt hat.«

Das machte ihn gut zehn Sekunden lang sprachlos – lange genug, um sich die Stirn abzuwischen und sich übers Haar zu fahren. Dann fragte er: »Wie hätte sie das anstellen sollen?«

»Ich tippe auf einen Brief.« Das Lebensmittelgeschäft in Hemingford Home diente auch als unser Postamt, wo man postlagernde Sendungen abholen konnte. »Er könnte ihm ausgehändigt worden sein, als er Bonbons oder eine Tüte Erdnüsse gekauft hat, was er auf dem Heimweg aus der Schule oft tut. Das weiß ich aber nicht sicher, Sheriff, so wenig wie ich weiß, weshalb Sie so tun, als hätte ich irgendein Verbrechen begangen. Schließlich hab nicht ich ihr das Kind gemacht.«

»Sie sollten sich schämen, so über ein nettes Mädchen zu reden!«

»Vielleicht ja, vielleicht nein, aber das Ganze hat mich ebenso überrascht wie die Cotteries, und nun ist mein Junge fort. *Die* wissen wenigstens, wo ihre Tochter ist.«

Wieder war er ratlos. Dann zog er ein kleines Notizbuch aus der Hüfttasche und kritzelte etwas hinein. Er steckte es wieder weg und fragte: »Aber Sie wissen nicht bestimmt, dass Ihre Frau sich mit dem Jungen in Verbindung gesetzt hat – wollen Sie das sagen? Dass alles nur eine Vermutung ist?«

»Ich weiß, dass er nach dem Weggang seiner Mutter oft von ihr gesprochen hat, bis damit plötzlich Schluss war. Und ich weiß, dass er nicht in diesem Heim, in das Harlan und seine Frau Shannon gesteckt haben, aufgekreuzt ist.« Darüber war ich ebenso verblüfft wie Sheriff Jones ... aber schrecklich dankbar. »Was kommt heraus, wenn man diese Tatsachen kombiniert?«

»Weiß ich nicht«, sagte Jones stirnrunzelnd. »Weiß ich ehrlich nicht. Ich dachte, ich hätte den Durchblick, aber ich hab mich gelegentlich schon geirrt, nicht wahr? Ja, und das kann auch in Zukunft passieren. Wir sind alle im Irrtum befangen, so steht's in der Bibel. Aber, großer Gott, die jungen Leute machen mir das Leben schwer! Wenn Sie von Ihrem Sohn hören, Wilfred, sagen Sie ihm, er soll zusehen, dass er seinen mageren Hintern nach Hause bewegt und von Shannon Cotterie wegbleibt, falls er weiß, wo sie ist.

Sie würde ihn nicht sehen wollen, das garantiere ich Ihnen. Gute Nachrichten breiten sich nicht wie Lauffeuer aus, und wir können ihn nicht dafür verhaften, dass er den Lastwagen seines Vaters geklaut hat.«

»Nein«, sagte ich grimmig, »von mir bekämen Sie nie eine Anzeige.«

»Aber.« Er hob den Zeigefinger, was mich an Mr. Stoppenhauser in der Bank erinnerte. »Vor drei Tagen hat jemand in Lyme Biska – nicht allzu weit von der Stelle entfernt, an der Ihr Lastwagen aufgefunden wurde – den Lebensmittelmarkt mit Äthyltankstelle am Stadtrand überfallen. Den mit dem Blue Bonnet Girl auf dem Dach, nicht wahr? Hat 23 Dollar erbeutet. Die Meldung liegt auf meinem Schreibtisch. Der Täter war ein junger Mann in alten Cowboysachen, der das Halstuch bis zur Nase hochgezogen und seinen Trapperhut tief in die Stirn gedrückt hatte. Die Mutter des Besitzers, die hinter dem Ladentisch gestanden hat, ist von dem Burschen mit irgendeinem Werkzeug bedroht worden. Vielleicht mit einer Brechstange oder einem Brecheisen, aber wer weiß? Sie geht auf die achtzig zu und ist halb blind.«

Diesmal war ich mit Schweigen an der Reihe. Ich war wie vor den Kopf geschlagen. Schließlich sagte ich: »Henry ist von der Schule aus weggefahren, Sheriff, und wie ich mich erinnere, hat er an diesem Tag ein Flanellhemd und eine Cordhose getragen. Er hat keine Kleidung mitgenommen ... und *besitzt* gar keine Cowboysachen, wenn Sie damit Stiefel und alles meinen. Er besitzt auch keinen Trapperhut.«

»Auch diese Dinge könnte er gestohlen haben, nicht wahr?«

»Wenn Sie nicht mehr wissen, als Sie eben gesagt haben, sollten Sie lieber schweigen. Ich weiß, dass Sie mit Harlan befreundet sind ...«

»Na, na, das hat nichts miteinander zu tun.«

Es *hatte* etwas miteinander zu tun, wie wir beide wussten, aber es gab keinen Grund, dieses Thema weiterzuverfolgen. Auch wenn meine 30 Hektar im Vergleich zu Harlan Cotteries 160 vielleicht unbedeutend waren, würde ich mich als Grundbesitzer und Steuerzahler nicht einschüchtern lassen. Das hatte ich sagen wollen, und Sheriff Jones hatte es sehr gut verstanden.

»Mein Sohn ist kein Räuber, und er bedroht keine Frauen. So was tut er nicht, und so ist er auch nicht erzogen worden.«

Zumindest bis vor kurzem nicht, flüsterte eine Stimme in meinem Kopf.

»Möglicherweise war's auch nur ein Landstreicher, der schnell Kasse machen wollte«, sagte Jones. »Aber ich hatte das Gefühl, die Sache ansprechen zu müssen, also hab ich's getan. Und wir wissen nicht, was die Leute sagen werden, nicht wahr? Gerüchte machen gern die Runde. Alle reden, nicht wahr? Reden ist wohlfeil. Was mich betrifft, ist der Fall erledigt – um Lyme Biska soll sich der Sheriff von Lyme County kümmern, das ist mein Motto –, aber Sie sollten wissen, dass die Polizei in Omaha das Heim, in dem Shannon Cotterie ist, im Auge behält. Das sage ich nur für den Fall, dass Ihr Sohn von sich hören lässt, nicht wahr?«

Er strich sich das Haar zurück und setzte seinen Hut dann zum letzten Mal gerade auf.

»Vielleicht kommt er von selbst zurück, ohne etwas angestellt zu haben, und wir können das Ganze abschreiben wie ... ich weiß nicht recht ... wie einen faulen Kredit.«

»Einverstanden. Aber Sie dürfen ihn nicht einen schlechten Sohn nennen, wenn Sie nicht bereit sind, Shannon Cotterie eine schlechte Tochter zu nennen.«

Die Art, wie seine Nasenlöcher sich weiteten, zeigte mir, dass ihm das nicht sehr gefiel, aber er äußerte sich nicht dazu. Er sagte lediglich: »Wenn er zurückkommt und sagt, dass er seine Mutter gesehen hat, lassen Sie's mich wissen, nicht wahr? Bei uns wird sie als vermisst geführt. Verrückt, ich weiß, aber Gesetz ist Gesetz.«

»Das tue ich natürlich.«

Er nickte und ging zu seinem Wagen zurück. Lars hatte sich hinters Lenkrad gesetzt. Jones scheuchte ihn auf den Beifahrersitz – der Sheriff gehörte zu den Männern, die immer selbst fuhren. Ich stand da und sah ihm nach, als er in Richtung Stadt davonbrauste. Ich musste an den jungen Mann denken, der den Laden überfallen hatte, und redete mir ein, dass mein Henry so etwas niemals täte, und selbst wenn er sich dazu gezwungen sähe, wäre er nicht raffiniert genug, Kleidung zu tragen, die er aus irgendjemands Scheune oder Schlafbaracke gestohlen hatte. Aber Henry war jetzt anders, und Mörder *lernen*, raffiniert zu sein, oder? Nur so können sie überleben. Ich dachte, vielleicht …

Aber nein. So will ich es nicht ausdrücken. Das wäre zu schwach. Dies ist mein Geständnis, mein letztes Wort zu allem, und welchen Zweck hätte es, wenn ich nicht die Wahrheit, die ganze Wahrheit und nichts als die Wahrheit sagen würde? Welchen Zweck hätte da irgendetwas sonst?

Er war es gewesen. Henry war es gewesen. In Sheriff Jones' Blick hatte ich gelesen, dass er den Raubüberfall am Stadtrand nur erwähnt hatte, weil ich nicht wie erwartet vor ihm gekrochen war, aber *ich* glaubte es dennoch. Weil ich mehr wusste als Sheriff Jones. Was bedeutete es, ein paar Klamotten zu stehlen und vor dem Gesicht einer alten Frau ein Brecheisen zu schwenken, nachdem man seinem Vater geholfen hatte, die eigene Mutter zu ermorden? Nicht sonderlich viel. Und da er es einmal ausprobiert hatte, würde er es noch einmal tun, sobald die 23 Dollar verbraucht waren. Vermutlich in Omaha. Wo sie ihn fassen würden. Und dann konnte die ganze Sache auffliegen. Sie würde fast todsicher auffliegen.

Ich stieg zur Veranda hinauf, setzte mich und verbarg das Gesicht in den Händen.

Die Tage vergingen. Ich weiß nicht, wie viele, sondern nur, dass sie regnerisch waren. Hat der Herbstregen erst einmal eingesetzt, müssen die Arbeiten im Freien warten, und ich hatte nicht genug Vieh oder Nebengebäude, um mich mit sinnvollen Arbeiten unter Überdachung zu beschäftigen. Ich versuchte zu lesen, aber die Wörter schienen keine Sätze bilden zu wollen, obwohl mir ab und zu einzelne kreischend ins Auge sprangen. *Mord. Schuld. Verrat.* Solche Wörter.

Tagsüber saß ich, gegen die feuchte Kälte in meinen Lammfellmantel gehüllt, mit einem Buch auf den Knien auf der Veranda und sah zu, wie das Regenwasser vom Dachüberhang tropfte. Nachts lag ich bis in die Morgenstunden hinein wach und horchte auf den Regen auf dem Dach. Sein leises Trommeln klang, als begehrte jemand mit zaghaftem Klopfen Einlass. Ich verbrachte zu viel Zeit damit, an Arlette im Brunnen zu denken, wie sie mit ihrem seitlich verschobenen Gesicht dasaß. Ich begann mir einzubilden, sie sei weiter ... zwar nicht lebendig (ich stand unter Anspannung, war aber nicht verrückt), aber sich der Ereignisse irgendwie *bewusst*. Irgendwie verfolgte sie die weitere Entwicklung aus dem improvisierten Grab, das sie sich mit Elpis teilte, und fand Vergnügen daran.

Gefällt es dir, wie die Dinge sich entwickelt haben, Wilf?, hätte sie gefragt, wenn sie gekonnt hätte (wozu sie in meiner Phantasie imstande war). *Hat es sich gelohnt?*

Und während ich zusah, wie das Regenwasser vom Dachüberhang tropfte, oder darauf horchte, wie der Regen nachts sanft aufs Dach trommelte, dachte ich: *Nein, natürlich nicht. Aber umkehren kann ich auch nicht mehr.*

Als ich etwa eine Woche nach Sheriff Jones' Besuch im Wohnzimmer saß und Nathaniel Hawthornes *Das Haus mit den sieben Giebeln* zu lesen versuchte, schlich Arlette sich von hinten an mich heran, griff an meinem Kopf vorbei und tippte mir mit einem kalten, nassen Finger auf den Nasensattel.

Ich ließ das Buch auf den Flickenteppich fallen, schrie laut auf und sprang in die Höhe. Dabei zerfloss die kalte Fingerspitze und lief zu einem der Mundwinkel hinunter. Dann berührte sie mich nochmals oben am Kopf dort, wo mein Haar schütter zu werden begann. Diesmal lachte ich – ein zittriges, ärgerliches Lachen – und bückte mich, um das Buch aufzuheben. Dabei tippte der Finger mich zum dritten Mal an, diesmal im Nacken, als wollte meine tote Frau sagen: *Beachtest du mich jetzt endlich, Wilf?* Ich trat zur Seite – damit das vierte Tippen nicht ins Auge gehen würde – und sah hinauf. Die Zimmerdecke war an einer Stelle tropfnass und verfärbt. Der Putz war noch nicht aufgewölbt, aber wenn es so weiterregnete, konnte er sogar abplatzen und in Stücken herunterfallen. Die undichte Stelle befand sich genau über meinem Lesesessel. Wie denn auch anders. Das restliche Dach schien in Ordnung zu sein, zumindest fürs Erste.

Ich dachte daran, wie Stoppenhauser gesagt hatte: *Wollen Sie mir erzählen, auf der Farm gäbe es nichts zu verbessern? Ein Dach, das repariert werden müsste?* Und dieser schlaue Blick! Als hätte er's gewusst. Als steckten Arlette und er irgendwie unter einer Decke.

Setz dir nicht solche Flausen in den Kopf, ermahnte ich mich selbst. *Schlimm genug, dass du an sie denkst, wie sie dort unten hockt. Ob die Würmer schon ihre Augen gefres-*

sen haben? Haben die Käfer ihre scharfe Zunge weggefressen oder wenigstens abgestumpft?

Ich trat an den Tisch in der Ecke gegenüber, griff nach der dort stehenden Flasche und schenkte mir einen großen braunen Whiskey ein. Meine Hand zitterte, aber nur ein wenig. Den Whiskey stürzte ich mit zwei Schlucken hinunter. Ich wusste, dass es gefährlich gewesen wäre, solche Trinkerei zur Gewohnheit werden zu lassen, aber es passiert nicht jeden Abend, dass man spürt, wie einem die tote Frau an die Nase tippt. Danach fühlte ich mich besser, mehr Herr meiner selbst. Ich brauchte keine 750-Dollar-Hypothek, um mein Dach zu reparieren; ich konnte es mit ein paar alten Brettern flicken, sobald der Regen nachließ. Allerdings würde das eine hässliche Reparatur werden; damit würde das Haus heruntergekommen arm aussehen, wie meine Mutter gesagt hätte. Das war auch nicht der springende Punkt. Die Dachreparatur würde nur ein, zwei Tage dauern. Ich brauchte etwas, was mich den ganzen Winter über beschäftigte. Harte Arbeit würde die Gedanken an Arlette auf ihrem Thron aus Erde, Arlette mit ihrem *Haarnetz* aus Sackrupfen aus meinem Kopf vertreiben. Ich brauchte Renovierungsprojekte, die mich so müde ins Bett kriechen ließen, dass ich sofort einschlief, statt wachzuliegen, auf den Regen zu horchen und mich zu fragen, ob Henry ihm schutzlos ausgesetzt war – vielleicht hustend vor Grippe. Manchmal ist Arbeit das einzig Vernünftige, die einzige Lösung.

Am nächsten Tag fuhr ich mit dem Lastwagen zur Bank und tat, woran ich nicht im Traum gedacht hätte, wenn ich mir nicht zuvor jene 35 Dollar hätte leihen müssen: Ich nahm eine Hypothek über 750 Dollar auf. Letztlich werden wir alle in selbst gebauten Fallen gefangen. Das ist meine Überzeugung. Letztlich werden wir alle gefangen.

In Omaha betrat in derselben Woche ein junger Mann, der einen Trapperhut trug, ein Pfandhaus und kaufte dort eine vernickelte Pistole Kaliber .32. Er zahlte die 5 Dollar mit Scheinen, die er zweifellos einer halbblinden alten Frau in dem Laden mit dem Blue-Bonnet-Girl-Schild unter Gewaltandrohung abgenommen hatte. In derselben Woche marschierte ein junger Mann, der eine flache Schirmmütze trug und ein Halstuch über Mund und Nase hochgezogen hatte, in Omaha in die Filiale der First Agricultural Bank, zielte mit einer Pistole auf Rhoda Penmark, die hübsche junge Kassiererin, und verlangte alles Geld aus der Schublade. Sie gab ihm ungefähr 200 Dollar, hauptsächlich schmuddelige Einer und Fünfer, wie sie Farmer zusammengerollt in den Brusttaschen ihrer Latzhosen haben.

Als er sich abwandte und seine Beute mit einer Hand in die Hosentasche stopfte (wobei er offensichtlich nervös einige Scheine zu Boden fallen ließ), trat der beleibte Wachmann – ein pensionierter Polizeibeamter – auf ihn zu und sagte: »Sohn, das willst du wahrlich nicht tun.«

Der junge Mann schoss mit seiner Kaliber .32 in die Luft. Mehrere Leute kreischten. »Ich will Sie nicht erschießen«, sagte der junge Mann hinter dem Halstuch, »aber notfalls tu ich's. Zurück an diese Säule, Sir, und bleiben Sie dort stehen, wenn Sie wissen, was gut für Sie ist. Ich hab einen Freund, der den Ausgang bewacht.«

Der junge Mann rannte hinaus und riss sich dabei schon das Halstuch vom Gesicht. Der Wachmann wartete noch etwa eine Minute, dann ging er mit erhobenen Händen (er war unbewaffnet) hinaus – für den Fall, dass draußen wirklich ein Freund lauerte. Es gab natürlich keinen. Hank James hatte in Omaha keine Freunde außer der einen Freundin, die sein Kind unter dem Herzen trug.

Ich nahm 200 Dollar meiner Hypothek in bar mit und ließ
den Rest in Mr. Stoppenhausers Bank. Dann ging ich einkaufen: im Eisenwarengeschäft, im Sägewerk und im Lebensmittelgeschäft, in dem Henry einen Brief von seiner
Mutter hätte bekommen können … wenn sie noch gelebt
hätte, um einen schreiben zu können. Ich verließ die Stadt
bei Nieselregen, der zu einem peitschenden Regen geworden war, bis ich nach Hause kam. Ich lud das frisch ge-
kaufte Bauholz und die Schindeln ab, fütterte und molk
die Kühe und schaffte dann meine Einkäufe – vor allem
Zucker, Salz und Grundnahrungsmittel, die knapp wurden,
seit Arlette nicht mehr die Küche beaufsichtigte – in die
Speisekammer. Als ich damit fertig war, setzte ich auf dem
Holzherd Wasser für ein Bad auf und zog meine feuchten
Sachen aus. Ich holte den Packen Scheine aus der Brusttasche meiner verknitterten Latzhose, zählte das Geld und
stellte fest, dass ich noch fast 160 Dollar hatte. Wozu hatte
ich so viel Bargeld mitgenommen? Weil ich in Gedanken
woanders gewesen war. Wo, bitte schön? Natürlich bei Arlette und Henry. Von Henry und Arlette ganz zu schweigen. Das war so ziemlich alles, woran ich an diesen Regentagen dachte.

Ich wusste, dass es keine gute Idee war, so viel Bargeld
im Haus zu haben. Es gehörte wieder auf die Bank, wo es
ein bisschen Zinsen verdienen konnte (wenn auch bei weitem nicht genug, um die Hypothekenzinsen auszugleichen),
während ich mir überlegte, wie es sich am zweckmäßigsten
verwenden ließ. Aber bis dahin sollte ich es an einem siche-
ren Ort aufbewahren.

Als Erstes fiel mir die Schachtel mit dem roten Nuttenhut ein – und wieso auch nicht? Dort hatte sie selbst ihr
Geld gebunkert, und es hatte dort weiß Gott wie lange sicher gelegen. Mein Packen Dollarscheine war zu dick, um
unter das Band zu passen, also würde ich ihn einfach in

den Hut selbst legen. Das Geld würde ja auch nur so lange dort bleiben, bis ich einen Grund fand, wieder in die Stadt zu fahren.

Ich ging splitternackt ins Schlafzimmer und öffnete dort die Schranktür. Ich schob die Schachtel mit ihrem weißen Kirchenhut beiseite, dann griff ich nach der anderen. Ich hatte sie im Fach so weit nach hinten geschoben, dass ich mich auf die Zehenspitzen stellen musste, um sie zu erreichen. Um die Schachtel führte ein Gummiband herum. Ich hakte einen Finger darunter, um sie nach vorn zu ziehen, nahm flüchtig wahr, dass die Schachtel viel zu schwer zu sein schien – als enthielte sie keinen Hut, sondern einen Ziegelstein –, und spürte dann einen seltsamen *Kälteschock*, als wäre meine Hand mit Eiswasser übergossen worden. Im nächsten Augenblick wurde die Kälte zu Feuer. Der Schmerz war so stark, dass alle meine Armmuskeln gelähmt waren. Ich stolperte vor Schock und Schmerzen brüllend rückwärts und verstreute überall Geld. Mein Finger blieb unter das Gummiband gehakt, und die Hutschachtel wurde aus dem Fach gerissen. Auf ihr hockte eine riesige Wanderratte, die mir nur allzu vertraut erschien.

Sie könnten jetzt sagen: »Wilf, eine Ratte sieht wie die andere aus«, und normalerweise hätten Sie recht, aber diese hier kannte ich. Hatte ich sie nicht mit der Zitze eines Kuheuters wie einen Zigarrenstummel in der Schnauze vor mir weglaufen gesehen?

Die Schachtel löste sich von meiner blutenden Hand, und die Ratte fiel sich überschlagend zu Boden. Hätte ich erst nachgedacht, hätte sie wieder entkommen können, aber bewusstes Denken war durch Schmerzen, Schock und das Entsetzen blockiert, das wohl fast jeder Mensch empfindet, der einen Körperteil, der vor Sekunden noch ganz heil war, stark bluten sieht. Ich dachte nicht einmal daran, dass ich so nackt war wie bei meiner Geburt, sondern stampfte nur mit dem rechten Fuß auf die Ratte. Ich hörte Knochen knacken und spürte, wie Organe zerquetscht wurden. Blut und verflüssigte Eingeweide spritzten unter ihrem Schwanz hervor und trafen als warmer Strahl mein linkes Fußgelenk. Die Ratte versuchte, den Körper zu verdrehen und mich erneut zu beißen; ich hörte, wie sie mit den großen Vorderzähnen knirschte, aber sie konnte mich nicht ganz erreichen. Jedenfalls nicht, solange mein Fuß auf ihr stand. Also ließ ich ihn dort. Ich trat noch fester zu, hielt die verletzte Hand an die Brust gedrückt und spürte, wie warmes Blut meine dichte Brustbehaarung benetzte. Die Ratte wand und drehte sich zappelnd. Ihr Schwanz peitschte erst meine Wade, dann schlang er sich wie eine Ringelnatter um sie. Aus ihrer Schnauze quoll Blut. Ihre schwarzen Augen traten wie Murmeln hervor.

Ich blieb lange mit einem Fuß auf der verendenden Ratte stehen. Sie war innerlich zerquetscht, ihre Organe zu Brei gestampft, aber trotzdem zappelte sie noch und schnappte nach mir. Schließlich hörte sie auf, sich zu bewegen. Ich blieb noch eine Minute auf ihr stehen, um mich zu vergewissern, dass sie sich nicht nur tot stellte, und als ich sicher sein konnte, dass sie krepiert war, humpelte ich in die Kuche, hinterließ rechts blutige Fußabdrücke und dachte leicht verwirrt an das Orakel, das Pelias gewarnt hatte, sich vor einem Mann zu hüten, der nur eine Sandale trage. Aber ich war kein Jason; ich war nur ein Farmer, der vor Schock und Schmerzen halb verrückt war, ein Farmer, der dazu verdammt zu sein schien, seinen Schlafplatz mit Blut zu verunreinigen.

Als ich die Hand unter die Pumpe hielt und mit kaltem Wasser betäubte, konnte ich jemanden sagen hören: »Schluss damit, Schluss damit, Schluss damit.« Das war meine Stimme, ich wusste, dass sie es war, aber sie klang wie die eines alten Mannes, der den letzten Rest Stolz eingebüßt hat. Der an den Bettelstab gebracht worden ist.

Ich kann mich an den Rest jener Nacht erinnern, aber das ist kaum anders, als betrachtete man Photos in einem schimmeligen Album. Die Ratte hatte das Gewebe zwischen Daumen und Zeigefinger meiner linken Hand ganz durchgebissen – ein schrecklicher Biss, bei dem ich aber noch Glück gehabt hatte. Hätte sie den unter das Gummiband gehakten Finger erwischt, hätte sie ihn vielleicht ganz abgebissen. Das wurde mir klar, als ich ins Schlafzimmer zurückging und meinen Gegner am Schwanz hochhob (mit der rechten Hand; die schmerzende linke war zu steif, als dass ich die Finger hätte biegen können). Sie war mit Schwanz fast einen halben Meter lang und wog gut ein Pfund.

Dann war es nicht dieselbe Ratte, die in das Eisenrohr geflüchtet ist, höre ich Sie sagen. *Sie kann es nicht gewesen sein.* Aber sie war es, ich versichere Ihnen, dass sie es war. Sie trug kein Erkennungszeichen – keinen weißen Fleck im Fell, kein praktischerweise angebissenes Ohr, das eine Identifizierung ermöglicht hätte –, aber ich wusste, dass es die war, die Achelois verstümmelt hatte. Genau wie ich wusste, dass sie nicht zufällig dort oben gehockt hatte.

Ich trug sie am Schwanz in die Küche und ließ sie in den Ascheneimer fallen. Mit dem Eimer ging ich zu unserer Versitzgrube hinaus. Ich war in strömendem Regen nackt unterwegs, ohne es recht wahrzunehmen. Mich beschäftigte vor allem meine linke Hand, die vor Schmerzen pochte, die so intensiv waren, dass sie mein ganzes Leben zu beherrschen drohten.

Ich nahm meinen Staubmantel vom Haken im Vorraum für Gummistiefel und Arbeitskleidung (mehr schaffte ich nicht), schlüpfte hinein und ging wieder hinaus, diesmal in den Stall. Ich beschmierte die verletzte Hand mit *Rawleigh*

Antiseptic Salve. Sie hatte verhindert, dass Achelois' Euter sich entzündete, und konnte vielleicht dasselbe bei meiner Hand bewirken. Als ich schon gehen wollte, fiel mir ein, wie die Ratte das letzte Mal entkommen war. Das Rohr! Ich trat davor, bückte mich und erwartete, dass der Mörtelpfropfen teilweise demoliert war oder ganz fehlte, aber er war intakt. Natürlich war er das. Selbst derartige Ratten mit übergroßen Zähnen können sich nicht durch Zement nagen, sobald er abgebunden hat. Dass ich das überhaupt in Erwägung gezogen hatte, zeigt den Geisteszustand, in dem ich mich befand. Einen Augenblick lang schien ich mich wie von außen zu betrachten: ein bis auf einen offenen Staubmantel nackter Mann, seine Körperbehaarung bis zum Schritt hinunter mit Blut verklebt, die linke Hand von einer schleimigen Schicht Eutersalbe glänzend, die Augen aus den Höhlen quellend. Wie die Augen der Ratte hervorgequollen waren, als ich sie zerstampft hatte.

Es war nicht dieselbe Ratte, sagte ich mir. *Die eine, die Achelois verstümmelt hat, liegt tot in dem Rohr oder in Arlettes Schoß.*

Aber ich wusste, dass sie es gewesen war. Ich wusste es damals, und ich weiß es heute.

Sie war es.

Wieder im Haus, wieder im Schlafzimmer, kniete ich mich hin und sammelte das blutbefleckte Geld ein. Mit nur einer Hand ging die Arbeit langsam voran. Einmal stieß ich mit der verletzten Hand ans Bett und heulte vor Schmerzen auf. Ich konnte sehen, wie frisches Blut die Salbe färbte, sie rosa werden ließ. Ich warf das Geld auf die Kommode und machte mir nicht einmal die Mühe, es mit einem Buch oder einem von Arlettes verdammten Ziertellern zu bedecken. Ich konnte mich nicht einmal daran erinnern, weshalb es mir ursprünglich so wichtig gewesen war, die Scheine zu verstecken. Die Schachtel mit dem roten Hut beförderte ich mit einem Tritt in den Kleiderschrank, dann knallte ich die Tür zu. Dort konnte sie meinetwegen bis in alle Ewigkeit bleiben.

Wer jemals eine Farm besessen oder auf einer gearbeitet hat, kann bestätigen, dass Arbeitsunfälle häufig passieren und entsprechende Vorsorgemaßnahmen erfordern. In dem Erste-Hilfe-Schränkchen neben der Küchenpumpe – den Arlette immer den »Schmerzensschrank« genannt hatte – lag auch eine dicke Mullbinde. Als ich sie herausnehmen wollte, fiel mein Blick auf den großen Wassertopf, der auf dem Herd dampfte. Das Wasser hatte ich für ein Bad aufgesetzt, als ich noch heil gewesen war und solch monströse Schmerzen, die mich jetzt zu verzehren schienen, nur theoretisch denkbar gewesen waren. Mir kam der Gedanke, heißes Seifenwasser könnte das beste Mittel für meine Hand sein. Die Wunde konnte nicht noch mehr schmerzen, sagte ich mir, und ein heißes Seifenbad würde sie reinigen. Beide Annahmen waren falsch, aber woher hätte ich das wissen sollen? Auch nach so vielen Jahren erscheint mir diese Idee vernünftig. Vielleicht hätte es sogar funktioniert, wenn ich von einer gewöhnlichen Ratte gebissen worden wäre.

Mit der unverletzten Rechten schöpfte ich Wasser in einen Eimer (den Topf mit zwei Händen zu kippen, um etwas Wasser abzugießen, kam nicht infrage), dann warf ich ein Stück von Arlettes grober brauner Waschseife hinein. Das letzte Stück, wie sich zeigte; es gibt so viele Vorräte, die ein Mann zu besorgen vergisst, wenn er darin keine Erfahrung hat. Ich warf einen Putzlappen dazu, dann ging ich damit ins Schlafzimmer, kniete mich wieder hin und machte mich daran, das Blut und die Eingeweide aufzuwischen. Dabei musste ich (verständlicherweise) die ganze Zeit an das letzte Mal denken, als ich Blut vom Fußboden dieses verdammten Schlafzimmers aufgewischt hatte. Damals war wenigstens Henry bei mir gewesen, um das Grausen mit mir zu teilen. Allein und unter Schmerzen zu putzen war eine schreckliche Arbeit. Mein Schatten tanzte und huschte über die Wände und ließ mich an Quasimodo aus Victor Hugos *Der Glöckner von Notre Dame* denken.

Als ich mit der Arbeit fast fertig war, hielt ich inne und legte den Kopf schräg: mit angehaltenem Atem, die Augen weit aufgerissen, mein Herz scheinbar in der verletzten Hand pochend. Ich hörte ein *trippelndes* Geräusch, das aus allen Richtungen gleichzeitig zu kommen schien. Das Geräusch laufender Ratten. In diesem Augenblick war ich mir meiner Sache ganz sicher. Die Ratten aus dem Brunnen. Ihre treuen Gefolgsleute. Sie hatten einen anderen Weg nach draußen gefunden. Die eine auf der Hutschachtel war nur die erste und kühnste gewesen. Sie waren ins Haus eingesickert, sie waren in den Wänden und würden bald herauskommen und mich überwältigen. Arlette würde ihre Rache bekommen. Ich würde sie lachen hören, während sie mich in Stücke rissen.

Ein jäher Windstoß ließ das Haus erzittern und heulte um die Giebel. Das Trippeln wurde lauter, dann klang es etwas ab, als der Wind nachließ. Die Erleichterung, die mich erfüllte, war so intensiv, dass sie die Schmerzen übertönte (zumindest einige Sekunden lang). Das waren keine Ratten; das war Schneeregen. Mit Einbruch der Dunkelheit war es kälter geworden, und die Regentropfen waren halb gefroren. Ich machte mich wieder daran, die Spuren wegzuschrubben.

Als ich fertig war, kippte ich das blutige Putzwasser übers Verandageländer und ging dann in den Stall zurück, um frische Salbe auf meine Hand aufzutragen. Da die Wunde jetzt völlig sauber war, konnte ich sehen, dass das Gewebe zwischen Daumen und Zeigefinger drei offene Schlitze aufwies, die wie die Streifen eines Sergeanten aussahen. Der Daumen hing kraftlos herab, als hätten die Rattenzähne eine wichtige Sehne zwischen ihm und der übrigen linken Hand durchtrennt. Ich trug eine Schicht schleimiger Kuhsalbe auf, dann stapfte ich ins Haus zurück und dachte dabei: *Sie tut weh, aber sie ist wenigstens sauber. Achelois hat sich bald erholt; du wirst dich auch bald erholen. Alles in bester Ordnung.* Ich versuchte mir vorzustellen, wie die Abwehrmechanismen meines Körpers mobilmachten und wie winzige Feuerwehrleute mit roten Helmen und in langen Schutzmänteln an der Bissstelle eintrafen.

Unten im Schmerzensschrank fand ich in einen Fetzen Seide eingewickelt, der früher Teil eines Damenschlüpfers gewesen sein mochte, ein Fläschchen mit Pillen aus dem Drugstore in Hemingford Home. Jemand hatte das Etikett mit einem Füller in sauberen Großbuchstaben beschriftet: ARLETTE JAMES – Jeweils 1–2 vor dem Schlafengehen gegen Monatsbeschwerden. Ich nahm drei davon und spülte sie mit einem großen Whiskey hinunter. Ich weiß nicht, was die Pillen enthielten – Morphium, nehme ich an –, aber sie wirkten. Der Schmerz war noch da, aber er schien einem Wilfred James zu gehören, der auf irgendeiner anderen Lebensebene zu existieren schien. Ich fühlte mich benommen; die Zimmerdecke über mir schien sich langsam zu drehen; das Bild von den winzigen Feuerwehrleuten, die eintrafen, um das Feuer der Infektion zu löschen, bevor es sich ausbreiten konnte, wurde deutlicher. Der Wind frischte auf, und für meinen benommenen Verstand klang das ständige halblaute Prasseln des Schneeregens auf dem Haus rattenähnlicher als je zuvor, aber ich wusste es besser. Ich glaube, ich sagte sogar laut: »Ich kenne mich aus, Arlette, mich kannst du nicht täuschen.«

Als ich allmählich das Bewusstsein verlor und wegzudämmern begann, wurde mir klar, dass dies endgültig sein könnte: dass die Kombination aus Schock, Alkohol und Morphium mein Leben beenden könnte. Ich würde in einem kalten Farmhaus aufgefunden werden – meine Haut blaugrau, die verletzte Hand auf dem Bauch ruhend. Aber diese Vorstellung schreckte mich nicht; ich fand sie im Gegenteil tröstlich.

Während ich schlief, wurde der Schneeregen zu Schnee.

Als ich am folgenden Morgen bei Tagesanbruch aufwachte, war das Haus grabeskühl, und meine Hand war aufs Doppelte ihrer gewöhnlichen Größe angeschwollen. Das Fleisch um die Bisse herum war aschgrau, aber Daumen und Zeigefinger hatten sich mattrosa verfärbt und würden bis zum Abend dunkelrot werden. Jede Berührung der Hand außer dem kleinen Finger verursachte Marterqualen. Trotzdem bandagierte ich sie, so eng ich konnte, was immerhin das schmerzhafte Pochen verringerte. Ich machte im Küchenherd Feuer – mit nur einer Hand war das nicht einfach, aber ich schaffte es – und kroch dann fast in ihn hincin, damit mir warm wurde. Das heißt, bis auf die verletzte Hand; dieser Teil meines Körpers war schon warm. Warm und pulsierend, als trüge ich einen Handschuh mit einer darin versteckten Ratte.

Am frühen Nachmittag war ich fiebrig, und die verletzte Hand schwoll so stark an, dass ich die Bandage etwas lockern musste. Allein das ließ mich vor Schmerzen aufschreien. Ich brauchte einen Arzt, aber es schneite stärker denn je, und ich würde es nicht einmal bis zu den Cotteries schaffen – und erst recht nicht allein bis nach Hemingford Home. Selbst wenn der Tag klar und hell und trocken gewesen wäre ... wie hätte ich den Motor des Lastwagens oder des T mit nur einer Hand ankurbeln sollen? Ich hockte in der Küche, legte Holz nach, bis der Herd wie ein Drache röhrte, schwitzte ganze Wasserströme aus, zitterte zugleich vor Kälte, hielt die verletzte Hand an die Brust und erinnerte mich daran, wie die freundliche Mrs. McReady meinen unordentlichen, nicht gerade von Wohlstand kündenden Hof gemustert hatte. *Haben Sie einen Telephonapparat, Mr. James? Wie ich sehe, haben Sie keinen.*

Nein, ich hatte keinen. Ich war allein auf der Farm, für die ich gemordet hatte, und konnte keine Hilfe bekommen oder auch nur anfordern. Ich konnte sehen, wie das Fleisch rot zu werden begann, wo die Bandage aufhörte: am Handgelenk, das voller Blutgefäße war, die das Gift in meinen ganzen Körper transportieren würden. Die Feuerwehrleute hatten versagt. Ich überlegte, ob ich meine Hand mit Gummibändern abbinden sollte – die linke Hand opfern, um den restlichen Körper zu retten. Oder sollte ich sie sogar mit dem Beil amputieren, mit dem wir Feuerholz machten und gelegentlich einem Huhn den Kopf abhackten? Beide Ideen erschienen mir völlig plausibel, aber auch viel zu anstrengend. Letztlich humpelte ich nur nochmals zu dem Schmerzensschrank mit Arlettes Pillen hinüber. Ich schluckte weitere drei, diesmal mit kaltem Wasser – meine Kehle brannte –, dann setzte ich mich wieder ans Feuer. Ich würde an dem Biss sterben. Davon war ich überzeugt, und ich hatte mich damit abgefunden. In der Prärie waren Bisse und Infektionen eine alltägliche Todesursache. Wenn die Schmerzen unerträglich wurden, würde ich die restlichen Pillen auf einmal schlucken. Was mich daran hinderte, es gleich zu tun – außer die Angst vor dem Tod, die wohl jeder von uns mehr oder weniger empfindet –, war die Möglichkeit, dass jemand vorbeikommen konnte: Harlan oder Sheriff Jones oder die freundliche Mrs. McReady. Denkbar war sogar, dass Rechtsanwalt Lester aufkreuzte, um mir erneut eine Standpauke wegen dieser gottverdammten 40 Hektar zu halten.

Am meisten hoffte ich jedoch, Henry werde zurückkommen. Was aber nicht der Fall war.

Es war Arlette, die zu mir kam.

Sie haben sich vielleicht gefragt, woher ich von der Pistole weiß, die Henry in dem Pfandhaus in der Dodge Street gekauft hatte, und von dem Bankraub in der Jefferson Street. Dann haben Sie sich vermutlich gesagt: *Na ja, zwischen 1922 und 1930 liegt eine lange Zeit; mehr als genug, um viele Einzelheiten in einer Bibliothek nachzulesen, in der vollständige Jahrgänge der Zeitung* World-Herald *aus Omaha stehen.*

Natürlich habe ich die Zeitungen studiert. Und ich habe an Leute geschrieben, die meinem Sohn und seiner schwangeren Freundin auf ihrem kurzen, verhängnisvollen Weg von Nebraska nach Nevada begegnet sind. Die meisten dieser Leute schrieben zurück und schilderten bereitwillig Einzelheiten. Solche Detektivarbeit ist sinnvoll und zweifellos auch befriedigend. Aber diese Ermittlungen folgten Jahre später, nachdem ich die Farm verlassen hatte, und bestätigten nur, was ich schon wusste.

Schon?, fragen Sie, und ich antworte einfach: *Ja. Schon. Und ich wusste es nicht nur, als es passierte, sondern einen Teil davon bereits im Voraus. Den letzten Teil.*

Wie das denn? Die Antwort ist einfach: *Meine tote Frau hat es mir erzählt.*

Das glauben Sie natürlich nicht. Dafür habe ich Verständnis. Das täte jeder vernünftige Mensch. Ich kann nur wiederholen, dass dies mein Geständnis, mein letztes Wort auf Erden ist, das keine einzige bewusste Unwahrheit enthält.

In der folgenden Nacht (oder der übernächsten; nachdem das Fieber von mir Besitz ergriffen hatte, verlor ich jegliches Zeitgefühl) wachte ich am Herd sitzend aus einem Dämmerschlaf auf und hörte wieder die huschenden, trippelnden Geräusche. Anfangs glaubte ich wieder an Schneeregen, aber als ich aufstand, um von dem altbackenen Laib auf dem Küchentisch einen Kanten Brot abzureißen, sah ich einen schmalen orangeroten Sonnenuntergangsstreifen am Horizont und darüber die leuchtende Venus. Der Schneesturm war vorbei, aber die Trippelgeräusche waren lauter als je zuvor. Allerdings kamen sie nicht aus den Wänden, sondern von der kleinen Veranda hinter dem Haus.

Der Schnappriegel bewegte sich. Erst zitterte er nur, als wäre die Hand, die ihn öffnen wollte, zu schwach, um ihn ganz aus der Nut zu heben. Die Bewegung hörte auf, und ich war eben zu dem Schluss gelangt, gar nichts gesehen zu haben – alles sei eine Illusion im Fieberwahn gewesen –, als er mit leisem Klicken ganz hochging und die Tür mit einem Schwall kalter Luft aufschwang. Auf der Veranda stand meine Frau. Sie trug weiter ihr Haarnetz aus Rupfen, jetzt mit Schnee gefleckt; von dem Ort, der ihr letzter Ruheplatz hätte sein sollen, musste es ein langer, schmerzhafter Weg herüber gewesen sein. Ihr Gesicht war von Verwesung schlaff, die untere Hälfte seitlich verschoben, ihr Grinsen breiter denn je. Es war ein wissendes Grinsen, und wieso auch nicht? Die Toten verstehen alles.

Arlette war von ihren treuen Gefolgsleuten umgeben. Sie hatten sie irgendwie aus dem Brunnen geholt, und sie hielten sie aufrecht. Ohne sie wäre sie nicht mehr als ein Gespenst gewesen: bösartig, aber machtlos. Aber sie hatten sie animiert. Sie war ihre Königin; sie war auch ihre Marionette. Sie kam in die Küche und bewegte sich dabei mit schwankendem, grausig knochenlosem Schritt, der keine Ähnlichkeit mit dem Gang eines Menschen hatte. Die Ratten flitzten um sie herum, manche sahen liebevoll zu ihr auf, andere starrten mich hasserfüllt an. Als sie wie auf einem Rundgang durch ihr früheres Reich durch die Küche wankte, fielen Erdbrocken von ihrem Kleidersaum (von dem Quilt und der Tagesdecke war nichts zu sehen), und ihr Kopf über der durchgeschnittenen Kehle rollte schwankend hin und her. Einmal kippte er bis zu den Schulterblättern zurück, bevor er mit einem leisen fleischigen Schmatz-laut wieder nach vorn kippte.

Als sie ihren glanzlosen Blick endlich auf mich richtete, wich ich in die Ecke neben dem jetzt fast leeren Brennholz-kasten zurück. »Lass mich in Ruhe«, flüsterte ich. »Du bist nicht mal hier. Du sitzt im Brunnen und kannst nicht raus, selbst wenn du nicht tot bist.«

Sie ließ ein Gurgeln hören – es klang, als würde jemand an dicker Bratensoße ersticken – und kam weiter auf mich zu, real genug, um einen Schatten zu werfen. Und ich konn-te ihr verwesendes Fleisch riechen, das jener Frau, die einst in leidenschaftlichen Augenblicken Zungenküsse mit mir getauscht hatte. Sie war hier. Sie war real. Ebenso real war ihr Gefolge. Ich konnte spüren, wie die Ratten über meine Füße hin und her huschten und mich mit ihren Schnurr-barthaaren an den Knöcheln kitzelten, während sie am Beinabschluss meiner langen Unterhose schnüffelten.

Als ich dem näher kommenden Leichnam ausweichen wollte, stieß ich mit den Fersen an den Brennholzkasten, verlor das Gleichgewicht und setzte mich darauf. Dabei schlug ich mir die entzündete und geschwollene Hand an, nahm den Schmerz aber kaum wahr. Sie beugte sich über mich, und ihr Gesicht … *baumelte*. Das Fleisch hatte sich von den Knochen gelöst, und ihr Gesicht hing jetzt herun-ter wie ein auf einen schlaffen Kinderballon gemaltes Ge-sicht. Eine Ratte erkletterte den Brennholzkasten, plumpste auf meinen Bauch, lief die Brust hinauf und beschnüffelte die Unterseite meines Kinns. Ich spürte andere über meine gebeugten Knie huschen. Aber sie bissen mich nicht. Dieser spezielle Auftrag war schon ausgeführt.

Sie beugte sich noch tiefer zu mir herunter. Der Gestank, den sie verströmte, war überwältigend, und ihr von einem Ohr zum anderen reichendes schiefes Grinsen … ich sehe es vor mir, während ich dies schreibe. Ich wollte sterben, aber mein Herz schlug weiter. Ihr baumelndes Gesicht glitt neben meines. Ich konnte spüren, wie meine Bartstoppeln winzige Teilchen von ihrer Haut abrissen, und hören, wie ihr gebrochener Unterkiefer wie ein mit Eis bedeckter Ast knarrte. Dann presste sie ihre kalten Lippen gegen meine brennende, fieberheiße Ohrmuschel und flüsterte mir Geheimnisse zu, die nur eine Tote kennen konnte. Ich schrie auf. Ich versprach ihr, mich umzubringen und ihren Platz in der Hölle einzunehmen, wenn sie nur aufhörte. Aber das tat sie nicht. Sie wollte nicht. Die Toten hören niemals auf.

Das weiß ich jetzt.

Nachdem Henry mit 200 Dollar in der Tasche (oder eher 150 Dollar, weil ein Teil des Geldes zu Boden gefallen war, wie Sie sich erinnern werden) aus der First Agricultural Bank geflüchtet war, verschwand er für einige Zeit. Er »tauchte unter«, wie es bei Verbrechern heißt. Das sage ich mit einem gewissen Stolz. Ich hatte geglaubt, dass man ihn fast sofort nach seiner Ankunft in der Stadt schnappen würde, aber er widerlegte meine Befürchtungen. Er war verliebt, er war verzweifelt, er brannte weiter vor Schuldgefühlen und Entsetzen wegen des Verbrechens, das er und ich verübt hatten ... aber trotz dieser Ablenkungen (dieser *Infektionen*) bewies mein Sohn Tapferkeit und Cleverness, sogar eine gewisse traurige Noblesse. Der Gedanke an letzteren Charakterzug ist der schlimmste. Er erfüllt mich noch heute mit Melancholie wegen seines verpfuschten Lebens (wegen *dreier* verpfuschter Leben; ich darf die arme schwangere Shannon Cotterie nicht vergessen) und Reuegefühlen wegen des Verderbens, in das ich ihn wie ein Kalb mit einem Strick um den Hals geführt habe.

Arlette zeigte mir die Hütte, in der er sich verkrochen hatte, und das dahinter versteckte Fahrrad – dieses Fahrrad war das Erste, was er sich von seiner Beute kaufte. Ich hätte nicht genau sagen können, wo sein Versteck lag, aber seit damals habe ich es ausfindig gemacht und sogar besucht: nur eine Hütte am Straßenrand mit einer verblassten Werbung für *Royal Crown Cola* auf der Giebelseite. Sie stand einige Meilen außerhalb von Omaha in Sichtweite des Waisenhauses »Boys Town«, das erst im Jahr zuvor den Betrieb aufgenommen hatte. Ein einziger Raum, ein unverglastes Fenster, kein Ofen. Henry versteckte sein Fahrrad unter Heu und Unkraut und schmiedete Pläne. Ungefähr eine Woche nach dem Überfall auf die First Agricultural Bank – unterdessen würde die Polizei sich kaum mehr für diesen nicht gerade spektakulären Bankraub interessieren – begann er, Radtouren nach Omaha hinein zu unternehmen.

Ein einfältiger Junge wäre geradewegs zum Mädchenheim St. Eusebia gefahren und von den dortigen Cops geschnappt worden (wie Sheriff Jones zweifellos erwartet hatte), aber Henry Freeman James war cleverer. Er kundschaftete die Lage des Heims aus, ohne sich ihm jedoch zu nähern. Stattdessen sah er sich nach dem nächsten Süßwarenladen mit einer Eis- und Limonadentheke um. Er vermutete ganz richtig, dass die Mädchen dort hingehen würden, sooft sie konnten (das heißt, wenn sie sich durch Wohlverhalten einen freien Nachmittag verdient hatten und etwas Geld ihr Eigen nannten). Und obwohl die Mädchen aus St. Eusebia keine Schuluniform tragen mussten, waren sie an ihrer uneleganten Kleidung, ihrem gesenkten Blick und ihrem Benehmen – abwechselnd scheu und kokett – leicht zu erkennen. Die mit dickem Bauch und ohne Trauring mussten am auffälligsten sein.

Ein dummer Junge hätte versucht, an der Limonadentheke mit einer dieser bedauernswerten Evastöchter ins Gespräch zu kommen, was hätte auffallen müssen. Henry postierte sich außerhalb: an der Einmündung einer Gasse, die hinter dem Süßwarenladen und dem Kurzwarengeschäft nebenan vorbeiführte. Dort saß er auf einer Kiste und las die Zeitung, während sein Rad hinter ihm an der Hauswand lehnte. Er wartete auf ein Mädchen, das etwas abenteuerlustiger war als die anderen, die sich damit begnügten, Eiscreme zu essen oder eine Limonade zu trinken, bevor sie zu den Schwestern zurückeilten. Das bedeutete ein Mädchen, das rauchte. Am dritten Tag tauchte solch ein Mädchen auf.

Ich habe die junge Frau später ausfindig gemacht und mit ihr gesprochen. Dazu war nicht allzu viel Spürsinn erforderlich. Henry und Shannon kam Omaha bestimmt wie eine Metropole vor, aber im Jahr 1922 war es nur eine überdurchschnittlich große Kleinstadt im Mittleren Westen mit Großstadtambitionen. Heute ist Victoria Hallett eine ehrbare Ehefrau mit drei Kindern, aber im Herbst 1922 war sie Victoria Stevenson: jung, neugierig, rebellisch, im sechsten Monat schwanger und scharf auf Zigaretten der Marke Sweet Corporal. Sie griff gern zu, als Henry ihr sein Päckchen anbot.

»Nimm noch ein paar für später mit«, forderte er sie auf.

Sie lachte. »Das wäre ganz schön plemplem! Wenn wir zurückkommen, filzen die Schwestern unsere Handtaschen und lassen uns alle Taschen umkehren. Weißt du was? Ich muss schon drei Lakritzstangen essen, bloß damit man diese eine Kippe nicht riecht.« Sie tätschelte halb amüsiert, halb trotzig ihren dicken Bauch. »Ich hab Ärger, wie du bestimmt siehst. Böses Mädchen! Und mein Schatz ist abgehauen. Böser *Junge*, aber das kümmert die Welt nicht! Also hat der Alte mich in ein Gefängnis gesteckt, das von Pinguinen bewacht wird ...«

»Ich verstehe dich nicht.«

»Jesses! Der Alte ist mein Dad! Und Pinguine nennen wir die Schwestern!« Sie lachte wieder. »Du bist ein richtiges Landei! Ehrlich! Jedenfalls heißt der Knast, in dem ich einsitze …«

»St. Eusebia.«

»*Jetzt* kochst du mit Gas, Jackson.« Sie paffte ihre Zigarette und kniff die Augen zusammen. »He, ich wette, dass ich weiß, wer du bist – Shan Cotteries Freund.«

»Der Hauptgewinn – eine Kewpie-Puppe – geht an die junge Dame!«, sagte Hank.

»Also, ich würde mindestens zwei Straßen Abstand vom Heim halten, das wäre mein Rat. Die Cops haben deine Personenbeschreibung.« Sie lachte unbekümmert. »Deine und die von fünf oder sechs weiteren Einsamen Eddies, aber keiner so ein grünäugiger Bauerntölpel wie du – und keiner mit einem so gut aussehenden Mädchen wie Shannon. Sie ist eine Wucht! Echt!«

»Wieso, glaubst du, bin ich hier statt dort?«

»Gut, ich beiße an – wieso *bist* du hier?«

»Ich will Verbindung mit ihr aufnehmen, aber ich will dabei nicht geschnappt werden. Ich gebe dir 2 Scheinchen, wenn du ihr eine Nachricht von mir bringst.«

Victoria machte große Augen. »Kumpel, für 2 Eier würd ich mir 'ne Trompete unter den Arm klemmen und eine Nachricht zu Garcia bringen – so abgebrannt bin ich. Her damit!«

»Und weitere 2, wenn du kein Wort davon erzählst. Weder jetzt noch später.«

»Dafür brauchst du nicht extra zu bezahlen«, sagte sie. »Ich tue nichts lieber, als diese selbstgerechten Weiber reinzulegen. Mann, die schlagen einem schon auf die Hand, wenn man versucht, sich beim Abendessen ein zweites Brötchen zu nehmen! Wie in *Gulliver Twist*!«

Er gab ihr das Briefchen mit, und Victoria überbrachte es Shannon. Sie hatte es in ihrer kleinen Handtasche, als die Polizei Henry und sie schließlich in Elko, Nevada, stellte, und ich habe eine Polizeiaufnahme davon gesehen. Aber Arlette hatte mir seinen Inhalt schon viel früher verraten, und der Originaltext stimmte wortwörtlich damit überein:

Ich warte 2 Wochen lang jede Nacht von Mitternacht bis Tagesanbruch hinter dem Heim, hatte er ihr geschrieben. *Wenn du nicht kommst, weiß ich, dass es zwischen uns aus ist, & gehe nach Hemingford zurück & belästige dich nie mehr, obwohl ich dich ewig lieben werde. Wir sind jung, aber wir könnten uns älter machen & und anderswo (Kalifornien) ein gutes Leben anfangen. Ich habe etwas Geld & kann mehr beschaffen. Victoria weiß, wie ich zu finden bin, wenn du mir eine Antwort schicken willst, aber nur einmal. Mehr wäre zu riskant.*

Vermutlich besitzen Harlan und Sallie Cotterie das Original. In diesem Fall haben sie gesehen, dass mein Sohn um seine Unterschrift ein Herz gemalt hat. Ich frage mich, ob das Shannon letztlich überzeugt hat. Ich frage mich auch, ob sie eigentlich überzeugt werden musste. Möglicherweise wünschte sie sich nichts mehr auf der Welt, als ihr Baby, das sie schon liebte, behalten (und ehelich machen) zu können. Auf diesen Aspekt ging Arlettes grausige Flüsterstimme nie ein. Vermutlich war er ihr egal.

Nach dieser Begegnung kehrte Henry jeden Tag an die Einmündung der Gasse zurück. Er rechnete irgendwie damit, dass statt Victoria die Cops kamen, war aber davon überzeugt, keine andere Wahl zu haben. Am dritten Tag seiner Wache kam sie endlich. »Shan hat dir gleich geschrieben, aber ich durfte nicht früher raus«, sagte sie. »In dem Loch, das sie hochtrabend Musikzimmer nennen, ist etwas Mary Jane gefunden worden, und seither sind die Pinguine auf dem Kriegspfad.«

Henry streckte seine Hand nach der Antwort aus, die Victoria ihm im Tausch gegen eine Sweet Corporal überließ. Sie bestand nur aus vier Wörtern: *Morgen früh 2 Uhr.*

Henry umarmte Victoria und küsste sie. Sie lachte aufgeregt, und ihre Augen blitzten. »Mensch! Manche Mädchen kriegen alles Glück ab.«

Das stimmt zweifellos. Bedenkt man jedoch, dass Victoria es zu einem Ehemann, drei Kindern und einem hübschen Haus in der Maple Street im besten Wohnviertel von Omaha brachte, während Shannon Cotterie nicht einmal mehr das Ende jenes fluchbeladenen Jahres erlebte ... welche der beiden hat es Ihrer Ansicht nach glücklich getroffen?

Ich habe etwas Geld & kann mehr beschaffen, hatte Henry geschrieben, und das tat er auch. Nur wenige Stunden nachdem er die kesse Victoria geküsst hatte (die folgende Antwort für Shannon mitnahm: *Er sagt, er kann's kaum noch erwarten*), überfiel ein junger Mann mit tief in die Stirn gezogener flacher Schirmmütze und einem Halstuch vor Mund und Nase die First National Bank in Omaha. Diesmal erbeutete der Täter 800 Dollar, was eine schöne Beute war. Aber der Wachmann hier war jünger und nahm seine Pflichten ernster, was weniger schön war. Der Bankräuber musste ihn in den Oberschenkel schießen, um flüchten zu können, und obwohl Charles Griner überlebte, setzte eine Infektion ein (das konnte ich mitfühlen), und er verlor das Bein. Als ich ihn im Frühjahr 1925 im Haus seiner Eltern besuchte, beurteilte er die Sache recht abgeklärt.

»Ich kann von Glück sagen, dass ich überhaupt noch lebe«, meinte er. »Bis jemand mir das Bein abgebunden hat, habe ich in einer Blutlache gelegen, die fast eine verdammte Handbreit hoch war. Ich wette, dass jemand eine ganze Schachtel *Dreft* gebraucht hat, um *diese* Schweinerei zu beseitigen.«

Als ich mich für meinen Sohn entschuldigen wollte, winkte er ab.

»Ich hätte mich ihm nie in den Weg stellen sollen. Er hatte die Mütze tief in die Stirn gedrückt und das Halstuch bis über die Nase hochgezogen, aber ich konnte die Augen gut erkennen. Ich hätte wissen müssen, dass er nur durch einen Schuss zu stoppen sein würde, aber ich bin gar nicht an meine Waffe rangekommen. Es hat in seinen Augen gestanden, wissen Sie? Aber damals war ich selbst jung. Jetzt bin ich älter. Ihr Sohn hatte nie eine Chance, das zu werden. Mein Beileid zu Ihrem Verlust.«

Nach diesem Überfall hatte Henry mehr als genug Geld, um sich ein Auto zu kaufen – ein schönes, eine Cabriolimousine –, aber er hütete sich davor. (Während ich dies schreibe, empfinde ich wieder einen gewissen Stolz – schwach ausgeprägt, aber nicht zu leugnen.) Ein Junge, der aussah, als würde er sich erst seit ein paar Wochen rasieren, schwenkte genug Bargeld, um einen fast neuen Olds zu kaufen? Damit hätte er die Polizei gleich auf dem Hals gehabt.

Statt ein Auto zu kaufen, stahl er eines. Ebenfalls keine Cabriolimousine; stattdessen entschied er sich für ein nettes, unscheinbares Ford-Coupé. Dies war der Wagen, mit dem er hinter St. Eusebia parkte, und dies war der Wagen, in den Shannon stieg, nachdem sie heimlich ihr Zimmer verlassen hatte, mit ihrer Reisetasche in der Hand die Treppe hinuntergeschlichen war und sich durch ein Fenster des Waschraums neben der Küche gezwängt hatte. Sie hatten Zeit für einen einzigen Kuss – Arlette sagte nichts davon, aber ich besitze noch ausreichend Phantasie –, dann lenkte Henry den Ford nach Westen. Bei Tagesanbruch waren sie auf dem Highway von Omaha nach Lincoln unterwegs. Gegen 3 Uhr nachmittags müssen sie nahe an seinem Elternhaus – und an ihrem – vorbeigefahren sein. Vielleicht haben sie hinübergesehen, aber ich bezweifle, dass Henry langsamer gefahren ist; in einer Gegend, in der sie erkannt werden konnten, hätte er nicht über Nacht bleiben wollen.

Ihr Leben auf der Flucht hatte begonnen.

Arlette flüsterte mir mehr über dieses Leben ins Ohr, als ich wissen wollte, und ich bringe es nicht übers Herz, es hier in allen Einzelheiten zu schildern. Wenn Sie mehr erfahren wollen, können Sie sich gern an die öffentliche Stadtbücherei in Omaha wenden. Gegen Gebühr erhalten Sie dort hektographierte Kopien von Berichten über die Sweetheart Bandits, als die sie bekannt wurden (und wie sie sich selbst nannten). Auch wenn Sie nicht in Omaha leben, finden Sie vielleicht sogar welche im Archiv Ihrer Heimatzeitung; das Ende der beiden galt als so tragisch anrührend, dass landesweit darüber berichtet wurde.

Der hübsche Hank und die süße Shannon, nannte der *World-Herald* sie. Auf den Photographien sahen sie unmöglich jung aus. Ich wollte mir diese Aufnahmen nicht ansehen, aber ich tat es natürlich doch. Es gibt mehr als eine Möglichkeit, von Ratten gebissen zu werden, nicht wahr?

In den Sandhügeln von Nebraska hatte der gestohlene Wagen eine Reifenpanne. Als Henry eben das Reserverad montierte, kamen zwei Männer zu Fuß heran. Einer von ihnen zog aus einer Schlinge unter seinem Mantel eine Schrotflinte – einst im Wilden Westen als Banditen-Klauenhammer bezeichnet – und bedrohte damit die ausgerissenen Liebenden. Henry hatte keine Chance, an seine Pistole heranzukommen; sie steckte in seiner Jackentasche, aber hätte er danach gegriffen, wäre er bestimmt erschossen worden. So wurde der Räuber beraubt. Unter dem kalten

Herbsthimmel gingen Henry und Shannon Hand in Hand zum nächsten Farmhaus, und als der Farmer an die Tür kam und fragte, was er für sie tun könne, bedrohte Henry ihn mit seiner Pistole und verlangte sein Auto und sein gesamtes Bargeld.

Die junge Frau in seiner Begleitung, erzählte der Farmer einem Reporter, stand mit dem Rücken zu ihnen auf der Veranda. Der Farmer glaubte, sie habe geweint. Er sagte, sie habe ihm leidgetan, weil sie ein schüchternes kleines Ding gewesen sei: unverkennbar schwanger und mit einem jungen Desperado unterwegs, der kein gutes Ende nehmen würde.

Ob sie versucht habe, ihn daran zu hindern, fragte der Reporter. Ob sie versucht habe, ihm den Überfall auszureden.

Nein, sagte der Farmer. Sie hatte ihnen nur den Rücken zugekehrt, als würde sie glauben, was sie nicht sehe, passiere auch nicht. Der klapprige alte Reo des Farmers wurde in der Nähe des Bahnhofs von McCook verlassen aufgefunden – mit einem Zettel auf dem Fahrersitz: *Hier ist erst mal Ihr Wagen; das gestohlene Geld erstatten wir, sobald wir können. Wir haben Sie nur beraubt, weil wir in der Klemme saßen. Mit vorzüglicher Hochachtung »The Sweetheart Bandits«.* Wessen Idee war dieser Name gewesen? Vermutlich Shannons, denn sie hatte auch diese Nachricht geschrieben. Dabei hatte sie ihn nur benutzt, um ihre wirklichen Namen nicht preisgeben zu müssen, aber das ist nun einmal der Stoff, aus dem Legenden entstehen.

Ein, zwei Tage später wurde die winzige Frontier Bank in Arapahoe, Colorado, überfallen. Der Bankräuber – mit tief in die Stirn gezogener flacher Schirmmütze und einem Halstuch vor Mund und Nase – war allein. Er erbeutete weniger als 100 Dollar und fuhr mit einem Hupmobile davon, das in McCook als gestohlen gemeldet worden war.

Am nächsten Tag wurde der junge Mann in der First Bank of Cheyenne Wells (der *einzigen* Bank in Cheyenne Wells) von einer jungen Frau begleitet. Auch sie hatte ihr Gesicht mit einem Halstuch getarnt, konnte aber nicht verbergen, dass sie schwanger war. Die beiden entkamen mit 400 Dollar und rasten nach Westen aus der Stadt. Die Polizei errichtete auf der Straße nach Denver eine Straßensperre, aber Henry handelte clever und hatte weiter Glück. Sie bogen kurz nach Cheyenne Wells nach Süden ab und arbeiteten sich auf unbefestigten Straßen und Viehtreiberpfaden weiter vor.

Eine Woche später bestieg ein junges Paar, das sich Harry und Susan Freeman nannte, in Colorado Springs den Zug nach San Francisco. Wieso die beiden in Grand Junction plötzlich ausstiegen, weiß ich nicht, und Arlette sagte nichts darüber – sie sahen etwas, was ihnen Angst einjagte, vermute ich mal. Ich weiß nur, dass sie dort eine Bank ausraubten und dann eine weitere in Ogden, Utah, überfielen. Ihre Art, Geld für ihr neues Leben zusammenzusparen vielleicht. Und in Ogden versuchte ein Mann, Henry vor dem Bankeingang aufzuhalten. Henry schoss ihm in die Brust. Der Mann rangelte trotzdem mit ihm, worauf Shannon ihn die Granitstufen hinunterstieß. So gelang ihnen die Flucht. Der von Henry Angeschossene starb zwei Tage später im Krankenhaus. Die Sweetheart Bandits waren zu Mördern geworden. In Utah erwartete verurteilte Mörder der Strang.

Unterdessen war es um Thanksgiving herum, ob davor oder danach, weiß ich nicht. Die Polizei westlich der Rockies hatte ihre Personenbeschreibung und hielt die Augen offen. Ich war von der im Kleiderschrank lauernden Ratte gebissen worden – glaube ich – oder war kurz davor. Arlette erzählte mir, sie seien tot, aber das waren sie nicht – nicht schon damals, als sie mich mit ihrem Gefolge heimsuchte. Es war entweder eine Lüge oder eine Prophezeiung. Für mich ist das einerlei.

Ihre vorletzte Station war Deeth, Nevada. Dieser Tag Ende November, Anfang Dezember war bitterkalt, und aus dem weißen Himmel hatte es zu schneien begonnen. Sie wollten nur Eier und Kaffee in dem einzigen Schnellimbiss der Stadt, aber ihr Glück war aufgebraucht. Der Thekenmann stammte aus Elkhorn, Nebraska, und obwohl er seit Jahren nicht mehr zu Hause gewesen war, schickte seine Mutter ihm weiter gewissenhaft Pakete mit alten Ausgaben des *World-Herald*. Er hatte erst wenige Tage zuvor eine dieser Sendungen bekommen und merkte sofort, dass die Sweetheart Bandits aus Omaha an einem der Tische saßen.

Statt die Polizei anzurufen (oder den Sicherheitsdienst der nahe gelegenen Kupfermine, was schneller und wirkungsvoller gewesen wäre), entschied er sich dafür, sie selbst festzunehmen, wozu jeder Bürger berechtigt war. Er holte einen rostigen alten Cowboyrevolver unter der Theke hervor, zielte damit auf die beiden und forderte sie in bester Westerntradition auf, die Hände hochzunehmen. Henry tat nichts dergleichen. Er glitt aus der Sitznische, ging auf den Kerl zu und sagte dabei: »Tun Sie das nicht, mein Freund, wir wollen Ihnen nichts Böses, wir zahlen einfach und gehen.«

Der Thekenmann drückte ab, aber der alte Revolver ging nicht los. Henry nahm ihm die Waffe ab, klappte den Zylinder heraus, sah hinein und lachte. »Kein Grund zur Sorge!«, erklärte er Shannon. »Die Munition ist so alt, dass sie schon Grünspan angesetzt hat.«

Er legte 2 Dollar auf die Theke – für ihr Essen – und machte dann einen schrecklichen Fehler. Ich glaube bis heute, dass es mit ihnen auf jeden Fall ein schlimmes Ende genommen hätte, aber trotzdem wünsche ich mir, ich könnte ihm über die Jahre hinweg zurufen: *Lass den Revolver nicht geladen liegen. Tu das nicht, Sohn! Grünspan oder nicht, steck diese Patronen ein!* Aber nur die Toten können über Jahre hinweg rufen, wie ich aus persönlicher Erfahrung weiß.

Als sie hinausgingen (*Hand in Hand*, flüsterte Arlette in mein brennend heißes Ohr), schnappte der Thekenmann sich den alten Revolver, umklammerte den Griff mit beiden Händen und drückte ab. Diesmal fiel ein Schuss, und obwohl er wahrscheinlich glaubte, er ziele auf Henry, traf die Kugel Shannon Cotterie ins Kreuz. Sie schrie auf und taumelte aus der Tür ins Schneetreiben hinaus. Henry fing sie auf, bevor sie zusammenbrach, und half ihr in ihren letzten gestohlenen Wagen, einen anderen Ford. Der Thekenmann machte Anstalten, durchs Fenster auf sie zu schießen, aber diesmal explodierte das alte Schießeisen in seinen Händen. Ein Metallsplitter durchschlug sein linkes Auge. Das hat mir nie leidgetan. Ich verzeihe nicht so leicht wie Charles Griner.

Bei Shannon, die schwer verwundet war, vielleicht schon im Sterben lag, setzten die Wehen ein, während Henry in dichter werdendem Schneetreiben in Richtung Elko – 30 Meilen südwestlich – fuhr, weil er vielleicht hoffte, dort einen Arzt zu finden. Ich weiß nicht, ob es dort einen gab oder nicht, aber es gab jedenfalls ein Polizeirevier, wo der Thekenmann anrief, während die Reste seines Augapfels noch auf der Wange antrockneten. Zwei Polizisten aus Elko und vier Trooper der Nevada State Patrol warteten am Ortsrand auf Henry und Shannon, aber sie bekamen die beiden nie zu Gesicht. Zwischen Deeth und Elko liegen 30 Meilen, von denen Henry nur 28 schaffte.

Knapp hinter der Stadtgrenze (aber noch weit vom Ortsrand entfernt) verließ Henrys Glück ihn endgültig. Weil Shannon ununterbrochen schrie und sich den Bauch hielt, während sie den Sitz vollblutete, muss er schnell gefahren sein – allzu schnell. Vielleicht geriet er auch nur in ein Schlagloch. Jedenfalls rutschte der Ford in den Straßengraben, und der Motor starb ab. So saßen sie dort in der weißen Wüste, während auffrischender Wind um sie herum den Schnee aufhäufte, und was dachte Henry dabei? Nun, dass seine und meine Tat in Nebraska ihn und das Mädchen, das er liebte, an diesen Ort in Nevada geführt hatte. Das erzählte Arlette mir zwar nicht, aber das war auch gar nicht nötig. Ich wusste es einfach.

Weil er durch den stärker werdenden Schneefall die schemenhaften Umrisse einer Hütte erspähte, zog er Shannon vorsichtig aus dem Wagen. Sie schaffte ein paar Schritte gegen den heulenden Wind, dann konnte sie nicht mehr. Das Mädchen, das *Triggerometrie* konnte und die erste Absolventin des normalen Colleges in Omaha hätte sein können, legte den Kopf auf die Schulter ihres jungen Mannes und sagte: »Ich kann nicht weiter, Schatz, leg mich hin.«

»Was ist mit dem Baby?«, fragte er sie.

»Das Baby ist tot, und ich will auch sterben«, sagte sie. »Ich halte die Schmerzen nicht mehr aus. Sie sind grauenvoll. Ich liebe dich, Schatz, aber leg mich hin.«

Stattdessen trug Henry sie in die schemenhaft erkennbare Hütte, die sich als kleine Cowboyunterkunft erwies – ähnlich seinem Schuppen in der Nähe des Waisenhauses »Boys Town«, dem mit der verblassten Werbung für *Royal Crown Cola* an der Giebelseite. Hier gab es einen Ofen, aber kein Holz. Er ging hinaus und suchte ein paar abgebrochene Äste zusammen, bevor der Schnee sie verdecken konnte, und als er zurückkam, war Shannon bewusstlos. Henry machte Feuer, dann nahm er ihren Kopf in den Schoß. Shannon Cotterie war tot, bevor sein jämmerliches kleines Feuer heruntergebrannt war, und dann war nur noch Henry übrig, der in einer schäbigen kleinen Schlafbaracke saß, in der vor ihnen ein Dutzend schmutziger Cowboys gelegen hatte, wohl öfter betrunken als nüchtern. Er saß da und streichelte Shannons goldenes Haar, während draußen der Wind heulte und das Blechdach der Hütte erzittern ließ.

All diese Dinge erzählte Arlette mir – und das an einem Tag, an dem die beiden dem Untergang geweihten Kinder noch lebten. All diese Dinge erzählte sie mir, während die Ratten um mich herumkrochen und Gestank meine Nase füllte und meine entzündete, geschwollene Hand wie Feuer brannte.

Ich flehte sie an, mich umzubringen, mir die Kehle durchzuschneiden, wie ich ihre durchgeschnitten hatte, aber sie tat nichts dergleichen. Sie tat es einfach nicht.

Das war ihre Rache.

Als der Besucher auf meine Farm kam, waren vielleicht zwei oder sogar drei Tage vergangen, obwohl ich das nicht glaube. Ich denke, dass es nur einer war. Ich glaube nicht, dass ich noch zwei oder drei Tage ohne Hilfe hätte durchhalten können. Ich hatte aufgehört zu essen und trank auch fast nichts mehr. Trotzdem schaffte ich es, aus dem Bett aufzustehen und zur Haustür zu torkeln, als jemand daran zu hämmern begann. Irgendwie glaubte ich, das könnte Henry sein, weil ich noch halbwegs zu hoffen wagte, dass Arlettes Besuch nur eine im Fieberwahn entstandene Illusion gewesen war ... oder dass sie, wenn er real gewesen war, bestimmt gelogen hatte.

Draußen stand Sheriff Jones. Als ich ihn sah, gaben meine Knie nach, und ich fiel nach vorn. Hätte er mich nicht aufgefangen, wäre ich auf die Veranda geschlagen. Ich wollte ihm von Henry und Shannon erzählen – dass Shannon angeschossen werden würde, dass die beiden in einer Hütte am Ortsrand von Elko enden würden, dass er, Sheriff Jones, jemanden anrufen und das verhindern müsse, bevor es passiere. Heraus kam jedoch nur wirres Zeug, aber er verstand immerhin die Namen.

»Er ist mit ihr durchgebrannt, das stimmt«, sagte Jones. »Aber wenn Harl vorbeigekommen ist und Ihnen das erzählt hat, warum hat er Sie dann so zurückgelassen? Was hat Sie gebissen?«

»Ratte«, brachte ich heraus.

Er legte einen Arm um mich und schleppte mich die Stufen hinunter und dann weiter zu seinem Wagen. George der Gockel lag steif gefroren neben dem Holzstapel, und die Kühe muhten. Wann hatte ich sie zuletzt gefüttert? Ich wusste es nicht.

»Sheriff, Sie müssen …«

Aber er unterbrach mich. Er glaubte, ich phantasiere, und wieso auch nicht? Er konnte spüren, dass ich im Fieber glühte, und sah es meinem geröteten Gesicht an. Er musste das Gefühl haben, den Arm um einen Ofen gelegt zu haben. »Sie müssen sich schonen. Und Sie sollten Arlette dankbar sein, ohne sie wäre ich nämlich niemals hergekommen.«

»Tot«, stieß ich hervor.

»Ja. Sie ist tot, das stimmt.«

Also erzählte ich ihm, dass ich sie umgebracht hatte. Oh, diese Erleichterung! In meinem Kopf schien ein bisher verstopftes Rohr sich auf magische Weise geöffnet zu haben, und der infizierte Geist, der dort gefangen gewesen war, entwich endlich.

Er warf mich wie einen Mehlsack in seinen Wagen. »Über Arlette reden wir später. Als Erstes bringe ich Sie zu den Barmherzigen Schwestern und wäre Ihnen dankbar, wenn Sie mir nicht ins Auto kotzen würden.«

Als er vom Hof fuhr und den toten Gockel und die muhenden Kühe zurückließ (und die Ratten! die nicht zu vergessen! ha!), setzte ich nochmals an, ihm zu erzählen, dass es für Henry und Shannon vielleicht noch nicht zu spät sei, dass sie vielleicht noch zu retten seien. Ich hörte mich sagen: *Dies sind Dinge, die noch geschehen können*, als wäre ich der Geist der künftigen Weihnachten aus Dickens' *Weihnachtsgeschichte*. Dann verlor ich das Bewusstsein. Als ich wieder aufwachte, hatten wir den 2. Dezember, und die Zeitungen im Westen meldeten: »SWEETHEART BANDITS« ENTKOMMEN POLIZEI IN ELKO, WEITERHIN FLÜCHTIG. Das stimmte zwar nicht, aber das wusste noch niemand. Außer Arlette, versteht sich. Und mir.

Der Arzt glaubte, der Wundbrand habe den Unterarm noch nicht erfasst, und setzte mein Leben aufs Spiel, indem er nur die linke Hand amputierte. Seine Spekulation ging auf. Fünf Tage nachdem Sheriff Jones mich ins Krankenhaus zu den Barmherzigen Schwestern in Hemingford City gebracht hatte, lag ich blass und schwach in einem Krankenbett, zwanzig Pfund leichter und ohne meine linke Hand, aber lebendig.

Jones kam mich besuchen. Er hatte eine ernste Miene aufgesetzt. Ich war darauf gefasst, dass er mir mitteilen würde, er verhafte mich wegen Mordes an meiner Frau, und meine verbliebene Hand an einen Bettpfosten ketten würde. Stattdessen sprach er mir sein Beileid zu meinem Verlust aus. Zu meinem Verlust! Was verstand dieser Idiot *davon*?

Wieso sitze ich in diesem schäbigen Hotelzimmer (wenngleich nicht allein!), statt in einem Mördergrab zu liegen? Das kann ich Ihnen in drei Worten sagen: wegen meiner Mutter.

Wie Sheriff Jones hatte sie die Angewohnheit, jede Unterhaltung mit rhetorischen Fragen zu würzen. Bei ihm war das ein Gesprächstrick, den er sich in lebenslanger Polizeiarbeit angeeignet hatte – er stellte seine albernen kleinen Fragen, dann beobachtete er sein Gegenüber auf schuldbewusste Reaktionen: ein Zusammenzucken, ein Stirnrunzeln, ein kaum merkliches Wegsehen. Bei meiner Mutter war das nur eine Angewohnheit, die sie von ihrer englischen Mutter übernommen und an mich weitergegeben hatte. Jeglichen schwachen britischen Akzent, den ich vielleicht einmal hatte, habe ich längst verloren, aber die Art meiner Mutter, Aussagen in Frageform zu kleiden, ist mir geblieben. Beispielsweise sagte sie: *Du solltest jetzt lieber reinkommen, nicht wahr?* Oder: *Dein Vater hat wieder seinen Lunch vergessen; du wirst ihn ihm bringen müssen, stimmt's?* Selbst Bemerkungen über das Wetter klangen wie Fragen: *Wieder ein Regentag, nicht wahr?*

Obwohl ich an jenem Tag Ende November, als Sheriff Jones vor meiner Tür gestanden hatte, fiebrig und sehr krank gewesen war, hatte ich mich nicht im Delirium befunden. Ich erinnere mich sehr genau an unser Gespräch, so wie man sich manchmal an Bilder aus einem besonders lebhaften Albtraum erinnert.

Sie sollten Arlette dankbar sein, denn ohne sie wäre ich niemals hergekommen, hatte er gesagt.

Tot, hatte ich geantwortet.

Sheriff Jones: *Sie ist tot, das stimmt.*

Und dann hatte ich gesprochen, wie ich's auf dem Schoß meiner Mutter gelernt hatte: *Ich habe sie umgebracht, nicht wahr?*

Sheriff Jones fasste den rhetorischen Kunstgriff meiner Mutter (und nicht zu vergessen seinen eigenen) als wirkliche Frage auf. Jahre später – in der Fabrik, in der ich Arbeit gefunden hatte, nachdem ich die Farm hatte verkaufen müssen – hörte ich, wie ein Vorarbeiter einen Versandarbeiter dafür ausschalt, dass er eine Lieferung statt nach

Davenport nach Des Moines geschickt hatte, ohne den Auftrag aus dem Hauptbüro abzuwarten. *Aber die Mittwochlieferung geht immer nach Des Moines*, protestierte der vor seiner Entlassung stehende Mann. *Ich habe nur angenommen …*

Annahmen machen Sie und *mich zum Esel*, antwortete der Vorarbeiter. Eine alte Redensart, vermute ich, die ich jedoch zum ersten Mal hörte. Und ist es verwunderlich, dass ich dabei an Sheriff Jones denken musste? Die Angewohnheit meiner Mutter, Aussagen in Frageform zu kleiden, bewahrte mich vor dem elektrischen Stuhl. Ich musste mich wegen des Mordes an meiner Frau nie vor einem Geschworenengericht verantworten.

Das heißt, bislang noch nicht.

Sie sind hier bei mir, weit mehr als zwölf, an allen Wänden entlang der Fußbodenleiste aufgereiht, und beobachten mich mit öligen Augen. Käme ein Zimmermädchen mit frischer Bettwäsche herein und sähe diese Geschworenen im Pelz, würde sie kreischend hinauslaufen, aber hier wird kein Mädchen hereinkommen; vor zwei Tagen habe ich das Schild BITTE NICHT STÖREN außen an die Türklinke gehängt, und dort baumelt es noch immer. Ich bin nicht ausgegangen. Ich könnte mir aus dem Restaurant unten auf der Straße Essen kommen lassen, nehme ich an, aber ich vermute, dass Essen sie provozieren würde. Ich bin ohnehin nicht hungrig, also ist das kein großes Opfer. Sie sind bisher geduldig gewesen, meine Geschworenen, aber ich befürchte, dass sie das nicht mehr lange bleiben werden. Wie alle Geschworenen warten sie darauf, dass die Zeugenaussagen abgeschlossen werden, damit sie ein Urteil fällen, ihre symbolische Entschädigung kassieren (in diesem Fall in Form von Fleisch) und zu ihren Familien heimkehren können. Deshalb muss ich zum Ende kommen.

Das wird nicht lange dauern. Der schwierige Teil liegt hinter mir.

Als Sheriff Jones sich an mein Krankenbett setzte, sagte er: »Sie haben es vermutlich in meinem Blick gesehen. Nicht wahr?«

Ich war weiter sehr krank, aber erholt genug, um vorsichtig zu sein. »Was gesehen, Sheriff?«

»Was ich Ihnen mitteilen wollte. Sie erinnern sich nicht daran, nicht wahr? Na, das überrascht mich nicht weiter. Sie waren schwer krank, Wilf. Ich war mir ziemlich sicher, dass Sie sterben würden, und dachte, ich würde Sie nicht mehr lebend in die Stadt bringen. Aber anscheinend ist Gott noch nicht mit Ihnen fertig, nicht wahr?«

Irgendetwas war noch nicht mit mir fertig, aber ich bezweifelte, dass es Gott war.

»War es Henry? Sind Sie rausgekommen, um mir von Henry zu erzählen?«

»Nein«, sagte er, »ich war wegen Arlette bei Ihnen. Eine schlimme Nachricht, die schlimmste, aber Sie dürfen sich keine Vorwürfe machen. Schließlich haben Sie sie nicht aus dem Haus geprügelt.« Er beugte sich vor. »Sie denken vielleicht, dass ich Sie nicht mag, Wilf, aber das stimmt nicht. In unserer Gegend gibt es welche, die das tun – und wir wissen, wer sie sind, nicht wahr? –, aber Sie dürfen mich nicht mit ihnen zusammenwerfen, nur weil ich ihre Interessen berücksichtigen muss. Sie haben mich ab und zu verärgert, und ich glaube, Sie könnten weiter mit Harl Cotterie befreundet sein, wenn Sie Ihren Jungen straffer im Zaum gehalten hätten, aber ich habe Sie immer respektiert.«

Das bezweifelte ich, hielt aber den Mund.

»Was Arlette betrifft, will ich es wiederholen, weil es eine Wiederholung wert ist: Sie dürfen sich keine Vorwürfe machen.«

Ich durfte nicht? Ich fand, selbst für einen Gesetzeshüter, der nie mit Sherlock Holmes verwechselt werden würde, war *das* eine seltsame Schlussfolgerung.

»Henry ist in Schwierigkeiten, wenn auch nur einige der Berichte, die ich bekomme, wahr sind«, sagte er mit schwerer Stimme, »und er hat Shannon Cotterie mit ins heiße Wasser reingezogen. Darin werden sie vermutlich kochen. Das bringt Ihnen Kummer genug, ohne dass Sie auch noch behaupten, für den Tod Ihrer Frau verantwortlich zu sein. Sie brauchen nicht …«

»Erzählen Sie's mir einfach«, sagte ich.

Zwei Tage vor seinem Besuch – vielleicht an dem Tag, an dem die Ratte mich biss, vielleicht auch nicht, aber um diese Zeit herum – hatte ein Farmer, der eine letzte Ladung Gemüse nach Lyme Biska brachte, drei Kojoten beobachtet, die sich ungefähr zwanzig Schritte nördlich der Straße um etwas balgten. Er wäre wohl weitergefahren, hätte er nicht im Straßengraben einen abgewetzten Damenschuh aus Lackleder und einen rosa Schlüpfer entdeckt. Er hielt an, gab einen Schuss aus seinem Gewehr ab, um die Kojoten zu vertreiben, und ging auf das Feld, um zu sehen, worum sie sich gebalgt hatten. Was er fand, war das Skelett einer Frau, an dem in den Überresten eines Kleides noch einige Fleischfetzen hafteten. Was von ihrem Haar übrig war, war mattbraun – eine Farbe, die Arlettes rötlich braunes Haar nach Monaten in Wind und Wetter angenommen haben konnte.

»Zwei Backenzähne haben gefehlt«, sagte Jones. »Haben Arlette ein paar Backenzähne gefehlt?«

»Ja«, log ich. »Die hat sie wegen einer Zahnfleischentzündung verloren.«

»Als ich damals bei Ihnen war, kurz nachdem sie abgehauen war, hat Ihr Junge gesagt, dass sie ihren guten Schmuck mitgenommen hat.«

»Ja.« Der Schmuck, der jetzt in dem Brunnen lag.

»Als ich gefragt habe, ob sie vielleicht Geld mitgenommen hat, haben Sie 200 Dollar erwähnt. Richtig?«

Ah, ganz recht. Die fiktiven 200 Dollar, die Arlette angeblich aus meiner Kommode genommen hatte. »Ja, das stimmt.«

Jones nickte. »Nun, da haben wir's, da haben wir's. Etwas Schmuck und etwas Geld. Das erklärt alles, nicht wahr?«

»Ich verstehe nicht, was …«

»Weil Sie die Sache nicht aus dem Blickwinkel eines Polizeibeamten betrachten. Sie ist auf der Straße ausgeraubt worden, das ist alles. Irgendein Schuft hat eine Frau gesehen, die zwischen Hemingford und Lyme Biska als Anhalterin unterwegs war, sie ermordet, ihr das Geld und den Schmuck geraubt und die Leiche dann aufs nächste Feld geschleppt, damit sie von der Straße aus nicht zu sehen sein würde.« Sein langes Gesicht zeigte, dass er glaubte, sie sei wahrscheinlich nicht nur beraubt, sondern auch vergewaltigt worden, und es sei vermutlich ein Glück, dass nicht genug von ihr übrig war, um diesen Verdacht zu bestätigen.

»So dürfte es gewesen sein«, sagte ich und schaffte es irgendwie, ernst zu bleiben, bis er gegangen war. Dann wälzte ich mich auf die Seite, und obwohl ich mir dabei den Armstumpf schmerzhaft anstieß, lachte ich los. Ich vergrub das Gesicht im Kopfkissen, aber nicht einmal das konnte das Geräusch wirklich dämpfen. Als die Krankenschwester – ein hässlicher alter Drachen – hereinkam und mein tränenüberströmtes Gesicht sah, nahm sie an (Annahmen machen Sie *und* mich zum Esel), ich hätte geweint. Sie war gerührt, was ich für unmöglich gehalten hätte, und gab mir eine Morphiumtablette extra. Schließlich war ich ein trauernder Ehemann und Vater. Ich hatte Trost verdient.

Und wissen Sie, warum ich lachte? Über Jones wohlmei-
nende Dummheit? Das glückliche Auftauchen einer toten
Landstreicherin, die vielleicht von ihrem Begleiter umgebracht wurde, als beide betrunken waren? Ich lachte über
beides, aber vor allem über den Schuh. Der Farmer hatte
nur angehalten, um festzustellen, worum die Kojoten sich
balgten, weil er im Straßengraben einen Frauenschuh aus
Lackleder hatte liegen sehen. Aber als Sheriff Jones sich an
jenem Tag im vergangenen Sommer bei mir nach Schuh-
werk erkundigt hatte, hatte ich ihm erklärt, Arlette habe
ihre *Leinenschuhe* getragen. Das hatte der Idiot vergessen.
Und es fiel ihm auch nie wieder ein.

Als ich auf die Farm zurückkam, war fast alles Vieh ver-
endet. Die einzige Überlebende war Achelois, die mich
mit vorwurfsvollem Hungerblick betrachtete und klagend
muhte. Ich fütterte sie so liebevoll, wie man nur ein Haus-
tier füttern würde, und mehr war sie eigentlich auch nicht.
Wie sonst würde man ein Tier bezeichnen, das nicht länger
zum Lebensunterhalt der Familie beitragen kann?

Es hatte eine Zeit gegeben, in der Harlan sich mit Hilfe
seiner Frau um meine Farm gekümmert hätte, während ich
im Krankenhaus war; bei uns im Mittleren Westen war das
unter Nachbarn üblich. Aber sogar als das klagende Muhen
meiner verendenden Kühe über die Felder an sein Ohr ge-
drungen sein musste, wenn er sich zum Abendessen setzte,
blieb er weg. Ich an seiner Stelle hätte vielleicht genauso
gehandelt. In Harlan Cotteries Augen (und denen der Welt)
hatte mein Sohn sich nicht damit begnügt, seine Tochter
nur zu ruinieren; er war ihr an den Ort gefolgt, an dem
sie Zuflucht hätte finden sollen, hatte sie entführt und zu
einem Verbrecherdasein gezwungen. Wie das Gerede von den
»Sweetheart Bandits« sich in sein Herz eingefressen haben
musste! Wie Säure!

In der folgenden Woche – ungefähr zu der Zeit, als Farmhäuser und die Main Street in Hemingford Home weihnachtlich geschmückt wurden – kam Sheriff Jones wieder zu mir auf die Farm heraus. Ein Blick auf sein Gesicht genügte, um mir zu zeigen, mit welcher Nachricht er kam, und ich schüttelte unwirsch den Kopf. »Nein. Nicht noch mehr. Ich will nicht mehr. Ich kann nicht mehr. Verschwinden Sie!«

Ich flüchtete ins Haus und hielt die Tür zu, aber ich war einarmig und schwach, und er konnte sich mühelos Zutritt verschaffen. »Reißen Sie sich zusammen, Wilf«, sagte er. »Ich weiß, dass Sie das durchstehen können.« Als ob er wüsste, wovon er redete.

Jones sah in den Schrank, auf dem der Zierbierkrug stand, fand meine traurig leere Flasche Whiskey, kippte den letzten Fingerbreit in den Krug und gab ihn mir. »Der Doktor wäre dagegen«, sagte er, »aber er ist nicht hier, und Sie werden ihn brauchen.«

Die Sweetheart Bandits waren in ihrem letzten Versteck aufgefunden worden: Shannon an der Kugel des Thekenmanns gestorben, Henry an einer, die er sich selbst in den Kopf gejagt hatte. Die Toten waren vorläufig nach Elko ins Leichenhaus gebracht worden. Harlan Cotterie würde seine Tochter heimholen, aber mit meinem Sohn wollte er nichts zu schaffen haben. Natürlich nicht. Ich kümmerte mich selbst darum. Henry traf am 18. Dezember mit dem Zug in Hemingford ein, und ich war mit einer schwarzen Leichenkutsche des Bestattungsunternehmens Castings Brothers am Bahnhof. Ich wurde mehrmals photographiert. Man stellte mir Fragen, die ich nicht einmal zu beantworten versuchte. Die Schlagzeilen des *World-Herald* und des weit bescheideneren Wochenblatts *Hemingford Weekly* enthielten die Worte TRAUERNDER VATER.

Hätten die Reporter mich jedoch in der Leichenhalle gesehen, als der billige Fichtensarg geöffnet wurde, hätten sie wahre Trauer gesehen und hätten den Ausdruck SCHREI-ENDER VATER benutzen können. Die Kugel, die mein Sohn sich in die Schläfe geschossen hatte, als er mit Shannons Kopf im Schoß dagesessen hatte, war auf dem Weg durch sein Gehirn aufgeplatzt und hatte ein großes Stück aus der linken Kopfseite herausgerissen. Aber das war nicht das Schlimmste. Seine Augen fehlten. Die Unterlippe war weggefressen, so dass die Zähne zu einem grimmigen Grinsen gebleckt waren. Von der Nase war nur noch ein roter Stummel übrig. Bevor irgendein Polizist oder Deputy Sheriff die Leichen aufgefunden hatte, hatten die Ratten sich an meinem Sohn und seiner Liebsten gütlich getan.

»Richten Sie ihn her«, wies ich Herbert Castings an, als ich wieder vernünftig reden konnte.

»Mr. James ... Sir ... die Schäden sind so ...«

»Ich sehe, wie schlimm die Schäden sind. Richten Sie ihn her. Und holen Sie ihn aus dieser scheiß Kiste. Legen Sie ihn in den besten Sarg, den Sie haben. Was das kostet, ist mir egal. Ich habe Geld.« Ich beugte mich über ihn und küsste die zerfetzte Wange. Kein Vater sollte seinen Sohn zum letzten Mal küssen müssen, aber wenn irgendein Vater jemals dieses Los verdient hatte, war ich es.

Shannon und Henry wurden beide von der Glory of God Methodist Church in Hemingford aus beigesetzt, Shannon am 22. Dezember und Henry am Heiligabend. Bei Shannon war die Kirche voll, und das Weinen war fast laut genug, um die Mauern zum Beben zu bringen. Das weiß ich, weil ich dort war, zumindest eine Zeit lang. Ich stand unbeachtet ganz hinten und schlich mich nach der Hälfte der Trauerrede von Reverend Thursby hinaus. Rev. Thursby bestattete auch Henry, aber ich brauche Ihnen wohl nicht zu sagen, dass die Trauergemeinde viel kleiner war. Thursby sah nur mich, aber ich war dennoch nicht der einzige Gottesdienstbesucher. Auch Arlette war da und saß neben mir, unsichtbar und lächelnd. Und sie flüsterte mir ins Ohr.

Gefällt es dir, wie alles ausgegangen ist, Wilf? War's das wert?

Zählte man alles zusammen – Trauergottesdienst, Grabmiete, Bestattungsunternehmen und Heimtransport der Leiche –, kostete die Beisetzung der sterblichen Überreste meines Sohnes etwas über 300 Dollar. Die bezahlte ich von meiner Hypothek. Woher hätte ich das Geld sonst nehmen sollen? Nach der Beerdigung fuhr ich heim in mein leeres Haus. Aber zuvor kaufte ich mir eine neue Flasche Whiskey.

1922 hatte noch eine weitere Überraschung parat. Einen Tag nach Weihnachten kam ein gewaltiger Blizzard aus den Rockies herangeröhrt und überfiel uns mit 30 Zentimeter Schnee und Wind in Sturmstärke. Bei Einbruch der Dunkelheit wurde der Schnee erst zu Schneeregen, dann zu peitschendem Regen. Gegen Mitternacht, als ich in dem düsteren Wohnzimmer saß und meinen pochenden Armstumpf mit kleinen Schlucken Whiskey zu beruhigen versuchte, kam von der Rückseite des Hauses ein gewaltiges Knirschen und Krachen. Das war das Dach, das teilweise einstürzte – genau der Teil, für dessen Ausbesserung die aufgenommene Hypothek unter anderem hätte dienen sollen. Ich hob mein Glas zu einem ironischen Toast und nahm noch einen Schluck. Als kalter Wind um meine Schultern zu wehen begann, stand ich auf, holte meinen Mantel von seinem Haken im Vorraum und zog ihn an. Dann setzte ich mich wieder und trank noch etwas Whiskey. Irgendwann döste ich ein. Gegen drei Uhr weckte mich ein weiteres knirschendes Krachen. Diesmal war es die vordere Hälfte des Stalls, die eingestürzt war. Achelois überlebte auch dieses Mal, und am folgenden Tag holte ich sie zu mir ins Haus. Warum?, könnten Sie mich fragen, und meine Antwort wäre: Warum nicht? Warum zum Teufel nicht? Wir waren die Überlebenden. Wir waren die Überlebenden.

Am Morgen des ersten Weihnachtsfeiertags (den ich damit verbrachte, in meinem kalten Wohnzimmer kleine Schlucke Whiskey zu trinken, wobei mir meine überlebende Kuh Gesellschaft leistete) zählte ich das noch übrige Hypothekengeld und erkannte, dass es nicht einmal für eine notdürftige Ausbesserung der Sturmschäden reichen würde. Das störte mich aber nicht besonders, weil ich den Geschmack am Farmerleben verloren hatte, wenngleich der Gedanke, dass die Farrington Company hier einen Schweineschlachthof hinstellen und den Bach verunreinigen würde, mich wieder vor Wut mit den Zähnen knirschen ließ. Vor allem wegen des hohen Preises, den ich dafür gezahlt hatte, dass diese dreimal gottverdammten 40 Hektar nicht in die Hände der Firma gerieten.

Dann wurde mir plötzlich klar, dass dieses Land jetzt mir gehörte, seit Arlette nicht mehr als vermisst galt, sondern offiziell tot war. Also überwand ich zwei Tage später meinen Stolz und stattete Harlan Cotterie einen Besuch ab.

Dem Mann, der auf mein Klopfen die Haustür öffnete, war es weit besser ergangen als mir, aber die Erschütterungen dieses Jahres hatten trotzdem ihren Tribut gefordert. Er hatte abgenommen, er hatte Haare verloren und sein Hemd war verknittert – allerdings nicht so verknittert wie sein Gesicht, und das Hemd ließ sich wenigstens glattbügeln. Statt wie fünfundvierzig sah er wie fünfundsechzig aus.

»Schlag mich nicht«, sagte ich, als ich sah, dass er die Fäuste ballte. »Hör mir erst zu.«

»Ich würde keinen Mann schlagen, der nur eine Hand hat«, sagte er, »aber ich wäre dir dankbar, wenn du es kurz machen würdest. Und wir werden hier draußen auf der Treppe miteinander reden, weil du nie mehr einen Fuß in mein Haus setzen wirst.«

»Schon in Ordnung«, sagte ich. Ich hatte selbst reichlich abgenommen und zitterte vor Kälte, aber die kalte Luft tat meinem Armstumpf gut – wie auch der unsichtbaren Hand, die an seinem Ende weiterzuexistieren schien. »Ich möchte dir 40 Hektar gutes Land verkaufen, Harl. Die vierzig, die Arlette unbedingt der Farrington Company verkaufen wollte.«

Darüber musste er lächeln, und seine Augen glitzerten in ihren auf einmal tiefen Höhlen. »Du steckst in der Klemme, was? Dein halbes Haus und der halbe Stall sind eingestürzt. Hermie Gordon sagt, dass du jetzt mit einer Kuh zusammenlebst.« Hermie Gordon war der Landbriefträger und ein berüchtigtes Klatschmaul.

Ich nannte einen so niedrigen Preis, dass Harl mich mit offenem Mund und hochgezogenen Augenbrauen anstarrte. Dabei fiel mir ein aus dem sauberen, gut eingerichteten Farmhaus der Cotteries wabernder Geruch auf, der überhaupt nicht herzupassen schien: der Geruch von angebranntem Essen. Offenbar kochte hier nicht Sallie Cotterie. Früher hätte mich so etwas vielleicht interessiert, aber diese Zeiten waren vorbei. Jetzt ging es mir allein darum, die 40 Hektar loszuwerden. Es erschien mir nur angemessen, sie billig zu verkaufen, nachdem sie mich so teuer zu stehen gekommen waren.

»Das sind Cent statt Dollar«, sagte er. Dann unüberhörbar befriedigt: »Arlette würde im Grab rotieren.«

Sie hat mehr getan, als bloß darin zu rotieren, dachte ich.

»Worüber lächelst du, Wilf?«

»Nichts. Abgesehen von einem Punkt mache ich mir nichts mehr aus diesem Land. Aber ich *will* verhindern, dass die gottverdammte Schlachtfabrik von Farrington darauf errichtet wird.«

»Auch wenn du dabei deine Farm verlierst?« Er nickte, als hätte ich eine Frage gestellt. »Ich weiß, dass du eine Hypothek aufgenommen hast. In einer Kleinstadt gibt's keine Geheimnisse.«

»Auch dann«, bestätigte ich. »Nimm mein Angebot an, Harl. Es wäre verrückt, das nicht zu tun. Dieser Bach, den sie mit Blut und Borsten und Schweinedärmen verunreinigen würden ... der ist auch *dein* Bach.«

»Nein«, sagte er.

Ich starrte ihn an und war zu verblüfft, um ein Wort herauszubringen. Aber er nickte wieder, als hätte ich eine Frage gestellt.

»Du glaubst zu wissen, was du mir angetan hast, aber du weißt nicht alles. Sallie hat mich verlassen. Sie ist zu ihrer Familie drunten in McCook gezogen. Sie sagt, dass sie vielleicht zurückkommt, dass sie sich die Sache überlegen will, aber ich glaube nicht, dass sie das tut. Also sitzen wir beide in demselben kaputten alten Boot, nicht wahr? Wir sind zwei Männer, die das Jahr mit Ehefrauen begonnen haben und nun keine mehr haben. Wir sind zwei Männer, die das Jahr mit lebenden Kindern begonnen haben und nun keine mehr haben. Der einzig erkennbare Unterschied ist, dass ich nicht mein halbes Haus und die halbe Scheune eingebüßt habe.« Er dachte darüber nach. »Und dass ich noch beide Hände habe. Das ist immerhin etwas. Beim Wichsen – sollte ich jemals den Drang danach verspüren – könnte ich mir aussuchen, welche Hand ich nehmen will.«

»Was ... wieso ist sie ...«

»Oh, das kannst du dir doch denken! Sie macht nicht nur dich, sondern auch mich für Shannons Tod verantwortlich. Sie sagt, wenn ich mich nicht aufs hohe Ross gesetzt und Shan fortgeschickt hätte, würde sie noch leben und mit Henry auf deiner Farm gleich nebenan wohnen, statt steif in einer Kiste unter der Erde zu liegen. Sie sagt, dann hätten wir ein Enkelkind. Sie hat mich einen selbstgerechten Dummkopf genannt, und damit hat sie recht.«

Ich wollte ihm meine verbliebene Hand auf den Arm legen. Er schlug sie weg.

»Fass mich nicht an, Wilf. Ich warne dich nur einmal!«

Ich ließ die Hand wieder sinken.

»Eines weiß ich bestimmt«, sagte er. »Würde ich dein Angebot annehmen, so verlockend es auch ist, würde ich das später bereuen. Weil auf diesem Land ein Fluch liegt. Wir stimmen vielleicht nicht in allem überein, aber ich wette, dass wir uns darin einig wären. Wenn du es loswerden willst, verkauf's doch der Bank. So kannst du deine Hypothek tilgen und bekommst noch etwas Geld auf die Hand.«

»Die Bank würde sich nur umdrehen und es Farrington verkaufen!«

»Tja, blöd gelaufen«, war sein letztes Wort, bevor er mir die Tür vor der Nase zumachte.

Am letzten Tag des Jahres fuhr ich nach Hemingford Home und suchte Mr. Stoppenhauser in der Bank auf. Ich sagte, ich sei zu dem Schluss gekommen, die Farm nicht länger bewirtschaften zu können. Ich sagte, ich wolle der Bank Arlettes Land verkaufen und davon meine Hypothek tilgen. Wie Harlan Cotterie sagte er Nein. Ich saß sekundenlang wie betäubt auf dem Besucherstuhl vor seinem Schreibtisch und wollte meinen Ohren nicht trauen.

»Wieso nicht? Das ist gutes Land!«

Er erklärte mir, er arbeite bei einer Bank und eine Bank sei kein Immobilienmakler. Er sprach mich als Mr. James an. Die Zeiten, in denen ich in diesem Büro Wilf genannt wurde, waren vorüber.

»Das ist einfach …« *Lächerlich* war das Wort, das mir einfiel, aber ich wollte ihn nicht verärgern, solange auch nur die kleinste Chance bestand, dass er einlenken würde. Seit ich den Entschluss gefasst hatte, das Land zu verkaufen (und die Kuh; ich würde auch einen Käufer für Achelois finden müssen, möglicherweise einen Fremden, der mir ein Säckchen Zauberbohnen für sie geben würde), war ich von diesem Gedanken wie besessen. Also sprach ich leise und ruhig.

»Das stimmt nicht ganz, Mr. Stoppenhauser. Ihre Bank hat die Rideout-Farm gekauft, als sie letzten Sommer versteigert wurde. Und die Triple M auch.«

»Dort war die Sachlage anders. Unsere Hypothek ist auf Ihre ursprünglichen 30 eingetragen. Damit sind wir zufrieden. Was Sie mit diesen 40 Hektar Weideland machen, interessiert uns nicht.«

»Wer ist bei Ihnen gewesen?«, fragte ich, dann erkannte ich, dass diese Frage überflüssig war. »Lester, nicht wahr? Cole Farringtons Mädchen für alles.«

»Ich weiß gar nicht, wovon Sie reden«, sagte Stoppenhauser, aber ich sah das Flackern in seinem Blick. »Ich glaube, Sie können wegen Ihres Kummers und Ihrer … Ihrer Verletzung … vorübergehend nicht mehr klar denken.«

»O nein«, sagte ich und begann zu lachen. Das war ein gefährlich gestörter Laut, selbst in meinen Ohren. »Ich habe nie im Leben klarer gedacht, Sir. Er hat Sie aufgesucht – er oder irgendein anderer, Cole Farrington kann sich bestimmt so viele Rechtsverdreher leisten, wie er will –, und Sie haben einen Handel mit ihm abgeschlossen. Sie haben *k-k-kassiert*!« Ich lachte noch lauter.

»Mr. James, ich muss Sie leider bitten, mein Büro zu verlassen.«

»Vielleicht hatten Sie alles im Voraus geplant«, sagte ich. »Vielleicht haben Sie mir diese gottverdammte Hypothek nur deshalb aufgeschwatzt. Oder vielleicht hat Lester, als er von meinem Sohn gehört hat, eine einmalige Gelegenheit erkannt, von meinem Unglück zu profitieren, und ist eiligst zu Ihnen gekommen. Vielleicht hat er hier auf diesem Stuhl gesessen und gesagt: ›Davon haben wir beide unseren Vorteil, Stoppie – Sie bekommen die Farm, meine Mandanten bekommen das Land am Bach, und Wilf James kann zum Teufel oder nach Omaha gehen, je nachdem was ihm besser passt.‹ War's nicht ziemlich genau so?«

Er hatte den Alarmknopf gedrückt, und nun wurde die Tür aufgerissen. Die Bank war zu klein, um einen Wachmann zu beschäftigen, aber der Kassierer, der den Kopf hereinsteckte, war ein bulliger Kerl. Seinem Aussehen nach aus der Familie Rohrbacher; ich war mit seinem Vater zur Schule gegangen, und seine jüngere Schwester Mandy war in Henrys Klasse gewesen.

»Gibt's ein Problem, Mr. Stoppenhauser?«, fragte er.

»Nicht wenn Mr. James jetzt geht«, sagte er. »Begleiten Sie ihn bitte hinaus, Kevin?«

Kevin kam herein, und als ich nicht gleich aufstand, packte er mich am linken Arm dicht über dem Ellbogen. Er war wie ein Bankier gekleidet – bis hin zu Fliege und Hosenträgern –, aber er hatte Farmerhände, hart und schwielig. Mein noch heilender Stumpf pochte warnend.

»Kommen Sie, wir gehen, Sir«, sagte er.

»Nicht so zerren«, sagte ich. »Meine fehlende Hand tut noch immer weh.«

»Dann kommen Sie bitte mit.«

»Ich bin mit deinem Vater zur Schule gegangen. Er hat neben mir gesessen und in der Frühlingstestwoche von mir abgeschrieben.«

Er zog mich von dem Stuhl hoch, auf dem ich einst als Wilf angesprochen worden war. Der gute alte Wilf, der ein Trottel wäre, wenn er keine Hypothek aufnehmen würde. Der Stuhl wäre fast umgefallen.

»Gutes neues Jahr, Mr. James«, sagte Stoppenhauser.

»Und Ihnen auch, Sie betrügerisches Arschloch«, antwortete ich. Sein schockierter Gesichtsausdruck könnte das letzte Gute gewesen sein, das mir in meinem Leben widerfahren ist. Ich sitze seit einigen Minuten hier, kaue auf meinem Füller herum und versuche, mich an etwas anderes zu erinnern – ein gutes Buch, eine gute Mahlzeit, einen angenehmen Nachmittag im Park –, aber mir fällt nichts ein.

Kevin Rohrbacher begleitete mich durch die Schalterhalle. Das dürfte der richtige Ausdruck sein; er schleppte mich nicht ganz mit sich. Der Fußboden war aus Marmor, auf dem unsere Schritte hallten. Die Wände waren mit dunkler Eiche getäfelt. An den hohen Kassenschaltern bedienten zwei Frauen die letzten Kunden des Jahres. Eine der Kassiererinnen war jung, die andere war alt, aber ihr Gesichtsausdruck mit weit aufgerissenen Augen war identisch. Trotzdem war es nicht ihre angstvolle, fast lüsterne Neugier, die meine Aufmerksamkeit fesselte, sondern etwas ganz anderes. Oberhalb der Kassenschalter verlief ein handbreiter genoppter Eichenbalken, über den geschäftig ...

»Vorsicht, Ratte!«, rief ich und zeigte auf sie.

Die jüngere Kassiererin stieß einen kleinen Schrei aus, sah nach oben und wechselte dann einen Blick mit ihrer älteren Kollegin. Es gab keine Ratte, nur den flüchtigen Schatten eines Deckenventilators. Und jetzt sahen alle mich an.

»Gafft, so viel ihr wollt!«, forderte ich sie auf. »Nach Herzenslust! Starrt, bis euch die gottverdammten Augen rausfallen!«

Dann war ich auf der Straße und atmete stoßweise kalte Winterluft aus, die wie Zigarettenrauch aussah. »Kommen Sie nur in Geschäftsangelegenheiten wieder«, sagte Kevin. »Und nur, wenn Sie höflich bleiben.«

»Dein Vater war der gottverdammt größte Abschreiber, mit dem ich je in der Schule war«, erklärte ich ihm. Ich wollte, dass er mich schlug, aber er ging nur wieder hinein und ließ mich vor meinem klapprigen alten Lastwagen auf dem Gehsteig stehen. Und so verbrachte Wilfred Leland James seinen Stadtbesuch am letzten Tag des Jahres 1922.

Als ich heimkam, war Achelois nicht mehr im Haus. Sie war auf dem Hof, lag auf der Seite und stieß selbst weiße Dampfwolken aus. Ich konnte die Spuren im Schnee sehen, wo sie von der Veranda galoppiert war, und die größeren, wo sie unglücklich aufgekommen war und sich beide Vorderbeine gebrochen hatte. In meiner Nähe konnte anscheinend nicht einmal eine unschuldige Kuh überleben.

Ich ging in den Vorraum für Gummistiefel und Arbeitskleidung, um mein Gewehr zu holen, und dann ins Haus, weil ich sehen wollte – falls möglich –, was sie so erschreckt hatte, dass sie ihre neue Unterkunft in gestrecktem Galopp verlassen hatte. Es waren natürlich Ratten. Drei von ihnen saßen auf Arlettes kostbarer Anrichte und betrachteten mich mit ihren ernsten schwarzen Augen.

»Lauft zurück, und sagt ihr, dass sie mich in Ruhe lassen soll«, forderte ich sie auf. »Sagt ihr, dass sie genug angerichtet hat. Sagt ihr um Himmels willen, dass sie mich in Ruhe lassen.«

Sie saßen nur mit um ihre rundlichen grau-schwarzen Körper geringelten Schwänzen da und sahen mich an. Also hob ich mein Gewehr Kaliber .22 und knallte die mittlere ab. Die Kugel zerfetzte sie und klatschte ihre Überreste an die Tapete, die Arlette vor 9 oder 10 Jahren mit solcher Liebe ausgesucht hatte. Als Henry noch klein gewesen und zwischen uns dreien alles in Ordnung gewesen war.

Die beiden anderen flüchteten. Bestimmt zu ihrem geheimen Durchschlupf in den Untergrund. Zurück zu ihrer verwesenden Königin. Was sie auf Arlettes Anrichte zurückließen, waren kleine Häufchen Rattenkot und drei oder vier Fetzen jenes Rupfensacks, den Henry an jenem Frühsommerabend des Jahres 1922 aus der Scheune geholt hatte. Die Ratten waren gekommen, um meine letzte Kuh in den Tod zu treiben und mir Fetzen von Arlettes *Haarnetz* zu bringen.

Ich ging hinaus und tätschelte Achelois am Kopf. Sie machte einen langen Hals und muhte klagend. *Mach, dass es aufhört. Du bist mein Herr, du bist der Gott meiner Welt, also mach, dass es aufhört.*

Das tat ich.

Gutes neues Jahr.

Das war das Ende des Jahres 1922, und dies ist das Ende meiner Geschichte; der gesamte Rest ist ein Nachspiel. Die in diesem Raum versammelten Abgesandten – wie der Direktor dieses schönen alten Hotels aufschreien würde, wenn er sie sähe! – werden nicht mehr lange warten, bis sie ihr Urteil fällen. Arlette ist die Richterin, sie sind die Geschworenen, aber ich werde mein eigener Scharfrichter sein. Ich habe eine Pistole, die diese Sache glatt zu Ende bringen wird. Eine Kugel ins Hirn hat Achelois von ihren Qualen erlöst und Henry von seinen; eine weitere wird meine beenden.

Die Farm verlor ich natürlich. Niemand, auch nicht die Farrington Company, wollte diese 40 Hektar kaufen, bevor meine Heimstatt an die Bank gefallen war, und als die Schweinemetzger endlich zugriffen, musste ich zu einem absurd niedrigen Preis verkaufen. Lesters Plan ging prächtig auf. Ich bin mir sicher, dass es seiner war, und möchte wetten, dass er dafür einen Bonus einsackte.

Nun ja; ich hätte meinen kleinen Brückenkopf in der Hemingford County auch dann verloren, wenn ich auf finanzielle Reserven hätte zurückgreifen können, und darin liegt eine perverse Art Trost. Die Wirtschaftskrise, in der wir stecken, soll vergangenes Jahr am Schwarzen Freitag begonnen haben, aber die Menschen draußen im Mittleren Westen – in Staaten wie Kansas, Iowa und Nebraska – wissen, dass sie 1923 begann, als die Feldfrüchte, die die schrecklichen Frühjahrsstürme jenes Jahres überstanden, durch die folgende Dürre vernichtet wurden – eine Dürre, die 2 Jahre lang anhielt. Die wenigen Erzeugnisse, die auf großstädtische Märkte und in kleinstädtische Produktenbörsen gelangten, erzielten jämmerliche Preise. Harlan Cotterie hielt bis 1925 durch, dann übernahm die Bank auch seine Farm. Auf diese Meldung stieß ich zufällig, als ich die im *World-Herald* angekündigten Zwangsversteigerungen studierte. Im Jahr 1925 füllten solche Ankündigungen manchmal ganze Zeitungsseiten. Die kleinen Farmen verschwanden, und ich glaube, dass es in hundert Jahren – vielleicht schon in 75 – keine mehr geben wird. Im Jahr 2030 (wenn es überhaupt kommt) wird ganz Nebraska westlich von Omaha eine einzige riesige Farm sein. Sie wird wahrscheinlich der Farrington Company gehören, und wer das Pech hat, dort leben zu müssen, wird seine Tage unter einem schmutzig gelben Himmel verbringen und eine Gasmaske tragen, um nicht am Gestank toter Schweine zu ersticken. Und *alle* Bäche werden vom Blut geschlachteter Tiere rot sein.

Im Jahr 2030 werden nur die Ratten glücklich sein.

Das sind Cent statt Dollar, hatte Harlan an dem Tag gesagt, an dem ich ihm Arlettes Land zum Kauf angeboten hatte, und an Cole Farrington musste ich es zuletzt noch billiger verkaufen. Andrew Lester, Rechtsanwalt, brachte die Papiere in die Pension in Hemingford City, in der ich damals wohnte, und lächelte, als ich sie unterschrieb. Natürlich tat er das. Die Großen gewinnen immer. Ich war dumm gewesen, als ich geglaubt hatte, es könnte jemals anders sein. Ich war dumm gewesen, und alle, die ich jemals geliebt habe, hatten dafür büßen müssen. Manchmal frage ich mich, ob Sallie Cotterie zu Harlan zurückgekehrt ist – oder ob er zu ihr nach McCook gezogen ist, nachdem er die Farm verloren hatte. Ich weiß es nicht, aber ich glaube, dass ihre zuvor glückliche Ehe mit Shannons Tod zerbrochen ist. Gift breitet sich wie Tinte in Wasser aus.

Unterdessen haben die Ratten angefangen, von den Fußbodenleisten dieses Zimmers aus vorzurücken. Aus dem ursprünglichen Quadrat ist ein Kreis geworden, der mich eng einschließt. Sie wissen, dass dies nur das *Nachspiel* ist, und was nach einer unwiderruflichen Tat kommt, ist nicht weiter wichtig. Trotzdem werde ich dies zu Ende schreiben. Und sie sollen mich nicht lebend bekommen; der letzte kleine Sieg wird mein sein. Meine alte braune Jacke hängt über der Lehne des Stuhls, auf dem ich sitze. Die Pistole steckt in einer der Taschen. Sobald ich die letzten Seiten dieses Geständnisses geschrieben habe, werde ich sie benutzen. Mörder und Selbstmörder kommen in die Hölle, heißt es. Wenn das stimmt, werde ich mich dort auskennen, denn ich habe bereits die letzten acht Jahre dort zugebracht.

Ich zog nach Omaha, und wenn es eine Stadt der Narren ist, wie ich immer behauptet habe, war ich anfangs ein Musterbürger. Ich machte mich daran, Arlettes 40 Hektar zu vertrinken, wofür ich selbst bei Cent statt Dollar 2 Jahre brauchte. Wenn ich nicht trank, besuchte ich die Orte, an denen Henry in den letzten Monaten seines Lebens gewesen war: das Lebensmittelgeschäft mit Tankstelle in Lyme

Biska mit dem Blue Bonnet Girl auf dem Dach (inzwischen geschlossen und mit einem Schild VON BANK ZU VER-KAUFEN an der mit Brettern verschalten Eingangstür), das Pfandhaus in der Dodge Street (wo ich dem Beispiel meines Sohns folgend die Pistole kaufte, die jetzt in meiner Jackentasche steckt), die Filiale Omaha der First Agricultural Bank. Die hübsche junge Kassiererin arbeitete weiter dort, obwohl sie nicht mehr Penmark hieß.

»Als ich ihm das Geld gegeben habe, hat er sich bedankt«, erzählte sie mir. »Er mag auf die schiefe Bahn geraten sein, aber irgendjemand hat ihn richtig erzogen. Haben Sie ihn gekannt?«

»Nein«, sagte ich, »aber ich habe seine Familie gekannt.«

Natürlich besuchte ich auch das Mädchenheim St. Eusebia, machte aber keinen Versuch, hineinzugehen und bei der Gouvernante oder Hausmutter oder wie ihr Titel sonst lauten mochte, nach Shannon Cotterie zu fragen. Das Heim war ein abstoßend kalter Klotz; die dicken Mauern und die Schießschartenfenster drückten exakt aus, was die papistische Hierarchie in ihrem Innersten von Frauen zu halten schien. Der Anblick der wenigen schwangeren Mädchen, die mit niedergeschlagenen Augen und hochgezogenen Schultern herausgeschlichen kamen, sagte mir alles, was ich darüber wissen musste, weshalb Shan diese Einrichtung so bereitwillig verlassen hatte.

Seltsamerweise fühlte ich mich meinem Sohn in einer der Gassen am nächsten. Es war die neben dem Drug Store & Soda Fountain (Unsere Spezialität: Bonbons von Schrafft & beste Karamellen aus eigener Herstellung) in der Gallatin Street, zwei Straßen vom St. Eusebia entfernt. Dort stand eine Holzkiste, vermutlich zu neu, um die zu sein, auf der Henry gesessen und auf ein Mädchen gewartet hatte, das abenteuerlustig genug war, um für Zigaretten Informationen zu liefern, aber ich konnte so tun, als wäre sie es, und das tat ich auch. Diese Vorstellung fiel mir leichter, wenn ich betrunken war, und wenn ich in der Gallatin Street aufkreuzte, war ich meistens sehr betrunken. Manchmal stellte ich mir vor, es wäre wieder 1922 und ich wartete hier auf Victoria Stevenson. Wenn sie kam, würde ich ihr eine ganze Stange Zigaretten dafür geben, dass sie einen Auftrag übernahm: *Wenn hier ein junger Mann aufkreuzt, der sich Hank nennt und nach Shan Cotterie fragt, sagen Sie ihm, dass er verschwinden soll. Dass er den Blödsinn lassen soll. Sagen Sie ihm, dass sein Vater ihn zu Hause auf der Farm braucht, die sie in gemeinsamer Anstrengung vielleicht retten können.*

Aber dieses Mädchen war für mich unerreichbar. Die einzige Victoria, die ich kennenlernte, war die spätere Version, die mit drei hübschen Kindern und dem ehrbaren Namen Mrs. Hallett. Ich trank inzwischen nicht mehr, hatte einen Job in der Textilfabrik Bilt-Rite Clothing und war wieder mit dem Gebrauch von Rasierklingen und Rasierseife vertraut. Wegen dieser Fassade der Wohlanständigkeit empfing sie mich durchaus bereitwillig. Wer ich war, sagte ich ihr nur – will ich doch bis zuletzt ehrlich sein –, weil ich mit Lügen nicht durchgekommen wäre. Dass ihre Augen sich leicht weiteten, zeigte mir, dass sie die Ähnlichkeit bemerkt hatte.

»Mensch, er war wirklich süß«, sagte sie. »Und so verrückt verliebt. Shan tut mir auch leid. Sie war ein wundervolles Mädchen. Das Ganze ist wie eine Tragödie von Shakespeare, nicht wahr?«

Nur sagte sie *Trad-ö-gie,* und danach ging ich nicht wieder in die von der Gallatin Street abzweigende Gasse, weil der Mord an Arlette selbst das Bemühen um Freundlichkeit dieser unschuldigen jungen Mutter aus Omaha vergiftet hatte. Sie dachte, der Tod von Henry und Shannon sei wie eine *Trad-ö-gie* von Shakespeare. Sie hielt es für romantisch. Hätte sie das auch gedacht, frage ich mich, wenn sie gehört hätte, wie meine Frau unter einem blutgetränkten Rupfensack ihren letzten Schrei tat? Oder wenn sie das starre lippenlose Gesicht meines Sohns gesehen hätte?

In meinen Jahren in der auch als Stadt der Narren bekannten Gateway City hatte ich zwei Jobs. *Natürlich* hatte ich zwei Jobs, werden Sie sagen; sonst hätte ich auf der Straße gelebt. Aber ehrlichere Männer als ich haben weitergetrunken, obwohl sie damit aufhören wollten, und anständigere Männer als ich haben zuletzt in Hauseingängen geschlafen. Ich könnte vermutlich sagen, dass ich nach meinen verlorenen Jahren einen weiteren Versuch unternahm, ein reales Leben zu führen. Es gab Zeiten, in denen ich das tatsächlich glaubte, aber wenn ich nachts im Bett lag (und auf die in den Wänden umherflitzenden Ratten horchte, die meine ständigen Begleiter waren), wusste ich stets die Wahrheit: Ich versuchte noch immer zu siegen. Selbst nach Henrys und Shannons Tod, selbst nach dem Verlust der Farm versuchte ich, die Tote im Brunnen zu schlagen. Sie und ihre *Lakaien*.

John Hanrahan war der Lagerverwalter bei Bilt-Rite. Er wollte keinen Mann mit nur einer Hand einstellen, aber ich bat ihn, es mit mir zu versuchen, und als ich ihm bewies, dass ich eine mit Hemden oder Arbeitshosen beladene volle Palette so gut wie jeder Mann auf seiner Lohnliste ziehen konnte, stellte er mich ein. Ich zog diese Paletten 14 Monate lang und humpelte oft mit brennendem Rücken und Armstumpf in die Pension zurück, in der ich wohnte. Aber ich beklagte mich nie und fand sogar die Zeit, nähen zu lernen. Das tat ich in meiner Mittagsstunde (die in Wirklichkeit 15 Minuten dauerte) und in der Nachmittagspause. Während die anderen Männer draußen in der Ladebucht standen, rauchten und schmutzige Witze erzählten, brachte ich mir selbst bei, Säume zu nähen – erst an Rupfensäcken für den Warenversand, dann an den Arbeitshosen, die das Hauptprodukt der Firma waren. Wie sich zeigte, hatte ich ein natürliches Talent dafür; ich konnte sogar Reißverschlüsse einnähen, was am Fließband einer Textilfabrik eine beachtliche Fertigkeit ist. Dabei hielt ich das Kleidungsstück mit meinem Armstumpf fest, während ich den Elektroantrieb mit dem Fuß steuerte.

Nähen brachte mehr als Lagerarbeit und war für meinen Rücken besser, aber der Nähsaal war düster und höhlenartig, und nach etwa 4 Monaten fing ich an, Ratten auf den Bergen frisch gefärbter Baumwollhosen und in den Schatten unter den Handwagen zu sehen, auf denen Zuschnitte gebracht und fertige Kleidungsstücke weggefahren wurden.

Bei verschiedenen Gelegenheiten machte ich meine Arbeitskollegen auf diese Schädlinge aufmerksam. Sie behaupteten, sie nicht zu sehen. Vielleicht sahen sie sie wirklich nicht. Aber viel eher befürchteten sie, der Nähsaal könnte vorübergehend geschlossen werden, damit Kammerjäger kommen und ihre Arbeit tun konnten. Die Näher und Näherinnen hätten drei Tageslöhne oder sogar einen Wochenlohn verlieren können. Für Männer und Frauen mit Familien wäre das eine Katastrophe gewesen. Für sie war es einfacher, Mr. Hanrahan zu erzählen, ich sähe Gespenster. Das verstand ich. Und als sie anfingen, mich Crazy Wilf zu nennen? Auch das verstand ich. Ich kündigte nicht deshalb.

Ich kündigte, weil die Ratten immer näher heranrückten.

Ich hatte etwas Geld zurückgelegt, von dem ich leben wollte, während ich anderswo Arbeit suchte, aber das war nicht nötig. Nur drei Tage nach meinem Ausscheiden bei Bilt-Rite sah ich in der Zeitung eine Stellenanzeige, mit der die öffentliche Stadtbücherei von Omaha einen Bibliothekar suchte – mit Hochschulabschluss oder entsprechenden Referenzen. Studiert hatte ich nicht, aber ich hatte mein Leben lang gelesen, und wenn die Ereignisse des Jahres 1922 mich eines gelehrt hatten, war es die Kunst der Täuschung. Ich fälschte Empfehlungsschreiben von Stadtbüchereien in Kansas City und Springfield, Missouri, und bekam den Job. Weil ich erwartete, dass Mr. Quarles diese Referenzen überprüfen und entdecken würde, dass sie gefälscht waren, bemühte ich mich, der beste Bibliothekar Amerikas zu werden – und das im Eiltempo. Sollte mein neuer Boss mich mit meinem Betrug konfrontieren, würde ich einfach um Gnade flehen und das Beste hoffen. Aber es gab keine Konfrontation. Meinen Posten in der Stadtbücherei von Omaha bekleidete ich vier Jahre lang. Theoretisch bin ich weiter dort angestellt, obwohl ich seit einer Woche nicht mehr dort war und mich auch nicht telephonisch krankgemeldet habe.

Wegen der Ratten, wissen Sie. Sie haben mich auch dort aufgespürt. Ich begann, sie im Binderaum auf Stapeln alter Bücher hocken oder über die höchsten Fächer der Wandregale flitzen zu sehen. Als ich letzte Woche im Leseraum für eine ältliche Benutzerin einen Band der Encyclopædia Britannica herauszog (den Band *Ra-St*, der zweifellos einen Eintrag zu *Rattus norvegicus* enthält, von *Schlachthof* ganz zu schweigen), starrte mich aus der Lücke ein hungriges grau-schwarzes Gesicht an. Das war die Ratte, die Achelois eine Zitze abgebissen hatte. Ich weiß nicht, wie das sein konnte – ich war mir sicher, sie zerstampft zu haben –, aber an ihrer Identität bestand kein Zweifel. Ich erkannte sie wieder. Wie denn auch nicht? An ihren Schnurrbarthaaren hing ein Fetzen Rupfen, ein *blutgetränkter* kleiner Fetzen.

Haarnetz!

Den Lexikonband brachte ich der alten Dame, die um ihn gebeten hatte (sie trug eine Hermelinstola, deren schwarze

Knopfaugen mich finster anstarrten). Dann ging ich einfach davon. Ich wanderte stundenlang durch die Straßen, bevor ich endlich hier im Hotel Magnolia landete. Und hier bin ich seither, gebe das Geld aus, das ich als Bibliothekar zurückgelegt habe – was unwichtig ist –, und schreibe mein Geständnis nieder, was wichtig ist. Ich ...

Eben hat mich eine von ihnen in den Knöchel gezwickt. Als wollte sie sagen: *Mach schon, deine Zeit ist fast abgelaufen.* An meiner Socke ist ein kleiner Blutfleck zu sehen. Er stört mich nicht, nicht im Geringsten. Ich habe in meiner Zeit mehr Blut gesehen; im Jahr 1922 war ein ganzes Zimmer voll davon.

Und jetzt glaube ich zu hören ... ist das nur meine Einbildung?

Nein.

Jemand ist zu Besuch gekommen.

Ich habe das Rohr verstopft, aber die Ratten sind trotzdem entkommen. Ich habe den Brunnen zugeschüttet, aber auch *sie* hat einen Weg nach draußen gefunden. Und diesmal glaube ich nicht, dass sie allein sein wird. Ich glaube, ich höre zwei Paar Füße schlurfen, nicht nur eines. Oder ...

Drei? Sind es drei? Ist auch das Mädchen, das in einer besseren Welt meine Schwiegertochter geworden wäre, mit dabei?

Ich glaube schon. Drei Leichname, die den Flur entlangschlurfen, ihre Gesichter (was davon übrig ist) durch Rattenbisse entstellt. Arlette außerdem mit verschobener unterer Gesichtshälfte ... durch den Tritt einer verendenden Kuh.

Ein weiterer Biss in den Knöchel.

Und noch einer!

Wie die Direktion sich ...

Aua! Wieder einer. Aber sie sollen mich nicht bekommen. Auch meine Besucher nicht, obwohl ich sehen kann, wie der Türknopf gedreht wird, und sie auch riechen kann, weil das noch an ihren Knochen haftende Fleisch den Gestank von geschlachteten …

geschlacht
Die Pistole
Gott, wo ist die
aufhören
O SIE SOLLEN AUHÖREN, MICH ZU BEI

BIBLIOTHEKAR VERÜBT SELBSTMORD IN HIESIGEM HOTEL
Bizarre Szene empfängt Sicherheitsmann

Die Leiche von Wilfried Leland James, einem Bibliothekar der öffentlichen Stadtbücherei Omaha, wurde am Sonntag in einem hiesigen Hotel aufgefunden, nachdem das Personal erfolglos versucht hatte, Verbindung mit ihm aufzunehmen. Der Gast in einem benachbarten Zimmer hatte über einen Geruch wie von »verfaultem Fleisch« geklagt, und ein Zimmermädchen hatte gemeldet, es habe am späten Freitagmittag »gedämpftes Schreien oder Weinen wie von einem Mann, der starke Schmerzen leidet«, gehört.

Als nach mehrmaligem Klopfen keine Antwort kam, benutzte der Chef des Sicherheitsdiensts des Hotels seinen Generalschlüssel und entdeckte den am Schreibtisch in seinem Zimmer zusammengesackten Mr. James. »Ich habe eine Pistole gesehen und angenommen, er habe sich erschossen«, sagte der Sicherheitsmann, »aber niemand hatte einen Schuss gemeldet, und es roch nicht nach Pulverdampf. Als ich die Waffe überprüft habe, hat sie sich als kaum funktionsfähige Kaliber .25 erwiesen, die noch dazu ungeladen war.

Inzwischen war mir natürlich das viele Blut aufgefallen. Ich hatte nie etwas Vergleichbares gesehen und möchte es nicht noch mal sehen. Er hatte sich überall gebissen – in Arme, Beine, Knöchel, sogar in die Zehen. Und das war noch nicht alles. Er war offenbar damit beschäftigt gewesen, irgendetwas niederzuschreiben, aber dann hat er auch das Papier zerkaut. Es war über den ganzen Fußboden verteilt. Es hat wie Papier ausgesehen, das Ratten zerkauen, um damit ihre Nester auszupolstern. Zuletzt hat er sich die Pulsadern aufgebissen. Ich glaube, dass er daran verblutet ist. Jedenfalls kann er nicht mehr ganz richtig im Kopf gewesen sein.«

Über Mr. James ist zum gegenwärtigen Zeitpunkt nur wenig bekannt. Ronald Quarles, Leiter der öffentlichen Stadtbücherei Omaha, hat Mr. James Ende 1926 eingestellt. »Er war offenbar vom Pech verfolgt und durch den Verlust einer Hand behindert, aber er besaß ein gutes Bücherwissen und hatte erstklassige Referenzen«, sagte Quarles. »Er war kollegial, aber distanziert. Meines Wissens hat er in einer Fabrik gearbeitet, bevor er sich bei uns beworben hat, und er hat Leuten erzählt, bevor er die Hand verloren habe, habe ihm eine kleine Farm in der Hemingford County gehört.«

Der *World-Herald* nimmt Anteil am Schicksal des unglücklichen Mr. James und bittet um Informationen von Lesern, die ihn vielleicht gekannt haben. Bis die Angehörigen nähere Anordnungen treten, liegt der Tote im Leichenhaus der Omaha County. »Sollten sich keine Angehörigen melden«, sagte Dr. Tattersall, ärztlicher Direktor des Leichenhauses, »dürfte er wohl in einem Gemeindegrab beigesetzt werden.«

Aus dem *Omaha World-Herald*, 14. April 1930

197

BIG DRIVER

I

Tess akzeptierte jährlich zwölf Vorträge gegen Honorar, wenn sie sie bekommen konnte. Bei zwölfhundert Dollar pro Auftritt kamen so über vierzehntausend Dollar zusammen. Das war ihr Pensionsfonds. Auch nach zehn Büchern war sie mit dem Strickclub Willow Grove durchaus noch zufrieden, aber sie bildete sich nicht etwa ein, über ihn schreiben zu können, bis sie in den Siebzigern war. Was würde sie auf dem Boden des Fasses finden, wenn sie das tat? *Der Strickclub Willow Grove fährt nach Terre Haute* oder *Der Strickclub Willow Grove besucht die Internationale Raumstation?* Nein. Nicht mal wenn die Literaturzirkel für Frauen, die ihre Hauptstütze waren, sie lasen (was sie vermutlich tun würden). Nein.

Also war sie ein braves kleines Eichhörnchen, das vom Ertrag seiner Bücher gut lebte ... aber auch Bucheckern für den Winter sammelte. Im vergangenen Jahrzehnt hatte sie jedes Jahr zwischen zwölf- und sechzehntausend Dollar in ihren Geldmarktfonds eingezahlt. Wegen der Kursschwankungen an der Börse war die Gesamtsumme nicht so hoch, wie sie sich gewünscht hätte, aber sie sagte sich, wenn sie weiterschuftete, werde sie vermutlich zurechtkommen; sie war die kleine Lokomotive, die es schaffen konnte. Und sie trat mindestens dreimal im Jahr *gratis* auf, um ihr Gewissen zu beschwichtigen. Diese oft lästige innere Stimme hätte ihr nicht zusetzen dürfen, nur weil sie für ehrliche Arbeit ehrliches Geld nahm, aber das tat sie manchmal. Wahrscheinlich weil Quatschen und Bücher signieren nicht recht zu dem Begriff von Arbeit passten, mit dem sie aufgewachsen war.

Außer einem Mindesthonorar von zwölfhundert Dollar musste eine weitere Bedingung erfüllt sein: Sie musste den Ort der Lesung mit dem Auto erreichen können, ohne auf der Hin- und Rückfahrt mehr als einmal übernachten zu müssen. Das bedeutete, dass sie selten südlicher als Richmond oder westlicher als Cleveland auftrat. Eine Nacht in einem Motel war ermüdend, aber hinnehmbar; nach zweien war sie eine Woche lang zu nichts zu gebrauchen. Und Fritzy, ihr Kater, hasste es, allein zu Hause zu sein. Das machte er ihr klar, indem er sich auf der Treppe zwischen ihre Füße schlängelte und auf ihrem Schoß sitzend häufig wahllos seine Krallen gebrauchte, wenn sie wieder heimkam. Und obwohl Patsy McClain von nebenan ihn bereitwillig fütterte, fraß er nie viel, bis Tess wieder zu Hause war.

Es lag nicht daran, dass sie Flugangst hatte oder es ihr widerstrebte, den Organisationen, die sie engagierten, ihre Reisekosten in Rechnung zu stellen, genau wie sie ihnen ihre Motelzimmer berechnete (stets nett, nie elegant). Sie hasste nur alles: das Gedränge, die Demütigung, ihre Schuhe ausziehen und die Taschen ausleeren zu müssen, die Art, wie die Airlines heute für alles kassierten, was früher umsonst gewesen war, die Verspätungen … und die unentrinnbare Tatsache, dass man anderen ausgeliefert war. Sobald man die endlosen Sicherheitskontrollen passiert hatte und an Bord gehen durfte, musste man seinen kostbarsten Besitz – sein Leben – in die Hände fremder Leute legen.

Natürlich traf das auch auf die Turnpikes und Interstates zu, die sie fast ausschließlich benutzte: Ein Betrunkener konnte ins Schleudern geraten, über die Mittelleitplanke fliegen und ihr Leben durch einen Frontalzusammenstoß beenden (während *er* überleben würde; das taten die Betrunkenen anscheinend immer), aber sie saß wenigstens am Steuer des eigenen Wagens; sie hatte die *Illusion*, alles unter Kontrolle zu haben. Und sie fuhr gern Auto. Das war beruhigend. Ihre besten Ideen hatte sie, wenn sie mit Tempomat und ausgeschaltetem Radio fuhr.

»Ich wette, du warst in deiner letzten Inkarnation ein Fernfahrer«, hatte Patsy McClain einmal gesagt.

Tess gefiel die Vorstellung von einem Leben, in dem sie keine zierliche Frau mit elfenhaftem Gesicht und schüchternem Lächeln war, die harmlose Kriminalromane schrieb, sondern ein großer Kerl mit breitkrempigem Hut, der ein sonnenverbranntes Gesicht mit grauem Dreitagebart beschattete, während er einer Bulldogge als Kühlerfigur über die eine Million Straßen folgte, die das Land kreuz und quer durchzogen. In jenem Leben war es nicht nötig, ihre Kleidung vor öffentlichen Auftritten sorgfältig aufeinander abzustimmen; verblichene Jeans und Stiefel mit Seitenschnallen würden genügen. Sie schrieb gern und hatte nichts dagegen, öffentlich zu sprechen, aber am liebsten fuhr sie Auto. Nach ihrem Auftritt in Chicopee kam ihr das komisch vor ... aber nicht auf eine Weise komisch, über die man lachen musste. Nein, überhaupt nicht auf diese Weise komisch.

2

Die Einladung von Books & Brown Baggers entsprach ihren Anforderungen perfekt. Chicopee war kaum sechzig Meilen von Stoke Village entfernt, der Vortrag würde tagsüber stattfinden, und die Drei Bs boten als Honorar nicht nur zwölfhundert, sondern fünfzehnhundert Dollar. Natürlich plus Spesen, aber die würden minimal sein – nicht einmal eine Übernachtung in einem Courtyard Suites oder

Hampton Inn. Die Anfrage kam von einer gewissen Ramona Norville, die in ihrem Schreiben erklärte, sie leite nicht nur die Chicopee Public Library, sondern sei auch Vorsitzende von Books & Brown Baggers, die einmal im Monat eine Mittagslesung veranstalteten. Die Gäste dürften ihren Lunch mitbringen, und die Veranstaltungen seien sehr beliebt. Für den 12. Oktober sei Janet Evanovich gebucht gewesen, aber die habe aus privaten Gründen absagen müssen – wegen einer Hochzeit oder eines Begräbnisses, das wusste Ramona Norville nicht genau.

»Ich weiß, dass diese Anfrage sehr kurzfristig kommt«, schrieb Ms. Norville in ihrem schmeichlerischen letzten Absatz, »aber in Wikipedia sehe ich, dass Sie im benachbarten Connecticut wohnen, und unsere Leser in Chicopee sind *solche* Fans der Strickclub-Mädels. Unsere ewige Dankbarkeit sowie das oben erwähnte Honorar wären Ihnen sicher.«

Tess bezweifelte, dass die Dankbarkeit ewig sein würde, und hatte im Oktober schon einen Termin angenommen (die Literary Calvalcade Week in den Hamptons), aber die I-84 würde sie zur I-90 bringen, und von der 90 ging es geradeaus nach Chicopee weiter. Mühelos hin, mühelos zurück; Fritzy würde kaum merken, dass sie fort gewesen war.

Ramona Norville hatte natürlich ihre Mailadresse angegeben, und Tess antwortete sofort und akzeptierte den Termin und das Honorar. Sie präzisierte auch – wie es ihre Gewohnheit war –, dass sie nicht länger als eine Stunde Bücher signieren würde. »Ich habe einen Kater, der mich tyrannisiert, wenn ich nicht zu Hause bin, um ihn abends persönlich zu füttern«, schrieb sie. Außerdem bat sie um nähere Einzelheiten, obwohl sie weitgehend wusste, was von ihr erwartet wurde; sie hatte Erfahrung mit solchen Veranstaltungen, seit sie dreißig geworden war. Trotzdem erwarteten Organisationstypen wie Ramona Norville, gefragt zu werden; tat man das nicht, wurden sie nervös und begannen sich zu fragen, ob die für diesen Tag gebuchte Schriftstellerin beschwipst und ohne BH aufkreuzen würde.

Tess dachte auch kurz daran, vorzuschlagen, zweitausend Dollar seien vielleicht angemessener für etwas, das tatsächlich eine Art Nothilfe war, kam aber wieder davon ab. Außerdem bezweifelte sie, ob alle Strickclub-Bücher zusammen (genau ein Dutzend) sich so gut verkauft hatten wie eines von Stephanie Plums Abenteuern. Ob es ihr gefiel oder nicht – und Tess war das im Grund genommen egal –, war sie Ramona Norvilles Plan B. Ein Honoraraufschlag wäre fast Erpressung gewesen. Fünfzehnhundert waren mehr als fair. Als sie dann in dem Durchlass unter der Straße lag und aus geschwollenem Mund und gebrochener Nase Blut hustete, kam ihr das natürlich gar nicht mehr fair vor. Aber wären zweitausend denn fairer gewesen? Oder zwei Millionen?

Ob man Schmerzen und Entsetzen mit einem Preisschild versehen konnte, war eine Frage, mit der die Damen des Strickclubs sich nie befasst hatten. Die Verbrechen, die sie lösten, waren eigentlich nicht mehr als die *Idee* von Verbrechen. Aber als Tess sich gezwungen sah, darüber nachzudenken, fand sie, die Antwort laute nein. Als sie sich wirklich dazu gezwungen sah, hatte sie das Gefühl, für solch ein Verbrechen sei nur *eine* Vergeltung denkbar. Sowohl Tom als auch Fritzy stimmte ihr da zu.

3

Ramona Norville erwies sich als breitschultrige, vollbusige, joviale Frau Anfang sechzig mit gerötetem Gesicht, Kurzhaarfrisur und kompromisslosem Händedruck. Sie erwartete Tess vor der Bibliothek – mitten auf dem für den Berühmten Autor des Tages reservierten Parkplatz. Statt Tess einen guten Morgen zu wünschen (es war Viertel vor elf) oder ihr ein Kompliment zu ihren Ohrringen zu machen (tropfenförmige Brillanten, eine Extravaganz, die für ihre wenigen Abendeinladungen oder Vorträge wie heute reserviert blieb), stellte sie eine Männerfrage: War Tess auf der 84 hergekommen?

Als Tess das bejahte, machte Ms. Norville große Augen und blies die Backen auf. »Dann bin ich froh, dass Sie heil angekommen sind. Meiner bescheidenen Meinung nach ist die 84 der schlimmste Highway Amerikas. Außerdem ein ziemlicher Umweg. Aber die Rückfahrt lässt sich optimieren, wenn das Internet recht hat und Sie in Stoke Village leben.«

Tess bestätigte, dass das zutraf, obwohl sie nicht recht wusste, ob es ihr gefiel, dass Fremde – selbst eine freundliche Bibliothekarin – wussten, wo sie ihr müdes Haupt zur Ruhe bettete. Aber es hatte keinen Zweck, sich darüber zu beschweren; heutzutage stand alles im Internet.

»Ich kann Ihnen zehn Meilen sparen«, sagte Ms. Norville, als sie die Treppe zur Bibliothek hinaufstiegen. »Haben Sie ein Navi? Das ist besser als eine auf einen alten Umschlag gekritzelte Wegbeschreibung. Wundervolle Dinger.«

Tess, die die Ausstattung ihres Ford Expedition tatsächlich um ein Navi ergänzt hatte (es nannte sich TomTom und wurde in die Buchse des Zigarettenanzünders eingesteckt), sagte, zehn auf der Rückfahrt eingesparte Meilen wären sehr nett.

»Lieber geradeaus durch Robin Hoods Scheune als ganz außen herum«, sagte Ms. Norville mit einem leichten Klaps auf Tess' Rücken. »Hab ich recht oder nicht?«

»Absolut«, bestätigte Tess, und damit war ihr Schicksal entschieden – einfach so. Aber sie hatte Abkürzungen natürlich nie widerstehen können.

4

Les affaires du livre bestanden im Allgemeinen aus vier klar definierten Akten, und Tess' Auftritt bei der Monatsversammlung von Books & Brown Baggers war geradezu prototypisch. Die einzige Abweichung von der Norm war Ramona Norvilles Einführung, die ungewöhnlich kurz und bündig war. Sie brachte keinen entmutigenden Stapel Karteikarten mit aufs Podium, hielt es nicht für nötig, Tess' Kindheit auf einer Farm in Nebraska zu schildern, und machte sich nicht die Mühe, ein Bukett aus lobenden Besprechungen der Kriminalromane über den Strickclub Willow Grove zu präsentieren. (Das war gut, denn sie wurden selten besprochen, und wenn es dazu kam, wurde meistens auch Miss Marple erwähnt, nicht immer in vorteilhafter Weise.) Ms. Norville sagte einfach, die Bücher seien ungeheuer populär (eine verzeihliche Übertreibung) und es sei äußerst großzügig von der Verfasserin, dass sie ihre Zeit so kurzfristig geopfert habe (obgleich bei fünfzehnhundert Dollar Honorar kaum von einem Opfer die Rede sein konnte). Dann überließ sie das Podium Tess unter dem enthusiastischen Beifall der etwa vierhundert Personen in dem kleinen, aber ausreichend großen Vortragssaal der Bibliothek. Die meisten waren Ladys von der Sorte, die nie ohne Hut ausgingen.

Die Einführung hatte jedoch mehr von einem Zwischenspiel an sich. Der erste Akt war der Empfang um elf Uhr, bei dem die besser zahlenden Gäste bei Käse, Crackern und scheußlichem Kaffee Tess persönlich kennenlernen konnten (bei Abendveranstaltungen gab es Plastikgläser mit scheußlichem Wein). Manche baten um Autogramme; viel mehr baten um Fotos, die sie im Allgemeinen mit ihren Handys machten. Sie wurde gefragt, woher sie ihre Ideen nehme, und gab die erwarteten höflichen und humorvollen Antworten. Ein halbes Dutzend Leute fragte sie, wie man einen Agenten bekomme, wobei das Glitzern in ihren Augen suggerierte, sie hätten die zusätzlichen zwanzig Dollar eigens dafür gezahlt, um diese Frage stellen zu können. Tess sagte, man schreibe Briefe, bis einer der Hungrigeren sich bereiterkläre, sich das eingesandte Zeug anzusehen. Das war nicht die ganze Wahrheit – in Bezug auf Agenten *gab* es keine ganze Wahrheit –, aber es kam ihr immerhin nahe.

Der zweite Akt war der Vortrag selbst, der ungefähr eine Dreiviertelstunde dauerte. Er bestand im Wesentlichen aus Anekdoten (keine zu persönlich) und der Schilderung, wie sie ihre Storys ausarbeitete (von hinten nach vorn). Dabei war es wichtig, mindestens dreimal den Titel ihres letzten Romans zu erwähnen, der in diesem Herbst *Der Strickclub Willow Grove und der Speläologe* lautete (für alle, die das Fremdwort nicht kannten, übersetzte sie es mit »Höhlenforscher«).

Der dritte Akt war die Frageperiode, in der sie gefragt wurde, woher sie ihre Ideen habe (humorvolle, vage Antworten), ob ihre Figuren aus dem realen Leben stammten (»meine Tanten«) und wie man einen Agenten für seine Arbeit interessiere. Heute wurde sie auch gefragt, wo sie ihren Haargummi gekauft habe (JCPenney, eine Antwort, die ihr unerklärlichen Beifall einbrachte).

Der letzte Akt war die Signierstunde, in der sie pflichtbewusst Bitten erfüllte: Geburtstagsglückwünsche, Glück-
wünsche zu Hochzeitstagen, *Für Janet, einen Fan aller meiner Bücher* und *Für Leah – hoffentlich sehen wir uns im
Sommer alle am Lake Toxaway wieder!* (ein etwas seltsamer
Wunsch, weil Tess – anders als vermutlich die Autogramm-
jägerin – noch nie dort gewesen war).

Als alle Bücher signiert und die letzten Trödler mit weiteren Handyfotos zufriedengestellt waren, nahm Ramona
Norville Tess auf eine Tasse echten Kaffee mit in ihr Büro
mit. Ms. Norville trank ihren schwarz, was Tess nicht im
Geringsten wunderte. Ihre Gastgeberin war eine Schwar-
zer-Kaffee-Powerfrau, wenn jemals eine über die Erde ge-
stiefelt war (an ihrem freien Tag vermutlich in Doc Mar-
tens). Das einzig Überraschende in ihrem Büro war das
gerahmte signierte Foto an der Wand. Das Gesicht kam
Tess bekannt vor, und nach kurzem Nachdenken kam sie
auch auf den Namen.

»Richard Widmark?«

Ms. Norville lachte auf verlegene, aber zugleich erfreute
Art. »Mein Lieblingsschauspieler. Als Mädchen war ich
ein bisschen in ihn verknallt, wenn ich ganz ehrlich sein
soll. Dieses Foto habe ich mir zehn Jahre vor seinem
Tod signieren lassen. Er war schon damals ziemlich alt,
aber das ist eine echte Unterschrift, kein Stempel. Das
gehört Ihnen.« Einen verrückten Augenblick lang dachte
Tess, Ms. Norville meine das signierte Foto. Dann sah sie
den Umschlag in ihren dicken Fingern. Es war ein Fenster-
umschlag, damit man sehen konnte, dass er einen Scheck
enthielt.

»Danke«, sagte Tess und nahm ihn.

»Nichts zu danken. Sie haben sich jeden Cent verdient.«
Tess widersprach nicht.

»Nun zu der Abkürzung.«

Tess beugte sich aufmerksam nach vorn. In einem ihrer Strickclub-Krimis hatte Doreen Marquis gesagt: *Die beiden besten Dinge im Leben sind warme Croissants und ein schneller Weg nach Hause.* Das war so eine Stelle, wo die Schriftstellerin die eigenen liebsten Überzeugungen dazu benutzte, ihre Erzählung lebendiger zu machen.

»Können Sie auf Ihrem Navi Kreuzungen eingeben?«

»Ja, Tom ist sehr clever.«

Ms. Norville lächelte. »Dann geben Sie Stagg Road und US 47 ein. Die Stagg Road wird heutzutage kaum mehr befahren – ist seit dieser verdammten 84 fast vergessen –, hat aber landschaftlich ihren Reiz. Sie bummeln darauf ... oh, ungefähr sechzehn Meilen weit. Geflickter Asphalt, aber nicht allzu holperig, jedenfalls nicht beim letzten Mal, als ich sie gefahren bin, und das war im Frühjahr, wenn die Frostaufbrüche am schlimmsten sind. Zumindest ist das meine Erfahrung.«

»Meine auch«, sagte Tess.

»Wenn Sie die 47 erreichen, sehen Sie einen Wegweiser zur I-84, aber Sie brauchen nur ungefähr zwölf Meilen weit auf der Interstate zu bleiben, das ist das Schöne daran. Und Sie sparen Tonnen von Zeit und Nerven.«

»Auch das ist das Schöne daran«, sagte Tess, und sie lachten beim Kaffee: zwei gleichgesinnte Frauen, über denen der lächelnde Richard Widmark wachte. Der verlassene Laden mit den abgebauten Zapfsäulen und dem tickenden Schild war noch neunzig Minuten entfernt, in der Zukunft versteckt wie eine Schlange in ihrem Loch. Und natürlich der Durchlass unter der Straße.

5

Tess hatte nicht nur ein Navi; sie hatte einen Aufpreis für ein individuell angepasstes gezahlt. Sie hatte Spielsachen gern. Nachdem sie die Kreuzung eingegeben hatte (wobei Ramona Norville sich mit über das Display beugte und den Vorgang mit männlichem Interesse beobachtete), dachte das Gerät kurz nach, dann sagte es: »Tess, ich berechne deine Route.«

»He, hört euch das an!«, sagte Norville und lachte, wie Leute über irgendeine liebenswerte Eigentümlichkeit lachten.

Tess lächelte, obwohl sie persönlich fand, seinem Navi beizubringen, einen mit dem Vornamen anzusprechen, sei nicht merkwürdiger, als ein Fanfoto eines toten Schauspielers in seinem Büro hängen zu haben. »Danke für alles, Ramona. Alles war sehr professionell.«

»Wir bei den Drei Bs tun unser Bestes. Nun aber fort mit Ihnen. Mit unserem Dank.«

»Bin unterwegs«, sagte Tess. »Und ich danke Ihnen. Es hat Spaß gemacht.« Das stimmte; solche Veranstaltungen machten ihr gewöhnlich auf eine »Na schön, bringen wir's hinter uns«-Art Spaß. Und ihr Pensionsfonds würde sich sicher über eine weitere Einzahlung freuen.

»Kommen Sie wieder«, sagte Norville.

»Unbedingt«, antwortete Tess.

Als sie anfuhr, sagte das Navi: »Hallo, Tess. Wie ich sehe, machen wir einen Trip.«

»Ja, das tun wir«, sagte sie. »Wie geht's dir heute Nachmittag?«

Im Gegensatz zu den Computern in SF-Filmen war Tom für leichte Unterhaltung schlecht ausgestattet, obwohl Tess ihm manchmal half. Er forderte sie auf, nach vierhundert Metern rechts abzubiegen und dann die erste Straße links zu nehmen. Die Karte auf dem Display des TomToms zeigte

Straßennamen und grüne Pfeile; seine Informationen sog es aus irgendeiner wirbelnden Hightech-Metallkugel hoch über ihnen.

Sie erreichte bald die Außenbezirke von Chicopee, aber Tom schickte sie kommentarlos an der Abzweigung zur I-84 vorbei aufs Land hinaus, das in Oktoberfarben leuchtete und nach brennendem Herbstlaub roch. Nach etwa zehn Meilen auf etwas, das sich Old County Road nannte – und als Tess sich eben fragte, ob ihr Navi einen Fehler gemacht habe (als ob das möglich wäre) –, sprach Tom wieder.

»Nach einer Meile rechts abbiegen.«

Und tatsächlich sah sie bald einen grünen Wegweiser zur Stagg Road, der so von Schrotkugeln durchlöchert war, dass er fast unleserlich war. Aber natürlich brauchte Tom keine Straßenschilder; wie die Soziologen gesagt hätten (sie hatte Soziologie studiert, bevor sie ihr Talent, über alte Ladys als Detektivinnen zu schreiben, entdeckt hatte), war er fremdbestimmt.

Sie bummeln darauf ungefähr sechzehn Meilen weit, hatte Ramona Norville gesagt, aber Tess bummelte nur ein Dutzend weit. Sie kam um eine Kurve, entdeckte links vor sich ein verfallendes altes Gebäude (auf dem verblassten Schild über der Tankinsel ohne Zapfsäulen stand noch immer ESSO) und sah dann – zu spät – mehrere über die Fahrbahn verteilte große zersplitterte Bretter. Aus vielen ragten rostige Nägel. Tess fuhr über den Höcker, der daran schuld sein musste, dass sie sich von der nachlässig festgezurrten Ladung irgendeines Bauerntölpels gelöst hatten, wollte dann auf den Randstreifen fahren, um dem Müll auszuweichen, und wusste sofort, dass sie es vermutlich nicht schaffen würde; weshalb hätte sie sich sonst *Oh-oh* sagen hören?

Unter ihr war ein *Klack-rums-schepper* zu hören, mit dem offenbar Holzstücke gegen Fahrwerk und Unterboden knallten, und dann begann ihr treuer Expedition zu nicken und wie ein plötzlich lahmendes Pferd nach links zu ziehen. Sie schaffte es, ihn auf den von Unkraut überwucherten Parkplatz des verlassenen Geschäfts zu lenken, weil sie von der Straße wegwollte, damit ihr nicht jemand auffuhr, der vielleicht um die letzte Kurve gerast kam. Auf der Stagg Road war praktisch kein Verkehr, aber einige Fahrzeuge waren ihr doch begegnet, darunter mehrere große Lastwagen.

»Zum Teufel mit dir, Ramona«, sagte sie. Natürlich wusste sie, dass es nicht wirklich die Schuld der Bibliothekarin war; die Vorsitzende (und das vermutlich einzige Mitglied) des Richard-Widmark-Fanclubs, Ortsgruppe Chicopee, hatte nur hilfsbereit sein wollen, aber Tess wusste nun einmal nicht, wie der Blödmann hieß, der diesen mit Nägeln gespickten Scheiß auf der Straße abgeladen hatte und unbekümmert weitergefahren war, deshalb musste Ramona für ihn herhalten.

»Soll ich deine Route neu berechnen, Tess?«, fragte Tom so unvermittelt, dass sie zusammenfuhr.

Sie schaltete das Navi aus und stellte dann auch den Motor ab. Hier draußen war es sehr still. Sie hörte Vogelstimmen, ein metallisches Ticken wie von einer alten Aufziehuhr und sonst nichts. Die gute Nachricht war, dass der Expedition nur nach links vorn geneigt dastand, statt auf ganzer Breite eingeknickt zu sein. Vielleicht war es nur der eine Reifen. Wenn das so war, würde sie keinen Abschleppwagen, sondern nur etwas Hilfe vom Automobilclub brauchen.

Als sie ausstieg und den linken Vorderreifen begutachtete, sah sie daran ein zersplittertes Stück Holz, das von einem im Gummi steckenden langen rostigen Nagel festgehalten wurde. Tess stieß einen einsilbigen Fluch aus, der keinem Mitglied des Strickclubs jemals über die Lippen gekommen wäre, und holte ihr Handy aus dem kleinen

Fach zwischen den Schalensitzen. Jetzt würde sie von Glück sagen können, wenn sie vor Einbruch der Dunkelheit nach Hause kam, und Fritzy würde sich mit seiner Schüssel Trockenfutter in der Speisekammer begnügen müssen. So viel zu Ramona Norvilles Abkürzung ... obwohl Tess fairerweise zugeben musste, dass ihr das auch auf der Interstate hätte passieren können; sie war auf Autobahnen, nicht nur der I-84, mehr als einmal allem möglichen Scheiß ausgewichen, der Reifen und Unterboden hätte beschädigen können.

Die Konventionen von Horrorstorys und Kriminalromanen – selbst der unblutigen Variante mit nur einer Leiche, die ihre Fans so schätzten – waren überraschend ähnlich, und als sie ihr Handy aufklappte, dachte sie: *In einer Story würde es nicht funktionieren.* Und genau ein solcher Fall, in dem das Leben die Kunst imitierte, war jetzt eingetreten, denn als sie ihr Nokia einschaltete, erschienen auf dem Display die Worte KEIN SERVICE. Natürlich. Ihr Handy benutzen zu können wäre zu einfach gewesen.

Sie hörte ein Fahrzeug mit einem Loch im Auspuff näher kommen, drehte sich um und sah einen alten weißen Lieferwagen durch die Kurve fahren, die den Expedition zur Strecke gebracht hatte. Auf seiner Seite spielte ein Cartoonskelett auf einem Schlagzeug, das aus kleinen Kuchen in Papierförmchen zu bestehen schien. Über dieser Erscheinung (*viel* eigenartiger als ein Fanfoto von Richard Widmark im Büro einer Bibliothekarin) standen in tropfender Horrorfilmschrift die Wörter ZOMBIE BAKERS. Tess war sekundenlang zu verwirrt, um zu winken, und als sie es endlich tat, war der Fahrer des Lieferwagens von Zombie Bakers zu sehr damit beschäftigt, dem Zeug auf der Fahrbahn auszuweichen, um sie zu bemerken.

Er wich schneller auf den Seitenstreifen aus als zuvor Tess, aber der Kastenwagen hatte einen höheren Schwerpunkt als der Expedition, und sie fürchtete einen Augenblick lang, er würde umkippen und auf der Seite liegend im Straßengraben landen. Er blieb jedoch auf den Rädern – mit knapper Not – und kam hinter den kreuz und quer liegenden Brettern auf den Asphalt zurück. Dann verschwand er in einer Wolke aus blauem Auspuffqualm und dem Geruch von heißem Öl um die nächste Kurve.

»*Verdammte Zombie Bakers!*«, rief Tess erst laut, dann begann sie zu lachen. Manchmal blieb einem nichts anderes übrig.

Sie klemmte ihr Handy an den Bund ihrer Gabardinehose, ging auf die Straße hinaus und machte sich eigenhändig daran, die Bretter wegzuräumen. Das tat sie äußerst vorsichtig, weil sich aus der Nähe zeigte, dass in allen Holzteilen (die weiß gestrichen waren, als wären sie von jemandem, der mitten in einer Hausrenovierung steckte, abgerissen worden) Nägel steckten. Große hässliche Nägel. Sie arbeitete langsam, weil sie sich nicht verletzen wollte, aber sie hoffte auch, deutlich sichtbar ein Werk christlicher Barmherzigkeit zu verrichten, wenn der nächste Wagen vorbeikam. Als sie bis auf ein paar harmlose Splitter alles eingesammelt und die großen Stücke in den Straßengraben geworfen hatte, war jedoch noch immer kein Auto vorbeigekommen. Vielleicht, dachte sie, hatten die Zombie Bakers jedermann in unmittelbarer Umgebung verspeist und rasten jetzt in ihre Backstube zurück, um aus den Überresten die immer beliebten Leute-Kuchen zu backen.

Sie ging auf den verunkrauteten Parkplatz des ehemaligen Ladens zurück und betrachtete missmutig den schräg dastehenden Expedition. Rollender Stahl im Wert von vierzigtausend Dollar, Allradantrieb, vier Scheibenbremsen, dazu Tom das sprechende TomTom ... und dann genügte ein Stück Holz mit einem Nagel darin, um einen stranden zu lassen.

Aber natürlich haben in allen Nägel gesteckt, dachte sie. *In einem Kriminalroman – oder in einem Horrorfilm – wäre das kein Zeichen von Nachlässigkeit, sondern ein Beweis für einen Plan. Für eine regelrechte Falle.*

»Zu viel Phantasie, Tessa Jean«, sagte sie, ihre Mutter zitierend … und das war natürlich eine Ironie des Schicksals gewesen, denn ihrer Phantasie verdankte sie letztlich ihr täglich Brot. Von dem Altersruhesitz in Daytona Beach, wo ihre Mutter die letzten sechs Jahre ihres Lebens verbracht hatte, ganz zu schweigen.

In der tiefen Stille wurde sie wieder auf dieses blecherne Ticken aufmerksam. Der verlassene Laden gehörte zu einem Typus, den man im 21. Jahrhundert nicht mehr oft sah: Er hatte eine unverglaste Veranda. Ihre linke Ecke war eingefallen, und das Geländer war an mehreren Stellen defekt, aber es war tatsächlich eine Veranda, die selbst in ihrem verwahrlosten Zustand noch charmant war. Vielleicht *wegen* ihres Verfalls. Veranden vor Gemischtwarenläden waren unmodern geworden, vermutete Tess, weil sie dazu verlockten, eine Weile sitzen zu bleiben und über Baseball oder das Wetter zu reden, statt rasch zu zahlen und mit seinen Kreditkarten die Straße entlang ins nächste Geschäft zu hasten, in dem man sie durchs Lesegerät an der Kasse ziehen konnte. Unter dem Verandadach hing schief ein Blechschild. Es war noch stärker verblasst als das ESSO-Schild. Sie trat ein paar Schritte näher und legte eine Hand über die Augen, um sie zu beschatten. DU MAGST ES ES MAG DICH. Wofür hatte dieser Slogan gleich wieder geworben?

Auf dem Schrottplatz, den jeder Autor und jede Autorin im Hinterkopf zu haben schien, hatte sie die Antwort schon fast gefunden, als das Geräusch eines Motors sie aus ihren Gedanken riss. Als sie sich ihm mit der Überzeugung zuwandte, die Zombie Bakers hätten gewendet und seien doch zurückgekommen, gesellte sich zu dem Motoren-geräusch das Kreischen uralter Bremsen. Es war kein wei-ßer Lieferwagen, sondern ein alter Pick-up, ein Ford F-150 mit schlechtem blauem Lack und Bondo-Spachtelmasse um die Scheinwerfer. Am Steuer saß ein Mann mit Arbeitslatz-hose und einer billigen Baseballmütze. Er begutachtete die Holzstücke im Straßengraben.

»Hallo?«, rief Tess. »Entschuldigung, Sir?«

Er drehte den Kopf zur Seite, sah sie im Unkraut auf dem Parkplatz stehen, hob grüßend die Hand, fuhr neben ihren Expedition und stellte den Motor ab. Seinem Ge-räusch nach lief das auf Sterbehilfe hinaus, fand Tess.

»Hallo«, sagte er. »Haben Sie diesen ganzen Scheiß von der Straße geräumt?«

»Ja, bis auf das Stück, das meinen linken Vorderrei-fen durchlöchert hat. Und …« *Und mein Handy funktio-niert hier draußen nicht,* hätte sie fast hinzugefügt, bremste sich aber gerade noch rechtzeitig. Sie war eine Frau Ende dreißig, die tropfnass fünfundfünfzig Kilo auf die Waage brachte, und dies war ein fremder Mann. Ein großer Kerl.

»… und hier wär ich nun«, schloss sie etwas lahm.

»Ich wechsle Ihnen das Rad, wenn Sie ein Reserverad haben«, sagte er, indem er sich aus seinem Pick-up zwängte. »Haben Sie eines?«

Tess konnte nicht gleich antworten. Der Kerl war nicht groß, da hatte sie sich getäuscht. Der Kerl war ein Riese. Er musste fast zwei Meter groß sein, aber reine Körperlänge war nur ein Teil davon. Er hatte einen gewaltigen Wanst, baumdicke Oberschenkel und Schultern von der Breite einer Tür. Sie wusste, dass es unhöflich war, Leute anzustarren (eine weitere Benimmregel, die sie auf dem Schoß ihrer Mutter gelernt hatte), aber es war schwierig, das nicht zu tun. Ra-mona Norville war eine muskulöse, stämmige Gestalt, aber neben diesem Kerl hätte sie wie eine Ballerina ausgesehen.

»Ich weiß, ich weiß«, sagte er in amüsiertem Ton. »Sie haben nicht erwartet, hier draußen in der Pampa dem Jolly Green Giant zu begegnen, was?« Nur war er nicht grün, sondern von der Sonne dunkelbraun gebrannt. Auch die Augen waren braun. Sogar die Mütze war braun, wenn auch an einigen Stellen fast weiß ausgebleicht, als hätte sie irgendwann in ihrem langen Leben ein paar Spritzer eines Bleichmittels abbekommen.

»Entschuldigung«, sagte sie. »Ich habe nur gerade gedacht, dass Sie Ihren Pick-up nicht fahren, sondern *anhaben.*«

Er stemmte die Arme in die Hüften und lachte schallend laut mit in den Nacken gelegtem Kopf. »So hat's noch niemand ausgedrückt, aber Sie haben irgendwie recht. Wenn ich in der Lotterie gewinne, kauf ich mir einen Hummer.«

»Na ja, den kann ich Ihnen nicht kaufen, aber für den Radwechsel zahle ich Ihnen gern fünfzig Dollar.«

»Soll das ein Witz sein? Den gibt's umsonst. Sie haben mich vor einem Platten bewahrt, weil Sie das Abfallholz von der Straße geräumt haben.«

»Jemand ist in einem komischen Lieferwagen mit einem Skelett auf der Seite vorbeigefahren, ohne es zu treffen.«

Der große Kerl war zu Tess' plattem, linkem Vorderreifen unterwegs gewesen, aber jetzt drehte er sich nach ihr um und runzelte die Stirn. »Jemand ist vorbeigefahren, ohne Ihnen Hilfe anzubieten?«

»Ich glaube nicht, dass er mich gesehen hat.«

»Hat auch nicht gehalten, um diesen Scheiß für den nächsten Kerl wegzuräumen, was?«

»Nein, das hat er nicht getan.«

»Ist einfach weitergefahren?«

»Ja.« Irgendwas an diesen Fragen gefiel ihr nicht recht. Dann lächelte der große Kerl, und Tess ermahnte sich, nicht albern zu sein.

»Reserverad unter dem Laderaumboden, stimmt's?«

»Ja. Das heißt, ich denke schon. Man braucht nur ...«

»Den Griff hochziehen, ja, ja. Kenn ich, hab ich schon gemacht.«

Als er mit tief in den Taschen seiner Latzhose vergrabenen Händen hinten um den Explorer herumging, sah Tess, dass die Fahrertür seines Pick-ups nicht ganz geschlossen war, so dass die Deckenleuchte brannte. Weil sie befürchtete, die Batterie des F-150 könnte so ramponiert sein wie der ganze Wagen, öffnete sie die Tür (die Angeln kreischten fast so laut wie die Bremsen) und knallte sie dann zu. Dabei fiel ihr Blick durch die Heckscheibe des Fahrerhauses auf die Ladefläche des Pick-ups. Auf dem gerippten, rostigen Metall lagen kreuz und quer mehrere Stücke Abfallholz. Sie waren weiß gestrichen und steckten voller Nägel.

Einen Augenblick lang hatte Tess das Gefühl, ein außerkörperliches Erlebnis zu haben. Das tickende Blechschild – DU MAGST ES ES MAG DICH – klang jetzt nicht mehr wie ein altmodischer Wecker, sondern wie eine Zeitbombe.

Sie versuchte sich einzureden, die Holzstücke bedeuteten nichts; solches Zeug bedeute nur etwas in Büchern von der Art, die sie nicht schrieb, und Filmen von der Art, die sie sich nur selten ansah: die grausige, blutige Art. Das funktionierte nicht. Somit hatte sie die Wahl zwischen zwei Möglichkeiten: Sie konnte weiter so tun, als hätte sie keinen Verdacht, weil die Alternative beängstigend war, oder sie konnte losrennen und versuchen, den Wald auf der anderen Straßenseite zu erreichen.

Bevor sie sich entscheiden konnte, roch sie den betäubend scharfen Geruch von Männerschweiß. Als sie sich umdrehte, stand er da, überragte sie mit noch immer in den Seitentaschen der Latzhose vergrabenen Händen. »Wie wär's, wenn ich dich ficken würde, statt deinen Reifen zu wechseln?«, sagte er freundlich. »Wie wäre das?«

Jetzt rannte Tess los, aber nur in Gedanken. In der realen Welt blieb sie an seinen Pick-up gepresst stehen und sah zu ihm auf: zu einem Mann, der so groß war, dass er die Sonne verdunkelte und sie in seinem Schatten stand. Sie dachte daran, dass ihr vor nicht einmal zwei Stunden vierhundert Personen – überwiegend Ladys mit Hüten – in einem kleinen, aber ausreichend großen Vortragssaal applaudiert hatten. Und irgendwo südlich von hier wartete Fritzy auf sie. Ihr dämmerte – mühsam, als müsste sie etwas Schweres heben –, dass sie ihre Katze vielleicht nie wiedersehen würde.

»Bitte bringen Sie mich nicht um«, sagte irgendeine Frau mit sehr schwacher und sehr demütiger Stimme.

»Du Schlampe«, sagte er. Er sprach im Tonfall eines Mannes, der Betrachtungen über das Wetter anstellte. Das Blechschild tickte weiter gegen eine Querstrebe des Verandadachs. »Du weinerliche Hurenschlampe. Meine Güte.«

Die rechte Hand kam aus der Tasche. Eine wahre Riesenpranke. Am kleinen Finger steckte ein Ring mit einem roten Stein. Er sah wie ein Rubin aus, war aber zu groß, um echt zu sein. Vermutlich nur aus Glas, dachte Tess. Das Schild tickte weiter. DU MAGST ES ES MAG DICH. Dann wurde die Hand zu einer Faust, kam auf sie zugeflogen und wurde immer größer, bis sie alles andere verdunkelte.

Von irgendwoher ertönte ein lauter dumpfer Schlag. Sie glaubte, ihr Kopf sei an die Fahrertür des Pick-ups geknallt. *Zombie Bakers,* dachte Tess noch. Dann wurde es für kurze Zeit dunkel um sie.

6

Sie kam in einem großen schattigen Raum zu sich, der nach feuchtem Holz, uraltem Kaffee und prähistorischen Essiggurken roch. Genau über ihr hing ein alter Deckenventilator schief herab. Er sah wie das defekte Karussell in dem Hitchcock-Film *Der Fremde im Zug* aus. Sie lag auf dem Fußboden, war von der Taille abwärts nackt, und er vergewaltigte sie. Die Vergewaltigung erschien ihr weniger schlimm als sein Gewicht: Er erdrückte sie auch. Sie bekam kaum Luft. Bestimmt war alles nur ein Traum. Aber ihre Nase war geschwollen, an ihrem Hinterkopf schien sich eine Beule von der Größe eines kleinen Berges gebildet zu haben, und Holzsplitter bohrten sich in ihre Gesäßbacken. Einzelheiten dieser Art nahm man in Träumen nicht wahr. Und in Träumen empfand man keine wirklichen Schmerzen; man wachte immer auf, bevor richtige Schmerzen einsetzten. Das hier passierte wirklich. Er vergewaltigte sie. Er hatte sie in den alten Gemischtwarenladen geschleppt und vergewaltigte sie, während goldene Sonnenstäubchen träge im schräg einfallenden Licht der Nachmittagssonne tanzten. Woanders hörten Leute Musik und kauften online ein und machten ein Nickerchen und telefonierten, aber hier drinnen wurde eine Frau vergewaltigt, und diese Frau war sie. Er hatte ihren Slip eingesteckt; sie sah die Rüschen aus der Brusttasche seiner Latzhose quellen. Dabei musste sie an den Film *Beim Sterben ist jeder der Erste* denken, den sie einst, als sie als Kinogängerin noch abenteuerlustiger gewesen war, im Rahmen einer College-Filmretrospektive gesehen hatte. *Runter mit der Unterhose*, hatte einer der Hinterwäldler gesagt, bevor er sich darangemacht hatte, den dicken Städter zu vergewaltigen. Komisch, was einem durch den Kopf ging, wenn man unter hundertdreißig Kilo Bauernfleisch lag und das Glied eines Vergewaltigers sich in einem vor und zurück bewegte wie ein ungeöltes Scharnier.

»Bitte«, sagte sie. »O bitte, nicht mehr.«

»Schlampe«, sagte er, und dann kam wieder diese Faust, die ihr Blickfeld ausfüllte. Eine Seite ihres Gesichts wurde heiß, mitten in ihrem Kopf klickte es wieder, und sie wurde abermals bewusstlos.

7

Als sie das nächste Mal wieder zu sich kam, tanzte er in seiner Latzhose um sie herum, schwenkte dabei die Arme und sang mit quiekender, atonaler Stimme »Brown Sugar«. Die Sonne ging unter, und die beiden nach Westen hinausführenden Fenster des Ladens – das Glas staubig, aber wie durch ein Wunder nicht von Vandalen eingeworfen – waren mit Feuer angefüllt. Sein Schatten tanzte hinter ihm, glitt über den Bretterfußboden und die Wand hinauf, an der hellere Rechtecke zeigten, wo einmal Reklameschilder gehangen hatten. Das Poltern seiner derben Arbeitsstiefel klang apokalyptisch.

Sie konnte ihre Gabardinehose zusammengeknüllt unter der Theke liegen sehen, auf der einst die Registrierkasse gestanden haben musste (wahrscheinlich neben einem Steinguttopf mit gekochten Eiern und einem weiteren mit eingelegten Schweinsfüßen). Sie konnte Moder riechen. Und o Gott, ihr tat alles weh. Ihr Gesicht, ihre Brust, am meisten dort unten, wo sie sich aufgerissen fühlte.

Stell dich tot. Das ist deine einzige Chance.

Sie schloss die Augen. Das Singen hörte auf, und sie roch näher kommenden Männerschweiß. Schärfer als zuvor.

Weil er sich Bewegung gemacht hat, dachte sie. Sie vergaß, dass sie sich tot stellen wollte, und versuchte zu schreien. Bevor sie das konnte, packte er sie mit seinen riesigen Pranken am Hals und begann sie zu würgen. Sie dachte: *Jetzt ist es aus. Mit mir ist es aus.* Das waren ruhige Gedanken, voller Erleichterung. Wenigstens würde sie keine Schmerzen mehr haben und nicht wieder aufwachen müssen, um den Vergewaltiger im blutroten Sonnenuntergangslicht tanzen zu sehen.

Sie wurde bewusstlos.

8

Als Tess zum dritten Mal aus einer Ohnmacht auftauchte, war die Welt schwarz und silbern geworden, und sie schwebte.

So ist das also, wenn man tot ist.

Dann spürte sie Hände unter sich – große Hände, *seine* Hände – und einen Stacheldrahtreif aus Schmerzen um ihren Hals. Er hatte sie nicht stark genug gewürgt, um sie umzubringen, aber sie trug die Abdrücke seiner Hände wie eine Halskette: vorn die Handflächen, seitlich und im Nacken die Finger.

Es war Nacht. Der Mond war aufgegangen. Ein Vollmond. Er trug sie quer über den Parkplatz des verlassenen Ladens. Er trug sie an seinem Pick up vorbei. Sie konnte ihren Expedition nicht sehen. Ihr Expedition war weg.

Wo bist du, Tom?

Er blieb am Straßenrand stehen. Sie konnte seinen Schweiß riechen und das Heben und Senken seines Brustkorbs spüren. Sie konnte die Nachtluft kühl an ihren nackten Beinen fühlen. Sie konnte das Blechschild hinter sich ticken hören. DU MAGST ES ES MAG DICH.

Hält er mich für tot? Er kann mich nicht für tot halten. Ich blute noch.

Oder vielleicht nicht? Das ließ sich nicht sicher feststellen. Sie lag schlaff in seinen Armen und kam sich vor wie ein Mädchen in einem Horrorfilm, das eine, das von Jason oder Michael oder Freddy oder wie immer er hieß, fortgeschleppt wird, nachdem er alle anderen abgeschlachtet hat. Zu seinem verwahrlosten Schlupfwinkel tief im Wald, in dem sie an einen Haken in der Decke gekettet werden würde. In diesen Filmen gab es immer Ketten und Haken in der Decke.

Er setzte sich wieder in Bewegung. Sie konnte seine Arbeitsstiefel auf dem ausgebesserten Asphalt der Stagg Road hören: *stampf-polter-stampf.* Auf der anderen Seite der Straße folgten dann scharrende, klappernde Geräusche. Er räumte die Holzstücke, die sie sorgfältig eingesammelt und in den Straßengraben geworfen hatte, mit Fußtritten beiseite. Das tickende Blechschild war nicht mehr zu hören, aber sie vernahm jetzt fließendes Wasser. Nicht viel, kein Schwall, nur ein Rinnsal. Er kniete sich hin und ließ dabei ein leises Grunzen hören.

Jetzt bringt er mich bestimmt um. Und ich muss wenigstens niemals wieder sein schreckliches Singen hören. Das ist das Schöne daran, würde Ramona Norville sagen.

»He, Mädchen«, sagte er mit freundlicher Stimme.

Sie gab keine Antwort, aber sie konnte sehen, wie er sich über sie beugte und in ihre halb geschlossenen Augen starrte. Sie gab sich größte Mühe, sie still zu halten. Wenn er die kleinste Bewegung entdeckte … oder Tränen glitzern sah …

»He.« Er klatschte mit der Handfläche an ihre Wange. Sie ließ den Kopf zur Seite rollen.

»He!« Diesmal gab er ihr eine richtige Ohrfeige, allerdings auf die andere Wange. Tess ließ den Kopf auf die andere Seite rollen.

Er kniff sie in eine Brustwarze, aber weil er sich nicht die Mühe gemacht hatte, ihr Bluse und BH auszuziehen, tat das nicht allzu weh. Sie blieb schlaff liegen.

»Tut mir leid, dass ich dich eine Schlampe genannt hab«, sagte er, weiterhin mit freundlicher Stimme. »Du warst ein guter Fick. Und ich mag sie ein bisschen älter.«

Tess erkannte, dass er sie vielleicht *wirklich* für tot hielt. Das war erstaunlich, aber es schien zu stimmen. Und auf einmal spürte sie den unbändigen Wunsch, weiterzuleben.

Er hob sie wieder hoch. Der Geruch von Männerschweiß war plötzlich überwältigend stark. Bartstoppeln kitzelten die Seite ihres Gesichts, und sie musste sich gewaltig anstrengen, um nicht davor zurückzuzucken. Er küsste ihren Mundwinkel.

»Tut mir leid, wenn ich ein bisschen grob war.«

Dann trug er sie weiter. Das Murmeln von laufendem Wasser wurde lauter. Das Mondlicht wurde blockiert. Es gab den Geruch – nein, den Gestank – von verfaulendem Laub. Er legte sie in knöcheltiefem Wasser ab. Es war so eiskalt, dass sie fast aufgeschrien hätte. Als er ihre Füße an sie drückte, ließ sie die Knie nach oben gehen. *Knochenlos,* dachte sie. *Muss knochenlos bleiben.* Ihre Knie kamen nicht weit, bevor sie gegen Wellblech stießen.

»Fuck«, sagte er in nachdenklichem Ton. Dann schob er sie hinein.

Tess blieb schlaff, auch als etwas – ein Ast – schmerzhaft ihr Rückgrat hinunterschrammte. Ihre Knie holperten das Wellblech über ihr entlang. Ihr Gesäß grub sich in eine schwammige Masse, und der Gestank nach verfaulendem pflanzlichem Material wurde stärker. Der Gestank schnürte ihr die Kehle zu. Sie spürte den schrecklichen Drang, ihn wegzuhusten. Sie konnte spüren, wie sich unter ihrem Kreuz ein Polster aus nassem Laub bildete, als läge sie auf einem durchnässten Sofakissen.

Wenn er es jetzt merkt, wehre ich mich. Ich trete ihn und trete ihn und trete ihn ...

Aber nichts passierte. Sie wagte lange Zeit nicht, die Augen weiter zu öffnen oder sich auch nur im Geringsten zu bewegen. Sie stellte sich vor, wie er draußen kauerte, in die Röhre starrte, in die er sie geschoben hatte, den Kopf fragend zur Seite gelegt hatte und auf die kleinste Bewegung lauerte. Wie konnte er nicht wissen, dass sie noch lebte? Er musste gespürt haben, wie ihr Herz hämmerte. Und was konnte sie schon mit Fußtritten gegen den Riesen aus dem Pick-up ausrichten? Er würde ihre nackten Füße mit einer Hand packen und sie herausziehen, um sie wieder zu würgen. Nur würde er diesmal nicht vorzeitig aufhören.

Sie lag in fauligem Laub und träge fließendem Wasser, starrte mit halb geöffneten Augen ins Leere und konzentrierte sich darauf, sich tot zu stellen. Sie versank in einem grauen Dämmerzustand, der nicht ganz eine Bewusstlosigkeit war, und verharrte scheinbar endlos lange, aber in Wirklichkeit vermutlich nur kurz darin. Als sie einen Motor hörte – sein Pick-up, bestimmt sein Pick-up – dachte sie: *Ich bilde mir dieses Geräusch nur ein. Oder träume es. Er ist noch da.*

Aber das unregelmäßige Tuckern des Motors wurde erst kurz lauter, um dann die Stagg Road entlang zu verhallen.

Das ist ein Trick.

Das war fast sicher Hysterie. Selbst wenn es das nicht war, konnte sie nicht die ganze Nacht hier liegen bleiben. Und als sie den Kopf hob (wobei ein stechender Schmerz in ihrer malträtierten Kehle sie zusammenzucken ließ), sah sie nur einen durch nichts beeinträchtigten silbernen Kreis aus

Mondlicht. Tess fing an, sich darauf zuzuschlängeln, dann machte sie wieder halt.

Das ist ein Trick. Was du gehört hast, ist mir egal, er ist noch da.

Diesmal war der Gedanke stärker. Dass sie am Ende des Durchlasses nichts sah, *machte* ihn stärker. In einem spannenden Roman wäre jetzt der Augenblick trügerischer Entspannung vor dem großen Höhepunkt gekommen. Oder in einem Gruselfilm. Die weiße Hand, die in *Beim Sterben ist jeder der Erste* aus dem See auftauchte. Alan Arkin, der in *Warte, bis es dunkel ist* über Audrey Hepburn herfiel. Sie mochte keine gruseligen Bücher oder Filme, aber vergewaltigt und fast ermordet zu werden schien einen ganzen Speicher mit lauter ähnlichen Erinnerungen an Gruselfilme geöffnet zu haben. Als wären sie in der Luft schwebend einfach da.

Er *konnte* draußen lauern. Wenn er beispielsweise einen Komplizen hatte, der seinen Pick-up weggefahren hatte. Er konnte in der geduldigen Art, die Landbewohner an sich hatten, draußen neben dem Durchlass hocken.

»Runter mit der Unterhose«, flüsterte sie, dann bedeckte sie ihren Mund mit der Hand. Wenn er sie gehört hatte?

Fünf Minuten vergingen. Geschätzte fünf. Das Wasser war kalt, und sie begann zu zittern. Bald würde sie anfangen, mit den Zähnen zu klappern. Wenn er dort draußen war, würde er das hören.

Er ist weggefahren. Du hast ihn gehört.

Vielleicht. Vielleicht auch nicht.

Und vielleicht brauchte sie die Röhre nicht dort zu verlassen, wo sie hineingekommen war. Wenn sie einen Durchlass bildete, würde sie die Straße unterqueren, und weil fließendes Wasser zu spüren war, würde sie nicht blockiert sein. Sie konnte ganz hindurchkriechen und vom anderen Ende aus den Parkplatz des verlassenen Ladens überblicken. Sich davon überzeugen, dass der alte Pick-up weg war. Das widerlegte die Idee, er könnte einen Komplizen haben, nicht völlig, aber tief in ihrem Innersten, in das ihr rationaler Verstand sich zurückgezogen hatte, wusste Tess, dass es keinen Komplizen gab. Ein Komplize hätte darauf bestanden, sich mit ihm bei ihr abzuwechseln. Außerdem arbeiteten Riesen allein.

Und wenn er fort ist? Was dann?

Das konnte sie nicht sagen. Sie konnte sich ihr Leben nach dem Nachmittag in dem verlassenen Laden und dem Abend in der Röhre mit einem Polster aus verrottendem Laub unter dem Kreuz nicht vorstellen. Aber vielleicht war das auch nicht nötig. Vielleicht konnte sie sich darauf konzentrieren, zu Fritzy heimzukommen und ihn mit einer Packung Fancy Feast zu füttern. Sie konnte die Fancy-Feast-Schachtel ganz deutlich sehen. Sie stand in einem Regal in ihrer friedlichen Speisekammer.

Sie wälzte sich auf den Bauch und stützte sich auf die Ellbogen, um durch die Röhre weiterzukriechen. Dann sah sie, wer sich den Durchlass mit ihr teilte. Eine der Leichen war kaum mehr als ein Skelett (mit wie bittend ausgestreckten knochigen Händen), aber es hatte noch genügend Haare auf dem Kopf – auf *ihrem* Kopf –, dass Tess sich ziemlich sicher war, dass es eine Frauenleiche war. Die andere hätte eine grausig entstellte Schaufensterpuppe sein können, wären die hervorquellenden Augen und die heraushängende Zunge nicht gewesen. Diese Leiche war frischer, aber von Tieren angefressen, und Tess konnte selbst im Dunkel die zu einem Grinsen gebleckten Zähne der Toten erkennen.

Aus dem Haar der Schaufensterpuppe kam ein Käfer gekrabbelt und kroch über den Nasensattel hinunter.

Heiser schreiend, schob Tess sich rückwärts aus der Röhre und sprang auf – mit von der Taille aufwärts klatschnass an ihr klebender Kleidung, von der Taille abwärts nackt. Und obwohl sie nicht ohnmächtig wurde (zumindest glaubte sie das nicht), blieb ihr Bewusstsein für gewisse Zeit seltsam bruchstückhaft. Im Nachhinein erschien ihr die folgende Stunde wie eine abgedunkelte Bühne, die gelegentlich von Punktscheinwerfern erhellt wurde. Ab und zu trat eine misshandelte Frau mit gebrochener Nase und Blut an den Oberschenkeln in einen der Lichtkreise, um dann wieder in der Dunkelheit zu verschwinden.

9

Sie war in dem Laden, in dem großen zentralen Verkaufsraum, der früher in Gänge aufgeteilt gewesen war, mit einer Tiefkühltruhe (vielleicht) im rückwärtigen Teil und einer Bierkühltheke (bestimmt) entlang der Rückwand. Sie nahm den Geruch von altem Kaffee und Essiggurken wahr. Sie angelte ihre Gabardinehose unter der Ladentheke hervor. Darunter lagen ihre Schuhe und ihr Handy – zertrümmert. Ihr Haargummi war weg. Sie erinnerte sich (vage, so wie man sich an bestimmte Dinge aus frühester Kindheit erinnert), dass an diesem Vormittag irgendeine Frau gefragt hatte, wo sie ihn gekauft habe, und dass ihre Antwort »bei JCPenney« unerklärlichen Beifall ausgelöst hatte. Sie dachte daran, wie der Riese »Brown Sugar« gesungen hatte – mit dieser monoton quiekenden kindlichen Stimme –, und trat weg.

Sie irrte durch den Mondschein hinter dem Laden. Sie trug einen Teppichrest um die Schultern, konnte sich aber nicht erinnern, woher sie ihn hatte. Er war schmuddelig, aber er wärmte, und sie zog ihn enger um sich. Dann merkte sie, dass sie das Gebäude in Wirklichkeit *umkreiste*, dass dies ihre zweite, dritte oder gar vierte Runde sein konnte. Ihr wurde bewusst, dass sie ihren Expedition suchte, aber immer wenn sie ihn nicht finden konnte, vergaß sie, dass sie hinter dem Laden schon gesucht hatte, und machte eine weitere Runde. Das vergaß sie, weil sie auf den Kopf geschlagen und vergewaltigt und gewürgt worden war und unter Schock stand. Sie befürchtete, eine Gehirnblutung zu haben – aber wie konnte man das wissen, außer man wachte bei den Engeln auf, die es einem erzählten? Die Nachmittagsbrise hatte aufgefrischt, und das Ticken des Blechschilds war etwas lauter. DU MAGST ES ES MAG DICH.

»7Up«, sagte sie. Ihre Stimme war heiser, aber brauchbar. »Das ist es! Du magst es, und es mag dich.« Sie hörte sich selbst laut singen. Sie hatte eine gute Singstimme, die überraschend angenehm rauchig klang, seit sie gewürgt worden war. Es war, als hörte man Bonnie Tyler hier draußen im Mondschein singen. »*7Up tastes good ... like a cigarette should!*« Ihr wurde bewusst, dass das nicht richtig war, und selbst wenn es das war, sollte sie etwas Besseres als abgefuckte Werbejingles singen, solange sie diese angenehm rauchige Stimme hatte; wenn man vergewaltigt und mit zwei anderen verwesenden Vergewaltigungsopfern als tot in einer Röhre zurückgelassen wurde, musste man der Sache irgendwas Gutes abgewinnen können.

Ich werde Bonnie Tylers Hit singen. Ich werde »It's a Heartache« singen. Den Text weiß ich bestimmt. Ich bin mir sicher, dass er auf dem Schrottplatz zu finden ist, den jede Autorin im Hinterkopf ...

Aber dann trat sie wieder weg.

II

Sie saß auf einem Felsblock und weinte sich die Augen aus. Den schmuddeligen Teppichrest trug sie weiterhin um die Schultern. Ihr Schritt brannte und schmerzte. Der saure Geschmack in ihrem Mund ließ darauf schließen, dass sie sich irgendwann zwischen ihren Runden um das Gebäude und der Rast auf diesem Felsblock übergeben haben musste, aber sie hatte keine Erinnerung daran. Woran sie sich erinnerte ...

Er hat mich vergewaltigt, er hat mich vergewaltigt, er hat mich vergewaltigt!

»Du bist nicht die Erste, und du wirst nicht die Letzte sein«, sagte sie, aber diese von ersticktem Schluchzen unterbrochene liebevoll strenge Feststellung war nicht sonderlich hilfreich.

Er hat versucht, mich umzubringen, er hat mich fast umgebracht!

Ja, ja. Und in diesem Augenblick erschien ihr sein Versagen nicht sehr tröstlich. Sie sah nach links, wo in fünfzig bis sechzig Meter Entfernung das verlassene Gebäude stand.

Andere hat er umgebracht! Sie liegen in der Röhre! Käfer krabbeln auf ihnen herum, ohne dass es sie stört!

»Ja, ja«, sagte sie mit ihrer rauen Bonnie-Tyler-Stimme, dann trat sie wieder weg.

Sie war »It's a Heartache« singend mitten auf der Stagg Road unterwegs, als sie hinter sich ein näher kommendes Motorengeräusch hörte. Sie warf sich herum, wäre fast gestürzt und sah Autoscheinwerfer, die eine Hügelkuppe anstrahlten, über die sie gerade gekommen sein musste. Das war er. Der Riese. Er war zurückgekommen, hatte den Durchlass inspiziert und gesehen, dass sie nicht mehr darin lag. Und jetzt war er auf der Suche nach ihr.

Tess war mit einem Sprung im Straßengraben, ging in die Knie, verlor den umgehängten Teppichrest, sprang wieder auf und stolperte blindlings in die Büsche. Ein Ast ritzte ihr die Wange blutig. Sie hörte eine Frau angstvoll schluchzen. Das Haar fiel ihr ins Gesicht, als sie auf alle viere niedersank. Die Straße wurde hell, als die Scheinwerfer über den Hügel kamen. Sie sah den Teppichrest, den sie verloren hatte, sehr deutlich und wusste, dass der Riese ihn auch sehen würde. Er würde halten und aussteigen. Sie würde versuchen wegzurennen, aber er würde sie einholen. Sie würde schreien, aber niemand würde sie hören. In solchen Storys tat das nie jemand. Er würde sie umbringen, aber zuvor würde er sie noch mal vergewaltigen.

Das Auto – es *war* ein Auto, kein Pick-up – fuhr vorbei, ohne langsamer zu werden. Aus seinem Inneren drang der Sound von Bachman-Turner Overdrive, voll aufgedreht: »B-B-B-Baby, you just ain't seen n-n-nuthin yet«. Sie beobachtete, wie die Heckleuchten schlagartig verschwanden. Sie merkte, dass sie kurz davor war, wieder wegzutreten, und schlug sich mit beiden Händen ins Gesicht.

»*Nein!*«, knurrte sie. »*Nein!*«

Sie kam wieder ein Stück weit zu Sinnen. Der Drang, in den Büschen versteckt zu bleiben, war stark, aber dort konnte sie nicht bleiben. Nicht nur war es noch lange bis

Tagesanbruch, wahrscheinlich war es weit vor Mitternacht. Der Mond stand noch tief am Himmel. Sie konnte nicht hier bleiben, und sie durfte nicht ständig wieder ... wegtreten. Sie musste nachdenken.

Tess hob den Teppichrest aus dem Straßengraben auf, um ihn sich wieder um die Schultern zu legen, berührte dann ihre Ohren und wusste bereits, was sie finden würde. Die tropfenförmigen Brillantohrringe, eine ihrer wenigen wirklichen Extravaganzen, waren weg. Sie brach erneut in Tränen aus, aber dieser Weinkrampf war kürzer, und als er vorbei war, fühlte sie sich mehr wie sie selbst. Mehr *in* sich selbst, eine Bewohnerin ihres Kopfs und Körpers, statt sich nur wie ein Gespenst zu umschweben.

Nachdenken, Tessa Jean!

Also gut, sie würde es versuchen. Aber sie würde es im Gehen tun. Und kein Gesang mehr. Der Klang ihrer veränderten Stimme war unheimlich. Als ob der Riese durch seine Vergewaltigung eine neue Frau erschaffen hätte. Sie *wollte* keine neue Frau sein. Die alte hatte ihr gefallen.

Gehen. Bei Mondschein gehen, während ihr Schatten neben ihr über die Straße glitt. Welche Straße? Stagg Road. Laut Tom war sie etwas weniger als vier Meilen von der Kreuzung mit der US 47 entfernt gewesen, als sie in die Falle des Riesen geraten war. Das war nicht so schlimm; um in Form zu bleiben, lief sie jeden Tag mindestens drei Meilen oder benutzte bei Schnee oder Regen ihren Hometrainer. Natürlich war dies ihr erster Marsch als die Neue Tess, die mit der schmerzenden, blutenden Möse und der rauchigen Stimme. Aber es gab eine positive Seite: Ihr wurde allmählich warm, die obere Hälfte ihrer Kleidung trocknete, und sie trug flache Schuhe. Beinahe hätte sie dreiviertelhohe Pumps getragen, die diesen Abendspaziergang wirklich sehr unangenehm gemacht hätten. Nicht dass er unter anderen Umständen angenehm gewesen wäre, nein nein n...

Nachdenken!

Aber bevor sie das konnte, wurde die Straße vor ihr hell. Tess flitzte wieder in die Büsche und schaffte es diesmal, den Teppichrest nicht zu verlieren. Ein weiteres Auto, Gott sei Dank nicht sein Pick-up, aber sie wurde nicht langsamer.

Er könnte es trotzdem sein. Vielleicht ist er in ein Auto umgestiegen. Er kann zu seinem Haus, seinem Schlupfwinkel zurückgefahren und in ein Auto umgestiegen sein. Weil er denkt: »Sie wird sehen, dass es kein Pick-up ist, und aus ihrem Versteck kommen. Sie wird mich anhalten, und dann hab ich sie.«

Ja, ja. Genau das würde in einem Horrorfilm passieren, oder? *Kreischende Opfer 4* oder *Stagg Road Horror 2* oder ...

Sie drohte abermals wegzutreten, also schlug sie sich wieder ins Gesicht. Sobald sie zu Hause war, sobald Fritzy gefüttert war und sie in ihrem Bett lag (alle Türen abgesperrt, alle Lampen eingeschaltet), konnte sie so viel wegtreten, wie sie wollte. Aber nicht jetzt. Nein nein nein. Jetzt musste sie weitergehen und sich verstecken, wenn Autos kamen. Wenn sie das schaffte, würde sie irgendwann die US 47 erreichen, an der es einen Laden geben konnte. Einen mit einem Kartentelefon, wenn sie Glück hatte ... und sie hatte etwas Glück verdient. Ihre Handtasche war weg, die lag noch in dem Expedition (wo auch immer *der* sein mochte), aber sie wusste die Nummer ihrer Telefonkarte von AT&T auswendig: ihre eigene Telefonnummer, dann 9712. Kinderleicht.

Am Straßenrand stand ein Schild. Tess konnte es im Mondschein mühelos lesen:

**SIE HABEN COLEWICH ERREICHT
WILLKOMMEN, FREUND!**

»Du magst Colewich, es mag dich«, flüsterte sie.

Tess kannte diese Gemeinde, deren Name von den Einheimischen »Collitch« ausgesprochen wurde. Es war in Wirklichkeit eine Kleinstadt, eine der vielen in Neuengland, die wohlhabend gewesen waren, solange die Textilindustrie floriert hatte, und sich in der neuen Freihandelsära, in der Amerikas Hosen und Jacken in Asien oder Mittelamerika genäht wurden – vermutlich von Kindern, die weder lesen noch schreiben konnten –, irgendwie durchwurstelten. Sie befand sich in den Außenbezirken, aber sie konnte bestimmt bis zu einem Telefon weitergehen.

Was dann?

Dann würde sie ... würde sie ...

»Eine Limousine bestellen«, sagte sie. Diese Idee brach wie ein Sonnenaufgang über sie herein. Ja, genau das würde sie tun. Wenn sie hier in Colewich war, war ihre Heimatstadt in Connecticut nur dreißig Meilen weit entfernt, vielleicht weniger. Der Limo-Service, den sie für Fahrten zum Bradley International Airport oder nach Hartford oder New York benutzte (Tess fuhr in keiner Großstadt selbst Auto, wenn es sich vermeiden ließ), hatte seinen Sitz in der Nachbarstadt Woodfield. Die Firma Royal Limousine warb damit, Tag und Nacht dienstbereit zu sein. Noch besser war, dass ihre Kreditkarteninformationen dort gespeichert sein mussten.

Tess fühlte sich besser und steigerte ihr Tempo ein wenig. Dann erhellten Autoscheinwerfer die Straße, und sie flüchtete wieder in die Büsche, kauerte nieder und kam sich wie ein gejagtes Tier vor: Ricke, Füchsin, Häsin. Dieses Fahrzeug *war* ein Pick-up, und sie begann zu zittern. Sie zitterte selbst dann weiter, als sie sah, dass der Pick-up ein kleiner weißer Toyota war, viel kleiner als der alte Ford des Riesen. Als er vorbei war, versuchte sie, sich dazu zu zwingen, auf der Straße weiterzugehen, aber das konnte sie zunächst nicht. Sie weinte wieder und spürte die Tränen warm auf ihrem kalten Gesicht. Sie merkte auch, dass sie bald wieder wegtreten, noch einmal aus dem Lichtkreis klaren Bewusstseins treten würde. Aber das durfte sie nicht zulassen. Wenn sie sich zu oft in diesen Dämmerzustand gleiten ließ, würde sie irgendwann nicht mehr wissen, wie sie nach Hause kommen konnte.

Sie zwang sich dazu, daran zu denken, wie sie sich bei dem Limo-Fahrer bedankte und auf der Kreditkartenabrechnung ein Trinkgeld hinzufügte, bevor sie zwischen Blumenrabatten langsam zur Haustür ging. Wie sie den Briefkasten hochkippte, um an den Reserveschlüssel dahinter heranzukommen. Wie sie Fritzy ängstlich miauen hörte.

Der Gedanke an Fritzy gab den Ausschlag. Sie kroch aus dem Gebüsch, marschierte weiter die Straße entlang und hielt sich bereit, sofort wieder in Deckung zu flitzen, sobald sie Autoscheinwerfer sah. Augenblicklich. Weil er irgendwo dort draußen war. Ihr wurde bewusst, dass er in Zukunft stets irgendwo dort draußen sein würde. Falls die Polizei ihn nicht schnappte und einsperrte. Aber damit es dazu kommen konnte, musste sie Anzeige erstatten, und sobald ihr dieser Gedanke durch den Kopf ging, glaubte sie, eine marktschreierische Schlagzeile im Stil der *New York Post* vor sich zu sehen:

»WILLOW GROVE«-AUTORIN NACH LESUNG VERGEWALTIGT

Klatschblätter wie die *Post* würden sicher ein Foto bringen, das sie vor zehn Jahren zeigte, als ihr erstes *Strickclub*-Buch erschienen war. Damals war sie Ende zwanzig gewesen, mit weit über schulterlangen dunkelblonden Haaren und guten Beinen, die sie gern in kurzen Röcken zur Schau stellte.

Und – bei Abendveranstaltungen – in High Heels von der Art, die manche Männer (ziemlich sicher auch der Riese) als Fick-mich-Schuhe bezeichneten. Sie würden nicht erwähnen, dass sie jetzt zehn Jahre älter und fünf Kilo schwerer war und vernünftige – fast unelegante – Geschäftskleidung getragen hatte, als sie überfallen wurde; solche Einzelheiten passten nicht zu den Storys, die die Boulevardpresse gern brachte. Die Berichte würden durchaus respektvoll (wenn auch zwischen den Zeilen etwas hechelnd) sein, aber ihr Foto aus alten Zeiten würde die wahre Geschichte erzählen, die vermutlich älter als die Erfindung des Rades war: *Sie hat es gewollt … sie hat es gekriegt.*

War das realistisch, oder malten ihre Beschämung und ihr erheblich lädiertes Selbstwertgefühl sich nur den schlimmstmöglichen Fall aus? Jener Teil von ihr, der lieber in den Büschen versteckt bleiben wollte, selbst wenn es ihr gelang, von dieser scheußlichen Straße wegzukommen, diesen scheußlichen Staat Massachusetts hinter sich zu lassen und ihr sicheres Häuschen in Stoke Village zu erreichen? Sie konnte es sich nicht beantworten und vermutete, dass die Wahrheit irgendwo dazwischen lag. Eines *wusste* sie jedoch: Sie würde das landesweite Medienecho bekommen, das sich jede Autorin wünschen würde, wenn ein Buch von ihr erschien, und das sich keine Autorin wünschen konnte, wenn sie vergewaltigt und ausgeraubt und als tot liegen gelassen worden war. Sie konnte förmlich sehen, wie jemand in der Frageperiode die Hand hob und wissen wollte: »Haben Sie ihn irgendwie ermutigt?«

Das war lächerlich, das wusste Tess sogar in ihrem gegenwärtigen Zustand … aber sie wusste auch, wenn das herauskam, *würde* jemand die Hand heben, um zu fragen: »Werden Sie über diese Sache schreiben?«

Und was würde sie antworten? Was *konnte* sie antworten?

Nichts, dachte Tess. *Ich würde mit zugehaltenen Ohren vom Podium flüchten.*

Aber nein.

Nein nein nein.

In Wirklichkeit würde sie überhaupt nicht erst dort sein. Wie konnte sie jemals wieder in eine weitere Lesung, einen Vortrag oder eine Autogrammstunde einwilligen, wenn sie wusste, dass *er* aufkreuzen, sie aus der letzten Reihe angrinsen könnte? Unter dieser komischen braunen Mütze mit dem Bleichmittelflecken hervor grinsend? Vielleicht mit ihren Ohrringen in der Tasche. Während er mit ihnen spielte.

Bei dem Gedanken an ihre Aussage bei der Polizei wurde ihr ganz heiß, und sie konnte spüren, wie ihr Gesicht sich vor Scham buchstäblich verzerrte, selbst allein hier draußen in der Dunkelheit. Auch wenn sie vielleicht nicht Sue Grafton oder Janet Evanovich war, war sie doch streng genommen keine Privatperson. Sogar CNN würde ein, zwei Tage über sie berichten. Die Welt würde erfahren, dass ein verrückter, grinsender Riese sich in die Willow-Grove-Autorin ergossen hatte. Sogar die Tatsache, dass er ihren Slip als Souvenir behalten hatte, konnte herauskommen. CNN würde dieses Detail nicht melden, aber der *National Enquirer* oder *Inside View* würden solche Bedenken nicht haben.

Mit den Ermittlungen vertraute Personen behaupten, dass bei dem mutmaßlichen Vergewaltiger ein Slip der Autorin gefunden wurde: ein mit Spitze besetzter blauer Hüftslip von Victoria's Secret.

»Ich kann es nicht erzählen«, sagte sie. »Ich werde es nicht erzählen.«

Aber es hat andere vor dir gegeben, es könnte weitere nach dir …

Sie verdrängte diesen Gedanken energisch. Sie war zu müde, um darüber nachzudenken, wozu sie moralisch verpflichtet sein könnte oder nicht. Diesen Teil würde sie später klären, wenn Gott ihr ein Später gewähren wollte ... und das schien der Fall zu sein. Aber nicht auf dieser verlassenen Straße, auf der hinter jedem näher kommenden Scheinwerferpaar ihr Vergewaltiger sitzen konnte.

Ihrer. Er gehörte jetzt ihr.

13

Ungefähr eine Meile nach dem Ortsschild von Colewich hörte sie auf einmal ein tiefes, rhythmisches Pochen, das aus der Straße, auf der sie lief, zu kommen schien. Zuerst dachte sie an die Morlocks, H. G. Wells' Mutanten, die tief im Erdinneren ihre Maschinen bedienten, aber nach weiteren fünf Minuten klärte sich die Ursache des Lärms auf. Er kam durch die Luft, nicht aus der Erde, und war ein Klang, den sie kannte: der Herzschlag einer Bassgitarre. Der Rest der Band materialisierte sich darum herum, während sie weiterging. Bald konnte sie am Horizont Licht sehen: keine Autoscheinwerfer, sondern das Weiß von Bogenlampen und das rote Leuchten von Neonröhren. Die Band spielte »Mustang Sally«, und Tess konnte Gelächter hören. Es war betrunken und wunderbar, mit fröhlichen Saufgelagejuchzern durchsetzt. Bei diesen Lauten hätte sie am liebsten wieder geweint.

Das Rasthaus, ein großer alter Partyschuppen mit einem riesigen unbefestigten Parkplatz, der gesteckt voll zu sein schien, nannte sich The Stagger Inn. Sie blieb stirnrunzelnd am Rand der Lichtflut der Parkplatzbeleuchtung stehen. Weshalb so viele Autos? Dann fiel ihr ein, dass heute Freitag war. An Freitagabenden war das Stagger Inn offenbar der angesagte Club, wenn man aus Colewich oder einer der umliegenden Gemeinden stammte. Dort würde es ein Telefon geben, aber auch zu viele Leute. Sie würden ihr geschwollenes Gesicht und ihre schiefe Nase sehen. Sie würden wissen wollen, was ihr zugestoßen war, und sie war nicht fähig, sich eine Story auszudenken. Nicht jetzt schon. Auch ein Kartentelefon im Freien hätte nichts genutzt, denn sie konnte auch draußen Leute sehen. Viele Leute. Heutzutage musste man rausgehen, wenn man eine Zigarette rauchen wollte. Außerdem …

Er konnte dort sein. War er nicht zwischendurch um sie herumgetanzt und hatte mit seiner schrecklich tonlosen Stimme einen Song der Rolling Stones gesungen? Vielleicht hatte sie diesen Teil nur geträumt – oder als Halluzination wahrgenommen –, aber das glaubte sie nicht. War es nicht denkbar, dass er geradewegs ins Stagger Inn gefahren war, nachdem er den Geländewagen versteckt hatte, alle Röhren frisch durchgespült und bereit, die Nacht durchzufeiern? Sie traute sich zu, seinen Pick-up zu erkennen, wenn sie ihn sah, aber auf dem Parkplatz standen so viele Fahrzeuge. Selbst wenn sie die Reihen einzeln absuchte, konnte sie ihn übersehen.

Die Band legte mit einem fast original klingenden alten Song der Cramps los: »Can Your Pussy Do the Dog?«. *Nein,* dachte Tess, *aber heute hat es ein Hund meiner Pussy besorgt.* Die Alte Tess hätte einen Scherz dieser Art nicht gebilligt, aber die Neue Tess hielt ihn für ziemlich gut. Sie bellte ein heiseres Lachen, setzte sich wieder in Bewegung und ging auf die andere Straßenseite hinüber, wo die Parkplatzbeleuchtung nicht mehr ganz hinreichte.

Als sie an der Rückseite des Gebäudes vorbeikam, sah sie einen alten weißen Kastenwagen, der rückwärts an die Ladebucht herangestoßen war. Auf dieser Seite des Stagger Inn gab es keine Bogenlampen, aber der Mondschein reichte aus, um ihr das Skelett mit seinem Schlagzeug aus

Törtchen zu zeigen. Kein Wunder, dass der Fahrer nicht angehalten hatte, um die Nagelbretter von der Fahrbahn zu räumen. Die Zombie Bakers hatten sich zum Aufbauen verspätet, und das war nicht gut, denn an Freitagabenden steppte der Bär im Stagger Inn.

»*Can your pussy do the dog?*«, fragte Tess und zog den schmuddeligen Teppichrest etwas enger um den Hals. Er war keine Nerzstola, aber in dieser kühlen Oktobernacht besser als nichts.

14

Wenn Sie die 47 erreichen, hatte Ramona Norville gesagt, *sehen Sie einen Wegweiser zur I-84.* Tess sah etwas noch Besseres: ein Gas & Dash mit zwei Kartentelefonen an der Hohlblocksteinwand zwischen den Toiletten.

Sie ging zuerst auf Damen und musste mit einer Hand vor dem Mund einen Schrei unterdrücken, als ihr Urin zu fließen begann; es brannte, als hätte jemand in ihr ein Streichholzbriefchen angezündet. Als sie vom WC aufstand, kullerten wieder Tränen über ihre Wangen. Das Wasser in der Schüssel war pastellrosa. Sie tupfte sich mit zusammengelegtem Klopapier ab – sehr sanft – und betätigte dann die Spülung. Sie hätte ein weiteres Papierpolster in den Schritt ihrer Unterhose gelegt, aber das konnte sie natürlich nicht. Der Riese hatte ihren Slip als Souvenir mitgenommen.

»Du Scheißkerl«, sagte sie mit ihrer neuen, rauen Bonnie-Tyler-Stimme.

Sie blieb mit einer Hand auf dem Türknopf stehen und betrachtete in dem wasserfleckigen Metallspiegel über dem Waschbecken die misshandelte Frau mit den weit aufgerissenen Augen. Dann ging sie hinaus.

15

Sie entdeckte, dass es in diesen modernen Zeiten eigenartig schwierig geworden war, ein Kartentelefon zu benutzen, auch wenn man die Nummer seiner Telefonkarte auswendig wusste. Das erste Telefon, das sie ausprobierte, funktionierte nur in einer Richtung: Sie konnte die Auskunft hören, aber die Telefonistin konnte nicht sie hören und trennte deshalb die ohnehin unzulängliche Verbindung. Das andere Telefon hing schief an der Hohlblocksteinwand – wenig ermutigend –, aber es funktionierte. Aus dem Hörer kam ein stetiges ärgerliches Summen, aber wenigstens konnten die Telefonistin und sie miteinander reden. Nur hatte Tess weder Bleistift noch Kugelschreiber. In ihrer Handtasche hatte sie mehrere Schreibgeräte, aber die war weg.

»Können Sie mich nicht einfach verbinden?«, fragte sie die Telefonistin.

»Nein, Ma'am, Sie müssen die Nummer selbst wählen, um Ihre Kreditkarte zu benutzen.« Die Telefonistin sprach, als müsste sie einem dummen Kind etwas allgemein Bekanntes erklären. Das brachte Tess aber nicht auf; sie *fühlte* sich wie ein dummes Kind. Dann sah sie, wie staubig die Wand war. Sie forderte die Telefonistin auf, ihr die Nummer zu geben, und als sie kam, schrieb Tess sie mit dem Zeigefinger in den Staub.

Bevor sie wählen konnte, fuhr ein Pick-up auf den Parkplatz. Ihr Herz flog mit schwindelerregender akrobatischer Leichtigkeit in ihre Kehle hinauf, und als zwei lachende Jungs in Highschool-Jacken ausstiegen und in dem Laden verschwanden, war sie froh, dass es dort oben war. Es blockierte den Schrei, den sie sonst bestimmt nicht hätte unterdrücken können.

Sie spürte, dass die Welt wegzutreten versuchte, lehnte den Kopf sekundenlang an die Wand und rang nach Atem.

Sie schloss die Augen. Sie sah den Riesen mit beiden Händen in den Taschen seiner Latzhose über sich aufragen und öffnete die Augen wieder. Sie wählte die Nummer, die sie in den Staub an der Wand geschrieben hatte.

Sie machte sich auf einen Anrufbeantworter oder einen gelangweilten Kundenbetreuer gefasst, der ihr erklärte, sie hätten keine Wagen, natürlich nicht, heute sei Freitagabend, sind Sie dumm auf die Welt gekommen, Lady, oder erst später so geworden? Aber nach dem zweiten Klingeln meldete sich eine geschäftsmäßige Frau, die sich als Andrea vorstellte. Sie hörte Tess zu, dann sagte sie, sie würden sofort einen Wagen hinausschicken, ihr Fahrer würde Manuel sein. Ja, sie wisse genau, von wo aus Tess anrufe, weil sie dauernd Wagen zum Stagger Inn hinausschickten.

»Okay, aber ich bin nicht dort«, sagte Tess. »Ich bin an der Kreuzung ungefähr eine halbe Meile vom …«

»Ja, Ma'am, das habe ich«, sagte Andrea. »Das Gas & Dash. Dort fahren wir manchmal auch hin. Die Leute gehen oft zu Fuß hin und rufen an, wenn sie ein bisschen zu viel getrunken haben. Es wird ungefähr fünfundvierzig Minuten dauern, vielleicht sogar eine Stunde.«

»Das ist in Ordnung«, sagte Tess. Wieder flossen ihr die Tränen. Diesmal Tränen der Dankbarkeit, obwohl sie sich ermahnte, wachsam zu bleiben, weil die Hoffnungen der Heldin sich in solchen Storys allzu oft als trügerisch erwiesen. »Das ist völlig in Ordnung. Ich bin um die Ecke bei den Telefonen. Und ich halte die Augen offen.«

Jetzt wird sie mich fragen, ob ich etwas zu viel getrunken habe. Weil ich wahrscheinlich so klinge.

Aber Andrea wollte nur wissen, ob sie bar oder mit Karte zahlen würde.

»American Express. Ich müsste in Ihrem Computer sein.«

»Ja, Ma'am, das sind Sie. Danke, dass Sie Royal Limousine angerufen haben, wo jeder Kunde königlich behandelt wird.« Andrea legte auf, bevor Tess »oh, bitte sehr« sagen konnte.

Als sie den Hörer einhängen wollte, kam ein Mann – *er, das ist er* – um die Ladenecke genau auf sie zugerannt. Diesmal hatte sie keine Chance aufzuschreien; sie war vor Entsetzen gelähmt.

Es war einer der beiden Teenager. Er lief an ihr vorbei, ohne sie anzusehen, schlug einen Haken nach links und verschwand in Herren. Die Tür fiel krachend ins Schloss. Wenige Augenblicke später hörte sie den pferdeartig starken Strahl, mit dem ein junger Mann seine schrecklich gesunde Blase entleerte.

Tess ging an der Seite des Gebäudes entlang nach hinten. Dort stand sie neben einem übelriechenden Müllbehälter *(nein,* dachte sie, *ich stehe nicht, ich lauere)* und wartete darauf, dass der junge Mann fertig war und verschwand. Dann ging sie zu den Telefonen zurück, um die Straße zu beobachten. Obwohl sie an vielen Stellen Schmerzen hatte, spürte sie, wie ihr Magen vor Hunger knurrte. Sie hatte das Abendessen versäumt, war einfach zu sehr damit beschäftigt gewesen, vergewaltigt und beinahe umgebracht zu werden, um etwas zu essen. Sie hätte gern irgendeinen der Snacks gehabt, die in solchen Läden verkauft wurden – sogar ein paar dieser scheußlichen kleinen, widerlich gelben Erdnussbuttercracker wären köstlich gewesen –, aber sie hatte kein Geld. Auch wenn sie welches gehabt hätte, wäre sie nicht hineingegangen. Sie kannte die Beleuchtung in Tankstellenshops wie dem Gas & Dash: unbarmherzig grelle Leuchtstoffröhren, in deren Licht selbst Gesunde aussahen, als litten sie an Bauchspeicheldrüsenkrebs. Der oder die Angestellte hinter der Theke würde ihr entstelltes Gesicht, die gebrochene Nase und die geschwollenen Lippen anstarren, und auch wenn er oder sie nichts sagte, würde Tess leicht geweitete Augen sehen. Und vielleicht ein rasch unterdrücktes Zucken der Lippen. Weil, machen wir uns nichts vor, manche Leute über eine misshandelte Frau lachen konnten. Vor allem an einem Freitagabend. *Wer hat Sie so rangenommen, Lady, und womit haben Sie sich's verdient? Sind wohl nicht rübergekommen, nachdem irgendein Kerl seinen Überstundenlohn für Sie ausgegeben hat, was?*

Das erinnerte sie an eine alte Scherzfrage, die sie irgendwo gehört hatte: *Wieso gibt es jährlich dreihunderttausend misshandelte Frauen in Amerika? Weil sie … verdammt noch mal … einfach nicht* gehorchen.

»Macht nichts«, flüsterte sie. »Ich esse etwas, wenn ich zu Hause bin. Vielleicht Thunfischsalat.«

Das klang gut, aber irgendwie war sie davon überzeugt, dass sie wohl nie wieder Thunfischsalat – oder übrigens auch widerlich gelbe Erdnussbuttercracker aus Tankstellenshops – essen können würde. Die Vorstellung, dass eine Limousine vorfahren und sie aus diesem Albtraum holen würde, war zu gut, um wahr zu sein.

Irgendwo zu ihrer Linken konnte Tess das Rauschen des Verkehrs auf der I-84 hören – auf der Interstate, die sie genommen hätte, wenn sie nicht so erfreut gewesen wäre, die Heimfahrt abkürzen zu können. Dort drüben auf der Turnpike waren Leute, die nie vergewaltigt oder in Röhren gestopft worden waren, zu fernen Zielen unterwegs. Tess fand, dass das Geräusch ihres unbekümmerten Reisens das Einsamste war, das sie je gehört hatte.

16

Die Limousine kam. Es handelte sich um einen Lincoln Town Car. Der Fahrer stieg aus und sah sich um. Tess beobachtete ihn von der Ladenecke aus genau. Er trug einen dunklen Anzug. Er war ein kleiner Kerl mit Brille, der nicht wie ein Vergewaltiger aussah ... aber natürlich waren nicht alle Riesen Vergewaltiger und nicht alle Vergewaltiger Riesen. Aber sie würde ihm vertrauen müssen. Wenn sie nach Hause und Fritzy füttern wollte, blieb ihr keine andere Wahl. Also ließ sie ihre schmutzige improvisierte Stola unter das funktionierende Kartentelefon fallen und ging langsam, und ohne zu schwanken, zu dem Town Car. Das aus den Fenstern des Tankstellenshops fallende Licht erschien ihr blendend hell, als sie aus dem Halbschatten trat, und sie war sich bewusst, wie ihr Gesicht aussah.

Er wird fragen, was mir zugestoßen ist, und dann wird er fragen, ob ich ins Krankenhaus will.

Aber Manuel (der vielleicht schon Schlimmeres gesehen hatte, das war nicht unmöglich) hielt ihr nur den Schlag auf und sagte: »Willkommen bei Royal Limousine, Ma'am.« Sein sanfter hispanischer Akzent passte zu seinem dunklen Teint und den schwarzen Augen.

»Wo ich königlich behandelt werde«, sagte Tess mit ihrer neuen, rauchigen Stimme. Sie versuchte zu lächeln. Was ihren geschwollenen Lippen ziemlich wehtat.

»Ja, Ma'am.« Sonst nichts. Gott segne Manuel, der vielleicht schon Schlimmeres gesehen hatte – vielleicht dort, wo er herkam, vielleicht auf dem Rücksitz genau dieses Wagens. Wer wusste, was für Geheimnisse Limo-Fahrer bewahrten? Das war eine Frage, in der ein gutes Buch versteckt sein konnte. Nicht von der Art, die sie schrieb, natürlich nicht ... aber wer konnte wissen, was für Bücher sie in Zukunft schreiben würde? Oder ob sie überhaupt noch schreiben würde? Vielleicht hatte ihr Abenteuer von heute Nacht ihr diesen einsamen Job für eine Weile vermiest. Vielleicht sogar für immer. Das ließ sich unmöglich sagen.

Sie stieg hinten ein und bewegte sich dabei wie eine alte Frau mit fortgeschrittener Osteoporose. Als sie saß und er die Tür geschlossen hatte, umklammerte sie den Türgriff und sah aufmerksam nach vorn, weil sie sichergehen wollte, dass Manuel sich ans Steuer setzte, nicht der Riese in der Latzhose. In *Stagg Road Horror 2* wäre es der Riese gewesen: ein letztes Drehen an der Spannungsschraube vor dem Abspann. *Ein bisschen Ironie des Schicksals, das ist gut für den Kreislauf.*

Aber es war Manuel, der einstieg. Natürlich er. Sie entspannte sich.

»Als Adresse habe ich 19 Primrose Lane in Stoke Village. Ist das korrekt?«

Im ersten Augenblick wusste sie's nicht; die Nummer ihrer Telefonkarte hatte sie ohne Unterbrechung eingetippt, aber die eigene Adresse war ihr entfallen.

Entspann dich, sagte sie sich. *Es ist vorbei. Das hier ist kein Horrorfilm, es ist dein Leben. Du hast Schreckliches durchgemacht, aber es ist vorbei. Also entspann dich.*

»Ja, Manuel, das stimmt.«

»Möchten Sie zwischendurch irgendwo halten, oder fahren wir direkt zu Ihnen nach Hause?« Das war seine einzige dezente Anspielung auf das, was die Lichter des Gas & Dash ihm gezeigt haben mussten, als sie auf den Town Car zugekommen war.

Es war nur Glück, dass sie weiter die Antibabypille nahm – Glück und vielleicht Optimismus, denn sie hatte seit drei Jahren nicht einmal mehr einen One-Night-Stand erlebt, außer man zählte heute Nacht mit –, aber Glück hatte sich heute rar gemacht, und sie war für diesen glücklichen kleinen Zufall dankbar. Bestimmt hätte Manuel irgendwo ent-

lang ihrer Route eine nachts geöffnete Apotheke finden
können, Limo-Fahrer schienen solche Dinge zu wissen,
aber Tess glaubte nicht, dass sie imstande gewesen wäre, in
einen Drugstore zu gehen und die Pille danach zu verlangen. Ihr Gesicht hätte nur allzu deutlich gezeigt, weshalb
sie eine brauchte. Und es hätte natürlich ein finanzielles
Problem gegeben.

»Keine Zwischenstopps, bringen Sie mich bitte einfach
nur nach Hause.«

Bald waren sie auf der I-84, auf der reger Freitagnacht-
verkehr herrschte. Die Stagg Road mit dem verlassenen Geschäft lag hinter ihr. Was vor ihr lag, war ihr eigenes Haus
mit einer Alarmanlage und Schlössern an allen Türen. Und
das war gut.

17

Alles lief genauso ab, wie sie es sich vorgestellt hatte: die
Ankunft, das auf der Kreditkartenabrechnung hinzugefügte
Trinkgeld, ihr Weg zwischen den Blumenrabatten zur Haustür (sie bat Manuel, noch zu warten und ihr mit seinen
Scheinwerfern zu leuchten, bis sie drinnen war), Fritzys
Miauen, als sie den Briefkasten hochkippte und den Reserveschlüssel von seinem Haken angelte. Dann war sie drinnen, und Fritzy strich ihr ungeduldig um die Beine, wollte
hochgehoben und gestreichelt werden, wollte gefüttert werden. Das alles tat Tess, aber als Erstes sperrte sie die Haustür hinter sich ab und schaltete erstmals seit Monaten die
Alarmanlage ein. Als sie auf dem kleinen grünen Display
über dem Tastenfeld das Wort SCHARF blinken sah, begann sie endlich, sich annähernd wieder wie sie selbst zu
fühlen. Sie sah auf die Küchenuhr und war verblüfft, weil
es erst Viertel nach elf war.

Während Fritzy sein Fancy Feast fraß, kontrollierte sie die Türen zum Garten und der seitlich angebauten Veranda und überzeugte sich davon, dass beide abgesperrt waren. Danach die Fenster. Die Steuereinheit der Alarmanlage sollte melden, wenn eines offen war, aber sie traute ihr nicht. Als sie bestimmt wusste, dass alles sicher war, trat sie an den Dielenschrank und holte eine Schachtel herunter, die schon so lange im obersten Fach stand, dass sie eine dünne Staubschicht angesetzt hatte.

Vor fünf Jahren hatte es im Norden von Connecticut und im Süden von Massachusetts eine Welle von Einbrüchen und Überfällen auf Hausbesitzer gegeben. Die bösen Jungs waren vor allem Drogenabhängige, die nach Eighties süchtig waren, wie OxyContin bei seinen vielen Fans in Neuengland hieß. Die Bevölkerung wurde aufgefordert, besonders vorsichtig zu sein und »angemessene Vorsichtsmaßnahmen zu ergreifen«. Tess hegte keine starken Gefühle für oder gegen Handfeuerwaffen und war nicht sehr besorgt gewesen, fremde Männer könnten nachts bei ihr einbrechen (nicht damals), aber eine Schusswaffe schien in die Rubrik »angemessene Vorsichtsmaßnahmen« zu fallen, und sie hatte ohnehin vorgehabt, sich für den nächsten Willow-Grove-Roman mit Revolvern vertraut zu machen. Die Einbruchshysterie war ihr als perfekte Gelegenheit erschienen.

Sie ging in das im Internet am besten beurteilte Waffengeschäft in Hartford, und der Verkäufer empfahl ihr einen Smith & Wesson Kaliber .38, den er »Lemon Squeezer« nannte. Tess kaufte ihn vor allem deshalb, weil ihr dieser Name gefiel. Er nannte ihr auch einen guten Schießstand am Ortsrand von Stoke Village. Als sie den Revolver nach Ablauf der 48-stündigen Wartezeit tatsächlich erhielt, war sie pflichtbewusst mit ihm dort hinausgefahren. Innerhalb einer Woche hatte sie rund vierhundert Schuss abgegeben;

anfangs hatte sie es genossen, einfach drauflosballern zu können, aber das war ihr bald langweilig geworden. Seither lag der Revolver mit fünfzig Schuss Munition und ihrem Waffenschein in seiner Schachtel im Schrank.

Sie lud die Waffe und fühlte sich mit jeder vollen Kammer besser, *sicherer*. Sie legte den Revolver auf die Arbeitsplatte in der Küche, dann sah sie nach dem Anrufbeantworter. Nur eine Nachricht. Von Patsy McClain, ihrer Nachbarin. »Ich habe heute Abend kein Licht gesehen und vermutet, dass du dich entschlossen hast, in Chicopee zu übernachten. Oder bist du vielleicht nach Boston gefahren? Jedenfalls habe ich den Schlüssel hinter dem Briefkasten benutzt und Fritzy gefüttert. Oh, und ich habe deine Post auf den Tisch in der Diele gelegt. Lauter Werbung, sorry. Ruf mich morgen an, bevor ich in die Arbeit fahre, falls du zurück bist. Ich will nur wissen, dass du heil wieder da bist.«

»He, Fritz«, sagte sie und bückte sich, um ihn zu streicheln. »Heute Abend hat's doppelte Portionen gegeben, was? Ziemlich clever von …«

Grauschleier schoben sich vor ihren Blick, und wenn sie sich nicht am Küchentisch festgehalten hätte, wäre sie der Länge nach aufs Linoleum geschlagen. Sie stieß einen überraschten Schrei aus, der schwach klang und aus weiter Ferne zu kommen schien. Fritzy legte die Ohren an, musterte sie mit schmalen Augen, schien zu dem Schluss zu gelangen, sie werde nicht fallen (zumindest nicht auf ihn), und machte sich wieder über sein zweites Abendessen her.

Tess richtete sich langsam auf, hielt sich sicherheitshalber am Küchentisch fest und öffnete den Kühlschrank. Thunfischsalat gab es keinen, aber es gab Erdbeerquark. Sie verschlang ihn gierig und kratzte den Plastikbehälter dann mit dem Löffel aus, um an den letzten Rest heranzukommen. Der Quark glitt kühl und glatt durch ihre schmerzende Kehle. Fleisch hätte sie vielleicht ohnehin nicht essen können. Nicht einmal Thunfisch aus der Dose.

Sie trank Apfelsaft direkt aus der Flasche, rülpste und schleppte sich dann ins Bad im Erdgeschoss. Sie nahm den Revolver mit und ließ dabei die Finger aus dem Schutzbügel um den Abzug, wie sie es gelernt hatte.

Auf der Ablage über dem Waschbecken stand ein ovaler Vergrößerungsspiegel, ein Weihnachtsgeschenk ihres Bruders in New Mexico. Am oberen Rand standen in goldener Schreibschrift die Worte *Mein hübsches Ich*. Die Alte Tess hatte ihn benutzt, um sich die Augenbrauen zu zupfen oder rasch das Make-up nachzubessern. Die Neue Tess begutachtete darin ihre Augen. Sie waren natürlich blutunterlaufen, aber die Pupillen schienen gleich groß zu sein. Sie schaltete das Licht im Bad aus, zählte bis zwanzig, schaltete es dann wieder ein und beobachtete, wie ihre Pupillen sich verengten. Auch das schien in Ordnung zu sein. Also wahrscheinlich kein Schädelbruch. Vielleicht eine Gehirnerschütterung, eine *leichte* Gehirnerschütterung, aber …

Als ob ich das wüsste. Ich habe einen B. A. von der University of Connecticut und einen höheren Abschluss in Detektiv spielenden alten Ladys, die mindestens ein Viertel jedes Buchs damit verbringen, Rezepte auszutauschen, die ich aus dem Internet herunterlade und dann so abändere, dass mich niemand als Plagiatorin verklagen kann. Ich könnte nachts ins Koma fallen oder an einer Gehirnblutung sterben. Patsy würde mich auffinden, wenn sie wiederkäme, um die Katze zu füttern. Du musst zum Arzt, Tessa Jean. Und das weißt du.

Sie wusste jedoch, dass ihr Unglück erst recht öffentlich bekanntwerden konnte, wenn sie zu ihrem Arzt ging. Ärzte garantierten Verschwiegenheit, das gehörte zu ihrem Eid, und eine Frau, die von Beruf Anwältin, Putzfrau oder Immobilienmaklerin war, konnte vermutlich darauf zählen.

Vielleicht auch Tess, das war durchaus möglich. Sogar wahrscheinlich. Andererseits brauchte man sich nur anzusehen, was Farrah Fawcett passiert war: Futter für die Sensationspresse, sobald jemand vom Krankenhauspersonal geschwatzt hatte. Tess selbst hatte Gerüchte über die psychiatrischen Missgeschicke eines Schriftstellers gehört, der mit seinen tolldreisten Action-Romanen jahrelang auf den Bestsellerlisten gestanden hatte. Vor kaum zwei Monaten hatte ihre eigene Agentin Tess das pikanteste dieser Gerüchte beim Mittagessen erzählt ... und Tess hatte zugehört.

Ich habe mehr getan, als nur zuzuhören, dachte sie, während sie ihr zerschlagenes Gesicht im Vergrößerungsspiegel betrachtete. *Ich habe dieses Häppchen weitergegeben, sobald ich nur konnte.*

Selbst wenn der Arzt und seine Sprechstundenhilfen nichts über die Krimiautorin erzählten, die auf der Heimfahrt von einer Lesung zusammengeschlagen, vergewaltigt und ausgeraubt worden war ... was war mit den anderen Patienten, die Tess vielleicht im Wartezimmer sehen würden? Für einige von ihnen würde sie nicht nur irgendeine misshandelte Frau mit Gesichtsverletzungen sein; sie würde diese in Stoke Village lebende Schriftstellerin sein, du weißt schon, welche ich meine, vor ein, zwei Jahren haben sie einen Film über ihre alten Detektiv-Ladys gedreht, der ist im Lifetime Channel gezeigt worden, und o Gott, du hättest sie *sehen* sollen!

Die Nase sah nicht allzu schlecht aus. Schief und geschwollen (natürlich, armes Ding) und schmerzend, aber sie konnte durch sie atmen, und oben hatte sie etwas Vicodin, das sie nachts gegen Schmerzen nehmen konnte. Sie glaubte, dass sie zurechtkommen würde, ohne sich die Nase richten zu lassen, und wenn sie in ein, zwei Monaten noch komisch aussah, konnte sie sich ja einer kleinen Rhinoplastik-OP – oder wie man das nannte – unterziehen. Aber sie hatte zwei prachtvolle Veilchen, eine geschwollene blaugrüne Backe und eine Kette aus Fingerspuren um den Hals. Die war am schlimmsten, die Art Collier, das eine Frau nur auf *eine* Weise bekam. Außerdem hatte sie verschiedene Blutergüsse, Kratzer und Prellungen an Rücken, Beinen und Hintern. Aber Kleidung und Strümpfe waren als Tarnung Trümpfe.

Klasse. Ich bin eine Dichterin, ohne es zu ahnen.

»Der Hals … ich könnte einen Rollkragenpulli tragen …«

Klar. Oktober war Rollkragenwetter. Und Patsy konnte sie erzählen, sie sei nachts die Treppe hinuntergefallen und habe sich im Gesicht verletzt. Sie könnte sagen …

»Dass ich geglaubt habe, ein Geräusch zu hören, und Fritzy mir zwischen die Füße gekommen ist, als ich runtergehen und nachsehen wollte.«

Fritzy hörte seinen Namen und miaute von der Badezimmertür her.

»Dass ich mit meinem dummen Gesicht auf dem unteren Endpfosten gelandet bin. Ich könnte sogar …«

Sogar eine kleine Spur an dem Pfosten zurücklassen, natürlich konnte sie das. Vielleicht mit dem Fleischklopfer aus einer ihrer Küchenschubladen. Nichts Auffälliges, nur ein, zwei leichte Schläge, um die Farbe abplatzen zu lassen. Ein Arzt (oder eine clevere alte Detektivin wie Doreen Marquis, Doyenne des Strickclubs) hätte sich von dieser Geschichte nicht täuschen lassen, aber es würde die liebe Patsy McC täuschen, deren Mann in ihren zwanzig Ehejahren bestimmt kein einziges Mal die Hand gegen sie erhoben hatte.

»Es ist nicht so, dass ich mich wegen irgendwas schämen müsste«, flüsterte sie der Frau im Spiegel zu. Der Neuen Frau mit der schiefen Nase und den geschwollenen Lippen. »Ganz und gar nicht.« Gewiss, aber eine öffentliche Bloßstellung würde sie *beschämen*. Sie würde nackt sein. Ein nacktes Opfer.

*Aber was ist mit den Frauen, Tessa Jean? Den Frauen in
der Wellblechröhre?*

Über die würde sie nachdenken müssen, aber nicht heute
Nacht. Heute Nacht war sie müde, hatte Schmerzen und
war in tiefster Seele bekümmert.

In ihrem Innersten (in ihrer bekümmerten Seele) spürte
sie wie Glut unter der Asche Zorn auf den Mann, der das
alles verschuldet hatte. Auf den Kerl, der sie in diese Lage
gebracht hatte. Sie betrachtete den neben dem Waschbecken liegenden Revolver und wusste, dass sie auf ihn geschossen hätte, ohne einen Augenblick zu zögern, wenn er
hier gewesen wäre. Dieses Wissen bewirkte, dass sie sich
schlecht fühlte. Zugleich fühlte sie sich etwas stärker.

18

Sie schlug mit dem Fleischklopfer etwas Farbe von dem
Endpfosten des Geländers ab – inzwischen war sie so müde,
dass sie sich wie ein Traum im Kopf einer anderen Frau
fühlte. Sie begutachtete die Delle, fand, sie sah zu absichtlich erzeugt aus, und glättete die Ränder mit ein paar
leichten Schlägen. Als die Stelle wie etwas aussah, was sie
mit einer Seite ihres Gesichts – wo die schlimmste Prellung
war – erzeugt haben konnte, stieg sie langsam die Treppe
hinauf und ging mit dem Revolver in der Hand den Flur
entlang.

Vor der halb geöffneten Schlafzimmertür zögerte sie
kurz. Was war, wenn *er* dort drinnen war? Er hatte ihre
Handtasche, er hatte ihre Adresse. Die Alarmanlage hatte
sie erst nach ihrer Rückkehr eingeschaltet (wie nachlässig!).
Er konnte seinen alten F-150 um die Ecke geparkt haben.
Er konnte den Hintereingang aufgebrochen haben. Dafür

hätte er wahrscheinlich nicht mehr als ein Stemmeisen gebraucht.

*Wäre er hier, würde ich ihn riechen. Den Männerschweiß.
Und ich würde ihn erschießen. Kein »Legen Sie sich auf den
Boden«, kein »Hände hoch, während ich die 911 anrufe«,
keinen Horrorfilmscheiß. Ich würde ihn einfach erschießen.
Aber wisst ihr, was ich vorher sagen würde?*

»Du magst es, es mag dich«, sagte Tess mit ihrer neuen,
rauen Stimme. Ja. Genau das war es. Er würde es nicht verstehen, aber *sie* würde es tun.

Sie merkte, dass sie sich geradezu wünschte, er wäre in
ihrem Zimmer. Was vermutlich bedeutete, dass die Neue
Frau mehr als nur ein bisschen verrückt war, aber wenn
schon? Wenn danach alles herauskam, war es das wert
gewesen. Ihn zu erschießen würde die öffentliche Demütigung erträglich machen. Und sieh dir die positive Seite an!
Es würde vermutlich den Absatz steigern!

*Ich möchte das Entsetzen in seinem Blick sehen, wenn er
erkennt, dass ich es wirklich tun werde. Das wäre zumindest
eine teilweise Wiedergutmachung.*

Ihre tastende Hand schien eine Ewigkeit zu brauchen,
bis sie den Lichtschalter fand, und natürlich erwartete sie,
dass jemand ihre Finger packen würde, während sie herumfummelte. Sie zog sich langsam aus und ließ ein triefendes,
jämmerliches Schluchzen hören, als sie den Reißverschluss
der Hose öffnete und in ihrem Schamhaar angetrocknetes
Blut sah.

Sie stellte die Dusche so heiß, wie sie es aushalten konnte,
wusch die Stellen, die das Waschen vertrugen, und spülte
alles andere nur ab. Mit sauberem heißem Wasser. Sie wollte
seinen Geruch loswerden, auch den Schimmelgeruch des
Teppichrests. Danach setzte sie sich aufs WC. Diesmal tat
das Pinkeln nicht mehr so weh, aber der Schmerzstrahl,
der ihren Kopf durchzuckte, als sie – ganz vorsichtig – ver-

suchte, ihre schiefe Nase gerade zu rücken, ließ sie aufschreien. Na, und wenn schon. Nell Gwynne, die berühmte elisabethanische Schauspielerin, hatte eine schiefe Nase gehabt. Tess wusste ganz sicher, dass sie das irgendwo gelesen hatte.

Sie zog einen Flanellpyjama an, schlurfte zum Bett und lag dann da: alle Lampen eingeschaltet, mit dem Smith & Wesson .38 auf dem Nachttisch. Sie befürchtete, nicht schlafen zu können, weil ihre überreizte Phantasie jedes Geräusch von der Straße herauf in die Annäherung des Giganten verwandeln würde. Aber dann sprang Fritzy aufs Bett, rollte sich neben ihr zusammen und begann zu schnurren. Das war besser.

Ich bin daheim, dachte sie. *Ich bin daheim, ich bin daheim, ich bin daheim.*

19

Als sie aufwachte, fiel das unbestreitbar nüchterne Licht von sechs Uhr morgens durch die Fenster herein. Es gab Dinge, die getan werden mussten, und Entscheidungen, die getroffen werden mussten, aber vorerst genügte es, zu leben und im eigenen Bett zu liegen, statt draußen auf dem Land in eine Wellblechröhre gestopft zu sein.

Diesmal fühlte das Pinkeln sich fast normal an, und sie sah kein Blut mehr. Sie trat unter die Dusche, stellte das Wasser wieder so heiß, wie sie es aushalten konnte, schloss die Augen und ließ es auf ihr pochendes Gesicht trommeln. Als sie davon genug hatte, massierte sie Shampoo in ihr Haar, arbeitete langsam und systematisch, benutzte ihre Finger, um die Kopfhaut zu massieren, und sparte die schmerzende Stelle aus, wo seine Faust sie getroffen haben musste. Anfangs brannte die tiefe Schramme auf ihrem Rücken, aber auch das verging, und sie empfand eine Art Seligkeit. An die Duschszene in *Psycho* dachte sie gar nicht.

Die Dusche war schon immer der Ort, an dem sie am besten nachdenken konnte, eine Umgebung wie im Mutterleib, und wenn sie jemals angestrengt und gut hatte nachdenken müssen, dann war es heute.

Ich will nicht zu Dr. Hedstrom, und ich brauche nicht zu Dr. Hedstrom. Dieser Entschluss steht fest, obwohl ich mich später – vielleicht in ein paar Wochen, wenn mein Gesicht wieder einigermaßen normal aussieht – auf Geschlechtskrankheiten untersuchen lassen muss ...

»Vergiss den Aidstest nicht«, sagte sie, und dieser Gedanke ließ sie so stark das Gesicht verziehen, dass ihr der Mund wehtat. Ein beängstigender Gedanke. Trotzdem würde sie den Test machen lassen müssen. Um ihrer eigenen Seelenruhe willen. Aber nichts von alledem ging auf die Frage ein, die sie jetzt als das Hauptproblem dieses Morgens erkannte. Was sie wegen ihrer Vergewaltigung tat oder nicht, war allein ihre Sache, aber das galt nicht für die Frauen in der Röhre. *Sie* hatten weit mehr verloren als sie. Und was war mit der nächsten Frau, die der Riese überfiel? Dass es weitere geben würde, bezweifelte sie nicht. Vielleicht einen Monat oder ein Jahr lang keine, aber irgendwann bestimmt wieder. Und als sie das Wasser abdrehte, wurde ihr bewusst (erneut), dass sie selbst die Nächste sein konnte, wenn er den Durchlass kontrollierte und sah, dass sie verschwunden war. Wenn er ihre Handtasche durchwühlt hatte, was bestimmt der Fall war, dann *hatte* er ihre Adresse.

»Außerdem meine Brillantohrringe«, sagte sie und senkte den Kopf, um sich die Haare zu spülen. »Der gottverdammte perverse Scheißkerl hat meine Ohrringe gestohlen.«

Selbst wenn sie die Stagg Road für einige Zeit mied, gehörten diese Frauen jetzt zu ihr. Sie fielen in ihre Verantwortung, der sie sich nicht entziehen dürfte, nur weil ihr Bild auf dem Cover von *Inside View* erscheinen könnte.

Im stillen Licht eines Stadtrandmorgens in Connecticut war die Antwort lächerlich einfach: ein anonymer Anruf bei der Polizei. Die Tatsache, dass eine Krimiautorin mit zehn Jahren Berufserfahrung nicht gleich darauf gekommen war, verdiente fast eine Gelbe Karte. Sie würde den Tatort angeben – den verlassenen »DU MAGST ES ES MAG DICH«-Laden an der Stagg Road – und den Riesen beschreiben. Wie schwierig konnte es sein, einen solchen Mann aufzuspüren? Oder einen blauen Ford F-150 mit Bondo-Spachtel um die Scheinwerfer?

Kinderleicht.

Aber während sie sich die Haare trocknete, fiel ihr Blick auf den Smith & Wesson Kaliber .38, und sie dachte: *Zu kinderleicht. Weil …*

»Was bringt mir das?«, fragte sie Fritzy, der in der Tür saß und sie mit seinen großen grünen Augen beobachtete. »Was ist dann für *mich* drin?«

20

Eineinhalb Stunden später stand Tess in der Küche. Ihre Müslischale war im Ausguss eingeweicht. Ihre zweite Tasse Kaffee wurde auf der Arbeitsplatte kalt. Sie telefonierte.

»O Gott!«, rief Patsy aus. »Ich komme sofort rüber!«

»Nein, nein, mir geht's gut, Pats. Und du würdest zu spät zur Arbeit kommen.«

»Samstagvormittage sind rein freiwillig, und du solltest zum Arzt gehen! Was ist, wenn du eine Gehirnerschütterung oder so was hast?«

»Ich habe keine Gehirnerschütterung, nur blaue Flecken. Und ich würde mich genieren, zum Arzt zu gehen, weil ich drei Drinks über dem Limit hatte. Mindestens drei. Das einzig Vernünftige, was ich letzte Nacht getan habe, war wohl, mich mit einer Limousine heimfahren zu lassen.«

»Weißt du sicher, dass deine Nase nicht gebrochen ist?«

»Sicher.« Na ja ... *fast* sicher.

»Ist mit Fritzy alles in Ordnung?«

Tess brach in völlig echtes Lachen aus. »Ich stolpere mitten in der Nacht halb benebelt die Treppe hinunter, weil der Rauchmelder piepst, falle über die Katze und schlage mir fast den Schädel ein – und dein Mitgefühl gilt der Katze. Nett.«

»Schätzchen, ich ...«

»War nur ein Scherz«, sagte Tess. »Fahr in die Arbeit, und hör auf, dir Sorgen zu machen. Ich wollte nur nicht, dass du loskreischst, wenn du mich siehst. Ich habe zwei wunderschöne Veilchen. Hätte ich einen Exmann, könnte man glauben, er hätte mir einen Besuch abgestattet.«

»Niemand würde es wagen, dich anzufassen«, sagte Patsy. »Du bist tough, Mädchen.«

»Stimmt«, sagte Tess. »Ich lass mir keinen Scheiß gefallen.«

»Du klingst heiser.«

»Zu allem anderen bekomme ich auch noch eine Erkältung.«

»Jedenfalls ... wenn du heute Abend etwas brauchst ... Hühnersuppe ... ein paar alte Percocet ... eine DVD mit Johnny Depp ...«

»Dann rufe ich dich an. Aber jetzt musst du los. Modebewusste Frauen auf der Suche nach Ann Taylor in der unerreichbaren Größe sechsunddreißig zählen auf dich.«

»Verpiss dich, Weib«, sagte Patsy und legte lachend auf.

Tess nahm ihren Kaffee an den Küchentisch mit. Der Revolver lag dort neben der Zuckerdose: nicht ganz ein Gemälde von Dalí, aber verdammt ähnlich. Dann sah sie ihn doppelt, weil sie in Tränen ausbrach. Daran war die Erinnerung an ihre unbekümmerte Redeweise schuld. Der Klang der Lüge, mit der sie jetzt leben würde, bis sie ihr wie die Wahrheit vorkam. »Du Drecksack«, rief sie. »Du Scheißkerl! *Ich hasse dich!*«

Obwohl sie geduscht hatte, fühlte sie sich schmutzig. Sie hatte geduscht, aber sie glaubte, ihn noch immer in sich zu spüren, seinen ...

»Seinen Schwanzschleim.«

Sie sprang auf, sah aus den Augenwinkeln heraus, wie ihre verschreckte Katze in die Diele flüchtete, und erreichte den Ausguss gerade noch rechtzeitig, um sich nicht auf den Fußboden zu übergeben. Ihr Kaffee und die Cheerios kamen in einem einzigen krampfartigen Würgeanfall hoch. Als sie sich sicher war, dass sie fertig war, nahm sie den Revolver mit und ging nach oben, um zum zweiten Mal an diesem Morgen zu duschen.

21

Abgetrocknet und in einen behaglichen Frotteebademantel gehüllt, legte sie sich aufs Bett, um darüber nachzudenken, von wo aus sie die Polizei anonym anrufen sollte. Am besten von einem Ort aus, der weitläufig und belebt war. Mit reichlich Parkplätzen, damit sie den Hörer einhängen und sofort abhauen konnte. Die Stoke Village Mall klang richtig. Außerdem war zu überlegen, bei welcher Dienststelle sie anrufen sollte. Colewich ... oder war das zu sehr auf dem einfältigen Niveau von *Deputy Dawg*? Vielleicht war die State Police besser. Und sie würde sich aufschreiben, was sie sagen wollte … dann konnte das Gespräch kürzer sein … außerdem war die Gefahr geringer, dass sie etwas vergaß oder …

In einem Streifen Sonnenlicht auf ihrem Bett liegend, döste Tess ein.

22

Das Telefon klingelte weit entfernt, in einem benachbarten Universum. Dann gab es auf, und Tess hörte ihre eigene Stimme, die freundlich unpersönliche Aufnahme, die mit den Worten *Dies ist der Anschluss von …* begann. Dann hinterließ irgendjemand eine Nachricht. Eine Frau. Bis Tess sich in den wachen Zustand zurückgekämpft hatte, hatte die Anruferin aufgelegt.

Ein Blick auf ihren Radiowecker zeigte ihr, dass es Viertel vor zehn war. Sie hatte weitere zwei Stunden geschlafen. Im ersten Augenblick war sie besorgt: Vielleicht hatte sie doch eine Gehirnerschütterung oder einen Schädelbruch erlitten. Dann entspannte sie sich wieder. Sie hatte letzte Nacht viel Bewegung gehabt. Viel davon war äußerst unangenehm gewesen, aber Bewegung war Bewegung. Noch mal einzuschlafen war ganz natürlich. Vielleicht würde sie heute Nachmittag sogar ein zweites Nickerchen machen (und bestimmt nochmals duschen), aber zuvor hatte sie etwas zu erledigen. Einer Verantwortung nachzukommen.

Sie zog einen langen Tweedrock und einen Rollkragenpulli an, der ihr eigentlich zu groß war; er reichte bis zur Unterseite ihres Kinns hinauf. Tess war das nur recht. Auf die Prellung auf ihrer Wange hatte sie Abdeckcreme aufgetragen. Es verdeckte sie nicht völlig, und auch ihre größte Sonnenbrille konnte die blauen Augen nicht ganz tarnen (ihre geschwollenen Lippen waren ein aussichtsloser Fall), aber das Make-up half trotzdem. Allein das Auftragen bewirkte, dass sie sich mehr im Leben verankert fühlte. Dass sie es mehr unter Kontrolle hatte.

Im Erdgeschoss drückte sie die Play-Taste ihres Anrufbeantworters. Die Anruferin war vermutlich Ramona Norville gewesen, die am Tag danach wie üblich nachgefasst hatte: uns hat's Spaß gemacht, hoffentlich hat's auch Ihnen Spaß gemacht, das Echo war großartig, kommen Sie bitte wieder (verdammt unwahrscheinlich), bla-bla-bla. Aber es war nicht Ramona. Die Nachricht kam von einer Frau, die sich als Betsy Neal vorstellte. Sie sagte, sie rufe aus dem Stagger Inn an.

»Im Rahmen unserer Kampagne gegen Alkohol am Steuer rufen wir routinemäßig alle Leute an, die ihre Autos nach Lokalschluss auf unserem Parkplatz stehen lassen«, sagte Betsy Neal. »Ihr Ford Expedition, Kennzeichen 775-NSD aus Connecticut, kann bis heute Nachmittag fünf Uhr abgeholt werden. Nach fünf Uhr wird er auf Ihre Kosten zu Excellent Auto Repair, 1500 John Higgins Road, North Colewich, abgeschleppt. Bitte beachten Sie, dass wir Ihre Schlüssel nicht haben, Ma'am. Sie müssen sie mitgenommen haben.« Betsy Neal machte eine Pause. »Wir haben etwas aus Ihrem Besitz, also kommen Sie bitte ins Büro. Denken Sie daran, dass Sie sich irgendwie ausweisen müssen. Danke und schönen Tag noch.«

Tess ließ sich aufs Sofa fallen und lachte. Bevor sie die Tonbandnachricht gehört hatte, hatte sie mit dem Expedition zu dem Einkaufszentrum fahren wollen. Ihre Handtasche war weg, ihr Schlüsselring war weg, ihr verdammtes *Auto* war weg, aber sie hatte trotzdem in die Einfahrt hinausgehen, einsteigen und …

Sie lehnte sich in die Polster zurück, lachte schallend laut und hämmerte sich mit einer Faust auf den Oberschenkel.

Fritzy, der auf der anderen Seite des Raums unter einem Sessel lag, sah sie an, als wäre sie übergeschnappt. *Wir sind hier alle verrückt, also nehmen Sie noch eine Tasse Tee,* dachte sie und lachte noch lauter als zuvor.

Als sie endlich aufhörte (nur kam es ihr eher so vor, als liefe ein Federwerk ab), hörte sie sich die Nachricht noch einmal an. Diesmal konzentrierte sie sich auf den Teil, wo Betsy Neal sagte, sie hätten etwas aus ihrem Besitz. Ihre Handtasche? Vielleicht sogar die Brillantohrringe? Aber das wäre zu schön gewesen, um wahr zu sein, oder?

Vor dem Stagger Inn in einem schwarzen Wagen von Royal Limousine vorzufahren wäre vielleicht etwas zu auffällig gewesen, deshalb rief sie die Firma Stoke Village Taxi an. Der Mann von der Zentrale sagte, sie würden sie gegen eine Pauschale von fünfzig Dollar gern zu »The Stagger« (so nannte er den Club) hinausbringen. »Tut mir leid, dass es nicht billiger geht«, sagte er, »aber der Fahrer muss leer zurückfahren.«

»Woher wissen Sie das?«, fragte Tess erstaunt.

»Sie haben Ihren Wagen dortgelassen, stimmt's? Das passiert dauernd, vor allem an Wochenenden. Natürlich bekommen wir auch Anrufe nach Karaoke-Donnerstagen. Ihr Taxi kommt in spätestens fünfzehn Minuten.«

Tess aß eine Pop-Tart (das Schlucken tat weh, aber sie hatte den ersten Frühstücksversuch nun einmal von sich gegeben und war hungrig), dann stand sie am Wohnzimmerfenster, hielt Ausschau nach dem Taxi und spielte dabei mit dem Reserveschlüssel des Expedition. Sie hatte sich dazu entschlossen, ihren Plan abzuändern. Die Stoke Village Mall war out; sobald sie ihren Wagen wiederhatte (und den Gegenstand aus ihrem Besitz, den Betsy Neal für sie aufbewahrte), würde sie ungefähr eine halbe Meile weit zu dem Gas & Dash fahren und die Polizei von dort aus anrufen.

Das erschien ihr nur passend.

23

Als ihr Taxi auf die Stagg Road abbog, begann Tess' Puls zu jagen. Bis sie das Stagger Inn erreichten, schien er mit hundertdreißig Schlägen in der Minute zu galoppieren. Der Taxifahrer musste etwas im Innenspiegel bemerkt haben ... vielleicht hing seine Frage aber auch nur mit den sichtbaren Spuren von Gewalt auf ihrem Gesicht zusammen.

»Alles okay, Ma'am?«

»Bestens«, sagte sie. »Ich hatte bloß nicht vor, heute Vormittag hierher zurückzukommen.«

»Das tun wenige«, sagte der Fahrer. Er kaute auf einem Zahnstocher herum, der eine lässige langsame Reise von einem Mundwinkel zum anderen machte. »Ihre Schlüssel sind doch hier, oder? Sie haben sie beim Barkeeper abgegeben, oder nicht?«

»Oh, da gibt's keine Schwierigkeiten«, sagte sie heiter. »Aber sie bewahren noch etwas anderes auf, was mir gehört – die Lady, die angerufen hat, wollte nicht sagen, was, und ich komme nicht um alles in der Welt darauf, was es sein könnte.« *Großer Gott, ich rede wie eine meiner alten Detektivinnen.*

Der Taxifahrer ließ den Zahnstocher zum Ausgangspunkt zurückwandern. Das war seine einzige Antwort.

»Sie bekommen zehn Dollar extra, wenn Sie warten, bis ich wieder rauskomme«, sagte Tess, indem sie zu dem Rasthaus hinübernickte. »Ich möchte sichergehen, dass mein Wagen anspringt.«

»Kein Problem«, sagte der Taxifahrer.

Und wenn ich schreie, weil er *mir drinnen auflauert, kommen Sie schleunigst gerannt, okay?*

Aber das hätte sie nie gesagt, auch wenn sie es hätte tun können, ohne völlig übergeschnappt zu klingen. Der Taxifahrer war fünfzig, dick und kurzatmig. Wenn das Ganze eine Falle war, würde er dem Riesen hoffnungslos unterlegen sein ... und in einem Horrorfilm wäre es eine.

Zurückgelockt, dachte Tess trübselig. *Durch den Anruf der Freundin des Riesen zurückgelockt, die so verrückt ist wie er.*

Eine törichte, paranoide Idee, aber der Weg zum Eingang des Stagger Inn erschien ihr lang, und auf dem harten, unbefestigten Untergrund klangen ihre Sportschuhe sehr laut: *stampf-polter-stampf.* Der Parkplatz, der nachts ein Automeer gewesen war, war jetzt bis auf vier Autoinseln leer, eine davon ihr Expedition. Er stand ganz weit hinten – klar, der Riese würde nicht gewollt haben, dass ihn jemand beim Abstellen beobachtete –, und sie konnte den linken Vorderreifen sehen. Er war ein alter schwarzer Reifen, der nicht zu den drei anderen passte, aber er schien die richtige Größe zu haben. Der Kerl hatte ihr den Reifen gewechselt. Natürlich hatte er das getan. Wie hätte er sonst von seiner ... seiner ... herkommen sollen?

Von seiner Freizeitoase aus. Von seiner Killzone aus. Er ist damit hergefahren, hat ihn geparkt, ist zu dem verlassenen Laden zurückgegangen und mit seinem alten F-150 fortgefahren. Gut, dass ich nicht früher zu mir gekommen bin; er hätte mich benommen umherirren sehen, und ich wäre jetzt nicht hier.

Sie sah sich um. In einem der Filme, an die sie jetzt ständig denken musste, hätte sie bestimmt gesehen, wie das Taxi davonraste *(und mich meinem Schicksal überlässt)*, aber es stand noch da. Sie winkte dem Fahrer zu, und er winkte zurück. Alles in Ordnung. Ihr Wagen war hier, aber der Riese nicht. Der Riese war in seinem Haus (seinem *Schlupfwinkel*), schlief sich wahrscheinlich noch von den Anstrengungen der vergangenen Nacht aus.

An der Tür hing ein Schild, auf dem WIR HABEN GESCHLOSSEN stand. Tess klopfte an, aber drinnen reagierte niemand. Sie legte eine Hand auf den Türknopf, und als er sich drehen ließ, fielen ihr wieder unheimliche Filmszenen ein. Die wirklich dummen Plots, in denen der Türknopf sich immer drehen lässt und die Heldin (mit zittriger Stimme) ruft: »Ist hier jemand?« Jeder weiß, dass es verrückt wäre, dort reinzugehen, aber sie tut's trotzdem.

Tess sah sich noch einmal nach dem Taxi um, das weiter an seinem Platz stand, erinnerte sich daran, dass sie in ihrer Reservehandtasche einen geladenen Revolver hatte, und ging trotzdem hinein.

24

Sie betrat ein Foyer, das sich auf der Parkplatzseite über die ganze Gebäudelänge erstreckte. An den Wänden hingen Werbefotos: Bands in Leder, Bands in Jeans, eine Mädchenband in Miniröcken. Jenseits der Garderobenständer lag eine provisorische Bar; dort gab es keine Hocker, sondern nur ein Geländer, an dem man einen Drink bekommen konnte, während man auf jemanden wartete oder weil die Bar drinnen überfüllt war. Über den ordentlich aufgereihten Flaschen leuchtete ein einzelnes rotes Schild: BUDWEISER.

Du magst Bud, Bud mag dich, dachte Tess.

Sie nahm ihre Sonnenbrille ab, um beim Weitergehen nicht gegen etwas zu rennen, und durchquerte das Foyer, um einen Blick in den Hauptraum zu werfen. Er war riesig und stank nach Bier. Die Discokugel an der Decke war jetzt dunkel und bewegte sich nicht. Der Holzboden erinnerte sie an die Rollschuhbahn, auf der ihre Freundinnen und sie in dem Sommer zwischen achter Klasse und Highschool praktisch gelebt hatten. Die Instrumente waren noch auf dem Podium, was darauf schließen ließ, dass die Zombie

Bakers heute Abend zurückkehren würden, um noch einmal die Bude zu rocken.

»Hallo?« Ihre Stimme echote.

»Hier bin ich«, antwortete eine leise Stimme hinter ihr.

25

Wäre es eine Männerstimme gewesen, hätte Tess gekreischt. Sie schaffte es, das nicht zu tun, warf sich aber so rasch herum, dass sie leicht stolperte. Die in der Garderobennische stehende Frau – ein mageres kleines Ding, sicher nicht größer als einen Meter sechzig – blinzelte überrascht, dann sagte sie: »Brrr, ganz ruhig.«

»Sie haben mich erschreckt«, sagte Tess.

»Ja, das sehe ich.« Das schmale, perfekt ovale Gesicht der Frau war von einer Wolke aus toupiertem schwarzem Haar umgeben. Über dem rechten Ohr ragte ein Bleistift heraus. Sie hatte lebhafte blaue Augen, deren Farbe nicht ganz übereinstimmte. *Ein Picasso-Girl,* dachte Tess. »Ich war im Büro. Sind Sie die Expedition-Lady oder die Honda-Lady?«

»Expedition.«

»Haben Sie einen Ausweis?«

»Sogar zwei, aber nur einen mit Foto. Meinen Reisepass. Das andere Zeug war in meiner Handtasche. In der *zweiten* Handtasche. Ich dachte, die hätten Sie zufällig,«

»Nein, leider nicht. Haben Sie sie vielleicht unter dem Sitz oder so verstaut? Wir sehen nur im Handschuhfach nach. Und natürlich noch nicht einmal das, wenn der Wagen abgesperrt ist. Ihrer war es nicht, und Ihre Telefonnummer steht auf der Versicherungskarte. Aber wem erzähle ich das. Vielleicht finden Sie Ihre Handtasche ja zu Hause.« Neals

Stimme suggerierte, dass das wenig wahrscheinlich sei. »Ein Ausweis mit Foto ist okay, wenn es Ihnen ähnlich sieht.«

Neal führte Tess zu einer Tür hinter der Garderobe, dann einen schmalen gebogenen Flur entlang, der den Hauptraum umging. An den Wänden hingen weitere Fotos von Bands. An einer Stelle gingen sie durch eine Chlorgaswolke, die Tess in den Augen und ihrer empfindlichen Kehle brannte.

»Wenn Sie glauben, dass die Klos jetzt stinken, sollten Sie mal hier sein, wenn Hochbetrieb herrscht«, sagte Neal, dann fügte sie hinzu: »Oh, das hab ich vergessen – Sie waren ja hier.«

Tess äußerte sich nicht dazu.

Der Korridor endete an einer Tür mit der Aufschrift NUR FÜR PERSONAL. Der Raum dahinter war groß, freundlich und voller Morgensonne. An einer Wand hing ein gerahmtes Foto von Barack Obama über einem Stoßstangenaufkleber mit dem Slogan YES WE CAN. Tess konnte ihr Taxi nicht sehen – das Gebäude versperrte ihr die Sicht –, aber sie konnte seinen Schatten erkennen.

Das ist gut. Bleib dort stehen, und verdien dir deine zehn Scheinchen. Und geh nicht rein, wenn ich nicht rauskomme. Ruf nur die Polizei.

Neal setzte sich an den Schreibtisch, der in der Ecke des Raums stand. »Dann zeigen Sie mal Ihren Ausweis.«

Tess öffnete ihre Handtasche, griff an dem Revolver vorbei und holte ihren Reisepass und den Mitgliedsausweis der Authors Guild heraus. Neal warf nur einen flüchtigen Blick in den Pass, aber als sie den Schriftstellerausweis sah, bekam sie große Augen. »Sie sind die Willow-Grove-Lady!«

Tess lächelte tapfer, obwohl ihr davon die Lippen schmerzten. »Schuldig im Sinne der Anklage.« Ihre Stimme klang heiser, so als hätte sie eben eine schlimme Erkältung hinter sich.

»Meine Oma liebt diese Bücher!«

»Das tun viele Omas«, sagte Tess. »Sobald diese Vorliebe auf die nächste Generation übergeht – die noch keine Renten bezieht –, kaufe ich mir einen Landsitz in Frankreich.«

Der Spruch brachte ihr manchmal ein Lächeln ein. Nicht jedoch von Ms. Neal. »Hoffentlich ist das nicht hier passiert.« Genauer drückte sie sich nicht aus, aber das war auch nicht notwendig. Tess wusste, was sie meinte, und Betsy Neal wusste, dass sie es wusste.

Tess überlegte, ob sie die Story, die sie Patsy aufgetischt hatte, zum zweiten Mal erzählen sollte – der piepsende Rauchmelder, die Katze zwischen ihren Füßen, die Kollision mit dem Endpfosten des Treppengeländers –, und sparte sich dann die Mühe. Diese Frau war tagsüber sicher sehr tüchtig und besuchte das Stagger Inn vermutlich so selten wie möglich, wenn hier Betrieb herrschte, aber sie hegte offenbar keine Illusionen darüber, was hier manchmal abging, wenn die Gäste zu später Stunde betrunken waren. Schließlich war sie diejenige, die früh am Samstagmorgen herkam, um wieder ein paar Autobesitzer anzurufen. Vermutlich kannte sie vom Morgen danach schon mehr als genug Storys von mitternächtlichen Stürzen, Ausrutschern unter der Dusche et cetera, et cetera.

»Nicht hier«, sagte Tess. »Keine Sorge.«

»Auch nicht auf dem Parkplatz? Sollte das dort passiert sein, muss ich dafür sorgen, dass Mr. Ferrer mit dem Wachpersonal redet. Mr. Ferrer ist der Boss, und die Sicherheitsleute sollen die Monitore der Überwachungskameras regelmäßig kontrollieren, vor allem in Nächten mit viel Betrieb.«

»Es ist erst passiert, als ich weggefahren war.«

Jetzt muss ich wirklich *anonym anrufen, wenn ich überhaupt Anzeige erstatten will. Weil ich lüge, und sie sich daran erinnern wird.*

Wenn sie überhaupt Anzeige erstatten wollte? Natürlich wollte sie das. Richtig?

»Das tut mir sehr leid.« Neal machte eine Pause, als debattierte sie mit sich selbst. Dann sagte sie: »Ich will Ihnen nicht zu nahe treten, aber in einem Lokal dieser Art haben Sie eigentlich nichts verloren. Ihr Besuch hat ein schlimmes Ende genommen, und wenn die Medien darüber berichten würden ... nun, meine Oma wäre schrecklich enttäuscht.«

Tess stimmte ihr zu. Und weil sie sich darauf verstand, Storys überzeugend auszuschmücken (ein Talent, an dem sie zehn Jahre lang gefeilt hatte), tat sie es. »Ein schlimmer Freund nagt schärfer als ein Schlangenzahn. Das sagt die Bibel, glaube ich. Vielleicht war's auch Dr. Phil. Jedenfalls habe ich mich von ihm getrennt.«

»Das sagen viele Frauen, bevor sie wieder schwach werden. Und ein Kerl, der so was ein Mal tut ...«

»Tut es noch mal. Ja, ich weiß, das war dumm von mir. Was *haben* Sie denn aus meinem Besitz, wenn Sie meine Handtasche nicht haben?«

Ms. Neal drehte sich mit dem Sessel um (die Sonne glitt über ihr Gesicht und ließ kurz die ungewöhnlichen blauen Augen aufblitzen), zog eine Schrankschublade auf und brachte Tom das TomTom zum Vorschein. Tess war entzückt, ihren alten Reisegefährten wiederzusehen. Das machte zwar nicht alles wieder gut, aber es war ein Schritt in die richtige Richtung.

»Wir sollen nichts aus Gästeautos mitnehmen, sondern nur Adresse und Telefonnummer feststellen, wenn das möglich ist, und den Wagen dann absperren, aber ich wollte Ihr Navi nicht zurücklassen. Um an gute Geräte heranzukommen, schlagen Diebe sogar Scheiben ein, und das hier hat gut sichtbar in seiner Halterung auf dem Instrumentenbrett gesteckt.«

»Danke.« Tess spürte, dass ihr hinter der Sonnenbrille die Tränen in die Augen traten, und drängte sie zurück. »Das war sehr aufmerksam von Ihnen.«

Betsy Neal lächelte, was ihre geschäftsmäßig strenge Miene augenblicklich erstrahlen ließ. »Nichts zu danken. Und wenn Ihr Freund zurückgekrochen kommt und um eine zweite Chance bettelt, denken Sie bitte an meine Oma und alle Ihre übrigen treuen Leserinnen und schicken ihn zum Teufel.« Sie überlegte kurz. »Aber tun Sie's mit eingehakter Sicherungskette. Weil ein schlimmer Freund *wirklich* schärfer nagt als ein Schlangenzahn.«

»Das ist ein guter Rat. Also, ich muss jetzt gehen. Ich habe dem Taxifahrer gesagt, dass er warten möchte, bis feststeht, dass ich meinen Wagen zurückbekomme.«

Und das hätte alles sein können – wirklich schon alles –, aber dann fragte Neal auf gewinnende Weise schüchtern, ob Tess ihr ein Autogramm für ihre Großmutter geben könne. Tess beteuerte, das sei ihr ein Vergnügen, und sah dann trotz allem, was passiert war, aufrichtig amüsiert zu, wie Neal einen Briefbogen des Stagger Inn hervorzog, die Kopfzeile abtrennte und ihr den Rest des Blatts über den Schreibtisch zuschob.

»Bitte schreiben Sie ›Für Mary, einen wahren Fan‹. Geht das?«

Natürlich ging das. Und während Tess das Datum hinzufügte, fiel ihr eine weitere Ausschmückung ein. »Ein Mann hat mir geholfen, als mein Freund und ich uns ... na ja, gezofft haben. Ohne sein Eingreifen hätte ich noch schlimmer verletzt werden können.« *Ja! Sogar vergewaltigt!* »Ich würde mich gern bei ihm bedanken, aber ich weiß nicht, wie er heißt.«

»Ich glaube nicht, dass ich Ihnen weiterhelfen kann. Ich bin nur die Bürokraft.«

»Aber Sie sind doch von hier, oder?«

»Ja …«

»Ich bin ihm in dem kleinen Laden an der Kreuzung mit der US 47 begegnet.«

»Dem Gas & Dash?«

»Ja, so heißt er, glaube ich. Dort haben mein Freund und ich uns gestritten. Wegen des Autos. Ich wollte nicht mehr fahren, aber auch nicht ihn ans Steuer lassen. Darüber haben wir gestritten, als wir auf der Straße unterwegs waren … die Straße entlanggestolpert sind … die Stagg Road hinabgestolpert sind …«

Neal lächelte wie jemand, der einen Scherz schon oft gehört hat.

»Jedenfalls ist dieser Kerl mit einem großen alten Pick-up vorbeigekommen, der um die Scheinwerfer herum mit diesem Plastikzeug gegen Rost beschichtet war.«

»Bondo?«

»Ja, so heißt das, glaube ich.« Dabei wusste sie verdammt gut, dass das Zeug so hieß. Ihr Vater hatte den Hersteller fast im Alleingang erhalten. »Als er ausgestiegen ist, habe ich gedacht, der fährt seinen Pick-up nicht, der hat ihn wie ein Kleidungsstück an. Das weiß ich noch gut.«

Als sie das Blatt mit dem Autogramm über den Schreibtisch zurückschob, sah sie, dass Betsy Neal jetzt grinste. Irgendwie ließ das den leichten Farbunterschied zwischen den Augen noch deutlicher hervortreten. »Gott, ich weiß vielleicht tatsächlich, wen Sie meinen!«

»Wirklich?«

»War er groß oder *richtig* groß?«

»Richtig groß«, sagte Tess. Sie empfand ein seltsam aufmerksames Glücksgefühl, das aber nicht im Kopf, sondern mitten in ihrer Brust zu sitzen schien. So fühlte sie sich sonst, wenn die Fäden irgendeines ungewöhnlichen Plots sich zu straffen begannen und ihn wie einen Seesack zusammenzogen. Wenn das passierte, war sie jedes Mal überrascht ... und doch nicht überrascht. Nichts kam dieser Befriedigung gleich.

»Ist Ihnen aufgefallen, ob er am kleinen Finger einen Ring getragen hat? Mit einem roten Stein?«

»Ja! Wie ein Rubin! Nur zu groß, um echt zu sein. Und eine braune Mütze ...«

Neal nickte eifrig. »Mit weißen Flecken. Dieses verdammte Ding trägt er seit zehn Jahren. Der Kerl, von dem Sie reden, ist unter dem Spitznamen Big Driver bekannt. Ich weiß nicht genau, wo er wohnt, aber er ist von hier, aus Colewich oder Nestor Falls. Ich sehe ihn manchmal – Supermarkt, Baumarkt, Wal-Mart, in solchen Läden. Und wer ihn einmal gesehen hat, vergisst ihn nicht mehr. Sein richtiger Name ist Al Irgendwas-Polnisches. Sie wissen schon, einer dieser Zungenbrecher. Strelkowicz, Stancowitz, irgendwas in dieser Art. Ich wette, dass ich ihn im Telefonbuch finden könnte, seinem Bruder und ihm gehört nämlich ein Fuhrunternehmen. Es heißt Hawkline, glaube ich. Oder vielleicht auch Eagle Line. Jedenfalls irgendwas mit einem Vogel. Soll ich versuchen, ihn zu finden?«

»Nein danke«, sagte Tess freundlich. »Sie haben mir sehr geholfen, und mein Taxifahrer wartet.«

»Okay. Tun Sie sich nur selbst einen Gefallen, und meiden Sie in Zukunft Ihren Freund. Und meiden Sie das Stagger Inn! Aber wenn Sie jemandem erzählen, dass ich das gesagt habe, muss ich Sie natürlich aufspüren und umlegen.«

»Das wäre nur fair«, sagte Tess lächelnd. »Ich hätte es verdient.« An der Tür drehte sie sich noch einmal um. »Tun Sie mir einen Gefallen?«

»Wenn ich kann.«

»Sollten Sie Al Irgendwas-Polnisches in der Stadt begegnen, erwähnen Sie bitte nicht, dass Sie mit mir gesprochen haben.« Sie lächelte breiter. Das tat zwar ihren geschwollenen Lippen weh, aber sie tat es trotzdem. »Ich möchte ihn überraschen. Mit einem kleinen Geschenk oder so.«

»Kein Problem.«

Tess hielt noch einen Augenblick länger inne. »Ich mag Ihre Augen.«

Neal zuckte mit den Achseln. »Was angeborene Defekte betrifft, ist das ein guter. Als Kind bin ich oft damit aufgezogen worden, aber jetzt ...«

»Jetzt ist er ein Vorteil für Sie«, sagte Tess. »Sie sind in ihn hineingewachsen.«

»Das stimmt wohl. Als ich Anfang zwanzig war, habe ich gelegentlich sogar als Model gearbeitet. Aber wissen Sie was? Manchmal ist es besser, aus etwas herauszuwachsen. Zum Beispiel seinen Geschmack für gewalttätige Männer zu überwinden.«

Dazu gab es eigentlich nichts weiter zu sagen.

26

Tess überzeugte sich davon, dass der Motor ihres Expedition ansprang, dann gab sie dem Taxifahrer zwanzig statt zehn Dollar Trinkgeld. Er bedankte sich und fuhr in Richtung I-84 davon. Sie folgte ihm, aber nicht bevor sie Toms Kabel wieder in die Buchse des Zigarettenanzünders gesteckt und ihn eingeschaltet hatte.

»Hallo, Tess«, sagte Tom. »Wie ich sehe, machen wir einen Trip.«

»Nur nach Hause, Tommy-Boy«, sagte sie, verließ den Parkplatz und war sich sehr bewusst, dass sie auf einem Vorderreifen fuhr, den ein Mann montiert hatte, der sie fast umgebracht hatte. Al Irgendwas-Polnisches. Ein Lastwagen fahrender Hundesohn. »Mit einem Zwischenstopp.«

»Ich weiß nicht, was du denkst, Tess, aber du solltest vorsichtig sein.«

Wäre sie statt in ihrem Wagen zu Hause gewesen, und hätte Fritzy das gesagt, wäre sie genauso wenig überrascht gewesen. Stimmen und Gespräche hatte sie schon seit ihrer Kindheit erfunden, aber mit acht oder neun Jahren aufgehört, das in Gegenwart anderer Leute zu tun, außer um einen komischen Effekt zu erzielen.

»Ich weiß auch nicht, was ich denke ...«, sagte sie, obwohl das nicht ganz stimmte.

Vor ihnen lagen die Kreuzung Stagg Road und US 47 mit dem Gas & Dash. Sie setzte den Blinker, bog ab und parkte den Expedition genau mittig vor den beiden Kartentelefonen. An der Hohlblocksteinwand sah sie die in den Staub geschriebene Telefonnummer von Royal Limousine. Die Ziffern waren krumm und schief, von einem Finger geschrieben, der nicht hatte still halten können. Bei diesem Anblick lief ihr ein kalter Schauder über den Rücken, und sie schlang die Arme um ihren Oberkörper und drückte fest zu. Dann stieg sie aus und ging zu dem Kartentelefon, das noch funktionierte.

Die Gebrauchsanweisung war zerkratzt, vielleicht von einem Betrunkenen mit einem Autoschlüssel, aber die wichtigen Informationen waren noch lesbar: Anrufe bei der Notrufnummer waren kostenlos, man brauchte nur den Hörer abzunehmen und die Nummer einzutippen. Kinderleicht.

Sie tippte die 9 ein, zögerte, tippte die 1, zögerte dann erneut. Sie stellte sich eine *Piñata* und eine Frau vor, die sie mit einem Stock herunterschlagen wollte. Bald würde ihr gesamter Inhalt herausstürzen. Ihre Eltern würden wissen, dass ihre einzige Tochter vergewaltigt worden war. Patsy McClain würde wissen, dass die Geschichte, sie sei über Fritzy gestolpert, eine aus Scham geborene Lüge gewesen war ... und das Tess ihr nicht genug vertraut hatte, um ihr die Wahrheit zu erzählen. Aber das waren eigentlich nicht die hauptsächlichen Dinge. Dass die Medien sich vorübergehend mit ihr befassten, konnte sie bestimmt aushalten – vor allem wenn es den Mann, den Betsy Neal als Big Driver kannte, daran hinderte, weitere Frauen zu vergewaltigen und zu ermorden. Tess erkannte, dass sie vielleicht sogar als Heldin gelten würde – was sie vergangene Nacht, als das Urinieren so schmerzhaft gewesen war, dass sie dabei geweint hatte, und sie immer wieder an ihren Slip in der Brusttasche der Latzhose des Riesen hatte denken müssen, nicht einmal hatte erwägen können.

Nur ...

»Was bringt mir das?« Sie sprach ziemlich leise, während sie die Telefonnummer betrachtete, die sie in den Staub geschrieben hatte. »Was ist für *mich* drin?«

Und sie dachte: *Ich habe eine Waffe. Ich habe einen Revolver und weiß, wie man ihn gebraucht.*

Tess hängte den Hörer ein und ging zu ihrem Wagen zurück. Sie sah auf Toms Bildschirm, der die Kreuzung Stagg Road und US 47 zeigte. »Ich muss noch etwas länger darüber nachdenken«, sagte sie.

»Was gibt's da zu überlegen?«, fragte Tom. »Wenn du ihn umlegst und dann geschnappt wirst, sperren sie dich ein. Ob vergewaltigt oder nicht.«

»Genau darüber muss ich nachdenken«, sagte sie und bog auf die US 47 ab, die sie zur I-84 bringen würde.

Wie immer am Samstagmorgen war der Verkehr auf der Interstate schwach, und am Steuer ihres Expedition zu sitzen fühlte sich gut an. Beruhigend. Normal. Tom schwieg, bis sie an dem Schild AUSFAHRT 9 STOKE VILLAGE 2 MEILEN vorbeifuhren. Dann sagte er: »Weißt du bestimmt, dass das nur Zufall war?«

»Was?« Tess zuckte überrascht zusammen. Sie hatte Toms Stimme aus dem eigenen Mund kommen hören: in der tieferen Stimmlage, die sie immer für den Phantasieteil ihrer Phantasiegespräche benutzte (eine Stimme, die sehr wenig Ähnlichkeit mit der künstlichen Stimme von Tom dem TomTom hatte), aber dies schien nicht ihr eigener *Gedanke* zu sein. »Soll das heißen, dass der Scheißkerl mich *versehentlich* vergewaltigt hat?«

»Nein«, antwortete Tom. »Ich sage nur, dass du dieselbe Strecke zurückgefahren wärst, wenn es nach dir gegangen wäre. *Diese* Strecke. Die I-84. Aber irgendwer hatte eine bessere Idee, stimmts? Irgendjemand hat eine Abkürzung gewusst.«

»Ja«, bestätigte sie. »Ramona Norville hat eine gewusst.« Sie dachte darüber nach, dann schüttelte sie den Kopf. »Das ist ziemlich weit hergeholt, mein Freund.«

Dazu äußerte Tom sich nicht.

27

Bei der Abfahrt vom Gas & Dash hatte sie vorgehabt, online zu gehen und zu sehen, ob sie ein Fuhrunternehmen, vielleicht eine selbstständige kleine Firma, finden konnte, das seinen Sitz in Colewich oder einer der umliegenden Kleinstädte hatte. Eine Firma mit einem Vogelnamen, vielleicht Hawk oder Eagle. Das hätten die Willow-Grove-Ladys getan; sie liebten ihre Computer und schrieben sich wie Teenager dauernd E-Mails. Abgesehen von anderen Erwägungen wäre es interessant, zu sehen, ob ihre Version von amateurhafter Detektivarbeit im richtigen Leben funktionierte.

Als sie die eineinhalb Meilen von ihrem Haus entfernte Ausfahrt 9 nahm, beschloss sie, erst ein bisschen über Ramona Norville in Erfahrung zu bringen. Wer weiß, vielleicht

würde sie entdecken, dass Ramona nicht nur bei Books &
Brown Baggers den Vorsitz führte, sondern in Chicopee
auch Präsidentin des Bündnisses gegen Vergewaltigungen
war. Das war nicht einmal abwegig. Tess' Gastgeberin war
eindeutig nicht nur eine Lesbe, sondern eine *männliche* Lesbe,
und so veranlagte Frauen hatten oft nicht einmal etwas für
Männer übrig, die *keine* Vergewaltiger waren.

»Viele Brandstifter gehören der örtlichen freiwilligen Feuer-
wehr an«, bemerkte Tom, als sie auf ihre Straße abbog.

»Was soll denn *das* wieder heißen?«, fragte Tess.

»Dass du niemanden nach seinen augenscheinlichen Zu-
gehörigkeiten beurteilen solltest. Das würden die Ladys des
Strickclubs nie tun. Aber ihren Lebenslauf solltest du dir
unbedingt ansehen.« Tom sprach in einem leicht gönner-
haften Ton, den Tess nicht erwartet hatte und der sie leicht
irritierte.

»Wie liebenswürdig von dir, mir das zu erlauben, Tho-
mas«, sagte sie.

28

Aber als sie in ihrem Arbeitszimmer vor dem hochgefah-
renen Computer saß, starrte sie nur fünf Minuten lang den
Begrüßungsbildschirm von Apple an und fragte sich, ob
sie wirklich vorhatte, den Riesen aufzuspüren und ihren
Revolver zu gebrauchen – oder ob das Ganze nur die Art
Phantasie war, auf die berufsmäßige Lügner wie sie selbst
nur allzu leicht hereinfielen. In diesem Fall eine Rache-
phantasie. Auch derartige Filme mied sie, obwohl sie natürlich wusste, dass es solche gab; wenn man nicht als
völliger Einsiedler lebte, konnte man sich gegen den Puls
der Gegenwartskultur nicht völlig abschotten. In den Rache-
filmen machten bewundernswürdig muskulöse Männer wie

Charles Bronson oder Sylvester Stallone sich nicht die Mühe, zur Polizei zu gehen, sondern legten die bösen Kerle einfach eigenhändig um. Westernjustiz. Na, wie schmeckt dir das, Dreckskerl? Soweit sie sich erinnerte, hatte sogar Jodie Foster, eine der berühmtesten Yale-Abgängerinnen, mal einen Rachefilm gedreht. Tess konnte sich nur nicht genau an den Titel erinnern. Vielleicht *Die mutige Frau?* Jedenfalls irgendwas in dieser Art.

Ihr Computer wechselte zum Bildschirmschoner mit dem Wort des Tages über. Das heutige Wort war *Kormoran,* ganz zufällig ein Vogel.

»Wenn Sie Ihre Waren mit Cormorant Trucking versenden, fliegen sie förmlich«, sagte Tess mit ihrer tiefen Stimme, die Tom gehören sollte. Dann drückte sie eine Taste, und der Bildschirmschoner verschwand. Sie ging online, aber zu keiner Suchmaschine, zumindest nicht gleich zu Anfang. Als Erstes rief sie YouTube auf und tippte RICHARD WIDMARK ein, ohne irgendeine Idee zu haben, weshalb sie das tat. Jedenfalls keine bewusste.

Vielleicht will ich rauskriegen, ob der Kerl es wirklich wert ist, Fans zu haben, dachte sie. *Nach Ramonas Meinung eindeutig.*

Es gab jede Menge Filmchen. Am besten bewertet war eine sechsminütige Zusammenstellung mit dem Titel ER IST BÖSE, ER IST ECHT BÖSE. Mehrere Hunderttausend Leute hatten sie sich schon angesehen. Sie enthielt kurze Szenen aus drei Filmen, aber wirklich fasziniert war Tess von der ersten. Sie war schwarz-weiß und wirkte fast billig … aber sie stammte eindeutig aus einem *dieser* Filme. Das besagte schon der Titel: *Der Todeskuss.*

Tess sah sich das ganze Video an und kehrte dann noch zweimal zu dem *Todeskuss*-Segment zurück. Widmark spielte einen kichernden Gangster, der eine alte Frau in einem Rollstuhl bedrohte. Er verlangt Informationen. »Wo ist Ihr

Sohn, der Verräter?« Und als die alte Lady nicht auspacken will: »Wissen Sie, was ich mit Verrätern mache? Ich schieße sie in den Bauch, damit sie sich lange rumwälzen und darüber nachdenken können.«

Die alte Lady schoss er jedoch nicht in den Bauch. Er fesselte sie mit einer Lampenschnur an ihren Rollstuhl und stieß sie die Treppe hinunter.

Tess verließ YouTube, bingte nach Richard Widmark und fand, was sie angesichts dieses kraftvollen Filmausschnitts erwartet hatte: Obwohl er in zahlreichen weiteren Filmen mitgespielt hatte, zunehmend in der Rolle des Helden, war er am besten als der kichernde, psychotische Tommy Udo aus *Der Todeskuss* bekannt.

»Na und?«, sagte Tess. »Manchmal ist eine Zigarre bloß eine Zigarre.«

»Was soll das heißen?«, fragte Fritzy von der Fensterbank her, auf der er sich sonnte.

»Das soll heißen, dass Ramona sich vermutlich in ihn verknallt hat, als sie ihn als heldenhaften Sheriff oder tapferen Schlachtschiffkommandanten oder irgendwas in dieser Art gesehen hat.«

»So muss es gewesen sein«, stimmte Fritzy zu. »Wenn du nämlich recht hast, was ihre sexuelle Orientierung betrifft, dann himmelt sie wahrscheinlich keine Männer an, die alte Ladys in Rollstühlen ermorden.«

Das stimmte natürlich. Klug gedacht, Fritzy.

Die Katze musterte Tess mit skeptischem Blick, dann sagte sie: »Aber vielleicht hast du damit nicht recht.«

»Auch wenn's anders wäre«, sagte Tess, »kann niemand sich für verrückte böse Kerle begeistern.«

Wie dämlich diese Behauptung war, erkannte sie, sobald sie ausgesprochen war. Wenn die Leute sich nicht für Psychos begeistern könnten, würden nicht ständig Filme über den Verrückten in der Hockeymaske und das Verbrennungsopfer mit Scheren statt Fingern gedreht. Aber Fritzy war so höflich, nicht zu lachen.

»Lieber nicht«, sagte Tess. »Solltest du versucht sein, denk daran, wer deinen Fressnapf füllt.«

Sie googelte nach Ramona Norville, erzielte fast 44 000 Treffer, fügte *Chicopee* hinzu und bekam dann realistischere zwölfhundert (obwohl auch die meisten davon, das wusste sie, zufälliger Dreck sein würden). Der erste relevante stammte aus der Wochenzeitung *Chicopee Weekly Reminder* und betraf Tess selbst: BIBLIOTHEKARIN RAMONA NORVILLE KÜNDIGT »WILLOW-GROVE-FREITAG« AN.

»Das bin ich, die große Zugnummer«, murmelte Tess. »Ein Hoch auf Tessa Jean. Mal sehen, wie die Schauspielerin in der Nebenrolle aussieht.« Als sie die Meldung aufrief, sah sie jedoch nur ein Foto von sich selbst: die PR-Aufnahme mit dem schulterfreien Kleid, die ihre Teilzeit-Assistentin routinemäßig verschickte. Sie rümpfte die Nase und rief noch einmal Google auf; sie hätte nicht sagen können, wieso sie sich Ramona erneut ansehen wollte, sondern wusste nur, dass sie das wollte. Als sie endlich ein Foto der Bibliothekarin fand, sah sie, was ihr Unterbewusstsein anscheinend schon vermutet hatte – zumindest nach Toms Kommentaren auf der Heimfahrt zu schließen.

Das Bild gehörte zu einer Meldung im *Weekly Reminder* vom 3. August. BROWN BAGGERS STELLEN REDNER DES HERBSTPROGRAMMS VOR, lautete die Schlagzeile. Darunter stand Ramona Norville auf den Stufen vor der Bibliothek und blinzelte lächelnd in die Sonne. Ein schlechtes Foto, das ein Hobbyfotograf ohne viel Talent gemacht hatte, und eine schlechte (aber vermutlich typische) Wahl, was Norvilles Kleidung betraf. Der männlich geschnittene Blazer ließ sie so breitschultrig wie einen Football-verteidiger erscheinen. Ihre Schuhe waren hässliche braune

Frachtkähne. Eine hauteng graue Hose betonte sehr un-vorteilhaft, was Tess und ihre Schulfreundinnen »Donner-schenkel« genannt hatten.

»Heiliger gottverdammter Scheiß, Fritzy«, sagte sie. Ihre Stimme troff vor Entsetzen. »Sieh dir das an!« Fritzy kam nicht herüber, um es sich anzusehen, und gab auch keine Antwort – wie denn auch, wo sie doch zu entsetzt war, um seine Stimme zu imitieren?

Überzeug dich davon, was du siehst, ermahnte sie sich. *Du hast einen schrecklichen Schock erlitten, Tessa Jean, viel-leicht den schlimmsten, den eine Frau außer einer tödlichen Diagnose in einem Sprechzimmer erleben kann. Also verge-wissere dich.*

Sie schloss die Augen und rief sich den Mann aus dem alten Ford F-150 mit Bondo-Spachtel um die Scheinwerfer herum ins Gedächtnis zurück. Anfangs hatte er so freund-lich gewirkt. *Sie haben nicht erwartet, hier draußen in der Pampa dem Jolly Green Giant zu begegnen, was?*

Nur war er nicht grün gewesen; er war ein sonnenge-bräunter hünenhafter Mann gewesen, der seinen Pick-up nicht fuhr, sondern anhatte.

Ramona Norville, kein Big Driver, aber offensichtlich eine Große Bibliothekarin, war zu alt, um seine Schwester zu sein. Und auch wenn sie jetzt eine Lesbe war, war sie das nicht schon immer gewesen, denn die Ähnlichkeit war un-verkennbar.

Wenn ich mich nicht gewaltig täusche, habe ich ein Foto der Mutter meines Vergewaltigers vor mir.

29

Sie ging in die Küche und trank etwas Wasser, aber Wasser genügte diesmal nicht. Ganz hinten in ihrem Kühlschrank lag seit undenklichen Zeiten eine halbvolle Flasche
Tequila. Tess holte sie heraus, überlegte, ob sie ein Glas
brauchte, und nahm dann einen kleinen Schluck aus der
Flasche. Das Zeug brannte in Mund und Kehle, wirkte
sich sonst jedoch positiv aus. Sie trank noch einen Schluck –
diesmal einen etwas größeren –, dann legte sie die Flasche zurück. Sie hatte nicht die Absicht, sich zu betrinken.
Wenn sie jemals einen klaren Kopf gebraucht hatte, dann
heute.

Wut – der größte, tiefste Zorn ihres Erwachsenenlebens –
hatte wie ein Fieber von ihr Besitz ergriffen. Aber es war
kein Fieber wie alle anderen, die sie bisher kennengelernt
hatte. Es kreiste wie ein unheimliches Serum in ihrem Körper: in der rechten Hälfte kalt, dann links, wo ihr Herz
saß, heiß. Aber es schien nicht in die Nähe ihres Kopfs zu
kommen, der klar blieb. Er war sogar klarer, seit sie den
Tequila getrunken hatte.

Sie ging mehrmals hastig im Kreis herum durch die
Küche – den Kopf gesenkt, während sie sich mit einer
Hand die Würgemale am Hals massierte. Ihr war nicht
bewusst, dass sie auf die gleiche Weise durch ihre Küche
lief, wie sie den verlassenen Laden umkreist hatte, nachdem sie aus der Wellblechröhre gekrochen war, die Big Driver zu ihrem Grab bestimmt hatte. Glaubte sie wirklich, dass Ramona Norville sie, Tess, ihrem psychotischen
Sohn wie eine Art Opferlamm zugetrieben hatte? War
das wahrscheinlich? Das war es nicht. Konnte sie auf der
Basis eines schlechten Fotos und der eigenen Erinnerung
auch nur annehmen, dass die beiden Mutter und Sohn
waren?

Aber mein Gedächtnis ist gut. Vor allem mein Gedächtnis für Gesichter.

Nun, das glaubte sie zumindest, aber das tat vermutlich jeder. Richtig?

Ja, und die ganze Idee ist verrückt. Das musst du zugeben.

Das gab sie zu, aber in Fernsehsendungen über wahre Verbrechen (die sie sich häufig ansah) hatte sie schon verrücktere Dinge gesehen. Die Besitzerinnen eines Mietshauses in San Francisco, die jahrelang ältere Mieter ermordet und im Garten verscharrt hatten, um deren Rentenschecks zu kassieren. Den Flugkapitän, der seine Frau umgebracht und die Leiche dann tiefgekühlt hatte, um sie durch den Häcksler schieben zu können. Den Mann, der seine Kinder mit Benzin übergossen und wie Moorhühner aus Cornwall gegrillt hatte, damit seine Frau das ihr gerichtlich zugesprochene Sorgerecht niemals würde ausüben können. Eine Frau, die dem eigenen Sohn Opferlämmer zutrieb, war schockierend und unwahrscheinlich … aber nicht unmöglich. Was die verbrecherisch dunkle Seite des menschlichen Herzens betraf, schien es keine Grenze zu geben.

»O Mann«, hörte sie sich mit einer Stimme sagen, die eine Mischung aus Zorn und Verzweiflung war. »O Mann, o Mann, o Mann.«

Finde es heraus. Verschaff dir Gewissheit. Wenn du kannst.

Tess setzte sich wieder an den Computer. Die Hände zitterten ihr so sehr, dass sie drei Anläufe brauchte, um COLEWICH FUHRUNTERNEHMEN ins Suchfeld der Google-Seite zu tippen. Nachdem sie es richtig hinbekommen hatte, drückte sie die Eingabetaste und sah sofort den gesuchten Namen ganz oben auf der Liste: RED HAWK TRUCKING. Als sie den Eintrag anklickte, gelangte sie zur Homepage von Red Hawk, auf der ein ruckelnd gezeichneter Sattelschlepper mit etwas, das wohl ein Habicht sein sollte, auf der Seite und einem bizarren Fahrer mit

Smiley-Kopf am Steuer zu sehen war. Der Truck fuhr von rechts nach links durchs Bild, machte einen Salto, kam dann nach rechts zurück und machte den nächsten Salto. Ein endloses Hin- und Herfahren. Über dem Zeichentrickfahrzeug blinkte in Rot, Weiß und Blau der Firmenslogan: LÄCHELN GEHÖRT ZUM SERVICE!

Wer mehr als die Begrüßungsseite sehen wollte, hatte die Wahl zwischen vier, fünf Möglichkeiten, darunter Kontaktadresse, Frachttarife und Empfehlungen von zufriedenen Kunden. Tess übersprang sie und klickte auf die letzte, die SEHEN SIE SICH DIE NEUESTE ERGÄNZUNG UNSERER FLOTTE AN! lautete. Und als das Foto erschien, fiel das letzte Stück des Puzzles an seinen Platz.

Die Aufnahme war viel besser als die andere, die Ramona Norville auf der Treppe vor der Bibliothek zeigte. Auf diesem Foto saß Tess' Vergewaltiger am Steuer eines auf Hochglanz polierten Frontlenkers, eines Sattelschleppers der Marke Peterbilt, auf dessen Tür in verschnörkelter Zierschrift RED HAWK TRUCKING COLEWICH, MASSACHUSETTS stand. Diesmal trug er seine braune Mütze mit den Bleichmittelflecken nicht, und der auf diese Weise sichtbare blonde Bürstenhaarschnitt machte ihn seiner Mutter auf fast unheimliche Weise noch ähnlicher. Sein fröhliches Mir-können-Sie-vertrauen-Grinsen kannte Tess von gestern Nachmittag nur allzu gut. Er hatte es noch zur Schau getragen, als er gefragt hatte: *Wie wär's, wenn ich dich ficken würde, statt deinen Reifen zu wechseln? Wie wäre das?*

Der Anblick des Fotos bewirkte, dass das unheimliche Wutserum rascher durch ihren Organismus kreiste. In ihren Schläfen pochte etwas, das eigentlich kein Kopfschmerz war; eigentlich war es sogar angenehm.

Er trug einen roten Glasring.

Die Bildunterschrift lautete: »Al Strehlke, Präsident von Red Hawk Trucking, am Steuer des neuesten Fahrzeugs der

Firma, einem Peterbilt 389, Baujahr 2008. Dieser Koloss von einem Truck steht unseren Kunden, die DIE BESTEN IM GANZEN LAND SIND, ab sofort zur Verfügung. He! Sieht Al nicht wie ein stolzer Papa aus?«

Sie hörte, wie er sie eine Schlampe nannte, eine weinerliche Hurenschlampe, und ballte die Hände zu Fäusten. Sie grub die Fingernägel in die Handflächen, drückte noch fester zu, genoss den Schmerz.

Stolzer Papa. Dorthin kehrte ihr Blick immer wieder zurück. *Stolzer Papa.* Der Zorn pulsierte schneller und immer schneller, kreiste durch ihren Körper, wie sie im Kreis durch die Küche gelaufen war. Wie sie letzte Nacht den verlassenen Laden umkreist hatte: mal bei Bewusstsein, mal weggetreten – einer Schauspielerin gleich, die sich durch die Lichtkreise von Punktscheinwerfern bewegte.

Dafür wirst du bezahlen, Al. Und die Cops lassen wir außen vor; ich komme selbst kassieren.

Und dann gab es noch Ramona Norville. Die stolze Mama des stolzen Papas. Obwohl Tess sich in Bezug auf sie noch nicht ganz sicher war. Teils weil sie nicht glauben wollte, dass eine Frau zulassen könnte, dass einer anderen Frau etwas so Schreckliches zustieß, aber auch weil eine harmlose Erklärung denkbar war. Chicopee war nicht allzu weit von Colewich entfernt, und Ramona würde die Stagg Road ständig als Abkürzung benutzen, wenn sie dorthin fuhr.

»Um ihren Sohn zu besuchen«, sagte Tess und nickte. »Um den stolzen Papa mit dem neuen Peterbilt-Frontlenker zu besuchen. Vielleicht hat sie sogar die Aufnahme von ihm am Steuer gemacht.« Und wieso sollte sie der Gastautorin nicht ihre Lieblingsroute empfehlen?

Aber warum hatte sie nicht gesagt: »Diese Strecke fahre ich oft, um meinen Sohn zu besuchen«? Wäre das nicht irgendwie selbstverständlich gewesen?

»Vielleicht spricht sie über die Strehlke-Phase ihres Lebens nicht mit Fremden«, sagte Tess. »Die Phase, bevor sie kurze Haare und bequeme Schuhe entdeckt hat.« Das war möglich, aber es gab auch die mit Nägeln gespickten verstreuten Bretter zu bedenken. Die Falle. Norville hatte sie dorthin geschickt, und die Falle war rechtzeitig aufgestellt worden. Weil sie ihn angerufen hatte? Weil sie angerufen und gesagt hatte: *Ich schicke dir eine Leckere, verpass sie nicht?*

Das heißt noch immer nicht, dass sie beteiligt war ... wissentlich beteiligt. Der stolze Papa kann verfolgt haben, wer bei ihr in der Bibliothek sprechen würde – wie schwierig wäre das?

»Gar nicht«, sagte Fritzy, nachdem er auf ihren Karteischrank gesprungen war. Er machte sich daran, eine Pfote zu putzen.

»Und wenn er ein Foto von einer gesehen hat, die ihm gefallen hat ... eine halbwegs attraktive Frau ... hat er wahrscheinlich gewusst, dass seine Mutter sie über die Stagg Road heimschicken ...« Sie hielt inne. »Nein, so kann's nicht gewesen sein. Wie hätte er ohne Input von seiner Mama gewusst, dass ich nicht nach Boston heimfahre? Oder nach New York zurückfliege?«

»Du hast nach *ihm* gegoogelt«, sagte Fritz. »Vielleicht hat er nach *dir* gegoogelt. Genau wie sie es getan hat. Heutzutage steht alles im Internet; das hast du selbst gesagt.«

Das hing logisch zusammen, wenn auch nur an einem hauchdünnen Faden.

Ihrer Ansicht nach gab es nur eine Möglichkeit, das zweifelsfrei festzustellen: durch einen Überraschungsbesuch bei Ms. Norville. Ihr in die Augen zu sehen, wenn sie Tess sah. Wenn in ihnen nichts als Überraschung und Neugier wegen der Rückkehr der Willow-Grove-Autorin – in Ramonas Heim statt in ihre Bibliothek – stand, war das eine

Sache. Stand in ihnen jedoch auch Angst von der Art, die der Gedanke *Wieso bist du hier statt in einem rostigen Durchlass unter der Stagg Road* ausgelöst haben konnte ... nun, dann ...

»Das wäre etwas anderes, Fritzy? Oder nicht?«

Fritzy betrachtete sie mit cleveren grünen Augen und putzte sich weiter die Pfote. Sie sah harmlos aus, diese Pfote, aber sie besaß verborgene Krallen. Tess hatte sie nicht nur gesehen, sondern manchmal auch gespürt.

Sie hat herausbekommen, wo ich wohne; mal sehen, ob ich mich revanchieren kann.

Tess wandte sich wieder ihrem Computer zu und suchte diesmal die Website der Books & Brown Baggers. Sie war sich sicher, dass sie eine finden würde – heutzutage hatte jeder eine Website, es gab zu »lebenslänglich« verurteilte Häftlinge, die eine Website hatten –, und wurde nicht enttäuscht. Die Brown Baggers stellten Buchbesprechungen, interessante Nachrichten über ihre Mitglieder und lockere Zusammenfassungen – nicht ganz Protokolle – ihrer Treffen ins Netz. Tess entschied sich für Letztere und begann zu scrollen. Sie brauchte nicht lange, um herauszubekommen, dass das Treffen am 10. Juni in Ramona Norvilles Haus in Brewster stattgefunden hatte. Tess war noch nie dort gewesen, aber sie wusste, wo diese Kleinstadt lag, und war erst gestern auf der Fahrt zu ihrem Gig an einem grünen Turnpike-Wegweiser mit der Aufschrift »Brewster« vorbeigefahren. Es lag nur zwei oder drei Ausfahrten südlich von Chicopee.

Als Nächstes rief sie die Steuerunterlagen der Brewster Township auf und scrollte nach unten, bis sie Ramonas Namen fand. Sie hatte im Vorjahr für ihr Grundstück 75 Lacemaker Lane eine Grundsteuer von 913,06 Dollar gezahlt.

»Hab dich, Schätzchen«, murmelte Tess.

»Du musst überlegen, wie du diese Sache anfangen willst«, sagte Fritzy. »Und wie weit du zu gehen bereit bist.«

»Wenn ich recht habe«, sagte Tess, »vielleicht ziemlich weit.«

Als sie den Computer herunterfahren wollte, fiel ihr noch etwas ein, das sich zu überprüfen lohnte, obwohl vermutlich nichts dabei herauskommen würde. Sie rief die Homepage des *Weekly Reminder* auf und klickte NACHRUFE an. Dort gab es ein Feld, in das man den Namen schreiben konnte, der einen interessierte, und Tess gab STREHLKE ein. Der einzige Treffer war ein gewisser Roscoe Strehlke. In dem Nachruf aus dem Jahr 1999 hieß es, er sei 48-jährig ganz plötzlich zu Hause verstorben. Die trauernden Hinterbliebenen waren seine Frau Ramona und zwei Söhne: Alvin (23) und Lester (17). Für eine Krimiautorin, selbst wenn sie nur unblutige Romane für alte Ladys schrieb, die man gern »Häkel-Krimis« nannte, war *plötzlich verstorben* eine rote Flagge. Sie durchsuchte die allgemeine Datenbank des *Reminder*, ohne jedoch mehr zu finden.

Sie blieb einen Augenblick sitzen und trommelte mit den Fingern auf ihre Sessellehne, wie sie das immer tat, wenn ihr bei der Arbeit ein Wort, ein Satz oder ein treffender Ausdruck fehlte. Dann suchte sie eine Aufstellung von Zeitungen im Westen und Süden von Massachusetts und fand den *Springfield Republican*. Als sie den Namen von Ramona Norvilles Ehemann eingab, war die dazugehörige Schlagzeile knapp und prägnant: GESCHÄFTSMANN AUS CHICOPEE VERÜBT SELBSTMORD.

Strehlke war in seiner Garage an einem Dachbalken hängend aufgefunden worden. Er hatte keinen Abschiedsbrief hinterlassen, und Ramona wurde nicht zitiert, aber ein Nachbar sagte, Mr. Strehlke sei wegen »irgendwelcher Schwierigkeiten, die sein Ältester hatte«, sehr beunruhigt gewesen.

»Was für Schwierigkeiten hatte Al, die dir so zugesetzt haben?«, fragte Tess den Bildschirm. »Irgendwas mit einem Mädchen? Vielleicht Körperverletzung? Sexueller Missbrauch? Hat er sich schon damals auf Größeres vorbereitet? Wenn du dich deswegen aufgehängt hast, warst du als Vater eine schöne Niete.«

»Vielleicht hatte Roscoe Hilfe«, sagte Fritzy. »Von Ramona. Eine große, starke Frau, weißt du. Das *müsstest* du wissen; du hast sie gesehen.«

Auch das klang wieder nicht wie die Stimme, mit der sie im Prinzip Selbstgespräche führte. Sie starrte Fritzy verblüfft an. Fritzy erwiderte ihren Blick mit ruhigen grünen Augen, die zu fragen schienen: *Wer, ich?*

Was Tess tun wollte: mit ihrem Revolver in der Handtasche direkt zur Lacemaker Lane fahren. Was sie hätte tun sollen: das Detektivspielen bleibenlassen und die Polizei anrufen. Das hätte die Alte Tess getan, aber diese Frau war sie nicht mehr. Diese Frau erschien ihr jetzt wie eine entfernte Verwandte von der Sorte, der man zu Weihnachten eine Karte schickte, um sie dann wieder bis zum nächsten Mal zu vergessen.

Weil sie sich nicht entscheiden konnte – und sich wie zerschlagen fühlte –, ging sie wieder nach oben und legte sich ins Bett. Sie schlief vier Stunden lang und war beim Aufstehen so steif, dass sie kaum gehen konnte. Sie nahm zwei extrastarke Tylenol, wartete, bis sie zu wirken begannen, und fuhr dann zu Blockbuster Video. Den Smith & Wesson hatte sie in der Handtasche dabei. Sie glaubte, dass sie ihn in Zukunft immer bei sich haben würde, wenn sie allein unterwegs war.

Sie betrat den Videoverleih kurz vor Ladenschluss und fragte nach einem Jodie-Foster-Film mit dem Titel *Die mutige Frau*. Der Angestellte (der grünes Haar hatte, in einem Ohr eine Sicherheitsnadel trug und volle achtzehn Jahre alt zu sein schien) lächelte nachsichtig und erklärte ihr, der Film heiße in Wirklichkeit *Der Fremde in dir*. Mr. Retro Punk ergänzte, für fünfzig Cent extra bekäme sie zu dem Film einen Beutel Mikrowellen-Popcorn dazu. Tess hätte fast Nein gesagt, überlegte sich die Sache dann aber anders. »Scheiße, warum nicht?«, sagte sie zu Mr. Retro Punk. »Man lebt nur einmal, stimmt's?«

Er musterte sie verblüfft und schien sein Urteil über sie zu revidieren; dann lächelte er und bestätigte, in der Tat erhalte jeder Kunde nur ein Leben.

Zu Hause bereitete sie das Popcorn zu, legte die DVD ein, machte es sich auf der Couch bequem und stopfte sich ein Kissen in den Rücken, um die tiefe Kratzwunde abzupolstern. Fritzy leistete ihr Gesellschaft, und sie sahen sich gemeinsam an, wie Jodie Foster Jagd auf die Männer (auf die *Kerle*, wie in *Scheißkerle*) machte, die ihren Freund umgebracht hatten. Im Lauf der Handlung legte Foster alle möglichen Kerle um – alle mit einer Pistole. *Der Fremde in dir* gehörte eindeutig zu *jenen* Filmen, aber Tess genoss ihn trotzdem. Sie fand, dass er völlig schlüssig war. Sie glaubte auch, in all den Jahren etwas versäumt zu haben: die schwache, aber authentische Katharsis, die Filme wie *Der Fremde in dir* bewirkten. Als er zu Ende war, sagte sie zu Fritzy: »Ich wollte, Richard Widmark wäre Jodie Foster statt dieser alten Lady im Rollstuhl begegnet, findest du nicht auch?«

Fritzy stimmte tausendprozentig zu.

30

Als Tess an diesem Abend im Bett war, während der Oktoberwind immer stürmischer ums Haus heulte und Fritzy eng zusammengerollt neben ihr lag, traf sie eine Übereinkunft mit sich selbst: Wenn sie morgen früh in derselben Stimmung wie jetzt aufwachte, würde sie Ramona Norville aufsuchen und anschließend – je nachdem was sich in der Lacemaker Lane ergab – vielleicht Alvin »Big Driver« Strehlke einen Besuch abstatten. Eher würde sie allerdings wieder einigermaßen vernünftig aufwachen und die Polizei anrufen. Auch nicht anonym; sie würde die Suppe, die andere ihr eingebrockt hatten, auslöffeln. Eine Vergewaltigung nach über vierzig Stunden nachzuweisen würde vermutlich schwierig sein, aber die Spuren körperlicher Misshandlungen waren unverkennbar.

Und die Frauen in der Röhre: Sie war deren Advokatin, ob ihr das passte oder nicht.

Morgen werden dir alle diese Rachevorstellungen lächerlich vorkommen. Wie die Wahnideen, die Leute mit hohem Fieber haben.

Als sie am Sonntag aufwachte, war sie jedoch weiter voll im Neue-Tess-Modus. Sie starrte den Revolver auf dem Nachttisch an und dachte: *Ich will ihn gebrauchen. Ich will diese Sache selbst erledigen, und wenn man bedenkt, was ich durchgemacht habe, hab ich es* verdient, *sie selbst zu erledigen.*

»Aber ich muss mir sicher sein, und ich will natürlich nicht geschnappt werden«, sagte sie zu Fritzy, der aufgestanden war, sich umständlich streckte und sich auf einen weiteren anstrengenden Tag vorbereitete, an dem er herumliegen und häufig aus seinem Napf fressen würde.

Tess duschte, zog sich an und setzte sich dann mit einem Notizblock auf die Glasveranda. Sie starrte den Rasen hinter ihrem Haus fast eine Viertelstunde lang an und nahm gelegentlich einen Schluck von ihrem kalt werdenden Tee. Schließlich schrieb sie NICHT ERWISCHEN LASSEN ganz oben auf die erste Seite. Sie betrachtete diese Mahnung nüchtern und fing dann an, sich Notizen zu machen. Wie an allen Tagen, an denen sie an einem Roman arbeitete, fing sie langsam an, steigerte dann aber ihr Tempo.

31

Gegen zehn Uhr war sie heißhungrig. Sie machte sich einen Riesenbrunch und aß ihn bis zum letzten Bissen auf. Dann brachte sie den Film zu Blockbuster zurück und fragte nach *Der Todeskuss*. Den hatten sie nicht, aber nach zehnminütiger Suche entschied sie sich für einen Ersatz, der *Das letzte Haus links* hieß. Sie nahm ihn mit nach Hause und sah ihn sich aufmerksam an. In dem Film vergewaltigten Männer ein junges Mädchen und ließen es als tot liegen. Das Ganze war ihrem eigenen Schicksal so ähnlich, dass Tess in Tränen ausbrach und so laut weinte, dass Fritzy aus dem Zimmer flüchtete. Aber sie hielt durch und wurde mit einem Happy End belohnt: Die Eltern des jungen Mädchens ermordeten die Vergewaltiger.

Sie steckte die DVD wieder in ihre Hülle und legte sie auf den Tisch in der Diele. Den Film würde sie morgen zurückbringen, wenn sie dann noch lebte. Das hatte sie zwar vor, aber nichts war gewiss; es gab viele seltsame Wendungen und Irrwege, während man den überwucherten Häschenpfad namens Leben hinunterhoppelte. Wie Tess aus leidvoller eigener Erfahrung wusste.

Weil sie noch Zeit totzuschlagen hatte – die Tageslichtstunden schienen quälend langsam zu vergehen –, surfte sie noch einmal im Internet und suchte Informationen über die Schwierigkeiten, die Al Strehlke gehabt haben soll, bevor sein Vater Selbstmord verübte. Sie fand nichts. Vielleicht hatte der Nachbar nur Scheiß geredet (das taten Nachbarn oft), aber Tess konnte sich ein anderes Szenario vorstellen: Vielleicht war die Sache passiert, als Strehlke noch nicht volljährig gewesen war. In solchen Fällen wurden die Namen nicht an die Presse weitergegeben, und die Gerichtsakten (falls die Sache vor Gericht gekommen war) blieben unter Verschluss.

»Aber vielleicht ist er schlimmer geworden«, erklärte sie Fritzy.

»Solche Kerle werden oft schlimmer«, stimmte Fritzy zu. (Das war ungewöhnlich; im Allgemeinen war eher Tom ihrer Meinung. Fritzys Rolle war meist die des *Advocatus diaboli*.)

»Einige Jahre später ist dann wieder etwas passiert. Etwas Schlimmeres. Vielleicht hat Mama ihm geholfen, es zu vertuschen …«

»Vergiss den jüngeren Bruder nicht«, sagte Fritzy. »Lester. Auch er kann darin verwickelt gewesen sein.«

»Verwirr mich nicht mit zu vielen Personen, Fritzy. Ich weiß nur, dass Al ›Big Driver‹, dieser Scheißkerl, mich vergewaltigt hat und dass seine Mutter als Komplizin infrage kommt. Das genügt mir.«

»Vielleicht ist Ramona ja auch seine Tante«, sagte Fritzy.

»Ach, halt die Klappe«, sagte Tess, und Fritzy gehorchte.

32

Sie legte sich um vier Uhr nachmittags hin und rechnete damit, keine Sekunde schlafen zu können, aber ihr heilender Körper setzte eigene Prioritäten. Sie war fast augenblicklich weg, und als sie von dem drängenden *Dah-dah-dah* ihres Radioweckers aufwachte, war sie froh, ihn gestellt zu haben. Draußen kämmte ein böiger Oktoberwind Blätter von den Bäumen und ließ sie in bunten Wolken über den Rasen wirbeln. Das Licht hatte die seltsame Goldfärbung ohne Tiefe angenommen, die eine exklusive Eigenschaft von Spätherbstnachmittagen in Neuengland zu sein schien.

Ihrer Nase ging es besser – dort waren die Schmerzen zu einem dumpfen Pochen abgeklungen –, aber ihr Hals tat noch immer weh, und sie humpelte eher ins Bad, als dass sie normal ging. Sie stellte sich unter die Dusche, drehte das Wasser so heiß auf, wie sie es aushalten konnte, und blieb in der Kabine, bis ihre Haut krebsrot und das Bad so neblig wie ein englisches Moor in einem Sherlock-Holmes-Roman war. Das Duschen hatte geholfen. Ein paar Tylenol aus dem Medizinschränkchen würden noch mehr bringen.

Sie frottierte sich die Haare, dann rieb sie den beschlagenen Spiegel ein Stück weit frei. Das Spiegelbild erwiderte ihren Blick mit Augen, in denen Zorn und Vernunft glosten. Das Glas beschlug rasch wieder, blieb jedoch lange genug klar, um Tess zweifelsfrei erkennen zu lassen, dass sie diese Sache wirklich ohne Rücksicht auf Konsequenzen durchziehen wollte.

Zu dem schwarzen Rollkragenpullover zog sie eine schwarze Cargohose mit geräumigen aufgesetzten Taschen an. Dann fasste sie ihr Haar zu einem Knoten zusammen und stülpte eine große schwarze Baseballmütze darüber. Der Haarknoten beulte die Mütze hinten etwas aus, aber wenigstens würde kein potenzieller Zeuge sagen können:

Ihr Gesicht hab ich nicht richtig erkannt, aber sie hatte langes blondes Haar. Es war hinten mit einem dieser Haargummis zusammengefasst. Sie wissen schon, die Dinger, die man bei J. C. Penney kriegt.

Sie ging in den Keller hinunter, in dem ihr Kajak seit Anfang September lagerte, und nahm die Rolle mit gelber Bootsleine aus dem Regal darüber. Mit der Heckenschere schnitt sie zwei Meter davon ab, wickelte die Leine über dem Unterarm auf und verstaute das Bündel dann in einer ihrer geräumigen Hosentaschen. Oben in der Küche steckte sie ihr Schweizer Messer in dieselbe Tasche – die linke. In die rechte Tasche kam der Smith & Wesson Kaliber .38 ... und ein weiterer Gegenstand, den sie aus der Schublade neben dem Herd nahm. Dann füllte sie Fritzys Fressnapf mit einer doppelten Portion. Bevor sie ihn fressen ließ, drückte sie ihn jedoch erst noch an sich und küsste ihn oben auf den Kopf. Der alte Kater legte die Ohren an (wahrscheinlich mehr aus Überraschung als aus Widerwillen; sie war normalerweise kein küssendes Frauchen) und lief zu seinem Napf, sobald sie ihn absetzte.

»Teil dir das gut ein«, ermahnte Tess ihn. »Falls ich nicht zurückkomme, sieht zwar Patsy irgendwann nach dir, aber das kann ein paar Tage dauern.« Sie lächelte schwach und fügte hinzu: »Ich liebe dich, du klappriges altes Ding.«

Fritzy gab keine Antwort. Er war zu sehr mit Fressen beschäftigt.

Tess überflog noch einmal ihren NICHT ERWISCHEN LASSEN-Merkzettel, überprüfte in Gedanken ihre Ausrüstung und rekapitulierte die Schritte, die sie unternehmen wollte, sobald sie die Lacemaker Lane erreichte. Vor allem würde sie darauf gefasst sein müssen, dass bei weitem nicht alles so ablief, wie erhofft. Bei solchen Sachen enthielt der Kartenstapel immer ein paar Joker. Ramona war vielleicht nicht zu Hause. Oder sie war da, hatte Besuch von ihrem

Sohn, dem Vergewaltiger und Mörder, und die beiden hatten es sich im Wohnzimmer mit etwas Erbaulichem aus der Videothek gemütlich gemacht. Vielleicht mit *Saw*. Der jüngere Bruder – in Colewich bestimmt als Little Driver bekannt – konnte ebenfalls dort sein. Vielleicht war Ramona an diesem Abend Gastgeberin einer Tupperparty oder eines Literaturzirkels. Wichtig war vor allem, sich nicht durch unerwartete Ereignisse verwirren zu lassen. Wenn sie nicht entsprechend improvisieren konnte, hielt Tess es für sehr wahrscheinlich, dass sie ihr Haus in Stoke Village heute zum letzten Mal verlassen würde.

Sie verbrannte den NICHT ERWISCHEN LASSEN-Merkzettel im Kamin, verteilte die Asche mit dem Schüreisen, zog dann ihre Lederjacke an und streifte dünne schwarze Lederhandschuhe über. Die Jacke hatte eine tiefe Innentasche. Tess steckte eines ihrer Küchenmesser hinein, nur als Rückversicherung, und ermahnte sich dann, nicht zu vergessen, dass es dort war. Das Letzte, was sie an diesem Wochenende brauchte, war eine versehentliche Brustamputation.

Kurz bevor sie aus der Haustür trat, schaltete sie die Alarmanlage ein.

Der Wind fiel sofort über sie her und ließ ihren Jackenkragen und die Beine der Cargohose flattern. Minizyklone wirbelten Laub auf. An dem nicht ganz dunklen Himmel über ihrem geschmackvollen kleinen Stück des vorstädtischen Connecticut zogen Wolken vor einem Dreiviertelmond vorbei. Eine wundervolle Nacht für einen Horrorfilm, fand Tess.

Sie stieg in den Expedition und knallte die Fahrertür zu. Ein Blatt fiel auf die Windschutzscheibe, wurde aber gleich wieder fortgeweht. »Ich habe den Verstand verloren«, sagte sie nüchtern. »Er ist rausgefallen und in der Wellblechröhre gestorben – oder als ich im Kreis um den Laden geirrt bin.

Das ist die einzig mögliche Erklärung für das, was ich hier mache.«

Sie ließ den Motor an. Tom das TomTom wurde hell und sagte: »Hallo, Tess. Wie ich sehe, machen wir einen Trip.«

»Richtig, mein Freund.« Tess beugte sich nach vorn und gab die Adresse 75 Lacemaker Lane, Brewster, in Toms aufgeräumtes elektronisches Gedächtnis ein.

33

Sie hatte sich Ramonas Wohnviertel mit Google Earth angesehen, und als sie hinkam, sah dort alles unverändert aus. So weit, so gut. Brewster war eine Kleinstadt in Neuengland, die Lacemaker Lane lag am Ortsrand, und die Häuser standen auf großen Grundstücken. Tess fuhr mit gemächlichen kleinstädtischen zwanzig Meilen in der Stunde an der Nummer 75 vorbei und stellte fest, dass im Haus Licht brannte und in der Einfahrt nur ein Auto stand: ein fast neuer Subaru, der förmlich »Bibliothekarin« schrie. Nirgends eine Spur von einem Frontlenker-Pete oder einem anderen großen Sattelschlepper. Auch von keinem alten blauen Pick-up.

Die Straße endete an einer Wendefläche. Tess benutzte sie, kam zurück und bog in Norvilles Einfahrt ab, ohne sich eine Chance zu geben, es sich noch einmal anders zu überlegen. Sie schaltete die Scheinwerfer aus, stellte den Motor ab und atmete lange und tief durch.

»Komm heil wieder, Tess«, sagte Tom von seinem Platz auf dem Instrumentenbrett aus. »Komm heil wieder, dann leite ich dich zu deinem nächsten Ziel.«

»Okay, ich tue mein Bestes.« Sie griff nach ihrem Notizblock (auf dem jetzt nichts mehr stand) und stieg aus. Den Notizblock hielt sie an ihre Jacke gedrückt, während sie zu

Ramona Norvilles Haustür ging. Ihr Mondschatten – vielleicht alles, was von der Alten Tess noch übrig war – glitt neben ihr her.

34

Norvilles Haustür war auf beiden Seiten mit stark facettierten Glasstreifen eingefasst. Obwohl das dicke Glas den Blick verzerrte, konnte Tess eine hübsche Tapete und einen Flur mit Parkettboden erkennen. Auf einem Beistelltisch lag ein Stapel Zeitschriften. Vielleicht waren es auch Kataloge. Der Flur ging in einen großen Raum über, in dem ein Fernseher lief. Sie hörte singende Stimmen, also sah Ramona sich vermutlich nicht *Saw* an. Viel eher – wenn Tess recht hatte und der Song »Climb Ev'ry Mountain« hieß – sah sie sich *Meine Lieder – meine Träume* an.

Tess klingelte. Drinnen ertönte ein Dreifachgong, der die ersten drei Noten von »Dixie« zu spielen schien – eine für Neuengland seltsame Wahl, aber wenn Tess sie richtig beurteilte, war Ramona Norville ja auch eine seltsame Frau.

Sie hörte das Trampeln großer Füße und drehte sich halb zur Seite, damit das durchs Glas fallende Licht ihr Gesicht nur teilweise erhellte. Sie hielt den leeren Notizblock nun leicht schräg und machte mit einer behandschuhten Hand Schreibbewegungen. Dabei ließ sie die Schultern etwas hängen. Sie war eine Frau, die irgendeine Umfrage machte. Es war Sonntagabend, sie war müde, sie wollte nur noch die Lieblingszahncreme der Hausherrin erfragen (oder vielleicht ob sie Prince Albert in der Dose habe) und dann heimfahren.

Keine Sorge, Ramona, Sie können ruhig aufmachen, jeder kann sehen, dass ich harmlos bin, dass ich keiner Fliege etwas zuleide tun könnte.

Aus den Augenwinkeln heraus sah sie hinter dem facettierten Glas ein verzerrtes Fischgesicht in ihr Blickfeld schwimmen. Dann folgte eine Pause, die ihr sehr lang erschien, bevor Ramona Norville die Haustür öffnete. »Ja? Was kann ich für Sie ...«

Tess wandte sich ihr zu. Das durch die Tür fallende Licht beleuchtete ihr Gesicht. Und der Schock, den sie auf Norvilles Gesicht sah, dieser starke Schock, der ihr die Kinnlade herabsacken ließ, sagte ihr alles, was sie wissen musste.

»*Sie?* Was machen *Sie* h...«

Tess zog den Smith & Wesson Kaliber .38 aus der rechten Vordertasche. Auf der Fahrt von Stoke Village hierher hatte sie sich ausgemalt, wie er sich darin verhakte – hatte sich das mit albtraumhafter Klarheit vorgestellt –, aber der Revolver kam glatt heraus.

»Weg von der Tür! Wenn Sie sie zuzumachen versuchen, erschieße ich Sie.«

»Das werden Sie nicht«, sagte Norville. Sie trat nicht zurück, aber sie machte auch keine Anstalten, die Haustür zu schließen. »Sind Sie übergeschnappt?«

»Zurück!«

Norville trug einen weiten blauen Morgenmantel, und als Tess ihn vorn gewaltig anschwellen sah, hob sie den Revolver. »Beim ersten Laut schieße ich. Glauben Sie mir lieber, Sie Miststück, das ist mein voller Ernst.«

Norvilles üppiger Busen verlor schlagartig die Luft. Ihre Lippen waren von den Zähnen zurückgezogen, und die Augen irrlichterten von einer Seite zur anderen. So sah sie nicht wie eine Bibliothekarin aus, wirkte nicht jovial und herzlich. Tess fand eher, dass sie wie eine Ratte aussah, die außerhalb ihres Lochs überrascht worden war.

»Wenn Sie mit dem Ding schießen, hört das die ganze Nachbarschaft.«

Das bezweifelte Tess, aber sie widersprach nicht. »Ihnen kann das egal sein, weil Sie dann tot sind. Los, rein mit Ihnen! Wenn Sie sich zusammenreißen und meine Fragen beantworten, leben Sie morgen früh vielleicht noch.«

Norville wich zurück, und Tess, die den Revolver mit fast ausgestrecktem Arm hielt, trat in die Diele. Sowie sie die Haustür hinter sich schloss – was sie mit der Ferse tat –, blieb Norville neben dem Tischchen mit den Katalogen reglos stehen.

»Kein Grapschen, kein Werfen«, sagte Tess – und merkte an Ramonas zuckenden Mundwinkeln, dass die Frau genau das vorgehabt hatte. »Ich kann in Ihnen lesen wie in einem Buch. Weshalb wäre ich sonst hier? Los, weiter! Ganz bis ins Wohnzimmer zurück. Ich liebe die Trapp-Familie, wenn sie richtig rockt!«

»Sie sind verrückt«, sagte Ramona, aber sie setzte sich wieder in Bewegung. Sie trug Schuhe. Sogar zu ihrem Morgenmantel trug sie große hässliche Schuhe. Herrenschnürschuhe. »Ich habe keine Ahnung, was Sie hier wollen, aber ...«

»Erzählen Sie mir keinen Scheiß, Mama. *Trauen* Sie sich das bloß nicht. Alles hat auf Ihrem Gesicht gestanden, als Sie die Tür geöffnet haben. Restlos alles. Sie dachten, ich wär tot, was?«

»Ich weiß nicht, was Sie ...«

»Wir Mädels sind hier unter uns, Schätzchen, warum nicht einfach alles zugeben?«

Jetzt waren sie im Wohnzimmer. An den Wänden hingen kitschige Ölbilder – Clowns, Waisen mit großen Augen –, und viele der Tische und Regale waren mit Kitsch vollgestellt: Schneekugeln, Trollbabys, Hummel-Figuren, Glücksbärchis, ein Pfefferkuchenhaus à la Hänsel und Gretel aus Porzellan. Obwohl Norville von Beruf Bibliothekarin war, waren nirgends Bücher zu sehen. Dem Fernseher gegenüber stand ein La-Z-Boy mit einem Lederkissen als Fußhocker.

Neben dem Sessel stand ein TV-Tablett mit einer Packung Cheez Doodles, einer großen Flasche Cola light, der Fernbedienung und einem aufgeschlagenen *TV Guide*. Auf dem Fernseher stand ein gerahmtes Foto, das Ramona und eine weitere Frau zeigte, die sich umarmten und dabei die Wangen aneinanderlegten. Es schien auf einem Jahrmarkt oder in einem Vergnügungspark gemacht worden zu sein. Vor diesem Foto stand eine gläserne Konfektschale, die unter der Deckenleuchte von innen heraus glitzerte.

»Wie lange machen Sie das schon?«

»Ich weiß nicht, was Sie meinen.«

»Wie lange sind Sie schon Zuhälterin für den Vergewaltiger und Mörder, der Ihr Sohn ist?«

Norvilles Blick flackerte erneut, aber sie leugnete wieder … was Tess vor ein Problem stellte. Als sie hergekommen war, war ihr die Ermordung Ramona Norvilles nicht nur als Möglichkeit, sondern als wahrscheinlichstes Ende erschienen. Tess war sich ziemlich sicher gewesen, dass sie das hinbekam, dass die Bootsleine in der linken Vordertasche ihrer Cargohose unbenutzt bleiben würde. Nun stellte sie jedoch fest, dass sie nicht weitermachen konnte, bevor die Frau ihre Komplizenschaft gestand. Was auf deren Gesicht gestanden hatte, als sie Tess vor der Haustür hatte stehen sehen – grün und blau geschlagen, aber sonst sehr lebendig –, reichte nämlich nicht aus.

Nicht ganz.

»Wann hat es angefangen? Wie alt war er? Fünfzehn? Hat er behauptet, er hätte ›nur Spaß gemacht‹? Das behaupten anfangs viele von denen.«

»Ich habe keine Ahnung, was Sie meinen. Sie kommen in die Bibliothek, liefern eine ganz annehmbare Lesung ab – etwas glanzlos, Sie waren offenbar nur wegen des Geldes da, aber damit war wenigstens die Lücke im Veranstaltungsplan ausgefüllt –, und als Nächstes stehen Sie vor meiner Tür, fuchteln mit einer Waffe herum und erheben alle möglichen wilden …«

»Sparen Sie sich die Mühe, Ramona. Ich habe sein Foto auf der Website von Red Hawk gesehen. Mitsamt dem roten Ring. Er hat mich vergewaltigt und wollte mich umbringen. Er dachte, er *hätte* mich umgebracht. *Und Sie haben mich zu ihm geschickt.*«

Norvilles Mund öffnete sich in einer gruseligen Kombination aus Schock, Verzweiflung und Schuldgefühlen. »*Nein, das stimmt nicht! Du blöde Fotze, du weißt nicht, wovon du redest!*« Sie setzte sich wieder in Bewegung.

Tess hob den Revolver. »Ähäh, tun Sie das nicht. Nein.«

Norville machte halt, aber Tess glaubte nicht, dass die Frau lange stehen bleiben würde. Sie sammelte ihren Mut, um zu flüchten oder zu kämpfen. Und weil sie wusste, dass Tess sie verfolgen würde, wenn sie tiefer ins Haus flüchtete, würde sie wahrscheinlich kämpfen.

Die Trapp-Familie sang wieder. In der Situation, in der Tess sich befand – in die sie sich selbst gebracht hatte –, war all dieser fröhliche Choralscheiß unerträglich. Tess ließ den Smith & Wesson mit der rechten Hand auf Norville gerichtet, griff mit der linken nach der Fernbedienung und stellte den Ton ab. Als sie die Fernbedienung wieder hinlegen wollte, erstarrte sie. Auf dem Fernseher standen zwei Dinge, aber anfangs hatte sie nur das Foto von Ramona und ihrer Freundin richtig wahrgenommen; die Konfektschale hatte sie lediglich mit einem Blick gestreift.

Jetzt sah sie, dass das Glitzern, das sie dem Kristallglasschliff der Schale zugeschrieben hatte, nicht von außen kam. Es rührte von etwas her, das darin lag. In der Schale lagen ihre Ohrringe. Ihre Brillantohrringe.

Norville griff sich das Pfefferkuchenhaus aus dem Regal und warf es. Und zwar mit voller Kraft. Tess duckte sich, und das Pfefferkuchenhaus flog zwei Fingerbreit über ihren

Kopf hinweg und zerschellte an der Wand hinter ihr. Sie machte einen Schritt rückwärts, fiel über den Fußhocker und schlug der Länge nach hin. Der Revolver flog ihr aus der Hand.

Beide stürzten sich darauf. Norville ließ sich auf die Knie fallen und rammte ihre Schulter gegen Tess' Arm und Schulter wie ein Footballverteidiger, der einen Quarterback umnieten wollte. Sie griff sich den Revolver, jonglierte erst noch damit und bekam ihn dann richtig zu fassen. Tess griff in ihre Jacke, umklammerte den Griff des Küchenmessers, das ihre Reservewaffe war, und wusste schon jetzt, dass sie damit nichts mehr würde ausrichten können. Norville war zu groß ... und zu gluckenhaft. Ja, so war es! Sie hatte ihren verbrecherischen Sohn viele Jahre lang beschützt und war entschlossen, das auch jetzt zu tun. Tess hätte sie in der Diele erschießen sollen, sobald die Haustür hinter ihr ins Schloss gefallen war.

Aber ich konnte nicht, dachte sie, und selbst in diesem Augenblick war das Wissen, dass dies die Wahrheit war, ein kleiner Trost. Sie richtete sich Ramona Norville gegenüber auf den Knien auf.

»Sie sind eine beschissene Schreiberin, und Sie waren eine beschissene Rednerin«, sagte Norville. Sie lächelte und sprach immer schneller. Ihre Stimme hatte die näselnde Redeweise eines Versteigerers angenommen. »Sie haben Ihren Vortrag hingehauen, genau wie Sie Ihre dämlichen Bücher hinhauen. Sie waren perfekt für ihn, und er war kurz davor, wieder jemanden umzulegen, ich kenne die Anzeichen. Ich habe Sie zu ihm geschickt, und es hat geklappt, und ich bin froh, dass er Sie gefickt hat. Ich weiß nicht, was Sie sich erwartet haben, als Sie hier aufgekreuzt sind, aber jetzt müssen Sie mit dem hier vorliebnehmen.«

Norville drückte ab ... und es war nichts als ein trockenes Klicken zu hören. Bei dem Schießunterricht, den Tess nach dem Kauf der Waffe genommen hatte, war die wichtigste Lektion gewesen, keine Patrone in die Kammer zu stecken, auf die der Hammer als Erstes schlagen würde. Nur für den Fall, dass der Abzug versehentlich betätigt wurde.

Ein Ausdruck fast komischer Überraschung zog über Norvilles Gesicht. Er machte sie wieder jung. Während sie auf den Revolver in ihrer Hand hinunterstarrte, zog Tess das Messer aus der Jackeninnentasche, taumelte vorwärts und stieß es Norville bis zum Heft in den Bauch.

Die Frau ließ einen glasigen »OOO-OOOO«-Laut hören, der ein Schrei zu sein versuchte, es aber nicht schaffte. Tess' Revolver fiel scheppernd zu Boden, und Ramona, die weiter auf den Messergriff hinabstarrte, torkelte rückwärts gegen die Wand. Mit dem fuchtelnden Arm traf sie eine Reihe von Hummel-Figuren. Sie kippten vom Regal und zerschellten auf dem Fußboden. Sie machte noch einmal diesen »OOO-OOOO«-Laut. Die Vorderseite des Morgenmantels war noch unbefleckt, aber unter dem Saum begann Blut auf Ramona Norvilles Männerschuhe zu platschen. Sie umklammerte den Messergriff mit beiden Händen und wollte die Klinge herausziehen, wobei sie zum dritten Mal den »OOO-OOOO«-Laut hören ließ.

Sie sah ungläubig zu Tess auf. Tess erwiderte den Blick. Sie musste an etwas denken, das sich an ihrem zehnten Geburtstag ereignet hatte. Ihr Vater hatte ihr eine Steinschleuder geschenkt, und sie war losgezogen, um Dinge zu suchen, auf die sie damit schießen konnte. Irgendwo, fünf oder sechs Straßen von ihrem Haus entfernt, hatte sie einen räudigen Straßenköter gesehen, der in einer Mülltonne wühlte. Sie hatte einen kleinen Stein in die Schleuder gelegt und auf den Hund geschossen, nur um ihn zu verscheuchen (hatte sie sich eingeredet), aber dann hatte sie ihn am Rumpf getroffen. Der Köter hatte jämmerlich aufgeheult und war

weggelaufen, aber zuvor hatte er Tess noch einen vorwurfs-
vollen Blick zugeworfen, den sie niemals vergessen hatte.
Sie hätte alles dafür gegeben, diesen beiläufigen Schuss un-
geschehen zu machen, und hatte nie wieder auf ein Lebewesen gezielt. Ihr war bewusst, dass Töten zum Leben gehört – sie erschlug Mücken, ohne ein schlechtes Gewissen
zu haben, stellte Fallen auf, wenn sie im Keller Mäusekot
entdeckte, und hatte über die Jahre hinweg bei Mickey D.
ordentliche Mengen Viertelpfünder vertilgt –, aber an jenem
Tag hatte sie geglaubt, nie mehr ein Lebewesen auf diese
Weise verletzen zu können, ohne Reue oder Bedauern zu
empfinden. Aber im Wohnzimmer des Hauses in der Lacemaker Lane empfand sie keines von beiden. Vielleicht weil
sie zuletzt in Notwehr gehandelt hatte. Vielleicht gab es
aber auch einen ganz anderen Grund dafür.

»Ramona«, sagte sie, »im Augenblick fühle ich eine gewisse Verwandtschaft mit Richard Widmark. So machen
wir's mit Verrätern, Schätzchen.«

Norville stand in einer Lache aus eigenem Blut, und auf
ihrem Morgenmantel waren schließlich blutige Mohnblü-
ten erschienen. Sie war kreidebleich im Gesicht. Ihre unnatürlich geweiteten Augen glitzerten vor Schock. Die Zungenspitze erschien und glitt langsam über die Unterlippe.

»Jetzt können Sie sich lange rumwälzen und darüber
nachdenken – wie finden Sie das?«

Norville sackte zusammen. Ihre Männerschuhe machten
in der Blutlache quatschende Geräusche. Sie tastete nach
einem der anderen Regale und riss es dabei von der Wand.
Ein Trupp Glücksbärchis kippte nach vorn und verübte
Selbstmord.

Obwohl Tess nach wie vor weder Reue noch Bedauern
empfand, merkte sie, dass sie trotz ihres großspurigen Ge-
redes wenig von Tommy Udo in sich hatte; sie verspürte
keinen Drang, Norvilles Leiden zu beobachten oder zu ver-

längern. Sie bückte sich und hob den Revolver auf. Aus der rechten Vordertasche ihrer Cargohose zog sie den Gegenstand, den sie aus der Küchenschublade neben dem Herd mitgenommen hatte: einen dick wattierten Topfhandschuh. Er würde einen einzelnen Schuss recht wirkungsvoll dämpfen, solange das Kaliber nicht allzu groß war. Das hatte sie in Erfahrung gebracht, als sie *Der Strickclub Willow Grove macht eine Fahrt ins Blaue* geschrieben hatte.

Man wusste nie, wann Recherchen sich als nützlich erweisen würden.

»Sie verstehen das nicht.« Norvilles Stimme war ein heiseres Flüstern. »Das dürfen Sie nicht tun. Sie machen einen Fehler. Bringen Sie mich ... Krankenhaus.«

»Den Fehler haben *Sie* gemacht.« Tess zog den Topfhandschuh über den Revolver in ihrer rechten Hand. »Als Sie Ihren Sohn nicht haben kastrieren lassen, sobald Sie wussten, wie er veranlagt ist.« Sie presste den Handschuh an Ramona Norvilles Schläfe, drehte den Kopf leicht zur Seite und drückte ab. Dabei war ein dumpfes, nachdrückliches *Plah!* zu hören, so als räusperte sich ein großer Mann energisch.

Das war alles.

35

Nach Al Strehlkes Adresse hatte sie nicht gegoogelt; sie hatte erwartet, sie von Ramona Norville zu erfahren. Aber wie sie sich schon selbst mahnend gesagt hatte, liefen solche Dinge nie nach Plan ab. Für sie kam es jetzt darauf an, einen kühlen Kopf zu bewahren und den Job zu Ende zu bringen.

Norvilles Arbeitszimmer lag im Obergeschoss, ein Raum, der vermutlich als Gästezimmer gedacht gewesen war. Dort gab es weitere Glücksbärchis und Hummel-Figuren. Außerdem ein halbes Dutzend gerahmter Fotos, allerdings keines von ihren Söhnen, ihrer Geliebten oder dem verstorbenen großen Roscoe Strehlke; hier hingen signierte Fotos von Schriftstellern, die vor den Brown Baggers gesprochen hatten. Dieser Raum erinnerte Tess an das Foyer des Stagger Inn mit seinen Fotos von Rockbands.

Mich hat sie nicht gebeten, mein Foto zu signieren, dachte Tess. *Natürlich nicht, weshalb sollte sie den Wunsch haben, an eine beschissene Schreiberin wie mich erinnert zu werden? Ich war im Prinzip nur eine Sprechpuppe, die eine Lücke in ihrem Veranstaltungskalender füllen sollte. Von Fleisch für den Fleischwolf ihres Sohns ganz zu schweigen. Was für ein glücklicher Zufall für die beiden, dass ich genau zur rechten Zeit aufgekreuzt bin.*

Auf Norvilles Schreibtisch stand unter einer Pinnwand voller Rundschreiben und Bibliotheksnotizen ein Mac, der Tess' Computer sehr ähnlich sah. Der Bildschirm war dunkel, aber das Signallämpchen des Rechners zeigte ihr, dass der Mac sich nur im Ruhezustand befand. Sie tippte mit einer behandschuhten Fingerspitze auf eine der Tasten. Der Bildschirm wurde neu aufgebaut, und sie hatte Norvilles elektronischen Schreibtisch vor sich. Ganz ohne diese verdammten Passwörter, wie nett.

Sie klickte das Adressbuch-Icon an, scrollte zum Buchstaben R hinunter und fand einen Eintrag für Red Hawk Trucking. Die Anschrift war 7 Transport Plaza, Township Road, Colewich. Sie scrollte zum Buchstaben S weiter und fand nicht nur ihren übergroßen Bekannten von Freitagnacht, sondern auch Lester, den Bruder ihres Bekannten. Big Driver und Little Driver. Beide wohnten in der Township Road in der Nähe der Firma, die sie von ihrem Vater geerbt haben mussten: Alvin in Nummer 23, Lester in Nummer 101.

Gäbe es einen dritten Bruder, dachte Tess, *wären sie die Drei Kleinen Trucker. Einer in einem Haus aus Stroh, einer in einem Haus aus Stöcken, einer in einem Haus aus Ziegeln. Aber leider sind's nur zwei.*

Unten im Erdgeschoss nahm sie ihre Brillantohrringe aus der Glasschale und steckte sie in eine Tasche ihrer Lederjacke. Dabei sah sie die in sitzender Haltung an der Wand lehnende Tote an. In ihrem Blick lag kein Mitleid, nur die Befriedigung, mit der man zum Abschied ein hartes Stück Arbeit musterte, das nun vollbracht war. Wegen belastender Spuren brauchte sie sich keine Sorgen zu machen; Tess war davon überzeugt, keine hinterlassen zu haben – nicht mal ein einziges Haar. Der Topfhandschuh – jetzt mit einem Schussloch – steckte wieder in ihrer Tasche. Bisher war sie clean, aber der schwierige Teil stand ihr vielleicht erst noch bevor. Sie verließ das Haus, stieg in den Expedition und fuhr davon. Eine Viertelstunde später hielt sie kurz auf dem leeren Parkplatz eines Einkaufszentrums, um 23 Township Road, Colewich, in ihr Navi einzugeben.

36

Unter Toms Führung gelangte Tess wenige Minuten nach neun Uhr abends in unmittelbare Nähe ihres Ziels. Der Dreiviertelmond stand noch immer tief am Himmel. Der Nachtwind hatte noch mehr aufgefrischt.

Auch die Township Road zweigte von der US 47 ab – allerdings mindestens sieben Meilen vor dem Stagger Inn und noch weiter vor der Innenstadt von Colewich. Die Transport Plaza lag an der Kreuzung zweier Straßen. Den Firmenschildern nach hatten sich dort drei Fuhrunternehmen und eine Möbelspedition angesiedelt. Untergebracht waren sie in hässlichen Gebäuden, die Fertigbauten zu sein schienen. Das kleinste gehörte der Firma Red Hawk Trucking. An diesem Sonntagabend waren alle dunkel. Hinter ihnen lag ein von einem Streckmetallzaun umgebener riesiger Parkplatz im bläulich weißen Licht von Bogenlampen auf hohen Masten. Dieser Platz stand voller Taxis und Sattelschlepper. Mindestens eine Zugmaschine trug den Firmennamen RED HAWK TRUCKING auf der Tür, aber Tess glaubte nicht, dass es der Peterbilt von der Website – der mit dem stolzen Papa am Steuer – war.

An die Parkfläche schloss sich ein Rasthof an. Die Zapfsäulen, bestimmt über ein Dutzend, wurden von den gleichen strahlend hellen Bogenlampen beleuchtet. Aus der rechten Hälfte des Hauptgebäudes fiel grellweißes Neonlicht; die linke Seite war dunkel. Im Hintergrund lag ein U-förmiges, ebenerdiges weiteres Gebäude. Dort parkten einige wenige Autos und Trucks. Das riesige Schild an der Straße war eine mit Informationen in leuchtendem Rot vollgepackte elektronische Anzeigetafel.

RICHIE'S RASTHOF TOWNSHIP ROAD
»IHR FAHRT SIE, WIR BETANKEN SIE«
NORMAL $ 2.99/GALLONE
DIESEL $ 2.69/GALLONE
NEUESTE LOTTERIELOSE IMMER VORRÄTIG
RESTAURANT SONNTAGABEND GESCHLOSSEN
SORRY, SONNTAGABEND KEINE DUSCHEN
SHOP & MOTEL »STÄNDIG GEÖFFNET«
WOHNMOBILE »IMMER WILLKOMMEN«

Und ganz unten:

UNTERSTÜTZT UNSERE SOLDATEN!
SIEGT IN AFGANDISTAN!

Mit ankommenden und wegfahrenden Truckern, die ihre Fahrzeuge und sich selbst versorgten (auch wenn das Restaurant jetzt dunkel dalag, erriet Tess, dass es zu denen gehörte, die immer Steak, Fritten, Hackbraten und Mama's Brotpudding auf der Speisekarte hatten), ging es hier an Wochentagen vermutlich zu wie in einem Taubenschlag, aber jetzt am Sonntagabend herrschte gähnende Leere, weil es hier draußen nichts gab, nicht mal ein Rasthaus wie das Stagger Inn.

An den Zapfsäulen stand nur ein einziges Fahrzeug – mit dem Kühlergrill zur Straße, die Zapfpistole im Tank. Es war ein alter Pick-up, ein Ford F-150, mit Bondo-Spachtel um die Scheinwerfer. In dem grellen Licht war die Lackfarbe unmöglich zu erkennen, aber darauf war Tess nicht angewiesen. Sie hatte diesen Pick-up ganz aus der Nähe gesehen und wusste, welche Farbe er hatte. Der Platz am Steuer war leer.

»Du scheinst nicht überrascht zu sein, Tess«, sagte Tom, als sie am Straßenrand hielt und mit zusammengekniffenen Augen zu dem Tankstellenshop hinübersah. Obwohl die Außenbeleuchtung sie blendete, konnte sie darin ein paar Leute erkennen, von denen einer ziemlich groß zu sein schien. *War er groß oder* richtig *groß?*, hatte Betsy Neal sie gefragt.

»Natürlich bin ich das nicht«, sagte sie. »Er wohnt hier draußen. Wohin sollte er sonst zum Tanken fahren?«

»Vielleicht bereitet er sich auf einen Trip vor.«

»So spät am Sonntagabend? Das glaube ich nicht. Ich glaube, dass er zu Hause war und sich *Meine Lieder – meine Träume* angesehen hat. Ich glaube, dass ihm das Bier ausgegangen ist, so dass er hergekommen ist, um sich neues zu besorgen. Dabei ist ihm eingefallen, dass er auch gleich tanken könnte.«

»Aber du könntest dich irren. Wäre es nicht besser, hinter dem Shop zu warten und ihm zu folgen, wenn er wegfährt?«

Aber das wollte Tess nicht. Die Vorderfront der Raststätte war ganz verglast. Er konnte sie beim Hereinfahren zufällig sehen. Auch wenn ihr Gesicht in den Schlagschatten der grellen Beleuchtung schlecht zu sehen war, konnte er ihr Auto wiedererkennen. Schwarze Ford-Geländewagen waren häufig, aber seit Freitagnacht musste Al Strehlke für schwarze Ford Expedition besonders sensibilisiert sein. Und ihr Kennzeichen … als er auf dem verunkrauteten Parkplatz des verlassenen Ladens neben ihr gehalten hatte, musste er gesehen haben, dass ihr Wagen in Connecticut zugelassen war.

Und es gab noch etwas zu bedenken. Etwas noch Wichtigeres. Sie fuhr weiter, so dass Richie's Rasthof Township Road im Rückspiegel zurückblieb.

»Ich will nicht hinter ihm sein«, sagte sie. »Ich will vor ihm sein. Ich will ihm auflauern.«

»Was ist, wenn er verheiratet ist, Tess?«, fragte Tom. »Wenn er eine Frau hat, die auf ihn wartet?«

Dieser Gedanke verblüffte sie im ersten Augenblick. Dann lächelte sie, was aber nicht nur daran lag, dass der einzige Ring, den er getragen hatte, zu groß gewesen war, um einer mit einem Rubin zu sein. »Kerle wie der haben keine Frau«, sagte sie. »Jedenfalls keine, die es bei ihnen aushält. In Als Leben hat es nur eine einzige Frau gegeben, und die ist jetzt tot.«

37

Anders als die Lacemaker Lane hatte die Township Road nichts Vorstädtisches an sich; sie war so ländlich wie Alan Jackson. Im Licht des Mondes glichen die Häuser schimmernden Inseln aus elektrischem Licht.

»Tess, du bist bald am Ziel«, sagte Tom mit seiner nicht imaginären Stimme.

Sie fuhr über eine kleine Kuppe und sah links voraus einen Briefkasten mit dem Namen Strehlke und der Nummer 23. Der Asphaltbelag der Zufahrt, die in einer langen ansteigenden Kurve verlief, war glatt wie schwarzes Eis. Tess bog, ohne zu zögern, auf sie ab, aber sobald die Township Road hinter ihr lag, bekam sie es mit der Angst zu tun. Sie musste sich beherrschen, um nicht scharf zu bremsen und wieder auf die Straße zurückzustoßen. Wenn sie jetzt weiterfuhr, gab es kein Zurück mehr. Dann glich sie einem Käfer in einer Flasche. Und was war, wenn er zwar nicht verheiratet war, aber heute Abend Besuch hatte? Zum Beispiel von Bruder Lester? Was war, wenn Big Driver bei Richie's Rasthof nicht nur für einen, sondern für zwei Kerle Bier und Snacks gekauft hatte?

Tess schaltete die Scheinwerfer aus und fuhr im Mondlicht weiter.

In ihrer Nervosität erschien ihr die Zufahrt endlos lang, aber sie war bestimmt keine zweihundert Meter weit gefahren, als sie die Lichter von Strehlkes Haus sah. Es stand auf einem Hügel: ein gepflegtes Gebäude, größer als ein Cottage, aber kleiner als ein Farmhaus. Kein Haus aus Ziegeln, aber auch keine bescheidene Strohhütte. In der Geschichte von den drei kleinen Schweinchen und dem großen bösen Wolf wäre dies das Haus aus Stöcken gewesen, schätzte Tess.

Links neben dem Haus war ein langer kastenförmiger Auflieger mit dem Schriftzug RED HAWK TRUCKING auf seiner Flanke abgestellt. Vor der Garage am Ende der Zufahrt parkte ein Peterbilt, die Zugmaschine von der Website. Im Mondschein sah sie gespenstisch aus. Tess fuhr langsamer, als sie sich ihr näherte, und geriet im nächsten Augenblick in eine weiße Lichtflut, die sie blendete und Rasen und Zufahrt strahlend hell beleuchtete. Es waren Halogenstrahler mit Bewegungsmeldern auf einem Lichtmast, und wenn Strehlke zurückkam, solange sie brannten, würde er den Lichtschein von seiner Einfahrt aus sehen können. Vielleicht schon von der Township Road aus.

Sie bremste scharf und kam sich vor wie damals, als sie als Teenager einmal geträumt hatte, in der Schule völlig nackt zu sein. Sie hörte eine Frau stöhnen. Das musste sie selbst sein, aber es klang nicht wie sie, fühlte sich auch nicht an wie sie.

»Das ist nicht gut, Tess.«

»Schnauze, Tom.«

»Er kann jeden Augenblick zurückkommen, und du weißt nicht, wie lange das Licht jeweils brennt. Du hast schon mit der Mutter deine liebe Mühe gehabt. Und er ist *viel* größer als sie.«

»*Schnauze,* hab ich gesagt!«

Sie wollte nachdenken, aber das war in dem grellen Licht schwierig. Die Schatten der geparkten Zugmaschine und des langen silbrigen Kastens links neben ihr schienen mit spitzen schwarzen Fingern – Butzemannfingern – nach ihr zu greifen. Dieser gottverdammte Lichtmast! *Natürlich* hatte ein Mann wie er Scheinwerfer mit Bewegungsmeldern! Am besten fuhr sie sofort wieder, wendete einfach auf seinem Rasen und fuhr so schnell wie möglich zur Straße hinunter – nur würde sie ihm unweigerlich begegnen, wenn sie das tat. Das wusste sie. Und ohne das Überraschungsmoment auf ihrer Seite wäre das ihr Tod.

Denk nach, Tessa Jean, denk nach!

Und o Gott, um alles noch schlimmer zu machen, fing auf einmal ein Hund an zu bellen. Im Haus war ein Hund. Sie stellte sich einen heiser knurrenden Pitbull mit gefletschten Reißzähnen vor.

»Wenn du hierbleiben willst, musst du zusehen, dass du außer Sicht kommst«, sagte Tom … und nein, das klang nicht wie ihre Stimme. Nicht *exakt* wie ihre Stimme. Viel-

leicht war es die, die ihrem innersten Ich, der Überlebens-
künstlerin, gehörte. Und der Killerin – auch der. Wie viele
ungeahnte Persönlichkeiten konnten sich tief im Innersten
eines Menschen verbergen? Sie glaubte allmählich, ihre Zahl
könnte unbegrenzt sein.

Sie sah in den Rückspiegel und biss sich auf die nach wie
vor geschwollene Unterlippe. Noch keine näher kommenden Scheinwerfer. Aber würde sie die in der Helligkeit des
Mondlichts *und* der verdammten Halogenscheinwerfer überhaupt sehen?

»Zu der Beleuchtung gehört eine Zeitschaltuhr«, sagte Tom,
»aber ich würde etwas tun, bevor sie abläuft, Tess. Wenn
du danach weiterfährst, dann löst du sie nur wieder aus.«

Sie schaltete den Allradantrieb des Expedition zu und
wollte um die Zugmaschine herumfahren, bremste aber
gleich wieder. Dahinter wuchs hohes Gras. Im unbarmher-
zigen Licht der Halogenscheinwerfer musste er die Spuren
sehen, die sie hinterlassen würde. Selbst wenn die scheiß
Scheinwerfer jetzt ausgingen, bei seiner Rückkehr würden
sie erneut aufflammen, und er würde die Spuren sehen.

Drinnen im Haus machte der Hund sich weiterhin be-
merkbar: *Jark! Jark! JarkJarkJark!*

»Fahr über den Rasen und stell ihn hinter den Auflie
ger«, sagte Tom.

»Aber die Spuren! Die *Spuren!*«

»Irgendwo musst du dich verstecken«, antwortete Tom.
Er sprach zurückhaltend, aber energisch. »Wenigstens ist
das Gras dort gemäht. Die meisten Leute sind nämlich
schlechte Beobachter. Das sagt Doreen Marquis dauernd.«

»Strehlke ist keine alte Lady aus dem Strickclub, er ist
ein gottverdammter Irrer.«

Aber weil sie effektiv keine andere Wahl hatte – nicht
mehr, seit sie hier oben war –, fuhr Tess in dem gleißend
hellen Licht, das wie die Mittagssonne blendete, über den

Rasen auf den silbrig glänzenden Auflieger zu. Dabei hob sie den Hintern leicht vom Fahrersitz, als könnte sie dadurch die Spuren, die der Expedition auf dem Rasen hinterließ, auf magische Weise weniger sichtbar machen.

»Selbst wenn das Licht bei seiner Rückkehr noch brennt, wird er vielleicht nicht misstrauisch«, sagte Tom. »Ich wette, dass der Bewegungsmelder oft durch Wild ausgelöst wird. Vielleicht hat er sogar weitere Scheinwerfer, um es aus seinem Gemüsegarten zu verscheuchen.«

Das klang vernünftig (und wieder wie ihre spezielle Tom-Stimme), aber es beruhigte sie nicht sonderlich.

Jark! Jark! JarkJark! Was immer dort drinnen kläffte, schien einen Tobsuchtsanfall zu haben.

Der Boden hinter dem silbernen Kasten war abgefahren und holperig – anscheinend waren dort schon oft Auflieger abgestellt worden –, aber durchaus fest. Sie parkte den Expedition möglichst tief im Schatten des kastenförmigen Aufliegers und stellte den Motor ab. Sie schwitzte stark und produzierte einen scharfen Geruch, gegen den kein Deodorant angekommen wäre.

Sie stieg aus, und die Scheinwerfer mit Bewegungsmelder erloschen just in dem Moment, als sie die Tür zuknallte. Einen abergläubischen Moment lang glaubte Tess, das hätte an ihr gelegen, aber dann erkannte sie, dass nur die Schaltuhr von dem Scheißding abgelaufen war. Sie lehnte sich auf die warme Motorhaube des Expedition, holte schnaufend tief Luft und stieß sie wieder wie ein Läufer auf dem letzten halben Kilometer eines Marathons aus. Wie lange es gebrannt hatte, hätte eine nützliche Information sein können, aber diese Frage konnte sie nicht beantworten. Sie hatte zu viel Angst gehabt. Es war ihr stundenlang vorgekommen.

Als sie sich wieder im Griff hatte, machte sie Inventur und zwang sich dazu, langsam und systematisch vorzugehen. Revolver, Messer, Topfhandschuh. Alles vollzählig vorhanden. Die Drei Kleinen Komplizen. Sie bezweifelte, dass der Topfhandschuh einen weiteren Schussknall dämpfen würde, nicht mit einem so großen Loch; sie würde eben auf die einsame Lage des kleinen Hauses auf dem Hügel setzen müssen. Was das Messer betraf ... wenn es so weit kam, dass sie Big Driver mit einem Küchenmesser erledigen musste, saß sie echt in der Scheiße.

Und in dem Revolver stecken nur noch vier Schuss, daran musst du denken, bevor du anfängst, ihn zu durchsieben. Wieso hast du nicht mehr Munition mitgenommen, Tessa Jean? Du hast zu planen geglaubt, aber du hast keine sehr gute Arbeit geleistet, finde ich.

»Halt die Klappe«, flüsterte sie. »Tom oder Fritzy oder wer immer du bist, halt einfach die Klappe.«

Die nörgelnde Stimme verstummte, und sobald sie das tat, merkte Tess, dass auch die reale Welt still war. Der Hund hatte sein verrücktes Kläffen eingestellt, als das Licht erloschen war. Das einzige Geräusch machte jetzt der Wind, das einzige Licht kam vom Mond.

38

Ohne das gleißend helle Scheinwerferlicht bot der lange Auflieger eine sehr gute Deckung, aber Tess durfte nicht dort bleiben. Nicht, wenn sie tun wollte, wozu sie hergekommen war. Sie hastete hinten ums Haus herum, hatte schreckliche Angst, sie könnte einen weiteren Bewegungsmelder auslösen, und wusste doch, dass ihr keine andere Wahl blieb. Scheinwerfer flammten keine auf, aber der Mond verschwand hinter einer Wolke, und sie stolperte im Dunkeln über den Rahmen eines Kellerfensters, ging in die

Knie und schlug sich dabei fast den Kopf an einer Schubkarre an.

Während sie dort kniete, fragte sie sich einen Augenblick lang, was sie hier machte und in wen sie sich verwandelt hatte. Sie war ein Mitglied des Schriftstellerverbands, das vor kurzem eine Frau mit einem Kopfschuss erledigt hatte. Nachdem es ihr ein Messer in den Bauch gestoßen hatte. *Ich bin aus dem Reservat abgehauen*, wie man so sagt. Dann erinnerte sie sich daran, dass er sie eine Schlampe, eine weinerliche Hurenschlampe genannt hatte, und machte sich nichts mehr daraus, ob sie aus dem Reservat abgehauen war oder nicht. Das war ohnehin eine dumme Redensart. Vermutlich noch dazu rassistisch.

Strehlke hatte hinter dem Haus tatsächlich einen Gemüsegarten, aber der war anscheinend zu klein, als dass es sich gelohnt hätte, ihn durch einen Scheinwerfer mit Bewegungsmelder vor Wildverbiss zu schützen. Hier gab es sowieso nur noch ein paar Kürbisse, von denen die meisten an der Ranke verfaulten. Tess stieg über die Furchen hinweg, bog um die Hausecke und hatte nun die Zugmaschine vor sich. Der Mond zeigte sich wieder und verwandelte ihren Chrom in das flüssige Silber von Schwertklingen in Fantasy-Romanen.

Tess näherte sich dem Peterbilt von hinten, ging die linke Seite entlang und kniete neben dem kinnhohen (wenigstens für sie) Vorderrad nieder. Sie zog den Smith & Wesson aus der Tasche. In die Garage konnte Strehlke nicht fahren, weil davor die Zugmaschine stand. Selbst wenn die Zufahrt frei gewesen wäre, war die Garage vermutlich voller Junggesellenkrempel: Werkzeug, Angelzeug, Campingsachen, Autoersatzteile, Kästen mit Billig-Mineralwasser.

Das ist nur eine Vermutung. Vermutungen sind gefährlich. Dafür würde Doreen dich ausschimpfen.

Natürlich würde sie das tun, niemand kannte die Ladys des Strickclubs besser als Tess, aber diese Desserts liebenden Mädels riskierten selten etwas. Wenn man das aber tat, war man auch gezwungen, eine gewisse Anzahl von Vermutungen anzustellen.

Tess sah auf ihre Armbanduhr und stellte überrascht fest, dass es erst kurz nach halb zehn war. Ihrem Gefühl nach war es vier Jahre her, dass sie Fritzy eine doppelte Ration gegeben und ihr Haus verlassen hatte. Vielleicht auch fünf. Auf einmal glaubte sie, einen näher kommenden Motor zu hören, was dann aber doch nicht zu stimmen schien. Sie wünschte sich, dass der Wind weniger laut heulen würde, aber *wünsch dir in eine Hand und scheiß in die andere und sieh zu, welche schneller voll wird.* Das war eine Redensart, die keine der Ladys des Strickclubs jemals benutzt hatte – Doreen Marquis und ihre Freundinnen tendierten eher zu Weisheiten wie *Arbeit spart, wer Ordnung wahrt –*, aber sie stimmte trotzdem.

Vielleicht hatte er wirklich einen Trip vor, Sonntagabend oder nicht. Vielleicht würde sie noch hier sein, wenn die Sonne aufging: durch den ständigen Wind, der über diesen einsamen Hügel strich, auf dem es nur Verrückte aushielten, bis auf die schon jetzt schmerzenden Knochen ausgekühlt.

Nein, er ist der Verrückte. Weißt du noch, wie er getanzt hat? Wie sein Schatten über die Wand hinter ihm geglitten ist? Wie er gesungen hat? Erinnerst du dich an seine Quiekstimme? Du wartest hier auf ihn, Tessa Jean. Du wartest, bis die Hölle zufriert. Du bist einen zu weiten Weg gegangen, um jetzt umzukehren.

Davor hatte sie tatsächlich sogar gewisse Angst.

Das hier wird kein dezenter Salonmord werden. Das verstehst du doch, oder?

Das tat sie. Dieser spezielle Mord – wenn sie es schaffte, ihn durchzuziehen – würde mehr Ähnlichkeit mit *Der Pate 2* als mit *Der Strickclub Willow Grove hinter der Bühne* haben. Strehlke würde vorfahren, hoffentlich gleich bis zu der Zugmaschine, hinter der sie versteckt war. Er würde die Scheinwerfer seines Pick-ups ausschalten, und bevor seine Augen sich an die Dunkelheit gewöhnen konnten …

Diesmal war es nicht der Wind. Sie erkannte das Brummen eines schlecht eingestellten Motors, noch bevor Scheinwerferlicht die Biegung der Einfahrt heraufkroch. Tess richtete sich auf einem Knie auf und zog ihre Mütze ruckartig tiefer in die Stirn, damit der Wind sie nicht wegwehen konnte. Sie würde sich ihm nähern müssen, was bedeutete, dass ihr Timing ungeheuer präzise sein musste. Sollte sie versuchen, ihn aus dem Hinterhalt zu treffen, konnte sie ihn selbst aus geringer Entfernung leicht verfehlen; ihr Schießausbilder hatte ihr erklärt, der Smith & Wesson sei nur auf Entfernungen unter drei Metern treffsicher. Er hatte ihr empfohlen, sich eine zuverlässigere Waffe zu kaufen, aber das hatte sie nie getan. Und nahe genug heranzukommen, um ihn sicher umlegen zu können, war nicht alles. Sie musste sich davon überzeugen, dass Strehlke in dem Truck saß – nicht sein Bruder oder irgendein Freund.

Ich habe keinen Plan.

Aber für einen Plan war es jetzt zu spät, denn da kam der blaue Pick-up, und als der Bewegungsmelder die Scheinwerfer aufflammen ließ, sah sie die braune Baseballmütze mit den Bleichmittelflecken. Sie sah auch, dass der Fahrer wie zuvor sie die Augen zusammenkniff, und wusste, dass er vorübergehend geblendet war. Jetzt oder nie!

Ich bin die Mutige Frau.

Ohne Plan, ohne auch nur nachzudenken, umrundete sie die Zugmaschine hinten: nicht rennend, sondern mit ruhigen großen Schritten. Der böige Wind ließ ihre Cargohose flattern. Sie riss die Beifahrertür auf und sah den Ring mit dem roten Stein an seiner Hand. Er griff eben nach einer Tragetasche aus Papier, in der sich etwas Rechteckiges abzeichnete. Bier, vermutlich ein Zwölferpack. Er wandte sich ihr zu, und dabei passierte etwas Schreckliches: Er teilte sich in zwei Hälften. Die Mutige Frau sah das Tier, das sie vergewaltigt, gewürgt und zu zwei verwesenden Leichen in eine Wellblechröhre gestopft hatte. Tess sah ein etwas breiteres Gesicht und Fältchen um Mund und Augen, die am Freitag noch nicht da gewesen waren. Aber noch während sie diese Details registrierte, bellte der Smith & Wesson in ihrer Hand zweimal. Die erste Kugel durchschlug Strehlkes Kehle dicht unter dem Kinn. Die zweite öffnete ein schwarzes Loch über seiner buschigen rechten Augenbraue und ließ die linke Seitenscheibe zersplittern. Er sackte gegen die Tür, und die Hand, mit der er nach der Tragetasche gegriffen hatte, fiel kraftlos herab. Dann durchlief ein monströses Zucken seinen gesamten Körper, und die Hand mit dem Ring krachte mitten aufs Lenkrad und betätigte dabei die Hupe. Drinnen im Haus begann der Hund wieder zu bellen.

»Nein, das ist er!« Tess stand mit dem Revolver in der Hand an der offenen Tür und starrte in den Wagen. »*Er muss es sein!*«

Sie rannte vorn um den Pick-up herum, rutschte unterwegs aus, sank auf ein Knie, rappelte sich auf und riss die Fahrertür auf. Der tote Strehlke fiel heraus und knallte mit dem Kopf auf den glatten Asphalt vor seiner Garage. Die Mütze flog weg. Das wegen der Kugel, die den Kopf dicht über der Braue durchschlagen hatte, schielende rechte Auge starrte den Mond an. Das linke Auge starrte Tess an. Und es war nicht das Gesicht, das sie letztlich überzeugte – dieses Gesicht mit Falten, die sie zum ersten Mal sah, dieses Gesicht mit tiefen alten Aknenarben, die am Freitag noch nicht da gewesen waren.

War er groß oder richtig groß?, hatte Betsy Neal gefragt. *Richtig groß*, hatte Tess geantwortet ... aber nicht so groß wie dieser Mann. Ihren Vergewaltiger hatte sie auf knapp zwei Meter geschätzt, als er aus seinem Pick-up gestiegen war (aus *diesem* Pick-up, das stand für sie fest). Gewaltiger Wanst, baumdicke Oberschenkel und türbreite Schultern. Aber dieser Mann hier musste mindestens zwei Meter *zehn* groß sein. Sie hatte Jagd auf einen Riesen gemacht und einen Leviathan erlegt.

»O Gott!«, sagte Tess, und der Wind riss ihr die Worte aus dem Mund. »O mein Gott, was habe ich getan?«

»Du hast mich erschossen, Tess«, sagte der vor ihr liegende Mann ... und das klang angesichts des Lochs in seinem Kopf und des zweiten in seiner Kehle durchaus vernünftig. »Du bist hingegangen und hast Big Driver erschossen, genau wie du es vorhattest.«

Ihre Kräfte verließen sie. Sie sank neben ihm auf die Knie. Über ihr lächelte der Mond vom stürmischen Himmel herab.

»Der Ring«, flüsterte sie. »Die Mütze. Der Pick-up.«

»Ring und Mütze trägt er, wenn er auf die Jagd geht«, sagte Big Driver. »Und er fährt den Pick-up. Wenn er auf die Jagd geht, bin ich mit einem Sattelzug von Red Hawk auf der Straße unterwegs, und wenn irgendjemand ihn sieht – vor allem sitzend –, glaubt derjenige, mich zu sehen.«

»Weshalb sollte er das tun?«, fragte Tess den Toten. »Du bist sein *Bruder*.«

»Weil er verrückt ist«, sagte Big Driver geduldig.

»Und weil das schon früher funktioniert hat«, sagte Doreen Marquis. »Als sie noch jünger waren und Lester Schwierigkeiten mit der Polizei hatte. Die Frage ist, ob Roscoe Strehlke wegen dieser ersten Sache Selbstmord verübt hat – oder weil Ramona den großen Bruder dazu gezwungen hat, die Schuld auf sich zu nehmen. Vielleicht wollte Roscoe auch reinen Tisch machen, und Ramona hat ihn deswegen umgebracht. Und seine Ermordung als Selbstmord hingestellt. Wie war's wirklich, Al?«

Zu diesem Thema schwieg Al jedoch. Wie ein Grab.

»Ich will Ihnen sagen, was meiner Meinung nach passiert ist«, sagte Doreen im Mondschein. »Ich glaube, dass Ramona wusste, dass Ihr kleiner Bruder, wenn er im Vernehmungsraum an einen halbwegs cleveren Polizeibeamten geriete, etwas gestehen könnte, das weit schlimmer wäre, als im Schulbus ein Mädchen zu befummeln, im örtlichen Seufzergässchen Liebespaare zu beobachten oder welche Bagatellstraftat man ihm sonst anlasten wollte. Ich glaube, sie hat *Sie* dazu überredet, die Schuld auf sich zu nehmen, und ihren Ehemann dazu, den Mund zu halten. Oder sie hat ihn so unter Druck gesetzt, dass er nicht anders konnte. Und weil die Polizei das Mädchen nie aufgefordert hat, den Täter zu identifizieren, oder weil es keine Anzeige erstattet hat, sind Ramona und Lester damit durchgekommen.«

Al sagte nichts.

Tess dachte: *Ich knie hier und rede mit imaginären Stimmen. Ich habe den Verstand verloren.*

Trotzdem wusste ein Teil von ihr, dass sie versuchte, bei Verstand zu *bleiben*. Das konnte sie nur, wenn sie begriff, wie alles passiert war, und sie glaubte, dass die Geschichte, die sie mit Doreens Stimme erzählte, die Wahrheit war oder ihr zumindest sehr nahekam. Sie basierte auf Vermutungen und unbewiesenen Schlussfolgerungen, aber sie klang logisch. Und sie passte mit Ramonas letzten Äußerungen zusammen.

Du blöde Fotze, du weißt nicht, wovon du redest!

Und: *Sie verstehen nicht. Das ist ein Fehler.*

Es war ein Fehler, das stimmte. Alles, was sie in dieser Nacht getan hatte, war ein Fehler gewesen.

Nein, nicht alles. Sie war mitschuldig. Sie hat alles gewusst.

»Hast *du es* gewusst?«, fragte Tess den Mann, den sie erschossen hatte. Sie streckte eine Hand aus, um Strehlke am Arm zu fassen, und ließ sie dann sinken. Unter dem Ärmel würde er noch warm sein. Sich einbilden, er lebe noch. »*Hast* du es gewusst?«

Er gab keine Antwort.

»Lassen Sie es mich mal versuchen«, sagte Doreen. Und mit ihrer freundlichen Mir-können-Sie-alles-erzählen-Stimme einer alten Lady, die in Romanen immer wirkte, fragte sie: »*Wie viel* haben Sie gewusst, Mr. Driver?«

»Ich hatte manchmal einen Verdacht«, sagte er. »Aber die meiste Zeit hab ich nicht darüber nachgedacht. Ich musste mich um die Firma kümmern.«

»Haben Sie jemals Ihre Mutter gefragt?«

»Schon möglich«, sagte er, und Tess fand den Blick seines merkwürdig schielenden rechten Auges ausweichend. Aber wer konnte das in diesem abenteuerlichen Mondschein schon beurteilen? Wer konnte sich dessen sicher sein?

»Wenn Mädchen verschwunden sind? Haben Sie da gefragt?«

Darauf antwortete Big Driver nicht, vielleicht weil Doreen angefangen hatte, wie Fritzy zu sprechen. Und natürlich wie Tom das TomTom.

»Aber es hat nie einen Beweis gegeben, stimmt's?« Das war wieder Tess selbst. Sie war sich nicht sicher, ob er auf ihre Stimme antworten würde, aber er tat es.

»Nein. Keinen Beweis.«

»Und du *wolltest* keinen Beweis, stimmt's?«

Wieder keine Antwort, also stand Tess auf und ging unsicher zu der braunen Mütze mit den Bleichmittelflecken, die der Wind über die Einfahrt auf den Rasen geweht hatte. In dem Augenblick, in dem sie die Mütze aufhob, gingen die Scheinwerfer wieder aus. Drinnen hörte der Hund zu bellen auf. Sie musste unwillkürlich an Sherlock Holmes denken, und während sie in der stürmischen Mondnacht dastand, hörte Tess irgendeine Frau die traurigste kleine Lache anschlagen, die jemals aus einer menschlichen Kehle gekommen war. Sie nahm die eigene Mütze ab, stopfte sie in eine Jackentasche und setzte stattdessen seine auf. Die war ihr zu groß, also nahm sie die Mütze noch einmal ab, um das Kopfband zu kürzen. Dann kehrte sie zu dem Mann zurück, den sie erschossen hatte, den sie für vielleicht nicht ganz unschuldig hielt ... aber bestimmt nicht für so schuldig, dass er die Strafe verdient hätte, die die Mutige Frau ihm zugemessen hatte.

Sie tippte an den Schirm der braunen Baseballmütze und fragte: »Ist das die Mütze, die du trägst, wenn du unterwegs bist?« Dabei wusste sie, dass sie es nicht war.

Strehlke schwieg, aber Doreen Marquis, die Doyenne des Strickclubs, antwortete für ihn. »Natürlich nicht. Wenn Sie für Red Hawk fahren, tragen Sie eine Red-Hawk-Mütze, nicht wahr, mein Lieber?«

»Ja«, sagte Strehlke.

»Und Sie tragen auch Ihren Ring nicht, hab ich recht?«

»Nein. Für Kunden zu protzig. Nicht geschäftsmäßig. Und was wäre, wenn in einer dieser miesen Truckerkneipen jemand, der zu bekifft oder betrunken ist, um es besser zu wissen, ihn für echt halten würde? Keiner würde riskieren, mich zu überfallen, dafür bin ich zu groß und stark – oder war es zumindest bis heute Nacht –, aber jemand könnte mich erschießen. Dabei hab ich's nicht verdient, erschossen zu werden. Nicht wegen eines Talmirings, nicht wegen der schrecklichen Dinge, die mein Bruder vielleicht getan hat.«

»Ihr Bruder und Sie fahren nie gleichzeitig für die Firma, nicht wahr, mein Lieber?«

»Nein. Wenn er unterwegs ist, kümmere ich mich ums Büro. Und wenn ich unterwegs bin ... na ja, ich denke, Sie wissen, was er tut, wenn ich unterwegs bin.«

»Du hättest ihn *anzeigen* müssen!«, kreischte Tess ihn
an. »Auch wenn du nur einen Verdacht hattest, hättest du
ihn *anzeigen* müssen!«

»Er hatte Angst«, sagte Doreen mit ihrer freundlichsten
Stimme. »Nicht wahr, mein Lieber?«

»Ja«, sagte Al. »Ich hatte Angst.«

»Vor deinem Bruder?«, fragte Tess ungläubig oder bewusst
zweifelnd. »Angst vor deinem *kleinen* Bruder?«

»Nicht vor ihm«, sagte Al Strehlke. »Vor ihr.«

39

Als Tess wieder am Steuer saß und den Motor anließ, sagte
Tom: »Das konntest du unmöglich wissen, Tess. Und alles
ist so schnell passiert.«

Das war sehr wahr, aber es ignorierte die entscheidende
Tatsache, auf die allein es ankam: Indem sie in einem film-
reifen Rachefeldzug Jagd auf ihren Vergewaltiger gemacht
hatte, hatte sie sich selbst zur Hölle geschickt.

Sie hob den Revolver an die Schläfe, ließ ihn jedoch
wieder sinken. Das durfte sie nicht, nicht jetzt. Sie musste
weiter an die Frauen in der Wellblechröhre denken. An ihre
Verpflichtung ihnen und den anderen gegenüber, die darin
enden konnten, wenn Lester Strehlke entkam. Und nach
dem, was sie vorhin getan hatte, war es wichtiger denn je,
dass er nicht entkam.

Sie musste noch ein weiteres Ziel anfahren. Aber nicht
mit ihrem Expedition.

40

Die Zufahrt zum Haus 101 Township Road war nicht lang, und sie war nicht asphaltiert. Sie bestand nur aus einer Fahrspur zwischen Büschen, die so eng standen, dass sie an den Seiten des alten blauen Ford F-150 kratzten, als Tess zu dem kleinen Haus fuhr. Dieses hatte nichts Aufgeräumtes an sich; dieses war ein schiefes altes Gruselhaus, das direkt aus *The Texas Chainsaw Massacre* hätte stammen können. Wie das Leben manchmal die Kunst imitierte! Und je primitiver die Kunst, desto realistischer die Imitation.

Tess machte sich nicht die Mühe, sich heimlich anzunähern – wozu die Scheinwerfer ausschalten, wenn Lester Strehlke das Motorengeräusch des Pick-ups seines Bruders fast so gut kannte wie die Stimme seines Bruders?

Sie trug weiter die fleckige braune Mütze, die Big Driver getragen hatte, wenn er nicht unterwegs gewesen war – seine Glücksbringermütze, die ihm zuletzt doch Unglück gebracht hatte. Der Ring mit dem falschen Rubin war für ihre Finger viel zu weit, aber sie hatte ihn in die linke Vordertasche ihrer Cargohose gesteckt. Little Driver hatte sich als sein großer Bruder getarnt, wenn er jagen gegangen war, und auch wenn er vielleicht nicht genug Zeit (oder genug Verstand) hatte, um die Ironie zu begreifen, die darin lag, dass sein letztes Opfer ihn mit diesen Requisiten aufsuchte, verstand Tess sie recht gut.

Tess parkte an der Hintertür, stellte den Motor ab und stieg aus. Ihre Waffe hielt sie in der Rechten. Die Tür war nicht abgesperrt. Sie betrat einen Anbau, in dem es nach Bier und verdorbenen Lebensmitteln roch. Von der Decke hing an einer schmutzigen Litze eine nackte 60-Watt-Birne herab. Vor sich hatte Tess vier überquellende Mülltonnen aus Kunststoff: 120-Liter-Tonnen, die es im Wal-Mart gab. Dahinter waren an der Wand des Anbaus mindestens fünf

Jahrgänge von *Onkel Henry's Tauschführer* gestapelt. Links sah sie eine weitere Tür, davor eine einzelne Stufe. Sie würde in die Küche führen. Diese Tür hatte keinen Knopf, sondern eine altmodische Klinke. Als Tess sie herunterdrückte und die Tür öffnete, quietschten ungeölte Angeln. Noch vor einer Stunde hätte ein solches Quietschen sie schreckensbleich erstarren lassen. Jetzt störte es sie nicht im Geringsten. Sie hatte ihre Arbeit zu tun. Darauf lief die Sache letztlich hinaus, und es war eine Erleichterung, von all dem emotionalen Ballast befreit zu sein. Sie trat in den Dunst irgendeines fettigen Stücks Fleisch, das Little Driver sich zum Abendessen gebraten hatte. Sie konnte TV-Lachen vom Band hören. Irgendeine Sitcom. *Seinfeld,* glaubte sie.

»Was zum Teufel machst du hier?«, rief Lester Strehlke aus der Umgebung der Lachkonserve. »Hab bloß noch eineinhalb Biere, wenn du deswegen kommst. Die trink ich noch, dann geh ich ins Bett.« Sie folgte dem Klang seiner Stimme. »Hättst du angerufen, hätt ich dir die Fahrt ersparen k...«

Sie betrat den Raum. Er sah sie. Tess hatte nie darüber nachgedacht, wie Lester reagieren könnte, wenn sein letztes Opfer hier aufkreuzte: mit einem Revolver in der Hand und der Baseballmütze, die er selbst trug, wenn ihn das Jagdfieber packte, auf dem Kopf. Auch wenn sie es getan hätte, hätte sie seine extreme Reaktion nie vorhersehen können. Seine Kinnlade sackte herab, dann erstarrte das ganze Gesicht. Die Bierdose fiel ihm aus der Hand, landete in seinem Schoß und tränkte seine vergilbten Boxershorts mit weiß schäumendem Bier.

Er sieht ein Gespenst, dachte sie, als sie auf ihn zutrat und die Waffe hob. *Gut.*

Sie hatte Zeit, festzustellen, dass es im Wohnzimmer, in dem zwar ein Junggesellenchaos herrschte, weder Schneekugeln noch Kitschfiguren gab. Sein Fernsehplatz glich dem seiner Mutter in der Lacemaker Lane: der La-Z-Boy, das TV-Tablett (hier mit einer letzten ungeöffneten Dose Pabst Blue Ribbon und einem Beutel Doritos statt Cola light und Cheez Doodles), der gleiche *TV Guide*, das Heft mit Simon Cowell auf der Titelseite.

»Du bist tot«, flüsterte er.

»Nein«, antwortete Tess. Sie setzte ihm die Mündung des Lemon Squeezer an die Schläfe. Er unternahm den schwachen Versuch, ihr Handgelenk zu packen, aber diese Bewegung war viel zu kraftlos, kam viel zu spät. »Das bist *du*.«

Sie drückte ab. Blut trat aus seinem Ohr, und der Kopf schnellte zur Seite. Er sah wie ein Mann aus, der verspannte Nackenmuskeln zu lockern versuchte. Im Fernsehen sagte George Costanza: »Ich war im Pool, ich war im Pool.« Das Publikum lachte.

41

Es war fast Mitternacht, und der Wind wehte stürmischer als zuvor. In Böen erzitterte Lester Strehlkes ganzes Haus, und Tess musste jedes Mal an das kleine Schweinchen denken, das sein Haus aus Stöcken gebaut hatte.

Das kleine Schweinchen, das in diesem Haus hier gelebt hatte, würde sich nie mehr Sorgen machen müssen, sein beschissenes Haus könnte weggeweht werden, denn es lag tot in seinem La-Z-Boy. *Und er war ohnehin kein kleines Schweinchen,* dachte Tess. *Er war ein großer böser Wolf.*

Sie saß in der Küche und schrieb auf einem schmuddeligen Blue-Horse-Schreibblock, den sie oben in Strehlkes Schlafzimmer gefunden hatte. Im ersten Stock gab es vier

Zimmer, aber nur das Schlafzimmer war nicht mit Müll vollgestopft – von eisernen Bettgestellen bis hin zu einem Außenborder von Evinrude, der aussah, als wäre er aus dem dritten Stock gefallen. Weil es Wochen oder Monate gedauert hätte, diese Ansammlung von unbrauchbaren, wertlosen und sinnlosen Dingen zu durchsuchen, konzentrierte Tess sich ganz auf Strehlkes Schlafzimmer und nahm es sorgfältig unter die Lupe. Der Blue-Horse-Block war nur eine Dreingabe gewesen. Was sie in Wirklichkeit suchte, fand sie ganz oben im Kleiderschrank in einer alten Reisetasche, die – nicht sehr erfolgreich – mit alten Ausgaben der *National Geographic* getarnt war. Sie enthielt ein Knäuel aus Damenslips. Ihr eigener Slip lag obenauf. Tess steckte ihn ein und ersetzte ihn nach Art einer Packratte durch die zwei Meter lange gelbe Bootsleine. Diese Leine in der Trophäentasche eines Mörders und Vergewaltigers würde niemanden überraschen. Außerdem würde Tess sie nicht mehr brauchen.

»Tonto«, sagte der Lone Ranger, »unsere Arbeit hier ist getan.«

Was sie schrieb, während nach *Seinfeld Frasier* kam und auf *Frasier* die Lokalnachrichten folgten (jemand aus Chicopee hatte in der Lotterie gewonnen, und jemand anders hatte sich beim Sturz von einem Baugerüst das Rückgrat gebrochen, was sich also irgendwie ausglich), war ein Geständnis in Briefform. Als sie auf Seite fünf anlangte, folgte auf die Lokalnachrichten ein scheinbar endloser Werbespot für Almighty Cleanse. Eben sagte Danny Vierra: »Manche Amerikaner haben nur alle zwei, drei Tage Stuhlgang, und weil das seit Jahren so ist, *halten sie es für normal!* Aber jeder Arzt, der etwas taugt, wird Ihnen sagen, dass es das *nicht* ist!«

Der Brief war *AN DIE ZUSTÄNDIGEN BEHÖRDEN* adressiert, und die ersten vier Seiten bestanden aus einem einzigen Absatz. In ihrem Kopf klang er wie ein Schrei. Ihre Hand war müde, und der Kugelschreiber, den sie in einer Küchenschublade gefunden hatte (mit dem Werbeaufdruck RED HAWK TRUCKING in verblassendem Gold), schien austrocknen zu wollen, aber sie war Gott sei Dank fast fertig. Während Little Driver sich in seinem La-Z-Boy nach wie vor nicht fürs Fernsehen interessierte, begann sie die Seite fünf endlich mit einem neuen Absatz:

Ich will keine Entschuldigungen dafür vorbringen, was ich getan habe. Auch kann ich nicht behaupten, bei meinen Taten geistig verwirrt gewesen zu sein. Ich war zornig, und ich habe einen Fehler gemacht. So einfach war das. Unter anderen Umständen – unter weniger schrecklichen, meine ich – könnte ich vielleicht sagen: »Das war ein verständlicher Fehler, weil die beiden sich fast wie Zwillinge ähnlich sehen.« Aber es liegen keine anderen Umstände vor.

Ich habe über Wiedergutmachung nachgedacht, während ich hier gesessen, diese Seiten geschrieben und auf seinen Fernseher und den ums Haus heulenden Wind gehorcht habe – nicht etwa weil ich auf Vergebung hoffe, sondern weil es mir falsch erscheint, etwas Böses zu tun, ohne wenigstens zu versuchen, es mit etwas Gutem auszugleichen. (Hier dachte Tess daran, wie der Lotteriegewinner und der Rückgratverletzte sich ausgeglichen hatten, aber dieser Gedanke würde schwierig auszudrücken sein, weil sie so müde war, und sie wusste ohnehin nicht, ob er stichhaltig war.) *Ich habe daran gedacht, nach Afrika zu gehen und mit Aids-Opfern zu arbeiten. Ich habe daran gedacht, in New Orleans als Freiwillige in einem Obdachlosenheim oder einer Suppenküche zu arbeiten. Ich habe daran gedacht, die knapp eine Million Dollar, die ich für den Ruhestand zurück-*

gelegt habe, einer Organisation zu spenden, die sich für
die Beendigung von Gewalt gegen Frauen einsetzt. In
Connecticut muss es eine solche Vereinigung geben, viel-
leicht sogar mehrere.

Aber dann habe ich an etwas gedacht, was Doreen
Marquis vom Strickclub in jedem Roman mindestens
einmal sagt ...

Mindestens einmal in jedem Roman sagte Doreen: *Mörder*
übersehen immer das Offenkundige. Darauf könnt ihr euch
verlassen, meine Lieben. Und noch während Tess von Wiedergutmachung schrieb, erkannte sie, dass es diese unmöglich geben würde. Weil Doreen völlig recht hatte.

Tess hatte eine Mütze getragen, um keine Haare für eine
DNA-Analyse zu hinterlassen. Sie hatte Handschuhe getragen, die sie nie ausgezogen hatte – nicht einmal auf der Fahrt
mit Al Strehlkes Pick-up. Es war noch nicht zu spät, dieses
Geständnis in Lesters Holzherd zu verbrennen, zu Bruder
Alvins sehr viel hübscherem Haus zu fahren (aus Ziegeln
statt aus Stöcken), sich in ihren Expedition zu setzen und
nach Connecticut zurückzufahren. Sie konnte heimfahren,
wo Fritzy auf sie wartete. Auf den ersten Blick schien es
keine zu ihr führende Spur zu geben, und die Polizei würde
vielleicht ein paar Tage brauchen, um auf sie zu kommen,
aber irgendwann würde sie unausweichlich auf sie kommen. Während Tess sich auf forensische Maulwurfshaufen
konzentriert hatte, hatte sie nämlich den offenkundigen
Berg übersehen – genau wie die Mörder in den Willow-
Grove-Krimis.

Der offenkundige Berg hatte einen Namen: Betsy Neal.
Eine aparte Frau mit ovalem Gesicht, leicht unterschiedli-
chen Picasso-Augen und einer Wolke aus schwarzem Haar.
Sie hatte Tess erkannt und sich sogar ein Autogramm geben
lassen, aber das würde nicht entscheidend sein. Den Aus-

schlag würden Tess' schlimm zugerichtetes Gesicht (*Hoffentlich ist das nicht hier passiert*, hatte Neal gesagt) und die Tatsache geben, dass sie nach Alvin Strehlke gefragt, seinen Pick-up beschrieben und den Ring erkannt hatte, als Neal ihn erwähnt hatte. *Wie ein Rubin*, hatte Tess zugestimmt.

Neal würde die Story im Fernsehen sehen oder in der Zeitung lesen – wie ließ sich das bei drei Toten aus einer Familie vermeiden? – und zur Polizei gehen. Die Polizei würde zu Tess kommen. Sie würde routinemäßig das Waffenregister für Connecticut einsehen und festgestellt haben, dass Tess einen jener als Lemon Squeezer bekannten Smith & Wesson Kaliber .38 besaß. Sie würde den Revolver verlangen, um nach Probeschüssen ballistische Vergleiche mit den in den drei Mordopfern aufgefundenen Geschossen anstellen zu können. Und was würde Tess sagen? Würde sie die Beamten mit zwei Veilchen ansehen und mit nach wie vor heiserer Stimme (weil Lester Strehlke sie gewürgt hatte) behaupten, sie habe ihn verloren? Würde sie bei dieser Story bleiben, selbst nachdem die toten Frauen in dem Durchlass unter der Straße aufgefunden worden waren?

Tess griff nach dem geliehenen Kugelschreiber und schrieb weiter.

... was Doreen Marquis vom Strickclub in jedem Roman mindestens einmal sagt: Mörder übersehen immer das Offenkundige. Doreen hat einmal auch eine Idee von Dorothy Sayers übernommen, einem Mörder eine geladene Waffe gelassen und ihn aufgefordert, den ehrenvollen Ausweg zu wählen Ich habe eine Waffe. Mein einziger naher Verwandter ist mein Bruder Mike. Er lebt in Taos, New Mexico. Ich vermute, dass er mich allein beerben wird. Das hängt von den juristischen Konsequenzen meiner Verbrechen ab. Wenn er Alleinerbe wird, bekommt er hoffentlich auch diesen Brief zu sehen, der

*ihm meinen Wunsch übermitteln soll, er möge den Groß-
teil seines Erbes einer Hilfsorganisation spenden, die
Frauen unterrrstützt, die Opfer sexueller Gewalt geworden sind.*

*Das mit Big Driver – Alvin Strehlke – tut mir leid. Er
war nicht der Mann, der mich vergewaltigt hat, und
Doreen ist sich sicher, dass er auch die anderen Frauen
nicht vergewaltigt und ermordet hat.*

Doreen? Nein, *sie.* Doreen war nicht real. Aber Tess war zu
müde, das nachträglich zu ändern. Und zum Teufel damit –
sie war sowieso schon fast fertig.

*Was Ramona und dieses Stück Dreck nebenan betrifft,
muss ich mich nicht entschuldigen. Sie sind tot besser
dran als lebendig.*
Ich natürlich auch.

Sie nahm sich die Zeit, den Text noch einmal zu überflie-
gen, um zu sehen, ob sie etwas vergessen hatte. Das schien
nicht der Fall zu sein, deshalb setzte sie ihren Namen
darunter – ihr letztes Autogramm. Der Kugelschreiber war
nach dem letzten Buchstaben aufgebraucht, und sie legte
ihn weg.

»Wolltest du noch irgendwas sagen, Lester?«, fragte sie.

Nur der Wind antwortete – mit einer Bö, die das schä-
bige kleine Haus in allen Fugen knarren ließ.

Sie kehrte ins Wohnzimmer zurück. Sie setzte ihm die
braune Mütze auf und steckte ihm den Ring an den Finger.
So sollte er aufgefunden werden. Auf dem Fernseher stand
ein gerahmtes Foto. Es zeigte Lester und seine Mutter mit
umeinandergelegten Armen. Beide lächelten. Nur ein Junge
und seine Mama. Sie betrachtete es einige Zeit, dann ging
sie hinaus.

42

Sie hatte das Gefühl, zu dem verlassenen Geschäft, wo alles passiert war, zurückfahren zu sollen, um dort zu tun, was noch getan werden musste. Sie konnte eine Zeit lang auf dem verunkrauteten Parkplatz stehen, zuhören, wie der Wind das Blechschild ticken ließ (DU MAGST ES ES MAG DICH), und über die Dinge nachdenken, an die Menschen in den letzten Augenblicken ihres Lebens dachten. In ihrem Fall würde es wahrscheinlich Fritzy sein. Vermutlich würde Patsy ihn bei sich aufnehmen, und das war in Ordnung. Katzen waren Überlebenskünstler. Wer sie fütterte, war ihnen ziemlich egal, solange ihr Fressnapf regelmäßig gefüllt wurde.

Die Fahrt zu dem Geschäft würde um diese Zeit nicht lange dauern, aber sie kam ihr trotzdem zu weit vor. Sie war sehr müde. Sie beschloss, sich in Al Strehlkes alten Pick-up zu setzen und es dort zu tun. Aber sie wollte ihr unter Schmerzen geschriebenes Geständnis nicht mit ihrem Blut beflecken – das erschien ihr falsch, weil darin doch so viel Blutvergießen geschildert wurde –, deshalb …

Sie nahm die Blätter von dem Blue-Horse-Block ins Wohnzimmer mit, wo weiter der Fernseher lief (jetzt verkaufte ein junger Mann, der wie ein Sträfling aussah, einen Putzroboter für Fußböden), und ließ sie in Strehlkes Schoß fallen. »Heb sie für mich auf, Les«, sagte sie.

»Kein Problem«, antwortete er. Sie bemerkte, dass ein Teil seines kranken Gehirns jetzt auf der Schulter seines ausgebleichten karierten Hemdes antrocknete. Das war in Ordnung.

Tess ging ins stürmische Dunkel hinaus und stieg langsam auf der linken Seite des Pick-ups ein. Das Kreischen der Angeln, als sie die Fahrertür schloss, klang eigenartig vertraut. Aber nein, von wegen eigenartig; hatte sie es nicht auf dem Parkplatz des Geschäfts gehört? Ja. Sie hatte ihm einen Gefallen tun wollen, weil er ihr einen tun würde – er würde ihr den Reifen wechseln, damit sie nach Hause fahren und ihre Katze füttern konnte. »Ich wollte nicht, dass seine Batterie sich entlädt«, sagte sie und lachte.

Sie setzte die Mündung des kurzläufigen Smith & Wesson an die Schläfe, dann zögerte sie. Ein Schuss dieser Art war nicht immer tödlich. Sie wollte, dass ihr Geld misshandelten Frauen half, statt für ihre Pflege aufgebraucht zu werden, während sie Jahr um Jahr bewusstlos in einem Heim für Komapatienten lag.

In den Mund, das war besser. Sicherer.

Der Revolverlauf schmeckte ölig, und sie konnte spüren, wie die kleine Erhebung des Korns sich ihr in den Gaumen grub.

Ich habe ein gutes Leben gehabt – na ja, ein ziemlich gutes –, und obwohl ich zuletzt einen schrecklichen Fehler gemacht habe, wird er mir vielleicht nicht angelastet, falls es ein Leben nach diesem gibt.

Ah, aber der Nachtwind war so süß. Das waren auch die Düfte, die durch das halb geöffnete Fahrerfenster hereinwehten. Jammerschade, diese Welt zu verlassen, aber was blieb ihr anderes übrig? Es wurde Zeit zu gehen.

Tess schloss die Augen, nahm Druckpunkt am Abzug … und in diesem Augenblick meldete Tom sich zu Wort. Seltsam, dass er das konnte, war Tom doch in ihrem Expedition, der fast eine Meile von hier entfernt vor Al Strehlkes Haus stand. Und die Stimme, die sie hörte, war ganz anders als die, die sie gewöhnlich für Tom produzierte. Sie klang auch nicht wie ihre eigene Stimme. Wie denn auch? Schließlich hatte Tess einen Revolverlauf im Mund.

»Sie war nie eine sehr gute Detektivin, oder?«

»Wer? Doreen?«

Trotz allem war sie schockiert.

»Wer denn sonst, Tessa Jean? Und wie *könnte* sie eine gute sein? Sie entstammt deinem alten Ich. Hab ich recht?«

Tess vermutete, dass dem so war. Sie ließ die Waffe sinken, weil diese seltsame neue Stimme sie ablenkte. Sie kam aus ihrem Inneren, aber sie wusste ziemlich genau, dass sie diese Stimme noch nie gehört hatte. Wusste es ganz sicher.

»Doreen ist sich sicher, dass Big Driver diese anderen Frauen nicht vergewaltigt und ermordet hat. Hast du das nicht geschrieben?«

»*Ich*«, sagte Tess. »*Ich* bin mir dessen sicher. Das wollte ich schreiben. Ich war nur müde, das ist alles. Und habe vermutlich unter Schock gestanden.«

»Und du hast dich schuldig gefühlt.«

»Ja, auch das.«

»Glaubst du, dass Leute, die sich schuldig fühlen, logische Schlüsse ziehen?«

Nein. Möglicherweise taten sie das nicht.

»Was versuchst du mir zu sagen?«

»Dass du nur einen Teil des Rätsels gelöst hast. Bevor du es ganz lösen konntest – *du*, nicht irgendeine mit Klischees um sich werfende alte Detektivin –, ist etwas zugegebenermaßen Bedauerliches passiert.«

»Etwas Bedauerliches? Nennst du das so?« Tess hörte sich wie in weiter Ferne lachen. Irgendwo ließ der Wind ein loses Dachblech klappern. Es klang wie das 7Up-Schild auf der Veranda des verlassenen Geschäfts.

»Wieso *denkst* du nicht selbst nach«, fragte der neue, fremdartige Tom (dessen Stimme immer weiblicher klang), »bevor du dich *erschießt*? Aber nicht hier.«

»Wo sonst?«

Diese Frage beantwortete Tom nicht, aber das war auch nicht nötig. Stattdessen sagte er: »Und nimm das gottverdammte Geständnis mit.«

Tess stieg aus dem Pick-up und ging in Lester Strehlkes Haus zurück. Dann stand sie in der Küche des Toten und dachte nach. Das tat sie laut – und mit Toms Stimme (die immer mehr wie ihre eigene klang). Doreen schien sich verdrückt zu haben. Was eine Erleichterung war.

»Al Strehlkes Hausschlüssel hängt bestimmt an dem Ring mit dem Zündschlüssel«, sagte Tom, »aber in seinem Haus ist ein Hund. Den darfst du nicht vergessen.«

Nein, das wäre schlecht gewesen. Tess öffnete Lesters Kühlschrank. Nach kurzer Suche fand sie ganz hinten im untersten Fach eine Packung Hackfleisch für Hamburger. Sie benutzte eine Ausgabe von *Onkel Henry's*, um sie doppelt einzupacken, dann ging sie ins Wohnzimmer zurück. Sie nahm ihr Geständnis von Strehlkes Schoß, tat es vorsichtig, war sich sehr bewusst, dass der Teil von ihm, der sie verletzt hatte – der Teil, der daran schuld war, dass heute Nacht drei Menschen umgekommen waren –, gleich unter diesen Blättern lag. »Ich nehme dein Hackfleisch mit, Lester, aber sei mir deswegen nicht böse. Ich tue dir sogar einen Gefallen. Es riecht schlecht, fast schon verdorben.«

»Eine Mörderin und eine Diebin dazu«, sagte Little Driver mit seiner eintönigen Totenstimme. »Ist das nicht nett?«

»Schnauze, Les«, sagte sie und ging.

43

Wieso denkst du nicht selbst nach, bevor du dich erschießt?

Das versuchte sie zu tun, als sie mit dem alten Pick-up wieder auf der windigen Straße zu Al Strehlkes Haus unterwegs war. Allmählich begann sie zu glauben, Tom – selbst wenn er nicht bei ihr im Auto war – sei ein besserer Detektiv als Doreen Marquis in Bestform.

»Ich will es kurz machen«, sagte Tom. »Wenn du nicht glaubst, dass Al Strehlke an allem beteiligt war – und *nicht nur am Rande*, meine ich –, bist du verrückt.«

»Natürlich bin ich verrückt«, antwortete sie. »Weshalb würde ich mir sonst einzureden versuchen, dass ich nicht den falschen Mann erschossen habe, obwohl ich *weiß*, dass ich's getan habe?«

»Aus dir spricht Schuldbewusstsein, nicht Logik«, widersprach Tom. Das klang ärgerlich selbstgefällig. »Er war kein Unschuldslämmchen, nicht mal ein nur halb schwarzes Schaf. Wach auf, Tessa Jean. Die beiden waren nicht nur Brüder, sie waren Partner.«

»*Geschäfts*partner.«

»Brüder sind nie nur Geschäftspartner. Ihr Verhältnis ist immer komplizierter. Vor allem wenn man eine Frau wie Ramona als Mutter hat.«

Tess bog auf Al Strehlkes glatt asphaltierte Zufahrt ab. Vermutlich hatte Tom mit seiner Behauptung recht. Eines stand jedenfalls fest: Doreen und ihren Freundinnen aus dem Strickclub war nie eine Frau wie Ramona Norville begegnet.

Die Scheinwerfer auf dem Lichtmast flammten auf. Der Hund begann zu kläffen: *jark-jark, jarkjarkjark*. Tess wartete darauf, dass das Licht ausgehen und der Köter verstummen würde.

»Aber das kann ich niemals mit Sicherheit feststellen, Tom.«

»Richtig, das kannst du nicht, wenn du nicht nachsiehst.«

»Selbst wenn er es gewusst hat, *war er nicht der Kerl, der mich vergewaltigt hat.*«

Tom schwieg einen Augenblick lang. Sie glaubte schon, er habe aufgegeben. Dann sagte er: »Wenn jemand etwas Böses tut, und ein anderer weiß davon, ohne es zu unterbinden, sind beide gleich schuldig.«

»In den Augen des Gesetzes?«

»Auch in meinen Augen. Nehmen wir mal an, nur Lester habe gejagt, vergewaltigt und gemordet. Dass es so war, glaube ich nicht, aber nehmen wir das mal an. Wenn der große Bruder alles gewusst, aber nichts gesagt hat, dann hat er dafür den Tod verdient. Ich würde sogar sagen, dass Kugeln zu gut für ihn waren. Ihn mit einem glühenden Schüreisen zu pfählen wäre gerechter gewesen.«

Tess schüttelte müde den Kopf und berührte den Revolver auf dem rechten Sitz. Nur noch ein Schuss übrig. Wenn sie damit den Hund erlegen musste (und was war unter Freunden schon ein weiterer Todesschuss?), würde sie sich eine andere Waffe besorgen müssen, außer sie versuchte, sich aufzuhängen oder sonst was. Aber Kerle wie die Brüder Strehlke hatten meistens Schusswaffen. Das war das Schöne daran, wie Ramona gesagt hätte.

»Wenn er es gewusst hatte, ja. Aber für ein so großes Wenn hat er keine Kugel in den Kopf verdient. Bei seiner Mutter war das anders – in ihrem Fall waren die Ohrringe Beweis genug. Aber hier gibt es keinen Beweis.«

»Wirklich nicht?« Toms Stimme war fast unhörbar leise.

»Sieh doch mal nach.«

44

Der Hund bellte nicht, als Tess die Stufen hinaufpolterte, aber sie konnte sich vorstellen, wie er mit gesenktem Kopf und gefletschten Zähnen gleich hinter der Haustür stand.

»Goober?« Hol's der Teufel, für einen Landhund war das ein ebenso guter Name wie jeder andere. »Mein Name ist Tess. Ich habe etwas Hackfleisch für dich. Ich habe auch einen Revolver mit noch einem Schuss. Ich mache jetzt die Haustür auf. An deiner Stelle würde ich mich für das Fleisch entscheiden. Okay? Sind wir uns einig?«

Noch immer kein Bellen. Reagierte er vielleicht nur auf die Scheinwerfer auf dem Lichtmast? Oder auch auf leckere Einbrecherinnen? Tess versuchte es mit einem Schlüssel, dann mit einem weiteren. Ohne Erfolg. Sie passten vermutlich für Türen des Firmengebäudes. Der dritte ließ sich im Schloss drehen, und sie stieß rasch die Haustür auf, bevor der Mut sie verließ. Sie hatte sich eine Bulldogge oder einen Rottweiler oder Pitbull mit roten Augen und sabbernden Lefzen vorgestellt. Vor ihr saß ein Jack-Russell-Terrier, der hoffnungsfreudig zu ihr aufsah und mit dem Schwanz auf den Fußboden klopfte.

Tess steckte den Revolver in eine Jackentasche und tätschelte dem Hund den Kopf. »Meine Güte«, sagte sie. »Wenn ich mir vorstelle, dass ich schreckliche *Angst* vor dir hatte.«

»Nicht nötig«, sagte Goober. »Hör mal, wo ist Al?«

»Frag lieber nicht«, sagte sie. »Möchtest du etwas Hackfleisch? Aber ich muss dich warnen, es könnte schon fast hinüber sein.«

»Nur her damit, Baby«, sagte Goober.

Tess fütterte ihn mit einem Brocken Hackfleisch, dann kam sie herein, schloss die Haustür und machte Licht. Wieso auch nicht? Schließlich war sie mit Goober allein im Haus.

Alvin Strehlkes Haus war ordentlicher als das seines jüngeren Bruders. Die Böden und Wände waren sauber, es gab keine Stapel von *Onkel Henry's Tauschführer*, und in den Regalen standen sogar ein paar Bücher. Auffällig waren auch mehrere Gruppen von Hummel-Figuren und ein großes gerahmtes Foto von Mamazilla an der Wand. Tess fand das irgendwie vielsagend, aber es war noch längst kein unwiderlegbarer Beweis. Für irgendwas. *Hinge hier ein Foto von Richard Widmark in seiner berühmten Rolle als Tommy Udo, wäre das etwas anderes.*

»Worüber lächelst du?«, fragte Goober. »Willst du's mir nicht verraten?«

»Eher nicht«, sagte Tess. »Wo sollen wir anfangen?«

»Keine Ahnung«, sagte Goober. »Ich bin nur der Hund. Wie wär's mit etwas mehr von dieser schmackhaften Kuh?«

Tess gab ihm einen weiteren Brocken Hackfleisch. Goober stellte sich auf die Hinterbeine und drehte sich zweimal um sich selbst. Tess fragte sich, ob er dabei war, durchzudrehen.

»Tom? Hast du irgendwas zu sagen?«

»Deinen Slip hast du im Haus des anderen Bruders gefunden, stimmt's?«

»Ja, und ich habe ihn mitgenommen. Er ist zerrissen – und ich würde ihn nie mehr tragen wollen, selbst wenn er das nicht wäre –, aber er gehört *mir*.«

»Und was hast du noch gefunden?«

»Was meinst du mit ›was noch‹?«

Aber das brauchte Tom ihr nicht zu sagen. Es ging nicht darum, was sie gefunden hatte; viel wichtiger war, was sie nicht gefunden hatte: keine Handtasche, keine Schlüssel. Ihre Schlüssel hatte Lester Strehlke vermutlich in den Wald geworfen. Das hätte Tess an seiner Stelle getan. Aber die Handtasche war etwas anderes. Sie war ein sündteures Modell von Kate Spade mit einem eingenähten Seidenstreifen, auf dem der Name seiner Besitzerin stand. Wenn die Handtasche – und ihr Inhalt – nicht in Lesters Haus war und er sie nicht mit ihren Schlüsseln in den Wald geworfen hatte … wo war sie dann?

»Ich plädiere für hier«, sagte Tom. »Sehen wir uns doch mal um.«

»Fleisch!«, rief Goober und drehte eine weitere Pirouette.

45

Wo sollte sie anfangen?

»Das weißt du genau«, sagte Tom. »Männer bewahren ihre Geheimnisse immer an einem von zwei Orten auf: Arbeitszimmer oder Schlafzimmer. Doreen weiß das vielleicht nicht, *du* schon. Und hier gibt's kein Arbeitszimmer.«

Sie ging (von Goober gefolgt) in Al Strehlkes Schlafzimmer, in dem sie ein extralanges Doppelbett vorfand, das militärisch schlicht gemacht war. Tess warf einen Blick darunter. *Nada.* Sie wollte sich dem Einbaukleiderschrank zuwenden, hielt inne und drehte sich wieder zum Bett um. Sie hob die Matratze hoch. Sah darunter. Nach fünf Sekunden – vielleicht zehn – sagte sie mit ausdruckslos trockener Stimme ein einziges Wort.

»Jackpot.«

Auf dem Sprungfederrahmen lagen drei Damenhandtaschen. Die mittlere war eine cremefarbene Unterarmtasche, die Tess überall wiedererkannt hätte. Sie griff danach und öffnete sie. Die Tasche war leer bis auf ein paar Kleenex und einen Augenbrauenstift mit einem raffinierten kleinen Wimpernkamm, der in der oberen Hälfte versteckt war. Sie suchte den Seidenstreifen mit ihrem Namen, aber der war weg. Er war sorgfältig entfernt worden, aber wo jemand die Naht aufgetrennt hatte, konnte sie in dem feinen italienischen Leder einen winzigen Schnitt sehen.

»Deine?«, fragte Tom.

»Du weißt, dass es sie ist.«

»Was ist mit dem Augenbrauenstift?«

»Diese Dinger werden in Drugstores in ganz Amerika zu Tausenden ver…«

»*Ist das deine?*«

»Ja. Das ist meine.«

»Bist du jetzt überzeugt?«

»Ich …« Tess schluckte trocken. Sie empfand etwas, aber sie wusste nicht genau, was. Erleichterung? Entsetzen? Beides? »Ich denke schon. Aber *warum*? Wieso waren *beide* darin verwickelt?«

Tom gab keine Antwort. Das war auch überflüssig. Doreen hätte es vielleicht nicht gewusst (oder es nicht zugeben wollen, weil die alten Ladys, die ihren Abenteuern nachgingen, kein ekliges Zeug mochten), aber Tess glaubte es zu wissen. Weil Mama beide versaut hatte. Das würde ein Psychiater sagen. Lester war der Vergewaltiger gewesen; Alvin war der Fetischist gewesen, der indirekt daran partizipiert hatte. Vielleicht hatte er bei einer oder sogar beiden Frauen in der Röhre mitgeholfen. Was sie aber niemals mit Sicherheit wissen würde.

»Das ganze Haus zu durchsuchen würde vermutlich bis Tagesanbruch dauern«, sagte Tom, »aber du kannst den Rest dieses Raums unter die Lupe nehmen, Tessa Jean. Wahrscheinlich hat er alles aus der Handtasche vernichtet – die Kreditkarten zerschnitten und in den Colewich River geworfen, würde ich mal vermuten –, aber du musst sichergehen, weil irgendetwas mit deinem Namen darauf die Polizei geradewegs zu dir führen würde. Fang mit dem Schrank an.«

In dem Einbauschrank fand Tess weder ihre Kreditkarten noch sonst etwas, was ihr gehörte, aber sie fand etwas anderes. Es lag im obersten Fach. Sie stieg von dem Stuhl, auf dem sie gestanden hatte, herab und betrachtete es mit wachsender Verzweiflung: eine Plüschente, die einst das Lieblingsspielzeug eines Kindes gewesen sein mochte. Sie hatte nur noch ein Auge, und ihr Nylonplüsch war verfilzt. An einigen Stellen fehlte er sogar ganz, als wäre die Ente halb totgeschmust worden.

Der verblasste gelbe Schnabel hatte einen dunklen kastanienbraunen Fleck.

»Ist es das, was ich vermute?«, fragte Tom.

»Oh, Tom, ich fürchte, ja.«

»Die Leichen, die du in der Wellblechröhre gesehen hast ... war eine davon klein? Könnte es eine Kinderleiche gewesen sein?«

Nein, klein war keine der beiden gewesen. Aber vielleicht war der Durchlass unter der Stagg Road nicht das einzige Leichenversteck der Brüder Strehlke gewesen.

»Leg sie wieder hin, wo du sie gefunden hast. Die Polizei soll sie finden. Du musst dich davon überzeugen, dass er keinen Computer hat, in dem Zeug über dich gespeichert ist. Danach musst du schleunigst verschwinden.«

Etwas Feuchtkaltes schnüffelte an ihrer Hand. Sie hätte beinah aufgeschrien. Es war Goober, der mit glänzenden Augen zu ihr aufsah.

»Mehr Fleisch!«, sagte Goober, und Tess gab ihm noch etwas.

»Wenn Al Strehlke einen Computer hat«, sagte Tess, »kannst du dir sicher sein, dass er mit einem Passwort geschützt ist. Und seiner wird nicht eingeschaltet sein, damit ich darin herumschnüffeln kann.«

»Dann nimmst du ihn mit und wirfst ihn auf der Heimfahrt in den gottverdammten Fluss. Soll er doch bei den Fischen schlafen.«

Aber hier gab es keinen Computer.

An der Haustür verfütterte Tess das restliche Hackfleisch an Goober. Vielleicht würde er alles auf den Teppich kotzen, aber das würde Big Driver nicht mehr stören.

»Bist du nun zufrieden, Tessa Jean?«, fragte Tom. »Bist du jetzt davon überzeugt, keinen Unschuldigen getötet zu haben?«

Das würde sie wohl sein müssen, weil Selbstmord keine Option mehr zu sein schien. »Was ist mit Betsy Neal, Tom? Was ist mit ihr?«

Tom gab keine Antwort ... weil das wieder überflüssig war. Schließlich war sie er.

Oder etwa nicht?

Das wusste Tess nicht genau. Aber spielte das eine Rolle, solange sie wusste, was sie als Nächstes zu tun hatte? Was morgen betraf, war das ein anderer Tag. Zumindest damit hatte Scarlett O'Hara recht gehabt.

Am wichtigsten war, dass die Polizei von den Frauenleichen in dem Durchlass unter der Straße erfahren musste. Und sei es nur, weil es Freunde und Angehörige gab, die sich ihretwegen noch sorgten. Außerdem auch ...

»Weil die Plüschente darauf schließen lässt, dass es weitere geben könnte.«

Das war ihre eigene Stimme.

Und das war in Ordnung.

46

Um halb acht Uhr am folgenden Morgen, nach weniger als drei Stunden unruhigen, von Albträumen gestörten Schlafs, fuhr Tess ihren Computer hoch. Aber nicht, um zu schreiben. Nichts hätte ihr ferner liegen können.

War Betsy Neal ledig? Tess glaubte es. Sie hatte an jenem Tag in Neals Büro keinen Ehering bemerkt, den sie aber übersehen haben konnte, und dort hatte es auch keine Familienbilder gegeben. Das einzige Bild, an das sie sich erinnern konnte, war ein gerahmtes Foto von Barack Obama ... und *der* war schon verheiratet. Also ja – Betsy Neal war vermutlich ledig oder geschieden. Und sie stand vermutlich nicht im Telefonbuch. In diesem Fall würde eine Computerrecherche ihr überhaupt nichts nutzen. Tess hätte natürlich zum Stagger Inn hinausfahren und sie dort aufsuchen können ... aber dorthin wollte sie nicht wieder. Nie mehr.

»Wieso machst du die Sache künstlich schwierig?«, fragte Fritzy vom Fensterbrett aus. »Sieh wenigstens im Telefonbuch von Colewich nach. Und was rieche ich da an dir? Ist das etwa *Hund*?«

»Ja. Das ist Goober.«

»Verräterin«, sagte Fritzy verächtlich.

Im Telefonbuch standen genau ein Dutzend Neals. Ein Eintrag lautete *E Neal*. E wie Elizabeth? Das ließ sich nur auf eine Weise feststellen.

Ohne zu zögern – jedes Zögern hätte ihr bestimmt den Mut geraubt –, tippte Tess die Nummer ein. Sie schwitzte, und ihr Herz jagte.

Das Telefon klingelte einmal. Zweimal.

Wahrscheinlich ist sie das nicht. Das könnte eine Edith Neal sein. Eine Edwina Neal. Sogar eine Elvira Neal.

Dreimal.

Wenn das Betsy Neals Telefon ist, dann ist sie bestimmt nicht zu Hause. Sie macht wahrscheinlich Urlaub in den Catskills ...

Viermal.

... oder ist mit einem der Zombie Bakers zusammen, wie wäre das? Mit dem Lead-Gitarristen. Vielleicht singen sie unter der Dusche »Can Your Pussy Do the Dog?«, nachdem sie ...

Am anderen Ende wurde abgenommen, und Tess erkannte die Stimme aus dem Hörer sofort.

»Hallo, hier ist der Anschluss von Betsy, aber ich kann gerade nicht ans Telefon kommen. Jetzt folgt ein Piepston, und ihr wisst, was ihr dann tun könnt. Schönen Tag noch.«

Ich hatte einen schlimmen Tag, danke, und die Nacht war noch weit ...

347

Der Piepston kam, und Tess hörte sich sprechen, bevor sie überhaupt wusste, dass sie das wollte. »Hallo, Ms. Neal, hier ist Tessa Jean – die Willow-Grove-Lady? Wir haben uns im Stagger Inn kennengelernt. Sie haben mir mein TomTom zurückgegeben und mich um ein Autogramm für Ihre Oma gebeten. Sie haben gesehen, wie ich zugerichtet war, und ich habe Ihnen ein paar Lügen erzählt. Es war nicht mein Freund, Ms. Neal.« Tess begann rascher zu sprechen, weil sie fürchtete, das Tonband könnte zu Ende sein, bevor sie alles erzählt hatte … und entdeckte, dass sie unbedingt alles erzählen wollte. »Ich bin vergewaltigt worden, und das war schlimm, aber dann wollte ich mich dafür rächen und … Ich … ich muss mit Ihnen darüber reden, weil …«

Ein Klicken in der Leitung, dann hörte Tess Betsy Neals Stimme. »Fangen Sie noch mal von vorn an«, sagte sie, »aber reden Sie langsam. Ich schlafe noch halb.«

47

Sie trafen sich zum Lunch im Stadtpark von Colewich. Dort saßen sie auf einer Bank in der Nähe des Musikpodiums. Tess glaubte, nicht hungrig zu sein, aber Betsy Neal drängte ihr ein Sandwich auf, und Tess merkte überrascht, dass sie es mit großen Bissen aß, die sie daran erinnerten, wie Goober Lester Strehlkes Hackfleisch verschlungen hatte.

»Fangen Sie vorn an«, sagte Betsy. Sie war ruhig, fand Tess – fast unnatürlich ruhig. »Fangen Sie vorn an, und erzählen Sie mir alles.«

Tess begann mit der Einladung von Books & Brown Baggers. Betsy Neal sagte wenig und warf nur ab und zu ein »Mhm« oder »Okay« ein, damit Tess wusste, dass sie weiter zuhörte. Das Erzählen machte durstig. Zum Glück hatte Betsy auch zwei Dosen Dr. Brown's Cream Soda mitgebracht. Tess nahm sich eine und trank gierig daraus.

Als sie fertig war, war es kurz nach eins. Die wenigen Leute, die in den Park gekommen waren, um hier ihre Mittagspause zu machen, waren wieder fort. Zwei junge Mütter schoben Kinderwagen vor sich her, aber sie waren ziemlich weit entfernt.

»Mal sehen, ob ich alles richtig verstanden habe«, sagte Betsy Neal. »Sie wollten sich erschießen, aber dann hat Ihnen eine Phantomstimme geraten, stattdessen zu Alvin Strehlkes Haus zurückzufahren.«

»Ja«, bestätigte Tess. »Wo ich erst meine Handtasche gefunden habe. Und dann die Plüschente mit dem Blut am Schnabel.«

»Ihren Slip haben Sie im Haus des jüngeren Bruders gefunden.«

»In Little Drivers Haus, ja. Er liegt in meinem Expedition. Die Handtasche auch. Wollen Sie sie sehen?«

»Nein. Was ist mit dem Revolver?«

»Der liegt auch in meinem Wagen. Noch mit einer Patrone geladen.« Sie musterte Neal neugierig und dachte wieder: *Das Mädchen mit den Picasso-Augen.* »Haben Sie denn keine Angst vor mir? Sie sind die letzte Mitwisserin. Zumindest die einzige, die mir einfällt.«

»Wir sind in einem öffentlichen Park. Außerdem habe ich zu Hause auf meinem Anrufbeantworter Ihr ziemlich ausführliches Geständnis.«

Tess blinzelte. Noch etwas, woran sie nicht gedacht hatte.

»Selbst wenn Sie es irgendwie schaffen würden, mich umzulegen, ohne dass die beiden jungen Mütter dort drüben etwas merken …«

»Ich bin zu erledigt, um noch jemanden umzubringen. Weder hier noch sonst wo.«

»Freut mich, das zu hören. Wenn Sie es nämlich täten – und auch wenn Sie meinen Anrufbeantworter verschwinden ließen –, würde früher oder später jemand den Taxifahrer finden, der Sie am Samstagmorgen zum Stagger Inn hinausgebracht hat. Und wenn die Polizei dann zu Ihnen käme, würde sie auf Ihrem Gesicht eine Menge belastender Spuren finden.«

»Ja«, sagte Tess und berührte die schlimmsten Prellungen. »Das ist wahr. Und wie geht's jetzt weiter?«

»Zum einen glaube ich, dass Sie gut beraten wären, sich möglichst wenig sehen zu lassen, bis Ihr hübsches Gesicht wieder hübsch aussieht.«

»Da kann mir nichts passieren, denke ich«, sagte Tess und erzählte Betsy die Geschichte, die sie sich für Patsy McClain ausgedacht hatte.

»Gut. Das ist gut.«

»Ms. Neal … Betsy … glauben Sie mir?«

»O ja«, sagte sie fast geistesabwesend. »Passen Sie jetzt auf. Hören Sie mir zu?«

Tess nickte.

»Wir sind zwei Frauen, die ein kleines Picknick im Park machen, und das ist okay. Aber nach dem heutigen Tag sehen wir uns nie wieder. Richtig?«

»Wenn Sie meinen«, sagte Tess. Ihr Gehirn fühlte sich an wie ihr Kiefer, wenn ihr Zahnarzt ihr eine ordentliche Dosis Novocain gespritzt hatte.

»Das tue ich. Und Sie müssen sich eine weitere Geschichte für den Fall zurechtlegen, dass die Polizei mit dem Limo-Fahrer redet, der Sie heimgefahren hat …«

»Manuel. Er hat Manuel geheißen.«

»… oder mit dem Taxifahrer, der Sie am Samstagmorgen zum Stagger Inn rausgefahren hat. Ich glaube nicht, dass jemand Sie mit den Strehlkes in Verbindung bringt, solange keine Ihrer Karten auftaucht, aber wenn die Story bekanntwird, ist sie eine Sensation, und wir dürfen nicht annehmen, dass Sie gegen Ermittlungen immun sind.« Sie beugte sich nach vorn und tippte Tess mit dem Zeigefinger über der linken Brust an. »Aber ich verlasse mich darauf, dass Sie dafür sorgen, dass man *mich* nie erfasst. Weil ich das nicht verdient habe.«

Nein. Das hatte sie absolut nicht.

»Was könnten Sie den Cops erzählen, Schätzchen? Eine gute Story, in der ich nicht vorkomme. Also los, Sie sind die Autorin!«

Tess überlegte eine volle Minute. Betsy ließ sie in Ruhe nachdenken.

»Ich würde sagen, dass Ramona Norville mir nach meinem Vortrag von der Abkürzung über die Stagg Road erzählt hat – was übrigens stimmt – und ich das Stagger Inn im Vorbeifahren gesehen habe. Ich würde sagen, dass ich ein paar Meilen weiter zu Abend gegessen und dann beschlossen habe, zurückzufahren und mir ein paar Drinks zu genehmigen. Und der Band zuzuhören.«

»Das ist gut. Sie heißt …«

»Ich weiß, wie sie heißt«, sagte Tess. Vielleicht klang die Wirkung des Novocains ab. »Ich würde sagen, dass ich ein paar Männer kennengelernt, etwas zu viel getrunken und dann gemerkt habe, dass ich nicht mehr fahrtüchtig war. *Sie* kommen in meiner Story nicht vor, weil Sie nicht nachts arbeiten. Ich könnte auch sagen …«

»Okay, das reicht«, sagte Betsy. »Wenn Sie erst mal in Fahrt kommen, sind Sie ziemlich gut. Schmücken Sie die Story bloß nicht zu sehr aus.«

»Das tue ich nicht«, sagte Tess. »Möglicherweise ist es ja auch eine Story, die ich nie erzählen muss. Sobald die Cops die Strehlkes und ihre Opfer gefunden haben, werden sie nach einem ganz anderen Täter fahnden als nach einer Bücher schreibenden kleinen Lady wie mir.«

Betsy Neal lächelte. »Bücher schreibende kleine Lady, dass ich nicht lache! Sie sind ein übles Weibsbild.« Dann sah sie offenbar den plötzlich besorgten Ausdruck auf Tess' Gesicht. »Was? Was gibt's denn jetzt wieder?«

»Sie *können* doch eine Verbindung zwischen den Leichen in der Wellblechröhre und den Strehlkes herstellen, oder? Wenigstens zu Lester?«

»Hat er einen Gummi übergestreift, bevor er Sie vergewaltigt hat?«

»Nein. Gott, nein. Sein Zeug war noch an meinen Schenkeln, als ich heimgekommen bin. Und in mir.«

»Dann hat er es bei den anderen auch ohne gemacht. Reichlich Beweismaterial. Daraus ziehen die Ermittler bestimmt die richtigen Schlüsse. Wenn die Kerle den Inhalt Ihrer Handtasche wirklich vernichtet haben, dürfte Ihnen nichts passieren. Und es hat keinen Zweck, sich wegen etwas Sorgen zu machen, was man nicht beeinflussen kann, stimmt's?«

»Ja.«

»Was Sie betrifft … Sie haben nicht vor, nach Hause zu fahren und sich in der Badewanne die Pulsadern aufzuschneiden? Oder die letzte Kugel zu benutzen?«

»Nein.« Tess dachte daran, wie süß die Nachtluft geduftet hatte, als sie mit dem kurzen Lauf des Lemon Squeezer im Mund in Big Drivers Pick-up gesessen hatte. »Nein, ich komme zurecht.«

»Dann wird's Zeit, dass Sie gehen. Ich bleibe noch eine Weile hier sitzen.«

Tess erhob sich, setzte sich dann aber wieder auf die Bank. »Eines muss ich noch wissen. Sie machen sich freiwillig zu meiner Komplizin. Wieso tun Sie das für eine Frau, die Sie nicht mal kennen? Der Sie nur einmal begegnet sind?«

»Weil meine Oma Ihre Bücher liebt und sehr enttäuscht wäre, wenn Sie wegen dreifachen Mordes hinter Gitter kämen – würden Sie das glauben?«

»Kein bisschen«, sagte Tess.

Betsy schwieg eine Zeit lang. Sie griff nach ihrer Dose Dr. Brown's und stellte sie dann wieder ab, ohne getrunken zu haben. »Es werden viele Frauen vergewaltigt, nicht wahr? Ich meine, Sie sind in dieser Beziehung nicht einzigartig, oder?«

Nein, Tess wusste natürlich, dass sie in dieser Beziehung nicht einzigartig war, aber dieses Wissen machte die Schmerzen und das Schamgefühl nicht geringer. Es würde auch ihre Nerven nicht beruhigen, während sie auf das Ergebnis des Aids-Tests wartete, zu dem sie bald gehen würde.

Betsy lächelte. Ihr Lächeln war weder hübsch anzusehen noch heiter. »Während wir hier reden, werden auf der ganzen Welt Frauen vergewaltigt. Auch Mädchen, von denen einige bestimmt Lieblingsplüschtiere haben. Manche werden ermordet, und manche überleben. Wie viele der Überlebenden zeigen Ihrer Meinung nach ihre Vergewaltigung an?«

Tess zuckte mit den Achseln.

»Ich weiß es auch nicht«, sagte Betsy, »aber ich weiß, was die Statistik bei Verbrechensopfern sagt, weil ich danach gegoogelt habe. Sechzig Prozent aller Vergewaltigungen werden nicht angezeigt, heißt es dort. Fast zwei Drittel! Ich glaube, dass dieser Prozentsatz zu niedrig ist, aber wer könnte das mit Sicherheit sagen? Außer im Matheunterricht ist es schwierig, etwas Negatives zu beweisen. Eigentlich sogar unmöglich.«

»Wer hat Sie vergewaltigt?«, fragte Tess.

»Mein Stiefvater«, sagte Betsy. »Ich war damals zwölf. Er hat mir ein Buttermesser vors Gesicht gehalten, während er es getan hat. Ich habe stillgehalten – ich hatte Angst –, aber es hat gezuckt, als er gekommen ist. Wahrscheinlich nicht absichtlich, aber wer weiß das schon?«

Betsy zog das untere Lid ihres linken Auges mit zwei Fingern der Linken herunter. Die rechte Hand hielt sie gewölbt darunter, und das Glasauge rollte glatt in die Handfläche. Die leicht nach oben zeigende leere Augenhöhle war schwach gerötet und schien überrascht in die Welt hinauszustarren.

»Die Schmerzen waren … na ja, solche Schmerzen lassen sich unmöglich beschreiben, wirklich nicht. Mir ist es vorgekommen, als würde die Welt untergehen. Und das viele Blut! Unmengen. Meine Mutter ist mit mir zum Arzt gegangen. Sie hat mir eingeschärft, ihm zu erzählen, ich wäre auf Strumpfsocken durch die Küche gelaufen und auf dem frisch gebohnerten Linoleum ausgerutscht. Ich wäre unglücklich gestürzt und hätte mir das Auge an einer Schrankecke ausgeschlagen. Sie hat gesagt, der Arzt würde allein mit mir reden wollen, aber sie verlasse sich auf mich. ›Ich weiß, dass er dir was Schlimmes angetan hat‹, hat sie gesagt, »aber wenn die Leute davon erfahren, machen sie mich dafür verantwortlich. Bitte, Schatz, tu mir diesen einen Gefallen, dann sorge ich dafür, dass dir nie wieder was Schlimmes passiert.‹ Also hab ich's getan.«

»Und? Ist es wieder passiert?«

»Klar. Drei- oder viermal, das weiß ich nicht mehr genau. Und ich habe immer stillgehalten, weil ich nur noch ein Auge hatte, das ich für die gute Sache hätte opfern können. Hören Sie, sind wir hier fertig oder nicht?«

Tess wollte sie umarmen, aber Betsy wich zurück – *wie ein Vampir, der ein Kruzifix sieht,* dachte Tess.

»Tun Sie das nicht«, sagte Betsy.

»Aber …«

»Ich weiß, ich weiß, *mucho* Dank, Solidarität, auf ewig Schwestern, bla-bla-bla. Ich mag nur nicht umarmt werden. Sind wir hier fertig oder nicht?«

»Wir sind fertig.«

»Und an Ihrer Stelle würde ich den Revolver auf der Heimfahrt in den Fluss werfen. Haben Sie das Geständnis verbrannt?«

»Ja. Klar doch.«

Betsy nickte. »Und ich lösche die Nachricht, die Sie auf meinen Anrufbeantworter gesprochen haben.«

Tess ging davon. Sie sah sich dabei einmal um. Betsy Neal saß noch auf der Bank. Sie hatte ihr Auge wieder eingesetzt.

48

Als sie in ihrem Expedition saß, erkannte Tess, dass es eine extrem gute Idee sein könnte, die letzten Fahrten aus ihrem Navi zu löschen. Sie drückte den Einschaltknopf, und der Bildschirm leuchtete auf. Tom sagte: »Hallo, Tess. Wie ich sehe, machen wir einen Trip.«

Tess löschte die gespeicherten Routen, dann schaltete sie das Navi wieder aus. Sie machte eigentlich keinen Trip, sondern wollte nur nach Hause. Und sie traute sich zu, den Weg zurück selbst zu finden.

FAIRE VERLÄNGERUNG

Streeter sah das Schild nur, weil er am Straßenrand halten und spucken musste. Er spuckte jetzt oft und meistens ohne lange Vorwarnung – manchmal ein Anflug von Übelkeit, manchmal ein kupfriger Geschmack hinten im Mund und manchmal gar nichts; nur *würg*, und schon kam alles heraus, eine schöne Bescherung. Das machte das Autofahren zu einem riskanten Vorhaben, aber trotzdem fuhr er jetzt viel, teils weil er im Spätherbst nicht mehr würde fahren können und teils weil er über vieles nachdenken musste. Nachdenken hatte er immer am besten am Steuer können.

Er war auf der Harris Avenue Extension unterwegs: einer breiten Durchfahrtsstraße, die zwei Meilen weit den Derry County Airport entlang und zwischen den dort angesiedelten Firmen – hauptsächlich Motels und Lagerhäuser – hindurchführte. Auf dieser Verlängerung herrschte tagsüber lebhafter Verkehr, weil sie den Westen Derrys mit dem Osten verband und eine Flughafenzufahrt war, aber an diesem Abend war sie fast menschenleer. Streeter parkte auf dem Radweg, riss eine der durchsichtigen Plastikspucktüten von dem Stapel auf dem Beifahrersitz, hielt das Gesicht darüber und legte los. Sein Abendessen erschien nochmals. Allerdings nicht vor seinen Augen. Die hatte er nämlich geschlossen. Wenn man einmal eine volle Spucktüte gesehen hatte, kannte man sie alle.

Zu Beginn der Kotzphase hatte es noch keine Schmerzen gegeben. Dr. Henderson hatte ihn vorgewarnt, dass sich das ändern würde, und seit letzter Woche war eine Veränderung eingetreten. Bisher noch keine unerträglichen Schmerzen; nur ab und zu ein Blitzstrahl, der wie Sodbrennen vom Magen in die Kehle hochzuckte. Der Schmerz kam, dann verging er wieder. Aber er würde schlimmer werden. Auch das hatte Dr. Henderson ihm gesagt.

Er hob den Kopf von dem Beutel, öffnete das Handschuhfach, holte ein Stück Bindedraht heraus und versiegelte sein Abendessen, bevor der ganze Wagen danach stank. Ein Blick nach rechts zeigte ihm glücklicherweise einen Abfallkorb mit einem fröhlichen schlappohrigen Köter und der Mahnung DERRY DAWG SAGT: »TUT ABFALL HIN, WO ER HINGEHÖRT!« in Schablonenschrift auf der Außenseite.

Streeter stieg aus, ging zu dem Abfallkorb hinüber und entsorgte den letzten Auswurf seines versagenden Körpers. Die Sommersonne ging rot über dem ebenen (und gegenwärtig verlassenen) Gelände des Flughafens unter, und der an seinen Hacken klebende Schatten war lang und grotesk dünn. Als wäre er Streeters Körper vier Monate voraus, bereits voll von dem Krebs erfasst, der ihn bald bei lebendigem Leib auffressen würde.

Er wollte zu seinem Wagen zurückgehen, als er das Schild auf der anderen Straßenseite sah. Zuerst glaubte er – wahrscheinlich weil seine Augen noch tränten –, es besage HAARVERLÄNGERUNG. Dann blinzelte er und sah, dass dort in Wirklichkeit FAIRE VERLÄNGERUNG stand. Und darunter in kleinerer Schrift: FAIRER PREIS.

Faire Verlängerung, fairer Preis. Das klang gut und irgendwie auch vernünftig.

Jenseits der Fahrbahn, außerhalb des Metallzauns, mit dem der County Airport eingezäunt war, erstreckte sich ein breiter Kiesstreifen. Dort bauten viele Leute tagsüber, wenn die Straße befahren war, alle möglichen Stände auf, weil

Kunden bei ihnen halten konnten, ohne einen Auffahrunfall zu provozieren (das heißt, wenn man schnell war und nicht zu blinken vergaß). Streeter, der sein ganzes Leben in der Kleinstadt Derry, Maine, verbracht hatte, hatte im Lauf der Jahre gesehen, wie Leute dort im Frühjahr frische Jungfarne verkaufen, Beeren und Maiskolben im Sommer und Hummer fast das ganze Jahr über. Nach dem Ende des Winters war dort der Schneemann anzutreffen: ein verrückter alter Kerl der allen möglichen Krempel verkaufte, der im Winter verlorengegangen war und dann durch die Schneeschmelze zum Vorschein kam. Vor vielen Jahren hatte Streeter ihm eine hübsche Stoffpuppe abgekauft, um sie seiner damals zwei oder drei Jahre alten Tochter May zu schenken. Er hatte den Fehler gemacht, Janet zu erzählen, dass er sie von dem Schneemann gekauft hatte, und sie wegwerfen müssen. »Glaubst du etwa, dass man eine Stoffpuppe auskochen kann, um sie keimfrei zu kriegen?«, hatte sie gesagt. »Manchmal frage ich mich, wie ein cleverer Mann wie du nur so dumm sein kann.«

Nun, Krebs machte keinen Unterschied, was Geistesgaben betraf. Ob clever oder dumm, er würde bald den Platz verlassen und seinen Spielerdress ausziehen müssen.

Wo einst der Schneemann seine Ware ausgelegt hatte, war ein Kartentisch aufgestellt. Den hinter ihm sitzenden pummeligen Mann schützte ein großer gelber Schirm, der keck schräg gestellt war, vor den Strahlen der rot untergehenden Sonne.

Streeter stand eine Minute lang vor seinem Wagen, wäre fast wieder eingestiegen (der pummelige Mann achtete nicht auf ihn; er schien sich auf einem kleinen tragbaren Fernseher etwas anzusehen), aber dann siegte seine Neugier doch. Er sah nach links und rechts, sah kein Auto kommen – die Verlängerung war um diese Zeit wie erwartet wie tot, weil alle Pendler zu Hause beim Abendessen saßen und es für selbstverständlich hielten, keinen Krebs zu haben – und überquerte die leeren vier Fahrspuren. Sein hagerer Schatten, der Geist des künftigen Streeters, huschte hinter ihm her.

Der pummelige Mann sah auf. »Hallo«, sagte er. Bevor er den Fernseher ausschaltete, sah Streeter noch, dass der Kerl sich die Nachrichtensendung *Inside Edition* angesehen hatte. »Wie geht's uns heute Abend?«

»Na ja, was mit Ihnen ist, weiß ich nicht, aber mir ist es schon besser gegangen«, sagte Streeter. »Bisschen spät, um etwas zu verkaufen, oder? Außer in der Hauptverkehrszeit herrscht hier kaum Verkehr. Wir sind hier nämlich auf der Rückseite des Airports. Hier wird nur Fracht angeliefert. Fluggäste fahren über die Witcham Street an.«

»Ja«, sagte der pummelige Mann, »aber leider verbietet der Flächennutzungsplan kleine Straßenstände wie meinen auf der belebten Seite des Flughafens.« Er schüttelte den Kopf über die Ungerechtigkeit der Welt. »Ich wollte um sieben Schluss machen und heimfahren, aber ich hatte das Gefühl, dass noch ein potenzieller Kunde vorbeikommen könnte.«

Streeter begutachtete den Tisch, sah nichts, was zu verkaufen war (außer vielleicht der Fernseher), und lächelte. »Ich kann nicht wirklich ein Kunde sein, Mr. ...?«

»George Elvid«, sagte der pummelige Mann. Er stand auf und streckte eine ebenso pummelige Hand aus.

Streeter schüttelte sie. »Dave Streeter. Und ich kann nicht wirklich ein Kunde sein, weil ich keine Ahnung habe, was Sie verkaufen. Auf den ersten Blick habe ich gedacht, auf dem Schild stünde *Haar*verlängerung.«

»Wünschen Sie denn eine Haarverlängerung?«, fragte Elvid und musterte ihn kritisch. »Das frage ich, weil Ihres schütter zu werden scheint.«

»Bald ist es ganz weg«, sagte Streeter. »Ich mache eine Chemo.«

»Du meine Güte. Das tut mir leid.«

»Danke. Was eine Chemo allerdings nutzen soll, wenn …« Er zuckte mit den Achseln. Irgendwie staunte er darüber, wie leicht es war, solche Dinge einem Fremden anzuvertrauen. Er hatte noch nicht einmal seine Kinder eingeweiht, obwohl Janet natürlich Bescheid wusste.

»Keine großen Chancen?«, fragte Elvid. In seiner Stimme lag einfaches Mitgefühl – nicht mehr und nicht weniger –, und Streeter spürte, wie seine Augen sich mit Tränen füllten. Vor Janet zu weinen war ihm entsetzlich peinlich, und er hatte es nur zweimal getan. Hier, vor diesem Fremden, schien das in Ordnung zu sein. Trotzdem zog er sein Taschentuch aus der Hüfttasche und fuhr sich damit über die Augen. Über dem Flugplatz setzte jetzt ein Sportflugzeug zur Landung an. Vor der roten Sonne wirkte seine Silhouette wie ein schwebendes Kruzifix.

»Gar keine Chance, heißt es«, sagte Streeter. »Also ist die Chemo wohl nur … ich weiß nicht …«

»Augenwischerei?«

Streeter lachte. »Genau das ist sie!«

»Vielleicht sollten Sie daran denken, die Chemo gegen zusätzliche Schmerzmittel einzutauschen. Sie könnten aber auch einen kleinen Handel mit mir abschließen.«

»Wie ich anfangs schon gesagt habe, kann ich nicht wirklich ein Kunde sein, bevor ich weiß, was Sie verkaufen.«

»Na ja, die meisten Leute würden es Schlangenöl nennen«, sagte Elvid lächelnd und wippte hinter seinem Tisch auf den Fußballen. Streeter beobachtete mit gewisser Faszination, dass sein Schatten so lang und krank aussah wie sein eigener, obwohl George Elvid doch pummelig war. Aber wahrscheinlich sah jedermanns Schatten kurz vor Sonnenuntergang krank aus – vor allem im August, wenn das Ende der Tage sich schleichend lange hinauszog und irgendwie nicht ganz angenehm war.

»Ich sehe keine Fläschchen«, sagte Streeter.

Elvid stützte alle zehn Finger auf den Tisch, lehnte sich darauf und wirkte plötzlich geschäftsmäßig. »Ich verkaufe Verlängerungen«, sagte er.

»Was den Namen dieser Straße als hübschen Zufall erscheinen lässt.«

»So habe ich's noch nie betrachtet, aber wahrscheinlich haben Sie recht. Obwohl manchmal eine Zigarre nur eine Zigarre und ein Zufall nur ein Zufall ist. Jeder will eine Verlängerung, Mr. Streeter. Wären Sie eine junge Frau, die Shopping liebt, würde ich Ihnen eine Kreditverlängerung anbieten. Wären Sie ein Mann mit einem kleinen Penis – Vererbung kann so grausam sein –, würde ich Ihnen eine Pimmelverlängerung anbieten.«

Streeter fand diese Direktheit erstaunlich und erheiternd. Erstmals seit einem Monat – seit der Diagnose – vergaß er, dass er an einer aggressiven und sich rasend schnell ausbreitenden Krebsart litt. »Sie scherzen.«

»Oh, ich bin ein großer Scherzbold, aber übers Geschäft mache ich keine Witze. Ich habe zu meiner Zeit Dutzende von Pimmelverlängerungen verkauft und war in Arizona eine Zeit lang als *El Pene Grande* bekannt. Ich bin ganz ehrlich, aber zum Glück bin ich weder darauf angewiesen noch erwarte ich, dass Sie das glauben. Kleine Männer wollen oft eine Körperverlängerung. Würden Sie mehr *Haar* wollen, Mr. Streeter, wäre ich *sehr gern* bereit, Ihnen eine Haarverlängerung zu verkaufen.«

»Könnte ein Mann mit großer Nase – Sie wissen schon, wie Jimmy Durante – eine kleinere bekommen?«

Elvid schüttelte lächelnd den Kopf. »Jetzt scherzen *Sie*. Die Antwort lautet nein. Wenn Sie eine Verkleinerung brauchen, müssen Sie anderswo hingehen. Ich bin nur auf Verlängerungen spezialisiert, ein sehr amerikanisches Produkt. Ich habe Liebesverlängerungen, manchmal *Liebestränke* genannt, an Verliebte verkauft, Kreditverlängerungen an Abgebrannte – von denen gibt's bei der jetzigen Wirtschaftslage reichlich –, Zeitverlängerungen an Leute unter Termindruck und einmal eine Augenverlängerung an einen Kerl, der Luftwaffenpilot werden wollte, aber genau wusste, dass er den Sehtest nicht bestehen würde.«

Streeter grinste amüsiert. Eigentlich waren derartige Späße für ihn jetzt außer Reichweite, aber das Leben war voller Überraschungen.

Elvid grinste ebenfalls, als wäre dies ein ausgezeichneter Witz, den sie sich teilten. »Und einmal«, sagte er, »habe ich für einen Maler – sehr begabter Mann – , der dabei war, in paranoide Schizophrenie abzurutschen, eine *Realität*sverlängerung bewirkt. *Die* war teuer.«

»Wie teuer? Darf ich das fragen?«

»Eines seiner Gemälde, das jetzt mein Heim schmückt. Sie würden den Namen kennen; ein berühmter italienischer Renaissancemaler. Sie haben ihn vermutlich studiert, falls Sie im College einen Kurs in Kunstbetrachtung belegt hatten.«

Streeter grinste weiter, machte aber vorsichtshalber einen Schritt rückwärts. Er hatte die Tatsache akzeptiert, dass er sterben musste, aber das bedeutete nicht, dass er das heute, unter den Händen eines Kerls, der vielleicht aus der Irrenanstalt Juniper Hill in Augusta – wo geistesgestörte Straftäter einsaßen – ausgebrochen war, tun wollte. »Was soll das also heißen? Dass Sie sozusagen … ich weiß nicht … unsterblich sind?«

»Jedenfalls sehr langlebig«, sagte Elvid. »Was uns zu dem bringt, was ich für Sie tun könnte, glaube ich. Sie hätten vermutlich gern eine *Lebens*verlängerung.«

»Nicht zu machen, wie?«, sagte Streeter. In Gedanken berechnete er die Entfernung zu seinem Wagen und wie lange er brauchen würde, um ihn zu erreichen.

»Natürlich ist das zu machen ... aber es hat seinen Preis.«

Streeter, der früher ein begeisterter Scrabble-Spieler gewesen war, hatte sich die Buchstaben von Elvids Namen bereits auf Spielsteinen vorgestellt und neu angeordnet. »Geld? Oder reden wir von meiner Seele?«

Elvid winkte mit einer Hand ab und begleitete die Geste mit einem schelmischen Augenrollen. »Ich würde, wie man so sagt, eine Seele nicht erkennen, wenn sie mich in den Hintern bisse. Nein, wie so häufig ist Geld die Antwort. Fünfzehn Prozent Ihres Einkommens in den kommenden fünfzehn Jahren müssten reichen. Als Vermittlungsgebühr, könnte man sagen.«

»Das wäre die Dauer meiner Verlängerung?« Streeter überdachte die Idee, noch fünfzehn Jahre länger leben zu können, mit wehmütiger Gier. Das erschien ihm wie eine sehr lange Zeit, vor allem wenn er sie mit dem verglich, was ihm tatsächlich bevorstand: sechs Monate Erbrechen, zunehmende Schmerzen, Koma, Tod. Dazu ein Nachruf, in dem zweifellos die Phrase »nach langem, tapferem Kampf gegen den Krebs« stehen würde. *Yada-yada,* wie sie bei *Seinfeld* sagten.

Elvid hob die Hände mit einer überschwänglichen Wer-weiß-Geste bis in Schulterhöhe. »Könnten auch zwanzig sein. Lässt sich nicht bestimmt voraussagen; es handelt sich hier um keine exakte Wissenschaft. Aber wenn Sie Unsterblichkeit erwarten, vergessen Sie's. Ich verkaufe nur eine faire Verlängerung. Das Beste, was ich tun kann.«

»Genügt mir«, sagte Streeter. Der Kerl hatte ihn aufgeheitert, und wenn er einen Stichwortgeber für seine Gags brauchte, war Streeter ihm gern gefällig. Jedenfalls bis zu einem gewissen Punkt. Noch immer lächelnd, streckte er die Rechte über den Tisch aus. »Fünfzehn Prozent, fünfzehn Jahre. Obwohl ich Ihnen sagen muss, dass Sie mit fünfzehn Prozent vom Gehalt eines stellvertretenden Filialleiters einer Bank nicht gerade einen Rolls-Royce fahren werden. Vielleicht einen Geo, aber ...«

»Das ist noch nicht alles«, sagte Elvid.

»Natürlich nicht«, sagte Streeter. Er seufzte und zog die Hand zurück. »Mr. Elvid, es war sehr nett, mit Ihnen zu plaudern, Sie haben mich aufgeheitert, wie ich es nie für möglich gehalten hätte, und ich hoffe, dass Sie Hilfe bei Ihren psychischen Proble...«

»Still, Sie dummer Kerl!«, sagte Elvid, und obwohl er weiter lächelte, hatte das jetzt nichts Angenehmes mehr an sich. Er wirkte plötzlich größer – mindestens eine Handbreit größer – und nicht mehr so pummelig.

Es ist das Licht, dachte Streeter. *Das Licht bei Sonnenuntergang kann täuschen.* Und der unangenehme Geruch, der ihm plötzlich auffiel, war vermutlich nur verbranntes Kerosin, das ein zufälliger Windhauch zu diesem kleinen mit Kies bestreuten Platz außerhalb des Metallzauns hinübergetragen hatte. Das klang alles vernünftig ... aber er schwieg wie angewiesen.

»Wozu braucht ein Mann oder eine Frau eine Verlängerung? Haben Sie sich das schon mal gefragt?«

»Natürlich habe ich das«, sagte Streeter mit einem Anflug von Schroffheit. »Ich arbeite bei einer Bank, Mr. Elvid – Derry Savings. Kunden bitten mich dauernd, ihre Kredite zu verlängern.«

»Dann wissen Sie, dass Leute *Verlängerungen* brauchen, um *Defizite* zu kompensieren – kurzfristige Geldverlegenheit, kurzer Pimmel, Kurzsichtigkeit et cetera.«

»Genau, wir leben in einer kleinärschigen Welt«, sagte Streeter.

»Ganz recht. Aber sogar Dinge, die nicht da sind, haben Gewicht. *Negatives* Gewicht, was die schlimmste Sorte ist. Gewicht, das von Ihren Schultern genommen wird, muss anderswohin verlagert werden. Das ist einfache Physik. *Psychische* Physik, könnte man sagen.«

Streeter studierte Elvid fasziniert. Der vorübergehende Eindruck, der Mann sei größer (und lasse beim Lächeln zu viele Zähne sehen), war verschwunden. Es war nur ein kleiner pummeliger Mann, der wahrscheinlich die grüne Karte eines ambulanten Patienten in Juniper Hill oder im Acadia Mental Health in seiner Geldbörse hatte. Falls er eine Geldbörse *hatte*. Aber er hatte auch eine äußerst detaillierte Landschaft aus Wahnvorstellungen in seinem Kopf, die ein faszinierendes Studienobjekt war. Vielleicht nur deshalb, weil das Ende des Tages mit seiner Flut aus rotem Licht so seltsam schwebend erschien.

»Kann ich zur Sache kommen, Mr. Streeter?«

»Bitte.«

»Sie müssen die Last verlagern. Ganz einfach gesagt: Sie müssen jemanden ins Unglück stürzen, wenn das Unglück von Ihnen genommen werden soll.«

»Ich verstehe.« Und das tat er. Elvid sprach wieder verständlich, und seine Botschaft war ein Klassiker.

»Aber es kann nicht einfach irgendwer sein. Das alte anonyme Opfer ist versucht worden, aber es funktioniert nicht. Es muss jemand sein, den Sie hassen. Gibt es jemanden, den Sie hassen, Mr. Streeter?«

»Ich bin nicht allzu begeistert von Kim Jong-il«, sagte Streeter. »Und ich finde, dass für die Schweine, die den Anschlag auf die USS *Cole* verübt haben, eine Haftstrafe viel zu gut ist, aber sie werden wohl nie …«

»Ernsthaft oder fort mit Ihnen«, sagte Elvid und wirkte wieder größer. Streeter fragte sich, ob das irgendeine verrückte Nebenwirkung seiner Medikamente sein konnte.

»Wenn Sie mein Privatleben meinen, da hasse ich niemanden. Es gibt Leute, die ich nicht besonders *mag* – Mrs. Denbrough von nebenan stellt ihre Mülltonne immer ohne Deckel raus, und wenn der Wind weht, verteilt er allen möglichen Scheiß auf meinem Ra...«

»Wenn ich den verstorbenen Dino Martino mal falsch zitieren darf, Mr. Streter, hasst jedermann irgendwann einmal jemanden.«

»Will Rogers hat gesagt ...«

»Er war ein Lasso schwingender Hochstapler, der seinen Hut tief in die Stirn gedrückt getragen hat wie ein kleiner Junge, der Cowboy spielt. Aber wenn sie wirklich niemanden hassen, können wir nicht ins Geschäft kommen.«

Streeter dachte darüber nach. Er starrte seine Schuhspitzen an und sprach mit dünner Stimme, die er kaum als seine eigene erkannte. »Vermutlich hasse ich Tom Goodhugh.« Obwohl es dabei in Wirklichkeit kein *vermutlich* gab.

»Wer ist er in Ihrem Leben?«

Streeter seufzte. »Seit der Grundschule mein bester Freund.«

Nun folgte kurzes Schweigen, bevor Elvid schallend laut zu lachen begann. Er stürzte hinter dem Kartentisch hervor, klopfte Streeter auf den Rücken (mit einer Hand, die sich kalt anfühlte, und Fingern, die lang und dünn statt kurz und pummelig zu sein schienen), dann ging er mit großen Schritten zu seinem Klappstuhl zurück. Er ließ sich hineinfallen, prustete und grölte weiter. Sein Gesicht war puterrot, und auch die Lachtränen, die ihm übers Gesicht liefen, sahen im Licht der untergehenden Sonne rot – tatsächlich blutig – aus.

»*Seit der Grund... Ihr bester ... Oh, das ist ...*«

Elvid konnte sich nicht länger beherrschen. Er brach in Lachsalven und Freudengeheul und Lachkrämpfe aus, die seinen Wanst beben ließen, wobei sein Kinn (eigenartig spitz für ein so rundliches Gesicht) vor dem unschuldigen (aber dunkler werdenden) Sommerhimmel auf und ab wippte. Schließlich gewann er die Selbstbeherrschung wieder. Streeter überlegte, ob er ihm sein Taschentuch anbieten sollte, und wollte dann doch nicht, dass es mit der Haut des Verlängerungsverkäufers in Berührung kam.

»Das ist ausgezeichnet, Mr. Streeter«, sagte er. »Wir können ins Geschäft kommen.«

»He, das ist großartig«, sagte Streeter und machte einen weiteren Schritt rückwärts. »Ich genieße meine fünfzehn zusätzlichen Jahre schon jetzt. Aber ich parke auf dem Radweg, und das ist strafbar. Dafür könnte ich einen Strafzettel bekommen.«

»Machen Sie sich deswegen keine Sorgen«, sagte Elvid. »Wie Sie vielleicht gemerkt haben, ist hier kein einziges *ziviles* Fahrzeug vorbeigekommen, seit wir zu feilschen begonnen haben – von einem Gesetzeshüter ganz zu schweigen. Der Verkehr stört nie, wenn ich mit einem ernsthaften Menschen ernstlich zu verhandeln beginne; dafür sorge ich.«

Streeter sah sich unbehaglich um. Es stimmte. Er konnte drüben auf der Witcham Street zwar den Verkehr hören, der zum Upmile Hill unterwegs war, aber hier war Derry völlig verlassen. *Natürlich*, sagte er sich, *ist der hiesige Verkehr nach Büroschluss immer schwach.*

Aber *abwesend*? Völlig *abwesend*? Das würde man um Mitternacht erwarten, aber nicht um halb acht Uhr abends.

»Erzählen Sie mir, weshalb Sie Ihren besten Freund hassen«, forderte Elvid ihn auf.

Streeter erinnerte sich daran, dass dieser Mann verrückt war. Was Elvid vielleicht weitererzählte, würde kein Mensch glauben. Das war ein befreiender Gedanke.

»Tom hat besser ausgesehen, als wir Jungen waren, und er sieht jetzt *viel* besser aus. Er war in drei Schulmannschaften; der einzige Sport, in dem ich auch nur einigermaßen gut bin, ist Minigolf.«

»Ich glaube nicht, dass es dafür Cheerleaderformationen gibt«, sagte Elvid.

Streeter lächelte grimmig und erwärmte sich allmählich für sein Thema. »Tom ist echt clever, aber er war in der Derry High stinkfaul. Seine Ambitionen, aufs College zu gehen, waren gleich null. Aber wenn seine Noten so schlecht wurden, dass ihm der Ausschluss aus Schulmannschaften drohte, ist er in Panik geraten. Und wer sollte ihm dann helfen?«

»Sie!«, rief Elvid aus. In seiner Stimme schwang joviales Bedauern mit. »Der alte Mr. Zuverlässig. Sie haben ihm Nachhilfe gegeben, was? Vielleicht ein paar Arbeiten selbst geschrieben? Darauf geachtet, die Wörter falsch zu schreiben, die Toms Lehrer bei ihm falsch geschrieben zu sehen erwarteten?«

»Schuldig im Sinne der Anklage. In der Abschlussklasse – in dem Jahr, in dem Tom in Maine als Sportler des Jahres ausgezeichnet wurde – war ich in Wirklichkeit *zwei* Schüler: Dave Streeter und Tom Goodhugh.«

»Schlimm.«

»Wissen Sie, was noch schlimmer war? Ich hatte damals eine Freundin. Eine Schönheit namens Norma Witten. Dunkelbraunes Haar, ebensolche Augen, makelloser Teint, wundervolle Backenknochen …«

»Traumhafter Busen …«

»In der Tat. Aber vom Sex-Appeal abgesehen …«

»Nicht dass *Sie* jemals dagegen immun gewesen wären.«

»… habe ich dieses Mädchen geliebt. Wissen Sie, was Tom getan hat?«

»Sie Ihnen gestohlen!«, sagte Elvid empört.

»Korrekt. Die beiden sind sogar zu mir gekommen und haben mir alles gestanden, stellen Sie sich das mal vor.«

»Wie edel!«

»Haben behauptet, sie wären machtlos dagegen gewesen.«

»Haben behauptet, es wäre *Liebe*, L-I-E-B-E.«

»Ja. Naturgewalt. Diese Sache ist stärker als wir. Und so weiter.«

»Lassen Sie mich raten. Er hat ihr ein Kind gemacht.«

»Ja, das hat er.« Streeter betrachtete wieder seine Schuhe und erinnerte sich an einen bestimmten Rock, den Norma im vorletzten Schuljahr getragen hatte. Er war so geschnitten gewesen, dass er ein kleines Stück des Slips darunter hatte sehen lassen. Das war fast dreißig Jahre her, aber wenn Janet und er sich liebten, rief er sich manchmal dieses Bild ins Gedächtnis zurück. Norma hatte er nie richtig geliebt – jedenfalls nicht bis zum Letzten; das hatte sie ihm verweigert. Aber für Tom Goodhugh war sie gern bereit gewesen, ihr Höschen auszuziehen. *Bestimmt gleich beim ersten Mal, als er es verlangt hat.*

»Und hat sie schwanger sitzenlassen.«

»Nein.« Streeter seufzte. »Er hat sie geheiratet.«

»Und sich dann scheiden lassen! Vielleicht nachdem er sie grün und blau geschlagen hatte?«

»Noch schlimmer. Sie sind weiterhin verheiratet. Drei Kinder. Wenn man sie im Bassey Park spazieren gehen sieht, halten sie meistens Händchen.«

»Das ist ungefähr die beschissenste Story, die ich je gehört habe. Schlimmer könnte es kaum kommen. Es sei denn …« Elvid sah unter buschigen Augenbrauen hervor scharfsinnig zu Streeter auf. »Es sei denn, *Sie* müssten feststellen, dass Sie im Eisberg einer lieblosen Ehe eingefroren sind.«

»Durchaus nicht«, sagte Streeter, den diese Vorstellung überraschte. »Ich liebe Janet sehr, und sie liebt mich. Wie sie mir bei dieser Krebssache beigestanden hat, ist ganz außergewöhnlich. Falls es im Universum so etwas wie Harmonie gibt, haben Tom und ich die richtigen Partnerinnen gefunden. Unbedingt. Aber …«

»Aber?« Elvid sah mit entzücktem Eifer zu ihm auf.

Streeter spürte, wie seine Fingernägel sich in die Handflächen gruben. Statt nachzulassen, verstärkte er den Druck noch mehr. Bohrte sie hinein, bis er fühlte, dass Blut heraussickerte. »Aber der *Scheißkerl hat sie mir gestohlen*!« Das nagte seit Jahren an ihm, und es war ein gutes Gefühl, diese Tatsache hinauszuschreien.

»Das hat er in der Tat, und wir hören nie auf, das Gewünschte zu begehren, ob das nun gut für uns ist oder nicht. Finden Sie nicht auch, Mr. Streeter?«

Streeter gab keine Antwort. Er atmete keuchend wie ein Mann, der gerade einen Fünfzigmeterspurt hingelegt hatte oder in eine Rangelei auf der Straße verwickelt gewesen war. Auf seinen zuvor blassen Wangen waren kleine rote hektische Flecken erschienen.

»Und ist das alles?« Elvid sprach im Tonfall eines gütigen Gemeindepfarrers.

»Nein.«

»Dann heraus damit. Drücken Sie dieses Geschwür aus.«

»Er ist Millionär. Er sollte keiner sein, aber er ist einer. Ende der Achtzigerjahre – nicht lange nach der Flut, die diese Stadt fast weggeschwemmt hat – hat er ein Müllabfuhrunternehmen gegründet ... nur hat er es Abfallentsorgung und Recycling genannt. Ein netterer Name, wissen Sie.«

»Keimfreier.«

»Er ist zu mir gekommen, um ein Darlehen zu beantragen, und obwohl sein Geschäftsmodell niemanden in der Bank überzeugt hat, habe ich durchgesetzt, dass er den Kredit bekam. Wissen Sie, *weshalb* ich ihn durchgedrückt habe, Elvid?«

»Natürlich! Weil er Ihr Freund ist!«

»Raten Sie noch mal.«

»Weil Sie hofften, er würde abstürzen und verbrennen.«

»Richtig. Er hat seine gesamten Ersparnisse in vier Müllwagen gesteckt und eine Hypothek auf sein Haus aufgenommen, um ein Stück Land an der Stadtgrenze von Newport zu kaufen. Für eine Mülldeponie. Von der Art, wie Gangster in New Jersey sie besitzen, um ihr Drogen-und-Huren-Geld zu waschen und Leichen darauf abzuladen. Ich dachte, seine Idee sei verrückt, und konnte es kaum erwarten, ihm den Kredit zu verschaffen. Noch heute liebt er mich dafür wie einen Bruder. Erzählt den Leuten immer wieder, wie ich mich in der Bank für ihn eingesetzt und dabei meinen Job riskiert habe. ›Dave hat mich gestützt, genau wie in der Highschool‹, sagt er. Wissen Sie, wie die Jugendlichen von Derry seine Mülldeponie jetzt nennen?«

»Sagen Sie's mir!«

»Mount Trashmore! Sie ist riesig! Mich würde es nicht wundern, wenn sie radioaktiv verseucht wäre! Sie ist mit Rasen abgedeckt, aber überall stehen BETRETEN VERBOTEN-Schilder, und wahrscheinlich gibt es unter all dem hübschen grünen Gras ein Ratten-Manhattan! Wahrscheinlich sind *die* auch radioaktiv!«

Er verstummte, weil er merkte, wie lächerlich das klang, machte sich jedoch nichts daraus. Elvid war verrückt, aber … welch Überraschung! Auch Streeter hatte sich als verrückt erwiesen! Zumindest in Bezug auf seinen alten Freund. Und …

In cancer veritas, dachte Streeter.

»Rekapitulieren wir also.« Elvid begann die Punkte an seinen Fingern abzuzählen, die überhaupt nicht lang, sondern so kurz, pummelig und harmlos waren wie seine ganze Erscheinung. »Tom Goodhugh hat schon als kleiner Junge besser ausgesehen als Sie. Er war in einem Maß sportlich begabt, von dem Sie nur träumen konnten. Das Mädchen, das seine glatten weißen Schenkel auf dem Rücksitz Ihres Autos geschlossen gehalten hat, hat sie für Tom geöffnet. Er hat es geheiratet. Sie lieben sich noch immer. Mit den Kindern alles okay?«

»Gesund und ansehnlich!«, knurrte Streeter. »Die Tochter heiratet bald, ein Junge studiert, der andere ist auf der Highschool! Und ist Kapitän des Footballteams! Ganz der gottverdammte Vater!«

»Richtig. Und – die Kirsche auf dem Sahnehäubchen – er ist reich, und Sie müssen sich mit einem Jahresgehalt von sechzigtausend oder so ähnlich durchschlagen.«

»Für die Kreditgewährung an ihn habe ich einen Bonus bekommen«, murmelte Streeter. »Weil ich *Weitblick* bewiesen habe.«

»Aber was Sie wirklich wollten, war eine Beförderung.«

»Woher wissen Sie das?«

»Ich bin jetzt Geschäftsmann, aber früher war ich ein bescheidener Gehaltsempfänger. Bin rausgeflogen, bevor ich mich selbstständig gemacht habe. Das Beste, was mir je passiert ist. Ich weiß genau, wie so etwas läuft. Sonst noch was? Am besten reden Sie sich gleich alles von der Seele.«

»Er trinkt Spotted Hen Microbrew!«, rief Streeter aus. »Kein Mensch in Derry trinkt dieses Angeberbier! Nur er! Nur Tom Goodhugh, der Müllkönig!«

»Hat er einen Sportwagen?« Elvid sprach ruhig; seine Worte klangen wie mit Seide ausgeschlagen.

»Nein. Hätte er einen, könnten Janet und ich wenigstens Witze über seine Sportwagen-Menopause machen. Er fährt einen gottverdammten *Range Rover*.«

»Ich vermute, es könnte noch etwas geben«, sagte Elvid. »Dann sollten Sie sich das auch gleich von der Seele reden.«

»Er hat keinen Krebs«, flüsterte Streeter. »Er ist einundfünfzig, genau wie ich, und gesund wie ... wie ein gottverdammtes ... *Pferd*.«

»Das sind Sie auch«, sagte Elvid.

»*Was?*«

»Die Sache ist erledigt, Mr. Streeter. Oder darf ich Dave zu Ihnen sagen, nachdem ich Ihren Krebs zumindest vorübergehend geheilt habe?«

»Sie sind total verrückt«, sagte Streeter – nicht ohne Bewunderung.

»Nein, Sir. Ich bin so normal wie eine Gerade. Aber beachten Sie, dass ich *vorübergehend* gesagt habe. Wir befinden uns jetzt in der ›Kauf auf Probe‹-Phase unserer Beziehung. Sie dauert eine Woche, vielleicht zehn Tage. Ich rate Ihnen dringend, Ihren Arzt aufzusuchen. Ich denke, er wird feststellen, dass Ihr Zustand sich erstaunlich gebessert hat. Aber die Besserung ist nicht von Dauer. Es sei denn …«

»Es sei denn?«

Elvid beugte sich nach vorn und lächelte kumpelhaft. Seine Zähne schienen wieder zu zahlreich (und zu groß) für seinen harmlosen Mund zu sein. »Ich komme gelegentlich hierher«, sagte er. »Meistens um diese Tageszeit.«

»Kurz vor Sonnenuntergang.«

»Genau. Die meisten Leute bemerken mich nicht – sie sehen durch mich hindurch, als wäre ich nicht da –, aber Sie halten Ausschau nach mir. Nicht wahr?«

»Wenn es mir bessergeht, bestimmt«, sagte Streeter.

»Und Sie bringen mir etwas mit.«

Elvids Lächeln wurde breiter, und Streeter sah etwas erschreckend Wunderbares: Seine Zähne waren nicht nur zu groß oder zu zahlreich. Sie waren *spitz*.

Als er zurückkam, legte Janet im Hauswirtschaftsraum Wäsche zusammen. »Da bist du ja«, sagte sie. »Ich hab schon angefangen, mir Sorgen zu machen. War deine Ausfahrt schön?«

»Ja«, sagte er. Er betrachtete seine Küche. Sie sah verändert aus. Sie sah wie eine Küche in einem Traum aus. Dann machte er Licht, und das war besser. Elvid war der Traum.

Elvid und seine Versprechungen. Nur ein Irrer, der an diesem Tag Ausgang aus dem Acadia Mental hatte.

Sie kam zu ihm und küsste ihn auf die Wange. Sie war vom Bügeln erhitzt und sehr hübsch. Sie war selbst fünfzig, sah aber Jahre jünger aus. Streeter glaubte, sie werde nach seinem Tod ein gutes Leben führen. Er vermutete, May und Justin könnten in Zukunft einen Stiefpapa bekommen.

»Du siehst gut aus«, sagte sie. »Du hast tatsächlich etwas Farbe bekommen.«

»Wirklich?«

»Aber sicher.« Sie bedachte ihn mit einem aufmunternden Lächeln, das dicht unter der Oberfläche sorgenvoll war. »Komm und unterhalte mich, während ich den Rest zusammenlege. Das ist so langweilig.«

Er folgte ihr und blieb in der Tür des Hauswirtschaftsraums stehen. Wohlweislich erbot er sich nicht, ihr zu helfen; sie behauptete immer, er lege sogar Geschirrtücher falsch zusammen.

»Justin hat angerufen«, erzählte sie. »Carl und er sind in Venedig. In der Jugendherberge. Mit Englisch kommen sie überall gut durch. Sie haben eine Menge Spaß.«

»Großartig.«

»Es war richtig, dass du die Diagnose für dich behalten hast«, sagte sie. »Du hattest recht, und ich hatte unrecht.«

»Zum ersten Mal in unserer Ehe.«

Sie rümpfte die Nase. »Jus hat sich so auf diese Reise gefreut. Aber wenn er zurückkommt, wirst du den Kindern reinen Wein einschenken müssen. May kommt aus Searsport zu Gracies Hochzeit, und das wäre ein guter Zeitpunkt.« Gracie war Gracie Goodhugh, Toms und Normas Älteste. Carl Goodhugh, Justins Reisegefährte, war der Mittlere.

»Mal sehen«, sagte Streeter. Er hatte eine Spucktüte in der Hüfttasche, aber ihm war noch nie weniger nach Er-

brechen zumute gewesen. Stattdessen verspürte er *Appetit*.
Erstmals seit Tagen.

Dort draußen ist nichts passiert – das weißt du, nicht wahr?
Es handelt sich nur um eine kleine psychosomatische Aufhei-
terung. Die geht bald wieder zurück.

»Wie mein Haaransatz«, sagte er.

»Was, Schatz?«

»Nichts.«

»Oh, und weil wir gerade von Gracie sprechen ... Norma
hat angerufen. Sie hat mich daran erinnert, dass sie am
Donnerstag dran sind, uns zum Abendessen bei sich ein-
zuladen. Ich habe versprochen, dich zu fragen, aber gleich
gesagt, dass du in der Bank schrecklich viel zu tun hast
und wegen der vielen geplatzten Hypotheken ständig Über-
stunden machst. Ich dachte, du würdest sie nicht sehen
wollen.«

Ihre Stimme klang ruhig und normal wie immer, aber
plötzlich begann sie große Bilderbuchtränen zu weinen, die
aus ihren Augen quollen und ihr dann über die Wangen
kullerten. Nach vielen Ehejahren konnte Liebe eintönig
werden, aber seine schwoll jetzt wieder so frisch an, wie sie
anfangs gewesen war, als sie in einer schäbigen Mietswoh-
nung in der Kossuth Street gelebt und sich manchmal auf
dem Teppich im Wohnzimmer geliebt hatten. Er trat ins
Bügelzimmer, nahm ihr das Hemd, das sie zusammenlegte,
aus den Händen und umarmte sie. Sie erwiderte seine Umarmung heftig.

»Dies ist einfach so hart und unfair«, sagte sie. »Aber
wir stehen das durch. Ich weiß nicht, wie, aber wir schaffen es.«

»Richtig! Und wir fangen damit an, dass wir am Donnerstag wie immer bei Tom und Norma zu Abend essen.«

Sie trat einen halben Schritt zurück und sah ihn mit nassen Augen an. »Willst du es ihnen etwa erzählen?«

»Und allen den Abend verderben? Ach was.«

»Kannst du überhaupt essen? Ohne …« Sie legte zwei Finger auf den geschlossenen Mund, blies die Backen auf und schielte dabei: eine komische Kotzpantomime, über die Streeter lächeln musste.

»Was am Donnerstag ist, weiß ich nicht, aber jetzt könnte ich etwas vertragen«, sagte er. »Stört es dich, wenn ich mir einen Hamburger grille? Ich könnte natürlich auch zum McDonald's fahren … und dir vielleicht einen Schokoladenshake mitbringen …«

»Mein Gott«, sagte sie und fuhr sich über die Augen. »Ich erlebe ein Wunder.«

»Als ein Wunder würde ich das nicht gerade bezeichnen«, erklärte Dr. Henderson Streeter am Mittwochnachmittag. »Aber …«

Es war zwei Tage her, dass Streeter unter Mr. Elvids gelbem Schirm über Fragen von Leben und Tod diskutiert hatte, und einen Tag vor dem wöchentlichen Dinner der Streeters mit den Goodhughs, das diesmal in der weitläufigen Villa stattfinden sollte, die Streeter für sich manchmal als das Herrenhaus aus Müll bezeichnete. Das Gespräch fand nicht in Dr. Hendersons Praxis statt, sondern in einem kleinen Sprechzimmer im Derry Home Hospital. Henderson hatte versucht, Streeter die Kernspintomographie mit dem Hinweis auszureden, seine Versicherung werde sie nicht bezahlen und das Ergebnis könne nur enttäuschend sein. Aber Streeter hatte darauf bestanden.

»Aber was, Roddy?«

»Die Tumoren scheinen geschrumpft zu sein, und deine Lunge ist nicht mehr befallen. So etwas habe ich noch nie gesehen – und die beiden Kollegen, die ich hinzugezogen habe, ebenfalls nicht. Noch wichtiger ist, aber das muss unter uns bleiben, dass der Techniker, der die Aufnahme gemacht hat, so etwas auch noch nie gesehen hat, und das sind die Kerle, denen ich wirklich vertraue. Er tippt allerdings auf einen Computerfehler im Gerät selbst.«

»Aber ich fühle mich gut«, sagte Streeter, »deshalb wollte ich doch auch diese Untersuchung. Handelt es sich wirklich um eine Fehlfunktion?«

»Musst du dich übergeben?«

»Immer mal wieder«, gab Streeter zu, »aber das kommt von der Chemo, glaube ich. Die beende ich übrigens ab sofort.«

Roddy Henderson runzelte die Stirn. »Das ist höchst unklug.«

»Unklug war es, überhaupt damit zu beginnen, mein Freund. Du hast gesagt: ›Sorry, Dave, die Wahrscheinlichkeit, dass du stirbst, bevor du jemandem einen schönen Valentinstag wünschen kannst, liegen bei über neunzig Prozent, deshalb werden wir dir die Zeit, die dir noch bleibt, dadurch verderben, dass wir dich mit Gift vollstopfen. Schlechter würdest du dich vielleicht fühlen, wenn ich dir Schlamm von Tom Goodhughs Mülldeponie injizieren würde, wahrscheinlich aber nicht.‹ Und ich habe wie ein Idiot Okay gesagt.«

Henderson machte ein beleidigtes Gesicht. »Chemo ist die letzte große Hoffnung für …«

»Erzähl mir keinen Scheiß«, sagte Streeter mit gutmütigem Grinsen. Er atmete tief durch und spürte den Sauerstoff ganz tief unten in seiner Lunge. Das fühlte sich *wundervoll* an. »Wenn der Krebs aggressiv ist, hilft die Chemo nicht dem Patienten. Sie ist nur ein Schmerzzuschlag, den der Patient entrichten muss, damit die Ärzte und Verwandten sich nach seinem Tod umarmen und sagen können: ›Wir haben getan, was wir konnten.‹«

»Ein hartes Urteil«, sagte Henderson. »Du weißt, dass ein Rückfall wahrscheinlich ist, oder?«

»Erzähl das den Tumoren«, sagte Streeter. »Denen, die nicht mehr da sind.«

Henderson betrachtete die Aufnahmen von Streeters Innerem, die weiter in Abständen von zwanzig Sekunden auf dem Bildschirm im Sprechzimmer erschienen, und seufzte. Die Aufnahmen waren gut, das wusste sogar Streeter, aber sie schienen seinen Arzt unglücklich zu machen.

»Nicht aufregen, Roddy.« Streeter sprach sanft, wie er früher vielleicht mit May oder Justin gesprochen hätte, wenn ein Lieblingsspielzeug verloren- oder kaputtging. »Scheiße passiert eben; manchmal gibt es auch Wunder. Das habe ich in *Reader's Digest* gelesen.«

»Meines Wissens ist noch nie eines in einer MRI-Röhre passiert.« Henderson griff nach einem Kugelschreiber und tippte damit auf Streeters Krankenakte, die im vergangenen Vierteljahr erheblich angeschwollen war.

»Irgendwann passiert eben alles zum ersten Mal«, sagte Streeter.

Donnerstagabend in Derry; Abenddämmerung vor einer Sommernacht. Die untergehende Sonne warf ihre verträumten roten Strahlen über die perfekt angelegten, gemähten und bewässerten einenviertel Hektar Land, die Tom Goodhugh »unser alter Garten hinter dem Haus« zu nennen die Frechheit besaß. Streeter saß in einem Gartensessel auf der Terrasse und hörte Geschirr klappern und Janet und Norma lachen, während sie den Geschirrspüler einräumten.

Garten? Das ist kein Garten; so stellt sich ein Shopping-Channel-Fan das Paradies vor.

Es gab sogar einen Brunnen, in dessen Mitte eine Kindergestalt aus Marmor stand. Irgendwie war es dieser Cherub mit nacktem Hintern (und natürlich pissend), der Streeters Auge am meisten beleidigte. Bestimmt war er Normas Idee gewesen – sie war noch mal auf dem College gewesen, um

Geisteswissenschaften zu studieren, und hatte bescheuerte Bildungsansprüche –, aber etwas wie dieses Ding hier im ersterbenden Licht eines perfekten Abends in Maine zu sehen und zu wissen, dass es seine Existenz nur Toms Müllmonopol verdankte …

Und wenn man vom Teufel sprach (*oder vom Elvid, wenn einem das besser gefällt*, dachte Streeter), trat der Müllkönig in Person auf – mit den Hälsen zweier Flaschen Spotted Hen Microbrew, auf denen Wasserperlen standen, zwischen den Fingern der linken Hand. Aufrecht und schlank in einem offenen gestreiften Hemd und verblichenen Jeans, sein schmales Gesicht von der sinkenden Sonne perfekt ausgeleuchtet, hätte Tom Goodhugh einer Anzeige für Bier entstiegen sein können. Streeter sah sogar den Werbetext vor sich: *Leben Sie das gute Leben, greifen Sie nach einem Spotted Hen.*

»Ich dachte, du würdest noch eines wollen, nachdem deine schöne Frau gesagt hat, dass sie fährt.«

»Danke.« Streeter nahm eine der Flaschen, setzte sie an die Lippen und trank. Angeberbier oder nicht, es war gut.

Als Goodhugh sich setzte, kam Jacob der Footballspieler mit einem Teller Käse und Crackern heraus. Er war so breitschultrig und gut aussehend, wie Tom damals gewesen war. *Bestimmt sind alle Cheerleader scharf auf ihn*, dachte Streeter. *Wahrscheinlich muss er sie mit einem verdammten Stock abwehren.*

»Mama denkt, die würdet ihr vielleicht wollen«, sagte Jacob.

»Danke, Jake. Fährst du weg?«

»Bloß für kurze Zeit. Will nur mit ein paar Jungs in die Barrens zum Frisbeespielen, bis es zu dunkel wird, danach lernen.«

»Bleibt auf dieser Seite. Drüben gibt es Giftefeu, seit der ganze Scheiß nachgewachsen ist.«

»Ist gut, das wissen wir. Denny hat es letztes Jahr erwischt, und bei ihm war es so schlimm, dass seine Mutter
dachte, er hätte Krebs.«

»Autsch!«, sagte Streeter.

»Fahr vorsichtig, Sohn. Nicht rasen.«

»Versprochen.« Der Junge legte einen Arm um seinen
Vater und küsste ihn mit einer Ungeniertheit auf die Wange,
die Streeter deprimierend fand. Tom besaß nicht nur Gesundheit, eine noch immer hinreißende Frau und einen lach-
haft großen Garten, in dem ein pissender Cherub stand; er
hatte auch einen gut aussehenden achtzehnjährigen Sohn,
der sich nichts dabei dachte, seinem Dad einen Abschieds-
kuss zu geben, bevor er mit seinen besten Kumpels loszog.

»Er ist ein guter Junge«, sagte Goodhugh liebevoll, während er zusah, wie Jacob die Stufen hinaufging und im
Haus verschwand. »Lernt fleißig und schreibt gute Noten –
anders als sein Alter. Zu meinem Glück hatte ich dich.«

»Zu unser beider Glück«, sagte Streeter. Er lächelte, tat
ein Stück Brie auf ein Triscuit und schob es in den Mund.

»Tut mir gut, dich essen zu sehen, Kumpel«, sagte Goodhugh. »Norma und ich haben uns schon gefragt, ob mit dir
irgendwas nicht in Ordnung ist.«

»Hab mich nie besser gefühlt«, sagte Streeter und trank
noch etwas von dem wohlschmeckenden (und zweifellos
teuren) Bier. »Aber ich habe vorn etwas Haar verloren. Jan
sagt, dass ich dadurch dünner aussehe.«

»Das ist etwas, worüber sich die Ladys keine Sorgen
zu machen brauchen«, sagte Goodhugh und fuhr sich mit
einer Hand durch die eigenen Locken, die so voll und üppig
wie damals mit achtzehn waren. Nicht mal im Geringsten
grau meliert. An einem guten Tag konnte Janet Streeter wie
vierzig aussehen, aber im roten Schein der untergehenden
Sonne sah der Müllkönig wie Mitte dreißig aus. Er rauchte
nicht, trank nur mäßig und hielt sich in einem Studio fit,

das zwar ein Kunde von Streeters Bank war, aber das Streeter selbst sich nicht hätte leisten können. Carl, sein mittleres Kind, war gerade mit Justin Streeter auf Kavalierstour durch Europa, wobei Carl Goodhugh die Reisekosten übernahm. Aber in Wirklichkeit zahlte natürlich der Müllkönig.

O Mann, der alles besitzt, dein Name ist Goodhugh, dachte Streeter und lächelte seinen alten Freund an.

Sein alter Freund erwiderte das Lächeln und berührte den Hals von Streeters Flasche mit dem seiner Bierflasche. »Das Leben ist gut, findest du nicht auch?«

»Sehr gut«, bestätigte Streeter. »Lange Tage und angenehme Nächte.«

Goodhugh zog die Augenbrauen hoch. »Wo hast du das her?«

»Weiß ich nicht mehr«, sagte Streeter. »Aber es stimmt, oder?«

»Wenn das stimmt, verdanke ich viele meiner angenehmen Nächte dir«, sagte Goodhugh. »Ich denke oft, alter Kumpel, dass ich dir mein *Leben* verdanke.« Er trank seinem parkartigen Garten zu. »Zumindest die Filetstücke.«

»Ach komm, du bist ein Selfmademan.«

Goodhugh senkte die Stimme und sprach in vertraulichem Ton weiter. »Willst du die Wahrheit hören? Die Frau hat diesen Mann gemacht. In der Bibel steht: ›Wer kann eine gute Frau finden? Denn ihr Preis steht über Rubinen.‹ Jedenfalls irgendwas in dieser Art. Und du hast uns miteinander bekanntgemacht. Weiß nicht, ob du dich daran erinnerst.«

Streeter erinnerte sich nicht nur daran, sondern hätte am liebsten die Bierflasche auf der Terrasse zerschlagen und den gezackten Hals seinem alten Freund in die Augen gerammt. Stattdessen lächelte er, trank noch einen kleinen Schluck und stand dann auf. »Muss mal wohin, glaube ich.«

»Bier kauft man nicht, man mietet es nur«, sagte Goodhugh ernst ... dann brach er in Lachen aus. Als hätte er das ganz spontan selbst erfunden.

»Wahrere Worte et cetera«, sagte Streeter. »Entschuldige mich bitte.«

»Du siehst wirklich besser aus«, rief Goodhugh ihm nach, als Streeter die Stufen hinaufging.

»Danke«, sagte Streeter. »Alter Kumpel.«

Er schloss die Toilettentür, drückte den Verriegelungsknopf hinein, machte Licht und öffnete – zum ersten Mal in seinem Leben – das Medizinschränkchen im Haus anderer Leute. Der erste Gegenstand, auf den sein Blick fiel, munterte ihn gewaltig auf: eine Tube mit dem Shampoo *Just for Men*. Dahinter standen einige Medizinfläschchen.

Leute, die ihre Medikamente in einem Schränkchen im Gästeklo lassen, provozieren nur Ärger, dachte Streeter. Nicht dass etwas Sensationelles zu finden gewesen wäre: Norma hatte ein Asthmamedikament; Tom nahm ein Mittel gegen Bluthochdruck – Atenolol – und benutzte irgendeine Pflegecreme.

Das Atenolol-Fläschchen war halb voll. Streeter schüttelte eine Tablette heraus, steckte sie in die Uhrentasche seiner Jeans und betätigte die WC-Spülung. Als er die Toilette verließ, fühlte er sich wie ein Mann, der sich eben über die Grenze eines fremden Landes geschlichen hat.

Der folgende Abend war wolkig, aber George Elvid saß wieder unter dem gelben Schirm und sah sich auf seinem tragbaren Fernseher *Inside Edition* an. Der Aufmacher war eine Story über Whitney Houston, die verdächtig stark abgenommen hatte, kurz nachdem sie einen riesigen neuen Plattenvertrag unterschrieben hatte. Elvid tat dieses Gerücht ab, indem er mit den pummeligen Fingern schnalzte, und betrachtete Streeter lächelnd.

»Wie fühlen Sie sich, Dave?«

»Besser.«

»Ja?«

»Ja.«

»Erbrechen?«

»Heute nicht.«

»Hungrig?«

»Wie ein Wolf.«

»Und ich möchte wetten, dass Sie sich ärztlich haben untersuchen lassen.«

»Woher wissen Sie das?«

»Von einem erfolgreichen Bankmanager erwarte ich nichts weniger. Haben Sie mir etwas mitgebracht?«

Streeter überlegte einen Augenblick lang, ob er davongehen sollte. Das tat er ernsthaft. Aber dann griff er in die Tasche seiner leichten Jacke (der Abend war für August kühl, und er selbst war noch ziemlich dünn) und holte etwas in einem winzigen Kleenex-Quadrat heraus. Er zögerte, dann legte er es Elvid hin, der es auswickelte.

»Ah, Atenolol«, sagte Elvid. Er warf die Pille ein und schluckte sie.

Streeter öffnete den Mund und schloss ihn langsam wieder.

»Starren Sie mich nicht so schockiert an«, sagte Elvid. »Hätten Sie einen so stressreichen Job wie ich, hätten Sie auch Bluthochdruckprobleme. Und das Sodbrennen, das ich oft habe, oje. Das wollen Sie gar nicht wissen.«

»Was passiert jetzt?«, fragte Streeter. Trotz der Jacke fröstelte ihn.

»Jetzt?« Elvid wirkte überrascht. »Jetzt fangen Sie an, Ihre fünfzehn Jahre bei guter Gesundheit zu genießen. Vielleicht auch zwanzig oder sogar fünfundzwanzig. Wer weiß?«

»Und das mit dem Glück?«

Elvid warf ihm einen schelmischen Blick zu. Er hätte amüsant sein können, wäre die Kälte nicht gewesen, die Streeter gleich darunter wahrnahm. Und das Alter. In diesem Augenblick war er sich sicher, dass George Elvid schon sehr lange in dieser Branche war, Sodbrennen hin oder her. »Für den Glücksaspekt sind Sie selbst zuständig, Dave. Und natürlich Ihre Familie – Janet, May und Justin.«

Hatte er Elvid ihre Namen gesagt? Das wusste er nicht mehr.

»Vielleicht hauptsächlich die Kinder. Eine alte Redensart besagt, Kinder seien etwas, was einem das Schicksal nehmen kann, aber in Wirklichkeit nehmen Kinder ihre *Eltern* als Geiseln, das denke ich. Eines könnte bei einem Unfall auf einer einsamen Landstraße sterben oder schwer verletzt werden … einer heimtückischen Krankheit zum Opfer fallen …«

»Soll das heißen …«

»Nein, nein, nein! Das ist keine moralinsaure Fabel. Ich bin *Geschäftsmann*, keine Figur aus ›Der Teufel und Daniel Webster‹. Ich sage nur, dass Ihr Glück in Ihren Händen und denen Ihrer nächsten Angehörigen liegt. Und wenn Sie glauben, dass ich in zwei Jahrzehnten oder so auftauche, um Ihre Seele in meine schimmelige alte Brieftasche zu stecken, täuschen Sie sich gewaltig. Außerdem sind die Seelen der Menschen erbärmlich dünn und durchscheinend geworden.«

Er sprach, fand Streeter, wie der Fuchs, nachdem er festgestellt hatte, dass die Trauben wirklich unerreichbar waren. Aber Streeter hatte nicht die Absicht, das auszusprechen. Nachdem der Handel nun abgeschlossen war, wollte er möglichst schnell fort. Trotzdem blieb er noch, wollte die Frage, die ihm auf der Seele lag, nicht stellen, und wusste doch, dass er es würde tun müssen. Weil hier keine Gratisgeschenke verteilt wurden; Streeter, der langjährige Erfahrung im Bankgeschäft hatte, erkannte einen Kuhhandel, wenn er einen vor sich hatte. Oder wenn er ihn roch: ein schwacher unangenehmer Gestank wie von verbranntem Kerosin.

Ganz einfach gesagt: Sie müssen jemanden ins Unglück stürzen, wenn das Unglück von Ihnen genommen werden soll.

Aber eine einzige Pille gegen Bluthochdruck zu klauen hieß nicht gerade, einen Menschen ins Unglück zu stürzen. Oder doch?

Elvid klappte unterdessen energisch seinen großen Schirm zusammen. Und als er eingerollt war, fiel Streeter eine erstaunliche und entmutigende Tatsache auf: Er war überhaupt nicht gelb. Er war so grau wie der Himmel. Der Sommer war fast vorbei.

»Die meisten meiner Kunden sind völlig zufrieden, völlig glücklich. Wollten Sie das hören?«

Gewiss … und doch wieder nicht.

»Ich spüre, dass Sie noch eine relevante Frage haben«, sagte Elvid. »Wenn Sie eine Antwort wollen, müssen Sie aufhören, um den heißen Brei herumzuschleichen, und sie stellen. Es wird bald regnen, und ich will vorher unter Dach sein. Das Letzte, was ich in meinem Alter brauche, ist eine Bronchitis.«

»Wo ist Ihr Auto?«

»Oh, war das Ihre Frage?« Elvid verhöhnte ihn jetzt offen. Sein Gesicht war hager, nicht im Geringsten pummelig, und das Weiße der leicht schräg stehenden Augen ging außen in ein unangenehmes und – ja, so war es – krebsartiges Schwarz über. Er sah wie der halb abgeschminkte unfreundlichste Clown der Welt aus.

»Ihre Zähne«, sagte Streeter benommen. »Sie haben *Spitzen.*«

»*Ihre Frage, Mr. Streeter?*«

»Wird Tom Goodhugh Krebs bekommen?«

Elvid starrte ihn einen Augenblick an, dann fing er zu kichern an. Der Laut war keuchend, staubig und unangenehm – wie das Geräusch einer verstummenden Dampforgel.

»Nein, Dave«, antwortete er. »Tom Goodhugh bekommt keinen Krebs. Nicht *er*.«

»Was dann? Was?«

Die Verachtung, mit der Elvid ihn musterte, bewirkte, dass Streeters Knochen sich schwach anfühlten – als hätte irgendeine schmerzlose, aber schrecklich korrosive Säure Löcher in sie hineingefressen. »Was kümmert Sie das? Sie hassen ihn, das haben Sie selbst gesagt.«

»Aber …«

»Sehen Sie zu. Warten Sie ab. *Genießen* Sie. Und nehmen Sie das hier.« Er gab Streeter eine Geschäftskarte. Unter dem Namen ÜBERKONFESSIONELLER KINDERFONDS stand die Adresse einer Bank auf den Kaimaninseln.

»Steueroase«, sagte Elvid. »Dorthin überweisen Sie meine fünfzehn Prozent. Wenn Sie schummeln, kriege ich das raus. Und dann wehe Ihnen, Kiddo!«

»Was ist, wenn meine Frau dahinterkommt und Fragen stellt?«

»Ihre Frau hat ein eigenes Scheckbuch. Mehr interessiert sie nicht. Sie verlässt sich auf Sie. Habe ich recht?«

»Nun …« Streeter sah, ohne überrascht zu sein, dass die Regentropfen, die Elvids Hände und Arme trafen, zischend verdampften. »Ja.«

»Natürlich habe ich recht. Wir sind fertig miteinander. Verschwinden Sie, fahren Sie zu Ihrer Frau zurück. Sie haben sie weiß Gott nicht verdient, aber ich bin mir sicher, dass sie Sie mit offenen Armen empfangen wird. Gehen Sie mit ihr ins Bett. Stellen Sie sich vor, Sie würden die Frau Ihres besten Freundes bumsen. Sie haben sie nicht verdient, aber Sie sind ein Glückspilz.«

»Was wäre, wenn ich es zurücknehmen wollte?«, flüsterte Streeter.

Elvid bedachte ihn mit einem kalten Grinsen, das einen Ring aus spitzen Kannibalenzähnen sehen ließ. »Das können Sie nicht.«

Das war im August 2001, weniger als einen Monat vor dem Einsturz der Twin Towers.

Im Dezember (am selben Tag, an dem Winona Ryder wegen Ladendiebstahls festgenommen wurde) erklärte Dr. Roderick Henderson Dave Streeter offiziell für krebsfrei – und außerdem für ein echtes Wunder der Neuzeit.

»Ich weiß keine Erklärung dafür«, sagte Henderson.

Streeter wusste eine, hielt aber den Mund.

Dieses Gespräch fand in Hendersons Praxis statt. In dem kleinen Sprechzimmer im Derry Home Hospital, in dem Streeter die ersten Bilder seines auf wundersame Weise geheilten Körpers gesehen hatte, saß Norma Goodhugh auf demselben Stuhl und betrachtete weniger erfreuliche Schichtaufnahmen. Sie hörte benommen zu, als ihr Arzt ihr mitteilte – so schonend wie möglich –, der Knoten in ihrer linken Brust sei tatsächlich Krebs, der bereits die Lymphdrüsen erfasst habe.

»Die Lage ist ernst, aber nicht hoffnungslos«, sagte der Arzt und ergriff über den Tisch hinweg Normas kalte Hand. Er lächelte. »Wir sollten sofort mit der Chemotherapie beginnen.«

Im Juni des folgenden Jahres wurde Streeter endlich befördert. May Streeter wurde zum Graduiertenstudium an der Columbia School of Journalism zugelassen. Um beides zu feiern, holten Streeter und seine Frau einen lange verschobenen Urlaub auf Hawaii nach. Sie schliefen oft miteinander. An ihrem letzten Tag auf Maui rief Tom Goodhugh an.

Die Verbindung war schlecht, und er konnte kaum verständlich sprechen, aber die Nachricht kam durch: Norma war gestorben.

»Wir sind für dich da«, versprach Streeter ihm.

Als er Janet die traurige Nachricht mitteilte, brach sie auf dem Bett zusammen und weinte mit vors Gesicht geschlagenen Händen. Streeter legte sich neben sie, hielt sie eng umarmt und dachte: *Tja, wir wollten ohnehin heimfliegen.* Und obwohl ihm Norma leidtat (und er Tom irgendwie bedauerte), hatte die Sache auch etwas Gutes: Sie hatten die Insektensaison verpasst, die in Derry scheußlich sein konnte.

Im Dezember schickte Streeter dem Überkonfessionellen Kinderfonds einen Scheck über etwas mehr als fünfzehntausend Dollar. In seiner Steuererklärung setzte er diesen Betrag als Spende ab.

Im Jahr 2003 schaffte Justin Streeter es an der Brown University auf die Liste des Dekans und erfand – nur so zum Spaß – ein Computerspiel, das er »Walk Fido Home« nannte. Zweck des Spiels war es, mit seinem angeleinten Hund aus dem Einkaufszentrum zurückzukommen und dabei Kamikazefahrern, Gegenständen, die von Balkonen im zehnten Stock fielen, und einer Horde verrückter alter Ladys auszuweichen, die sich Hundekiller-Omas nannten. Streeter erschien das als Witz (und Justin versicherte ihnen, es *sei* satirisch gemeint), aber Games, Inc., warf einen Blick darauf und zahlte ihrem gut aussehenden, gutmütigen Sohn eine dreiviertel Million Dollar für die Rechte. Plus Tantiemen. Jus kaufte seinen Eltern zwei identische Geländewagen Toyota Pathfinder, rosa für die Lady, blau für den Gentleman. Janet weinte und umarmte ihn und nannte ihn einen törichten, leichtsinnigen, großzügigen und absolut wundervollen Jungen. Streeter nahm ihn in Roxie's

Tavern mit und lud ihn zu einem Spotted Hen Micro-brew ein.

Im Oktober kam Carl Goodhughs Mitbewohner von einer Vorlesung am Emerson College zurück und fand Carl in der Küche ihrer Wohnung auf dem Bauch liegend vor, während das gegrillte Käsesandwich, das er sich hatte zubereiten wollen, noch in der Bratpfanne rauchte. Trotz seiner erst zweiundzwanzig Jahre hatte Carl einen Herzanfall erlitten. Die behandelnden Ärzte diagnostizierten einen angeborenen Herzfehler – irgendwas mit einer zu dünnwandigen Arterie –, der bis dahin unentdeckt geblieben war.

Carl starb nicht; sein Mitbewohner hatte ihn gerade noch rechtzeitig aufgefunden und mit Herz-Lungen-Massage reanimiert. Aber sein Gehirn war durch den Sauerstoffmangel geschädigt, und der intelligente, gut aussehende, sportliche junge Mann, der vor nicht sehr langer Zeit mit Justin Streeter Europa bereist hatte, war nur noch ein schlurfender Schatten seiner selbst. Er war inkontinent, verirrte sich, wenn er weiter als ein, zwei Straßen von zu Hause entfernt war (er war wieder zu seinem noch trauernden Vater gezogen), und seine Sprache war ein undeutliches Plärren, das nur Tom verstand. Goodhugh engagierte einen Betreuer für ihn, der Physiotherapie durchführte und dafür sorgte, dass Carl immer trocken und sauber war. Alle zwei Wochen machte er mit Carl einen »Ausflug«. Ihr häufigstes Ziel war das Wishful Dishful Ice Cream, wo Carl immer ein Pistazieneis bekam, das er sich ins ganze Gesicht schmierte. Anschließend wischte sein Betreuer ihn geduldig mit Feuchtservietten sauber.

Janet hörte auf, Streeter zum Abendessen bei Tom zu begleiten. »Ich halte das nicht aus«, gestand sie ihm. »Es liegt nicht daran, wie Carl schlurft oder sich manchmal in die Hose macht ... es ist der Blick in seinen Augen, als würde er sich erinnern, wie er war, und nicht genau wissen, wie er in den jetzigen Zustand geraten ist. Und ... ich weiß nicht ... auf seinem Gesicht steht immer ein *hoffnungsvoller* Ausdruck, der mir das Gefühl gibt, das ganze Leben sei ein Witz.«

Streeter wusste, was sie meinte, und dachte beim Abendessen mit seinem alten Freund (seit Norma nicht mehr da war, gab es meistens Take-away-Gerichte) oft über diese Vorstellung nach. Ihm machte es Spaß, Tom dabei zuzusehen, wie er seinen behinderten Sohn fütterte, und er genoss den hoffnungsvollen Ausdruck auf Carls Gesicht. Er schien zu besagen: »Das ist alles nur ein Traum, den ich habe, und ich werde bald aufwachen.« Jan hatte recht, das war ein Witz, aber irgendwie ein guter Witz.

Wenn man richtig darüber nachdachte.

Im Jahr 2004 bekam May Streeter einen Job beim *Boston Globe* und erklärte sich zum glücklichsten Mädchen der USA. Justin Streeter entwickelte »Rock the House«, das ein Dauerseller wurde, bis »Guitar Hero« es obsolet machte, aber inzwischen war Jus längst dabei, eine Kompositionssoftware namens »You Moog Me, Baby« zu entwickeln. Streeter selbst wurde zum Leiter seiner Bankfiliale ernannt, was ein Sprungbrett zu einem Regionalposten sein konnte. Er flog mit Janet nach Cancún, wo sie sich fabelhaft amüsierten. Sie fing an, ihn »mein Schmusehäschen« zu nennen.

Toms Chefbuchhalter bei Goodhugh Waste Recycling unterschlug zwei Millionen Dollar und verschwand mit unbekanntem Ziel. Die anschließende Buchprüfung zeigte, dass das Unternehmen finanziell auf sehr wackligen Beinen stand; diese Ratte von einem Buchhalter hatte anscheinend seit Jahren an dem Käse geknabbert.

Geknabbert?, dachte Streeter, als er die Meldung in den *Derry News* las. *Jedes Mal kräftig reingebissen dürfte eher stimmen.*

Tom sah nicht mehr wie Mitte dreißig, sondern wie sechzig aus. Und das schien er zu wissen, weil er aufgehört hatte, sich das Haar zu färben. Streeter war entzückt, als er sah, dass es unter der künstlichen Farbe nicht weiß geworden war; Goodhughs Haar war so stumpf und glanzlos grau wie Elvids Schirm, als er ihn zusammengerollt hatte. Die Haarfarbe, überlegte Streeter sich, der alten Männer, die man auf Parkbänken sitzen und die Tauben füttern sieht. Nennen wir sie einfach *Just for Losers*.

Im Jahr 2005 lernte Jacob der Footballspieler, der in der untergehenden Firma seines Vaters arbeitete, statt aufs College zu gehen (an dem er mit einem vollen Sportstipendium hätte studieren können), ein Mädchen kennen und heiratete es. Eine muntere kleine Brünette namens Cammy Dorrington. Das Ehepaar Streeter war sich darüber einig, es sei eine schöne Feier gewesen, obwohl Carl Goodhugh die ganze Zeit gejohlt, gebrabbelt und gegurgelt hatte und obwohl Goodhughs Älteste – Gracie – beim Hinausgehen auf der Treppe vor der Kirche über den Saum ihres Kleides stolperte, stürzte und sich einen doppelten Beinbruch zuzog. Bis dahin hatte Tom Goodhugh fast wie früher ausgesehen. Mit anderen Worten: glücklich. Streeter neidete ihm das bisschen Glück nicht. Er vermutete, dass selbst arme Sünder im Fegefeuer gelegentlich einen Schluck Wasser bekamen, und sei es nur, damit sie den ganzen Schrecken ungestillten Dursts würdigen konnten, wenn er wieder einsetzte.

Die Flitterwöchner flogen nach Belize. *Wetten, dass es dort die ganze Zeit regnet,* dachte Streeter. Das tat es zwar nicht, aber Jacob verbrachte den größten Teil der Woche in einem heruntergekommenen Krankenhaus, litt an einem heftigen Brechdurchfall und kackte in Papierwindeln. Er hatte nur abgefülltes Wasser getrunken, sich aber ein einziges Mal die Zähne mit Leitungswasser geputzt. »Mein eigener verdammter Fehler«, sagte er.

Im Irak fielen über achthundert US-Soldaten. Pech für diese Jungs und Mädels.

Tom Goodhugh bekam Gicht, begann zu humpeln, fing an, einen Stock zu benutzen.

Der diesjährige Scheck für den Überkonfessionellen Kinderfonds war verdammt hoch, aber Streeter reute das viele Geld nicht. Geben war seliger denn Nehmen. Das sagten alle guten Leute.

Im Jahr 2006 erkrankte Toms Tochter Gracie an Eiterfluss und verlor sämtliche Zähne. Außerdem verlor sie den Geruchssinn. An einem Abend kurz danach, bei Goodhughs und Streeters wöchentlichem Dinner (bei dem die beiden allein waren; Carls Betreuer war mit seinem Schützling auf einem »Ausflug«), brach Tom Goodhugh unvermittelt in Tränen aus. Statt Microbrews trank er jetzt Bombay Sapphire Gin und war ziemlich betrunken. »Ich verstehe nicht, was mit mir passiert ist!«, schluchzte er. »Ich komme mir vor wie … ich weiß nicht … wie der *gottverdammte Hiob*!«

Streeter umarmte und tröstete ihn. Er erklärte seinem alten Freund, dass die Wolken immer aufziehen, sich aber früher oder später wieder verziehen.

»Na ja, diese Wolken hängen schon beschissen lange hier!«, rief Goodhugh aus und hämmerte mit der geballten Faust auf Streeters Rücken. Aber das störte Streeter nicht. Sein alter Freund war nicht mehr so stark wie früher.

Charlie Sheen, Tori Spelling und David Hasselhoff ließen sich scheiden, aber in Derry feierten David und Janet Streeter ihren dreißigsten Hochzeitstag. Es gab eine große Party. Gegen Ende zu führte Dave seine Frau in den Garten. Er hatte ein Feuerwerk bestellt. Alle klatschten, nur Carl Goodhugh nicht. Er versuchte es, aber seine Hände verfehlten sich. Schließlich gab der frühere Emerson-Student die Klatscherei auf und zeigte nur noch johlend in den Nachthimmel.

Im Jahr 2007 wurde Kiefer Sutherland wegen Trunkenheit am Steuer zu einer Haftstrafe verurteilt (nicht zum ersten Mal), und Gracie Goodhugh-Dickersons Ehemann kam bei einem Verkehrsunfall ums Leben. Ein betrunkener Autofahrer geriet auf die Gegenfahrbahn, auf der Andy Dickerson aus dem Büro heimfuhr. Die gute Nachricht war, dass der Betrunkene nicht Kiefer Sutherland war. Die schlechte Nachricht war, dass Gracie Dickerson im vierten Monat schwanger und pleite war. Ihr Mann hatte seine Lebensversicherung gekündigt, um Geld zu sparen. Gracie zog wieder bei ihrem Vater und ihrem Bruder Carl ein.

»Bei ihrem Pech wird das Baby missgebildet geboren«, sagte Streeter eines Nachts, als er neben seiner Frau im Bett lag, nachdem sie miteinander geschlafen hatten.

»Still!«, rief Janet schockiert aus.

»Wenn man's sagt, trifft's nicht ein«, behauptete Streeter, und wenig später schliefen die beiden Schmusehäschen in enger Umarmung ein.

Der diesjährige Scheck für den Kinderfonds belief sich auf dreißigtausend Dollar. Streeter schrieb ihn ohne Gewissensbisse aus.

Gracies Baby wurde im Februar 2008 mitten in einem Schneesturm geboren. Die gute Nachricht war, dass es nicht missgebildet war. Die schlechte Nachricht war, dass es eine Totgeburt war. Dieser verdammte in der Familie liegende Herzfehler. Gracie – ohne Zähne, ohne Ehemann und ohne Geruchssinn – verfiel in eine tiefe Depression. Streeter fand, das beweise ihre grundlegende geistige Gesundheit. Wäre sie »Don't Worry, Be Happy« pfeifend herumgelaufen, hätte

er Tom geraten, alle scharfen Gegenstände im Haus wegzu-
sperren.

Ein Flugzeug mit zwei Musikern der Rockband blink-
182 stürzte ab. Schlechte Nachricht, vier Tote. Gute Nachricht, diesmal überlebten die Rocker zur Abwechslung ...
obwohl einer von ihnen später Selbstmord verüben würde.

»Ich habe Gott gegen mich aufgebracht«, sagte Tom bei
einem der Dinner, die die beiden Männer jetzt ihre »Jung-
gesellenabende« nannten. Streeter hatte Spaghetti von Cara
Mama mitgebracht und seinen Teller leergegessen. Tom
Goodhugh hatte sein Essen kaum angerührt. Nebenan sahen
Gracie und Carl *American Idol*, Grace finster schweigend,
der frühere Emerson-Student johlend und brabbelnd. »Ich
weiß nicht, wodurch, aber ich hab's getan.«

»Sag das nicht, weil es nämlich nicht stimmt.«

»Das weißt du nicht.«

»Doch, ich *weiß* es«, sagte Streeter nachdrücklich. »Du
redest dummes Zeug.«

»Wie du meinst, Kumpel.« Toms Augen füllten sich mit
Tränen. Sie liefen ihm über die Wangen. Eine blieb an seinem unrasierten Kinn hängen, baumelte einen Augenblick
dort und platschte dann in seine Spaghetti, die er kaum
angerührt hatte. »Ich danke Gott so sehr für Jacob. Mit
ihm ist alles in Ordnung. Arbeitet derzeit bei einem Fern-
sehsender in Boston, und seine Frau ist Buchhalterin im
Brigham and Women's. Sie kommen gelegentlich mit May
zusammen.«

»Das hört man gern«, sagte Streeter herzlich, während
er im Stillen hoffte, Jake werde seine Tochter nicht irgendwie durch seine Nähe anstecken.

»Und du kommst noch immer und besuchst mich. Ich
verstehe, was Jan fernhält, und nehm es ihr nicht übel,
aber ... ich freue mich auf diese Abende. Sie sind wie ein
Bindeglied zu den alten Zeiten.«

Ja, dachte Streeter, *zu den alten Zeiten, in denen du alles und ich Krebs hatte.*

»Du wirst immer mich haben«, sagte er und nahm eine von Goodhughs leicht zitternden Händen in seine. »Freunde bis zuletzt.«

2008 – was für ein Jahr! Heiliger Scheiß! Olympische Spiele in China! Chris Brown und Rihanna wurden Schmusehäschen! Banken brachen zusammen! Der Aktienmarkt war im Keller! Und im November schloss die Umweltschutzbehörde EPA den Mount Trashmore, Tom Goodhughs letzte Einnahmequelle. Die Behörde gab bekannt, sie beabsichtige, ein Verfahren wegen Grundwasserverseuchung und illegaler Lagerung von Krankenhausmüll einzuleiten. Die Zeitung *The Derry News* deutete an, es könne sogar ein Strafverfahren gegen den Deponiebetreiber geben.

Streeter fuhr abends oft zur Harris Avenue Extension hinaus und hielt Ausschau nach einem gelben Schirm. Er wollte nicht feilschen; er wollte nur ein bisschen quatschen. Aber er bekam den Schirm oder seinen Besitzer nie wieder zu sehen. Er war enttäuscht, aber nicht überrascht. Solche Geschäftemacher waren wie Haie; sie mussten in Bewegung bleiben, sonst gingen sie ein.

Er stellte einen Scheck aus und schickte ihn der Bank auf den Kaimaninseln.

Im Jahr 2009 schlug Chris Brown sein Schmusehäschen Nummer eins nach der Verleihung der Grammy Awards grün und blau, und einige Wochen später verprügelte Jacob Goodhugh, der Exfootballspieler, seine muntere Frau Cammy, nachdem sie in seiner Jackentasche ein bestimmtes Stück Damenunterwäsche und ein halbes Gramm Kokain entdeckt hatte. Als sie weinend auf dem Fußboden lag, nannte sie ihn einen Hundesohn. Jacob reagierte darauf, indem er ihr eine Fleischgabel in den Bauch stieß. Das bereute er sofort und rief die 911 an, aber der Schaden war da: Cammys Bauchdecke war an zwei Stellen durchstoßen. Bei der Polizei sagte er später aus, er könne sich an nichts erinnern. Er habe einen Blackout gehabt, sagte er.

Sein Pflichtverteidiger war zu dämlich, um eine Herabsetzung der Kaution zu erreichen. Jake Goodhugh appellierte an seinen Vater, der kaum imstande war, seine Ölrechnung zu bezahlen, und erst recht keinen teuren Bostoner Anwalt für seinen Sohn, der seine Frau misshandelt hatte, engagieren konnte. Goodhugh wandte sich an Streeter, der seinen alten Freund kaum ein Dutzend Worte seiner schmerzhaft eingeübten Rede sprechen ließ, bevor er *Machen wir!* sagte. Er dachte daran, wie Jacob seinen Alten so ungeniert auf die Wange geküsst hatte. Und weil er das Anwaltshonorar übernahm, konnte er den Strafverteidiger zu Jakes Geisteszustand befragen, der nicht gut war; er litt unter Schuldgefühlen und war zutiefst deprimiert. Der Anwalt erklärte Streeter, der Junge werde vermutlich fünf Jahre bekommen, davon hoffentlich drei auf Bewährung.

Wenn er wieder draußen ist, kann er heimkommen, dachte Streeter. *Er kann sich mit Gracie und Carl American Idol ansehen, wenn die Castingshow dann noch läuft. Was sie vermutlich tut.*

»Ich habe meine Versicherung«, sagte Tom Goodhugh eines Abends. Er hatte viel Gewicht verloren, und seine Kleidung hing sackartig an ihm. Seine Augen waren trübe. Er litt an Schuppenflechte und kratzte sich ruhelos die Arme, so dass auf der weißen Haut lange rote Kratzspuren zurückblieben. »Ich würde Selbstmord begehen, wenn ich dächte, ich könnte damit durchkommen, ihn wie einen Unfall aussehen zu lassen.«

»Solches Gerede will ich nicht hören«, sagte Streeter. »Bestimmt geht's bald wieder aufwärts.«

Im Juni kratzte Michael Jackson ab. Im August tat Carl Goodhugh es ihm nach, indem er an einem Stück Apfel erstickte. Sein Betreuer hätte den Heimlich-Handgriff durchführen und ihn retten können, aber der Betreuer war sechzehn Monate zuvor wegen Geldmangels entlassen worden. Gracie hatte Carl noch gurgeln hören, aber geglaubt, das sei »bloß sein üblicher Scheiß«, wie sie später sagte. Die gute Nachricht war, dass auch Carl eine Lebensversicherung hatte. Nur eine kleine, die aber immerhin die Bestattungskosten deckte.

Nach der Beerdigung (Tom Goodhugh schluchzte die ganze Zeit und klammerte sich haltsuchend an seinen alten Freund) hatte Streeter eine großzügige Anwandlung. Er ermittelte Kiefer Sutherlands Studioadresse und schickte ihm ein Big Book der Anonymen Alkoholiker. Es würde vermutlich gleich in den Müll fliegen (wie die zahllosen anderen Big Books, die Fans ihm im Lauf der Jahre geschickt hatten), aber man konnte nie wissen. Manchmal geschahen Wunder.

Anfang September 2009, an einem heißen Sommerabend, fuhren Streeter und Janet zu der Straße hinaus, die hinter dem Derry County Airport vorbeiführte. Auf dem mit Kies bestreuten Platz außerhalb des Metallzauns wartete niemand auf Kunden, also parkte er mit seinem blauen Pathfinder dort und legte den rechten Arm um seine Frau, die er inniger und rückhaltloser liebte als je zuvor. Die Sonne ging als rote Kugel unter.

Als er sich Janet zuwandte, sah er, dass sie weinte. Er drehte ihr Kinn zu sich her und küsste die Tränen feierlich weg. Davon musste sie lächeln.

»Was hast du, Schatz?«

»Ich habe an die Goodhughs gedacht. Ich habe nie eine Familie gekannt, die eine solche Pechsträhne hatte. *Pech?*«
Sie lachte humorlos. »*Desaster* wäre richtiger!«

»Ich kenne auch keine«, sagte er, »aber so was passiert ständig. Eine der bei dem Anschlag in Mumbai getöteten Frauen war schwanger, hast du das gewusst? Ihr Zweijähriger hat überlebt, wäre aber fast totgeschlagen worden. Und …«

Sie legte ihm zwei Finger auf die Lippen. »Pst! Nichts mehr davon. Das Leben ist nicht fair. Das wissen wir.«

»Doch, das *ist* es!« Streeter sprach ernst. Im Licht der untergehenden Sonne erschien sein Gesicht rosig gesund. »Sieh bloß mich an. Es hat eine Zeit gegeben, da hättest du nie geglaubt, dass ich das Jahr 2009 erleben würde, oder?«

»Ja, aber …«

»Und unsere Ehe, weiter stark wie eine eichene Tür. Oder täusche ich mich?«

Sie schüttelte den Kopf. Er täuschte sich nicht.

»Du hast angefangen, freiberuflich für die *Derry News* zu schreiben, May macht beim *Globe* Karriere, und unser Sohn der Computerfreak ist mit fünfundzwanzig ein Medienmogul.«

Sie begann wieder zu lächeln. Das erleichterte Streeter. Er hasste es, sie deprimiert zu sehen.

»Das Leben *ist* fair. Jeder von uns wird neun Monate lang im Becher durchgeschüttelt, dann fallen die Würfel. Manche Leute kriegen lauter Siebener. Andere Leute werfen leider nur zwei Einser. Aber so ist die Welt eben.«

Sie schlang die Arme um ihn. »Ich liebe dich, Schatz. Du siehst überall das Positive.«

Streeter zuckte bescheiden mit den Achseln. »Das Wahrscheinlichkeitsgesetz begünstigt Optimisten, das würde dir jeder Banker sagen. Letztlich gleichen die Dinge sich doch wieder aus.«

Die Venus erschien über dem Flughafen und funkelte vor dem dunkler werdenden Blau.

»Wünsch dir was!«, verlangte Streeter.

Janet schüttelte lachend den Kopf. »Was sollte ich mir wünschen? Ich habe alles, was ich will.«

»Ich auch«, sagte Streeter, und dann wünschte er sich mit fest auf die Venus gerichtetem Blick mehr davon.

EINE GUTE EHE

I

Das Einzige, wonach in lockerer Unterhaltung niemand fragt, dachte Darcy in den Tagen nach ihrem Fund in der Garage, war Folgendes: *Wie ist Ihre Ehe?* Die Leute fragten stattdessen: *Wie war Ihr Wochenende?* und *Wie war Ihr Trip nach Florida?* und *Wie geht's gesundheitlich?* und *Was machen die Kinder?* Manchmal fragten sie wohl auch: *Wie geht's, wie steht's?* Aber niemand fragte: *Wie ist Ihre Ehe?*

Gut, hätte sie vor jener Nacht auf diese Frage geantwortet. *Alles bestens.*

Sie war in dem Jahr, in dem John F. Kennedy zum Präsidenten gewählt wurde, als Darcellen Madsen (Darcellen, ein Name, den nur Eltern, die von einem frisch gekauften Buch mit Kindernamen fasziniert waren, lieben konnten) auf die Welt gekommen. Sie wuchs in Freeport, Maine, auf, als es noch eine Kleinstadt war, kein bloßes Anhängsel von L. L. Bean's, Amerikas erstem Superstore, und einem halben Dutzend weiterer übergroßer Einzelhandelsgeschäfte, die sich »Outlets« nannten (als wären sie Gullyabflüsse statt Verkaufsstellen). Sie besuchte die Freeport High School, dann die Addison Business School, wo sie eine Sekretärinnenausbildung erhielt. Angestellt wurde sie von der Firma Joe Ransome Chevrolet, die bei ihrem Ausscheiden im Jahr 1986 der größte Autohändler Portlands war. Sie war farblos, lernte aber von zwei etwas kultivierteren Freundinnen genügend Make-up-Tricks, um sich an Werktagen hübsch zu machen und an Freitag- und Samstagabenden, wenn sie als Gruppe ausgingen und im Lighthouse oder bei Mexican Mike's (wo es Livemusik gab) Margaritas tranken, geradezu aufzufallen.

Im Jahr 1982 heuerte Joe Ransome eine Steuerberatungsfirma aus Portland an, die ihm helfen sollte, seine kompliziert gewordene steuerliche Situation zu klären (»Die Art Problem, die man gern hätte«, hörte Darcy ihn zu einem der Seniorverkäufer sagen). Zwei Männer mit Aktenkoffer kamen heraus; der eine alt, der andere jung. Beide trugen eine Brille und konservative Anzüge; beide kämmten ihr Haar auf eine Weise aus der Stirn zurück, die Darcy an die Fotos in MEMORIES OF '54 erinnerte, das Highschool-Jahrbuch ihrer Mutter mit dem Bild (in Blindprägung) eines Jungen, der als Cheerleader mit einem Megafon am Mund den Kunstlederband schmückte.

Der jüngere Steuerberater war Bob Anderson. Sie kam am zweiten Tag seiner Arbeit im Haus mit ihm ins Gespräch und erkundigte sich im Lauf der Unterhaltung, ob er irgendwelche Hobbys habe. Ja, sagte er, er sei Numismatiker.

Er wollte ihr erklären, was das sei, aber sie sagte: »Ich weiß Bescheid. Mein Vater sammelt Lady-Liberty-Dimes und Büffelkopf-Nickels. Er sagt, dass sie sein numismatisches Steckenpferd sind. Haben Sie auch ein Steckenpferd, Mr. Anderson?«

Er hatte eines: Weizen-Pennys. Seine größte Hoffnung war es, eines Tages auf einen Cent aus dem Jahr 1955 mit Doppeldatum zu stoßen, der …

Aber auch das wusste sie. Diese Münze mit Doppeldatum war eine Fehlprägung. Eine *wertvolle* Fehlprägung.

Der junge Mr. Anderson, der mit dem dichten, sorgfältig gescheitelten braunen Haar, war von dieser Antwort entzückt. Er forderte sie auf, ihn Bob zu nennen. Später beim Lunch – den sie auf einer Bank hinter der Karosseriewerk-

statt im Sonnenschein einnahmen, Thunfisch auf Roggen-
brot für ihn, ein griechischer Salat in einer Tupperware-
schale für sie – fragte er, ob sie Lust habe, am Samstag
mit ihm auf einen Flohmarkt in Castle Rock zu gehen.
Er sei gerade in eine neue Wohnung eingezogen, sagte er,
und suche einen Sessel. Und einen Fernseher, wenn jemand
ein gutes Stück zu einem fairen Preis verkaufe. *Ein gutes
Stück zu einem fairen Preis* war eine Redewendung, die
ihr in den kommenden Jahren behaglich vertraut werden
würde.

Er war so farblos wie sie selbst, nur irgendein Kerl, an
dem man auf der Straße vorbeigehen würde, ohne ihn zu
bemerken, und würde niemals Make-up auftragen, um hübscher auszusehen ... aber an diesem Tag auf der Bank trug
er welches. Er errötete nämlich leicht, als er sie das fragte,
eben genug, um ihn lebhafter erscheinen zu lassen und ihm
etwas Farbe zu verleihen.

»Keine Münzsammlungen?«, neckte sie ihn.

Er lächelte und ließ dabei ebenmäßige Zähne sehen.
Kleine Zähne, gut gepflegt und weiß. Sie wäre nie auf die
Idee gekommen, der Gedanke an diese Zähne könnte sie
erschaudern lassen ... wieso denn auch?

»Einen hübschen Satz Münzen würde ich mir natürlich
ansehen«, sagte er.

»Vor allem Weizen-Pennys?« Noch immer neckend, aber
nur ein bisschen.

»Die ganz besonders. Möchten Sie kommen, Darcy?«

Sie kam. Und sie kam auch in ihrer Hochzeitsnacht. Danach nicht mehr so schrecklich oft, aber doch ab und zu.
Oft genug, um sich als normal und erfüllt zu empfinden.

Im Jahr 1986 wurde Bob befördert. Außerdem machte
er (von Darcy ermutigt und unterstützt) einen kleinen Versandhandel für amerikanische Sammlermünzen auf. Er war
von Anfang an erfolgreich und nahm ab 1990 auch Base-

ball-Tauschbilder und Erinnerungsstücke an alte Filme in sein Angebot auf. Er unterhielt kein Lager mit Plakaten, Filmprogrammen oder Schaukastenfotos, aber wenn Anfragen kamen, konnte er die gewünschten Sachen fast immer auftreiben. Nur war es in Wirklichkeit Darcy, die sie auftrieb, indem sie in jenen Tagen vor Einführung der Computer nämlich ihre übervolle Rolodex-Kartei benutzte, um Sammler in ganz Amerika anzurufen. Das Geschäft wurde nie groß genug, um eine Vollzeitkraft zu erfordern, aber das war in Ordnung. Keiner von ihnen wollte so etwas. Darin stimmten sie überein wie bei dem Haus, das sie später in Pownal kauften, oder bei den Kindern, als die Zeit kam, welche zu haben. Sie stimmten überein. Waren sie sich nicht einig, fanden sie einen Kompromiss. Meistens waren sie sich jedoch einig. Sie stimmten völlig überein.

Wie ist Ihre Ehe?

Sie war gut. Eine gute Ehe. Donnie wurde 1986 geboren – sie gab ihre Arbeit auf, um ihn zu bekommen, und nahm danach keinen Job mehr an, außer dass sie bei Anderson Coins & Collectibles mithalf –, und Petra wurde 1988 geboren. Unterdessen wurde Bob Andersons dichtes braunes Haar vom Wirbel ausgehend dünn, und im Jahr 2002, als Darcys Macintosh-Computer den gesamten Inhalt ihrer Rolodex-Kartei schluckte, hatte er dort oben eine große glänzende kahle Stelle. Er experimentierte mit verschiedenen Methoden, die verbliebenen Haare drüberzukämmen, was die kahle Stelle ihrer Meinung nach nur auffälliger machte. Und er irritierte sie, indem er zwei der magischen Alles-wächst-wieder-Mittel ausprobierte – Zeug von der Sorte, die von verschlagen aussehenden Propagandisten spätnachts im Kabelfernsehen vertrieben wurde (Bob Anderson war eine Art Nachteule geworden, als er ins mittlere Alter glitt). Er erzählte ihr nicht, dass er das Zeug bestellt hatte, aber sie teilten sich ein Schlafzimmer, und obwohl Darcy zu klein war, um ins obere Fach des Kleiderschranks sehen zu können, benutzte sie manchmal einen Hocker, um seine »Samstagshemden« – die T-Shirts, die er bei der Gartenarbeit trug – einzuräumen. Und da stand das Zeug: eine Flasche mit flüssigem Inhalt im Herbst 2004, ein Fläschchen mit kleinen grünen Gelkapseln ein Jahr später. Sie fand die Namen im Internet, und die Mittel waren nicht billig. Sie erinnerte sich, damals gedacht zu haben: *Das ist Magie natürlich nie.*

Aber irritiert oder nicht, sie hatte in Bezug auf die magischen Haarwuchsmittel den Mund gehalten – und auch in Bezug auf den gebrauchten Chevy Suburban, den er aus irgendeinem Grund ausgerechnet in dem Jahr kaufen musste, in dem die Benzinpreise wirklich zu steigen begannen. Wie er seinen Mund gehalten hatte, nahm sie an (eigentlich *wusste* sie das sogar), als sie auf guten Sommercamps für die Kinder, einer E-Gitarre für Donnie (er hatte zwei Jahre lang gespielt, lange genug, um überraschend gut zu werden, und dann plötzlich damit aufgehört) und Reitstunden für Petra bestanden hatte. Eine erfolgreiche Ehe war ein Balanceakt – das war etwas, was jeder wusste. Eine erfolgreiche Ehe hing auch davon ab, dass man viel Ärger hinunterschluckte – das war etwas, was *Darcy* wusste. Wie es in einem Song von Stevie Winwood hieß: *You just roll widdit, baby.*

Sie rollte mit. Und er auch.

Im Jahr 2004 nahm Donnie sein Studium an einem College in Pennsylvania auf. Ab 2006 studierte Petra am Colby College, ganz in der Nähe in Waterville. Unterdessen war Darcy Madsen-Anderson sechsundvierzig Jahre alt. Bob war neunundvierzig und betreute Jungpfadfinder gemeinsam mit dem Bauunternehmer Stan Morin, der eine halbe Meile von ihnen entfernt wohnte. Sie fand, ihr kahl werdender Ehemann sehe in Khakishorts und den braunen

Kniestrümpfen, die er zu den monatlichen Wildniswanderungen trug, ziemlich lächerlich aus, aber das sagte sie nie. Seine kahle Stelle war jetzt unübersehbar; die Brille hatte Bifokalgläser; sein Gewicht war von achtzig auf fünfundneunzig Kilo hochgeschnellt. In seiner Firma war er Partner geworden – Benson and Bacon hieß jetzt Benson, Bacon & Anderson. Ihr erstes Haus in Pownal hatten sie gegen ein luxuriöseres in Yarmouth eingetauscht. Darcys Busen, einst klein und fest und hoch (ihr bestes Stück, hatte sie immer gefunden; sie hatte nie wie eine Serviererin in einer Oben-ohne-Kneipe aussehen wollen), war jetzt größer, nicht mehr so fest und sackte natürlich herab, wenn sie abends ihren BH ablegte – was konnte man anderes erwarten, wenn man sich der Fünfzigermarke näherte? –, aber hin und wieder trat Bob noch von hinten an sie heran und umfasste ihn. Ab und zu kam es im oberen Schlafzimmer mit Blick auf ihr friedliches, fast einen Hektar großes Stück Land zu einem vergnüglichen Zwischenspiel, und wenn er ein bisschen vorschnell war und sie oft unbefriedigt ließ, war oft nicht immer, und die Befriedigung, ihn danach umarmt zu halten, seinen warmen Männerkörper zu spüren, während er neben ihr eindöste … diese Befriedigung versagte nie. Es war, vermutete sie, die Befriedigung zu wissen, dass sie noch immer zusammen waren, was andere nicht mehr waren; die Befriedigung zu wissen, dass ihre Ehe, während sie auf die Silberhochzeit zusteuerten, weiter auf Kurs war.

Im Jahr 2009, fünfundzwanzig Jahre nach ihrem Jawort in einer kleinen Baptistenkirche, die es nicht mehr gab (wo sie gestanden hatte, lag jetzt ein Parkplatz), schmissen Donnie und Petra im The Birches in Castle View eine Überraschungsparty für sie. Es gab über fünfzig Gäste, Champagner (vom Feinsten), Filetspitzen, einen dreistöckigen Kuchen. Das Jubelpaar tanzte wie damals bei der Hochzeit zu Kenny Loggins' »Footlose«. Die Gäste beklatschten Bobs getanzten Breakaway, den sie ganz vergessen hatte, bis sie ihn wieder sah, und seine noch immer elegante Ausführung gab ihr einen kleinen Stich ins Herz. Nun, das war ganz natürlich; obwohl er jetzt einen Bauch hatte, der zu der peinlichen (zumindest *ihm* peinlichen) kahlen Stelle passte, war er für einen Steuerberater noch immer extrem flink auf den Beinen.

Aber alles das war nur Geschichte, der Stoff, aus dem Nachrufe waren, und sie waren noch zu jung, um an *die* zu denken. Es ignorierte die Details einer Ehe, und solche gewöhnlichen Mysterien waren nach ihrer Überzeugung (ihrer *festen* Überzeugung) der Kitt, der eine Partnerschaft dauerhaft machte. Wie damals, als sie verdorbene Shrimps gegessen und sich die ganze Nacht hatte übergeben müssen: auf der Bettkante sitzend, während ihr schweißnasses Haar ihr im Nacken klebte und Tränen über ihr hektisch gerötetes Gesicht liefen. Bob hatte neben ihr gesessen, geduldig den Eimer gehalten und ihn nach jedem Spuckanfall ins Bad getragen und ausgespült – damit ihr von dem Geruch nicht noch schlechter wurde, hatte er gesagt. Er hatte den Wagen warm laufen lassen, um sie um sechs Uhr am nächsten Morgen in die Notaufnahme zu fahren, als die schreckliche Übelkeit dann endlich abzuklingen begann. Er hatte sich bei B, B & A krankgemeldet; außerdem hatte er eine Geschäftsreise nach White River abgesagt, um ihr für den Fall, dass die Übelkeit zurückkam, zur Seite stehen zu können.

Solche Dinge basierten auf Gegenseitigkeit; was dem einen dieses Jahr recht war, war dem anderen nächstes Jahr billig. Sie hatte mit ihm im St. Stephen's Hospital im Wartezimmer gesessen – das war 1994 oder 95 gewesen –, um auf das Ergebnis der Gewebeuntersuchung zu warten, nachdem er (beim Duschen) eine verdächtige Schwellung unter der linken Achsel entdeckt hatte. Der Test war negativ gewesen, die Diagnose eine entzündete Lymphdrüse. Die Schwellung hatte noch ungefähr einen Monat angehalten, dann war sie von selbst zurückgegangen.

Der Anblick eines Kreuzworträtselhefts auf seinen Knien, das durch die halb geöffnete Badezimmertür zu sehen war, während er auf der Toilette saß. Der Geruch von Rasierwasser auf seinen Wangen, der bedeutete, dass der Suburban ein bis zwei Tage nicht in ihrer Einfahrt stehen und seine Hälfte des Betts ein bis zwei Nächte leer bleiben würde, weil er die Buchhaltung irgendeiner Firma in Vermont oder New Hampshire in Ordnung bringen musste (B, B & A hatte jetzt Klienten in allen nördlichen Neuenglandstaaten. Manchmal bedeutete der Duft eine Reise zur Besichtigung einer Münzsammlung bei einer Nachlassversteigerung, weil nicht alle An- und Verkäufe ihrer numismatischen Nebentätigkeit am Computer abgewickelt werden konnten, das wussten sie beide. Der Anblick seines alten schwarzen Rollenkoffers, den er hartnäckig behielt, sosehr sie auch nörgelte, im Dielenschrank. Seine Pantoffeln am Fußende des Betts, einer immer in den anderen gesteckt. Das Glas Wasser mit der orangeroten Vitaminpille daneben auf der neuesten Ausgabe von *Coin & Currency Collecting*. Wie er immer »draußen ist mehr Platz als drinnen« sagte, wenn er gerülpst hatte, und »Vorsicht, Gasangriff!«, nachdem er einen hatte fahrenlassen. Sein Mantel am ersten Haken in der Diele. Das Bild seiner Zahnbürste im Spiegel (er hätte weiter die aus dem ersten Ehejahr benutzt, glaubte Darcy, wenn sie sie nicht regelmäßig ersetzt hätte). Seine Angewohnheit, sich beim Essen nach jedem zweiten oder dritten Bissen die Lippen mit der Serviette abzutupfen. Sein sorgfältig gepacktes Marschgepäck (immer mit einem zusätzlichen Kompass), bevor Stan und er mit einer Gruppe von Neunjährigen den Dead Man's Trail in

Angriff nahmen – einen entsetzlich gefährlichen Treck durch die Wälder, der hinter dem Einkaufszentrum Golden Grove begann und bei Weinberg's Used Car City endete. Der Anblick seiner Fingernägel, immer kurz und sauber. Der Geschmack von Dentyne-Mundwasser, wenn sie sich küssten. Aus diesen und zehntausend weiteren Dingen bestand die geheime Geschichte ihrer Ehe.

Sie wusste, dass er seine eigene Geschichte von ihr haben musste: mit allem von dem Lippenbalsam mit Zimtgeschmack, den sie im Winter benutzte, bis zum Duft ihres Shampoos, wenn er ihren Nacken küsste (das passierte jetzt nicht mehr so oft, aber hin und wieder doch), und dem Klicken ihrer Computertastatur um zwei Uhr morgens in jenen zwei bis drei Nächten im Monat, in denen sie aus irgendeinem Grund keinen Schlaf fand.

Jetzt waren es siebenundzwanzig Jahre oder – sie hatte sich eines Tages damit amüsiert, das mit der Rechnerfunktion ihres Computers auszurechnen – neuntausendachthundertfünfundfünfzig Tage. Fast eine Viertelmillion Stunden und über vierzehn Millionen Minuten. Natürlich war er zur Arbeit außer Haus gewesen, und sie hatte selbst einige Reisen gemacht (die traurigste nach Minneapolis, um bei ihren Eltern zu sein, nachdem ihre Schwester Brandolyn auf tragische Weise tödlich verunglückt war), aber meistens waren sie zusammen gewesen.

Wusste sie alles über ihn? Natürlich nicht. So wenig, wie er alles über sie wusste – beispielsweise wie sie manchmal (meist an Regentagen oder in den Nächten, in denen sie nicht schlafen konnte) Butterfinger oder Baby Ruths verschlang, weiter Schokoriegel in sich hineinstopfte, wenn sie schon längst keine mehr wollte, sogar noch, wenn ihr davon bereits schlecht war. Oder dass sie den neuen Briefträger irgendwie süß fand. Alles konnte man niemals wissen, aber sie glaubte, nach siebenundzwanzig Jahren alles

Wichtige zu wissen. Es war eine gute Ehe, eine der etwa fünfzig Prozent, die über so lange Zeit hinweg gehalten hatten. Das glaubte sie auf dieselbe unreflektierte Weise, wie sie glaubte, die Schwerkraft werde sie auf der Erde halten, wenn sie den Gehsteig entlangging.

Bis zu jener Nacht in der Garage.

2

Die TV-Fernbedienung gab den Geist auf, und im Küchenschrank links neben dem Ausguss fanden sich keine AA-Batterien. Dort lagen Batterien der Größen C und D, sogar eine ungeöffnete Packung der klitzekleinen AAA-Batterien, aber keine verflixten Drecksbatterien der Größe AA. Also ging sie in die Garage hinaus, weil sie wusste, dass Bob dort Duracells gebunkert hatte, und das war alles, was erforderlich war, um ihr gesamtes Leben zu verändern. Als ob jeder in der Luft wäre, *hoch* oben in der Luft. Ein lächerlicher kleiner Schritt in die falsche Richtung, und schon stürzte man ab.

Zwischen Küche und Garage verlief ein gedeckter Verbindungsgang. Darcy hastete ihn entlang, hielt sich den Hausmantel mit einer Hand am Hals zu – vor zwei Tagen war das lange außergewöhnlich warme Spätherbstwetter umgeschlagen, und jetzt schien es eher November als Oktober zu sein. Der Wind schnappte nach ihren Fesseln. Sie hätte lieber Socken und eine Hose anziehen sollen, aber *Two and a Half Men* würde in weniger als fünf Minuten kommen, und der verflixte Fernseher steckte bei CNN fest. Wäre Bob da gewesen, hätte sie ihn gebeten, das Programm manuell zu wechseln – dafür gab es irgendwo Knöpfe, vermutlich auf der Rückseite, wo sie nur ein

Mann finden konnte –, und ihn dann hinausgeschickt, damit er Batterien holte. Schließlich war die Garage vor allem sein Reich. Darcy betrat sie nur, um ihren Wagen hinauszufahren – und auch das nur bei schlechtem Wetter; sonst parkte sie auf der Wendefläche der Einfahrt. Aber Bob war in Montpelier, um eine Sammlung Stahlpennys aus dem Zweiten Weltkrieg zu begutachten, und sie war, zumindest vorübergehend, allein für die *Casa* Anderson verantwortlich.

Sie fummelte nach den drei Schaltern neben der Tür, fand sie und drückte sie mit dem Handballen hoch. Die Neonröhren an der Decke flammten summend auf. Die Garage war geräumig und sauber, das Werkzeug hing an Haken in Lochplatten, und Bobs Werkbank war ordentlich aufgeräumt. Der Zementestrich des Fußbodens war in Schlachtschiffgrau gestrichen. Auf dem Fußboden waren keine Ölflecken zu sehen, Bob sagte, Ölflecken bedeuteten, dass die Leute, denen die Garage gehörte, Schrottautos fuhren oder Wartungsarbeiten schlampig ausführten. Der ein Jahr alte Prius, mit dem er werktags nach Portland pendelte, stand hier; nach Vermont war er mit seinem SUV-Dinosaurier gefahren, der schon viele Meilen auf dem Tacho hatte. Ihr Volvo war draußen geparkt.

»Es ist genauso leicht reinzufahren«, hatte Bob mehr als einmal gesagt (nach siebenundzwanzig Ehejahren waren originelle Kommentare eher dünn gesät). »Du brauchst nur den Toröffner an der Sonnenblende zu benutzen.«

»Ich habe ihn lieber dort, wo ich ihn sehen kann«, antwortete sie immer, obwohl sie in Wirklichkeit befürchtete, sie könnte beim Zurückstoßen den linken oder rechten Torrahmen streifen. Sie hasste das Rückwärtsfahren. Und sie vermutete, dass er das wusste ... genau wie sie wusste, dass er merkwürdig zwanghaft darauf achtete, Banknoten immer richtig herum in seine Geldbörse zu stecken, und nie ein

Buch auf dem Gesicht liegen ließ, wenn er eine Lesepause machte – das schade dem Buchrücken, sagte er dann.

Wenigstens war die Garage warm; große silberne Blechröhren (wahrscheinlich hießen sie Warmluftkanäle, aber Darcy war sich ihrer Sache nicht ganz sicher) verliefen kreuz und quer unter der Decke. Sie trat an die Werkbank, auf der mehrere sauber beschriftete quadratische Blechdosen aufgereiht waren: SCHRAUBEN, MUTTERN, SCHARNIERE, HASPEN & WINKEL, DICHTUNGEN und – das fand sie geradezu rührend – KRIMSKRAMS. An der Wand hing ein Kalender mit einer Badenixe aus *Sports Illustrated*, die deprimierend jung und sexy aussah; links neben dem Kalender waren mit Reißzwecken zwei Fotos befestigt. Eines war ein alter Schnappschuss von Donnie und Petra auf dem Little-League-Feld in Yarmouth, beide in Trikots der Boston Red Sox. Darunter hatte Bob mit Magic Marker **DIE HEIMMANNSCHAFT, 1999** geschrieben. Das andere Foto, viel neuer, zeigte die fast zu einer Schönheit herangewachsene Petra mit ihrem Verlobten Michael, der einen Arm um sie gelegt hatte, in Old Orchard Beach vor einem Muschelstand. Unter diese Aufnahme hatte Bob mit Magic Marker geschrieben: **DAS GLÜCKLICHE PAAR!**

Das Schränkchen mit den Batterien trug einen Dymo-Tape-Streifen mit dem Wort ELEKTROKRAM und hing links neben den Fotos. Darcy bewegte sich in diese Richtung, ohne darauf zu achten, wohin sie ging – weil sie sich auf Bobs fast manische Ordnungsliebe verließ –, und stolperte über einen nicht ganz unter die Werkbank geschobenen Karton. Sie taumelte und klammerte sich dann im letzten Augenblick an die Werkbank. Sie brach sich dabei einen Fingernagel ab – schmerzhaft und ärgerlich –, bewahrte sich aber vor einem hässlichen Sturz, was gut war. *Sehr gut,* wenn man bedachte, dass niemand im Haus gewesen wäre, um die Notrufnummer zu wählen, wenn sie mit dem Kopf auf den Fußboden geknallt wäre, der zwar sauber und ölfrei, aber extrem hart war.

Sie hätte den Karton einfach mit dem Innenrist unter die Werkbank zurückschieben können – das würde sie später erkennen und angestrengt darüber nachgrübeln wie ein Mathematiker, der eine abstrus komplizierte Gleichung zu lösen versuchte. Schließlich hatte sie es eilig. Aber sie sah oben in dem Karton einen Strickwarenkatalog von Pattern-works und kniete nieder, um ihn an sich zu raffen und mit den Batterien ins Haus mitzunehmen. Aber als sie ihn her-ausnahm, lag darunter ein Katalog von Brookstone, den sie verlegt zu haben glaubte. Und darunter Paula Young ... Talbots ... Forzieri ... Bloomingdale's ...

»Bob!«, rief sie, nur kam sein Name in zwei empörten Silben heraus (wie manchmal, wenn er Schmutz ins Haus schleppte oder seine nassen Handtücher auf dem Fußboden im Bad liegen ließ, als wäre dies ein Luxushotel mit Zim-mermädchen), nicht wie *Bob*, sondern als *BO-hob!* Weil sie wirklich in ihm lesen konnte wie in einem Buch. Er fand, sie bestelle zu viel aus Versandhauskatalogen, hatte einmal sogar behauptet, sie sei süchtig nach ihnen (was lächerlich war; es waren Butterfinger, nach denen sie süchtig war). Diese kleine psychologische Analyse hatte ihm eine zwei-tägige kalte Schulter eingebracht. Aber er wusste, wie ihr Verstand arbeitete und dass sie bei Dingen, die nicht unbe-dingt lebenswichtig waren, das originale »Aus den Augen, aus dem Sinn«-Mädchen war. Daher hatte er ihre Kata-loge eingesammelt, der Leisetreter, und hier aufbewahrt. Als Nächstes wären sie vermutlich in den Papiercontainer geflogen.

Danskin ... Express ... Computer Outlet ... *Macworld* ... Monkey Ward ... Layla Grace ...

Je tiefer sie grub, desto empörter wurde sie. Man hätte glauben können, sie stünden wegen ihrer Verschwendungssucht am Rand des Bankrotts, was absoluter Bockmist war. *Two and a Half Men* war längst vergessen; sie überlegte bereits, wie sie Bob die Meinung sagen würde, wenn er aus Montpelier anrief (er rief immer an, wenn er zu Abend gegessen hatte und wieder in seinem Motel war). Aber als Erstes würde sie alle diese Kataloge in das verflixte Haus zurückschaffen, auch wenn sie dazu drei- oder viermal gehen musste, weil der Stapel mindestens einen halben Meter hoch und diese Hochglanzkataloge *schwer* waren. Wirklich kein Wunder, dass sie über den Karton gestolpert war.

Tod durch Kataloge, dachte sie. *Was für eine verrückte Art, aus dem Leben …*

Dieser Gedanke brach so sauber ab wie ein dürrer Ast. Sie hatte beim Nachdenken weitergeblättert, war jetzt im zweiten Viertel des Stapels und stieß unter Gooseberry Patch (County Décor) auf etwas, das kein Katalog war. Nein, überhaupt kein Katalog. Es war ein Magazin, das *Bondage Bitches* hieß. Sie nahm es beinahe nicht heraus und hätte es vermutlich nicht angefasst, wenn sie es in einer seiner Schubladen oder in dem oberen Fach bei den Wunderhaarwuchsmitteln gefunden hätte. Aber weil sie es hier fand, in einem Stapel von mindestens zweihundert Katalogen – *ihren* Katalogen – versteckt … nun, darin lag etwas, was über die Verlegenheit hinausging, die ein Mann wegen bizarrer sexueller Vorlieben empfinden mochte.

Die Frau auf dem Cover war an einen Stuhl gefesselt und bis auf eine schwarze Kapuze nackt, aber die Kapuze bedeckte nur ihre obere Gesichtshälfte, so dass zu sehen war, wie sie schrie. Sie war mit dicken Stricken gefesselt, die in Brüste und Bauch einschnitten. An Kinn, Hals und Armen hatte sie Theaterblut. Unten auf dem Cover stand in schrillem Gelb eine widerliche Anpreisung: **BAD BITCH**

BRENDA WOLLTE ES HABEN UND KRIEGT ES AUF SEITE 49!

Darcy hatte nicht die Absicht, Seite neunundvierzig oder irgendeine andere Seite aufzuschlagen. Sie erklärte sich bereits selbst, was das war: *männlicher Forscherdrang*. Darüber Bescheid wusste sie aus einem Artikel im *Cosmo*, den sie beim Zahnarzt im Wartezimmer gelesen hatte. Eine Frau hatte an einen der vielen Ratgeber der Zeitschrift geschrieben (in diesem Fall an die fest angestellte Psychologin, die auf das oft rätselhafte Sexualleben von Männern spezialisiert war), weil sie im Aktenkoffer ihres Mannes ein paar Schwulenmagazine gefunden hatte. Sehr deutliche Darstellungen, hatte die Leserin geschrieben, und nun mache sie sich Sorgen, ihr Mann könne heimlich schwul sein. Aber wenn er das sei, fügte sie hinzu, verberge er das im Schlafzimmer recht gut.

Keine Sorge, sagte die Briefkastentante. Männer seien von Natur aus abenteuerlustig, und viele von ihnen interessierten sich für sexuelle Verhaltensweisen, die alternativ – schwuler Sex an erster Stelle, gleich dahinter Gruppensex – oder fetischistisch seien: Natursekt, Crossdressing, Sex in der Öffentlichkeit, Latex. Und natürlich Bondage. Sie hatte hinzugefügt, es gebe auch Frauen, die von Bondage fasziniert seien, was Darcy ein Rätsel gewesen war, aber sie hätte als Erste zugegeben, nicht alles zu wissen.

Männlicher Forscherdrang, mehr steckte nicht dahinter. Vielleicht hatte er das Magazin an irgendeinem Zeitungsstand gesehen (als Darcy sich diesen speziellen Titel an einem Zeitungsstand vorzustellen versuchte, streikte allerdings ihr Verstand) und war neugierig gewesen. Oder vielleicht hatte er es in einem Tankstellenshop aus einem Abfallkorb geangelt. Er hatte es mit nach Hause genommen, hatte es hier draußen in der Garage durchgeblättert, war ebenso entsetzt gewesen wie sie (das Blut an dem

Covergirl war offensichtlich nicht echt, aber ihr Schrei wirkte sehr real) und hatte es in diesem fürs Altpapier bestimmten riesigen Katalogstapel versteckt, damit sie es nicht finden und ihm deswegen Vorwürfe machen würde. Das war alles, ein Einzelfall. Blätterte sie die restlichen Kataloge durch, würde sie nichts Vergleichbares finden. Vielleicht ein paar Hefte von *Penthouse* – sie wusste, dass die meisten Männer auf Spitzen und Seide standen, und Bob war da keine Ausnahme –, aber nichts mehr im Genre von *Bondage Bitches.*

Als sie den Titel erneut betrachtete, fiel ihr etwas Seltsames auf: Er trug keinen Preisaufdruck. Auch keinen Strichcode. Weil sie neugierig war, was solch ein Magazin kosten konnte, sah sie sich die Rückseite an und zuckte wegen des dortigen Bildes noch mal zusammen: eine nackte Blondine war auf etwas festgeschnallt, was ein stählerner Operationstisch zu sein schien. Ihr entsetzter Gesichtsausdruck wirkte jedoch ungefähr so echt wie ein Dreidollarschein, was irgendwie beruhigend war. Und der Dicke, der mit etwas, was wie ein Ginsu-Messer aussah, über ihr stand, sah mit den Armstulpen und dem Lederslip ebenso lächerlich aus – mehr wie ein Buchhalter als jemand, der gleich die Bondage Bitch *du jour* zerstückeln würde.

Bob ist ein Buchhalter, warf ihr Verstand ein.

Ein dummer Gedanke aus dem leider nur allzu großen Dummen Bereich ihres Gehirns. Sie schob ihn von sich weg, genau wie sie das bemerkenswert widerliche Magazin wieder unter die Kataloge schob, nachdem sie sich davon überzeugt hatte, dass auch hinten kein Preis aufgedruckt war. Und als sie den Karton unter die Werkbank zurückschob – sie wollte die Kataloge nun doch nicht ins Haus mitnehmen –, fiel ihr die Lösung des Kein-Preis/kein-Strichcode-Rätsels ein. Es handelte sich um eines der Magazine, die in einer festen Plastikhülle verkauft wurden, die alle anstößigen Teile abdeckte. Preis und Strichcode waren auf der Hülle gewesen, so war es natürlich, wie hätte es sonst sein sollen? Er musste das verflixte Ding ja irgendwo gekauft haben, wenn er es nicht aus dem Müll geangelt hatte.

Vielleicht hat er es übers Internet gekauft. Bestimmt gibt es Anbieter, die auf solchen Schund spezialisiert sind. Von jungen Frauen, die wie Zwölfjährige angezogen und zurechtgemacht sind, ganz zu schweigen.

»Schon gut«, sagte sie und nickte einmal knapp. Damit wäre das erledigt, abgehakt, aus und vorbei. Würde sie ihren Fund am Telefon erwähnen, wenn er später anrief – oder nach seiner Rückkehr –, würde er beschämt und defensiv reagieren. Er würde sie wahrscheinlich sexuell naiv nennen, was sie vermutlich auch war, und ihr eine Überreaktion vorwerfen, die sie aber unbedingt vermeiden wollte. Was sie tun wollte, war: *Roll widdit, Baby.* Eine Ehe glich einem ständig im Bau befindlichen Haus, das jedes Jahr um neue Zimmer erweitert wurde. Eine Ehe im ersten Jahr war ein Cottage; nach siebenundzwanzig Jahren war sie eine riesige, weitläufige Villa. Darin musste es Winkel und Lagerräume geben, von denen manche ein paar unangenehme Relikte enthielten, die man lieber nicht gefunden hätte. Aber das war kein Drama. Man warf diese Relikte auf den Müll oder gab sie für karitative Zwecke im Goodwill Store ab.

Dieser Gedanke (der ihr schlüssig erschien) gefiel ihr so gut, dass sie ihn laut aussprach: »Kein Drama.« Und um sich das zu beweisen, schob sie den Karton mit beiden Händen kräftig an, so dass er bis an die Wand rutschte.

Wo ein Poltern zu hören war. Was war das?

Ich will's gar nicht wissen, sagte sie sich, und war sich ziemlich sicher, dass dieser Gedanke nicht aus dem Dummen, sondern aus dem Cleveren Bereich kam. Unter der

Werkbank war es düster, und es konnte dort Mäuse geben. Selbst in einer aufgeräumten Garage wie dieser konnte es Mäuse geben, vor allem mit Beginn der kalten Jahreszeit, und eine in die Enge getriebene Maus konnte beißen.

Darcy stand auf, klopfte sich die Knie ab und verließ in ihrem Hausmantel die Garage. Auf halbem Weg ins Haus hörte sie das Telefon klingeln.

3

Sie war schon in der Küche, bevor der Anrufbeantworter sich einschaltete, aber sie wartete. Wenn es Bob war, würde sie das Gerät antworten lassen. Sie wollte nicht gleich jetzt mit ihm reden. Sie befürchtete, er könnte etwas in ihrer Stimme hören. Er würde annehmen, sie sei zum Laden an der Ecke oder vielleicht zum Video Village gefahren, und in einer Stunde noch einmal anrufen. In einer Stunde, wenn ihre unangenehme Entdeckung Zeit gehabt hatte, sich etwas zu setzen, würde sie wieder weitgehend normal sein, so dass sie sich angenehm unterhalten konnten.

Aber es war nicht Bob, es war Donnie. »Ach, Mist, eigentlich wollte ich mit euch reden.«

Sie nahm den Hörer ab, lehnte sich an die Arbeitsplatte und sagte: »Dann red. Ich war nur in der Garage.«

Donnie sprudelte geradezu über vor Neuigkeiten. Er lebte jetzt in Cleveland, Ohio, und nach zweijähriger undankbarer Plackerei in untergeordneter Stellung in der größten Werbeagentur der Stadt hatten sein Freund und er beschlossen, sich selbstständig zu machen. Bob hatte ihm nachdrücklich davon abgeraten und Donnie erklärt, sein Partner und er hätten keine Chance, den Gründerkredit zu bekommen, den sie brauchten, um das erste Jahr zu überstehen.

»Wach auf!«, hatte er gesagt, nachdem Darcy ihm das Telefon übergeben hatte. Das war im zeitigen Frühjahr gewesen, als sich unter Bäumen und Büschen im Garten noch vereinzelte Schneereste gehalten hatten. »Du bist vierundzwanzig, Donnie, und dein Kumpel Ken ist so alt wie du. Ihr beiden Lümmel könnt noch ein weiteres Jahr lang keine Kaskoversicherung für eure Autos bekommen, nur eine Haftpflichtversicherung. Keine Bank gibt euch siebzigtausend Dollar Gründerkredit – erst recht nicht in diesen schwierigen Zeiten.«

Aber sie *hatten* den Kredit bekommen, und jetzt hatten sie zwei Großkunden gewonnen, beide am gleichen Tag. Einer war ein Autohändler, der einen neuen Ansatz für eine Werbekampagne suchte, die Mittdreißiger ansprechen sollte. Der andere war dieselbe Bank, die Anderson & Hayward den Gründerkredit gewährt hatte. Donnie jubelte geradezu, und seine Mutter stimmte freudig ein. Sie sprachen ungefähr zwanzig Minuten miteinander. Einmal wurde ihr Gespräch durch das Doppelpiepsen unterbrochen, mit dem ein eingehender Anruf gemeldet wurde.

»Willst du den annehmen?«, fragte Donnie.

»Nein, das ist nur dein Vater. Er ist in Montpelier und besichtigt eine Sammlung von Stahlpennys. Er ruft noch mal an, bevor er ins Bett geht.«

»Wie geht's ihm denn?«

Gut, dachte sie. *Entwickelt neue Interessen.*

»Aufrecht und die Luft schnüffelnd«, sagte sie. Das war einer von Bobs Lieblingsausdrücken, und er brachte Donnie zum Lachen. Sie liebte es, ihn lachen zu hören.

»Und Pets?«

»Ruf an und frag sie selbst, Donald.«

»Das werde ich, das werde ich. Irgendwann komme ich schon dazu. Bis dahin reicht mir eine Kurzfassung.«

»Ihr geht es sehr gut. Macht Heiratspläne.«

»Man könnte glauben, die Hochzeit wäre schon nächste Woche – nicht erst im kommenden Juni.«

»Donnie, wenn du dich nicht bemühst, Frauen zu verstehen, wirst du nie heiraten.«

»Das hat keine Eile. Ich amüsiere mich zu gut.«

»Aber hoffentlich vorsichtig.«

»Ich bin sehr vorsichtig und sehr höflich. Ich muss jetzt weg, Ma. In einer halben Stunde treffe ich mich mit Ken auf einen Drink. Wir wollen mit dem Brainstorming wegen dieser Autosache anfangen.«

Sie hätte ihn beinahe ermahnt, nicht zu viel zu trinken, hielt sich aber gerade noch zurück. Er sah vielleicht noch immer wie ein Highschool-Junior aus, und ihr stand sehr deutlich vor Augen, wie er als Fünfjähriger in einem roten Cordsamtjumper unermüdlich mit seinem Roller auf den betonierten Wegen im Joshua Chamberlain Park in Pownal unterwegs gewesen war, aber jetzt war er keiner dieser Jungen mehr. Er war ein junger Mann und – so unwahrscheinlich das klingen mochte – ein Jungunternehmer, der seinen Weg machen würde.

»Okay«, sagte sie. »Danke für den Anruf, Donnie. Es war schön, mit dir zu reden.«

»Gleichfalls. Bestell dem alten Knaben einen schönen Gruß von mir, wenn er anruft.«

»Wird gemacht.«

»Aufrecht und die Luft schnüffelnd«, sagte Donnie und kicherte. »Wie vielen Jungpfadfindern er das wohl beigebracht hat?«

»Bestimmt allen.« Darcy öffnete den Kühlschrank, um zu sehen, ob darin zufällig ein Butterfinger lag, der gekühlt auf ihre gierigen Lippen wartete. Pech. »Eine erschreckende Vorstellung.«

»Hab dich lieb, Mama.«

»Ich dich auch.«

Sie legte auf und fühlte sich wieder gut. Und lächelte. Aber ihr Lächeln verblasste, während sie an die Arbeitsplatte gelehnt dastand.

Ein Poltern.

Als sie den schweren Karton mit den Katalogen unter die Werkbank zurückgeschoben hatte, hatte sie ein Poltern gehört. Kein Klirren oder Scheppern wie von einem dort liegenden Werkzeug, sondern ein *Poltern*. Irgendwie hatte es hohl geklungen.

Das ist mir egal.

Leider war dem nicht so. Das Poltern verkörperte etwas Unerledigtes. Der Karton übrigens auch. Waren darin *weitere* Magazine wie *Bondage Bitches* versteckt?

Ich will's nicht wissen.

Richtig, richtig, aber vielleicht sollte sie es trotzdem rausbekommen. Sollte es nur das eine Magazin geben, hatte sie recht, wenn sie annahm, es handle sich um sexuelle Neugier, die durch einen einzigen Blick in eine zwielichtige (*und gestörte*, wie sie für sich selbst hinzufügte) Welt völlig befriedigt worden war. Gab es jedoch mehrere, konnte das noch immer in Ordnung sein – schließlich war er dabei, sie wegzuwerfen –, aber vielleicht sollte sie davon wissen.

Vor allem … dieses Poltern. Es beschäftigte sie mehr als die Sache mit den Magazinen.

Sie schnappte sich die Stablampe aus dem Besenschrank und machte sich wieder auf den Weg in die Garage. Diesmal hielt sie die Aufschläge ihres Hausmantels gleich zusammen und wünschte sich, sie hätte eine Jacke darübergezogen. Es begann wirklich kalt zu werden.

4

Darcy kniete sich hin, schob den Karton mit Katalogen beiseite und leuchtete mit der Stablampe unter die Werkbank. Im ersten Augenblick begriff sie nicht, was sie sah: zwei dunkle Linien, die die glatte Fußleiste senkrecht durchschnitten, eine etwas breiter als die andere. Dann bildete sich in ihrer Körpermitte ein Strahl aus Unbehagen, der vom Brustbein bis in die Magengrube reichte. Dies war ein Versteck.

Lass die Finger davon, Darcy. Das geht nur ihn etwas an, und um des eigenen Seelenfriedens willen solltest du es dabei belassen.

Ein guter Rat, nur war sie schon zu sehr in diese Sache verwickelt, um ihn zu beherzigen. Sie kroch mit der Stablampe in der Hand unter die Werkbank und machte sich darauf gefasst, Spinnweben zu spüren, aber es gab keine. Wenn sie das originale »Aus den Augen, aus dem Sinn«-Mädchen war, war ihr kahl werdender, Münzen sammelnder, Pfadfinder spielender Ehemann der originale Mr. Saubermann.

Außerdem ist er selbst hier druntergekrochen, so dass keine Spinnweben entstehen konnten.

Stimmte das? Das wusste sie doch nicht wirklich, oder?

Aber sie glaubte es zu wissen.

Die Spalten befanden sich an beiden Enden eines zwanzig Zentimeter langen Abschnitts der Fußbodenleiste, durch den eine senkrechte Mittelachse zu führen schien, so dass er sich drehen ließ. Sie hatte ihn mit dem Karton hinreichend angestoßen, dass er etwas aufgesprungen war, aber damit war das Poltern noch nicht erklärt. Sie drückte gegen ein Ende des Abschnitts. Es schwang nach innen, und das andere Ende kam heraus, so dass ein Versteck sichtbar wurde, das zwanzig Zentimeter breit, dreißig hoch und ungefähr einen halben Meter tief war. Sie hatte erwartet, weitere Magazine zu entdecken, vielleicht zusammengerollt, aber es gab keine Magazine. In dem Hohlraum stand eine kleine Holzkassette, die sie ziemlich sicher zu erkennen glaubte. Das Kästchen war offenbar die Ursache des Polterns gewesen. Es hatte hochkant gestanden, und die sich drehende Fußleiste hatte es umgestoßen.

Sie griff hinein, bekam das Kästchen zu fassen – mit bösen Vorahnungen, die fast greifbar waren – und holte es heraus. Das Kästchen war die kleine Kassette aus Eichenholz, die sie ihm vor fünf oder vielleicht mehr Jahren zu Weihnachten geschenkt hatte. Oder war es zu einem Geburtstag gewesen? Das wusste Darcy nicht mehr, nur dass sie ein guter Kauf im Kunstgewerbeladen in Castle Rock gewesen war. Ihr Deckel war mit einer handgeschnitzten Kette im Flachrelief geschmückt. Unter der Kette stand, ebenfalls in Flachrelief, der Verwendungszweck der Kassette: MAN-SCHETTENKNÖPFE. Bob hatte eine Menge Manschettenknöpfe, und obwohl er werktags lieber Hemden mit Knöpfmanschetten trug, waren manche davon recht hübsch. Sie erinnerte sich, dass sie gedacht hatte, diese Kassette würde ihm helfen, sie ordentlich aufzubewahren. Darcy wusste, dass das Kästchen noch eine Zeit lang auf der Kommode in seiner Hälfte des Schlafzimmers gestanden hatte, nachdem das Geschenk ausgepackt und gebührend bewundert worden war, aber sie konnte sich nicht erinnern, es in letzter Zeit gesehen zu haben. Natürlich hatte sie das nicht. Es war hier draußen, in diesem Versteck unter seiner Werkbank, und sie hätte Haus und Hof verwettet (wieder eine von Bobs Redensarten), dass sie keine Manschettenknöpfe finden würde, wenn sie den Deckel aufklappte.

Dann sieh nicht hinein.

Wieder ein guter Rat, aber sie war nun schon *viel* zu weit gegangen, um ihn zu beherzigen. Als sie das Holzkästchen öffnete, fühlte sie sich wie eine Frau, die in ein Spielkasino geraten war und aus irgendeinem verrückten Grund die Ersparnisse ihres ganzen Lebens auf eine einzige Karte setzte.

Lass sie leer sein. Bitte, Gott, wenn du mich liebst, lass sie leer sein.

Aber das war sie nicht. Sie enthielt drei von einem Gummiband zusammengehaltene Plastikkarten. Darcy nahm den kleinen Packen heraus und fasste ihn nur mit spitzen Fingern an – wie eine Frau einen Putzlappen anfassen würde, von dem sie befürchtet, er könnte außer Schmutz auch Keime enthalten. Dann streifte sie das Gummiband ab.

Es waren keine Kreditkarten, wie sie zunächst vermutet hatte. Obenauf lag ein Blutspenderausweis des Roten Kreuzes, der auf eine Marjorie Duvall ausgestellt war. Ihre Blutgruppe war A Rhesus positiv, ihre Region Neuengland. Darcy drehte die Karte um und sah, dass Marjorie – wer immer das war – zuletzt am 16. August 2010 Blut gespendet hatte. Vor drei Monaten.

Wer zum Teufel war Marjorie Duvall? Woher kannte Bob sie? Und weshalb hatte sie eine schwache, aber sehr deutliche Erinnerung an diesen Namen?

Die nächste Karte war Marjorie Duvalls Bibliotheksausweis für die North Conway Library, auf dem auch ihre Adresse stand: 17 Honey Lane, South Gansett, New Hampshire.

Die letzte Plastikkarte war Marjorie Duvalls Führerschein aus New Hampshire. Sie sah wie eine ganz durchschnittliche Amerikanerin Mitte dreißig aus, nicht sehr hübsch (allerdings sah auf Führerscheinfotos niemand besonders vorteilhaft aus), aber vorzeigbar. Zurückgekämmtes dunkelblondes Haar, zu einem Nackenknoten oder Pferdeschwanz zusammengefasst; auf dem Foto war das nicht zu erkennen. Geburtsdatum: 6. Januar 1974. Die Adresse war dieselbe wie auf dem Bibliotheksausweis.

Darcy merkte, dass sie ein trostloses wimmerndes Geräusch machte. Es war entsetzlich, einen solchen Laut aus ihrer Kehle kommen zu hören, aber sie konnte nicht damit aufhören. Und ihr Magen war durch eine Bleikugel ersetzt worden; sie zog alle ihre inneren Organe herab und dehnte sie in neue, unangenehme Formen. Sie hatte Marjorie Duvalls Gesicht in der Zeitung gesehen. Auch in den Sechsuhrnachrichten.

Mit Händen, die absolut gefühllos waren, schlang sie das Gummiband wieder um die Ausweiskarten, legte sie in die Kassette zurück und schob sie in das Versteck zurück. Sie war im Begriff, es wieder zu verschließen, als sie sich sagen hörte: »Nein, nein, nein, das stimmt nicht. Ausgeschlossen!«

War das die Stimme der Cleveren Darcy oder der Dummen Darcy? Schwer zu sagen. Sicher wusste sie nur, dass die Dumme Darcy die Kassette geöffnet hatte. Und dank der Dummen Darcy stürzte sie jetzt ins Bodenlose.

Sie holte das Kästchen wieder heraus. Dachte dabei: *Das ist ein Irrtum, es muss einer sein, wir sind über die Hälfte unseres Lebens miteinander verheiratet, ich würde es wissen, ich würde es wissen.* Klappte den Deckel auf. Dachte: *Kann man einen anderen wirklich kennen?*

Vor diesem Abend hätte sie das fest geglaubt.

Marjorie Duvalls Führerschein lag jetzt auf dem kleinen Stapel obenauf. Zuvor hatte er unten gelegen. Darcy tat ihn dorthin. Aber welche der beiden anderen Karten hatte oben gelegen, der Blutspender- oder der Bibliotheksausweis? Das war einfach, es *musste* einfach sein, wenn es nur zwei Möglichkeiten gab, aber sie war zu durcheinander, um sich erinnern zu können. Sie legte den Bibliotheksausweis obendrauf und wusste gleich, dass das falsch war, weil beim Öffnen der Kassette als Erstes etwas Rotes aufgeblitzt war, rot wie Blut, natürlich war ein Blutspenderausweis rot, also gehörte diese Karte nach oben.

Sie tat sie dorthin, und als sie das Gummiband wieder um die kleine Kartenkollektion schlang, klingelte im Haus auf einmal wieder das Telefon. Das war *er*. Das war Bob, der aus Vermont anrief, und wäre sie in der Küche gewesen, um den Anruf entgegenzunehmen, hätte sie seine fröhliche Stimme (eine Stimme, die sie so gut kannte wie ihre eigene) fragen gehört: *He, Schatz, wie geht's dir?*

Ihre Finger zuckten, und das Gummiband riss. Es flog weg, und sie schrie auf, ob aus Frustration oder Angst, konnte sie nicht sagen. Aber warum hätte sie Angst haben sollen? In siebenundzwanzig Ehejahren hatte er niemals die Hand gegen sie erhoben, außer um sie zu liebkosen. Und nur ganz wenige Male war er im Streit laut geworden.

Das Telefon klingelte noch mal … noch mal … dann brach das Klingeln mitten im Ton ab. Jetzt würde er eine Nachricht hinterlassen. *Hab dich wieder verpasst! Verdammt! Ruf mich an, damit ich mir keine Sorgen mache, okay? Die Nummer ist …*

Er würde auch seine Zimmernummer angeben. Bob überließ nichts dem Zufall, setzte nichts als gegeben voraus.

Was sie dachte, konnte niemals wahr sein. Es glich einer dieser monströsen Wahnvorstellungen, die manchmal grausig plausibel aus dem Bodensatz der menschlichen Psyche glitzernd auftauchten: dass ein Sodbrennen der Vorbote eines Herzanfalls war, Kopfschmerzen einen Tumor bedeuteten und Petras Sonntagnachmittagsanruf deshalb ausgeblieben war, weil sie einen Verkehrsunfall gehabt hatte und in irgendeinem Krankenhaus im Koma lag. Aber solche Wahnvorstellungen kamen gewöhnlich um vier Uhr morgens, wenn man sich schlaflos im Bett wälzte. Nicht um acht Uhr abends ... und wo war dieses verdammte Gummiband?

Sie fand es schließlich hinter dem Karton mit den Katalogen, die sie sich nie mehr ansehen wollte. Darcy steckte es ein, wollte aufstehen, um ein anderes zu suchen, hatte vergessen, wo sie war, und schlug sich den Kopf an der Unterseite der Werkbank an. Sie begann zu weinen.

In keiner der Werkbankschubladen fanden sich Gummibänder, und das ließ sie noch heftiger weinen. Sie hastete mit den schrecklichen, unerklärlichen Ausweiskarten in der Tasche ihres Hausmantels durch den Verbindungsgang zurück und holte ein Gummiband aus der Küchenschublade, in der sie allen möglichen halb nützlichen Scheiß aufbewahrte: Büroklammern, Bindedraht, Kühlschrankmagnete, die den größten Teil ihrer Magnetkraft verloren hatten: Einer davon, auf dem DARCY IST DER CHEF stand, war einmal eine zusätzliche Kleinigkeit von Bob zu Weihnachten gewesen.

Das Signallämpchen des Telefons auf der Arbeitsplatte blinkte stetig, um *Nachricht, Nachricht, Nachricht* zu melden.

Sie lief in die Garage zurück, ohne diesmal die Aufschläge des Hausmantels zuzuhalten. Die äußere Kälte spürte sie nicht mehr, weil die innere größer war. Dazu kam die Bleikugel, die ihre Eingeweide nach unten zog. Sie in die Länge zog. Darcy war sich vage bewusst, dass sie auf die Toilette musste, sogar dringend.

Nicht jetzt! Reiß dich zusammen. Stell dir vor, du wärst auf der Turnpike und hättest noch zwanzig Meilen bis zur nächsten Raststätte. Sieh zu, dass du fertig wirst. Lass alles so zurück, wie es war. Dann kannst du ...

Dann konnte sie was? Alles vergessen?

Nicht sehr wahrscheinlich.

Sie schlang das Gummiband um die Ausweiskarten, merkte, dass der Führerschein irgendwie wieder obenauf gelangt war, und schalt sich eine blöde Schlampe ... ein beleidigender Ausdruck, für den sie Bob geohrfeigt hätte, wenn er jemals versucht hätte, ihn ihr anzuhängen. Aber das hatte er natürlich nie getan.

»Eine blöde Schlampe, aber keine Bondage-Schlampe«, murmelte sie, und dann durchzuckte ein Krampf ihren Bauch. Sie sank auf die Knie und erstarrte in dieser Haltung, während sie darauf wartete, dass er abklang. Hätte es hier eine Toilette gegeben, wäre sie hingeflitzt, aber es gab keine. Als der Krampf nachließ – widerstrebend –, ordnete sie die Karten in der wahrscheinlich richtigen Reihenfolge an (Blutspender, Bibliothek, Führerschein) und legte sie dann in das Kästchen für MANSCHETTENKNÖPFE zurück. Kassette wieder in das Versteck. Drehbarer Fußleistenabschnitt fest angedrückt. Karton mit Katalogen dorthin zurück, wo sie über ihn gestolpert war: ein bisschen unter der Werkbank hervorstehend. Bob würde nie etwas merken.

Aber konnte sie sich dessen sicher sein? Wenn er war, was sie dachte – ungeheuerlich, dass sie an so etwas überhaupt denken konnte, wenn sie vor kaum einer halben Stunde nur ein paar Batterien für die verflixte Fernbedienung hatte holen wollen –, wenn er das *war*, dann war er seit langer Zeit sehr vorsichtig gewesen. Und er *war* umsichtig, er war pedantisch, er war der originale Mr. Saubermann, aber wenn er das war, worauf diese verflixten (nein, *gottverdammten*) Plastikkarten schließen ließen, musste er *übernatürlich* vorsichtig sein. Übernatürlich wachsam. Verschlagen.

Das war ein Wort, das sie bis zum heutigen Abend niemals mit Bob in Verbindung gebracht hatte.

»Nein«, erklärte sie der Garage. Sie schwitzte, ihr Haar klebte in unschönen Strähnen an ihrem Gesicht, sie litt unter Krämpfen, und ihre Hände zitterten wie die einer Parkinson-Kranken, aber ihre Stimme war seltsam ruhig, merkwürdig heiter. »Nein, das ist er nicht. *Mein Mann ist nicht Beadie.*«

Sie ging ins Haus zurück.

5

Sie beschloss, sich einen Tee zu machen. Tee war beruhigend. Als sie den Teekessel füllte, begann das Telefon wieder zu klingeln. Sie ließ den Kessel in den Ausguss fallen – sein Scheppern war so laut, dass sie einen kleinen Schrei ausstieß –, ging dann ans Telefon und wischte sich die nassen Hände am Hausmantel ab.

Ruhig, ruhig, ermahnte sie sich. *Wenn er ein Geheimnis bewahren kann, dann kannst du das auch. Denk daran, dass es eine vernünftige Erklärung für das alles gibt …*

Ach, wirklich?

… die du nur noch nicht kennst. Du brauchst Zeit, um über alles nachzudenken. Also: Ruhig.

Darcy nahm den Hörer ab und sagte munter: »Wenn du's bist, Hübscher, dann kannst du gleich rüberkommen. Mein Mann ist verreist.«

Bob lachte. »He, Schatz, wie geht's dir?«

»Aufrecht und die Luft schnüffelnd. Und dir?«

Darauf folgte langes Schweigen. Es fühlte sich jedenfalls lange an, obwohl es nicht länger als ein paar Sekunden gedauert haben konnte. In diesem Zeitraum hörte Darcy das irgendwie schreckliche Summen des Kühlschranks, das Wasser, das auf den Teekessel im Ausguss tropfte, und den Puls des eigenen Herzens, dessen Schläge nicht aus der Brust, sondern aus Kehle und Ohren zu kommen

schienen. Sie waren so lange verheiratet, dass sie geradezu extrem aufeinander abgestimmt waren. Passierte das in
jeder Ehe? Das wusste sie nicht. Sie kannte nur die eigene.
Aber jetzt musste sie sich fragen, ob sie überhaupt diese
kannte.

»Deine Stimme klingt komisch«, sagte er. »Irgendwie
ganz belegt. Alles in Ordnung, Süße?«

Sie hätte gerührt sein sollen. Stattdessen war sie verängs-
tigt. Marjorie Duvall: Dieser Name stand ihr nicht nur
vor Augen, sondern schien wie die Neonreklame einer Bar
zu blinken. Sie war einen Augenblick lang sprachlos, und
zu ihrem Entsetzen schwankte die Küche, die sie so gut
kannte, vor ihren Augen, als ihr abermals die Tränen kamen.
Auch die krampfartige Schwere im Unterleib kehrte zurück.
Marjorie Duvall. Blutgruppe A Rhesus positiv. 17 Honey
Lane. Nach dem Motto: *Hallo, Schatz, wie geht's, wie steht's,
aufrecht und die Luft schnüffelnd?*

»Ich musste nur gerade an Brandolyn denken«, hörte sie
sich selbst sagen.

»Oh, Baby«, sagte er, und das Mitgefühl in seiner
Stimme war typisch für Bob. Sie kannte es gut. Hatte
sie sich seit 1984 nicht oft darauf verlassen? Sogar schon
vorher, als er noch um sie geworben und sie allmählich
erkannt hatte, dass er der Richtige war? Gewiss hatte sie
das getan. Wie er sich auf sie gestützt hatte. Die Idee, solches Mitgefühl könnte nichts als Zuckerguss auf einer vergifteten Torte sein, war verrückt. Die Tatsache, dass sie
ihn in diesem Augenblick belog, war noch verrückter. Das
heißt, falls es überhaupt Abstufungen von Verrücktheit
gab. Oder vielleicht war »verrückt« ein Begriff wie »einzigartig«, für den es keine Steigerungsformen gab. Und was
dachte sie wirklich? Was, um Himmels willen?

Aber er redete, und sie hatte keine Ahnung, was er eben
gesagt hatte.

»Erzähl's mir noch mal. Ich habe gerade nach meinem Tee gegriffen.« Noch eine Lüge, ihre Hände waren viel zu zittrig, um nach irgendetwas greifen zu können, aber eine plausible Notlüge. Und ihre Stimme zitterte nicht. Wenigstens glaubte sie das.

»Ich habe gefragt: Wie bist du darauf gekommen?«

»Donnie hat angerufen und nach seiner Schwester gefragt. Dabei habe ich an meine denken müssen. Ich bin rausgegangen und ein bisschen herumgelaufen. Ich bin ins Schniefen gekommen, aber daran war zum Teil auch die Kälte schuld. Das hast du wahrscheinlich in meiner Stimme gehört.«

»Ja, sofort«, sagte er. »Hör zu, ich könnte morgen Burlington auslassen und gleich nach Hause kommen.«

Darcy hätte beinahe *Nein!* gerufen, aber das wäre genau die falsche Reaktion gewesen. Sie konnte bewirken, dass er bei Tagesanbruch losfuhr, ganz der besorgte Ehemann.

»Wenn du das tust, verpasse ich dir ein blaues Auge«, sagte sie und war erleichtert, als er lachte. »Charlie Frady hat dir erzählt, dass es sich lohnt, zu dieser Nachlassversteigerung in Burlington zu fahren, und er hat gute Kontakte. Und einen guten Riecher. Das hast du immer selbst gesagt.«

»Genau, aber mir gefällt es nun mal nicht, wenn du so deprimiert klingst.«

Dass er gespürt hatte (und zwar sofort! *sofort!*), dass mit ihr etwas nicht in Ordnung war, war schlecht. Dass sie hatte lügen müssen, was den Grund dafür betraf … ach, das war noch schlimmer. Sie schloss die Augen, sah Bad Bitch Brenda unter der schwarzen Kapuze schreien, und öffnete sie wieder.

»Ich war ein bisschen down, aber das ist vorbei«, sagte sie. »Nur eine vorübergehende Anwandlung. Sie war meine

Schwester, und ich habe gesehen, wie mein Vater sie nach Hause gebracht hat. Daran muss ich manchmal denken, das ist alles.«

»Ja, ich weiß«, sagte er. Wohl wahr. Der Tod ihrer Schwester war zwar nicht der Grund dafür gewesen, dass sie sich in Bob Anderson verliebt hatte, aber sein Verständnis für ihren Kummer hatte ihren Zusammenhalt gestärkt.

Brandolyn Madsen war beim Langlaufen von einem betrunkenen Schneemobilfahrer angefahren und tödlich verletzt worden. Er hatte Fahrerflucht begangen und die Tote eine halbe Meile vom Haus der Familie Madsen entfernt im Wald liegen lassen. Als Brandi um acht Uhr abends noch nicht zurück war, waren zwei Polizeibeamte und die örtliche Bürgerwehr zu einer Suchaktion aufgebrochen. Darcys Vater hatte die Leiche gefunden und durch den Wald nach Hause getragen. Darcy, die im Wohnzimmer stationiert war, um das Telefon zu überwachen und ihre Mutter zu beruhigen, hatte ihn als Erste gesehen. Er hatte weiße Atemwolken ausgestoßen, als er im harten Licht des Wintervollmonds über den Rasen gekommen war. Darcys erster Gedanke (der ihr noch heute peinlich war) war eine Erinnerung an die kitschigen Liebesfilme in Schwarz-Weiß gewesen, die manchmal auf dem TCM-Spielfilmkanal gezeigt wurden – in denen irgendein Kerl seine Frischangetraute über die Schwelle ihres Flitterwochenhäuschens trug, während fünfzig Violinen Sirup auf die Tonspur gossen.

Bob Anderson, das hatte Darcy entdeckt, konnte sich in andere hineinversetzen, wie es nur wenige Menschen konnten. Er hatte zwar keinen Bruder, keine Schwester verloren, aber seinen besten Freund. Der Junge war auf die Straße gelaufen, um einen beim Pick-up-Baseball danebengegangenen Ball zu fangen (wenigstens nicht Bobs Wurf; da er kein Baseballspieler war, war er an diesem Tag beim Baden gewesen), von einem Lastwagen überfahren worden und wenig später im Krankenhaus gestorben. Der Zufall, dass sie beide unter altem Kummer litten, war nicht das Einzige, was Darcy ihre Verbindung als etwas Besonderes erscheinen ließ, aber es machte ihren Bund irgendwie mystisch – aus dem Bereich des Zufälligen hervorgehoben.

»Bleib in Vermont, Bob. Geh zu der Nachlassversteigerung. Ich liebe dich dafür, dass du besorgt bist, aber wenn du jetzt heimgerannt kommst, komme ich mir kindisch vor. Und dann werde ich wütend.«

»Okay. Aber ich rufe dich morgen früh um halb acht an. Du bist gewarnt!«

Sie lachte und hörte erleichtert, dass das echt klang … wenigstens so real, dass kein Unterschied zu erkennen war. Und weshalb sollte ihr kein richtiges Lachen gestattet sein? Warum zum Teufel eigentlich nicht? Sie liebte ihn und würde die Unschuldsvermutung für ihn gelten lassen. Rückhaltlos. Ihr blieb gar nichts anderes übrig. Man konnte Liebe nicht abstellen – sogar die geistesabwesende, oft als selbstverständlich vorausgesetzte Liebe nach siebenundzwanzig Ehejahren –, wie man einen Wasserhahn zudrehte. Liebe kam aus dem Herzen, und das Herz hatte seine eigenen Erfordernisse.

»Bobby, du rufst *immer* um halb acht an.«

»Schuldig im Sinne der Anklage. Ruf mich jederzeit an, wenn du …«

»… etwas brauchst, und wenn's noch so spät ist«, ergänzte Darcy für ihn. Jetzt fühlte sie sich fast wieder wie sie selbst. Wirklich erstaunlich, wie viele schwere Schläge die menschliche Psyche einstecken konnte, ohne am Boden zerstört zu sein. »Das tue ich.«

»Liebe dich, Schatz.« Die Schlussformel so vieler Telefongespräche über die Jahre hinweg.

»Liebe dich auch«, sagte sie lächelnd. Dann legte sie den Hörer auf, drückte die Stirn an die Wand und begann zu weinen, bevor das Lächeln ihr Gesicht verlassen konnte.

6

Ihr Computer, ein iMac, der alt genug war, um modisch retro zu wirken, stand im Hauswirtschaftsraum. Sie benutzte ihn selten für etwas anderes als E-Mails und eBay, aber jetzt öffnete sie Google und tippte den Namen Marjorie Duvall ein. Sie zögerte, bevor sie auch *Beadie* in das Suchfeld schrieb, aber nicht lange. Wozu die quälenden Zweifel künstlich verlängern? Er würde in diesem Zusammenhang ohnehin auftauchen, dessen war sie sich sicher. Sie drückte die Eingabetaste, und während sie zusah, wie der kleine Wartekreis sich immer wieder um sich selbst drehte, kamen die Krämpfe von vorhin zurück. Sie lief ins Bad, sank aufs WC und bedeckte ihr Gesicht dort sitzend mit den Händen. Auf der Innenseite der Badezimmertür klebte ein großer Spiegel, in dem sie sich nicht sehen wollte. Wieso war er überhaupt dort? Wieso hatte sie *zugelassen*, dass er dort war? Wer wollte sich auf dem Topf sitzen sehen? Selbst in besten Zeiten, zu denen dieser Abend ganz sicher nicht gehörte?

Darcy kehrte langsam an ihren Computer zurück, schlurfte dahin wie ein Kind, das genau wusste, dass es eine Strafe für etwas zu erwarten hatte, was ihre Mutter etwas *gaaanz Schlimmes* genannt hätte. Sie sah, dass Google über fünf Millionen Suchergebnisse geliefert hatte: O allmächtiges Google, so freigebig und so schrecklich. Über das erste musste sie jedoch tatsächlich lachen; es forderte sie auf, Marjorie Duvall Beadie auf Twitter zu verfolgen. Darcy hatte das Gefühl, dieses Ergebnis ignorieren zu können. Wenn sie sich nicht irrte (und wie unbändig dankbar wäre sie dafür gewesen!), hatte die Marjorie, die sie suchte, ihr letztes Zwitschern vor einiger Zeit getwittert.

Das zweite Ergebnis kam vom *Portland Press-Herald*, und als Darcy es anklickte, war das Foto, das sie begrüßte (nur fühlte diese Begrüßung sich wie eine Ohrfeige an), die Aufnahme, an die sie sich aus dem Fernsehen erinnerte – und vermutlich aus genau diesem Artikel, weil der *Press-Herald* ihre Zeitung war. Der Bericht war vor zehn Tagen erschienen und damals der Aufmacher gewesen. **FRAU AUS NEW HAMPSHIRE KÖNNTE »BEADIES« ELFTES OPFER GEWESEN SEIN,** verkündete die Schlagzeile. Und darunter: **Polizeisprecher: »Wir sind uns zu 90 Prozent sicher.«**

Auf dem Zeitungsfoto sah Marjorie Duvall viel hübscher aus: Es war eine Atelieraufnahme, die sie in klassischer Pose in einem schulterfreien schwarzen Chiffonabendkleid zeigte. Sie trug das Haar offen und war auf diesem Bild viel heller blond. Darcy fragte sich, ob ihr Ehemann dieses Foto zur Verfügung gestellt hatte. Sie vermutete, dass er es getan hatte. Sie vermutete, es habe im Haus 17 Honey Lane auf dem Kaminsims gestanden oder in der Diele gehangen. Die attraktive Dame des Hauses, die die Gäste mit ihrem ewigen Lächeln begrüßte.

Gentlemen bevorzugen Blondinen, weil sie nicht warten wollen, bis sie schwarz werden.

Eine von Bobs Redensarten. Diese hatte sie nie sehr gemocht, und sie hasste es, sie jetzt im Kopf zu haben.

Marjorie Duvall war sechs Meilen von ihrem Haus in South Gansett entfernt in einer Schlucht knapp jenseits der Stadtgrenze von North Conway aufgefunden worden. Der County Sheriff spekulierte, der Tod sei wahrscheinlich durch Erwürgen eingetreten, aber das könne er nicht mit Bestimmtheit sagen; diese Feststellung sei Sache des Leichenbeschauers der County. Er weigerte sich, weitere Vermutungen anzustellen oder weitere Fragen zu beantworten, aber der ungenannte Informant des Reporters (dessen Angaben dadurch eine gewisse Glaubwürdigkeit erhielten, dass sie von einer »mit den Ermittlungen vertrauten Person« stammten) sagte, Duvall sei »auf eine Art, die zu den bisherigen Beadie-Morden passt«, gebissen und sexuell missbraucht worden.

Das ergab eine natürliche Überleitung zu einer vollständigen Aufzählung der bisherigen Morde. Der erste hatte sich im Jahr 1977 ereignet. Im Jahr 1978 hatte es zwei gegeben, einen weiteren 1980 und zwei weitere 1981. Zwei der Morde waren in New Hampshire verübt worden, zwei in Massachusetts, der fünfte und sechste in Vermont. Danach war eine Pause von sechzehn Jahren eingetreten. Die Polizei vermutete, dass eines von drei Ereignisse eingetreten war: Beadie war innerhalb Amerikas umgezogen und ging seinem Hobby nun andernorts nach, Beadie war wegen einer anderen Straftat verurteilt worden und saß im Gefängnis, oder Beadie hatte Selbstmord verübt. Wie ein Psychiater ausführte, den der Reporter für seine Story befragt hatte, sei als Einziges *nicht* wahrscheinlich, dass Beadie seiner Verbrechen überdrüssig geworden sei. »Solche Kerle langweilen sich nicht«, sagte der Psychiater. »Das ist ihr Sport, ein für sie unwiderstehlicher Drang. Mehr noch, es ist ihr geheimes Leben.«

Ihr geheimes Leben. Was für ein vergiftetes Bonbon dieser Ausdruck war.

Beadies sechstes Opfer war eine Frau aus Barre gewesen, die der Fahrer eines Schneepflugs in der Woche vor Weihnachten in einer Schneewehe entdeckt hatte. *Was für ein Weihnachten das für ihre Angehörigen gewesen sein muss,* dachte Darcy. Nicht dass ihr eigenes Weihnachten in jenem Jahr viel erfreulicher gewesen wäre. Sie hatte schrecklich

Heimweh gehabt (eine Tatsache, die sie ihrer Mutter um keinen Preis der Welt eingestanden hätte), war sich auch nach achtzehn Monaten und einer Gehaltserhöhung wegen guter Leistungen nicht sicher gewesen, ob sie für ihren Job qualifiziert war, und war überhaupt nicht in Weihnachtsstimmung gewesen. Sie hatte Bekannte (die Margarita Girls), aber keine richtigen Freunde. Sie war unbeholfen, wenn es darum ging, Freunde zu gewinnen, war es schon immer gewesen. Schüchtern wäre eine freundliche Beschreibung ihrer Persönlichkeit gewesen, introvertiert vermutlich zutreffender.

Dann war Bob Anderson mit einem Lächeln auf den Lippen in ihr Leben getreten – Bob, der sie zum Mitkommen eingeladen und sich nicht hatte abwimmeln lassen. Das musste kein Vierteljahr nach dem Tag gewesen sein, an dem der Schneepflugfahrer das letzte Opfer aus Beadies »erstem Zyklus« entdeckt hatte. Sie hatten sich verliebt. Und Beadie hatte sechzehn Jahre lang nicht mehr gemordet.

Ihretwegen? Weil er sie liebte? Weil er aufhören wollte, *gaaanz schlimme* Dinge zu tun?

Oder nur ein Zufall? Auch das wäre denkbar.

Netter Versuch, aber die Plastikkarten, die sie in der Garage versteckt gefunden hatte, machten die Vorstellung, alles könnte ein Zufall gewesen sein, weit weniger wahrscheinlich.

Beadies siebtes Opfer, das erste aus seinem »neuen Zyklus«, wie die Zeitung schrieb, war Stacey Moore gewesen, eine Frau aus Waterville, Maine. Ihr Mann hatte sie in ihrem Keller aufgefunden, als er aus Boston zurückgekommen war, wo er sich mit Freunden ein paar Spiele der Red Sox angesehen hatte. Das war im August 1997 gewesen. Ihr Kopf hatte in einem Kasten mit Zuckermais gesteckt, den die Moores an der Route 106 frisch von der Farm verkauften. Sie war mit auf dem Rücken gefesselten Händen nackt, Gesäß und Schenkel waren mit einem Dutzend Bisswunden bedeckt.

Zwei Tage später waren Stacey Moores Führerschein und ihre Blue-Cross-Karte von einem Gummiband zusammengehalten in Augusta eingetroffen – in Druckschrift an BLÖDMANN JUSTIZMINNISTER ABT. KRINIMALERMITTLUNGEN adressiert. Beigelegt war eine Mitteilung: *HALLO! BIN WIEDER DA! BEADIE!*

Diese Sendung erkannten die auf den Fall Moore angesetzten Kriminalbeamten sofort wieder. Ähnliche gestohlene Ausweiskarten – und ähnlich gut gelaunte Mitteilungen – waren nach allen bisherigen Morden eingetroffen. Der Täter wusste, wann seine Opfer allein waren. Er folterte sie, vor allem durch Bisse; er vergewaltigte oder missbrauchte sie sexuell; er ermordete sie; er schickte ihre Ausweise einige Wochen oder Monate später an irgendeine Polizeidienststelle. Verspottete sie damit.

Um sicherzustellen, dass die Tat ihm zugeschrieben wird, dachte Darcy bedrückt.

Im Jahr 2004 hatte Beadie einen weiteren Mord verübt, dann seinen neunten und zehnten im Jahr 2007. Diese beiden waren die scheußlichsten gewesen, weil eines der Opfer ein Kind gewesen war. Der zehnjährige Sohn der Frau war wegen Magenschmerzen aus der Schule heimgeschickt worden und hatte Beadie offenbar bei der Arbeit überrascht. Die Leiche des Jungen war mit der seiner Mutter in einem Bach aufgefunden worden. Als die Ausweise der Frau – zwei Kreditkarten und ein Führerschein – bei der Massachusetts State Police eingegangen waren, hatte auf der beigelegten Karte gestanden: *HALLO! DER JUNGE WAR EIN UNFALL! SORRY! ABER ES IST SCHNELL GEGANGEN, ER MUSSTE NICHT »LEIDEN«! BEADIE!*

Es gab viele weitere Artikel, die sie hätte aufrufen können (o allmächtiges Google), aber zu welchem Zweck? Der
süße Traum von einem weiteren gewöhnlichen Abend in
einem gewöhnlichen Leben war in einem Albtraum untergegangen. Würde er sich vertreiben lassen, indem sie mehr
über Beadie las? Die Antwort darauf lag auf der Hand.

Ihre Magennerven verkrampften sich. Sie rannte ins Bad –
in dem es trotz des Ventilators noch immer schlecht roch;
meistens konnte man ignorieren, was für eine übelriechende
Sache das Leben war, aber eben nicht immer –, sank vor
dem WC auf die Knie und starrte mit offenem Mund in
das blau gefärbte Wasser. Einen Augenblick lang glaubte
sie, sich doch nicht übergeben zu müssen, dann dachte sie
an Stacey Moore, deren Kopf mit schwarz angelaufenem
Gesicht im Mais steckte und deren Gesäßbacken mit an-
getrocknetem Blut von der Farbe von Schokoladenmilch
bedeckt waren. Das gab ihr den Rest. Sie übergab sich
zweimal so heftig, dass ihr Gesicht Spritzer des blauen Des-
infektionsmittels Ty-D-Bol und von ihrem eigenen Erbro-
chenen abbekam.

Weinend und keuchend, betätigte sie die Klospülung. Das
WC würde geputzt werden müssen, aber vorerst schloss sie
nur den Deckel und legte ihre heiße Wange auf den kühlen
beigefarbenen Kunststoff.

Was soll ich nur tun?

Der naheliegende erste Schritt wäre ein Anruf bei der Polizei gewesen, aber was war, wenn sich nach diesem Anruf
alles als Irrtum herausstellte? Bob war immer der großzü-
gigste und am wenigsten nachtragende aller Männer gewesen – als sie mit ihrem alten Van einen Baum am Rand des
Parkplatzes vor der Post gerammt hatte, so dass die Windschutzscheibe zersplittert war, hatte er nur besorgt gefragt,
ob sie Schnittwunden im Gesicht habe –, aber würde er ihr
verzeihen, dass sie ihm elf grausame Morde zutraute, die er

nicht verübt hatte? Und die Welt würde davon erfahren. Schuldig oder nicht, die Zeitungen würden sein Bild bringen. Auf den Titelseiten. Ihres natürlich auch.

Darcy raffte sich auf, nahm die Klobürste aus dem Ständer und machte das WC sauber. Sie arbeitete langsam. Ihr Rücken schmerzte. Anscheinend hatte sie sich so heftig übergeben, dass sie sich eine Muskelzerrung zugezogen hatte.

Während sie arbeitete, traf die nächste Erkenntnis sie wie ein Keulenschlag. Nicht nur Bob und sie würden in Pressespekulationen und den schmutzigen Spülzyklus von 24-stündigen Kabelnachrichten hineingezogen werden; sie musste auch an die Kinder denken. Donnie und sein Freund Ken hatten eben die ersten Kunden gewonnen, aber die Bank und der Autohändler auf der Suche nach neuen Ideen würden binnen drei Stunden abspringen, wenn diese Scheißebombe platzte. Die Firma Anderson & Hayward, die heute ihren ersten richtigen Atemzug getan hatte, würde morgen tot sein. Darcy wusste nicht, wie viel Ken Hayward investiert hatte, aber Donnie hatte alles eingebracht, was er besaß. Das war zwar nicht allzu viel Kapital, aber man investierte auch andere Dinge, wenn man die eigene Lebensreise begann. Sein Herz, seinen Verstand, sein ganzes Selbstwertgefühl.

Außerdem gab es Petra und Michael, die vielleicht in diesem Augenblick die Köpfe zusammensteckten und weitere Heiratspläne schmiedeten, ohne zu ahnen, dass ein Zweitonnengeldschrank an einem stark ausgefransten Seil über ihnen hing. Pets hatte ihren Vater immer vergöttert. Was würde sie tun, wenn sie erfuhr, dass die Hände, die sie früher auf der Gartenschaukel angestoßen hatten, elf Frauen erwürgt hatten? Dass sich unter den Lippen, die ihr Gutenachtküsse gegeben hatten, Zähne verbargen, die elf Frauen gebissen hatten, in einigen Fällen bis auf die Knochen?

Als Darcy wieder am Computer saß, stieg vor ihrem inneren Auge eine schreckliche Schlagzeile auf. Darunter war ein Foto abgebildet, das Bob mit seinem Halstuch, absurden Khakishorts und braunen Kniestrümpfen zeigte. Die Schlagzeile war so deutlich, als wäre sie schon gedruckt:

MASSENMÖRDER »BEADIE«
17 JAHRE LANG PFADFINDERFÜHRER

Darcy schlug sich eine Hand vor den Mund. Sie konnte spüren, wie ihre Augen in den Höhlen pulsierten. Sie dachte an Selbstmord, und einige Augenblicke lang (die ihr endlos vorkamen) erschien ihr diese Idee völlig rational, die einzig vernünftige Lösung. Sie konnte in einem Abschiedsbrief behaupten, sie habe gefürchtet, Krebs zu haben. Oder früh einsetzende Alzheimer-Krankheit, das war noch besser. Nur warfen auch Selbstmorde tiefe Schatten über eine Familie – und was war, wenn sie sich geirrt hatte? Wenn Bob die drei Ausweiskarten irgendwo am Straßenrand gefunden hatte?

Weißt du, wie unwahrscheinlich das ist?, höhnte die Clevere Darcy.

Okay, ja, aber unwahrscheinlich war nicht das Gleiche wie unmöglich, oder? Und es gab noch etwas, was den Käfig, in dem sie steckte, endgültig ausbruchssicher machte: Was war, wenn sie recht hatte? Würde ihr Selbstmord Bob nicht die Möglichkeit geben, noch mehr zu morden, weil er dann kein Doppelleben mehr würde führen müssen? Darcy wusste nicht genau, ob sie an eine bewusste Existenz nach dem Tod glaubte, aber wenn es eine gab? Und wenn dort nicht elysisches Grün und Flüsse, in denen Milch und Honig floss, auf sie warteten, sondern ein gespenstisches Empfangskomitee aus erwürgten Frauen mit Bissspuren von Bobs Zähnen, die ihr alle vorwarfen, an ihrem Tod

445

schuld zu sein, weil sie für sich selbst den leichten Ausweg gewählt hatte? Und würde diese Anschuldigung nicht zutreffen, wenn sie ignorierte, was sie entdeckt hatte (falls das überhaupt möglich wäre, was sie keine Sekunde lang glaubte)? Bildete sie sich wirklich ein, weitere Frauen zu einem grausigen Tod verurteilen zu dürfen, nur damit ihre Tochter im Juni schön heiraten konnte?

Sie dachte: *Ich wollte, ich wäre tot.*

Aber das war sie nicht.

Zum ersten Mal seit Jahren glitt Darcy Madsen Anderson von ihrem Stuhl auf die Knie und begann zu beten. Das half nichts. Sie blieb im Haus ganz allein.

7

Sie hatte nie Tagebuch geführt, aber in ihrem Schreibtisch bewahrte sie noch alle Terminkalender der letzten zehn Jahre auf. Und Bobs Reiseunterlagen, die Jahrzehnte zurückreichten, füllten mehrere Ordner in dem Aktenschrank, der in seinem Büro hier im Haus stand. Als Wirtschaftsprüfer und Steuerberater (noch dazu mit einer ordnungsgemäß als Firma eingetragenen Nebenbeschäftigung) führte er seine Aufzeichnungen pedantisch genau und nahm jede Möglichkeit, etwas steuerlich abzusetzen, jeden Freibetrag und jeden Cent an Autoabschreibung mit, den er bekommen konnte.

Sie stapelte seine Ordner mit ihren Terminkalendern neben dem Computer. Sie rief nochmals Google auf, zwang sich zu den erforderlichen Recherchen und notierte sich die Namen und den Todeszeitpunkt (manchmal notwendigerweise bloß geschätzt) von Beadies Opfern. Während die Digitaluhr in der Taskleiste ihres Computers lautlos die

22-Uhr-Marke übersprang, machte sie sich an die mühsame Arbeit, die Daten abzugleichen.

Sie hätte zehn Jahre ihres Lebens dafür gegeben, irgendetwas zu finden, was ihn auch nur in einem Fall unwiderlegbar als möglichen Täter eliminierte, aber ihre Terminkalender machten alles noch schlimmer. Kellie Gervais aus Keene, New Hampshire, war am 15. März 2004 im Wald hinter der örtlichen Mülldeponie aufgefunden worden. Seit drei bis fünf Tagen tot, wie der Leichenbeschauer in seinem Bericht festgestellt hatte. In Darcys Terminkalender für 2004 war für den 10. bis 12. März groß eingetragen: *Bob bei Fitzwilliam, Brat.* George Fitzwilliam war ein reicher Mandant von Benson, Bacon & Anderson. *Brat* war ihre Abkürzung für Fitzwilliams Wohnort Brattleboro. Von dort aus war Keene, New Hampshire, mit dem Auto leicht zu erreichen.

Helen Shaverstone und ihr Sohn Robert waren am 11. November 2007 am Rand der Kleinstadt Amesbury im Newrie Creek aufgefunden worden. Die beiden hatten ungefähr zwölf Meilen entfernt in Tassel Village gelebt. Auf dem Novemberblatt ihres Terminkalenders für 2007 hatte sie den Zeitraum vom 8. bis 10. November markiert und dazugeschrieben: *Bob in Saugus, 2 Nachlassversteigerungen plus Münzauktion Boston.* Und erinnerte sie sich nicht, an einem dieser Abende in seinem Motel in Saugus angerufen zu haben, ohne ihn zu erreichen? Hatte sie nicht vermutet, er sei mit irgendeinem Münzhändler beim Abendessen, auf der Jagd nach Schnäppchen oder unter der Dusche? Daran *schien* sie sich zu erinnern. Aber war er dann an diesem Abend mit dem Auto unterwegs gewesen? War er auf der Rückfahrt von einem Job (eine kleine Auslieferung) in der Kleinstadt Amesbury gewesen? Oder falls er unter der Dusche gestanden hatte, was um Himmels willen hatte er von sich abgespült?

Als die Taskleistenuhr über 23 Uhr hinausging und sich der Mitternacht näherte – der Geisterstunde, in der sich angeblich die Gräber öffneten –, wandte sie sich seinen Reiseunterlagen und -abrechnungen zu. Sie arbeitete sorgfältig und kontrollierte vieles mehrfach. Das Zeug aus den späten Siebzigerjahren war lückenhaft und nicht sehr aussagekräftig – Bob war damals nur ein kleiner Mitarbeiter seiner Firma gewesen –, aber ab den Achtzigerjahren war alles da, und die Übereinstimmungen mit den Beadie-Morden der Jahre 1980 und 1981 waren eindeutig und unwiderlegbar. Er war zur passenden Zeit in den richtigen Gebieten unterwegs gewesen. Und wenn man in jemands Haus genügend Katzenhaare fand, argumentierte die Clevere Darcy, dann musste man fast zwangsläufig annehmen, dort gebe es irgendwo eine Katze.

Was soll ich jetzt tun?

Die Antwort schien zu lauten: Nimm deinen angstvoll verwirrten Kopf mit nach oben. Sie bezweifelte, dass sie würde schlafen können, aber wenigstens konnte sie heiß duschen und sich dann hinlegen. Sie war erschöpft, hatte Rückenschmerzen, weil sie sich krampfhaft übergeben hatte, und stank nach ihrem eigenen Schweiß.

Sie schaltete den Computer aus und schleppte sich mühsam in den ersten Stock hinauf, wobei sie das Geländer umklammerte, weil sie zu wissen glaubte, dass sie sonst ohnmächtig werden und die Treppe hinunterstürzen würde. Das heiße Wasser linderte ihre Rückenschmerzen, und ein paar Tylenol würden sie bis gegen zwei Uhr vermutlich weiter lindern; sie war davon überzeugt, dass sie dann noch immer wach sein würde. Als sie das Tylenol in den Medizinschrank zurückstellte, nahm sie das Fläschchen mit Ambien heraus, behielt es fast eine Minute lang in der Hand und stellte es dann ebenfalls zurück. Es würde ihr keinen Schlaf bringen, sondern sie nur benommen und – vielleicht – noch paranoider machen, als sie so schon war.

Sie legte sich hin und sah zu dem Nachttisch auf der anderen Seite des Betts hinüber. Bobs Wecker. Bobs Ersatzlesebrille. Ein Buch mit dem Titel *Die Hütte*. *Du solltest es auch lesen, Darce, es kann wirklich dazu führen, dass man sein Leben ändert,* hatte er zwei oder drei Abende vor dieser letzten Reise gesagt.

Sie knipste ihre Lampe aus, sah Stacey Moore mit gefesselten Händen tot vor dem Maiskasten knien, in dem ihr Kopf steckte, und machte wieder Licht. In den meisten Nächten war das Dunkel ihr Freund – der gütige Vorbote des Schlafs –, aber nicht in dieser Nacht. Heute Nacht war das Dunkel von Bobs unaussprechlichem Harem bevölkert.

Das weißt du doch gar nicht! Merk dir, dass du das absolut nicht weißt.

Aber wenn man genügend Katzenhaare findet …

Jetzt auch Schluss mit den Katzenhaaren.

Sie lag da, sogar noch wacher, als sie zu sein befürchtet hatte, und ihre Gedanken bewegten sich im Kreis, mal dachte sie an die Opfer, mal an ihre Kinder, mal an sich selbst, sogar an eine längst vergessene Geschichte aus der Bibel über Jesus, der im Garten Gethsemane betete. Als sie glaubte, mindestens eine Stunde mit diesem elend sorgenvollen Rundlauf verbracht zu haben, sah sie auf Bobs Wecker, dass nur zwölf Minuten verstrichen waren. Sie richtete sich kurz auf einem Ellbogen auf, um den Wecker von sich weg zum Fenster hinzudrehen.

Er kommt morgen nicht vor sechs Uhr abends nach Hause, dachte sie … obwohl er streng genommen heute Abend heimkam, sagte sie sich, weil es nun schon eine Viertelstunde nach Mitternacht war. Trotzdem blieben ihr so achtzehn Stunden. Bestimmt Zeit genug, um zu irgendeiner

Entscheidung zu gelangen. Es wäre gut gewesen, wenn sie hätte schlafen, sogar nur ein bisschen hätte schlafen können – Schlaf wirkte oft als Rücksetzschalter für den Verstand –, aber das war ausgeschlossen. Manchmal döste sie etwas, aber dann dachte sie wieder an *Marjorie Duvall* oder an *Stacey Moore* oder (das war am schlimmsten) an *Robert Shaverstone, zehn Jahre alt, ER MUSSTE NICHT »LEIDEN«*. Und dann war jeglicher Schlaf wieder unmöglich. Ihr kam sogar der Gedanke, sie würde nie mehr wieder schlafen können. Das war natürlich ausgeschlossen, aber als sie so dalag und noch Kotzegeschmack im Mund hatte, obwohl sie mit Scope gegurgelt hatte, erschien ihr das völlig plausibel.

Irgendwann merkte sie, dass sie sich an ein Jahr in früher Kindheit erinnerte, in dem sie auf der Suche nach Spiegeln durchs Haus gestreift war. Sie hatte sich vor ihnen aufgebaut, beide Hände seitlich ans Gesicht gelegt und mit der Nasenspitze das Glas berührt, ohne jedoch zu atmen, damit der Spiegel nicht beschlug.

Wenn ihre Mutter sie so antraf, war sie immer weggeschubst worden. *Davon bleibt ein Fleck, den ich wieder wegputzen muss. Warum interessierst du dich überhaupt so für dich selbst? Du wirst niemals wegen Schönheit gehenkt werden. Und wieso stehst du so dicht davor? Aus dieser Nähe kannst du nichts erkennen, was sich zu sehen lohnt.*

Wie alt war sie damals gewesen? Vier? Fünf? Zu jung, um zu erklären, dass sie sich ohnehin nicht für ihr Spiegelbild interessierte – jedenfalls nicht in erster Linie. Sie war davon überzeugt gewesen, Spiegel seien Portale in eine andere Welt, und was sie darin sah, sei nicht *ihr* Wohnzimmer oder Bad, sondern das Wohnzimmer oder Bad irgendeiner anderen Familie. Vielleicht das der Matsons statt dem der Madsens. Weil hinter dem Glas alles *ähnlich*, aber nicht *gleich* war; wenn man nur lange genug hineinsah, konnte man einige der Unterschiede erkennen: einen Teppich, der dort drüben oval zu sein schien, statt wie hier rund zu sein; eine Tür, die keinen Drehknopf, sondern eine Klinke zu haben schien; ein Lichtschalter, der auf der falschen Seite der Tür saß. Auch das kleine Mädchen war nicht identisch. Darcy glaubte fest, sie seien zwar verwandt – Schwestern des Spiegels? –, aber nein, nicht gleich. Statt Darcellen Madsen konnte dieses kleine Mädchen Jane oder Sandra oder sogar Eleanor Rigby heißen und aus irgendeinem Grund (irgendeinem *unheimlichen* Grund) in Kirchen, in denen Hochzeiten stattgefunden hatten, Reiskörner auflesen.

Im Lichtkreis ihrer Nachttischlampe dösend, ohne es recht zu merken, vermutete Darcy, dass sie einige Zeit bei einem Kinderpsychiater hätte verbringen müssen, wenn sie imstande gewesen wäre, ihrer Mutter zu erklären, wonach sie Ausschau hielt, und ihr von dem Dunkleren Mädchen erzählt hätte, das nicht ganz sie selbst war. Dabei war es nicht das Mädchen gewesen, das sie interessiert hatte, es war niemals das Mädchen gewesen. Interessiert hatte sie die Vorstellung, hinter den Spiegeln liege eine ganze neue Welt, und wenn man durch dieses andere Haus (das Dunklere Haus) gehen und aus der Tür treten könne, erwarte einen dort der Rest jener Welt.

Natürlich hatte diese Idee sich wieder gegeben, und dank einer neuen Puppe (die sie nach dem Pfannkuchensirup, den sie so liebte, Mrs. Butterworth nannte) und einer neuen Puppenstube war sie zu akzeptableren Kleinmädchenphantasien übergegangen: kochen, putzen, einkaufen, das Baby ausschimpfen, sich zum Abendessen umziehen. Jetzt, nach all den Jahren, hatte sie doch einen Weg durch den Spiegel gefunden. Nur erwartete sie in dem Dunkleren Haus kein kleines Mädchen; stattdessen gab es anscheinend einen Dunkleren Ehemann, der die ganze Zeit hinter dem Spiegel gelebt und dort schreckliche Dinge getan hatte.

Ein gutes Stück zu einem fairem Preis, sagte Bob gern – ein Buchhaltermotto, wenn es je eines gegeben hatte.

Aufrecht und die Luft schnüffelnd – eine Antwort auf *Na, wie geht's?*, die jeder Junge in jeder Gruppe von Jungpfadfindern, die er jemals auf dem furchterregenden Dead Man's Trail hinter dem Einkaufszentrum Golden Grove geführt hatte, gut kannte. Eine Antwort, die manche der Jungen zweifellos noch als erwachsene Männer wiederholen würden.

Gentlemen bevorzugen Blondinen, vergiss den nicht. Weil sie nicht warten wollen ...

Aber dann überwältigte der Schlaf Darcy, und obwohl diese sanfte Nährmutter sie nicht weit tragen konnte, glätteten die Falten auf ihrer Stirn und in den Winkeln ihrer geröteten, verschwollenen Augen sich etwas. Sie war dem Bewusstsein nahe genug, um sich zu bewegen, als ihr Mann in die Einfahrt abbog, aber nicht genug, um aufzuwachen. Das hätte sie vielleicht getan, wären die Scheinwerferstrahlen des Suburban über die Zimmerdecke gehuscht, aber Bob hatte sie schon eine halbe Straße vorher ausgeschaltet, um sie nicht aufzuwecken.

8

Eine Katze streichelte ihre Wange mit samtweicher Pfote. Ganz leicht, aber sehr nachdrücklich.

Darcy versuchte sie wegzuwischen, aber ihre Hand schien eine halbe Tonne zu wiegen. Und dies war ohnehin nur ein Traum – es musste einer sein, weil sie keine Katze hatten. *Gibt es andererseits in einem Haus genügend Katzenhaare, muss es irgendwo eine geben,* sagte ihr Verstand, der ums Aufwachen kämpfte, ihr durchaus vernünftig.

Jetzt streichelte die Pfote ihren Pony und die Stirn darunter, und das konnte keine Katze sein, weil Katzen nicht reden konnten.

»Wach auf, Darce. Wach auf, Schatz. Wir müssen miteinander reden.«

Eine Stimme, sanft und wohltuend wie die Berührung. Bobs Stimme. Und keine Katzenpfote, sondern eine Hand. Bobs Hand. Nur konnte das nicht seine sein, weil er in Montp…

Sie riss die Augen auf, und da war er tatsächlich, saß neben ihr auf der Bettkante und streichelte ihr Gesicht und ihr Haar, wie er es manchmal tat, wenn sie gesundheitlich nicht ganz auf dem Posten war. Er trug einen Dreiteiler von Joseph A. Bank (dort kaufte er alle seine Anzüge und nannte das Geschäft – ein weiterer seiner halb amüsanten Ausdrücke – »Joss-Bank«), aber Weste und Hemdkragen waren aufgeknöpft. Sie konnte sehen, dass ein Ende seiner Krawatte wie eine rote Zunge aus seiner Jackentasche ragte. Der Bauch quoll ihm über den Gürtel, und ihr erster zusammenhängender Gedanke war: *Du musst wirklich etwas gegen dein Übergewicht tun, Bobby, es ist nicht gut für dein Herz.*

»Wa…?« Es kam als fast unverständliches Krächzen heraus.

Er lächelte und streichelte weiter ihr Haar, ihre Wange, ihren Nacken. Sie räusperte sich und versuchte es noch ein mal.

»Was machst du hier, Bobby? Es muss schon …« Sie hob den Kopf, um auf seinen Wecker zu sehen, aber das nutzte natürlich nichts. Sie hatte das Zifferblatt zum Fenster hin weggedreht.

Er sah auf seine Armbanduhr. Er hatte gelächelt, während sie wachgestreichelt hatte, und er lächelte auch jetzt. »Viertel vor drei. Nachdem wir telefoniert haben, habe ich

fast zwei Stunden lang in meinem dummen alten Motelzimmer gesessen und mir einzureden versucht, dass nicht
stimmen konnte, was ich dachte. Andererseits hätte ich
nicht Karriere gemacht, wenn ich wahrheitsscheu wäre.
Also habe ich mich in den 'Burban gesetzt und bin los-
gefahren. Praktisch ohne Verkehr. Ich weiß wirklich nicht,
warum ich nicht öfter spät nachts fahre. Vielleicht tue ich
das noch. Das heißt, wenn ich nicht in Shawshank einsitze.
Oder im New Hampshire State Prison in Concord. Aber
das hängt irgendwie von dir ab, nicht wahr?«

Seine Hand, die ihr Gesicht streichelte. Diese Berührung
war ihr vertraut, selbst der Geruch war vertraut, und sie
hatte sein Streicheln immer geliebt. Jetzt tat sie es nicht,
und das lag nicht nur an den schrecklichen Entdeckungen
dieser Nacht. Wie konnte ihr bisher entgangen sein, wie
selbstgefällig besitzergreifend seine Berührung war? *Du bist
eine alte Hündin, aber du bist* meine *alte Hündin,* schien
sie zu sagen. *Nur hast du diesmal eine Pfütze gemacht, während ich weg war, und das ist schlimm. Das ist sogar gaaanz
schlimm.*

Sie schob seine Hand weg und setzte sich auf. »Um Himmels willen, wovon redest du? Du schleichst dich hier rein,
du weckst mich auf …«

»Ja, du hast bei Licht geschlafen – das habe ich gleich
gesehen, als ich in die Einfahrt eingebogen bin.« Sein Lächeln war nicht im Geringsten schuldbewusst. Auch nicht
bedrohlich. Es war das gutmütige Bob-Anderson-Lächeln,
das sie fast von Anfang an geliebt hatte. Einen Augenblick
lang hing sie der Erinnerung nach, wie sanft er in ihrer
Hochzeitsnacht gewesen war, wie er sie nicht gedrängt
hatte. Wie er ihr Zeit gelassen hatte, sich an das Neue zu
gewöhnen.

Was er auch diesmal tun wird, dachte sie. Und sie wusste,
dass ihre Vermutung zutreffen würde.

»Du schläfst sonst nie bei Licht, Darce. Und obwohl du dein Nachthemd anhast, trägst du darunter einen Büstenhalter, was du ebenfalls nie tust. Hast einfach vergessen, ihn auszuziehen, nicht wahr? Armer Schatz. Armes müdes Mädchen.«

Er berührte flüchtig ihre Brust, dann nahm er – Gott sei Dank – die Hand wieder weg.

»Außerdem hast du meinen Wecker umgedreht, um die Uhrzeit nicht sehen zu müssen. Du hast einen Schock erlitten, und ich bin schuld daran. Das tut mir leid, Darce. Aus tiefster Seele leid.«

»Ich habe etwas gegessen, das mir nicht bekommen ist.« Etwas Besseres fiel ihr nicht ein.

Er lächelte geduldig. »Du hast mein spezielles Versteck in der Garage gefunden.«

»Ich weiß nicht, wovon du redest.«

»Oh, du hast dich bemüht, alles so zu hinterlassen, wie du es vorgefunden hattest, aber ich bin in solchen Dingen sehr penibel, und der kleine Klebstreifen, den ich am oberen Rand der Klappe angebracht hatte, war zerrissen. Das hast du nicht gemerkt, stimmt's? Wie denn auch? Diese Sorte Klebeband ist fest angedrückt fast unsichtbar. Und die Kassette steht zwei, drei Fingerbreit weiter links, als ich sie abgestellt habe – als ich sie immer hinstelle.«

Er streckte eine Hand aus, um abermals ihre Wange zu streicheln, und zog sie (anscheinend ohne Groll) sofort zurück, als Darcy den Kopf wegdrehte.

»Bobby, ich merke, dass du irgendeine fixe Idee hast, aber ich weiß wirklich nicht, wovon du redest. Vielleicht bist du überarbeitet.«

Er verzog die Lippen zu einer betrübten kleinen Grimasse, und seine Augen wurden tränenfeucht. Unglaublich. Sie musste sich beherrschen, um ihn nicht zu bemitleiden.

Emotionen waren anscheinend nur eine weitere menschliche Gewohnheit – ebenso konditioniert wie alle anderen.

»Ich habe wohl immer gewusst, dass dieser Tag kommen würde.«

»Ich weiß überhaupt nicht, wovon du redest.«

Bob seufzte. »Ich hatte auf einer langen Rückfahrt Zeit, über diese Sache nachzudenken, Schatz. Und je länger, je *intensiver* ich darüber nachgedacht habe, desto klarer ist mir geworden, dass tatsächlich nur eine einzige Frage beantwortet werden muss: WWDT.«

»Ich verstehe nicht …«

»Pst«, sagte er und legte ihr sanft einen Finger auf die Lippen. Sie konnte Seife riechen. Er musste geduscht haben, bevor er das Motel verlassen hatte – etwas, was für Bob typisch war. »Ich werde dir alles erzählen. Ich will dir alles gestehen. Ich glaube, dass ich mir im Innersten stets gewünscht habe, alles zu bekennen.«

Und obwohl sie vielleicht noch Schlimmeres erwartete, war dies das Schrecklichste, zumindest vorerst. »Ich will *nichts* hören. Ich weiß nicht, welche fixe Idee dich umtreibt, aber ich will *nichts* davon wissen.«

»In deinem Blick lese ich etwas anderes, Schatz, und ich bin sehr gut darin geworden, die Blicke von Frauen zu deuten. Darin bin ich geradezu Experte. WWDT bedeutet: Was würde Darcy tun? In diesem Fall: Was würde Darcy tun, wenn sie mein spezielles Versteck und den Inhalt meiner speziellen Kassette fände? Ich habe dieses Kästchen übrigens immer geliebt, weil *du* es mir geschenkt hast.«

Er beugte sich vor und drückte ihr rasch einen Kuss auf die Stirn. Seine Lippen waren feucht. Zum ersten Mal in ihrem Leben erfüllte diese Berührung ihrer Haut sie mit Abscheu, und ihr kam in den Sinn, dass sie tot sein könnte, bevor die Sonne aufging. Weil tote Frauen nichts ausplauderten. *Allerdings*, dachte sie, *würde er möglichst dafür sorgen, dass ich nicht »leide«.*

»Als Erstes habe ich mich gefragt, ob der Name Marjorie Duvall dir etwas sagen würde. Als Antwort auf diese Frage hätte ich mir ein großes altes Nein gewünscht, aber manchmal muss man Realist sein. Du bist nicht der größte Nachrichtenjunkie der Welt, aber ich habe lange genug mit dir zusammengelebt, um zu wissen, dass du die wichtigsten Meldungen im Fernsehen und in der Zeitung verfolgst. Ich habe angenommen, dass du den Namen oder zumindest das Führerscheinfoto erkennen würdest. Außerdem habe ich mich gefragt: Wird sie nicht neugierig sein, wie ich zu diesen Ausweiskarten gekommen bin? Frauen sind immer neugierig. Sieh dir Pandora an.«

Oder Blaubarts Frau, dachte Darcy. *Die Frau, die einen Blick in den abgesperrten Raum warf und darin die abgeschlagenen Köpfe aller ihrer Vorgängerinnen entdeckte.*

»Bob, ich schwöre dir, dass ich keine Ahnung habe, wovon du re…«

»Also habe ich nach meiner Ankunft als Erstes deinen Computer hochgefahren, Firefox geöffnet – das ist der Browser, den du immer benutzt – und mir den Verlauf angesehen.«

»Den was?«

Er schmunzelte, als wäre ihm eine besonders witzige Pointe gelungen. »Du weißt nicht einmal, was ich meine. Das habe ich mir gedacht, denn bei jeder Kontrolle war immer alles da. Du löschst ihn *nie*!« Und er schmunzelte erneut, so wie es ein Mann tat, wenn eine Frau eine Eigenschaft bewies, die er besonders liebenswert fand.

Darcy spürte die ersten schwachen Zornregungen. Unter diesen Umständen vielleicht absurd, aber trotzdem deutlich spürbar.

»Du kontrollierst meinen *Computer*? Du Schnüffler! Dreckiger Schnüffler!«

»Natürlich kontrolliere ich ihn. Ich habe einen sehr bösen Freund, der sehr schlimme Dinge tut. Ein Mann in meiner Lage muss auf dem Laufenden bleiben, was seine private Umgebung betrifft. Seit die Kinder aus dem Haus sind, besteht sie nur noch aus dir.«

Ein böser Freund? Ein böser Freund, der schlimme Dinge tat? Ihr schwindelte, aber eines war ihr nur allzu klar: Weiteres Leugnen wäre zwecklos gewesen. Sie wusste Bescheid, und er wusste, dass sie es wusste.

»Du hast dich nicht nur über Marjorie Duvall informiert.« In seiner Stimme hörte sie weder Schuldbewusstsein noch Rechtfertigungsversuche, sondern nur ein grausiges Bedauern darüber, dass es so weit gekommen war. »Du hast dich über *alle* informiert.« Dann lachte er und sagte: »Hoppla!«

Sie setzte sich auf und lehnte sich ans Kopfende des Betts, wodurch sich der Abstand zu ihm leicht vergrößerte. Das war gut. Abstand war gut. In all diesen Jahren hatte sie Hüfte an Hüfte, Schenkel an Schenkel mit ihm gelegen, aber jetzt war Abstand gut.

»Welcher böse Freund? Von wem redest du überhaupt?«

Er legte den Kopf schräg, Bobs Körpersprache für: *Du bist begriffsstutzig, aber auf niedliche Weise.* »Brian.«

Anfangs hatte sie keine Ahnung, von wem er sprach, und vermutete, das müsse ein Arbeitskollege sein. Vielleicht ein Komplize? Auf den ersten Blick erschien das kaum wahrscheinlich, denn sie hätte behauptet, Bob habe so wenig Talent dafür, Freunde zu gewinnen, wie sie selbst, aber Männer, die solche Verbrechen begingen, hatten manchmal Komplizen. Schließlich jagten auch Wölfe in Rudeln.

»Brian Delahanty«, sagte er. »Erzähl mir bloß nicht, dass du Brian vergessen hast. Ich habe dir alles über ihn erzählt, nachdem du mir erzählt hast, was Brandolyn zugestoßen ist.«

Ihr stand der Mund offen. »Dein Freund aus der Highschool? Bob, der ist tot! Er ist unter einen Lastwagen geraten, als er einen Baseball fangen wollte, und jetzt ist er *tot*!«

»Nun …« Bobs Lächeln wurde zaghaft. »Ja … und nein. Ich habe ihn fast ausschließlich Brian genannt, als ich dir von ihm erzählt habe, aber in der Schule habe ich ihn anders angesprochen, weil er seinen Vornamen gehasst hat. Ich habe ihn mit seinen Anfangsbuchstaben angesprochen. Ich habe ihn BD genannt.«

Sie wollte ihn fragen, was das mit dem bisherigen Thema zu tun habe, aber dann wusste sie es. Natürlich wusste sie das. BD.

Beadie.

9

Er sprach lange, und je länger er sprach, desto mehr steigerte sich ihr Entsetzen. In all diesen Jahren hatte sie mit einem Verrückten zusammengelebt, aber woher hätte sie das wissen sollen? Seine Geistesgestörtheit glich einem unterirdischen See, über dem eine Felsschicht und eine Humusdecke lagen, auf der Blumen wuchsen. Man konnte zwischen den Blumen umherspazieren, ohne jemals zu ahnen, dass die Verrücktheit da war … aber das war sie. Sie war schon immer da gewesen. Bob machte BD (der erst Jahre später, in seinen Mitteilungen an die Polizei, zu Beadie geworden war) für alles verantwortlich, aber Darcy ahnte, dass er das wider besseres Wissen tat; indem er Brian Delahanty alle Schuld zuschob, konnte er seine beiden Leben leichter auseinanderhalten und so die notwendige Maskerade beibehalten.

Zum Beispiel sei es BDs Idee gewesen, Waffen in die Schule mitzunehmen und dort Randale zu machen. Wie

Bob erzählte, war das im Sommer zwischen ihrem Freshman- und Sophomore-Jahr an der Highschool von Castle Rock gewesen. »1971«, sagte er und schüttelte gutmütig den Kopf wie ein Mann, der sich an irgendeinen harmlosen Kinderstreich erinnerte. »Lange bevor diese Trottel in Columbine auch nur geboren wurden. Einige Mädchen haben uns hochnäsig behandelt. Diana Ramadge, Laurie Swenson, Gloria Haggerty … und noch ein paar andere, deren Namen ich vergessen habe. Wir hatten vor, uns Waffen zu besorgen – Brians Dad hatte ungefähr zwanzig Pistolen und Gewehre im Keller, darunter zwei Luger-Pistolen aus dem Zweiten Weltkrieg, von denen wir absolut *fasziniert* waren – und sie mit in die Schule zu nehmen. Damals hat es natürlich noch keine Leibesvisitation, keine Metalldetektoren gegeben.

Wir hatten vor, uns im Laborflügel zu verbarrikadieren. Wir würden die Türen mit Ketten sichern, ein paar Leute erschießen – hauptsächlich Lehrer, aber auch ein paar Mitschüler, die wir nicht mochten – und die anderen Schüler dann durch den Notausgang am Ende des Flurs ins Freie treiben. Na ja … die *meisten* halt. Die Mädchen, die uns hochnäsig behandelt hatten, wollten wir als Geiseln zurückbehalten. Das alles wollten wir natürlich tun – *BD* wollte es tun –, bevor die Cops eintreffen konnten. Er hat Pläne gezeichnet und hatte eine Liste mit allen erforderlichen Schritten in seinem Geometrieheft. Ich glaube, dass es von ›Feueralarm auslösen, um Verwirrung zu erzeugen‹ insgesamt etwa zwanzig Schritte waren.« Er lachte glucksend. »Und sobald wir alle Zugänge gesichert hatten …«

Er bedachte sie mit leicht verschämtem Lächeln, aber sie glaubte zu wissen, dass er sich vor allem dafür genierte, wie dumm ihr ganzer Plan gewesen war.

»Na, das kannst du dir vermutlich denken. Zwei Teenager mit einem so hohen Hormonspiegel, dass wir geil geworden sind, wenn der Wind geweht hat. Wir wollten den Mädchen klarmachen, dass wir sie laufenlassen würden, wenn sie uns, du weißt schon, echt gut ficken würden. Wenn sie es nicht täten, würden wir sie erschießen müssen. Und sie hätten gefickt, versteht sich.«

Er nickte bedächtig.

»Sie hätten gefickt, um zu leben. Da hatte BD recht.«

Er ging ganz in seiner Erzählung auf. Seine Augen waren von (grotesker, aber echter) Nostalgie getrübt. Wonach? Nach diesen verrückten Jugendträumen? Darcy befürchtete, es könnte tatsächlich so sein.

»Wir hatten auch nicht vor, wie diese Heavy-Metal-Blödmänner in Colorado Selbstmord zu verüben. Niemals! Der Laborflügel war unterkellert, und Brian meinte, dass es dort unten einen Tunnel gab. Er hat gesagt, er würde vom Lagerraum bis zu der alten Feuerwache jenseits der Route 119 führen. Brian hat gesagt, als die Schule in den Fünfzigerjahren nur vom Kindergarten bis zur achten Klasse gereicht hat, hätte dort drüben ein Park gelegen, in dem die Kinder in der Pause gespielt hätten. Der Tunnel wäre gebaut worden, damit sie auf dem Hin- und Rückweg nicht über die Straße mussten.«

Bob lachte, was sie zusammenfahren ließ.

»Ich habe ihm alles geglaubt, aber in Wirklichkeit hat er lauter Scheiß erzählt. Im folgenden Herbst war ich selbst unten, um mich umzuschen. Der Lagerraum war voller Papier und hat nach der Vervielfältigertinte gestunken, die man damals benutzt hat, aber selbst ich konnte keinen Tunnel finden, obwohl ich schon damals sehr gründlich war. Ich weiß nicht, ob er uns beide oder nur sich selbst belügen wollte; ich weiß nur, dass es keinen Tunnel gab. Wir hätten oben festgesessen – und wer weiß, vielleicht hätten wir doch Selbstmord verübt. Was Vierzehnjährige tun werden, weiß man nie, oder? Sie rollen herum wie Bombenblindgänger.«

Aber du bist schon explodiert, dachte sie. *Hab ich recht, Bob?*

»Vermutlich wären wir ohnehin zu feige dafür gewesen. Aber vielleicht auch nicht. Vielleicht hätten wir versucht, die Sache durchzuziehen. BD hat mich ganz aufgeregt gemacht, indem er davon gesprochen hat, wie wir sie erst befummeln und dann dazu zwingen würden, sich gegenseitig auszuziehen ...« Er betrachtete sie ernst. »Ja, ich weiß, wie das klingt, bloß pubertäre Wichsphantasien, aber diese Mädchen waren *wirklich* hochnäsig. Wenn man mit ihnen reden wollte, haben sie gelacht und sind weggegangen. Dann haben sie an der Ecke der Mensa gestanden, die ganze Gänseherde, haben uns angestarrt und noch mehr gelacht. Also konnte man uns eigentlich keinen Vorwurf machen, oder?«

Er betrachtete seine Finger, die rastlos auf seinen Hosenbeinen trommelten, die sich über den Schenkeln spannten, dann sah er wieder zu Darcy auf.

»Verstehen – wirklich begreifen – musst du, wie überzeugend Brian argumentieren konnte. Er war viel schlimmer als ich. Er war *echt* verrückt. Wir waren sauer auf diese Mädchen, wir waren geil, uns sind alle diese Filme im Kopf herumgegangen ... *Bonnie und Clyde* ... *Easy Rider* ... Damals war eine Zeit, in der ganz Amerika rebelliert hat, vergiss das nicht, und das Ganze hat dazugehört.«

Das bezweifle ich, dachte sie.

Das Erstaunliche war, wie er es verstand, das alles fast normal klingen zu lassen, so als gehörten Vergewaltigung und Mord zu den sexuellen Phantasien jedes Heranwachsenden. Vermutlich glaubte er das auch, genau wie er an Brian Delahantys angeblichen Fluchttunnel geglaubt hatte. Oder hatte er das nicht getan? Woher sollte sie das wissen? Schließlich hörte sie sich die Erinnerungen eines Wahnsinnigen an. Es war nur schwer, das zu glauben – immer noch! –, weil der Verrückte Bob war. Ihr Bobby.

»Jedenfalls«, sagte er schulterzuckend, »ist es nie dazu gekommen. Das war der Sommer, in dem Brian hinter einem Baseball her auf die Straße gelaufen ist und überfahren wurde. Nach der Beerdigung hat es bei ihm zu Hause Kaffee und Kuchen gegeben, und seine Mutter hat gesagt, wenn ich wollte, könnte ich in sein Zimmer hinaufgehen und etwas mitnehmen. Gewissermaßen als Andenken. Und ob ich wollte! Worauf du Gift nehmen kannst! Ich habe sein Geometrieheft mitgenommen, damit niemand darin blättern und seinen Plan für die ›Die große Baller- und Fickparty in Castle Rock‹ finden konnte. So hat er sie nämlich genannt.«

Bob lachte wehmütig, dann wurde er wieder ernst.

»Wäre ich ein gläubiger Mensch, würde ich sagen, dass Gott mich vor mir selbst gerettet hat. Und wer weiß, ob es nicht irgendetwas gibt … irgendein Schicksal … das seinen eigenen Plan für uns hat?«

»Und dieses Schicksal hätte dich dazu bestimmt, Frauen zu foltern und zu ermorden?«, sagte Darcy. Sie konnte einfach nicht anders.

Er starrte sie vorwurfsvoll an. »Sie waren hochnäsig«, sagte er mit lehrerhaft erhobenem Zeigefinger. »Außerdem war das nicht ich. Es war Beadie, der diese Sachen gemacht hat – und ich sage bewusst *gemacht hat*, Darce. Ich sage *gemacht hat* statt *macht*, weil das nun alles hinter mir liegt.«

»Bob … dein Freund BD ist tot. Er ist seit fast vierzig Jahren tot. Das muss dir doch bewusst sein. Ich meine, auf irgendeiner Ebene *musst* du es doch wissen.«

Er warf die Hände hoch: eine Geste gutwilliger Kapitulation. »Willst du es Schuldverdrängung nennen? Das würde ein Seelenklempner vermutlich tun, und meinetwegen kannst du das auch tun. Aber hör zu, Darcy!« Er beugte sich vor, und sie befürchtete einen schrecklichen Augenblick lang, er werde sie küssen oder es zumindest versuchen. Stattdessen drückte er nur einen Finger zwischen den Augenbrauen an ihre Stirn. »Hör zu und kapier das endlich. Es *war* Brian. Er hat mich … na ja, mit bestimmten Ideen infiziert, sagen wir's mal so. Von manchen Ideen kann man sich nicht mehr frei machen, sobald man sie im Kopf hat. Man kann …«

»Man bekommt die Zahnpasta nicht wieder in die Tube zurück?«

Er klatschte so laut in die Hände, dass sie fast aufgeschrien hätte. »*Ja, genau!* Man bekommt die Zahnpasta nicht wieder in die Tube zurück. Brian war tot, aber seine Ideen waren lebendig. Diese Ideen – sich Frauen schnappen, ihnen irgendetwas antun, welche verrückte Idee einem gerade in den Sinn kommt –, sie sind sein Geist geworden.«

Als er das sagte, wanderte sein Blick nach links oben. Darcy hatte irgendwo gelesen, eine solche Mimik bedeute, dass der Betreffende bewusst log. Aber war es wichtig, ob er das tat? Oder wen von ihnen er belog? Wahrscheinlich nicht.

»Ich will nicht ins Detail gehen«, sagte er. »Das ist nichts für ein Sweetheart wie dich, und ob es dir nun gefällt oder nicht – im Augenblick wohl eher nicht –, bleibst du mein Sweetheart. Aber du sollst wissen, dass ich dagegen angekämpft habe. Ich habe sieben Jahre dagegen gekämpft, aber diese Ideen – *Brians* Ideen – sind immer stärker geworden. Bis ich mir schließlich gesagt habe: ›Ich werde es mal versuchen, nur um es aus dem Kopf zu bekommen. Um *ihn* aus meinem Kopf zu bekommen. Wenn ich gefasst werde, werde ich eben gefasst – aber ich kann wenigstens aufhören, daran zu denken. *Vermutungen* darüber anzustellen. Wie es wohl sein würde.‹«

»Du erzählst mir, das sei männlicher Forscherdrang gewesen?«, sagte sie bedrückt.

»Na ja, so könnte man es irgendwie nennen.«

»Oder als ob man einen Joint probiert, nur um zu sehen, was die ganze Aufregung soll.«

Er zuckte bescheiden, jungenhaft mit den Achseln. »Irgendwie.«

»Das war keine Erkundung, Bobby. Das war nicht, als ob man einen Joint versucht. Das war *Mord an einer Frau*!«

Sie hatte weder Schuldbewusstsein noch Schamgefühl gesehen, absolut nichts – er schien außerstande zu sein, solche Gefühle zu empfinden, so als wäre der Schalter, der sie kontrollierte, defekt geworden, möglicherweise schon vor der Geburt –, aber jetzt bedachte er sie mit einem schmollenden, gekränkten Blick. Mit dem Du-verstehst-mich-nicht-Blick eines Teenagers.

»Darcy, sie waren *hochnäsig*.«

Sie wollte ein Glas Wasser, fürchtete sich aber davor, aufzustehen und ins Bad zu gehen. Sie fürchtete, er würde sie aufhalten, und was würde danach kommen? Was dann?

»Außerdem«, fuhr er fort, »habe ich nicht erwartet, gefasst zu werden. Nicht wenn ich sorgfältig vorging und einen Plan machte. Also keinen unausgereiften, geilen Plan eines Vierzehnjährigen, sondern einen richtigen. Einen realistischen Plan. Und mir ist noch etwas klargeworden: Ich konnte es nicht allein schaffen. Selbst wenn ich es nicht aus Nervosität vermasseln würde, könnte mein schlechtes Gewissen alles verderben. Weil ich einer der guten Kerle war. So habe ich mich gesehen, und ob du's glaubst oder nicht, so sehe ich mich noch immer. Und das kann ich beweisen, oder nicht? Ein schönes Heim, eine gute Frau, zwei ansehnliche Kinder, die jetzt erwachsen sind und ihr eigenes Leben beginnen. Und ich habe dem Gemeinwesen etwas zurückgegeben. Deshalb habe ich zwei Jahre lang ehrenamtlich das Amt unseres Stadtkämmerers übernommen. Deshalb arbeite ich jedes Jahr mit Vinnie Eschler zusammen, um die Blutspendeaktion an Halloween zu organisieren.«

Du hättest Marjorie Duvall um eine Blutspende bitten sollen, dachte Darcy. *Sie hatte Blutgruppe A positiv.*

Dann sagte er, indem er sich wie ein Mann, der seine Argumente mit einem letzten unwiderlegbaren Punkt untermauerte, leicht aufplusterte: »Das steckt auch hinter meiner Arbeit mit den Jungpfadfindern. Du hast geglaubt, ich würde aufhören, als Donnie zu den Pfadfindern gegangen ist. Ich weiß, dass du das geglaubt hast. Aber ich hab's nicht getan. Weil es mir niemals nur um ihn gegangen ist. Sondern um das Gemeinwesen, dem ich etwas zurückgeben wollte.«

»Dann gib Marjorie Duvall ihr Leben zurück. Oder Stacey Moore. Oder Robert Shaverstone.«

Der letzte Name erreichte sein Ziel; Bob zuckte zusammen, als hätte sie ihn geschlagen. »Der Junge war ein Unfall. Er hätte nicht dort sein sollen.«

»Aber dass du dort warst, war kein Unfall?«

»Das war nicht ich«, sagte er und fügte dann die endgültige surreale Absurdität an: »Ich bin kein Ehebrecher. Das war BD. Es ist immer BD. Es war seine Schuld, dass er mir diese Ideen überhaupt in den Kopf gesetzt hat. Allein wäre ich nie darauf gekommen. Meine Mitteilungen an die Polizei habe ich mit seinem Namen unterzeichnet, nur damit das klar war. Natürlich habe ich die Schreibweise geändert, weil ich ihn einige Male BD genannt habe, als ich dir damals von ihm erzählt habe. Du hättest dich vielleicht nicht daran erinnert, aber ich wusste es natürlich.«

Wie zwanghaft er alles Erdenkliche tat, beeindruckte sie wider Willen. Kein Wunder, dass er nicht geschnappt worden war. Wenn sie sich nicht den Zeh an diesem verflixten Karton angestoßen hätte ...

»Keine von denen hatte irgendetwas mit mir oder mit meinem Beruf zu tun. Auch nicht mit meiner Nebenbeschäftigung. Das wäre sehr schlecht gewesen. Sehr gefährlich. Aber ich reise viel und halte dabei die Augen offen. Das tut auch BD – der BD in meinem Inneren. Wir achten auf die Hochnäsigen. Die sind immer leicht zu erkennen. Sie tragen viel zu kurze Röcke und lassen absichtlich ihre BH-Träger sehen. Sie locken Männer an. Zum Beispiel diese Stacey Moore. Von der hast du bestimmt gelesen. Verheiratet, aber das hat sie nicht daran gehindert, mich mit ihren Möpsen am Arm zu streifen. Sie hat als Serviererin in einem Café gearbeitet – im Sunnyside in Waterville. Da war ich oft bei Mickleson's Coins, weißt du noch? Du bist sogar ein paarmal mitgefahren, als Pets am Colby war. Das war, bevor George Mickleson gestorben ist und sein Sohn den ganzen Lagerbestand verschleudert hat, um nach Neuseeland oder sonst wohin ziehen zu können. Diese Frau hat mich *bedrängt*, Darce! Hat ständig gefragt, ob ich noch etwas heißen Kaffee will, wollte meine Meinung zu den Red Sox hören, hat sich über mich gebeugt, ihre Möpse an meiner Schulter gerieben und ihr Bestes getan, um mich aufzugeilen. Was ihr auch gelungen ist, das muss ich zugeben, immerhin bin ich ein Mann mit Männerbedürfnissen, und obwohl du mich nie abgewiesen oder Nein gesagt hast ... na ja, selten ... bin ich ein Mann mit Männerwünschen und einem schon immer starken Sexualtrieb. Manche Frauen spüren das und spielen gern damit. Das bringt sie zum Orgasmus.«

Er starrte mit dunklen, nachdenklichen Augen in seinen Schoß. Dann schien ihm etwas anderes einzufallen, und er riss den Kopf hoch. Sein schütter werdendes Haar flog auf und legte sich dann wieder.

»Immer mit einem Lächeln! Roter Lippenstift und immer lächelnd! Aber ich kenne dieses Lächeln. Das tun die meisten Männer. ›Haha, ich weiß, dass du's willst, ich kann es an dir riechen, aber dieses kleine Reiben ist alles, was du kriegst, also find dich damit ab.‹ *Ich* konnte es! Ich konnte mich damit abfinden! Aber nicht BD, der nicht.«

Er schüttelte langsam den Kopf.

»Solche Frauen gibt es viele. Es ist einfach, ihre Namen zu erfahren. Dann kann man sie im Internet aufspüren. Dort gibt es allerhand Informationen, wenn man sich aufs Suchen versteht, und das tut man in meinem Beruf. Das habe ich … ach, Dutzende von Malen gemacht. Vielleicht schon hundertmal. Man könnte es ein Hobby nennen, glaube ich. Man könnte sagen, dass ich außer Münzen auch Informationen sammle. Meistens wird nichts daraus. Aber manchmal sagt BD: ›Sie ist diejenige, bei der du weitermachen musst, Bobby. Genau diese hier. Wir machen gemeinsam einen Plan, und wenn es so weit ist, überlässt du die Sache einfach mir.‹ Und das tue ich dann.«

Er nahm ihre Hand und umschloss ihre kalten, schlaffen Finger mit seinen.

»Du hältst mich für verrückt. Das sehe ich dir an. Aber das bin ich nicht, Schatz. *BD* ist verrückt … oder Beadie, wenn dir sein für die Öffentlichkeit bestimmter Name besser gefällt. Wenn du die Zeitungsmeldungen verfolgt hast, weißt du übrigens, dass ich in meine Mitteilungen an die Polizei absichtlich viele Rechtschreibfehler einstreue. Ich schreibe sogar die Adressen falsch. Ich habe eine Liste mit Rechtschreibfehlern in meiner Geldbörse, damit es immer die gleichen sind. So was nennt man Desinformation. Sie sollen Beadie für dumm halten – zumindest für ungebildet –, und genau das tun sie. Weil *sie* dumm sind. Ich bin nur ein einziges Mal als Zeuge vernommen worden – ungefähr zwei Wochen nachdem BD Stacey Moore umgebracht hat. Von einem alten Kerl mit einem Hinkebein, halb pensioniert. Hat mich aufgefordert, ihn anzurufen, wenn mir noch was einfallen würde. Ich hab's ihm versprochen. Das war köstlich!«

Er glückste lautlos, wie er es manchmal tat, wenn sie sich zusammen *Modern Family* oder *Two and a Half Men* ansahen. Bis heute Nacht hatte diese Art zu lachen stets ihre eigene Belustigung gesteigert.

»Soll ich dir was sagen, Darce? Sollte ich auf frischer Tat ertappt werden, würde ich alles gestehen – wenigstens vermute ich das, ich glaube nicht, dass jemand hundertprozentig weiß, was er in einer solchen Situation tun würde –, aber ich könnte kein großes Geständnis ablegen. Weil ich keine allzu genauen Erinnerungen an die wirklichen ... nun ... Taten habe. Beadie verübt sie, und ich verfalle ... ich weiß nicht ... in eine Art Bewusstlosigkeit. Eine Art Amnesie. Irgendeine verdammte Sache.«

Lügner! Du erinnerst dich an alles. Das steht in deinem Blick, es liegt sogar in der Art, wie du die Mundwinkel hängen lässt.

»Und jetzt ... liegt alles in Darcellens Hand.« Er führte sie an die Lippen und küsste den Handrücken, als wolle er seine Aussage unterstreichen. »Du kennst diese alte Redensart: ›Ich könnte's dir erzählen, aber dann müsste ich dich kaltmachen‹? Die gilt hier nicht. Ich könnte dich niemals umbringen. Was ich gemacht, was ich aufgebaut habe – so bescheiden es manchen Leuten erscheinen mag –, habe ich für dich gemacht und aufgebaut. Natürlich auch für die Kinder, aber hauptsächlich für dich. Du bist in mein Leben getreten, und weißt du, was daraufhin passiert ist?«

»Du hast aufgehört«, sagte sie.

Er brach in strahlendes Grinsen aus. »Über zwanzig Jahre lang!«

Sechzehn, dachte sie, sagte aber nichts.

»In den meisten dieser Jahre, als wir die Kinder groß-gezogen und darum gekämpft haben, den Münzhandel zu etablieren – obwohl das hauptsächlich du warst, weil ich ständig in Neuengland unterwegs gewesen bin, um Klienten steuerlich und bei Stiftungsgründungen zu beraten ...«

»Der Erfolg war dein Verdienst«, sagte sie und war leicht schockiert darüber, was sie in ihrer Stimme hörte: Ruhe und Wärme. »Du hattest das nötige Fachwissen.«

Er wirkte fast wieder zu Tränen gerührt, und als er weitersprach, klang seine Stimme heiser. »Danke, Schatz. Es bedeutet mir unendlich viel, dich das sagen zu hören. Du hast mich gerettet, ehrlich. Und zwar in mehr als einer Beziehung.«

Er räusperte sich.

»Ein Dutzend Jahre lang hat BD keinen Muckser getan. Ich dachte, er wäre fort. Ich hab das wirklich geglaubt. Aber dann ist er zurückgekommen. Wie ein Geist.« Bob schien darüber nachzudenken, dann nickte er bedächtig. »Genau das ist er. Ein Geist, ein böser Geist. Er hat ange-fangen, mich auf Frauen aufmerksam zu machen, wenn ich auf Reisen war. ›Sieh dir bloß mal die an, die will, dass du ihre Brustwarzen siehst, aber würdest du eine berühren, würde sie die Polizei rufen und dann mit ihren Freundin-nen lachen, wenn du abgeführt wirst. Oder sieh dir die an, wie sie sich mit der Zungenspitze über die Lippen fährt; sie auch, dass du dir wünschst, sie würde sie in deinen Mund stecken, und auch, dass du weißt, dass sie das nie tun wird. Und sieh dir die an, die ihren Slip blitzen lässt, wenn sie aus dem Auto steigt, und wenn du das für Zufall hältst, bist du ein Idiot. Die ist nur noch so ein hochnäsiges Weibsbild, das sich sicher ist, niemals zu kriegen, was es verdient.‹«

Er hielt inne und starrte wieder düster und bedrückt vor sich hin. In seinem Blick lag der Bobby, der sich siebenundzwanzig Jahre lang erfolgreich vor ihr versteckt hatte. Die Person, die er als Geist hinzustellen versuchte.

»Als dieser Drang zurückgekehrt ist, habe ich dagegen angekämpft. Es gibt da so Zeitschriften … bestimmte Magazine … ich habe vor unserer Ehe mal welche gekauft, und ich dachte, wenn ich das wieder tue … oder bestimmte Internetseiten … ich dachte, ich könnte … ich weiß nicht recht … die Realität durch Phantasie ersetzen, könnte man vielleicht sagen … aber sobald man das Original kennt, ist die Phantasie nichts mehr wert.«

Er redete, fand Darcy, wie ein Mann, der eine teure Delikatesse lieben gelernt hatte. Kaviar. Trüffeln. Belgische Pralinen.

»Aber das Entscheidende ist, dass ich aufgehört habe. In all diesen Jahren hatte ich aufgehört. Und ich könnte es wieder schaffen, Darcy. Dieses Mal endgültig. Wenn es eine Chance für uns gibt. Wenn du mir verzeihen und einfach eine neue Seite aufschlagen könntest.« Er sah sie mit feuchten Augen ernst an. »Ist es denn denkbar, dass du das könntest?«

Sie dachte an die in einer Schneewehe verscharrte Frau, deren nackte Beine ein achtlos vorbeifahrender Schneepflug freigelegt hatte – die Tochter irgendeiner Mutter, einst der Liebling irgendeines Vaters, als sie in einem rosa Tutu unbcholfen über eine Grundschulbühne getanzt war. Sie dachte an die in einem eiskalten Bach aufgefundene Mutter mit ihrem Sohn, deren Haar sich in dem eisrandigen schwarzen Wasser kräuselte. Sie dachte an die Frau mit dem Kopf im Mais und hinter dem Rücken gefesselten Händen.

»Darüber müsste ich erst nachdenken«, sagte sie sehr vorsichtig.

Er fasste sie an den Oberarmen und beugte sich ihr entgegen. Sie musste sich dazu zwingen, seinen Blick zu erwi-

dern und nicht zurückzuzucken. Das waren seine Augen …
und auch wieder nicht. *Vielleicht ist an dieser Geistersache
doch was dran,* dachte sie.

»Das hier ist keiner dieser Filme, in denen ein verrückter
Ehemann seine kreischende Frau durchs ganze Haus jagt.
Wenn du beschließt, zur Polizei zu gehen und mich anzu-
zeigen, rühre ich keinen Finger, um dich daran zu hindern.
Aber ich weiß, dass du dir überlegt hast, was das für die
Kinder bedeuten würde. Du wärst nicht die Frau, die ich
geheiratet habe, wenn du darüber nicht nachgedacht hättest. Aber vielleicht hast du nicht genug darüber nachgedacht, was das für *dich* bedeuten würde. Niemand würde
dir abnehmen, dass du all diese Jahre mit mir verheiratet
warst, ohne das Geringste zu wissen … oder wenigstens zu
ahnen. Du würdest wegziehen und von unseren wenigen
Ersparnissen leben müssen, weil ich immer der Alleinver-
diener war, was man hinter Gittern schlecht sein kann.
Vielleicht würden die Schadenersatzklagen die Ersparnisse
sogar auffressen. Und die Kinder müssten …«

»Schluss damit, lass sie aus dem Spiel, wenn du von dieser Sache redest, *tu das nie wieder*!«

Er nickte demütig, hielt sie aber weiter leicht an den
Oberarmen gefasst. »Ich habe BD schon mal besiegt … ich
habe ihn zwanzig Jahre lang besiegt …«

Sechzehn, dachte sie wieder. *Sechzehn, das weißt du genau.*

»… und ich kann ihn wieder besiegen. Mit deiner Hilfe,
Darce. Mit deiner Hilfe kann ich alles schaffen. Und was
wäre, wenn er in zwanzig Jahren zurückkäme? Na und?
Dann wäre ich dreiundsiebzig. Schwierig, Jagd auf hoch-
näsige Weiber zu machen, wenn man mit einem Gehwägel-
chen umherschlurft.« Er lachte herzhaft über diese absurde
Vorstellung, dann wurde er wieder ernst. »Aber – hör mir
jetzt gut zu – wenn ich jemals rückfällig würde, auch nur
ein einziges Mal, dann würde ich Selbstmord verüben. Die

Kinder würden das nie erfahren, sie würden nie unter diesem ... diesem, du weißt schon, *Stigma* ... leiden müssen, weil ich dafür sorgen würde, dass alles wie ein Unfall aussieht ... aber *du* würdest es wissen. Und du würdest wissen, weshalb. Was sagst du also? Können wir das alles hinter uns lassen?«

Sie schien darüber nachzudenken. Sie *überlegte* tatsächlich, obwohl die Denkprozesse, zu denen sie jetzt imstande war, vermutlich in keine Richtung gingen, die er ohne weiteres verstanden hätte.

In Wirklichkeit dachte sie: *Das ist das Gleiche, was Drogensüchtige sagen.* »*Ich nehme dieses Zeug nie wieder. Ich habe schon mal damit aufgehört, und diesmal höre ich endgültig auf. Das ist mein Ernst!*« *Aber sie meinen es nicht ernst, auch wenn sie glauben, dass sie es ernst meinen, tun sie's nicht, und er tut es auch nicht.*

In Wirklichkeit dachte sie: *Was soll ich nur tun? Täuschen kann ich ihn nicht; dazu sind wir zu lange verheiratet.*

Darauf antwortete eine kalte Stimme, die sie niemals in ihrem Inneren vermutet hätte – vielleicht mit der BD-Stimme verwandt, die Bob flüsternd auf die hochnäsigen Weibsbilder aufmerksam machte, die er in Restaurants, an Straßenecken lachen, teure Sportwagen mit offenem Verdeck fahren, auf den Balkonen von Apartmentgebäuden miteinander flüstern und lächeln sah.

Möglicherweise war es auch die Stimme des Dunkleren Mädchens.

Wieso nicht?, fragte die Stimme. *Schließlich hat* er *auch* dich *reingelegt.*

Und was dann? Sie hatte keine Ahnung. Sie wusste nur, dass jetzt jetzt war – und jetzt bewältigt werden musste.

»Du müsstest versprechen, damit aufzuhören«, sagte sie sehr langsam und widerstrebend. »Dein feierlichstes Versprechen ablegen, das du niemals brechen würdest.«

Die auf seinem Gesicht erscheinende Erleichterung war so total – so jungenhaft irgendwie –, dass sie gerührt war. Er hatte in der letzten Zeit nur selten so wie der Junge ausgesehen, der er einst gewesen war. Aber natürlich war das auch der Junge gewesen, der damals mit Waffen in die Schule hatte gehen wollen. »Das täte ich, Darce. Das tue ich. Ich *versprech's* dir. Wie ich dir schon gesagt habe.«

»Und wir könnten nie wieder über diese Sache reden.«

»Das verstehe ich.«

»Und du darfst Marjorie Duvalls Ausweiskarten nicht der Polizei schicken.«

Sie sah sein enttäuschtes Gesicht (ebenfalls unheimlich jungenhaft), als sie das sagte, aber sie würde darauf beharren. Er musste das Gefühl haben, bestraft worden zu sein, wenn auch nur ein wenig. So würde er glauben, sie überzeugt zu haben.

Tut er das? Oh, Darcellen, tut er das?

»Ich brauche mehr als nur Versprechungen, Bobby. Taten sprechen lauter als Worte. Ich will, dass du die Ausweiskarten der Frau irgendwo im Wald vergräbst.«

»Und sobald ich das getan habe, sind wir …«

Sie streckte den Arm aus und hielt ihm den Mund mit der Hand zu. Sie bemühte sich, streng zu sprechen. »Still! Kein Wort mehr.«

»Okay. Danke, Darcy. Innigen Dank.«

»Ich weiß nicht, wofür du dich bedankst. Nichts ist passiert, außer dass du diesmal früher heimgekommen bist.« Und obwohl die Vorstellung, ihn neben sich liegen zu haben, sie mit Abscheu und Entsetzen erfüllte, zwang sie sich dazu, den Rest zu sagen.

»Jetzt zieh dich aus und komm ins Bett. Wir brauchen beide etwas Schlaf.«

10

Er war praktisch in dem Augenblick weg, in dem sein Kopf das Kissen berührte, aber lange nachdem sein leises, zurückhaltendes Schnarchen eingesetzt hatte, lag Darcy noch wach, weil sie befürchtete, von seinen Händen um den Hals aufzuwachen, wenn sie zuließ, dass sie eindöste. Schließlich teilte sie sich das Bett mit einem Wahnsinnigen. Wenn er sie mit dazunahm, hatte er genau ein Dutzend Morde verübt.

Aber er meint es ernst, dachte sie. Das war um die Zeit, als der Himmel im Osten hell zu werden begann. *Er hat gesagt, dass er mich liebt, und meinte es ernst. Und als ich versprochen habe, sein Geheimnis zu bewahren – darum geht's nämlich, sein Geheimnis soll bewahrt werden –, hat er mir geglaubt. Wieso auch nicht? Ich hab es beinahe selbst geglaubt.*

War es nicht vorstellbar, dass er sein Versprechen halten würde? Schließlich misslang es nicht allen Drogenabhängigen, clean zu werden. Und war es nicht möglich, sein Geheimnis vor den Kindern zu bewahren, wenn sie es schon nicht für sich behalten konnte?

Das kann ich nicht. Das will ich nicht. Aber welche Wahl bleibt mir denn?

Welche gottverdammte Wahl?

Während sie über diese Frage nachdachte, gab ihr verwirrter, übermüdeter Verstand endlich auf, und sie schlief ein.

Sie träumte davon, ins Esszimmer zu kommen, in dem auf dem langen Ethan-Allen-Tisch eine Frau angekettet war. Die Frau war bis auf eine schwarze Lederkapuze, die ihre obere Kopfhälfte bedeckte, nackt. *Ich kenne diese Frau nicht, diese Frau ist eine Fremde,* dachte sie im Traum, und dann fragte Petra unter der Kapuze hervor: »Mama, bist du's?«

Darcy wollte schreien, aber in Albträumen kann man das manchmal nicht.

11

Als sie mühsam zu sich kam – mit Kopfschmerzen, elend, irgendwie verkatert –, war die andere Betthälfte leer. Bob hatte seinen Wecker wieder umgedreht, und sie sah, dass es Viertel nach zehn war. So lange hatte sie seit Jahren nicht mehr geschlafen, aber sie war natürlich auch erst in der Dämmerung eingedöst, und ihr unruhiger, oft unterbrochener Schlaf war mit Schrecken bevölkert gewesen.

Sie ging auf die Toilette, nahm ihren Hausmantel vom Haken an der Badezimmertür und putzte sich dann die Zähne. Sie hatte einen scheußlichen Geschmack im Mund. *Wie der Boden eines Vogelkäfigs,* hatte Bob an den seltenen Morgen gesagt, nachdem er beim Abendessen ein zusätzliches Glas Wein oder bei einem Baseballspiel eine zweite Flasche Bier getrunken hatte. Sie spuckte aus, wollte ihre Zahnbürste schon ins Glas zurückstellen, erstarrte in der Bewegung und betrachtete ihr Spiegelbild. Heute Morgen sah sie eine Frau in mittleren Jahren, die alt aussah: fahle Haut, tiefe Falten auf beiden Seiten des Mundes, dunkle Ringe unter den Augen, das völlig zerzauste Haar, das man nur bekam, wenn man sich ruhelos im Bett wälzte. Aber das alles interessierte sie nur am Rande; ihr Aussehen beschäftigte sie am wenigsten. Sie spähte über die Schulter ihres Spiegelbilds und durch die offene Badezimmertür in ihr Schlafzimmer. Nur war es nicht ihr eigenes; es war das Dunklere Schlafzimmer. Sie konnte seine Pantoffeln sehen, die aber nicht seine waren. Sie waren eindeutig zu groß für Bob, fast die eines Riesen. Und das Doppelbett mit den verknitterten Laken und den zerwühlten Decken? Das war das Dunklere Ehebett. Sie richtete den Blick wieder auf die Frau mit dem wild zerzausten Haar, den blutunterlaufenen, verängstigten Augen: die Dunklere Ehefrau in all ihrem rötlichen Glanz. Ihr Vorname war Darcy, genau wie ihrer, aber ihr Familienname war nicht Anderson. Die Dunklere Ehefrau war Mrs. Brian Delahanty.

Darcy beugte sich nach vorn, bis sie mit der Nasenspitze das Glas berührte. Sie hielt den Atem an und legte beide Hände seitlich ans Gesicht, wie sie es als Mädchen in grasfleckigen Shorts und rutschenden weißen Socken getan hatte. Sie sah in den Spiegel, bis sie die Luft nicht länger anhalten konnte, und atmete schließlich prustend aus, so dass der Spiegel beschlug. Sie wischte ihn mit einem Handtuch ab und ging dann unten, um sich ihrem ersten Tag als Frau des Ungeheuers zu stellen.

Er hatte eine Nachricht für sie unter die Zuckerdose geklemmt.

Darce,
ich werde die Dokumente beseitigen, wie
Du's verlangt hast. Ich liebe Dich, Schatz.
Bob

Um seinen Namen hatte er ein kleines Valentinsherz gemalt, was er seit Jahren nicht mehr getan hatte. Sie fühlte eine Woge der Liebe für ihn, sämig und süßlich wie der Duft verwelkender Blumen. Sie hätte am liebsten wie die Klageweiber des Alten Testaments laut geschrien, erstickte diesen Laut aber mit einer Serviette. Der Kühlschrank schaltete sich ein und begann sein herzloses Summen. Wasser tropfte in den Ausguss und zählte die Sekunden auf Geschirr platschend ab. Ihre Zunge füllte ihren Mund wie ein mit Essig getränkter Schwamm aus. Sie spürte, wie die Zeit –

alle Zeit, die ihr noch als seine Frau in diesem Haus bevorstand – sie wie eine Zwangsjacke umschloss. Oder wie ein Sarg. Dies war die Welt, an die sie als Kind geglaubt hatte. Sie war die ganze Zeit hier gewesen. Hatte auf sie gewartet.

Der Kühlschrank summte, das Wasser tropfte in den Ausguss, und die grausamen ersten Sekunden verstrichen. Dies war das Dunklere Leben, in dem jede Wahrheit rückwärts geschrieben wurde.

12

In den Jahren, in denen Donnie im Cavendish Hardware Team Baseball gespielt hatte, hatte ihr Mann auch die Little League trainiert (ebenfalls mit Vinnie Eschler, diesem Meister polnischer Witze und bärenhaft tollpatschiger Umarmungen), und Darcy wusste noch gut, was Bob zu den Jungen – von denen viele weinten – gesagt hatte, nachdem sie das Endspiel des Jahresturniers im Bezirk 19 verloren hatten. Das musste 1997 gewesen sein, wahrscheinlich nur einen Monat bevor er Stacey Moore ermordete und sie mit dem Kopf voraus in ihren eigenen Maiskasten stopfte. Seine Ansprache vor dieser Horde enttäuscht schniefender Jungen war kurz, klug und (das hatte sie damals gefunden und dachte es heute noch) unglaublich gütig gewesen.

Ich weiß, wie schlecht ihr euch fühlt, Jungs, aber trotzdem geht die Sonne morgen wieder auf. Und wenn sie es tut, dann werdet ihr euch wieder besser fühlen. Wenn sie übermorgen aufgeht, noch ein bisschen besser. Was heute passiert ist, war nur ein Teil eures Lebens, der jetzt vorbei ist. Ein Sieg wäre besser gewesen, aber so oder so ist es vorbei. Das Leben geht weiter.

Wie ihr eigenes nach dem verhängnisvollen Trip in die Garage, um Batterien zu holen. Als Bob nach ihrem ersten langen Tag zu Hause (sie konnte den Gedanken, selbst auszugehen, nicht ertragen, weil sie befürchtete, ihr Wissen müsse in Großbuchstaben auf ihrer Stirn zu lesen sein) aus dem Büro heimkam, sagte er: »Schatz, wegen letzter Nacht ...«

»Letzte Nacht ist nichts passiert. Du bist vorzeitig zurückgekommen, das war alles.«

Er senkte auf seine jungenhafte Art den Kopf, und als er ihn langsam wieder hob, leuchtete auf seinem Gesicht ein breites dankbares Lächeln. »Also gut«, sagte er. »Fall abgeschlossen?«

»Zu den Akten gelegt.«

Er breitete die Arme aus. »Gib uns einen Kuss, Schatz.«

Das tat Darcy – und fragte sich dabei, ob er auch *die Frauen* geküsst hatte.

Gib dir richtig Mühe, lass deine flinke Zunge spielen, dann steche ich nicht zu, glaubte sie ihn sagen zu hören. *Leg dein hochnäsiges kleines Herz rein.*

Er legte ihr die Hände auf die Schultern und hielt sie auf Armeslänge von sich weg. »Weiter Freunde?«

»Weiter Freunde.«

»Bestimmt?«

»*Ja.* Ich habe nicht gekocht, will aber auch nicht ausgehen. Hast du nicht Lust, schnell deine Freizeitklamotten anzuziehen und uns eine Pizza zu holen?«

»Klar doch.«

»Und vergiss nicht, dein Prilosec zu nehmen.«

Er strahlte sie an. »Wird gemacht.«

Sie beobachtete, wie er die Treppe hinaufstürmte, und war kurz davor, ihm nachzurufen: *Tu das nicht, Bobby, das belastet dein Herz.*

Aber nein.

Nein.

Sollte er es doch belasten, so viel er wollte.

13

Die Sonne ging am nächsten Tag auf. Und am übernächsten. Eine Woche verstrich, dann zwei, dann ein Monat. Langsam und allmählich kehrten sie zu ihren alten Gewohnheiten zurück, den kleinen Angewohnheiten einer langen Ehe. Darcy putzte sich die Zähne, während er unter der Dusche stand (und meistens irgendeinen Hit aus den Achtzigern sang – tonartgetreu, aber mit nicht sonderlich melodischer Stimme), aber sie tat es nicht mehr nackt, weil sie sofort nach ihm unter die Dusche gehen wollte; sie duschte jetzt, nachdem er zu B, B & A abgefahren war. Falls ihm diese kleine Veränderung ihres *Modus operandi* auffiel, äußerte er sich nicht dazu. Sie ging wieder in ihren Literaturzirkel und erklärte den übrigen Ladys und den beiden pensionierten Gentlemen, die ihn bildeten, sie sei nicht ganz gesund gewesen und habe außer ihrer Meinung zur neuen Barbara Kingsolver nicht noch ein Virus weitergeben wollen. Darüber schmunzelten alle höflich. Eine Woche später ging sie wieder in ihren Strickkreis »Die neueste Masche«. Manchmal ertappte sie sich dabei, dass sie auf der Rückfahrt von der Post oder dem Lebensmittelgeschäft mit dem Autoradio mitsang. Bob und sie sahen jeden Abend fern – immer Komödien, nie Krimiserien. Er kam jetzt meistens früh nach Hause; seit der Reise nach Montpelier hatte er keine mehr unternommen. Er installierte etwas namens Skype auf seinem PC und sagte, damit könne er Münzsammlungen ebenso leicht begutachten und noch dazu Benzin sparen. Er sagte nicht, dass das auch die

Versuchungen verringern würde, aber das war nicht nötig. Sie las aufmerksam Zeitung, um zu sehen, ob Marjorie Duvalls Ausweiskarten auftauchen würden, weil sie sich ausrechnen konnte, dass Bob in jeder Beziehung lügen würde, wenn er in dieser gelogen hatte. Aber sie blieben verschwunden. Einmal in der Woche gingen sie zum Abendessen in eines der beiden preiswerten Restaurants, die es in Yarmouth gab. Er bestellte Steak, und sie nahm Fisch. Er trank Eistee, sie ein Cranberry Breeze. Alte Gewohnheiten waren schwer auszurotten. *Oft,* dachte sie, *sterben sie erst mit uns.*

Tagsüber, während er fort war, stellte sie jetzt nur noch selten den Fernseher an. Ohne ihn war es leichter, dem Kühlschrank zuzuhören und auf das leise Knacken und Knarren zu lauschen, mit dem ihr hübsches Haus in Yarmouth sich auf einen weiteren strengen Winter in Maine einrichtete. Zudem konnte sie besser nachdenken. Und es war leichter, der Wahrheit ins Auge zu sehen: Er würde es wieder tun. Er würde sich so lange wie irgend möglich beherrschen, das gestand sie ihm gern zu, aber früher oder später würde Beadie die Oberhand gewinnen. Die Ausweiskarten seines nächsten Opfers würde er nicht einschicken, weil er glaubte, sie damit täuschen zu können; andererseits würde er sich nicht viel daraus machen, wenn sie diesen Trick durchschaute. *Weil,* so würde er argumentieren, *sie jetzt darin verwickelt ist. Sie würde zugeben müssen, dass sie es gewusst hat. Das bekämen die Cops aus ihr heraus, auch wenn sie es verheimlichen wollte.*

Donnie rief aus Ohio an. Die Agentur lief großartig; sie hatten einen weiteren Kunden: einen Büroartikelhersteller, der vielleicht landesweit expandieren würde. Darcy beglückwünschte ihn (und das tat auch Bob, der unbekümmert zugab, Donnies Chancen auf beruflichen Erfolg in so jungen Jahren falsch eingeschätzt zu haben). Petra rief an, um zu sagen, sie hätten sich vorläufig auf blaue Kleider für die Brautjungfern geeinigt: A-Linie, knielang, gleichfarbige Chiffonschals. Ob Darcy glaube, das sei in Ordnung, oder würde dieser Look ein wenig kindisch aussehen? Darcy sagte, er würde bestimmt süß aussehen, und die beiden diskutierten weiter über Schuhe – genauer gesagt über blaue Pumps mit dreiviertelhohen Absätzen. Darcys Mutter drunten in Boca Grande wurde so krank, dass sie kurz davor war, ins Krankenhaus zu müssen, aber dann bekam sie irgendein neues Medikament und wurde wieder gesund. Die Sonne ging auf und unter. In den Schaufenstern wurden die Kürbislaternen aus Papier abgenommen und durch Papiertruthähne ersetzt. Dann wurden die Weihnachtsdekorationen angebracht. Wie auf Bestellung wirbelten die ersten Schneeflocken herab.

Wenn ihr Mann seinen Aktenkoffer gepackt hatte und ins Büro gefahren war, ging Darcy in ihrem Haus durch die Zimmer, blieb zwischendurch stehen und sah in die verschiedenen Spiegel. Oft sehr lange. Um die Frau in jener anderen Welt zu fragen, was sie tun solle.

Die Antwort schien zusehends zu lauten, sie werde nichts tun.

14

Zwei Wochen vor Weihnachten kam Bob an einem für die Jahreszeit zu warmen Tag schon am frühen Nachmittag nach Hause und rief laut ihren Namen. Darcy war oben, hatte sich hingelegt und las ein Buch. Sie warf es auf den Nachttisch (neben den Handspiegel, der jetzt ständig dort lag), sprang auf und stürmte den Flur entlang zur Treppe. Ihr erster Gedanke (voller Entsetzen, in das sich Erleichterung mischte) war, dass endlich alles vorbei sei. Er war enttarnt worden. Gleich würde die Polizei hier sein. Sie würde ihn abführen und dann zurückkommen, um ihr die beiden alt-ehrwürdigen Fragen zu stellen: Wie viel wusste sie – und seit wann wusste sie es? Auf der Straße würden überall TV-Übertragungswagen stehen. Vor dem Haus würden gut frisierte junge Männer und Frauen vor laufenden Kameras in ihre Mikrofone sprechen.

Nur lag in seiner Stimme keine Angst; was es war, wusste sie schon, bevor er unten an der Treppe stand und zu ihr hochsah. Es war Aufregung. Vielleicht sogar Jubel.

»Bob? Was ...«

»Das glaubst du nie!« Sein Mantel stand offen, das Gesicht war bis zur Stirn hinauf gerötet, und das zerzauste schüttere Haar stand nach allen Richtungen ab. Als hätte er auf der Nachhausefahrt alle Autofenster offen gehabt. Weil es draußen so frühlingshaft warm war, traute Darcy ihm das sogar zu.

Sie ging vorsichtig hinunter und blieb auf der untersten Stufe stehen, so dass sie auf gleicher Augenhöhe waren. »Was gibt's?«

»Ein unglaublicher Glückstreffer! Echt! Hätte ich jemals ein Zeichen dafür gebraucht, dass ich wieder auf dem richtigen Weg bin ... dass *wir* das sind ... Mann, dann wär's das hier!« Er streckte ihr die Hände hin. Beide waren mit den Knöcheln nach oben zu Fäusten geballt. Seine Augen glanzten. Tanzten beinahe. »Welche Hand? Such dir eine aus.«

»Bob, ich habe keine Lust auf Spie...«

»Such dir eine aus!«

Sie deutete auf die rechte Hand, nur um es hinter sich zu haben. Er lachte. »Du hast meine Gedanken gelesen – aber das konntest du ja schon immer, oder?«

Er drehte die Faust um und öffnete sie. Auf der Handfläche lag eine einzelne Münze mit der Rückseite nach oben, so dass sie sehen konnte, dass es sich um einen Weizen-Penny handelte. Nicht unzirkuliert, keineswegs, aber trotzdem in recht guter Erhaltung. Unter der Voraussetzung, dass die Lincoln-Seite keine Kratzer aufwies, schätzte sie den Erhaltungszustand auf »schön« oder »sehr schön« ein. Sie wollte schon danach greifen, hielt dann aber inne. Er nickte ihr zu, sie solle weitermachen. Als sie die Münze umdrehte, glaubte sie bereits zu wissen, was sie sehen würde. Nichts anderes hätte seine Aufregung hinreichend erklären können. Sie sah, was sie erwartet hatte: eine Doppelprägung aus dem Jahr 1955.

»Großer Gott, Bobby! Woher ...? Hast du sie gekauft?« Erst vor kurzem war in Miami eine unzirkulierte Doppelprägung aus dem Jahr 1955 für über achttausend Dollar versteigert worden – ein neuer Rekord. Diese hier war natürlich nicht so gut erhalten, aber kein Münzhändler, der bei Verstand war, hätte sie für weniger als viertausend verkauft.

»Von wegen! Ein paar Kollegen wollten, dass ich mit ins Thairestaurant Eastern Promise gehe, und ich wäre auch fast mitgegangen, aber ich habe an der Abrechnung für die gottverdammten Vision Associates gesessen – du weißt schon, die Privatbank, von der ich dir erzählt habe –, also habe ich Monica zehn Dollar gegeben und sie gebeten, mir vom Subway ein Sandwich und ein Fruitopia zu holen. Als sie damit zurückgekommen ist, war das Wechselgeld in der Tüte. Ich habe sie ausgeleert ... und da war er!« Er schnappte sich den Penny aus ihrer Hand, hielt ihn über dem Kopf hoch und lachte zu ihm hinauf.

Sie lachte mit ihm, dann dachte sie (was sie inzwischen oft tat): *ER MUSSTE NICHT »LEIDEN«!*

»Ist das nicht großartig, Schatz?«

»Ja«, sagte sie. »Ich freue mich für dich.« Und das tat sie wirklich, merkwürdig oder nicht (*pervers* oder nicht).

Im Lauf der Jahre hatte er mehrere Weizen-Pennys vermittelt und hätte sich jederzeit selbst einen kaufen können, aber das war nicht das Gleiche wie dieser Zufallsfund. Er hatte ihr sogar verboten, ihm einen zu Weihnachten oder zum Geburtstag zu schenken. Ein großer Zufallsfund war der glücklichste Augenblick, den ein Münzsammler erleben konnte – das hatte er im Verlauf ihres ersten richtigen Gesprächs gesagt –, und nun besaß er, wonach er sein Leben lang jedes Wechselgeld durchsucht hatte. Die Erfüllung seines großen Herzenswunschs war mit einem in Zellophan verpackten Truthahn-Schinken-Sandwich aus der weißen Papiertüte eines Sandwichshops gefallen.

Er schloss sie in die Arme. Sie erwiderte seine Umarmung kurz und schob ihn dann sanft von sich fort. »Was hast du damit vor, Bobby? In einen Acrylglas-Würfel eingießen?«

Damit wollte sie ihn necken, das wusste er. Er legte mit dem Zeigefinger wie mit einer Pistole auf sie an und schoss ihr in den Kopf. Was in Ordnung war, denn wer mit einer Fingerpistole erschossen wurde, brauchte nicht zu »leiden«.

Sie lächelte ihn weiter an, aber jetzt sah sie ihn wieder (nach diesem kurzen liebevollen Intermezzo) als das, was er war: der Dunklere Ehemann. Gollum mit seinem Schatz.

»Ganz sicher nicht! Ich fotografiere ihn, hänge das Foto an die Wand und lege den Penny in unser Bankschließfach. Wie würdest du ihn einschätzen – als ›schön‹ oder ›sehr schön‹?«

Sie begutachtete ihn noch einmal und sah dann mit einem bedauernden Lächeln zu ihm auf. »Ich würde gern ›sehr schön‹ sagen, aber ...«

»Genau, ich weiß, ich weiß – und eigentlich müsste mir das auch egal sein. Einem geschenkten Gaul soll man nicht ins Maul schauen, aber es ist schwer, der Versuchung zu widerstehen. Aber besser als ›sehr gut‹, oder nicht? Deine ehrliche Meinung, Darce.«

Meine ehrliche Meinung ist, dass du es wieder tun wirst.

»Eindeutig besser als ›sehr gut‹.«

Sein Lächeln verblasste. Einen Augenblick lang befürchtete sie, er habe erraten, was sie dachte, aber das konnte nicht sein; auf dieser Seite des Spiegels verstand auch sie sich darauf, Geheimnisse zu bewahren.

»Es geht ohnehin nicht um die Erhaltung. Das Finden ist wichtig. Nicht beim Händler kaufen oder aus einem Katalog heraussuchen, sondern tatsächlich einen in die Hände bekommen, wenn man es am wenigsten erwartet.«

»Ja, ich weiß.« Sie lächelte. »Wäre mein Dad jetzt hier, würde er eine Flasche Champagner aufmachen.«

»Diese Kleinigkeit erledige ich heute Abend beim Essen«, sagte er. »Aber nicht in Yarmouth. Wir fahren nach Portland. Ins Pearl of the Shore. Was hältst du davon?«

»Ach, Schatz, ich weiß nicht recht …«

Er fasste sie leicht an den Schultern, so wie er es immer tat, wenn sie begreifen sollte, dass etwas wirklich sein Ernst war. »Komm schon … heute Abend ist es so warm, dass du dein schönstes Sommerkleid tragen könntest. Ich hab auf der Rückfahrt den Wetterbericht gehört. Und du bekommst so viel Champagner, wie du willst. Wie konntest du zu diesem Vorschlag Nein sagen?«

»Tja …« Sie überlegte, dann lächelte sie. »Das kann ich wohl nicht.«

Sie tranken nicht nur eine sündteure Flasche Moët et Chandon, sondern zwei, und Bob trank das meiste davon. Folglich war es Darcy, die seinen leise summenden kleinen Prius nach Hause lenkte, während Bob auf dem Beifahrersitz saß und – tonartgetreu, aber nicht sonderlich melodisch – »Pennies from Heaven« sang. Sie merkte, dass er betrunken war. Nicht nur angeheitert, sondern tatsächlich betrunken. Es war das erste Mal seit zehn Jahren, dass sie ihn so erlebte. Normalerweise beobachtete er seinen Alkoholkonsum mit Argusaugen, und wenn er manchmal auf Partys gefragt wurde, warum er nichts trinke, antwortete er mit einem Zitat aus dem Westernfilm *Der Marshal*: »Ich würde keinen Dieb in meinen Mund tun, damit er mir den Verstand stiehlt.« Heute Abend hatte er in seiner Euphorie über den Münzfund zugelassen, dass ihm der Verstand gestohlen wurde, und sobald er die zweite Flasche Schampus bestellte, wusste Darcy, was sie tun würde. Im Restaurant war sie im Zweifel gewesen, ob sie es schaffen würde, aber als sie ihn auf der Heimfahrt singen hörte, war sie sich ihrer Sache sicher. Natürlich konnte sie es schaffen. Sie war jetzt die Dunklere Ehefrau, und die Dunklere Ehefrau wusste, dass sein vermeintliches Glück in Wirklichkeit ihres gewesen war.

Im Haus warf er sein Sportsakko über den Garderobenständer in der Diele und zog sie zu einem langen Kuss in die Arme. Sein Atem schmeckte nach Champagner und süßer Crème brulée. An sich keine schlechte Kombination, obwohl sie wusste, dass sie beides nie mehr wollen würde, wenn alles so ablief, wie sie es vorhatte. Seine Hand umfasste ihre Brust. Sie ließ ihn gewähren, spürte, wie er sich an sie drängte, und schob ihn dann weg. Er war sichtlich enttäuscht, aber seine Miene hellte sich auf, als sie lächelte.

»Ich gehe rauf und ziehe dieses Kleid aus«, sagte sie. »Im Kühlschrank steht eine Flasche Perrier. Wenn du mir ein Glas davon bringst – mit einer Scheibe Limone –, könntest du Glück haben, Mister.«

Daraufhin grinste er – sein altes Grinsen, das sie immer so geliebt hatte. Weil es ein lange bestehendes Eheritual gab, das sie seit der Nacht, in der er ihre Entdeckung gewittert hatte (ja, sie gewittert hatte, wie ein schlauer alter Wolf einen vergifteten Köder wittern würde) und eilig aus Montpelier zurückgekommen war, nicht wieder aufgenommen hatten. Tag für Tag hatten sie immer mehr zugemauert, was er war – ja, so gewiss, wie Montrésor seinen alten Freund Fortunato eingemauert hatte –, und Sex im Ehebett würde der letzte Ziegelstein sein.

Er knallte die Hacken zusammen und salutierte auf britische Art: Finger an der Schläfe, Handfläche nach außen gekehrt. »Jawohl, Ma'am.«

»Aber komm bald«, sagte sie freundlich. »Mama will, was Mama braucht.«

Auf dem Weg die Treppe hinauf dachte sie: *Das klappt niemals. Es endet nur damit, dass er dich ermordet. Er glaubt vielleicht nicht, dazu imstande zu sein, aber du weißt das natürlich besser.*

Aber vielleicht war das dann in Ordnung. Unter der Voraussetzung, dass er sie vorher nicht quälte, wie er diese Frauen gequält hatte. Vielleicht war *jede* Lösung in Ordnung. Sie konnte den Rest ihres Lebens nicht damit verbringen, in Spiegel zu starren. Sie war kein Kind mehr und konnte nicht mit kindlichen Marotten durchkommen.

Sie ging ins Schlafzimmer, warf dort aber nur ihre Handtasche neben den Handspiegel auf den Nachttisch. Dann ging sie wieder hinaus und rief: »Kommst du, Bobby? Ich könnte wirklich eine Erfrischung brauchen!«

»Kommt sofort, Ma'am, tue nur noch Eis rein!«

Und schon trat er aus dem Wohnzimmer in den Flur hinaus, hielt eines ihrer teuren Kristallgläser wie ein Ober aus einer Komödie in Augenhöhe vor sich hoch und machte sich leicht schwankend auf den Weg zur Treppe. Als er die Stufen heraufkam, hielt er das Glas mit der obenauf schwimmenden Limonenscheibe weiter hoch. Die freie Hand lag locker auf dem Geländer; auf seinem Gesicht leuchteten Glück und Fröhlichkeit. Einen Augenblick lang wäre sie fast schwach geworden, aber dann standen ihr Helen und Robert Shaverstone wieder höllisch klar vor Augen: der Junge und seine gefolterte, sexuell missbrauchte Mutter, die in Massachusetts nebeneinander in einem Bach trieben, der an den Ufern schon Eis anzusetzen begonnen hatte.

»Ein Glas Perrier für die Lady, kommt so...«

Im letzten Moment sah sie das Wissen – etwas Uraltes und Vergilbtes und Unheimliches – in seinen Augen aufblitzen. Das war mehr als nur Überraschung; es war schockierte Wut. In diesem Augenblick verstand sie ihn endlich ganz. Er liebte nichts und niemanden, am wenigsten sie. Jede Freundlichkeit, jede Liebkosung, jedes jungenhafte Grinsen und jede rücksichtsvolle Geste – alles nur Tarnung. Er war eine leere Hülse, die nichts als heulende Leere enthielt.

Sie schubste ihn.

Der Stoß war so kräftig, dass Bob einen Dreiviertelsalto in der Luft machte, bevor er auf die Stufen krachte: erst mit den Knien, dann mit dem Arm, dann voll aufs Gesicht. Sie hörte, wie er sich den Arm brach. Das schwere Waterford-Glas zersplitterte auf einer der nicht mit einem Läufer abgedeckten Holzstufen. Er überschlug sich nochmals, und sie hörte etwas anderes in seinem Inneren knackend brechen. Er schrie vor Schmerzen auf und überschlug sich ein letztes Mal, bevor er zusammengekrümmt auf dem Hartholzboden in der Diele landete, wobei der gebrochene Arm (nicht nur einmal, sondern an mehreren Stellen gebrochen) in einem von der Natur nie vorgesehenen Winkel über dem Kopf nach hinten abgekrümmt war. Der Hals war so verdreht, dass er mit einer Wange auf dem Fußboden lag.

Darcy lief die Treppe hinunter. Auf halbem Weg trat sie auf einen Eiswürfel, rutschte aus und musste sich am Geländer festklammern. Unten sah sie, dass in seinem Genick eine riesige Beule entstanden war, über der sich die weiß werdende Haut spannte, und sagte: »Nicht bewegen, Bob, ich glaube, du hast dir einen Halswirbel gebrochen.«

Sein Auge rollte nach oben, um sie anzustarren. Aus der Nase, die ebenfalls gebrochen zu sein schien, sickerte Blut, und aus dem Mund kam noch weitaus mehr. Es strömte in einem breiten Schwall heraus. »Du hast mich geschubst«, sagte er undeutlich. »Oh, Darcy, warum hast du mich geschubst?«

»Weiß ich nicht«, sagte sie, obwohl sie dachte: *Das wissen wir beide.* Sie begann zu weinen. Dass sie weinte, war nur natürlich: Er war ihr Mann, und er war schwer verletzt. »O Gott, ich weiß es nicht. Irgendwas ist über mich gekommen. Tut mir leid. Beweg dich nicht, ich rufe die 911 an, damit sie einen Krankenwagen schicken.«

Sein linker Fuß scharrte über den Boden. »Gelähmt bin ich nicht«, sagte er. »Gott sei Dank nicht. Aber es tut *weh*!«

»Ich weiß, Schatz.«

»Ruf den Krankenwagen! Schnell!«

Sie ging in die Küche, sah kurz zu dem Telefon in seiner Ladestation hinüber und öffnete dann den Schrank unter dem Ausguss. »Hallo? Hallo? Ist dort die 911?« Sie griff nach der Schachtel Plastikbeutel – die mit den großen, in denen sie sonst immer die Reste von Roastbeef oder Geflügel aufbewahrte – und zog einen heraus. »Hier ist Darcellen Anderson, ich rufe aus der 24 Sugar Mill Lane in Yarmouth an! Haben Sie das?«

Sie zog eine Schublade auf und nahm ein Geschirrtuch von dem dort liegenden Stapel. Sie weinte noch immer. *Sie hat nah am Wasser gebaut,* hatte man in ihrer Kindheit von solchen Leuten gesagt. Weinen war gut. Sie musste weinen, und das nicht nur, weil es später besser aussehen würde. Er war ihr Mann, er war verletzt, sie musste weinen. Sie erinnerte sich an früher, als er noch volles Haar gehabt hatte. Sie erinnerte sich an seinen eleganten Breakaway, als sie zu »Footloose« getanzt hatten. Er hatte ihr zu jedem Geburtstag rote Rosen geschenkt. Das hatte er nie vergessen. Sie waren auf den Bermudas gewesen, wo sie vormittags geradelt waren und nachmittags miteinander geschlafen hatten. Sie hatten ein gemeinsames Leben aufgebaut, und nun war dieses Leben vorüber, und sie musste weinen. Sie wickelte sich das Geschirrtuch um die Hand, dann stopfte sie die Hand in den Plastikbeutel.

»Ich brauche einen Krankenwagen. Mein Mann ist die Treppe runtergefallen. Ich befürchte, dass er sich einen Halswirbel gebrochen hat … Ja! Ja! Sofort!«

Dann kam sie mit hinter dem Rücken gehaltener Hand auf den Flur zurück. Sie sah, dass er etwas weiter von der Treppe entfernt lag; er schien auch versucht zu haben, sich auf den Rücken zu wälzen, aber das war ihm nicht gelungen. Sie kniete neben ihm nieder.

»Ich bin nicht gefallen«, sagte er. »Du hast mich geschubst. Warum hast du mich geschubst?«

»Wegen Robert Shaverstone, glaube ich«, sagte Darcy und brachte ihre hinter dem Rücken gehaltene Hand zum Vorschein. Sie weinte jetzt heftiger als je zuvor. Er sah den Plastikbeutel. Er sah die darin steckende Hand mit dem zusammengeknüllten Geschirrtuch. Er begriff, was sie vorhatte. Vielleicht hatte er das selbst schon einmal getan. Das war sogar wahrscheinlich.

Er begann zu kreischen ... nur waren seine Schreie keine richtigen Schreie. Sein Mund war voller Blut, und mit dem Kehlkopf schien irgendetwas nicht in Ordnung zu sein, weshalb die Laute, die er hervorbrachte, eher dumpfe Knurrlaute als wirkliche Schreie waren. Sie schob ihm den Plastikbeutel zwischen die Lippen und weiter tief in den Mund. Bei dem Sturz waren einige seiner Zähne abgebrochen, und sie konnte die gezackten Stummel spüren. Falls sie sich daran verletzte, würde das sehr schwierig zu erklären sein.

Sie riss die Hand heraus, bevor er zubeißen konnte, ließ aber den Plastikbeutel mit dem Geschirrtuch zurück. Mit einer Hand packte sie sein Kinn, die andere legte sie auf seinen kahl werdenden Schädel. Das Fleisch dort war sehr warm. Unter der Kopfhaut konnte sie seinen Puls spüren. Sie drückte sein Kinn hoch und sperrte auf diese Weise den Klumpen aus Plastikfolie und Stoff in seinem Mund ein. Er versuchte sie wegzustoßen, aber er hatte nur einen Arm frei, und das war der, den er sich bei dem Sturz mehrfach gebrochen hatte. Der andere lag verdreht unter ihm. Seine Füße zuckten krampfartig über den Hartholzboden. Dabei verlor er einen der Schuhe. Aus seiner Kehle kam ein Gurgeln. Sie schob ihr Kleid bis zur Taille hoch, so dass die Beine frei waren, und machte einen Ausfallschritt nach vorn, um sich rittlings auf ihn zu setzen. Auf diese Weise konnte sie ihm vielleicht die Nase zuhalten.

Bevor sie jedoch dazu kam, erzitterte sein Brustkorb unter ihr, und sein Gurgeln verwandelte sich in tief aus der Kehle kommende Grunzlaute. Die erinnerten sie daran, wie bei ihren ersten Fahrversuchen manchmal das Getriebe geknirscht hatte, wenn sie versucht hatte, den zweiten Gang zu finden, was in dem alten Chevrolet Standard ihres Vaters manchmal nicht einfach gewesen war. Bob bäumte sich auf, und das eine Auge, das sie sehen konnte, trat aus seiner Höhle hervor und wirkte irgendwie kuhartig. Das Gesicht, das zuvor hochrot gewesen war, begann sich nun purpurrot zu verfärben. Er sank wieder zurück. Sie wartete, während sie keuchend nach Atem rang, ihr Gesicht mit Rotz und Tränen verschmiert. Das Auge rollte nicht mehr, glänzte nicht mehr in Panik. Sie glaubt, er sei t...

Bob nahm all seine Kräfte zu einem letzten titanischen aufbäumen zusammen und warf sie ab. Als er sich aufsetzte, sah sie, dass die obere Körperhälfte nicht mehr richtig zur unteren passte; er hatte sich anscheinend nicht nur das Genick, sondern auch das Rückgrat gebrochen. Sein mit dem Plastikbeutel vollgestopfter Mund war weit aufgerissen. Den Blick, mit dem er sie anstarrte, würde sie nie vergessen – aber sie würde damit leben können, wenn sie diese Sache überstand.

»*Dar! Arrrrrr!*«

Er fiel nach hinten. Der auf den Boden knallende Schädel knackte wie ein Ei, das aufgeschlagen wurde. Darcy kroch näher an ihn heran, aber nicht so dicht, dass sie in die Blutlache geriet. Sie hatte sein Blut an sich, und das war in Ordnung – sie hatte ihm zu helfen versucht, das war nur natürlich –, aber das bedeutete nicht, dass sie darin baden wollte. Sie setzte sich auf eine Hand gestützt auf und beobachtete ihn, während sie darauf wartete, dass sie wieder zu Atem kam. Sie achtete scharf auf jede noch so kleine

Bewegung. Aber er rührte sich nicht mehr. Als auf der mit Brillanten besetzten kleinen Michele an ihrem Handgelenk – die sie immer trug, wenn sie ausgingen – fünf Minuten vergangen waren, streckte sie eine Hand aus, um an der Seite seines Hals nach einem Puls zu fühlen. Sie ließ die Finger an die Haut gedrückt, bis sie bis dreißig gezählt hatte, aber sie spürte absolut nichts. Sie legte ein Ohr auf seine Brust und war sich bewusst, dass dies in einem Horrorfilm der Augenblick gewesen wäre, in dem er zum Leben erwacht und sie gepackt hätte. Aber das tat er nicht, weil in seinem Körper kein Leben mehr war: kein schlagendes Herz, keine atmende Lunge. Es war vorüber. Sie empfand keine Befriedigung (und erst recht keinen Triumph), sondern nur konzentrierte Entschlossenheit, die Sache richtig zu Ende zu bringen. Teils für sich selbst, aber hauptsächlich für Donnie und Pets.

Sie gingen eilig in die Küche. Die Ermittler mussten denken, dass sie so rasch wie möglich angerufen hatte; wenn sie sahen, dass es eine Verzögerung gegeben hatte (zum Beispiel daran, dass sein Blut schon zu stark geronnen war), konnte es peinliche Fragen geben. *Notfalls sage ich, dass ich ohnmächtig geworden bin,* dachte sie. *Das werden sie glauben, und selbst wenn sie das nicht tun, können sie es nicht widerlegen. Zumindest glaube ich nicht, dass sie das können.*

Sie holte die Stablampe aus dem Besenschrank, genau wie sie es in jener Nacht getan hatte, in der sie buchstäblich über sein Geheimnis gestolpert war. Mit der Lampe ging sie zu Bob zurück, der auf dem Rücken lag und mit glasigen Augen zur Decke hinaufstarrte. Sie zog den Plastikbeutel aus seinem Mund und begutachtete ihn sorgenvoll. Falls er zerrissen war, konnte es Probleme geben – und er wies tatsächlich zwei Risse auf. Sie leuchtete ihm mit der Stablampe in den Mund und entdeckte auf der Zunge ein winziges Fetzchen Plastik. Sie angelte es mit den Fingerspitzen heraus und ließ es in den Plastikbeutel fallen.

Genug, das reicht, Darcellen.

Aber es reichte natürlich nicht. Sie dehnte seine Backen mit den Fingern, erst die rechte, dann die linke. Und auf der linken Seite entdeckte sie einen weiteren winzigen Plastikfetzen, der an seinem Gaumen klebte. Sie holte ihn mit den Fingerspitzen heraus und ließ ihn zu dem anderen in den Beutel fallen. Gab es weitere Stücke? Hatte er welche verschluckt? Dann waren sie für sie unerreichbar, und sie konnte nur hoffen, dass sie nicht entdeckt wurden, falls irgendjemand – wer, wusste sie nicht – genügend Fragen hatte, um eine Autopsie anzuordnen.

Unterdessen verflog die Zeit.

Sie hastete – ohne richtig zu rennen – durch den Verbindungsgang in die Garage. Sie kroch unter die Werkbank, öffnete sein Spezialversteck und verstaute den mit Blut befleckten Plastikbeutel mit dem Geschirrtuch darin. Sie drückte die Verschlussklappe wieder zu, schob den Karton mit den Versandhauskatalogen davor und lief ins Haus zurück. Sie stellte die Stablampe an ihren Platz zurück. Sie griff nach dem Telefon, merkte dann, dass sie nicht mehr weinte, und stellte es in die Ladestation zurück. Sie ging durchs Wohnzimmer zur Treppe und betrachtete ihn. Sie dachte an Rosen, aber das wirkte nicht. *Rosen, nicht Patriotismus, sind das letzte Mittel eines Schurken,* dachte sie und war schockiert, als sie sich lachen hörte. Dann dachte sie an Donnie und Pets, die ihren Vater vergötterten, und das klappte. Sie ging weinend ans Telefon in der Küche zurück und tippte die Notrufnummer ein. »Hallo, mein Name ist Darcellen Anderson, und ich brauche einen Krankenwagen in der …«

»Bitte etwas langsamer, Ma'am«, sagte die Frau in der Zentrale. »Ich kann Sie kaum verstehen.«

Gut, dachte Darcy.

Sie räusperte sich. »Ist es so besser? Verstehen Sie mich jetzt?«

»Ja, Ma'am, jetzt ist es besser. Nur nicht aufregen. Sie brauchen einen Krankenwagen, haben Sie gesagt?«

»Ja, in der 24 Sugar Mill Lane.«

»Sind Sie verletzt, Mrs. Anderson?«

»Nicht ich, mein Mann. Er ist die Treppe runtergefallen. Vielleicht ist er nur bewusstlos, aber ich befürchte, dass er tot ist.«

Die Frau versprach ihr, sofort einen Krankenwagen zu schicken. Darcy vermutete, dass sie auch einen Streifenwagen aus Yarmouth schicken würde. Und einen der State Police, falls zufällig einer in der Nähe war. Sie hoffte, dass das nicht der Fall war. Sie ging in die Diele zurück und setzte sich auf die dort stehende Bank – aber nicht für lange. Wegen seiner Augen, die sie ansahen. Sie beschuldigten.

Sie nahm sein Sportsakko vom Garderobenständer, wickelte es um sich und ging in die Einfahrt hinaus, um auf den Krankenwagen zu warten.

17

Der Polizeibeamte, der ihre Aussage zu Protokoll nahm, war Harold Shrewsbury, ein Einheimischer. Darcy kannte ihn nicht persönlich, aber zufällig seine Frau: Arlene Shrewsbury war in ihrem Strickkreis. Er sprach in der Küche mit ihr, während das Notarztteam Bob erst untersuchte und dann abtransportierte, ohne sich bewusst zu sein, dass in seinem Inneren noch eine zweite Leiche steckte. Die eines Kerls, der weit gefährlicher gewesen war als Robert Anderson, vereidigter Wirtschaftsprüfer.

»Möchten Sie einen Kaffee, Officer Shrewsbury? Das macht keine Mühe.«

Er betrachtete ihre zitternden Hände und erbot sich, Kaffee für sie beide zu kochen. »Ich kenne mich mit allem Küchenkram aus.«

»Das hat Arlene nie erwähnt«, sagte sie, als er aufstand. Sein Notizbuch blieb aufgeschlagen auf dem Küchentisch liegen. Bisher hatte er außer ihrem Namen, Bobs Namen und ihrer Telefonnummer nichts hineingeschrieben. Das hielt sie für ein gutes Zeichen.

»Nein, sie stellt mein Licht gern unter den Scheffel«, sagte er. »Mrs. Anderson – Darcy –, ich möchte Ihnen mein herzliches Beileid aussprechen und bin mir sicher, das auch in Arlenes Namen zu tun.«

Darcy begann wieder zu weinen. Officer Shrewsbury riss mehrere Papierhandtücher von der Rolle und gab sie ihr. »Haltbarer als Kleenex.«

»Darin haben Sie wohl Erfahrung«, sagte sie.

Er sah in der Bunn-Kaffeemaschine nach, stellte fest, dass Pulver eingefüllt war, und schaltete das Gerät ein. »Mehr als mir lieb ist.« Er kam zurück und setzte sich. »Können Sie mir erzählen, was passiert ist? Stehen Sie das durch?«

Sie erzählte ihm, wie Bob im Wechselgeld aus dem Subway einen Weizen-Penny mit dem Doppeldatum gefunden hatte und wie aufgeregt er darüber gewesen war. Von ihrem Dinner zur Feier des Tages im Pearl of the Shore und dass er zu viel getrunken hatte. Wie er den Clown gespielt hatte (sie erwähnte den komischen britischen Gruß, mit dem er ihre Bitte um ein Glas Perrier mit Limone quittiert hatte). Wie er das Glas feierlich wie ein Ober hoch haltend die Treppe heraufgekommen war. Wie er fast oben gewesen war, als er auf der vorletzten Stufe ausrutschte. Sie erzählte sogar, wie sie beinahe selbst auf einem der verstreuten Eiswürfel ausgerutscht sei, als sie zu ihm hinunterrannte.

Officer Shrewsbury kritzelte etwas in sein Notizbuch, klappte es zu und betrachtete sie ruhig. »Okay. Ich nehme Sie jetzt mit. Holen Sie Ihren Mantel.«

»Was? Wohin?«

Natürlich ins Gefängnis. Gehe nicht über Los, kassiere keine zweihundert Dollar, gehe direkt ins Gefängnis. Bob war mit fast einem Dutzend Morde davongekommen – und sie nicht mal mit einem einzigen (allerdings hatte er seine geplant, mit buchhalterischer Akribie geplant). Sie wusste nicht, was sie falsch gemacht hatte, aber es würde sich zweifellos als etwas ganz Offensichtliches erweisen. Officer Shrewsbury würde es ihr auf der Fahrt zum Polizeirevier erzählen. Das würde dann wie das Schlusskapitel eines Romans von Elizabeth George sein.

»Zu mir nach Hause«, sagte er. »Sie übernachten heute bei Arlene und mir.«

Sie starrte ihn an. »Ich möchte nicht ... ich kann nicht ...«

»Doch, Sie können«, sagte er in einem Ton, der keinen Widerspruch duldete. »Arlene würde mich umbringen, wenn ich Sie hier allein zurückließe. Wollen Sie an meiner Ermordung schuld sein?«

Sie wischte sich die Tränen vom Gesicht und lächelte schwach. »Nein, lieber nicht. Aber ... Officer Shrewsbury ...«

»Harry.«

»Ich muss erst noch telefonieren. Meine Kinder ... sie wissen es noch nicht.« Dieser Gedanke brachte erneut Tränen, für die sie das letzte Papierhandtuch verwendete. Wer hätte geahnt, dass jemand so viel weinen konnte? Bisher hatte sie ihren Kaffee nicht angerührt; jetzt trank sie ihn mit drei großen Schlucken halb aus, obwohl er noch heiß war.

»Ich denke, wir können uns ein paar Ferngespräche leisten«, sagte Harry Shrewsbury. »Und noch etwas. Haben Sie irgendwas, was Sie einnehmen können? Sie wissen schon, irgendwas Beruhigendes?«

»Nichts dergleichen«, flüsterte sie. »Nur Ambien.«

»Dann hat Arlene bestimmt eine Valium für Sie«, sagte er. »Am besten nehmen Sie mindestens eine halbe Stunde vor dem ersten stressigen Telefongespräch eine. Ich sage ihr nur kurz Bescheid, dass ich Sie mitbringe.«

Er zog erst eine Küchenschublade, dann eine weitere, dann eine dritte auf. Darcy spürte, dass ihr das Herz bis zum Hals schlug, als er die vierte Schublade aufzog. Er nahm ein Geschirrtuch heraus und gab es ihr. »Haltbarer als Papierhandtücher.«

»Danke«, sagte sie. »Vielen Dank.«

»Wie lange waren Sie verheiratet, Mrs. Anderson?«

»Siebenundzwanzig Jahre«, sagte sie.

»Siebenundzwanzig«, wiederholte er staunend. »Gott, das tut mir so leid.«

»Mir auch«, sagte sie und vergrub das Gesicht in dem Geschirrtuch.

18

Robert Emory Anderson wurde zwei Tage später auf dem Friedhof von Yarmouth beigesetzt. Donnie und Petra saßen rechts und links neben ihrer Mutter, als der Geistliche über das Thema »Ein jegliches hat seine Zeit« predigte. Das Wetter war trüb und kalt; ein eisiger Wind bewegte die unbelaubten Äste der Friedhofsbäume. B, B & A hatte an diesem Tag geschlossen, und alle waren zur Beerdigung gekommen. Die Wirtschaftsprüfer in ihren schwarzen Mänteln drängten sich wie ein Krähenschwarm zusammen. Unter ihnen gab es keine Frauen. Das war Darcy bisher nie aufgefallen.

In ihren Augen standen Tränen, die sie in regelmäßigen Abständen mit dem Taschentuch in ihrer schwarz behandschuhten Hand abwischte; Petra wimmerte unaufhörlich; Donnie hatte gerötete Augen und machte ein grimmiges Gesicht. Er war ein gut aussehender junger Mann, aber sein Haar wurde bereits schütter wie bei seinem Vater, als der im gleichen Alter war. *Wenn er nur keinen Speck ansetzt wie Bob,* dachte sie. *Und natürlich keine Frauen umbringt.* Aber so etwas war bestimmt nicht vererbbar. Oder doch?

Bald würde alles vorüber sein. Donnie würde nur ein paar Tage bleiben – länger könne er die Werbeagentur in der Aufbauphase nicht allein lassen, wie er sagte. Er hoffte, das werde sie verstehen, und sie sagte, das verstehe sie natürlich. Petra wollte eine Woche bleiben und sagte, sie könne auch länger bleiben, wenn Darcy sie brauche. Darcy versicherte ihr, das sei lieb von ihr, und hoffte insgeheim, dass es bei höchstens fünf Tagen bleiben würde. Sie musste allein sein. Sie musste … nein, eigentlich nicht nachdenken, sondern wieder zu sich finden. Wieder ihren Platz auf der richtigen Seite des Spiegels einnehmen.

Nicht dass irgendwas schiefgegangen wäre, ganz im Gegenteil. Sie bezweifelte, dass die Sache besser hätte klappen können, wenn sie die Ermordung ihres Mannes monatelang geplant hätte. Hätte sie das getan, hätte sie wahrscheinlich alles vermasselt, indem sie das Ganze zu kompliziert geplant hätte. Im Gegensatz zu Bob war Planung nicht ihre Stärke.

Es hatte keine Autopsie, keine bohrenden Fragen gegeben. Ihre Story war unkompliziert, glaubhaft und beinahe ja auch wahr. Ihr wichtigstes Plus war das felsenfeste Fundament, auf dem sie ruhte: Sie hatten fast drei Jahrzehnte lang eine gute Ehe geführt, die nie durch ernsthafte Auseinandersetzungen getrübt worden war. Was gab es da eigentlich noch zu fragen?

Der Geistliche bat die Angehörigen vorzutreten. Das taten sie.

»Ruhe in Frieden, Paps«, sagte Donnie und warf einen Klumpen Erde ins Grab. Der Brocken landete auf dem glänzend polierten Sargdeckel. Darcy fand, dass er wie ein Hundehäufchen aussah.

»Daddy, du fehlst mir so sehr«, sagte Petra und warf ihrerseits eine Handvoll Erde auf den Sarg.

Darcy kam als Letzte dran. Sie bückte sich, nahm eine lose Handvoll in ihren schwarzen Handschuh und ließ sie aus den Fingern rieseln. Sie sagte nichts.

Der Geistliche rief zu einem kurzen stillen Gebet auf. Die Trauergäste senkten den Kopf. Der Wind ließ die Äste der Friedhofsbäume knarren. In nicht allzu weiter Entfernung brauste der Verkehr auf der I-295. Darcy dachte: *Gott, wenn es dich gibt, lass dies das Ende sein.*

19

Das war es nicht.

Ungefähr sieben Wochen nach der Beerdigung – inzwischen hatte das neue Jahr begonnen, und das Wetter war blau und hart und kalt – wurde an der Tür des Hauses in der Sugar Mill Lane geklingelt. Als Darcy aufmachte, stand draußen ein älterer Gentleman, der zu einem schwarzen Mantel einen roten Schal trug. Mit behandschuhten Händen hielt er einen altmodischen Homburg vor sich. Das Gesicht war von tiefen Falten durchzogen (auch von Schmerzfalten, dachte Darcy), und was er noch an grauem Haar hatte, war zu flaumigen Stoppeln geschoren worden.

»Ja?«, sagte sie.

Er fummelte in der Manteltasche herum und ließ dabei seinen Hut fallen. Darcy bückte sich und hob ihn auf. Als sie sich wieder aufrichtete, sah sie, dass der ältere Gentleman ihr eine lederne Ausweishülle hinhielt. Darin steckten eine goldfarbene Plakette und ein Foto ihres Besuchers (aus viel jüngeren Jahren) auf einer Plastikkarte.

»Holt Ramsey«, sagte er in einem Ton, als wollte er sich dafür entschuldigen. »Von der Generalstaatsanwaltschaft. Tut mir schrecklich leid, Sie belästigen zu müssen, Mrs. Anderson. Darf ich reinkommen? In Ihrem Kleid erfrieren Sie sonst noch hier draußen.«

»Bitte«, sagte sie und trat zur Seite.

Während sie beobachtete, dass er leicht hinkte und die rechte Hand unbewusst an die rechte Hüfte legte – als wollte er sie zusammenhalten –, erschien vor ihrem inneren Auge ein deutliches Bild: Bob, der neben ihr auf der Bettkante saß und ihre kalten Finger in seinen warmen gefangen hielt. Bob, der redete. Der sogar hämisch prahlte. *Sie sollen Beadie für dumm halten, und genau das tun sie, weil* sie *dumm sind. Ich bin nur ein einziges Mal als Zeuge vernommen worden – ungefähr zwei Wochen nachdem BD Stacey Moore umgebracht hat. Von einem alten Kerl mit einem Hinkebein, halb pensioniert.* Und hier war dieser alte Kerl nun und stand kein halbes Dutzend Schritte von der Stelle entfernt, an der Bob gestorben war. An der sie ihn umgebracht hatte. Ramsey sah krank aus und schien Schmerzen zu haben, aber seine Augen waren scharf. Sie bewegten sich flink von links nach rechts und wieder zurück, bevor sie wieder ihr Gesicht fixierten.

Sei vorsichtig, ermahnte sie sich. *Nimm dich vor diesem Mann sehr in Acht, Darcellen.*

»Was kann ich für Sie tun, Mr. Ramsey?«

»Nun, ich könnte – wenn das nicht zu viel verlangt ist – bestimmt eine Tasse Kaffee brauchen. Ich bin ganz ausgekühlt. Bei meinem Dienstwagen funktioniert die Heizung praktisch nicht. Ich möchte Ihnen natürlich nicht zur Last fallen ...«

»Durchaus nicht. Aber ich denke gerade ... könnte ich Ihren Dienstausweis noch mal sehen?«

Er überließ ihr bereitwillig die Lederhülle und hängte den Hut an den Garderobenständer, während sie den Ausweis studierte.

»Dieser Stempel ›a. D.‹ unter dem Dienstsiegel – bedeutet der, dass Sie pensioniert sind?«

»Ja und nein.« Seine Lippen teilten sich und ließen Zähne sehen, die viel zu gleichmäßig waren, um etwas anderes als ein Gebiss zu sein. »Mit achtundsechzig musste ich in den Ruhestand gehen, wenigstens offiziell, aber ich habe mein ganzes Leben lang in der State Police oder beim GSA gearbeitet – beim Generalstaatsanwalt, wissen Sie – und bin nun sozusagen ein altes Feuerwehrpferd, das einen Ehrenplatz im Stall hat. Eine Art Maskottchen, wissen Sie.«

Ich glaube, dass du weit mehr bist.

»Darf ich Ihren den Mantel abnehmen?«

»Nein danke, den behalte ich lieber an. So lange bleibe ich nicht. Wenn es draußen schneien würde, dann würde ich ihn natürlich aufhängen, damit er Ihnen nicht den Boden volltropft, aber das tut es ja nicht. Es ist nur verflixt kalt, wissen Sie. Zu kalt für Schnee, hätte mein Vater gesagt, und in meinem Alter spüre ich die Kälte viel mehr als vor fünfzig Jahren. Oder selbst vor fünfundzwanzig.«

Während sie in die Küche vorausging – langsam, damit Ramsey Schritt halten konnte –, fragte sie ihn, wie alt er sei.

»Im Mai achtundsiebzig.« Er sagte das hörbar stolz. »Wenn ich es erlebe. Das füge ich immer an, damit es Glück bringt. Bisher hat es funktioniert. Was für eine hübsche Küche Sie haben, Mrs. Anderson – einen Platz für alles, und alles an seinem Platz. Die hätte meiner Frau gefallen. Sie ist vor vier Jahren gestorben. Tod durch Herzschlag, ganz plötzlich. Wie sie mir fehlt! So wie Ihr Mann Ihnen fehlen muss, nehme ich an.«

Seine blinzelnden Augen – jung und alert in von Schmerzfalten umgebenen Höhlen – musterten ihr Gesicht.

Er weiß es. Ich weiß nicht, woher, aber er weiß es.

Sie überzeugte sich davon, dass in der Maschine Kaffee war, und schaltete das Gerät ein. Als sie Tassen aus dem Schrank nahm, fragte sie: »Wie kann ich Ihnen heute behilflich sein, Mr. Ramsey? Oder sollte ich Detective Ramsey sagen?«

Er lachte, aber das Lachen ging in ein Husten über. »Oh, mich hat schon ewig kein Mensch mehr Detective genannt. Ramsey können Sie auch auslassen; wenn Sie gleich zu Holt übergehen, ist es mir am liebsten. Und eigentlich wollte ich mit Ihrem Mann reden, wissen Sie, aber er ist natürlich dahingegangen – nochmals mein Beileid –, also kommt das nicht mehr infrage. Tja, das kommt gar nicht mehr infrage.« Er schüttelte den Kopf und setzte sich auf einen der Hocker, die um den Hackklotz-Tisch standen. Sein Mantel raschelte. Irgendwo in seinem hageren Körper knarrte ein Gelenk. »Aber ich will Ihnen was erzählen: Ein alter Mann, der in einem möblierten Zimmer wohnt – was ich tue, auch wenn es ganz hübsch ist –, langweilt sich manchmal, wenn er nur den Fernseher als Gesellschaft hat, und deshalb habe ich mir gedacht, hol's der Teufel, fahr einfach nach Yarmouth und stell deine paar kleinen Fragen trotzdem. Sie wird nicht viele davon beantworten können, habe ich mir gesagt, vielleicht *überhaupt* keine, aber wozu nicht trotzdem hinfahren? Du musst mal wieder raus, bevor du hier Rost ansetzt, habe ich mir gesagt.«

»An einem Tag, für den höchstens minus zwanzig Grad vorausgesagt sind«, sagte sie. »In einem Dienstwagen mit defekter Heizung.«

»Jaja, aber ich habe meine Thermounterwäsche an«, sagte er bescheiden.

»Haben Sie kein eigenes Auto, Mr. Ramscy?«

»Doch, doch«, sagte er, als wäre ihm das erst jetzt eingefallen. »Kommen Sie, setzen Sie sich, Mrs. Anderson. Ich bin zu alt, um zu beißen.«

»Nein, der Kaffee ist gleich fertig«, sagte sie freundlich. Sie hatte Angst vor diesem alten Mann. Auch Bob hätte Angst vor ihm haben sollen, aber darüber war Bob jetzt natürlich hinaus. Dafür hatte sie gesorgt. »Vielleicht können Sie mir inzwischen erzählen, worüber Sie mit meinem Mann reden wollten.«

»Nun, Sie werden's nicht glauben, Mrs. Anderson ...«

»Nennen Sie mich einfach Darcy, ja?«

»Darcy!«, wiederholte er entzückt. »Wenn das nicht der hübscheste altmodische Name ist!«

»Danke. Nehmen Sie Sahne?«

»Schwarz wie mein Hut, so trinke ich ihn. Bloß sehe ich mich in Wirklichkeit als einen der White-Hats. Tja, das ist verständlich, nicht wahr? Als Verbrecherjäger und so. Davon habe ich dieses schlimme Bein, wissen Sie. Von einer wilden Verfolgungsjagd mit dem Auto damals im Jahr 1989. Ein Kerl hatte seine Frau und seine beiden Kinder ermordet. Solche Taten werden gewöhnlich im Affekt begangen – von einem Mann, der betrunken oder bekifft oder im Kopf nicht ganz richtig ist.« Ramsey tippte sich mit einem von Arthritis verkrümmten Zeigefinger an seinen Haarflaum. »Nicht jedoch dieser Kerl. Er hat es getan, um ihre Lebensversicherung zu kassieren. Hat versucht, die Tat als ... wie sagt man gleich wieder ... Hausfriedensbruch hinzustellen. Ich spare mir die Einzelheiten, aber ich habe herumgeschnüffelt und herumgeschnüffelt. Drei Jahre lang habe ich herumgeschnüffelt. Und endlich glaubte ich, genug in der Hand zu haben, um ihn verhaften zu können.

Vielleicht nicht genug, dass es für eine Verurteilung ausgereicht hätte, aber das brauchte ich *ihm* nicht zu erzählen, nicht wahr?«

»Vermutlich nicht«, sagte Darcy. Der Kaffee war heiß, und sie schenkte ein. Sie beschloss, ihren ebenfalls schwarz zu trinken. Und das so schnell wie möglich. Dann würde das Koffein sofort wirken und sie hellwach werden lassen.

»Danke«, sagte er, als sie ihm seine Tasse hinstellte. »Sie sind die Freundlichkeit in Person. Heißer Kaffee an einem kalten Tag – was könnte besser sein? Vielleicht gewürzter heißer Apfelwein; sonst fällt mir nichts ein. Also, wo war ich gleich wieder? Oh, ich weiß. Dwight Cheminoux. Weit oben in der County war das. Knapp südlich der Hainesville Woods.«

Darcy trank noch einen Schluck Kaffee. Sie betrachtete Ramsey über den Rand ihrer Tasse hinweg und hatte plötzlich das Gefühl, wieder verheiratet zu sein – eine lange Ehe, in vieler (aber nicht in jeder) Beziehung eine gute Ehe von der Art, die sich am besten mit einem Scherzwort beschreiben ließ: Sie wusste, dass er es wusste, und er wusste, dass sie wusste, dass er es wusste. Eine solche Beziehung war nicht viel anders, als sähe man bei einem Blick in einen Spiegel einen weiteren Spiegel und darin eine ins Unendliche fortgesetzte Reihe weiterer Spiegel. Die eigentliche Frage war jetzt, was er mit seinem Wissen anfangen würde. Was er tun *konnte*.

»Nun«, sagte Ramsey, indem er seine Kaffeetasse abstellte und sich unbewusst das schmerzende Bein zu reiben begann, »es war einfach so, dass ich gehofft habe, diesen Kerl provozieren zu können. Ich meine, er hatte das Blut einer Frau und zweier Kinder an den Händen, daher habe ich mich berechtigt gefühlt, mit nicht ganz sauberen Methoden zu arbeiten. Und das hat geklappt. Er ist geflüchtet, und ich habe ihn in die Hainesville Woods verfolgt, in denen alle Meile ein Grabstein steht, wie es in dem alten Song heißt. Und dort sind wir in Wickett's Curve verunglückt – er ist gegen einen Baum gefahren, ich in seinen Wagen. Davon habe ich dieses Bein, von dem Stahlstift in meinem Genick ganz zu schweigen.«

»Das tut mir leid. Und der Mann, den Sie verfolgt haben? Was hat er bekommen?«

Ramseys Mundwinkel gingen zu einem schmallippigen, einzigartig kalten Lächeln nach oben. Seine jungen Augen blitzten. »Den Tod, Darcy. Hat dem Staat vierzig oder fünfzig Jahre Kost und Logis in Shawshank gespart.«

»Sie sind ein regelrechter Himmelhund, nicht wahr, Mr. Ramsey?«

Statt verständnislos dreinzusehen, legte er seine missgebildeten Hände mit den Handflächen nach vorn neben den Kopf und leierte im eintönigen Singsang eines Schuljungen herunter: »›Ich verfolgt ihn die Nächte und die Tage hinab, ich verfolgt ihn durch der Jahre Bogen, ich verfolgt ihn durchs Labyrinth meiner …‹ Und so weiter.«

»Haben Sie das in der Schule gelernt?«

»Nein, Ma'am, im Jugendverband der Methodisten. Ach, das liegt schon viele Jahre zurück. Habe damit eine Bibel gewonnen, die ich im Jahr darauf im Sommerlager verloren habe. Nur habe ich sie nicht verloren; sie ist mir gestohlen worden. Können Sie sich vorstellen, dass jemand so tief sinkt, dass er eine Bibel stiehlt?«

»Ja«, sagte Darcy.

Ramsey lachte. »Kommen Sie, Darcy, nennen Sie mich einfach Holt. Bitte. Das tun alle meine Freunde.«

Bist du mein Freund? Bist du's?

Das wusste sie nicht, aber eines stand für sie fest: Bobs Freund ware er nicht gewesen.

»Ist dies das einzige Gedicht, das Sie auswendig können? Holt?«

»Nun, früher habe ich ›Der Tod des Taglöhners‹ aufsagen können«, sagte er bescheiden, »aber jetzt erinnere ich mich nur noch an den Teil, in dem es heißt, dass die Heimat der Ort ist, an dem sie einen aufnehmen müssen, wenn man dorthin zurückkehrt. Das ist wahr, finden Sie nicht auch?«

»Unbedingt.«

Seine hellen haselnussbraunen Augen sahen forschend in ihre. Die Intimität dieses Blicks war unanständig, als musterte er sie unbekleidet. Und angenehm, vielleicht aus demselben Grund.

»Was wollten Sie meinen Mann fragen, Holt?«

»Nun, ich hatte schon mal mit ihm gesprochen, wissen Sie, obwohl ich mir nicht sicher bin, dass er sich daran erinnern würde, wenn er noch lebte. Das liegt schon lange zurück. Wir waren beide erheblich jünger, und Sie müssen fast noch ein Kind gewesen sein, wenn man bedenkt, wie jung und hübsch Sie heute sind.«

Sie bedachte ihn mit einem eisigen Ersparen-Sie-mir-das-Lächeln, dann stand sie auf und goss sich noch einen Kaffee ein. Ihre erste Tasse war schon ausgetrunken.

»Sie wissen wahrscheinlich von den Beadie-Morden«, sagte er.

»Sie meinen den Mann, der Frauen ermordet und ihre Ausweise der Polizei schickt?« Sie hielt die Tasse völlig ruhig in der Hand und kam an den Tisch zurück. »Davon können die Zeitungen gar nicht genug bekommen.«

Er zeigte auf sie – Bobs Fingerpistolen-Geste – und blinzelte ihr zu. »Da haben Sie recht. Ja, Sir. Ich war zufällig ein bisschen mit dem Fall befasst. Damals noch nicht im Ruhestand, aber kurz davor. Ich stand in einem gewissen Ruf, jemand zu sein, der beim Herumschnüffeln gelegentlich Erfolg hat ... wenn er sich auf seinen Dingsbums verließ ...«

»Instinkt?«

Wieder die Fingerpistole. Wieder ein Blinzeln. »Jedenfalls schickt man mich los, damit ich allein arbeite, wissen Sie – der alte hinkende Holt zeigt seine Bilder vor, stellt seine Fragen und … na ja, er *schnüffelt* eben herum, wissen Sie. Ich habe immer eine Nase für solche Fälle gehabt, Darcy, und diese Fähigkeit eigentlich nie verloren. Das war im Herbst 1997, kurz nach der Ermordung einer Frau namens Stacey Moore. Kommt Ihnen der Name bekannt vor?«

»Ich glaube nicht«, sagte Darcy.

»Sie würden sich an ihn erinnern, wenn Sie die Fotos vom Tatort gesehen hätten. Ein grausiger Mord … wie die arme Frau gelitten haben muss. Aber dieser Kerl, der sich Beadie nennt, hatte eine lange Pause gemacht, über fünfzehn Jahre, und muss im Kessel viel Druck aufgebaut haben, der nur darauf wartete, explodieren zu können. Und dabei ist sie verbrüht worden.

Jedenfalls hat der damalige GSA mich auf diesen Fall angesetzt. ›Der alte Holt soll sich mal daran versuchen‹, hat er gesagt, ›er tut ohnehin nicht viel und ist dann wenigstens beschäftigt.‹ Schon damals war ich für jedermann der alte Holt. Wegen des Hinkens, würde ich vermuten. Ich habe mit ihren Freunden, ihren Nachbarn draußen an der Route 106 und ihren Arbeitskolleginnen in Waterville geredet. Oh, ich habe viel mit ihnen gesprochen. Sie war Servierin im Restaurant Sunnyside in dieser Kleinstadt. Viele der Gäste da sind nur auf der Durchreise, weil der Turnpike ganz in der Nähe vorbeiführt, aber mich haben mehr die Stammgäste interessiert. Die *männlichen* Stammgäste.«

»Ja, natürlich«, murmelte sie.

»Einer davon war ein passabel aussehender, gut gekleideter Kerl Anfang bis Mitte vierzig. Ist alle drei bis vier

Wochen reingekommen und hat sich immer an einen von Staceys Tischen gesetzt. Nun, das sollte ich vielleicht nicht sagen, weil dieser Kerl sich als Ihr verstorbener Ehemann erwiesen hat, aber nachdem jetzt beide tot sind, gleicht sich das sozusagen aus, wenn Sie wissen, was ich meine ...« Ramsey verstummte sichtlich verwirrt.

»Sie haben sich ganz verheddert«, sagte Darcy unwillkürlich amüsiert. »Tun Sie sich einen Gefallen, und sagen Sie's einfach, ich bin schon erwachsen. Sie hat mit ihm geflirtet? Läuft es darauf hinaus? Sie wäre nicht die erste Serviererin gewesen, die mit einem Mann auf Reisen flirtet, auch wenn dieser Mann einen Ehering am Finger hat.«

»Nein, so war's nicht ganz. Nach allem, was ihre Kolleginnen mir erzählt haben – und das ist natürlich nicht ganz wörtlich zu nehmen, weil alle sie gern gemocht haben –, hat *er* mit *ihr* geflirtet. Und nach Aussage der anderen hat ihr das nicht sehr gefallen. Sie hat gesagt, der Kerl sei ihr unheimlich.«

»Das klingt nicht nach meinem Mann.« Und es passte übrigens nicht zu dem, was Bob ihr erzählt hatte.

»Nein, aber er scheint's gewesen zu sein. Ihr Mann, meine ich. Und eine Ehefrau weiß nicht immer, was ihr Mann auf Reisen macht, auch wenn sie's zu wissen glaubt. Jedenfalls hat mir eine der Serviererinnen erzählt, der Kerl habe einen Toyota 4Runner gefahren. Das wusste sie, weil sie selbst einen hatte. Und wissen Sie was? In den Tagen vor dem Mord an Stacey Moore haben Nachbarn einen 4Runner wie diesen mehrmals in der Umgebung des Verkaufsstands der Familie Moore gesehen. Zuletzt nur einen Tag vor dem Mord.«

»Aber nicht am Tag der Tat.«

»Nein, aber ein umsichtiger Mann wie dieser Beadie würde auf so etwas achten, nicht wahr?«

»Vermutlich.«

»Nun, ich hatte eine Personenbeschreibung und habe damit die Umgebung des Restaurants abgegrast. Ich hatte nichts Besseres zu tun. Eine Woche lang habe ich mir nur Blasen gelaufen und ein paar Tassen Mitleidskaffee bekommen – allerdings keinen so guten wie Ihren! –, so dass ich schon aufgeben wollte. Dann bin ich in ein Geschäft in der Innenstadt geraten. Mickleson's Coins. Kommt Ihnen der Name bekannt vor?«

»Natürlich. Mein Mann war Numismatiker, und Mickleson's war einer der drei bis vier besten Münzhändler in Maine ... obwohl er jetzt nicht mehr existiert, glaube ich. Soviel ich weiß, ist der alte Mr. Mickleson gestorben, und sein Sohn hat das Geschäft aufgegeben.«

»Richtig. Na ja, Sie wissen, wie es in dem Song heißt: Zuletzt raubt die Zeit einem alles – das Sehvermögen, den elastischen Schritt, sogar das beschissene Sprungvermögen, entschuldigen Sie den Ausdruck. Aber damals hat George Mickleson noch gelebt ...«

»Aufrecht und die Luft schnüffelnd«, murmelte Darcy.

Holt Ramsey lächelte. »Genau wie Sie sagen. Jedenfalls hat er die Personenbeschreibung erkannt. ›He, das klingt wie Bob Anderson‹, hat er gesagt. Und wissen Sie was? Er hat einen Toyota 4Runner gefahren.«

»Oh, aber den hat er vor langer Zeit in Zahlung gegeben«, sagte Darcy. »Für einen ...«

»Chevrolet Suburban, nicht wahr?« Ramsey sprach den Hersteller als *Shivvalay* aus.

»Ja.« Darcy faltete die Hände und betrachtete Ramsey gelassen. Nun waren sie fast zum Kern der Sache vorgedrungen. Die Frage war nur, für welchen Partner der nicht mehr existierenden Ehe der Andersons dieser alte Mann mit dem scharfen Blick sich mehr interessierte.

»Den Suburban haben Sie wohl nicht mehr?«

»Nein. Ich habe ihn etwa einen Monat nach dem Tod meines Mannes verkauft. Ich habe eine Anzeige in *Onkel Henry's Tauschführer* gesetzt, und jemand wollte ihn sofort haben. Ich dachte, wegen des hohen Meilenstands und weil Benzin so teuer ist, würde es Probleme geben, aber das war nicht der Fall. Viel habe ich natürlich nicht bekommen.«

Und zwei Tage vor der Abholung durch den Käufer hatte sie den Suburban sorgfältig von vorn bis hinten abgesucht – sogar unter dem Teppichboden im Laderaum. Sie hatte nichts gefunden, aber trotzdem fünfzig Dollar dafür gezahlt, ihn außen waschen (was ihr egal war) und innen mit Dampf reinigen (worauf sie großen Wert legte) zu lassen.

»Ah. Der gute alte *Uncle Henry's*. So habe ich den Ford meiner verstorbenen Frau auch verkauft.«

»Mr. Ramsey …«

»Holt.«

»Holt, haben Sie Bob eindeutig als den Mann identifizieren können, der mit Stacey Moore geflirtet hat?«

»Nun, als ich mit Mr. Anderson gesprochen habe, hat er zugegeben – bereitwillig zugegeben –, gelegentlich im Sunnyside gewesen zu sein, aber behauptet, nie besonders auf die Serviererinnen geachtet zu haben. Seiner Darstellung nach ist er immer mit irgendwelchem Papierkram beschäftigt gewesen. Aber ich habe natürlich sein Bild herumgezeigt – aus seinem Führerschein, verstehen Sie –, und das Personal hat ihn wiedererkannt.«

»Hat mein Mann gewusst, dass Sie … speziell an ihm interessiert waren?«

»Nein. Für ihn war ich nur ein altes Hinkebein auf der Suche nach Zeugen, die irgendwas gesehen haben könnten. Vor einem alten Knaben wie mir hat niemand Angst, wissen Sie.«

Ich habe große Angst vor dir.

»Recht dürftige Beweise«, sagte sie. »Falls Sie versucht haben sollten, jemandem etwas nachzuweisen.«

»Gar keine!« Er lachte fröhlich, aber die haselnussbraunen Augen blieben kalt. »Hätte ich welche gehabt, hätten Mr. Anderson und ich unser kleines Gespräch nicht in seinem Büro geführt, Darcy. Wir hätten es in *meinem* Büro geführt. Das niemand verlässt, bevor ich sage, dass er gehen kann. Oder natürlich, bevor sein Anwalt ihn freibekommt.«

»Vielleicht wird's Zeit, dass Sie aufhören, um den heißen Brei herumzuschleichen, Holt.«

»Also gut«, stimmte er zu. »Warum nicht? Weil mir inzwischen schon jeder normale Schritt verdammt wehtut. Der Teufel soll diesen alten Dwight Cheminoux holen! Und ich will Sie nicht den ganzen Vormittag belästigen, also machen wir's kurz. Ich konnte nachweisen, dass ein Toyota 4Runner am Tatort – oder in der Nähe des Tatorts – zweier Morde aus Beadies erster Serie war. Nicht derselbe Wagen, ein andersfarbiger. Aber ich konnte auch nachweisen, dass Ihrem Mann in den Siebzigerjahren ein weiterer 4Runner gehört hat.«

»Das stimmt. Der Wagen hat ihm gefallen, also hat er ihn für ein neueres Modell in Zahlung gegeben.«

»Genau, das tun Männer manchmal. Und der 4Runner ist in Gegenden beliebt, in denen fast ein verdammtes halbes Jahr lang Schnee liegt. Aber nach dem Mord an Stacey Moore – und nach unserem Gespräch – hat er ihn gegen einen Suburban eingetauscht.«

»Nicht sofort«, sagte Darcy lächelnd. »Den 4Runner hatte er bis lange nach der Jahrtausendwende.«

»Ich weiß. Er hat ihn 2004 in Zahlung gegeben, nicht lange bevor Andrea Honeycutt drunten bei Nashua ermordet wurde. Ein graublauer Suburban, Baujahr 2002. Ein

Suburban ungefähr dieses Modelljahrs und mit *genau* dieser Farbgebung ist in den Wochen vor Mrs. Honeycutts Ermordung verhältnismäßig oft in ihrem Wohnviertel gesehen worden. Aber nun kommt etwas Merkwürdiges.« Er beugte sich vor. »Ich habe einen Zeugen gefunden, der ausgesagt hat, der Suburban sei in Vermont zugelassen gewesen, und eine andere Zeugin – eine kleine alte Dame von der Art, die aus Mangel an besserer Beschäftigung den ganzen lieben Tag lang am Wohnzimmerfenster sitzt und die Ereignisse in der Nachbarschaft beobachtet – hat gesagt, der eine, den *sie* gesehen habe, habe New Yorker Kennzeichen gehabt.«

»Bob hatte Kennzeichen aus Maine«, sagte Darcy. »Wie Sie recht gut wissen.«

»Natürlich, natürlich, aber Kennzeichen kann man stehlen, wissen Sie.«

»Was ist mit den Shaverstone-Morden, Holt? Ist in Helen Shaverstones Wohnviertel ein graublauer Suburban gesehen worden?«

»Wie ich sehe, haben Sie den Fall Beadie etwas genauer verfolgt als die meisten Leute. Auch etwas genauer, als Sie anfangs haben erkennen lassen.«

»Ist einer gesehen worden?«

»Nein«, sagte Ramsey. »Das nicht. Aber ein graublauer Suburban *ist* bei Amesbury in der Nähe des Baches, in den die Leichen geworfen wurden, gesehen worden.« Er lächelte wieder, während seine kalten Augen sie musterten. »Wie Müll abgeladen.«

Sie seufzte. »Ich weiß.«

»An die Kennzeichen des Suburban bei Amesbury konnte sich niemand erinnern, aber hätte jemand darauf geachtet, wären sie wohl aus Massachusetts gewesen. Oder aus Pennsylvania. Oder sonst woher, nur nicht aus Maine.«

Er beugte sich wieder vor.

»Beadie hat Mitteilungen beigelegt, wenn er uns die Ausweise seiner Opfer geschickt hat. Hat uns verspottet, wissen Sie – hat uns herausgefordert, ihn zu erwischen. Vielleicht *wollte* er irgendwie sogar geschnappt werden.«

»Vielleicht«, sagte Darcy, obwohl sie das in Wirklichkeit nicht glaubte.

»Seine Mitteilungen waren in Druckbuchstaben geschrieben. Leute, die das tun, glauben, Druckschrift lasse sich nicht identifizieren, aber meistens ist das doch möglich. Die Ähnlichkeiten treten hervor. Sie haben wahrscheinlich keine Akten Ihres Mannes mehr im Haus?«

»Die nicht an seine Firma zurückgegangen sind, habe ich entsorgt. Aber ich vermute, dass es dort reichlich Schriftproben gibt. Wirtschaftsprüfer werfen nie etwas weg.«

Er seufzte. »Genau, aber solche Firmen rücken ohne richterliche Anordnung nichts heraus, und um die zu bekommen, müsste ich meinen Verdacht begründen können. Was ich einfach nicht kann. Ich habe eine Menge Zufälle – die meiner Überzeugung nach allerdings keine Zufälle sind. Und ich habe eine Anzahl von … nun, *Annäherungen*, so könnte man sie nennen, aber nicht entfernt so viele, dass sie als Indizienbeweise gelten könnten. Deshalb bin ich zu Ihnen gekommen, Darcy. Ich dachte erst, Sie würden mich sofort rausschmeißen, aber Sie waren sehr freundlich.«

Sie sagte nichts.

Er beugte sich noch weiter vor und kauerte jetzt fast über dem Tisch. Wie ein Raubvogel. Aber in der Eiseskälte seiner Augen war noch etwas anderes sichtbar. Sie glaubte, es könnte Güte sein. Sie betete darum, dass es Güte war.

»Darcy, war Ihr Mann Beadie?«

Sie war sich darüber im Klaren, dass er ihr Gespräch möglicherweise aufzeichnete; das war immerhin denkbar.

Statt zu antworten, hob sie eine Hand vom Tisch und zeigte ihm ihre rosa Handfläche.

»Sie haben sehr lange nichts geahnt, nicht wahr?«

Sie sagte nichts. Sah ihn nur an. Sah in ihn *hinein*, wie man es manchmal bei Leuten tat, die man gut kannte. Nur musste man dabei vorsichtig sein, weil man nicht immer das sah, was man zu sehen glaubte. Das wusste sie inzwischen.

»Und dann haben Sie's gewusst? Eines Tages haben Sie's gewusst?«

»Möchten Sie noch eine Tasse Kaffee, Holt?«

»Eine halbe«, sagte er. Dann lehnte er sich zurück und verschränkte die Arme vor der schmalen Brust. »Von mehr bekäme ich Sodbrennen, und ich habe vergessen, heute Morgen mein Zantac einzunehmen.«

»Ich glaube, dass ich oben im Medizinschränkchen ein paar Prilosec habe«, sagte sie. »Die haben Bob gehört. Soll ich sie holen?«

»Ich würde nichts von ihm einnehmen, auch wenn ich innerlich in Flammen stünde.«

»Wie Sie wollen«, sagte sie mild und schenkte ihm etwas Kaffee nach.

»Entschuldigung«, sagte er. »Aber manchmal gehen meine Gefühle mit mir durch. Diese Frauen … all diese Frauen … und der Junge, der sein ganzes Leben noch vor sich hatte. Das war das Schlimmste.«

»Ja«, sagte sie und gab ihm die Tasse. Sie sah, wie seine Hand zitterte, und vermutete, dass dies sein letztes Rodeo war, ganz gleich, wie clever er war – und er war erschreckend clever.

»Eine Frau, die erst sehr spät im Spiel rausbekommt, was ihr Mann ist, befände sich in einer schwierigen Lage«, sagte Ramsey.

»Ja, das kann ich mir vorstellen«, sagte Darcy.

»Wer würde ihr glauben, wenn sie behauptet, sie habe all diese Jahre mit einem Mann zusammengelebt und nie geahnt, was er war? Nun, dann wäre sie ein Wie-heißt-er-gleich-wieder, dieser Vogel, der im Maul eines Krokodils lebt?«

»Angeblich«, sagte Darcy, »lässt das Krokodil den Vogel leben, weil der ihm die Zähne säubert. Pickt die Körner in den Zwischenräumen heraus.« Mit den Fingern der rechten Hand machte sie Pickbewegungen. »Das stimmt vermutlich nicht ... wahr dagegen *ist*, dass ich Bobby häufig zum Zahnarzt gefahren habe. Hätte ich's nicht getan, hätte er seine Termine oft absichtlich ›vergessen‹. In Bezug auf Schmerzen war er schrecklich wehleidig.« Ihre Augen füllten sich unerwartet mit Tränen. Sie verwünschte sich und wischte sie mit den Handballen weg. Dieser Mann würde keine um Robert Anderson vergossenen Tränen respektieren.

Vielleicht täuschte sie sich da aber auch. Ramsey nickte ihr lächelnd zu. »Und ihre Kinder. Die würden unter die Räder geraten, wenn die Welt erführe, dass ihr Vater reihenweise Frauen gefoltert und ermordet hat. Und dann zum zweiten Mal, wenn die Welt glauben müsste, ihre Mutter habe ihn viele Jahre lang gedeckt. Ihm vielleicht sogar geholfen, wie Myra Hindley diesem Ian Brady geholfen hat. Wissen Sie, wer die beiden waren?«

»Nein.«

»Schön, lassen wir das. Aber stellen Sie sich folgende Frage: Was würde eine Frau in einer solch schwierigen Situation tun?«

»Was würden *Sie* tun, Holt?«

»Das weiß ich nicht. Meine Situation liegt etwas anders. Ich bin vielleicht nur ein alter Klepper – das älteste Pferd im Feuerwehrstall –, aber ich trage eine Verantwortung gegenüber den Angehörigen der ermordeten Frauen. Sie haben ein Recht darauf, dass diese Fälle abgeschlossen werden.«

»Das verdienen sie, gewiss … aber *brauchen* sie's auch?«

»Robert Shaverstones Penis war abgebissen, wussten Sie das?«

Das wusste sie nicht. Natürlich nicht. Sie schloss die Augen und spürte heiße Tränen durch die Wimpern quellen. *Er musste nicht »leiden«, von wegen!*, dachte sie, und wäre Bob jetzt mit bittend erhobenen Händen vor ihr erschienen, hätte sie ihn wieder umgebracht.

»Sein Vater weiß es«, sagte Ramsey. Er sprach leise. »Und er muss tagaus, tagein mit diesem Wissen über sein geliebtes Kind leben.«

»Das tut mir leid«, flüsterte sie. »Das tut mir schrecklich leid.«

Sie spürte, wie er über den Tisch hinweg ihre Hand ergriff. »Wollte Sie nicht aufregen.«

Darcy schüttelte die Hand ab. »Natürlich wollten Sie das! Aber glauben Sie, dass ich das nicht war? Glauben Sie, dass ich das nicht *längst* war, Sie … Sie neugieriger alter Schnüffler?«

Er lachte glucksend und ließ dabei seine glänzenden falschen Zähne sehen. »O nein, das glaube ich keineswegs. Ich hab's gleich gesehen, als Sie die Tür geöffnet haben.« Er machte eine Pause, dann fügte er bedächtig hinzu: »Ich habe alles gesehen.«

»Und was sehen Sie jetzt?«

Er stand auf, schwankte leicht, fand sein Gleichgewicht wieder. »Ich sehe eine tapfere Frau, die in Ruhe gelassen werden sollte, damit sie ihre Hausarbeit erledigen kann. Und für den Rest ihres Lebens sowieso.«

Sie stand ebenfalls auf. »Und die Familien der Opfer? Die ein Recht darauf haben, dass die Fälle abgeschlossen werden?« Sie zögerte, weil sie den Rest nicht sagen wollte. Aber das musste sie. Dieser Mann war trotz starker Schmerzen – vielleicht fast unerträglicher Schmerzen – hergekommen, und nun ließ er sie laufen. Wenigstens glaubte sie das. »Robert Shaverstones Vater?«

»Der Junge ist tot, und sein Vater ist's praktisch auch.« Ramsey sprach in einem ruhigen, nüchtern urteilenden Ton, den Darcy wiedererkannte. So hatte Bob gesprochen, wenn klar gewesen war, dass ein Mandant seiner Firma vom Finanzamt vorgeladen werden würde und sich auf unangenehme Fragen gefasst machen musste. »Hängt von morgens bis abends an der Whiskeyflasche. Würde sich daran etwas ändern, wenn er wüsste, dass der Mörder seines Sohns – der *Verstümmler* seines Sohns – tot ist? Das glaube ich nicht. Würde auch nur eines der Opfer dadurch wieder lebendig? Nein. Brennt der Mörder jetzt wegen seiner Schandtaten im Fegefeuer und leidet selbst unter Verstümmelungen, die bis in alle Ewigkeit bluten werden? Das sagt die Bibel. Zumindest im Alten Testament, und nachdem unsere Gesetze von dort stammen, genügt mir das. Danke für den Kaffee. Auf der Rückfahrt werde ich an jedem Rastplatz zwischen hier und Augusta anhalten müssen, aber das ist's mir wert. Sie kochen guten Kaffee.«

Als Darcy ihn zur Tür begleitete, wurde ihr klar, dass sie zum ersten Mal, seit sie in der Garage gegen den Karton gestoßen war, wieder das Gefühl hatte, auf der richtigen Seite des Spiegels zu sein. Es war gut zu wissen, dass er gefasst worden wäre. Dass er nicht so überragend clever gewesen war, wie er geglaubt hatte.

»Danke für Ihren Besuch«, sagte sie, während er seinen Homburg penibel gerade aufsetzte. Sie öffnete die Tür, und ein Schwall kalter Luft wehte herein. Aber das störte sie nicht. Die Kälte auf ihrer Haut fühlte sich gut an. »Sehen wir uns wieder?«

»Nein. Nächste Woche ist für mich Schluss. Voll im Ruhestand. Ziehe nach Florida. Allerdings nicht für lange, sagt mein Arzt.«

»Tut mir leid, das zu …«

Er zog sie plötzlich in die Arme. Sie waren dünn, aber sehnig und überraschend stark. Darcy war überrascht, aber nicht erschrocken. Die Krempe seines Homburgs drückte gegen ihre Schläfe, als er ihr ins Ohr flüsterte. »Sie haben das Rechte getan.«

Und sie auf die Wange küsste.

20

Er ging langsam und vorsichtig den Weg entlang und achtete auf die Eisplatten. So bewegte sich ein alter Mann. *Er sollte wirklich einen Stock benutzen,* dachte Darcy. Er ging vorn um den Wagen herum, weiter mit gesenktem Kopf, um aufs Eis zu achten, als sie seinen Namen rief. Er drehte sich halb nach ihr um und zog die Augenbrauen hoch.

»Als Junge hatte mein Mann einen Freund, der dann tödlich verunglückt ist.«

»Tatsächlich?« Das Wort wurde mit einer dampfenden Atemwolke ausgestoßen.

»Ja«, sagte Darcy. »Sie könnten nachlesen, was damals passiert ist. Ein tragischer Unfall, obwohl er nach Aussage meines Mannes kein sehr netter Junge war.«

»Nein?«

»Nein. Er war einer dieser Jungen, die gefährlichen Phantasien nachhängen. Sein Name war Brian Delahanty, aber Bob hat ihn immer nur BD – Beadie – genannt.«

Ramsey blieb einige Sekunden lang neben seinem Wagen stehen und schien zu überlegen. Dann nickte er. »Das ist sehr interessant. Vielleicht sehe ich mir die Berichte darüber auf dem Computer an. Oder vielleicht auch nicht; schließlich liegt alles lange zurück. Danke für den Kaffee.«

»Danke für das Gespräch.«

Sie beobachtete, wie er die Straße entlang davonfuhr (er fuhr mit dem Selbstbewusstsein eines weit jüngeren Mannes, fiel ihr auf – vielleicht weil er noch so scharfe Augen hatte), dann ging sie wieder hinein. Sie fühlte sich jünger, leichter. Als sie vor den Spiegel in der Diele trat, sah sie nur ihr eigenes Spiegelbild, und das war gut.

NACHWORT

Die Storys in diesem Band sind hart. Vielleicht ist es Ihnen teilweise schwergefallen, sie zu lesen. Dann seien Sie versichert, dass es mir stellenweise ebenso schwergefallen ist, sie zu schreiben. Wenn Leute mich nach meiner Arbeit fragen, habe ich mir angewöhnt, dieses Thema mit Scherzen und humorvollen persönlichen Anekdoten (die Sie nicht unbedingt glauben dürfen; glauben Sie nie, was ein Romanautor über seine Vergangenheit erzählt) zu umgehen. Das ist eine Form der Ablenkung und etwas höflicher als die Antwort, die meine Yankee-Vorfahren vermutlich auf solche Fragen gegeben hätten: *Das geht dich nichts an, Freundchen.* Aber unterhalb der Scherze nehme ich meine Arbeit sehr ernst – wie schon immer, seit ich mit achtzehn Jahren als Erstsemester an der University of Maine mit *The Long Walk* meinen ersten Roman geschrieben habe.

Ich habe wenig Geduld mit Schriftstellern, die ihre Arbeit *nicht* ernst nehmen, und gar keine mit denen, die die Kunst der erzählenden Literatur im Prinzip für ausgepowert halten. Sie ist nicht abgenutzt, und sie ist auch kein literarisches Spiel. Sie gehört zu den entscheidend wichtigen Methoden, mit denen wir versuchen, unser Leben – und die oft schreckliche Welt, die wir um uns herum wahrnehmen – zu begreifen. Sie ist unsere Antwort auf die Frage: Wie können solche Dinge passieren? Storys suggerieren, dass es manchmal – nicht immer, aber manchmal – einen Grund dafür geben könnte.

Von Anfang an – noch bevor ein junger Mann, den ich heute kaum mehr verstehe, in einem Schlafsaal *The Long Walk* zu schreiben begann – war ich der Meinung, die beste Literatur sei mobilisierend und bedrohlich. Sie springt einem ins Gesicht. Manchmal schreit sie einem ins Gesicht. Ich habe nichts gegen literarische Prosa, die sich meist mit außergewöhnlichen Menschen in gewöhnlichen Situationen befasst, aber als Leser und Autor interessieren mich gewöhnliche Menschen in außergewöhnlichen Situationen weit mehr. Ich möchte bei meinen Lesern eine emotionale, sogar instinktive Reaktion hervorrufen. Sie zum Nachdenken zu bringen, *während* sie lesen, ist nicht mein Ding. Das setze ich kursiv hierher, denn ist die Erzählung gut genug und sind die Figuren lebendig genug, löst Denken die Gefühle ab, wenn die Story gelesen und das Buch zugeklappt ist (manchmal mit Erleichterung). Ich erinnere mich, George Orwells *1984* mit etwa dreizehn Jahren mit wachsender Verzweiflung, Wut und Empörung verschlungen zu haben, so schnell ich nur konnte – und was wäre daran schlecht? Vor allem nachdem ich bis heute an diesen Roman denke, wenn es wieder einmal irgendeinem Politiker gelingt (wobei ich an Sarah Palin und ihre niederträchtigen Bemerkungen über »Todes-Ausschüsse« denke), Teilen der Öffentlichkeit einzureden, Weiß sei in Wirklichkeit Schwarz und umgekehrt.

Hier ist noch etwas, was ich glaube: Betritt man einen sehr dunklen Ort – wie Wilf James' Farmhaus in Nebraska in »1922« –, sollte man eine helle Lampe mitnehmen und sie auf alles richten. Will man nichts sehen, wozu sollte man sich dann um Himmels willen überhaupt ins Dunkel wagen? Der große naturalistische Schriftsteller Frank Norris war schon immer einer meiner literarischen Idole, und ich habe seit über vierzig Jahren beherzigt, was er zu diesem Thema gesagt hat: »Ich habe niemals gebuckelt; ich habe nie den Hut vor Moden gezogen und ihn ausgestreckt, um Pennys zu erbetteln. Bei Gott, ich habe ihnen die Wahrheit gesagt.«

Aber, Steve, sagen Sie, Sie haben in Ihrer Schriftstellerlaufbahn Unmengen von Pennys verdient, und was die Wahrheit betrifft ... die ist variabel, nicht wahr? Ja, ich habe mit meinen Storys viel Geld verdient, aber das war ein Nebeneffekt, niemals das Ziel. Romane für Geld zu schreiben ist Schwachsinn. Und es stimmt: Wahrheit liegt im Auge des Betrachters. Geht es jedoch um erzählende Literatur, besteht die einzige Verpflichtung des Autors darin, die Wahrheit in seinem eigenen Herzen zu erforschen. Das wird nicht immer die Wahrheit des Lesers oder die des Kritikers sein, aber solange es die Wahrheit des *Verfassers* ist – solange er oder sie nicht buckelt oder den Hut vor Moden zieht –, ist alles gut. Für Schriftsteller, die wissentlich lügen, die reales menschliches Handeln durch unglaubwürdiges Verhalten ersetzen, habe ich nichts als Verachtung übrig. An schlechtem Schreiben sind nicht nur beschissener Satzbau und fehlende Beobachtungsgabe schuld; schlechtes Schreiben entsteht meistens aus einer hartnäckigen Weigerung, davon zu erzählen, was Leute wirklich machen – sich beispielsweise der Tatsache zu stellen, dass auch Mörder manchmal alte Damen über die Straße geleiten.

In *Zwischen Nacht und Dunkel* habe ich mein Bestes versucht, um festzuhalten, was Menschen tun und wie sie sich unter bestimmten Umständen verhalten könnten. Die Leute in diesen Storys sind nicht ohne Hoffnung, aber sie müssen erkennen, dass selbst unsere kühnsten Hoffnungen (und unsere innigsten Wünsche für unsere Mitmenschen und die Gesellschaft, in der wir leben) manchmal vergeblich sein können. Sogar oft. Aber ich glaube, dass sie auch zeigen, dass Adel sich in erster Linie nicht im Erfolg, sondern in dem Versuch manifestiert, das Rechte zu tun ... und dass alles zum Teufel geht, wenn wir das nicht tun oder uns dieser Herausforderung bewusst verweigern.

Die Anregung zu »1922« gab das Sachbuch *Wisconsin Death Trip* (1973) mit Texten von Michael Lesy und Fotos aus der Kleinstadt Black River Falls, Wisconsin. Ich war von der ländlichen Einsamkeit dieser Aufnahmen und der Rauheit und den Entbehrungen auf den Gesichtern vieler der Abgebildeten beeindruckt. Diese Stimmung wollte ich in meine Story übernehmen.

Als ich im Jahr 2007 auf der Interstate 84 unterwegs war, um im Westen von Massachusetts Bücher zu signieren, hielt ich bei einer Raststätte, um eine typische Gesundheitsmahlzeit à la Steve King einzunehmen: eine Limo und einen Schokoriegel. Als ich aus dem Schnellimbiss kam, sah ich eine Frau mit einem Platten, die ernsthaft mit einem neben ihr parkenden Fernfahrer sprach. Er lächelte ihr zu und kletterte aus seinem Fahrerhaus.

»Kann ich irgendwas für Sie tun?«, fragte ich.

»Nein, nein, ich mach das schon«, sagte der Trucker.

Bestimmt hat die Lady ihren Reifen gewechselt bekommen. Ich bekam ein Three Musketiers und die Idee zu einer Story, aus der dann »Big Driver« wurde.

An meinem Wohnort Bangor gibt es eine am Flughafen vorbeiführende Straße, die Hammond Street Extension heißt. Wenn ich zu Hause bin, wandere ich jeden Tag drei bis vier Meilen und bin oft dort draußen unterwegs. Ungefähr auf halber Strecke liegt am Flughafenzaun eine mit Kies bestreuter kleine Fläche, auf der sich im Lauf der Jahre einige Straßenhändler etabliert haben. Mein Favorit, den die Einheimischen Golf Ball Guy nennen, kreuzt immer im Frühjahr auf. Sobald es warm wird, fährt Golf Ball Guy zum städtischen Golfplatz in Bangor hinaus und sammelt Hunderte von Golfbällen auf, die unter dem Schnee liegen geblieben sind. Er wirft die wirklich schlechten weg und verkauft die anderen draußen an der Hammond Street Extension (die Windschutzscheibe seines Wagens ist von Golfbällen umrahmt – ein hübscher Einfall). Als er mir eines Tages auffiel, war die Idee für »Faire Verlängerung« geboren. Ich siedelte die Geschichte natürlich in Derry an, der Heimatstadt des unbetrauert gestorbenen Clowns Pennywise, weil Derry nur Bangor unter einem anderen Namen ist.

Die letzte Story dieses Bandes ist mir eingefallen, nachdem ich einen Artikel über Dennis Rader, den berüchtigten FFT-Mörder (fesseln, foltern und töten) gelesen hatte, der über ungefähr sechzehn Jahre hinweg zehn Menschen – vor allem Frauen, aber auch zwei Kinder – ermordet hatte. In vielen Fällen hatte er der Polizei Stücke von Ausweisen seiner Opfer geschickt. Paula Rader war vierunddreißig Jahre lang mit diesem Ungeheuer verheiratet, und in Wichita und Umgebung, wo Rader seine Opfer fand, wollen viele nicht glauben, sie habe mit ihm zusammenleben und keine Ahnung von seinen Untaten haben können. Ich habe es geglaubt – ich glaube es immer noch – und diese Erzählung geschrieben, um auszuloten, was in solch einem Fall passieren könnte, wenn die Ehefrau plötzlich auf das schreckliche Hobby ihres Mannes stieße. Ich habe sie auch geschrieben, um dem Gedanken nachzugehen, dass es unmöglich ist, jemanden ganz zu kennen – auch unsere Liebsten nicht.

Nun gut, jetzt sind wir lange genug hier unten im Dunkel gewesen, finde ich. Oben existiert eine ganze weitere Welt. Nehmen Sie meine Hand, treuer Leser, dann führe ich Sie gern in den Sonnenschein zurück. Ich gehe gern dorthin zurück, weil ich glaube, dass die meisten Menschen im Grunde genommen gut sind. Ich weiß, dass ich es bin.

Was *Sie* betrifft, bin ich mir da nicht ganz so sicher.

Bangor, Maine
23. Dezember 2009